Uli T. Swidler

Malakka

Der Tod kommt in der Nacht

ROMAN

DELIUS KLASING VERLAG

Weitere Informationen zum Thema
finden Sie auf der Homepage des Autors:
www.piraten-terror.de

Bibliografische Informationen der Deutschen Nationalbibliothek
Die Deutsche Nationalbibliothek verzeichnet diese Publikation in der Deutschen Nationalbibliografie; detaillierte bibliografische Daten sind im Internet über http://dnb.d-nb.de abrufbar.

2. Auflage
ISBN 978-3-7688-1912-1

Umschlaggestaltung: Buchholz / Hinsch / Hensinger, Hamburg
Druck und Einband: CPI – Clausen & Bosse, Leck
Printed in Germany 2008

Delius Klasing Verlag, Siekerwall 21, D-33602 Bielefeld
Tel.: 05 21 / 5 59-0, Fax: 05 21 / 5 59-1 15
E-Mail: info@delius-klasing.de
www.delius-klasing.de

Für Nicole

Prolog

Die Taru dümpelte an der Ankerkette, weit genug vom Ufer entfernt, um in der feuchtwarmen Nacht vor stechwütigen Moskitos sicher zu sein. Es herrschte fast vollkommene Stille. Winzige Wellen perlten gegen die Bordwand, und aus der Dunkelheit des Urwalds war nur hin und wieder der Schrei eines Brüllaffen oder der Warnruf eines Vogels zu hören. Außer den Positionslichtern der 14 Meter langen, einmastigen Segelyacht gab es weit und breit kein einziges künstliches Licht, und das Ufer war nur als dunkler Streifen zwischen dem schwach glitzernden Meer und dem silbrigen Sternenhimmel zu erkennen.

Berry lag auf dem Rücken und suchte den Himmel nach vertrauten Sternbildern ab. Hier, in einer der namenlosen Buchten am Cape Senebui auf der indonesischen Seite der Straße von Malakka, etwa 65 Seemeilen von der malaiischen Hauptstadt Kuala Lumpur entfernt, schien die Milchstraße heller zu leuchten als irgendwo sonst auf der Welt. Es war die erste Nacht des zweiwöchigen Segeltörns, der von Kuala Lumpur über Singapur durch das Gewirr der abertausend Inseln des Riau-Archipels und wieder zurück zur malaiischen Hauptstadt führen sollte.

Von dem Büfett hatte Berry kaum etwas angerührt. Sein Bauch führte seit vielen Stunden, genau genommen seit Antritt der Reise, ein Eigenleben. Als wollte er fliegen lernen, schien sein Magen von Zeit zu Zeit hochzuhüpfen, um dann in einen schwindelerregenden und lang anhaltenden Gleitflug überzugehen. Berry hatte keine Ahnung, wie lange das noch so weitergehen sollte. Hauptsache, es hörte nicht so bald auf.

Er richtete sich auf, lehnte sich mit dem Oberkörper gegen die aus zwei Drahtseilen bestehende Reling und ließ die Beine über die Bordkante baumeln. Unten, im silbrig glänzenden Wasser, aalte Hanna sich in der schwachen Strömung.

»Hast du keine Lust?«, fragte sie und spritzte eine Wasserfontäne gegen die Bordwand unter Berrys Füßen.

Nein, hatte er nicht. Obwohl er nicht fror, war ihm kalt, und er zitterte leicht, eigentlich war es ein Vibrieren.

Hanna schwamm eine Weile auf der Stelle und drehte sich dabei langsam im Kreis, bis sie sich plötzlich mit entschiedenen Schwimmstößen auf die Yacht zu bewegte. Berry vermutete, dass es ihr unheimlich geworden war, nicht zu wissen, was sich unter ihr abspielte und von welchen Tieren sie beobachtet wurde. Zumindest würde es ihm so gehen. Der Meeresgrund, den man tagsüber im Sonnenlicht gut erkennen konnte, war nun nichts als tiefe Schwärze.

Hanna griff nach der über Bord gehängten Leiter und kletterte langsam hoch. Berry vermied es, sie anzusehen. Er hatte ihren Körper in Deutschland in den letzten Wochen während der obligatorischen Praxisübungen, die sie, ihr Freund Thomas und er auf dem Ammersee für ihren Segelschein machen mussten, oft genug heimlich betrachtet. Jeder Mann, davon war er überzeugt, trägt in sich mehr oder weniger unbewusst das Bild eines idealen Frauenkörpers, und Hannas entsprach hundertprozentig seinem Ideal.

In all den letzten Wochen hatte sich für Berry nicht ein einziges Mal die Gelegenheit ergeben, sich Hanna zu nähern. Thomas passte auf wie ein Haremswächter, vielleicht weil er bemerkte, wie sich Hannas und Berrys Augen immer wieder zu irritierten Blickkontakten fanden.

Jetzt allerdings sah die Sache anders aus, jetzt war Thomas weit weg in Deutschland und würde erst in einigen Tagen zu ihnen stoßen. Oder besser: Jetzt müsste die Sache anders aussehen. Tatsächlich jedoch fühlte Berry sich auf eine merkwürdige Art vereist an, obwohl er sich nichts sehnlicher gewünscht hatte, als mit ihr alleine zu sein.

Berry sah sie nicht an, als sie sich vor ihm sehr langsam und fast sich streichelnd abtrocknete. Stattdessen sah er hinaus aufs Meer und wartete auf ihre spielerische Attacke, der er, das war ihm jetzt schon klar, wieder nur mit wortkarger Langsamkeit begegnen können würde. Hanna liebte es, andere zu verunsichern.

Eigenartigerweise sagte sie gar nichts. Sie ließ das Handtuch zu Boden gleiten und setzte sich neben ihn, mit angezogenen Beinen und die Arme um die Knie geschlungen.

Berry spürte ihre Nähe. Wieder setzte sein Magen zu einem Sprung an, und der anschließende Gleitflug war intensiv wie nie zuvor. Das Vibrieren, das durch ihre Körperwärme bei ihm ausgelöst wurde, ließ ihn noch mehr schaudern. Warum sagte sie nichts?

Langsam holte er tief Luft und wandte seinen Kopf. Er erwartete wie gewöhnlich ihr leicht spöttisches, provozierendes Lächeln. Aber Hanna lächelte nicht. Ihr Blick war offen und tief, fast ein wenig scheu, ihre Augen wirkten größer als sonst und sahen ihn ruhig an. Berry versuchte seinerseits zu lächeln, aber es gelang ihm nicht.

Merkwürdig, dass ich ihre Augen trotz der Dunkelheit sehen kann, dachte er und wunderte sich gleichzeitig über diesen nüchternen Gedanken.

Und plötzlich veränderte sich alles, was bisher gewesen war. Er sah ihre Augenlider sich in Zeitlupe schließen und wieder öffnen. Sein Herzschlag pulsierte nicht mehr in seiner Brust, sondern in seinem Kopf. Und er konnte seinen Atem, der jetzt tief und langsam ging, so deutlich hören, als stünde er nah neben sich selbst. Plötzlich war da eine tiefe Ruhe in ihm, wie er sie noch nie in seinem Leben gespürt hatte. Er sah seine Hand zu Hannas hinüberwandern. Wie ein Blitz durchfuhr es ihn, als sie seine Berührung sanft erwiderte. Er, der bisher jeder Liebesszene im Kino misstraut hatte und alles Irreale zwischen zwei Menschen für einen Betrugsversuch des Gehirns hielt, erlebte, wie die Zeitlupe zum Zeitstillstand wurde und es ihm genügte, Hanna anzusehen und nichts zu denken. Das alleine wäre schon traumhaft schön gewesen, aber das Unglaubliche, das Neue, das Atemberaubende war: Er spürte, dass es ihr genauso ging.

In der folgenden Nacht liebten sie sich wieder und immer wieder, bis sie vor tiefer Erschöpfung einschliefen. Und am nächsten Morgen ging alles sehr schnell: Buraii, der indonesische Koch, wurde zum Trauzeugen ernannt, der Skipper Jan Greuyten kramte seine Bibel hervor und traute Berry und Hanna im Schnellverfahren. Eine Stunde später waren die vier Champagnerflaschen, die eigentlich für die Abschlussfeier am Ende des Törns vorgesehen waren, geleert, vor allem vom Skipper und vom Koch, die kurz darauf in einen Tiefschlaf verfallen waren.

Niemand an Bord der TARU sah das schmale, mit fünf Männern besetzte Holzboot, das vom Meer her in die Bucht einbog. Die Männer hatten den Außenbordmotor hochgezogen und ruderten, was, selbst wenn sie jemand auf der TARU gesehen hätte, harmlos, ja, fast idyllisch wirkte. Als das Holzboot längsseits ging, hatten die fünf plötzlich Pistolen in den Händen. Schnell und geschmeidig sprangen sie an Bord des Segelschiffs.

Berry schreckte hoch, ohne zu wissen, was ihn geweckt hatte. Er langte nach der Wasserflasche, aber als er sah, wie Hanna neben ihm lag, so unglaublich entspannt und so wahnsinnig verführerisch, nahm er stattdessen seine Kamera, so als müsste er Beweise schaffen, dass es sie tatsächlich gab und dass sie verheiratet waren.

In dem Moment entdeckte er die fünf bewaffneten Männer. Reflexartig richtete er die Kamera auf sie und drückte auf den Auslöser. Später hatte er sich oft gefragt, warum er das getan hatte, warum er nicht lieber Hanna geweckt hatte und mit ihr im Schutz des Schlauchboots ins Wasser geglitten war. Auch wenn ihre Chance nur winzig gewesen wäre, in dem klaren Wasser am helllichten Tag zu entkommen – er hätte es versuchen müssen.

In der gleichen Sekunde, als Berry das Foto schoss, entdeckten die Piraten Greuyten und Buraii. Zwei von ihnen sprangen brüllend und mit ihren Pistolen drohend auf die beiden zu. Zwei weitere stürmten unter Deck.

Der fünfte hingegen näherte sich mit vorgereckter Pistole dem Vorderschiff. Endlich packte Berry Hanna, um mit ihr ins Wasser zu springen, aber es war zu spät.

»Hoch! Hoch!«, schrie der Pirat und zielte mit seiner Waffe auf sie. »Gehen!«

Sie wurden zum Skipper und zum Koch gebracht. Der Skipper war zu betrunken, um zu begreifen, was um ihn herum passierte. Schwankend starrte er die bewaffneten Männer an und ignorierte ihre Befehle, sich hinzuhocken. Erst als ihm einer in die Kniekehlen trat, sackte er zu Boden.

Der Koch hingegen versuchte, sich in einem alkoholumnebelten Anflug von Heldentum zu wehren. Die Piraten ließen ihn gewähren, sie hatten gleich gesehen, dass er für sie keine Gefahr darstellte. Mit seinen Tritten und Fausthieben brachte er sich schließlich selbst aus dem Gleichgewicht und stürzte zu Boden. Die Piraten lachten ihn aus, als er immer wieder aufs Neue Anlauf nahm, bis ihm vor Anstrengung übel wurde und er mit einem gewaltigen Schwall den Inhalt seines Magens hervorwürgte. Einige Spritzer davon trafen den Anführer der Piraten am Bein.

Sofort verstummten seine Männer, als gäbe es ein heiliges Gesetz, das gerade eben verletzt worden war. In aller Ruhe wischte der Anführer sein Bein sorgfältig mit einem der herumliegenden Handtücher ab. Berry atmete schon auf, aber dann begann der Pirat mit unvermittelter, jähzorniger Wut, den Koch mit Tritten zu traktieren.

Berry spürte, wie Hanna wütend wurde. Er drehte sich zu ihr um.

»Sei still, Hanna«, zischte er, »misch dich nicht ein!«

Hanna sah ihn wütend an, so als wäre es in dieser Situation ein Leichtes, etwas zu unternehmen. »Wieso? Die wollen doch nur unser Geld«, erwiderte sie viel zu laut.

Berry wusste für einen Moment nicht, was er antworten sollte. Kapierte Hanna nicht, dass die Pistolen echt und die Kerle Verbrecher waren? Außerdem hatte man ihnen die Händen auf dem Rücken gefesselt, was also sollten sie tun?

Endlich wurde der Koch ohnmächtig, und der Anführer ließ von ihm ab.

Eine halbe Stunde später hatten die Piraten das an Bord befindliche Geld und alles, was sich irgendwie verkaufen ließ, angefangen vom GPS-Navigator bis hin zu den schweren Petroleumlampen aus Messing, hinüber auf ihr Boot gebracht. Berrys Anspannung ließ nach. Die Piraten hatten konzentriert, ruhig und zielgerichtet gearbeitet, als Nächstes würden sie sicherlich das Weite suchen.

Tatsächlich gab der Anführer das Zeichen aufzubrechen, griff nach der Reling und schwang schon ein Bein hinüber, als er stutzte und einen Blick auf den immer noch bewusstlosen Koch warf.

Geh, verschwinde, beschwor Berry den Mann im Geiste, hau ab, lass ihn in Ruhe!

Ein Lächeln huschte über das Gesicht des Anführers, als hätte er Berrys

Gedanken gelesen und als hätte er Spaß an deren Machtlosigkeit. Er rief ein paar Befehle, woraufhin die Männer an Bord der Yacht zurückkletterten. Einer fischte einen Eimer Wasser aus dem Meer und entleerte ihn unter dem Gelächter seiner Kumpane auf den Koch. Prustend erwachte Buraii.

Der Anführer deutete auf das Erbrochene. »Los, friss das«, sagte er und sah seine Männer triumphierend an.

Diese lachten und stießen sich gegenseitig an.

Der Koch war noch zu benommen, um zu verstehen, was der Mann von ihm wollte, und reagierte nicht.

»Los, friss das«, wiederholte der Pirat.

Als Buraii wieder nicht reagierte, sprang der Anführer vor und schlug ihm den Lauf seiner Pistole mit brutaler Wucht gegen die Stirn. Die Haut platzte auf und Blut schoss aus der Wunde.

»Friss das! Oder du stirbst!«

Hanna war schon bei seinen ersten Worten unruhig geworden, jetzt konnte sie nicht mehr an sich halten.

»Verdammt, ihr habt doch schon unser Geld und alles!«, brüllte sie den Anführer an. »Warum müsst ihr ihn dann noch misshandeln?«

Berry drehte sich zu ihr um und legte alle Ruhe, zu der er fähig war, in seine Worte. »Hanna, bitte, sei still. Mit diesen Typen ist nicht zu spaßen, die sind …«

Plötzlich krachte ein Schuss. Berry zuckte zusammen. Und noch bevor er sich fragen konnte, was das zu bedeuten hatte, sah er, wie etwas Gewaltiges in Hannas Körper einschlug und sie nach hinten schleuderte. Er sah, wie sie sich aufbäumte. Mit den Händen griff sie ziellos um sich, als suchte sie nach einem Halt, um wieder auf die Beine zu kommen. Aber eine titanische Kraft hielt sie am Boden. Und plötzlich entwickelten ihre Glieder ein Eigenleben und zuckten in alle Richtungen. Sie riss den Mund auf, aber statt Worten kam nur ein Schwall von Blut heraus.

Berry war unfähig, irgendetwas zu tun. Hannas weit aufgerissene Augen, ihr Blick brannte sich in sein Herz. Seine Stimme versagte, seine Lippen waren starr, nicht einen Laut brachte er hervor.

Vor seinen Augen starb die Frau, die er liebte.

Irgendwann, er wusste nicht, wie viel Zeit vergangen war, gelang es ihm, seinen Kopf zu drehen, und da stand der Anführer mit seiner Pistole in der Hand und lachte …

Ein brennender Schmerz riss Berry aus seiner Starre. Trotz seiner gefesselten Hände sprang er auf und stürzte sich auf den Anführer. Der jedoch trat einfach nur einen Schritt zur Seite. Berry stolperte an ihm vorbei und sah im Augenwinkel, wie er mit einer kurzen, schnellen Bewegung mit der Pistole zum Schlag ausholte. Er traf ihn auf den Hinterkopf. Berry schrie auf, stürzte zu Boden, schrie lauter, zitterte, rang nach Luft, sah nichts, konnte die Augen nicht öffnen, schrie wieder und rang umso panischer nach Luft, als er erkannte, dass in Wirklichkeit kein Laut über seine Lippen kam.

Dann krachte etwas dumpf, das ganze Boot schüttelte sich polternd, die ganze Welt um ihn herum war plötzlich in Bewegung, löste sich auf, wurde grau.

1

Schweiß. Sein Hemd klebte an seinem Körper.
Hemd? Hatte er nicht nur eine Badehose an?

Berry mühte sich, seine verklebten Lider zu öffnen, und endlich gelang es ihm, die Augen aufzureißen. Er brauchte einen Moment, um sich zu orientieren. Er bemerkte seine schweißnassen Hände, die sich in die Lehnen eines Flugzeugsitzes krallten. Durch ein kleines Fenster neben sich sah er draußen die typischen Bauten eines Flughafens vorbeirasen. Er saß in einem Flugzeug, das rumpelnd über die Landebahn jagte, der brüllende Lärm der auf Schubumkehr geschalteten Triebwerke signalisierte, dass es erst vor wenigen Sekunden gelandet war. »London City Airport« las Berry auf einem überdimensionalen Schild.

Im Augenwinkel sah er ein Gesicht. Langsam, voller Hoffnung, Hanna zu sehen, lebend und unversehrt, und zugleich voller Furcht wandte er den Kopf …

Horst, ehemaliger SEK-Polizist, ein Deutscher, Mitglied seiner Crew. Berry war endlich in der Realität angekommen.

Er konzentrierte sich und versuchte, die Bilder von Hannas Tod zu verdrängen. Wie so oft in der Vergangenheit, wenn ihn seine Erinnerung heimsuchte. Sechs Jahre war es nun schon her. Sechs Jahre, in denen die Erinnerung nicht verblasst war, sondern sich mit unbarmherziger Brillanz immer tiefer in sein Hirn eingebrannt hatte, um immer wieder in Momenten der Schwäche über ihn herzufallen.

Warum hast du dieses Foto gemacht, fragte er sich zum tausendsten Mal, warum hast du Hanna nicht gepackt und bist mit ihr über Bord gesprungen? Warum hast du sie nicht davon abgehalten, sich mit dem Anführer anzulegen? Warum hast du sie nicht beschützt?

Sein Magen rebellierte, und obwohl die Gulfstream noch schaukelnd auf der Landebahn ausrollte, öffnete er seinen Sicherheitsgurt und hetzte zur Toilette. Er konnte gerade noch die Tür hinter sich schließen, bevor er sich in die Kloschüssel übergab.

Als sein Magen leer war, fühlte er sich besser, auch wenn das Vibrieren in seinen Eingeweiden nicht aufhören wollte.

Er öffnete die Toilettentür und ließ seinen Blick flüchtig über seine Leute gleiten, die erschöpft in ihren Sitzen hingen. Wieder hatten sie ein von Piraten entführtes Schiff für seinen Besitzer zurückgeholt, wieder hatten dabei einige Piraten ihr Leben lassen müssen, wieder konnte Berrys Firma Lost Ship Management ein Honorar von fast einer Million Dollar einstreichen – und wieder war seine Hoffnung, auf Hannas Mörder zu stoßen, enttäuscht worden, so wie in den sechs Jahren zuvor.

Vern, der texanische Ex-Marine, schlief mit nach hinten gekipptem Kopf und offenem Mund in seinem Sitz. Seine Halsmuskeln waren von seinem täglichen Fitnesstraining so stark ausgebildet, dass sein Kopf selbst im Schlaf nicht zur Seite kippte.

Claude, der ehemalige französische Fremdenlegionär, unterhielt sich leidenschaftslos mit Danny, früher Mitglied der britischen Special Boats Squadron, einer Anti-Terror-Einheit der Navy. Beide mochten keine Stille, was zumindest bei Claude erstaunlich war, denn immerhin hatte er viele Jahre in Algerien völlig auf sich selbst gestellt im Untergrund Terroristen aufgestöbert und liquidiert. Danny dagegen war einfach nur ein freundlicher Kerl, der sich in jeder Lebenslage zu allem und jedem äußerte.

Massimo, der Italiener, starrte mit mahlenden Kiefern zum Fenster hinaus, hielt die Hände zusammengefaltet und drückte die beiden Daumen so fest gegeneinander, dass ihre Kuppen weiß hervortraten. Gleichgültig, in welcher Situation man einen Blick auf ihn warf, immer wirkte er wie ein schwarzer Benzinkanister in praller Sonne, der früher oder später explodieren würde.

Horst, der Fünfte in der Crew, hatte seine Augen geschlossen und wirkte nicht nur entspannt, sondern regelrecht entrückt, so als meditiere er.

Berry warf sich wieder in seinen Sitz und massierte seinen Magen. Seit Wochen quälte ihn dieser dumpfe Schmerz, zu dem sich jetzt allerdings ein brennendes Stechen gesellt hatte. Obwohl er wusste, was das bedeutete, hatte er den längst fälligen Besuch bei seinem Internisten bisher vermieden. Stattdessen hatte er seine Leute von einer Rückholaktion in die nächste gescheucht.

Er nahm einen großen Schluck Maaloxan direkt aus der Flasche, holte sein Handy hervor und wählte Dr. Fridayes Nummer.

2

Anxa Perrical hakte sich rechts und links bei ihren Mitstreitern ein und schloss damit die Menschenkette, die einen Kreis um die Greenpeace-Aktivisten bildete. Ihre kleine Digitalkamera hielt sie in der Rechten, um hin und wieder mit einem Foto die Szenerie festzuhalten. Etwas abseits filmten zwei Kameramänner für einen deutschen Sender.

»Die Küste stirbt und die Regierung schläft!«, skandierte sie mit den anderen Demonstranten, insgesamt um die hundert.

Die Phalanx der spanischen Polizisten in ihren schwarzen Uniformen und den martialischen Helmen rückte entschlossen näher.

Die meisten der Demonstranten hatten Angst. Nur die Fischer und Bewohner des kleinen Dorfes Mugia hielten es schlichtweg für unmöglich, dass ihnen etwas passieren könnte. Schließlich waren sie im Recht, schließlich konnte jeder mit eigenen Augen sehen, welche Katastrophe das aus der leckgeschlagenen PRESTIGE ausgelaufene Schweröl angerichtet hatte. Strände und Felsen waren kilometerweit von einer schwarzen, teerartigen Masse überzogen, die bis zu dreißig Zentimeter dick und so schwer und klebrig war, dass man sie vor dem Wegschaufeln mühevoll kleinhacken musste; und die so viele giftige Gase entwickelte, dass niemand für längere Zeit dort arbeiten konnte. Alle Muschelbänke der Gegend waren verseucht. Nahezu alle Familien der Region standen vor dem wirtschaftlichen Ruin.

»Ganz ruhig«, sagte Anxa und lächelte die zarte, blond gefärbte Frau neben sich aufmunternd an. Mit jedem Schritt, den die Polizisten näher kamen, wurde ihr Zittern stärker. »Wie heißt du?«

»Rosa«, brachte die Frau mühsam hervor, ihre Stimme zitterte noch stärker als ihr Körper.

»Die Polizei wird es nicht wagen, brutal mit uns umzugehen.«

»Du bist nicht aus Spanien, stimmt's?«, fragte Rosa.

Anxa schüttelte verneinend den Kopf.

»Dann weißt du nicht, wie die Polizei hier ist«, antwortete Rosa und zog Anxa unwillkürlich noch fester zu sich heran.

Vor ihnen teilte sich plötzlich die Polizeischwadron. Der kleinere Teil bildete einen Kordon und marschierte auf die beiden Kameramänner zu, der andere, der größere, stürmte im Laufschritt gegen die am Boden hockenden Demonstranten.

Anxa sah noch, wie die Kameramänner versuchten, mit ihren so weit wie möglich hochgereckten Kameras über die Köpfe der Polizisten hinweg zu filmen. Dann brach das Inferno über sie, über Rosa und über ihre Mitstreiter herein.

Die Polizisten schlugen ohne Vorwarnung zu, nicht wütend, sondern programmatisch und zielbewusst, wie Schlachter, die eine Herde Rinder abzuarbeiten hatten. Schienbein, Kopf, Schienbein – das war die simple Strategie. Innerhalb weniger Sekunden verwandelten sich die »Die Küste stirbt und die Regierung schläft!«-Rufe in gellende Schmerzensschreie.

»Hey!«, brüllte Anxa und sprang auf, als die Polizisten in Schlagstockweite vor ihr standen. »Seht ihr nicht, dass wir friedlich sind?«

Einige Polizisten lachten, einer deutete mit seinem Schlagstock auf sie: »Ich besorg's dir gleich, Kleine, nur Geduld!«

Mit einer schnellen Drehung wandte er sich Rosa zu, versetzte ihr einen kurzen Schlag auf den Busen, und als sie sich nach Luft japsend zusammenkrümmte, setzte er mit zwei Hieben auf ihren Kopf nach.

»Du verdammtes Arschloch!«, schrie Anxa und trat nach dem Schläger. Gleichzeitig riss sie ihre Kamera hoch und drückte wahllos auf den Auslöser, irgendeines der Bilder würde schon zeigen, was hier passierte. Der Polizist verlor das Gleichgewicht und fiel zur Seite.

Im Augenwinkel bemerkte sie, wie zwei seiner Kollegen sich von ihren Opfern, die sich ohnehin nicht wehrten, abwandten und sich jetzt mit beklemmender Ruhe auf sie zu bewegten.

»Ihr miesen Schläger!«, brüllte sie, »sie hat sich doch noch nicht mal gewehrt!«

Die beiden hoben ihre Schlagstöcke, als sich plötzlich zwei junge Greenpeace-Aktivisten schützend vor Anxa warfen.

»Mach weiter Fotos, und dann bring dich in Sicherheit!«, rief einer.

Anxa zögerte.

»Mach schon! Fotos sind wichtiger!«

»Okay!« Anxa trat einige Schritte zurück und fotografierte weiter. Dabei drehte sie sich langsam, um möglichst viele Perspektiven abzudecken.

Die beiden Männer hatten keine Chance, zumal sie nicht wirklich kämpften, sondern nur versuchten, die Polizisten von Anxa wegzudrängen. Als der Erste zu Boden fiel, begann der Polizist, systematisch auf ihn einzutreten.

Diese eiskalte Brutalität war zu viel für Anxa. Sie warf sich von hinten auf ihn, trat ihm in die Nieren, zerrte an seinem Helm.

»Bist du bescheuert?«, brüllte der Greenpeaceler, während er sich gegen den auf ihn einhämmernden Schlagstock zu schützen versuchte. Aber Anxas Wut war einfach zu groß. Erneut nahm sie Anlauf und rammte den Polizisten mit ihrer Schulter. Überrascht torkelte dieser zur Seite, ließ von seinem blutüberströmten Opfer ab und wandte sich ihr zu.

»Scheiße, verdammt!«, schrie der Greenpeaceler. »Verpiss dich!« Noch im Liegen trat er dem Polizisten gegen das Kniegelenk und brachte ihn zu Fall.

Endlich kapierte Anxa, dass die beste Hilfe, die sie leisten konnte, tatsächlich darin bestand, die Beweisfotos in Sicherheit zu bringen.

»Viel Glück!«, rief sie, steckte die Kamera ein und rannte los.

Plötzlich traf ein Schlagstock sie über dem Ohr. Ein Ruck ging durch ihren Körper. Der dumpfe Ton, der irgendwo tief in ihrem Kopf zu entstehen schien, und der fehlende Schmerz erstaunten sie. Ihre Augen vollführten merkwürdige Bewegungen.

Hört auf damit, dachte sie und schüttelte den Kopf, aber das machte das Torkeln und Taumeln nur noch schlimmer. Machtlos sah sie, wie sich zwei bleiverstärkte Schlagstöcke gleichzeitig auf sie zu bewegten. Einen konnte sie abwehren, der andere traf ihr Schienbein.

Tränen schossen ihr in die Augen, und in dem Moment fand auch der Schmerz des ersten Schlags seinen Weg in ihr Bewusstsein. Ihr Atem stand still, und sie konnte kaum noch etwas erkennen. Der Polizist vor ihr wurde zu einem Schatten und der nächste drohende Schlag zu einer harmlos wirkenden schemenhaften Bewegung. Umso heftiger raste der Schmerz durch ihren Körper, als der Knüppel ihren Kopf traf. Mit dem klebrigen, warmen Strom ihres eigenen Blutes, mit ihrem Erstaunen, wie viel es war, verlor sie das Bewusstsein.

Sie sah nicht mehr, wie der Polizist ihre Kamera nahm, sie sah nicht, wie die Demonstranten von der dunklen Masse staatlicher Gewalt niedergewalzt wurden. Zivilpolizisten rollten die Transparente sorgfältig ein, als wären es ihre eigenen. Innerhalb kurzer Zeit konnte niemand mehr lesen, was in großen, erdölfarbenen Buchstaben darauf geschrieben stand: *Die* PRESTIGE *hat hier die größte Ölpest aller Zeiten verursacht – Ein ganzes Ökosystem stirbt und Staatspräsident Aznar macht Urlaub – Für viele Jahre sind Fischerei und Muschelzucht unmöglich.*

Kurz nachdem der letzte Demonstrant abtransportiert worden war, landete ein Hubschrauber, in dem ein Regierungsvertreter und ausgewählte Presseleute saßen. Sie begutachteten den Strand, zynischerweise nur an einer Stelle, die von freiwilligen Helfern aus aller Welt kurz zuvor gereinigt worden war. Der Politiker verwies auf die erkennbar geringen Schäden, und kurz darauf entschwebten er und die Journalisten wieder zurück nach Madrid.

Für die Natur und die Menschen aus Mugia und Umgebung war die Katastrophe damit perfekt und vollständig. Sie blieben auf einem gigantischen Ölteppich sitzen, den zumindest die spanischen Fernsehzuschauer vorerst nicht zu Gesicht bekamen.

Am nächsten Tag machte sich der Staatsanwalt von La Coruña mit Anxa nicht viel Mühe. Er bot ihr zwei Möglichkeiten an: Entweder sie blieb im Gefängnis bis zur offiziellen Verhandlung in ein paar Monaten, oder sie verließ sofort das Land.

Anxa machte sich die Entscheidung nicht leicht. Seit sie ihr Elternhaus verlassen hatte, war für sie im Leben nichts leicht gewesen. Zu kapitulieren oder auch nur nachzugeben gehörte nicht zu ihrem Lebenskonzept. Aber sie hatte eben auch gelernt zu erkennen, wann ein Kampf verloren war, wann der Verlust weitaus größer war als der Gewinn. Ihre Verurteilung würde niemandem helfen, und die einzige wirkliche Chance zu helfen, nämlich die Fotos in Sicherheit zu bringen, hatte sie ja schon gründlich vertan.

Also flog sie nach Deutschland zurück und nahm sich vor, niemandem von ihrer Niederlage zu erzählen. Es würde auch niemand fragen, denn sie hatte ihren Kollegen beim Meeresforschungsinstitut in Bremerhaven lediglich etwas von ein paar Tagen Urlaub erzählt, einem verlängerten Wochenende, um mal richtig auszuschlafen. Nicht, weil sie sich für ihr Engagement schämte, aber ihr Forschungsprojekt über das periodisch auftretende Robbensterben in der Nordsee stand ohnehin in der Kritik ihrer Kollegen, da wollte sie nicht noch zusätzlichen Zündstoff liefern.

3

Das Taxi hielt vor dem Bancroft Building, einem unauffälligen, etwas heruntergekommenen Bürogebäude in einer kleinen Seitenstraße unweit der alten Werften in den Londoner Docklands. Berry bezahlte und stieg aus. Nach dem Besuch bei Dr. Fridaye hatte er sich erst einmal für drei Tage zurückgezogen, hatte viel geschlafen, stundenlang in der Badewanne gelegen und viel Zeit in seinem Fitnesscenter zugebracht.

»Wieder zurück, Berry?«, lächelte ihn Wendy Carmichael von der Rezeption in der Lobby des Bürohauses an. »Was hat der Arzt gesagt?«

»Kerngesund«, grinste er zurück. »Sie riskieren mit mir also nichts.«

Wendy deutete lächelnd auf ihren noch jungfräulich glänzenden Verlobungsring. »Das hier war schon riskant genug.«

»Wieso stellen Sie mir Ihren Freund nicht mal vor?« Berry drückte den Knopf am Aufzug.

»Ich mag keine Machos. Und bei euch Typen käme er womöglich auf den Geschmack«, lachte sie.

»Sie wissen nicht, was Sie verpassen, Wendy«, sagte Berry und stieg in den Aufzug, »Sie ahnen es noch nicht mal.« Er sah nicht mehr, wie Wendys Lächeln milde wurde.

»Oh, doch«, sagte sie leise, »aber ich will es nicht.«

Lost Ship Management, LSM, residierte im Penthouse. Berry mochte keine Hauswände vor seinem Fenster. Deshalb hatte er dieses überteuerte Büro gleich nach Firmengründung gemietet, als noch gar nicht abzusehen war, ob Lost Ship Management überhaupt ein Erfolg werden würde.

Oben angekommen, fuhren die Fahrstuhltüren auseinander. Berry sah als Erstes in das hektisch gerötete Gesicht von Elias Holbrook, der ihn offenbar schon erwartete. Bis auf die Sekretärin war Holbrook alleine im Büro. Berrys Leute hatten nach dem letzten Einsatz praktisch nur die Unterhosen gewechselt und waren gleich wieder aufgebrochen, um einen im Südchinesischen Meer gekaperten Frachter namens OCEAN VIEW zurückzuholen.

»Wir haben Nachricht vom Maritime Bureau«, knurrte Elias ohne Begrüßung. »Die chinesische Marine ist uns zuvor gekommen. Scheißkerle. Die haben die OCEAN VIEW gefunden. Dümpelte östlich von Hainan herum. Keine Menschenseele an Bord. Die Chinesen haben das Schiff eingesackt und bringen es nach Haikou. Was sollen wir da machen? Nichts, verdammte Scheiße! Hab unsere Jungs schon zurück beordert. Was sagt der Arzt?«

»Weniger Alkohol, weniger Zigaretten, weniger Frauen«, log er.

»Was soll das bringen, Berry? Einen Platz im Himmel?«

»Ein längeres Leben.«

»Wofür soll das denn gut sein?«, fragte Elias und hielt Berry seine Zigaretten hin.

Berry nahm eine, zündete sie sich an, inhalierte tief und nahm sich vor, den dumpfen Druck zu ignorieren, mit dem sich sein Magen wieder in Erinnerung brachte.

Dr. Fridaye hatte eine nüchterne Diagnose gestellt: Da bei ihm kein Heliobacter Pylori im Spiel war, half keine Eradikationstherapie mit Antibiotika und säurehemmenden Mitteln. Da er auf alle anderen Medikationstherapien nicht reagierte, würde man weiterhin jedes sich neu bildende Geschwür wegoperieren müssen, um einem Magendurchbruch zuvorzukommen. Sie haben eine klassische Männerkrankheit, hatte der Doktor gesagt, Sie fressen alles in sich hinein, deshalb werden Sie von innen aufgefressen.

Stress, hatte Berry gefragt, mit einem gewissen hoffnungsvollen Unterton, denn Stress, das war doch wenigstens etwas Kämpferisches, etwas Aktives, eben Männliches.

Bei der Schwere seiner Erkrankung reichte das als Erklärung jedoch nicht aus. Deshalb hatte Fridaye ihm angeraten, sich in psychotherapeutische Behandlung zu begeben, und hatte ihm die Visitenkarte einer, wie er sagte, sehr pragmatischen, erfolgreichen Londoner Therapeutin namens Geraldine Bostwick in die Hand gedrückt. Die kommt schnell zum Punkt, hatte er gesagt, ein amerikanisches Therapieprinzip, maximal fünf Sitzungen, das kommt Ihnen doch entgegen, habe ich Recht?

»Was gibt es sonst noch, Elias?«, fragte Berry, um auf andere Gedanken zu kommen.

Elias Holbrook schüttelte den Kopf und wirkte plötzlich deprimiert. »Nur die üblichen kleinen Überfälle in verschiedenen Häfen«, sagte er, »im Moment nichts für uns, verdammt noch mal!«

Berry klopfte ihm lächelnd auf die Schulter. »Scheiße, was?«

»Große Scheiße!«

Elias war nur glücklich, wenn irgendwo auf der Welt Schiffspiraten im großen Stil zuschlugen und LSM zurückschlagen konnte. In den Jahren, die er Offizier bei der Hafenpolizei in Hongkong gewesen war, hatte er sich mit Wut aufgeladen, Wut über die Dreistigkeit der Piraten, Wut über die Untätigkeit der Behörden, Wut über die Bestechlichkeit der Polizei und letztendlich Wut, dass die Öffentlichkeit das Problem nicht wahrnahm, selbst wenn ganze Schiffe einfach irgendwo auf den Ozeanen spurlos verschwanden und deren Besatzungen misshandelt oder gar getötet wurden. Seit dem Jahr 2000 waren jährlich über hundert Seeleute von Schiffspiraten ermordet worden, und dabei handelte es sich nur um die offiziell gemeldeten Fälle, die Dunkelziffer lag weitaus höher. In eben jenem Jahr 2000 hatte Berry mit seinen Leuten elf entführte Schiffe für ihre Besitzer oder ihre Betreibergesellschaften zurückerobert. 2001 waren es schon 23, Tendenz steigend. Der geschätzte Schaden durch Piraterie betrug etwa 4 Milliarden Dollar – jährlich.

Für Elias Holbrook war LSM so etwas wie »Organisation gewordene göttliche Gerechtigkeit«, und sein Zorn reichte noch für viele Einsätze. Was auch daran lag, dass er sich nie richtig abreagieren konnte, weil er nicht mehr mit durfte, wenn Berry und seine Leute sich schwer bewaffnet in ihren Jet warfen, um einige Stunden später irgendwo in der Welt, meist in den gefährlichen Gewässern in Indonesien, in der Straße von Malakka oder in den Philippinen, Schiffe von ihren Entführern zurückzuerobern. Vor drei Jahren musste Elias seine Wirbelsäule vom 4. bis zum 7. Lendenwirbel mit Stahlstiften versteifen lassen, nachdem eine Bandscheibe gerissen war. Etwas anderes als sitzen und kerzengerade wie ein Gardeoffizier gehen, konnte er nicht mehr.

»Wir müssen reden«, sagte Elias und hielt Berry am Arm fest, als der in sein Büro gehen wollte.

Berry verdrehte missmutig die Augen. »Nicht schon wieder.«

»Wieder? Wir haben noch gar nicht geredet!«

»Doch, und ich habe nein gesagt.«

»Das war kein Gespräch. Du hast nur ›nein‹ gesagt.«

Berry schüttelte Elias' Hand ab und betrat sein Büro. Holbrook ließ nicht locker und folgte ihm.

»Du bist auf dem Papier der Chef, Berry. Aber wir sind uns doch wohl einig, dass wir hier in dem Laden gleichberechtigt sind.«

»Sind wir. Und ich bin gegen deinen Plan. Eins zu eins unentschieden. Also?«

Elias hob demonstrativ die Linke und begann mit den Fingern aufzuzählen.

Erstens. »Unsere Leute sind gerade in China.«

Zweitens. »Was ist, wenn wir jetzt einen Anruf bekommen und ein Schiff in, sagen wir, Südamerika muss zurückgeholt werden? Dann könnten wir nicht schnell genug reagieren.«

Drittens. »Wenn unmittelbar hintereinander zwei Aktionen durchgezogen werden müssen, dann gehen die Jungs doch am Stock!«

Viertens. »Jede einzelne dieser Situationen hat es in der Vergangenheit mehrfach gegeben.«

Er machte eine Pause, um seinen Worten Gewicht zu verschaffen.

»Wir brauchen eine zweite Crew, Berry. Und wir brauchen ein zweites

Flugzeug, mit dem wir unabhängig von Flugplätzen auf jeder x-beliebigen Wiese landen können.«

Berry warf sich in seinen Schreibtischsessel. »Ich habe keine Lust, den Laden noch größer zu machen.«

»Wenn wir eine Marktlücke schaffen, weil wir Anfragen nicht bedienen können, werden andere auftauchen und unseren Job machen.«

Berry sah ihn belustigt an. »Der Satz ist doch nicht von dir.«

»Lenk nicht ab«, antwortete Holbrook mit einem Anflug von Unsicherheit.

»Woher hast du ihn, sag schon!«

»Vergiss es, verdammt!«, brüllte Holbrook unbeherrscht.

»Hast du 'ne Betriebswirtin gebumst?«

»Fick dich doch selber!«

»Hey, beruhig dich, okay?«

Holbrook atmete tief durch und hob beschwichtigend beide Hände.

»Tatsache ist: Wir schaffen uns unsere eigene Konkurrenz, wenn wir nicht aufstocken.«

»Wir leben gut von unserem Job«, antwortete Berry, »warum soll ich expandieren?«

»Weil es immer mehr verdammte Piraten geben wird!«

Berry schwieg. Er warf einen Blick auf die riesige Weltkarte an der Wand. Grüne Fähnchen zeigten, wo Lost Ship Management Schiffe im Auftrag ihrer Besitzer gefunden und zurückerobert hatte, und ein paar wenige rote zeigten, wo dies nicht gelungen war. Fast jeden Einsatz hatte Berry persönlich geleitet, genau genommen war er nur zweimal nicht dabei gewesen: vor einem Monat, als ein aggressives Darmvirus ihn niedergestreckt hatte, und jetzt bei der gerade abgeblasenen Aktion im Südchinesischen Meer.

»Was ist jetzt?«, riss Holbrook ihn aus seinen Gedanken.

»Du hast Recht, Elias. Aber ich will nicht.«

»Das genügt mir nicht mehr, Berry.«

Berry zuckte mit den Schultern.

»Was ist los mit dir?« Holbrook deutete auf das gerahmte Foto auf Berrys Schreibtisch, das Hanna und ihn auf der Segelyacht zeigte, verliebt und nur wenige Stunden vor dem Angriff der Piraten. »Reicht das als Grund nicht mehr?«

Ein eiskalter Blick traf Holbrook, und Berry erwiderte bedrohlich leise: »Verschwinde.«

Holbrook biss sich auf die Unterlippe. »Tut mir Leid. Wollte dich nicht verletzen.« Er atmete tief durch. »In der Sache bleibe ich dabei: Wir müssen expandieren. Das weißt du so gut wie ich.«

Ruhig verließ er das Büro.

Natürlich hatte Elias Recht, und hätte er denselben Vorschlag vor wenigen Monaten gemacht, hätte Berry nicht gezögert, ihn sofort umzusetzen.

Er schloss die Augen und ließ die Relaxmechanik seines Schreibtischstuhls nach hinten wippen. Von der Entschlossenheit, mit der er vorhin die Lobby betreten hatte, war jetzt nicht mehr viel übrig. Er hing fest, wie eine CD mit einem Kratzer. Obwohl ständig etwas passierte, Schiffe entführt wurden und wieder zurückgeholt werden mussten, war sein Leben zum Stillstand gekommen. Er spürte es, aber er hatte keinen Schimmer, warum das so war.

Minutenlang verharrte er bewegungslos in seiner Sitzposition. Erst als die Glocke der kleinen Seefahrerkirche an der Straßenecke zu schlagen begann, öffnete er die Augen wieder. Zwölf Schläge zählte er, während sein Blick das Foto suchte. Hanna und er in der kleinen Bucht am Cape Senebui. Glücklicher, fand er, konnte ein Paar nicht sein, als sie beide es vor sechs Jahren gewesen waren.

Ohne seinen Blick von dem Foto zu nehmen, griff er in die oberste Schreibtischschublade, holte eine Flasche Maaloxan hervor, nahm einen großen Schluck und würgte ihn hinunter, mehr aus Gewohnheit, als dass es half. Der metallisch-kreidige Geschmack war unerträglich. Er drückte mit der Faust in den Oberbauch unterhalb des Zwerchfells, das half wenigstens ein wenig. Mit der anderen Hand holte er die Visitenkarte von Geraldine Bostwick hervor. »NLP, Gesprächstherapie und Re-Shaping«, las er. Nach einem kurzen Zögern öffnete er die Schublade und versteckte die Karte unter einem Stapel von Schreibblöcken.

4

Die Kneipe hieß »Shark Booze« und lag unweit der Pier 3 im Hafen von Belawan, siebzehn Kilometer entfernt von Medan, der Provinzhauptstadt von Nord-Sumatra. Keine gute Gegend, kein Ort für Touristen, hier verkehrten hauptsächlich Seeleute, die auf das Auslaufen ihrer Schiffe warteten oder auf der Suche nach einer Heuer waren. Und Prostituierte und Männer, von denen man nicht wusste, was ihre Anliegen waren, denen man lediglich ansah, dass mit ihnen nicht zu spaßen war. Der Mann, auf den Yanto wartete, kam im Nadelstreifenanzug und saß in einer von einem Chauffeur gelenkten Luxuslimousine.

Yanto hasste Nadelstreifenträger. Nadelstreifenträger waren für ihn alle, die studiert hatten und Berufe ausübten, die man nur ausüben konnte, wenn man studiert hatte. Solange sie nicht in seiner Welt auftauchten, waren sie ihm gleichgültig. Nur wenn sie ihm zu nahe kamen, machten sie ihn wütend, und er ließ sie seinen Hass spüren. Leider musste er mit manchen freundlich tun, weil er auf sie angewiesen war. Der Nadelstreifenträger da draußen gehörte zu dieser Kategorie. Was Yanto am meisten ärgerte, war, wie schlau der Mann sich verhielt. Er schlich sich nicht etwa durch das gefährliche Viertel – nein, er fuhr protzig und selbstbewusst vor, ließ sich wie ein Fürst von dem Chauffeur die Wagentür öffnen, tastete sich mit seinen feinen Lackschuhen hinaus in den Dreck und kam ohne Bodyguards. Deutlicher konnte man seine Macht nicht signalisieren.

Yanto wusste, dass hier jeder diese Botschaft verstand, auch wenn sie möglicherweise nicht wahr war. Auch er konnte sich nicht leisten, sie zu ignorieren. Es gab in der Nadelstreifenwelt eine Protektion, die für ihn gefährlich werden konnte, weil er sie nicht durchschaute. Noch nicht. Dieser Mann da, Harrison nannte er sich, war vielleicht der Eigner eines Schiffes, das er, Yanto, verschwinden lassen sollte, damit er, der Nadelstreifenmann, die Versicherungssumme für Schiff und Ladung kassieren konnte. Vielleicht war Harrison aber auch der Abgesandte eines korrupten Polizeioffiziers. Yanto wusste es nicht und konnte es auch nicht abschätzen. Das Tan Siph-Syndikat von Medan hatte diese Begegnung hier im »Shark Booze« organisiert, und das machte Harrison unantastbar. Im internationalen Geschäft der Schiffsentführungen, da, wo das wirklich große Geld gemacht wurde, war Yanto noch ein Nobody. Tan Siph hatte ihn in der Vergangenheit mit einigen kleineren Raubzügen beauftragt, und das Geschäft mit Harrison könnte sein erster Großauftrag werden. Offenbar vertraute man ihm, das durfte er keinesfalls aufs Spiel setzen.

Nein, ihm blieb nichts anderes übrig, als den Nadelstreifenträger nicht anzutasten und ihn höflich zu behandeln.

Harrison baute sich vor ihm auf, den Aktenkoffer ließ er lässig an beiden Händen vor seinen Oberschenkeln baumeln.

»Mr. Yanto?«

Yanto erhob sich, deutete eine Verbeugung an und zeigte auf den Stuhl ihm gegenüber. Dort würde Harrison mit dem Rücken zur Tür sitzen müssen.

»Bitte sehr, Mr. Harrison.«

Harrison griff nach dem Stuhl und platzierte ihn an die Seite des Tisches, so hatte er Yanto und die gesamte Kneipe im Blickfeld. Er setzte sich und stellte den Koffer neben sich auf den Boden.

Wäre Harrison ein Asiate wie er, dann würde Yanto lächeln, aber er wusste inzwischen, dass Europäer oder Nordamerikaner das asiatische Lächeln als Schwäche oder gar Unterwürfigkeit einstuften. Also wartete er mit ernster Miene ab. Harrison hingegen lächelte breit, was Yanto wie Hohn empfand.

»Ich habe von Ihren Leistungen gehört, Mr. Yanto«, sagte Harrison, »und man hat mir empfohlen, Ihnen zu vertrauen.«

Na also, dachte Yanto mit Genugtuung und wartete ab, bis sein Dolmetscher mit dem Übersetzen fertig war. Zwar verstand er Harrison auch so sehr gut, er war stolz auf sein gutes Englisch, aber die Übersetzung verschaffte ihm jedes Mal etwas Zeit. Mit Nadelstreifenträgern war es wichtig, nichts zu übereilen.

»Worum geht es also, Mr. Harrison?«, fragte er auf indonesisch.

»Um einen 200 000-Tonnen-Öltanker.«

Yanto ließ sich mit seiner Antwort Zeit. Wenn es einen Vorteil gab, den seine Welt gegen die westliche Welt ausspielen konnte, dann war es Zeit. Irgendwo hatte er einmal ein Sprichwort gelesen: Gott gab den Europäern die Uhr, den Asiaten aber gab er die Zeit.

»Ein solches Schiff zu finden, ist nicht gerade einfach«, sagte Yanto und ließ sich nicht anmerken, wie wenig er tatsächlich darin ein Problem sah. Seit seiner Kindheit hatte er tagtäglich Schiffe dieser Größenordnung durch die Straße von Malakka ziehen sehen, und daran hatte sich nichts geändert, außer dass es heute dreimal so viele waren.

»Keinen leeren Tanker wohlgemerkt, Mr. Yanto.«

Yanto störte es, wie dieser Harrison »Mr. Yanto« sagte, das klang so, als wären diese zwei Worte keine Anrede, sondern ein Witz.

»Er muss mit Rohöl beladen sein.«

Harrison wartete die Übersetzung gar nicht erst ab, hob seinen Koffer auf den Tisch und sah Yanto direkt in die Augen. »Ich brauche das Schiff, aber nicht die Besatzung.«

»Das ist kein Problem«, antwortete Yanto.

»Das Schiff muss alt sein. Ein Schrottkahn. Gerade stabil genug, um noch ein paar Monate zu fahren.«

Endlich eine gute Gelegenheit, dachte Yanto, diesem arroganten Kerl klar zu machen, dass er es hier mit einem gleichwertigen, intelligenten Mann zu tun hat.

»Sie wollen möglichst sicher gehen, dass dieses Schiff nicht mit ShipLoc gesichert ist«, stellte er beiläufig fest.

Für einen Moment blitzte anerkennendes Erstaunen in Harrisons Augen auf. »Das auf jeden Fall«, antwortete er.

Yanto nickte. Er hatte seine ersten Sporen als Pirat bei der spektakulären Entführung der SELAYANG verdient, einem kleinen 3500-Tonnen-Tanker, beladen mit Heizöl. Damals hatten sie das Schiff problemlos in ihre Gewalt gebracht, nicht jedoch gewusst, dass es mit ShipLoc, einem dieser kleinen Satellitenpeilsender ausgestattet war. Aus irgendeinem Grund wollte die indonesische Küstenwache damals beweisen, dass sie der rapide zunehmenden Piraterie in ihren Gewässern nicht tatenlos zusah. Deshalb hatte man sie von der Straße von Malakka durchs halbe Südchinesische Meer gejagt und letztendlich festgenommen. Nur mit einer Menge Schmiergeld war es ihren Auftraggebern, Auslandschinesen aus Singapur, gelungen, sie wieder freizukaufen.

»Ich feilsche nicht, Mr. Yanto«, fuhr Harrison fort. »Ich kenne die Preise. Sie bekommen 350 000 Dollar, 50 000 sofort, den Rest bei Schiffsübergabe. Sie haben genau vierzehn Tage Zeit. Ab heute. Liefern Sie nicht, kriege ich die 50 000 wieder zurück.«

Yanto spürte genau, dass Harrison normalerweise anders formuliert. Offenbar glaubte er, ihm gegenüber einfache, klare Worte benutzen zu müssen. Mühevoll unterdrückte Yanto seine Wut. Wieso war jeder Asiat für einen Europäer oder Amerikaner von vornherein nur ein ungebildeter Halbaffe? Wieso glaubten diese langnasigen Menschen, dass Intelligenz nur bei ihnen vorkam? Diese arroganten Idioten, wenn er doch nur nicht auf sie angewiesen wäre!

Aber, war er das denn? Bisher hatte er doch mit seinen Beutezügen genug Geld eingetrieben. Er konnte seine Familie versorgen und nicht nur die, sogar sein gesamtes Dorf profitierte davon: hin und wieder einen kleinen Frachter komplett mit Ladung stehlen und die Fracht an indonesische oder malaiische Hehler verkaufen. Das reichte. Auch wenn die ihn schlecht bezahlten, weil sie wussten, dass er nur mit großer Mühe, wenn überhaupt, andere Käufer finden würde – so war er wenigstens sein eigener Herr, Yanto, der jüngste unter den Piraten, die die Straße von Malakka unsicher machten.

»Ich will, dass du ganz genau übersetzt«, sagte er zu seinem Dolmetscher auf indonesisch, und er sagte es so kühl, dass der genau wusste, was für ihn auf dem Spiel stand. Yanto wandte sich wieder an Harrison.

»Wenn ich Ihnen die Beschaffung eines Schiffes, und zwar in genau dem Zustand und in der Größe, wie Sie es gerade gewünscht haben, zusichere, dann, Mr. Harrison, dürfen Sie voll und ganz versichert sein, halte ich solch eine Vereinbarung in jedem Fall ein, gleichgültig, wie hoch mein Aufwand dafür sein mag.«

Gespannt beobachtete er Harrisons Gesicht, während der Dolmetscher sich abmühte, den Schachtelsatz perfekt zu übersetzen. Würde Harrison jetzt endlich merken, dass er es hier mit einem ebenbürtigen, intelligenten Mann zu tun hatte?

Harrison lächelte, herablassend, wie es Yanto schien, und machte eine Geste wie: Was auch immer du sagst, Schwachkopf.

Wilder Hass kochte in Yanto hoch, und er konnte nicht verhindern, dass seine Augen für einen Moment verräterisch aufblitzten. »Nur eins geht nicht, Mr. Harrison: Ihr Preis passt nicht zu meinem Risiko.«

Harrisons Blick verfinsterte sich. »Ich sagte, ich feilsche nicht.«

»Dasselbe gilt für mich«, antwortete Yanto und versenkte seinen Blick in Harrisons Augen.

Harrison entgegnete lange nichts. Dann lächelte er plötzlich, wieder herablassend und überheblich, jetzt war sich Yanto ganz sicher, und sagte »Okay« und hielt ihm seine Hand hin. »425 000.«

Yanto hatte gewonnen, aber nicht gesiegt, denn Harrison hatte das Zepter keine Sekunde aus der Hand gegeben. Hätte Yanto 500 000 gefordert, hätten sie gefeilscht und wären am Ende in der Mitte bei 425 000 angekommen. Harrison hatte das sehr genau gewusst, und Yanto war sich sicher, dass er keinen Dollar mehr ausgeben würde. Er zögerte. Die Scham, in diesem Handel keine Macht gehabt zu haben, brannte tief. Bis ihm klar wurde, dass er im Begriff war, seinen Gewinn zu verschenken und sein Gesicht zu verlieren, wenn er nicht einschlug. Immerhin hatte er ja 75 000 Dollar mehr herausgeholt.

»Unser Geschäft hat Gültigkeit«, sagte er und schluckte seine Wut hinunter. Wenn er mehr über Harrison wüsste, könnte er vielleicht einen Weg finden, sich für dessen Überheblichkeit, die er heute hatte hinnehmen müssen, zu rächen. Darauf sollte er seine Konzentration richten.

Mit diesem Gedanken fiel es ihm leicht, das Gespräch mit einem Lächeln zu beenden, auch wenn es nicht sehr lange anhielt. Wie sehr er sich auch anstrengte, er wusste, in der Welt, aus der Harrison kam, würde er nie der Überlegene sein. Im Inselgewirr vor der indonesischen Küste war er ein Häuptling. Aber in der Welt, wo ihm Syndikatsbosse, die er nie zu Gesicht bekam, und Männer wie dieser Harrison die Aufträge erteilten, zählte das nicht. Was ihm blieb, war, sich in seiner Welt so viel Macht wie möglich anzueignen, um irgendwann selbst in die große Welt der Syndikate vorzudringen.

Yanto verbot sich weitere Gedanken, auf keinen Fall durfte er sich jetzt zu sehr ablenken lassen. Vor Harrisons Tanker hatte er erst einmal einen anderen Auftrag zu erfüllen. Es ging um die LIBERTY, die Aluminiumbarren nach Japan bringen sollte. Noch lag der Frachter vertäut an der Pier, Yanto konnte ihn von seinem Platz aus sehen. Aber die Kräne hatten ihre Arbeit schon eingestellt, und die Frachtluken waren für die Weiterfahrt nach Osaka geschlossen worden.

Yanto erhob sich und mit ihm mehrere Männer, die bisher scheinbar unbeteiligt einzeln im »Shark Booze« gesessen hatten. Er beachtete sie nicht, es waren seine Männer, die sofort eingegriffen hätten, wenn sich Harrison als gefährlich erwiesen hätte.

Harrison erfasste die Situation und die Gefahr, in der er geschwebt hatte, mit einem schnellen Blick, und Yanto hatte den Eindruck, für den Bruchteil einer Sekunde Angst in seinen Augen aufblitzen zu sehen. Dieser winzige Moment versöhnte ihn einmal mehr mit der Arroganz des Engländers, die er sich hatte zumuten müssen.

Deinen Kern werde ich schon noch freilegen, dachte er, und schritt würdevoll hinaus ins Freie.

5

Harrison ließ sich nach dem Gespräch in der schummerigen Bar direkt zum Flughafen von Medan fahren. Ein Lächeln huschte über seine Züge. Es ging ihm gut. Ein wohliges Kribbeln wanderte über seine Haut, wie immer, wenn er an seinen Plan dachte. Mit dem Treffen von Yanto war er in dessen heiße, letzte Phase eingetreten. Drei Jahre hatte er daran gearbeitet. Eine Sekunde und drei Jahre, denn zuerst war diese kühne Idee gewesen, der Funke einer genialischen Eingebung. Erst dann folgte die akribische Ausarbeitung, bis alles perfekt war. So perfekt wie nur irgend möglich. Der Feind jedes guten Plans ist der Zufall, und deshalb hatte Harrison viel Energie aufgebracht, alle denkbaren Zufälle schon im Vorfeld zu neutralisieren. Mit einer Strategie hatte man reelle Chancen, ein Schachspiel zu gewinnen, egal wie unberechenbar der Gegner war; ohne Strategie brauchte man gar nicht erst den ersten Zug zu tun.

Harrisons Plan war im Kern atemberaubend einfach:

Yanto stahl einen mit Rohöl beladenen, schrottreifen 200 000-Tonnen-Tanker, einen maroden Seelenverkäufer. Wer immer der Besitzer dieses Schrottkahns sein würde, mit Sicherheit würde er hocherfreut über dessen Verschwinden sein und das Schiff garantiert nicht suchen lassen, sondern stattdessen die Schiffsversicherung kassieren.

Das gestohlene Rohöl brachte Yanto nach China. Über einen Strohmann würde Harrison den Verkauf des Öls an die Chinesen zuvor organisiert haben. Die Chinesen waren für Geschäfte dieser Art immer zu haben. Seit ihre Wirtschaft boomte, wuchs ihr Durst nach Öl jedes Jahr um wenigstens zehn Prozent.

In der Zwischenzeit wurde der gestohlene Tanker mit gefälschten Papieren legalisiert und Harrison mit seiner Scheinfirma Shipomex mit Sitz auf den Cayman-Inseln zum offiziellen Besitzer. Genauso offiziell versicherte er den Tanker weit über seinen tatsächlichen Wert hinaus. Nachdem das Rohöl in China verkauft worden war, würde Harrison das Schiff versenken und seinerseits die Versicherung kassieren.

Abzüglich aller Unkosten brachten ihm der Ölverkauf und der Versicherungsbetrug weit über 60 Millionen Dollar ein – genug, um bis ans Ende seiner Tage nicht mehr arbeiten zu müssen.

Zum einen.

Zum anderen würde Harrison, dessen wahrer Name Thomas Becker war, sich endlich an Berry Feiler rächen, der ihm vor sechs Jahren Hanna weggenommen und sein gesamtes, wunderbar ausgearbeitetes Lebenskonzept zerstört hatte. Rache und ein phantastischer Gewinn in einer Aktion – kein Wunder, dass das wohlige Kribbeln mit jedem Tag zunahm, den er seinem Ziel näher kam.

6

Als es an der Tür seines Büros klopfte, zuckte Berry zusammen. Vorsichtig verringerte er den Druck auf seinen Oberbauch und schob sich mit seinem Schreibtischstuhl nach vorne, sodass statt seiner Faust die Tischkante in seinen Unterleib drückte.

»Ja.«

Seine Sekretärin Linda MacGowan streckte den Kopf herein.

»Sie wollten mich sprechen?«

Berry winkte sie herein und zwang sich zu einem unbeschwerten Lächeln. Seine Schmerzen gingen niemanden etwas an.

»Schicken Sie eine Email an den Reeder, dessen Schiff von der chinesische Marine konfisziert wurde – wie hieß es noch gleich?«, fragte er unkonzentriert.

»OCEAN VIEW.«

»Okay. Sehr geehrter Mister ...«, er sah sie fragend an.

»Randolph Cook«, assistierte die Sekretärin.

»Also, sehr geehrter Mister Cook. Wie schon mitgeteilt, haben wir gleich nach Auftragserteilung eine Crew losgeschickt, um die OCEAN VIEW an ihrem zuletzt gemeldeten Standort im Südchinesischen Meer zu suchen. Noch während der Suche aus der Luft erfuhren wir über einen V-Mann, dass die chinesische Marine uns zuvorgekommen ist und Ihren Frachter ohne Besatzung aufgefunden hat. Absatz. Die Chinesen haben die OCEAN VIEW konfisziert und in ihre 12-Meilen-Zone vor der Insel Hainan geschleppt. Damit hatten wir keine Zugriffsmöglichkeit mehr und mussten unsere Aktion abbrechen. Absatz. Was Ihr Schiff betrifft ...«

Berry bemerkte erst jetzt den verständnislosen Blick, den Linda MacGowan ihm zuwarf.

»Rede ich zu schnell?«, fragte er gereizt.

»Nein«, druckste sie herum, »Sie sagen, die Besatzung der OCEAN VIEW ist verschwunden – also, ich meine, die sind doch wahrscheinlich tot.«

»Natürlich, ja.«

»Vielleicht sollte man das ein bisschen einfühlsamer ...« Linda verstummte unter seinem Blick.

Berry hielt die Luft an und konzentrierte sich für einen Moment auf das Pulsieren in seinem Bauch.

»Weiter«, sagte er.

Linda las die letzten Worte des Diktats vor.

»Damit hatten wir keine Zugriffsmöglichkeit mehr und mussten unsere Aktion abbrechen«, fuhr Berry fort. »Was Ihr Schiff betrifft, so ist es inzwischen in den Hafen von Haikou auf der Insel Hainan gebracht worden. Nach unseren Erfahrungen werden die Chinesen das Schiff erst gegen ein saftiges Lösegeld zurückgeben. Sie werden es Gebühr für die Einholung, Lagerung und Bewachung nennen. Falls Sie nicht bezahlen, werden die Chinesen die OCEAN VIEW an einschlägige Mafiosi verkaufen, die Ihr Schiff umbenennen, mit neuen Papieren versehen und mit dieser neuen Identität auf dem Weltmarkt zur Charter anbieten werden. Absatz. Um Letzteres zu vermeiden, sollten Sie sich sofort an den Hafenmeister von Haikou wenden und auf dessen Vorschlag über die Höhe des Ablösegeldes, also die o.g. Gebühr, warten. Auf keinen Fall, ich betone, auf keinen Fall dürfen Sie Ihr Schiff über ein chinesisches Konsulat zurückfordern. Damit würden Sie eine Bürokratie in Gang setzen, die Monate, unter Umständen Jahre braucht, und an deren Ende Sie Ihr Schiff trotzdem nicht wiedersehen und womöglich noch wegen illegaler Einführung zollpflichtiger Waren angeklagt werden. Absatz. Ich will erwähnen, dass es möglicherweise für Sie lukrativer sein kann, Ihrer Versicherung Schiff und Ladung als verschollen zu melden. Absatz. Unsere Dienste für Sie enden hiermit. Für Rückfragen und so weiter und der übliche Mist. Haben Sie das?«

Linda kniff die Lippen zusammen und vermied es, ihn anzusehen. »Habe ich, ja.«

»Dann raus damit.«

Linda ging zur Tür.

Ohne sie anzusehen, sagte Berry: »Und wegen der Besatzung – schreiben Sie da noch was Nettes rein.«

Sie nickte mit einem knappen Lächeln, aber ihre Mimik und ihre Körpersprache sagten eindeutig: Du blödes Arschloch …

Berry beugte sich vor und konnte seitlich die ehemaligen Docks sehen, wo jetzt längst nicht mehr die Arbeit, sondern die Londoner Hipness den Ton angab. Wütend schlug er mit der flachen Hand gegen die Scheibe. Zu viele Erinnerungen, zu viele Gedanken.

7

Mitternacht in der Straße von Malakka. Die LIBERTY, ein 9000-Tonnen-Frachter, schob sich durch die sanft dünende See. Seine Ladung bestand aus Aluminiumbarren, die zu 6972 Bündeln zusammengefügt waren, jedes eine Tonne schwer. Ziel der LIBERTY war der japanische Hafen Osaka.

Der Frachter zog unbeirrt mit 9 Knoten seine Spur durch die Meeresenge, die wie leergefegt war; eine Seltenheit in dieser weltweit meistbefahrenen Seestrecke, durch die sich pro Tag bis zu 900 Schiffe schoben. Das schwarze Schlauchboot mit zwei Außenbordern, das sich von achtern näherte und viel zu klein war, um vom Radar gepeilt zu werden, schien niemand entdeckt zu haben. Und das, obwohl es schon seit Stunden mit einer halben Seemeile Abstand dem Frachter folgte.

Yanto steuerte das Boot, und um ihn herum hockten zehn mit Pistolen, Schnellfeuergewehren und Macheten bewaffnete Männer. Yanto konzentrierte sich auf die Formationen der Wolken am Himmel. Als sich gegen Mitternacht endlich eine große Wolkenbank vor den Mond geschoben hatte, stieß er den Gashebel nach vorne und ließ das Boot auf das Heck der LIBERTY zujagen. Um nicht in die Turbulenzen zu geraten, die von der großen Schiffsschraube verursacht wurden, fuhr Yanto einen kleinen Bogen und näherte sich dem Heck im spitzen Winkel von der Seite. Fast in Tuchfühlung mit der Flanke des Frachters synchronisierte er die Geschwindigkeit des Schlauchbootes. Dann schleuderten seine Männer in schneller Folge nacheinander ihre Enterhaken hoch. Keiner musste zweimal werfen. Yanto fixierte den Gashebel, griff nach einem der Seile und hangelte sich hoch. Seine Männer folgten ihm.

Geschmeidig und leise, sie waren barfuß, teilten sie sich in drei Gruppen und betraten an verschiedenen Stellen den Aufbau des Frachters. Yanto schlich mit zwei seiner Leute die Außentreppe hinauf. Als er die Tür zur Brücke aufstieß, hatte sich der Erste Offizier gerade eine Tasse Kaffee eingegossen, dessen Aroma er genießerisch mit geschlossenen Augen durch die Nase einsog. Noch bevor er die Augen öffnete, traf ihn eine Kugel in den Kopf.

Die Piraten arbeiteten schweigend. Zu viert betraten sie nach und nach die Kajüten der Besatzung und erschlugen die schlafenden Seeleute mit ihren Macheten. Danach holten sie die höheren Mannschaftsgrade aus ihren

Betten, trieben sie an Deck und reihten sie an der Reling auf. Nachdem sie den Maschinisten und den Steuermann separiert hatten, forderten sie die restlichen Männer auf sich umzudrehen, mit dem Gesicht zum Meer. Dann begannen sie zu schießen. Zwei Minuten später zeugten nur noch frische Blutlachen davon, dass hier 16 Männer ermordet und den Haien zum Fraß vorgeworfen worden waren.

8

Im schallisolierten Schießkeller des Bancroft Buildings war die Luft mit feinem Qualm durchsetzt. Elias Holbrook erhöhte mit einem Druck auf die Fernbedienung die Umdrehungen des Abluftventilators.

»Auf jeden Fall stinkt diese neue Munition unglaublich«, brummte er missmutig.

Berry drückte die letzte noch fehlende Patrone in sein Magazin, schob es in das Gewehr und begann gedankenverloren zu feuern, ohne wirklich wahrzunehmen, ob er sein anvisiertes Ziel traf. In den letzten Tagen hatte er sich sehr bemüht, seine Gedanken im Griff zu halten und auf seine Arbeit zu fokussieren, und doch hatte sich bei ihm mit jeder Schmerzattacke, die über ihn hereinbrach, eine merkwürdige Melancholie eingeschlichen, die zu verdrängen ihm zunehmend schwerer fiel.

Auch wenn er nicht gezielt hatte, so hatte er die Pappfiguren gut getroffen. Auf so kurze Distanz war es ohnehin schwer, mit dieser neuen *down-ammo* danebenzuschießen, Projektile, die mit einem normalen M-16-Sturmgewehr verschossen werden konnten und die sich schon wenige Meter, nachdem sie den Lauf verlassen hatten, in vier Zentimeter große Gel-Bälle verwandelten. Sie sollten einen Menschen kampfunfähig machen, ohne ihn lebensgefährlich zu verletzen.

Holbrook beobachtete Berry von der Seite, erkennbar missmutig über dessen Wortkargheit und abwesendes Verhalten.

»Hallo!«

Berry zuckte zusammen. »Mhm?«

Holbrook sah ihn an, als wollte er ihm mit seinem Blick ein Loch ins Gehirn bohren. »Ich rede mit dir!«

»Okay. Und was hast du gesagt?«

»Ich sagte, humane Munition ist bescheuert!« Er sah Berry auffordernd an. »Auge um Auge, Zahn um Zahn. Oder etwa nicht?«

»Du musst nicht damit schießen, Elias.«

»Herzlichen Dank, dass du mich daran erinnerst, Partner!« Holbrook funkelte Berry wütend an. Das letzte Wort hatte er förmlich herausgespien. »Es ist wirklich ein schönes Leben auf dem Abstellgleis.«

Berry antwortete nicht und nestelte an seinem Gewehr herum, bis Elias Hand auf seinen Rücken klatschte. Er schreckte hoch.

»Verdammt! Was ist los mit dir? He?« Holbrook starrte ihn wütend an.

»Hast du Gehirnlähmung? Bist du auf Entzug? Ist was mit deiner Mutter? Hast du Ladehemmung?« Er deutete auf Berrys Schritt.

»Vielleicht ein bisschen zu viel Stress«, sagte Berry defensiv.

»Schwachsinn. Stress ist gut für uns. Wir sind Männer!«

Berry warf sein Gewehr auf den Tisch, ohne es zu sichern, was Elias zu einem missbilligenden Grunzen veranlasste. Sicherheit war hier unten das oberste Gebot.

»Heilige Scheiße, ja! Habe ich je was anderes gesagt?«

»Das nicht, Berry-O, aber irgendwie benimmst du dich nicht mehr so«, antwortete Elias.

»›So‹«, imitierte Berry ihn, »was soll das denn sein, ›so‹?«

»Wie ein Mann, capisce? Wie ein Kerl! Wie Lord Admiral Nelson, der Feind aller Piraten, Herrgott noch mal!«

Berry runzelte die Stirn, erwiderte jedoch nichts, sondern machte stattdessen eine wegwerfende Handbewegung und legte seine Handschuhe, die Sicherheitsbrille und die Ohrenschützer neben sein Gewehr.

Elias schüttelte fassungslos den Kopf. Vorgebeugt wie ein angriffslustiger Terrier trommelte er mit der flachen Hand einen nervösen Rhythmus auf die Tischplatte, offenbar auf der Suche nach effektiveren Worten, um Berry aus der Reserve zu locken.

»Bist du sauer? Wegen der Firmenerweiterungs-Scheiße?«

»Warum sollte ich sauer sein? Es gibt keine Firmenerweiterung.«

Elias klopfte weiter. »Was dann?«

Berry sah auf seine Uhr. »Ich denke, ich verschwinde für heute.«

»Du willst verschwinden?« Elias Holbrook unterbrach sein Geklopfe. »Um die Zeit willst du nach Hause …?«

Für einen Moment sah er ihn nur fassungslos an, doch dann hellte sich plötzlich seine Miene auf.

»Ah!«, stieß er hervor, reckte den Oberkörper und grinste breit. »Jetzt weiß ich's!« Er rammte seinen Zeigefinger in Berrys Brust. »Du Mistkerl! Du hast dich verknallt! Du bist verliebt! Deswegen bist du so neben der Spur!«

Er lachte laut auf und bohrte weiter in Berrys Brust. »Wer ist sie? Komm, sag schon!«

»Halt die Klappe, okay«, schnauzte Berry ihn an, schlug Elias' stechenden Finger weg und verließ ohne ein weiteres Wort den Schießkeller.

Elias schüttelte den Kopf. »Der Junge ist verliebt.« Er sicherte Berrys Gewehr. »Ist schlimmer als ein Bauchschuss. Einen Bauchschuss kannst du überleben.« Er lachte auf und schüttelte erneut den Kopf. »Verliebt …«

9

»Heiliger Christophorus, Anxa, das ist zu gefährlich!«, brüllte der Skipper Aurich gegen den Wind.

Anxa scherte sich nicht um seine Worte und zog sich auf dem Bauch liegend nach vorne auf den Steven zu. Nicht leicht bei dem Seegang.

»Meschugge, die Deern«, knurrte Aurich und konzentrierte sich wieder darauf, den kleinen Fischkutter gegen die kurzen, hohen Wellen und den böigen Wind auf Kurs zu halten.

Eine sehr steile Welle stieß den Bug des Kutters in die Höhe. Anxa verlor für einen Moment den Halt und wurde einen halben Meter in die Luft geschleudert. Sie jubelte auf, und obwohl der Aufprall auf das Holzdeck schmerzhaft war, drehte sie sich um und winkte Aurich lachend zu.

»Halt dich doch verdammt noch mal wenigstens fest!«, rief er.

Wieder schleuderte eine Welle Anxa in die Höhe. Dieses Mal war sie vorbereitet, und nur ihr Unterkörper hob sich in die Luft und schlug unsanft wieder auf.

»Schiete noch mal!«, brüllte Aurich noch lauter, als würde das was nutzen, »tau dich endlich an!«

Anxa robbte flink ganz nach vorne an den Bug, drückte ihre Füße gegen die Ankerwinde, umfasste mit beiden Armen den über die Planken herausragenden Bugsteven und schob vorsichtig ihren Kopf über den Schiffsrand.

Der stumpfe Bug des Kutters drückte das Wasser mit einiger Mühe auseinander und löste die Wellen in Gischtwolken auf, die senkrecht nach oben sprühten. Anxa erschauerte, als das kalte Wasser über sie hinwegzischte. Auch wenn sie schon reichlich durchnässt war, es störte sie nicht, im Gegenteil. Das Meer war für sie Magie, würde es immer bleiben, obwohl sie sich die meiste Zeit des Tages ausschließlich wissenschaftlich damit auseinander setzte. Ihre Oma hatte immer gesagt: Du wärst fast ein Fisch geworden, wahrscheinlich hat der liebe Gott erst in letzter Sekunde vor deiner Geburt die Schwanzflosse gegen zwei Beine ausgetauscht.

Ihre Oma … Anxa lächelte wehmütig.

Das Schiff bockte und schüttelte sich. Anxa klammerte sich weiterhin mit aller Kraft an den Steven. In den flacheren Gewässern um die Insel Alte Mellum würde der Seegang nachlassen, und bis dahin konnte sie leicht durchhalten.

Natürlich hatte sie Aurichs Rufe gehört, und sie wusste, dass er um sie besorgt war. Aber sie wusste auch, wie ihre ungezügelte Lebendigkeit ihn melancholisch stimmen konnte. In seinem Leben fehlte ein großes Stück, und ihre Lebenslust erinnerte ihn jedes Mal schmerzlich daran. Auch wenn er auf den ersten Blick wie ein 65-jähriger vom Wetter gegerbter Seemann aussah, der mit seinem Kutter seit früher Jugend das Meer befuhr – tatsächlich war er vor ein paar Jahren noch der Inhaber der »Weltfracht Reederei« gewesen, die in den 1960er-Jahren mit kleinen Südfruchttransporten angefangen und sich dann zu einer der erfolgreichsten Containerschiff-Reedereien entwickelt hatte. Als sie seine Lebensgeschichte das erste Mal gehört hatte, hielt sie sie für ausgemachtes Seemannsgarn. War sie aber nicht.

Vor zehn Jahren hatte ihn ein Herzinfarkt niedergeworfen. Da erst begriff er, dass sein Leben nur aus Karriere, Stress, sechzehnstündigen Arbeitstagen, einer Stunde Abendessen mit der Ehefrau, einer Stunde Fernsehen und dann auf der Couch einschlafen bestand. Noch während der Reha – diesen Teil hatte er Anxa erst erzählt, als sie sich besser kennengelernt hatten –, noch während er gebetsmühlenartig die Frage in seinem Kopf drehte, was er ändern könnte, war seine Frau gestorben. Sie tat es leise, unauffällig, bescheiden, so, wie sie an seiner Seite gelebt hatte. Sie hatte neben ihm geblüht und war verwelkt, ohne dass er es wirklich mitbekommen hatte. Die Sekunde ihres Todes bedeutete für ihn das endgültige Ende seines bisherigen Lebens, kein Schuss vor den Bug, sondern eine vollständige Versenkung. Ein Gefühl unendlicher Vergeblichkeit. Er hatte nie gelebt, er hatte immer nur gearbeitet. Was für eine erbärmliche Bilanz!

Lange Zeit tötete der Schmerz jeden Gedanken. Es dauerte Monate, bis er sich an die andere Liebe seines Lebens erinnerte, die Liebe zum Meer, eine Liebe, die er ebenfalls noch nie gelebt hatte, für die es aber noch nicht zu spät war. Von einem Tag auf den anderen verkaufte er die Reederei, erstand einen noch leidlich erhaltenen Fischkutter, und seitdem fuhr er damit jeden Tag hinaus aufs Meer. Einfach so oder im Auftrag anderer. So wie jetzt für die Meeresbiologin Anxa Perrical.

Zwei Stunden später näherte sich der Kutter vorsichtig dem Anlegeplatz. Anxa stand schon mit ihrem Rucksack bereit und schätzte den Abstand zur Kaimauer.

»Ich kann mich darauf verlassen, dass du die Proben heute noch ins Labor bringst?«, fragte sie Aurich und strahlte ihn an.

»Mensch, Anxa, du bringst mich noch um! Hab ich jemals …«

»Schon gut!« Sie lachte. »Ich freue mich schon auf übermorgen.« Sie fixierte die Kaimauer. »Warum gehen wir nicht mal zusammen aus?«

»Ganz einfach, du bist nicht mein Typ, Anxa«, sagte er und lachte, ohne sie anzusehen.

»Ich bin hundertprozentig dein Typ, Aurich«, antwortete sie und nahm Schwung. »Du fühlst dich nur zu alt für mich.«

Mit dem schweren Seil in der Hand sprang sie hinüber auf die Mauer und vertäute es geübt an einem Poller. Die Baggy-Jeans mit den vielen Taschen klebte feucht an ihrem Körper, nur ihr Mikrofaser-T-Shirt war schon wieder getrocknet.

Sie winkte Aurich zum Abschied zu, der den Dieselmotor stoppte, sich auf das Steuerrad lehnte und ihr wehmütig hinterhersah.

Anxa warf sich auf ihre Aprilia Scarabeo und fuhr los. Sie hoffte, die Abendsonne wäre warm genug, um ihre Hose zu trocknen, ohne dass sie sich eine Erkältung holte. Ihre Haare wehten im Fahrtwind, und sie fuhr verspielt in sanfter Schlangenlinie. Wenn man sie so sah, würde man nicht glauben, dass sie 35 Jahre alt war, in einem renommierten Schweizer Mädchenpensionat für höhere Töchter einen Abschluss in Hauswirtschaft gemacht hatte, von zu Hause ausgerissen war, in Berkeley Meeresbiologie studiert und in Miami promoviert hatte.

* * *

Anxa genoss die warme Dusche, und wieder einmal vermisste sie das Klima von Kalifornien oder Florida. Ihre Hose war nicht auf der Fahrt getrocknet, und sie hatte heftig gefroren, als sie ihr Apartment betrat. Andererseits, bevor sie das Forschungsprojekt hier in Bremerhaven angenommen hatte, hatte sie ein Jahr lang auf der Polarforschungsstation in Gondwana in der Antarktis gearbeitet, und da war alleine schon warm zu duschen ein seltener Luxus gewesen, gar nicht zu reden von anderen Unannehmlichkeiten. So gesehen ging es ihr hier im kühlen deutschen Norden immer noch besser.

Sie ließ den Wasserstrahl über ihren Rücken perlen, streckte die Arme hoch gegen die Wand, schloss die Augen und lächelte zufrieden, ohne Gedanken und nur dem Rauschen des Wassers lauschend. Ihre Brustwarzen verhärteten sich langsam, und das von ihr herabperlende Wasser fühlte sich wie eine intime Berührung an, der sie sich voll und ganz hingeben konnte, weil da niemand war, der etwas von ihr erwartete.

Zuerst war es ein erotisches Gefühl. Dann wurde es sehnsüchtig, unbestimmt sehnsüchtig, und es dauerte eine Weile, bis das Gefühl benennbar wurde. Sie sehnte sich nach einem eigenen Kind. Normalerweise nahm ihr der Gedanke an Familie sofort die Luft zum Atmen und provozierte ein Schreckensbild nach dem anderen – aber seit einigen Wochen trennten sich diese schlechten Gefühle von dem Verlangen nach einem Baby, ohne Familie und ohne Vater, nur für sie, jetzt, da sie noch 35 war und nicht erst, wenn es biologisch zu spät für sie war.

Das Klingeln an der Tür ließ sie hochschrecken. Ohne sie abzustellen, sprang sie aus der Dusche, band sich ein Handtuch um und ging zur Tür. Durch den Spion sah sie Oliver Regener, einen ihrer Kollegen, der in dem Team des spanischen Biologen Pablo Arides arbeitete. Sie öffnete die Tür weit.

»Oh, das überfordert mich jetzt aber«, sagte Oliver und ließ seine Blicke über ihren Körper wandern.

»Dann warte hier, bis ich fertig bin«, antwortete Anxa mit einer Lässigkeit, die man nicht lernen konnte, sondern im Blut haben musste. Sie hatte diese Eigenschaft von ihrem verhassten Vater geerbt, deswegen hatte sie Jahre gebraucht, bis sie sie an sich selbst akzeptiert hatte.

Sie ließ ihr Handtuch zu Boden gleiten und ging nackt zurück ins Badezimmer.

Es dauerte keine 30 Sekunden, bis Oliver sich seiner Kleidung entledigt hatte und bei ihr unter der Dusche war.

Wenn ich richtig rechne, müsste ich doch heute oder morgen einen Eisprung haben, dachte sie, nachdem sie im Geiste die Kalendertage seit Ende ihrer letzten Periode durchgezählt hatte. Sie lächelte über diesen sachlichen Gedanken, während Oliver sie von hinten zu streicheln begann. Sie hatten in den letzten Monaten häufig Sex miteinander, und er war genauso wie sie ein absoluter Beziehungsfeind. Das passte also schon mal. Ihr Forschungsprojekt dauerte noch sieben Monate. Wenn sie schwanger werden würde, könnte sie ihren wachsenden Bauch bis zum siebten Monat als Gewichtszunahme erklären. Dann würde sie sofort nach Projektende Deutschland verlassen, und Oliver würde nie erfahren, dass er Vater war.

Sie fand diesen Gedanken gut und auf eine Art sogar verführerisch, schloss die Augen und genoss ihre steigende Erregung.

»Woran denkst du?«, fragte Oliver.

Männer ..., dachte Anxa genervt, aber nicht so genervt, dass sie sich um ihre Erregung bringen ließ. ›Woran denkst du‹ während des Sex war ungefähr so antörnend wie ›Wie war ich?‹ danach abtörnend war. Diese Frage hatte ihr Oliver zum Glück noch nie gestellt.

»Daran, wie es weitergeht«, gurrte sie.

»Du wirst es erleben«, sagte er.

Na, also, es geht doch, dachte sie und verzieh ihm sein Geschwätz. Schließlich wollte sie mit ihm an keiner Beziehung arbeiten, sondern einfach nur Sex haben.

»Dein Pessar«, stöhnte er in einem Anflug männlichen Verantwortungsgefühls.

Sie drehte sich langsam zu ihm um und versenkte ihren Blick in seinen Augen.

»Schon erledigt«, log sie mit tiefer Stimme, »ich wusste doch, dass du kommst.«

Oliver antwortete mit dem kühn-herben Macho-Blick eines Mannes, dem Selbstzweifel völlig fremd sind.

»Dann lass mich rein«, sagte er, und Anxa machte es ihm leicht.

10

Berry war mit dem Aufzug vom Schießkeller aus nicht mehr hoch in sein Büro gefahren, sondern eine Etage nach unten in die Tiefgarage zu seinem Auto, einem Mercedes S500. Nirgends fühlte er sich so zu Hause wie in diesem Auto. Absolute Ruhe und fast absolute Beweglichkeit.

Warum fuhr er eigentlich nicht einfach los, auf und davon, ein für allemal? Auf der Bank wartete knapp eine Million Euro, unspektakulär und zu einem eher bescheidenen Zinssatz auf einem Daily-Cash-Konto geparkt, nur um ihm die beruhigende Gewissheit zu geben, jederzeit darüber verfügen zu können. Sein gesamter Besitz dürfte etwa acht Millionen Euro betragen. Wenn er Lost Ship Management verkaufte, kamen noch einige Millionen hinzu – wenn er wollte, konnte er ab jetzt bis zu seinem Tod nur herumfahren, in exklusiven Hotels wohnen und jeden Tag dreimal Sushi essen, ohne pleite zu gehen.

Warum eigentlich nicht? Warum nicht alles anders machen?

Sobald er allerdings anfing, darüber nachzudenken, fielen ihm tausend Gründe ein. Der schwerwiegendste war, Holbrook nicht zu enttäuschen. Auch wenn ihm dieser ruppige Kerl oft auf die Nerven ging – ohne ihn wäre er aus dem Loch nach Hannas Tod nie herausgekommen.

Plötzlich, als träte ihr Name eine Lawine los, fielen Bilder über ihn her, in solcher Dichte und Schnelligkeit, dass jeder Versuch scheiterte, sie zu kontrollieren. Zugleich wollte er die Erinnerung nicht wirklich verdrängen, denn die Gefühle, die sie auslösten, waren immer noch besser als diese schleichend anwachsende Dumpfheit, die ihn mehr und mehr umgab.

Wieder hörte er im Geiste den Schuss, sah Hanna nach hinten stürzen, sah den Anführer, wie er lachte – und dann dieses Gefühl absoluter Sicherheit: Nein, sie ist nicht tot, sie kann gar nicht tot sein! Bis er begriff, dass sie vor seinen Augen starb, dass einer der schweren, röchelnden Atemzüge ihr letzter war. Dass sie nicht mehr lebte …

Später, die Piraten waren längst auf und davon, erwachte Berry aus seiner Bewusstlosigkeit und sah Hannas fürchterlich entstellten Körper neben sich liegen. Mehrere Minuten vergingen, bis er es schaffte, nach der Decke zu greifen, auf der sie sich geliebt hatten, und ihren toten Körper damit zuzudecken. Unter der Decke kam die kleine Kamera zum Vorschein und damit die Erinnerung an das Foto, das er von den Piraten geschossen hatte, als sie an Bord gekommen waren. Schon jetzt, erst wenige Stunden nach dem Überfall, konnte Berry sich kaum noch an ihre Gesichter erinnern, für ihn als Europäer waren asiatische Gesichter fast nicht voneinander zu unterscheiden. Wenn das Foto nur etwas geworden war! Dann konnte er sie sich immer wieder in Erinnerung rufen, so lange, bis er den verdammten Mörder gefunden hatte.

Wie ein rohes Ei nahm er die Kamera an sich. Diese kleine Olympus-Kamera mit dem altmodischen, belichteten Kleinbildfilm war das einzige Gegengewicht zu dem brennenden Schmerz über Hannas Tod.

Alles in Berry schrie danach, sich sofort auf die Suche nach dem Anführer der Piraten zu machen, aber wie sollte das gehen? In einer Gegend, die er nicht kannte, zwischen Menschen, deren Sprache er nicht sprach, ohne Geld und ohne Möglichkeit, sich fortzubewegen? Die Segelyacht konnte er auf Dauer nicht alleine fahren, und der Skipper würde ihn mit Sicherheit nicht begleiten. Außerdem war der Koch schwer verletzt und brauchte dringend einen Arzt, sein rechter Arm war gebrochen, einige Rippen wahrscheinlich ebenfalls, und seine Stirnwunde klaffte so weit auf, dass man den Schädelknochen sehen konnte.

Nein, es blieb Berry nichts anderes übrig, als erst einmal nach Kuala Lumpur zurückzukehren und dort herauszufinden, wie er vorgehen konnte.

Da der Skipper nicht nüchtern genug war, um das Schiff zu steuern oder gar Segel zu setzen, entschloss sich Berry, die TARU nur mit Hilfe des kleinen Außenbordmotors nach Kuala Lumpur zu lenken. Ein nautisches Problem war das nicht, die See war ruhig, er brauchte nicht mehr zu tun, als exakt nach Norden bis zur malaiischen Küste zu steuern und von da an nordwestlich dem Küstenverlauf bis zur Mündung des Kelangflusses zu folgen.

Fünfzehn Stunden später fuhr die TARU den Kelang hinauf. Berry hatte das Ruder während der gesamten Fahrt nicht einmal losgelassen, hatte nichts gegessen und nichts getrunken, um keine Sekunde zu verlieren. Benommen, von der Hitze ausgezehrt und von der Sonne verbrannt, erreichte er den Hafen.

Die riesigen Schiffe um ihn herum, die vielen Schlepper, Lotsenschiffe, kleinen Fischerboote und was sonst noch alles hin- und herfuhr, schienen zu einer anderen, zu einer irrealen Welt zu gehören. Trotz der aufdringlichen, brodelnden Hektik hatte er das Gefühl, in einen bunten, dramatischen, computeranimierten Film hineinzugleiten. Einzig real für ihn war die Gewissheit, dass vorne am Bug neben dem Schlauchboot unter der Decke Hannas Leiche lag. Und dass der Film, den er aus der Kamera genommen hatte, in seiner Hosentasche steckte.

Das Abtransportieren der Leiche, die Beschlagnahmung der Yacht, die polizeiliche Untersuchung, die Bemühungen der Charterfirma, den britischen Konsul zu erreichen – all das geschah für Berry nicht wirklich, er war zwar anwesend, fühlte sich jedoch wie ein Beobachter, der damit nichts zu tun hatte und den das alles nichts anging, der lediglich darauf wartete, grünes Licht zu bekommen, um ein einfaches Programm abzuspulen, das er sich während der langen Stunden am Steuer der Yacht zurechtgelegt hatte: den Film entwickeln, sich Bargeld, ein Wörterbuch und Landkarten beschaffen, ein kleines Motorboot kaufen und alle Buchten und Orte an der Küste der Halbinsel westlich von Rupat Island, an deren oberem Zipfel Cape Senebui lag, nach dem Piratenanführer absuchen.

Fünf Tage dauerte es, fünf Tage, die er mit quälenden Verhören in Untersuchungshaft verbrachte, in denen er wie auf glühenden Kohlen saß, bis die malaiischen Behörden und der britische Konsul ein Agreement getroffen hatten: Berry durfte das Untersuchungsgefängnis gegen eine Kaution und die Zusage, vorläufig in Malaysia zu bleiben, verlassen. Großzügigerweise hinterlegte die britische Regierung die Kaution, gab ihm etwas Überbrückungsgeld und bot ihm an, alles später in Raten zurückzuzahlen. Berry willigte ein, dachte jedoch nicht eine Sekunde daran, sich an die Verabredung zu halten, ganz egal, welche Folgen das für ihn haben würde. Seine Gedanken kreisten unaufhörlich um die Frage, wie er den Piratenanführer aufstöbern und was er mit ihm anstellen würde, wenn er ihn erwischte.

Von dem Film hatte er den Behörden nichts erzählt. Es machte keinen Sinn, denn das Verbrechen war in Indonesien passiert, die malaiischen Behörden würden sich niemals die Mühe machen, die Indonesier um Amtshilfe zu bitten – wenn sie dieses Wort überhaupt kannten. Vor allem aber war die Gefahr zu groß, dass der Film als Beweisstück einbehalten würde und für ihn damit unerreichbar wäre.

Als Berry endlich am Tag der Entlassung vor der letzten Gittertür sein Gepäck und seine persönlichen Dinge entgegennahm, war er nervös und musste alle Energie aufwenden, um Gelassenheit vorzutäuschen. Unter den unangenehm aufmerksamen Blick des Gefängniswärters ging er sein Gepäck durch, obwohl es ihn einen Dreck interessierte, ob irgendetwas fehlte – bis auf den Film.

Endlich und so beiläufig wie möglich öffnete er sein Necessaire und hätte fast vor Freude aufgejubelt, als er ihn zwischen Zahnpasta und Rasierschaum fand. Jetzt konnte ihn nichts mehr aufhalten.

Vor der Polizeistation winkte er ein Taxi herbei. »Ich gebe Ihnen hundert Dollar, wenn Sie den ganzen Tag nur für mich fahren«, sagte Berry zu dem Fahrer.

Der sah ihn abschätzend an. »Hundertfünfzig Dollar.«

»Hundert. Ja oder nein«, sagte Berry kurz angebunden. Ob hundert oder hundertfünfzig war ihm im Grunde gleichgültig, aber er wusste, dass ein Ausländer, der nicht feilschte, keinen Respekt zu erwarten hatte und umso mehr abgezockt wurde. Für ihn war es jetzt vor allem wichtig, sich voll und ganz auf seinen Plan zu konzentrieren, sonst nichts. Er wollte klare Verhältnisse.

»Ich habe Familie, sieben Kinder verbrauchen viel Geld«, versuchte es der Malaie erneut.

»Sie verdienen normalerweise niemals hundert Dollar am Tag. Entweder nehmen Sie mein Angebot an, oder ich frage einen Ihrer Kollegen.« Berry packte zur Bekräftigung seiner Entschlossenheit den Türgriff.

»Nein, nicht fragen«, sagte der Mann hastig und stellte den Taxameter aus. »Hundert Dollar, gut.« Er hielt die Hand auf.

Berry zählte ihm dreißig Dollar hinein. »In zwei Stunden die nächsten zwanzig, Und so weiter.«

Der Fahrer nickte, steckte das Geld schnell ein und lächelte. »Mein Taxi ist Ihr Taxi.«

»Zuerst zu einer britischen Bank. Dann zu einem Fotoshop, der Bilder sofort entwickelt.«

Zwei Stunden später hatte Berry fünftausend Dollar in der Tasche und hielt ein vergrößertes Foto in den Händen, auf dem die fünf Piraten zu erkennen waren. Der Autofokus der Kamera hatte auf den Anführer scharf gestellt, sodass dieser sehr deutlich und zwei weitere seiner Männer noch hinreichend gut zu erkennen waren. Nur die beiden letzten Piraten standen zu weit im Hintergrund und waren zu unscharf, um ihre Gesichter identifizieren zu können. Aber das war für Berry nicht von Bedeutung, ihn interessierte nur der Anführer und sonst niemand.

Als Nächstes brauchte er ein Boot, eins das schnell, klein und unauffällig war, gerade groß genug, um die 40 Kilometer offene See zwischen Malaysia und der indonesischen Küste zu schaffen. Seetüchtig brauchte es nicht zu sein, denn Stürme und gefährlicher Seegang waren in der Straße von Malakka selten.

Sein Taxifahrer erwies sich als äußerst nützlich. Drei Stunden später war Berry der Besitzer eines mit einem stabilen Holzdach abgedeckten Bootes mit einem 80 PS starken Johnson-Außenborder, der einen noch ganz anständigen Eindruck machte. Zusätzlich erwarb er drei Extrabenzinkanister und einige Trinkwasserbehälter.

Drei weitere Stunden später hatte er sich mit Werkzeug, Lebensmitteln, See- und Landkarten, einer Erste-Hilfe-Ausrüstung, Messer und einer riesigen Machete eingedeckt, eine Schusswaffe hatte er vergeblich versucht zu bekommen. Er zahlte dem Taxifahrer das restliche Geld, bestieg sein Boot und fuhr los, geradewegs den Kelang hinunter aufs offene Meer hinaus, beseelt von der Gewissheit, in naher Zukunft Hannas Mörder zur Strecke zu bringen.

* * *

Ein halbes Jahr später kehrte er wieder nach Kuala Lumpur zurück, leer und zerfressen von Schmerzen und Hass. Er hatte im weitesten Umkreis von Cape Senebui jede Bucht und jeden Ort angesteuert, hatte sein Foto Tausenden von Menschen gezeigt, hatte gehofft, dass jemand den Namen des Mannes kannte und ihm zu sagen vermochte, wo er ihn finden konnte – vergeblich.

Jetzt war er ohne jede Zuversicht, seine Kräfte waren erschöpft, und die Erinnerung an Hannas Tod holte ihn immer häufiger ein, als Alptraum, als brennende Wut, wie sie ohnmächtiger nicht sein konnte. Inzwischen war sein Geld verbraucht. Er hatte angefangen zu trinken, und sein hohlwangiges Gesicht und die fiebrigen Augen, die ihn jeden Morgen im Spiegel ansahen, sagten ihm, dass er nur noch die Wahl hatte, entweder so wie bisher weiterzumachen und zu sterben, oder aufzugeben, um wenigstens irgendwie weiterzuleben.

Ein kleiner Rest an Lebenswillen brachte ihn dazu aufzugeben, ohne ihn allerdings mit einer Vorstellung zu versorgen, wie sein Leben von da an aussehen sollte. Ob er nach Deutschland zurückkehren sollte, wo er aufgewachsen war, oder nach London, wo seine Mutter lebte, die seit dem Tod seines Vaters seine gesamte Familie darstellte.

Um einen letzten, deutlichen Schlussstrich unter die erfolglose Jagd der letzten sechs Monate zu setzen, suchte er in Kuala Lumpur das International Maritime Bureau auf, die zentrale Erfassungsstelle für internationale Piraterie, von der ihm in den letzten Monaten immer wieder erzählt worden war. Vielleicht war ja inzwischen der Piratenanführer getötet oder gefangen genommen worden, vielleicht kannte man dort wenigstens den Namen des Mannes.

Aber auch das half ihm nicht weiter, der Chef des IMB, Kapitän Philip Pangkalan, konnte ihm nichts sagen, was ihm Erlösung brachte. Damit war Berry endgültig am Ende seiner Möglichkeiten angelangt.

Bevor er das IMB verließ, praktisch in letzter Sekunde, kam es zu der schicksalhaften Begegnung, die sein Leben veränderte. Pangkalan machte ihn mit Elias Holbrook bekannt, einem ehemaligen Offizier der Hongkonger Hafenpolizei, der im Auftrag verschiedener Versicherungen unterwegs war, um Seajacking, also die Entführung ganzer Schiffe mitsamt ihrer Ladung, aufzuklären.

»Reden Sie mit ihm«, forderte Pangkalan ihn auf, »es wird Ihnen helfen.«

Holbrook hörte sich Berrys Geschichte an und erzählte ihm daraufhin, dass er schon längere Zeit über die Gründung einer privaten, bewaffneten, mobilen Eingreiftruppe nachdachte, eine Art Re-Possession-Organisation, die im direkten Auftrag der betroffenen Reedereien unmittelbar vor Ort und nur nach eigenen Regeln gegen die Piraten vorging. Auf Berrys Nachfrage, was er damit genau meinte, wurde Holbrook sehr deutlich:

»Piraten, Mr. Feiler, sind die Schmeißfliegen der Ozeane, und die gehören ausgerottet, verstanden?«

Das war genau der Ton, der bei Berry auf fruchtbaren Boden fiel.

»Geben Sie nicht auf«, fuhr Holbrook fort, »tun Sie sich mit mir zusammen. Wenn der Mann, den Sie suchen, weiter im Geschäft bleibt – und warum zum Teufel sollte er das nicht! – dann werden Sie ihn früher oder später vor *Ihrer* Flinte haben. Wir kriegen das Schwein, das verspreche ich Ihnen!«

Verführerischer konnte eine Aussicht gar nicht sein. Darin steckte die klare Botschaft: Hier ist das Ende deiner Hilflosigkeit!

Trotzdem hatte er Zweifel. Der Gedanke, wie ein Special-Forces-Soldat Schiffe zu entern und brutale Piraten zu überwältigen, lag weit außerhalb der Vorstellung dessen, wozu er fähig war.

Holbrook ließ seinen Einwand nicht gelten.

»Ich kenne Leute, die trainieren Sie zu einem Terroristen, zu einem Killer oder zu einem Soldaten. Oder alles drei. Was auch immer. Wichtig ist nur eins: Wollen Sie oder wollen Sie nicht?«

Berry wollte, und von da an nahm sein Leben eine dramatische Wende. Er machte mit Typen Bekanntschaft, die er bisher nur aus Kinofilmen kannte: ehemalige Agenten und Polizisten, Ausbilder der britischen Special Boats Squadron und Mitglieder der amerikanischen Navy Seals. Er verbrachte viele Wochen in spartanischen Camps in Pakistan und Algerien, er trainierte, wie man Menschen kampfunfähig machte oder tötete, wie man hohe Schiffswände mit einem Hakenseil erklomm, wie man mit allen möglichen Waffen schoss und traf, wie man einen Angriff auf ein Schiff plante und reibungslos durchführte. Das Geld für diese Ausbildung streckte Holbrook vor, für ihn handelte es sich um eine Investition, die sich in jedem Fall auszahlen würde.

Sechs Monate später gründeten Berry Feiler und Elias Holbrook in London die Firma Lost Ship Management Limited, die weltweit einzige Repo-Agentur für entführte Seeschiffe.

Berry übernahm die Aufgabe, die Truppe aufzubauen und anzuführen; Holbrook, von seinem Wirbelsäulenproblem und chronischem Bluthochdruck geplagt, kümmerte sich vor allem um die administrativen und organisatorischen Arbeiten in ihrem Büro in London.

Nur in den Anfangsmonaten von Lost Ship Management lief das Geschäft bescheiden. Bald jedoch hatte sich herumgesprochen, welchen Service LSM anbot, und schon ein halbes Jahr später waren Berry und seine Leute fast ununterbrochen im Einsatz: vor den afrikanischen und den südamerikanischen Küsten, in der karibischen und südchinesischen See, in den philippinischen, vor allem aber in den indonesischen und malaiischen Gewässern.

Endlich ließ der Schmerz über Hannas Tod etwas nach und trat hinter der engen Abfolge von Einsätzen zurück. Aber los wurde Berry ihn nie, er verlagerte sich lediglich tiefer in sein Inneres, biss sich fest und tauchte immer wieder überfallartig auf, meistens in der Nacht, wenn er nach einem Alptraum hochschreckte; oder wenn er einfach so wach wurde und seine Gedanken zu rotieren begannen, während er versuchte, wieder einzuschlafen.

Bei jeder Aktion trug Berry das Foto von den fünf Piraten bei sich, und jeden Piraten, den er und seine Leute gefangen nahmen oder töteten, nahm er ganz genau in Augenschein. Bald konnte er zwei der fünf Piraten, die von seinen Leuten bei Schusswechseln getötet worden waren, von seiner Liste streichen. Den Anführer jedoch hatte er bis zu diesem Tag nicht mehr wiedergesehen, nicht einmal seinen Namen hatte er in Erfahrung bringen können.

* * *

Berry stöhnte auf und japste mit zitternden Lippen nach Luft. Der typische Tiefgaragenduft, eine Mischung aus Gummi, Abgasen und Benzin, bedrängte ihn. Er merkte nicht, wie sich seine Augen mit Tränen füllten. Schnell startete er den Motor des Mercedes und fuhr los.

Draußen fädelte er sich aggressiv in den Verkehr ein und gab Gas, vielleicht schaffte er die Ampel noch.

Er schaffte sie nicht, und weil er wusste, dass an dieser Kreuzung eine Kamera jeden Rotlicht-Sünder fotografierte, bremste er scharf.

»Was glotzt ihr so!«, brüllte er die Fußgänger an, die ihn mit vorwurfsvollen Blicken bedachten. Sie konnten ihn nicht hören, das wusste er, aber es wäre ihm auch gleichgültig gewesen. Wild sah er sich um. Diese verdammten normalen Gesichter! Mit Biografien dahinter, in denen der bisher tragischste Schicksalsschlag die Darmverstopfung des familieneigenen Irish Setters war, der jeden Tag mit Pralinen und Pudding voll gestopft wurde; oder der Tod des Vaters, aber der hatte ja sogar was Gutes, weil man dadurch in den Besitz des Familienvermögens kam. Was für ein Haufen blasierter Wichtigtuer!

Berrys Blick glitt von einem zum nächsten und streifte die Augen eines Mannes, die ihn voller tief glühendem Hass fixierten. Erstaunt beugte er sich vor. Dieses Gesicht, kannte er es nicht?

Kaum bemerkte der Fremde Berrys Interesse, drehte er sich schnell weg und schob sich in die Menschenmenge.

»Thomas?«, flüsterte Berry ungläubig.

Diese Art, leicht vorgebeugt zu gehen, diese stockartige Verspanntheit … Auch wenn er ihn vor sechs Jahren das letzte Mal gesehen hatte, Thomas gehörte zu den Menschen, bei denen man schon in dem Moment, wenn man sie kennen lernt, weiß, dass sich nichts in ihrem Leben wirklich ändern wird, auch nicht Gang und Körperhaltung.

Thomas Becker, Hannas damaliger Freund, war der allerletzte Mensch, dem er begegnen wollte. Dass er ihn ausgetrickst hatte, um ein paar Tage mit Hanna alleine auf der Segelyacht zu verbringen, bereitete ihm kein schlechtes Gewissen. Thomas war in seinen Augen immer schon ein Mistkerl gewesen. Aber er hätte ihn wenigstens über Hannas Tod informieren müssen. Es nicht zu tun, war schlicht und einfach feige gewesen.

Wütendes Hupen riss Berry aus seinen Gedanken. Die Ampel zeigte grün und das wahrscheinlich schon eine ganze Weile. Er widerstand der Versuchung herauszuspringen und sich den Fahrer in dem Wagen hinter ihm vorzuknöpfen. Stattdessen schob er den Automatikhebel auf *drive* und trat das Gaspedal durch. Der Achtzylindermotor jaulte auf und entfaltete mit quietschenden Hinterrädern jäh seine Kraft.

Was machte er sich Gedanken über Thomas Becker? Thomas war mehr als Vergangenheit, und ganz sicher war dieser Mann da draußen nicht Thomas.

Mit schleuderndem Heck überholte Berry drei, vier Autos, bis ihn ein entgegenkommendes Taxi zwang, sich wieder in seine Fahrspur einzuordnen.

Berry hätte auch dann kein größeres Interesse an Thomas entwickelt, wenn er zu dem Zeitpunkt gewusst hätte, dass Thomas Becker sich bei bestimmten Geschäften George Harrison nannte.

* * *

In Notting Hill, wo Berry wohnte, rollte der Verkehr trotz der späten Stunde zäh. Viele kamen, um in einem der Restaurants oder Kneipen ihren Abend zu verbringen, nicht wenige kamen in der Hoffnung, irgendeinen der zahlreichen Prominenten zu Gesicht zu bekommen, die hier residierten. Der Charme des früher einmal heruntergewirtschafteten Viertels passte gut zu unvorstellbar reichen Popstars, die an der Illusion festhalten wollten, den Kontakt zum einfachen Mann auf der Straße nicht verloren zu haben, und zu Models, die das Gefühl brauchten, dass ihre Profession irgendetwas mit Kunst zu tun hatte.

Die Zahl der hoch gesicherten Privattiefgaragen hatte sich im letzten Jahrzehnt vervielfacht, nur die Zahl der normalen Parkplätze nicht. Folglich rollte Abend für Abend ein endloser Autopulk im Schleichtempo durch die Gassen, die Fahrer beobachteten mit einem Auge die Bremslichter des Vordermanns, mit dem anderen suchten sie nervös nach einer Lücke zwischen den eng geparkten Autos am Straßenrand.

Berry schaltete das Radio ein und wählte die Einstellung *scan*, bei der das Radio automatisch alle empfangbaren FM-Sender anwählte und jeweils fünf Sekunden lang spielte. Gleich in der ersten Station lief der Refrain des Songs »Woodstock« von Mathew Southern Comfort: »We are stardust, we are gold ...«

Eigentlich hatte Berry sich, als er vor über zwanzig Jahren aus seinem Elternhaus ausgezogen war, geschworen, diese Art von Hippiemusik auf ewig zu meiden. Und doch rührte ihn der schmusige Hippiesong in diesem Moment. Er drückte die *hold*-Taste.

»... by the time we go to Woodstock ...«

Er war mit den Sehnsüchten seiner Eltern groß geworden, und dazu gehörte der magische, friedliche Geist von Woodstock. Als Kind hatte er ihn gerne um sich herum gehabt, und die Musik, die dazu gehörte, hatte etwas Romantisch-Optimistisches.

Gerade wollte er mit Mathew Southern Comfort in den Refrain einstimmen, »We are stardust, we are gold ...«, als die sanfte Musik von einem Jingle zerquetscht wurden. »Dump the young ones – we've got the money!«, sangen hörbar ältere Menschen zu Heavy-Metal-Musik und wurden ihrerseits aggressiv von dem Stations-Jingle von OLD-FM verdrängt.

»So, liebe Freunde«, tönte ein weiblicher DJ irgendwo zwischen 50 und 60, »das war sie noch mal, unsere alte Hymne, die wir gehört haben, als wir am Baggersee lagen und unsere Boyfriends das erste Mal feststellen durften, dass wir tatsächlich keine BHs unter unseren Pullis trugen!«

Verrückte Lacher wurden eingespielt und dann: »Hier ist Vivian von OLD-FM: Vergiss die Jungen, wir haben das Geld! Wie wär's mit ›All along the watchtower‹? Aber nicht von Jimi Hendrix, dem jungen Gott, sondern von Bob Dylan, dem alten Sack! Einer wie wir, Leute, macht euch keine Illusionen! Denn er lebt, und Jimi ist tot! Auf geht's!«

Wie immer, wenn Berry seine Mutter im Radio hörte, fragte er sich, wie lange er sie inzwischen nicht mehr gesehen hatte. Drei Monate mussten es wohl sein, eher vier. Regelmäßig beschwerte sie sich telefonisch bei ihm darüber, deshalb ließ er seinen Anrufbeantworter ständig in Bereitschaft und rief immer nur zurück, wenn er sich irgendwo auf der Welt im Einsatz befand und nicht die Gefahr bestand, dass sie ihn zu einem Besuch nötigte.

Seit seine Mutter den Job als DJ bei dem Senioren-Sender hatte, war sie zwanghaft gut gelaunt. Irgendwie hatte sie es geschafft, ihre schlaffe Marihuana-Beseeltheit von früher und ihre fast schon bedrohlich dumpfe Trägheit nach dem Tod ihres Mannes, seines Vaters, gegen diese expressive Leichtigkeit zu tauschen, und da sie nur fähig war, eine einzige Gefühlslage zu leben, gab es sie jetzt nur noch als laut quakenden Glückskeks, Tag für Tag und von morgens bis abends.

»Hey, Berry!«, rief Hank, der Barmann, und deutete ein Salutieren an, als Berry die Kneipe »Henderson's« betrat.

»Hank«, antwortete er und setzte sich genau in die Mitte der langen Theke. »Malt, doppelt.«

Hank goss ein Glas voll, die Spezialportion für Stammgäste.

»Und, alleine?«, fragte er.

Berry hob demonstrativ das Glas, sagte »nein« und kippte den teuren Whiskey in einem Schluck hinunter.

Das ist Klarheit unter Männern, dachte er.

»Erzähl mir einen Witz, Hank.«

»Kommt ein Mann zum Arzt und sagt, ich krieg keinen mehr hoch. Sagt der Arzt…«

Berry entspannte sich, Witze, die so anfingen, würden ihm seinen Abend retten, und es war völlig gleichgültig, ob sie witzig waren oder nicht.

Drei Stunden später standen vier Männer um ihn herum, die sich lässig gaben und mit erstaunlicher Ausdauer einen Männerwitz nach dem anderen in die Runde schmetterten. Hank hatte sich von ihnen zurückgezogen und beschränkte sich aufs Nachfüllen ihrer Gläser.

Berry soff und lachte, alle gewichtigen Gedanken waren längst im dicken Dunst der Kneipe verschwunden, und in dem Maße, wie sein Kopf zu nebelte, meinte er, endlich wieder Klarheit in seinem Leben zu spüren. Nicht nur das, er spürte außerdem, wie sehr ihn diese Männer-Show aufgeilte.

»Jungs, wer kommt mit in die Jane Street?«, fragte er, als das Lachen nach seinem »Ein-Engländer-ein-Franzose-und-ein-Deutscher-gehen-in-den-Puff«-Witz abgeflaut war.

Jeder frotzelte los und erinnerte sich genau, wann er das letzte Mal dort gewesen war und dass es wieder Mal an der Zeit wäre und dass es nett war, verheiratet zu sein, dass aber der richtig geile Sex nie zu Hause stattfinden konnte, was quasi ein Naturgesetz wäre. Aber als Berry ungeduldig rief: »Hank, wir brauchen ein Taxi!«, hatte plötzlich jeder irgendeinen Grund, warum es bei ihm gerade heute nicht ging.

Am Ende verließ Berry die Bar alleine, während die anderen noch einen Absacker wegputzen wollten, bevor sie nach Hause in die Sex-Einöde gingen.

»Weicheier, Schlappschwänze«, murmelte Berry und ließ sich schwer ins Taxi fallen.

Der Fahrer, ein muslimischer Inder, warf ihm einen kurzen stechenden Blick zu, als Berry die Adresse nannte.

»Irgendwelche Probleme?«, fuhr Berry ihn an.

»Nein, Sir, natürlich nicht«, beeilte sich der Inder zu entgegnen und fuhr sofort los.

Berry grunzte zufrieden und fläzte sich breitbeinig in den Rücksitz.

Sylvie hatte alles, was Berry jetzt brauchte. Für die schnellen Gelüste zog er blonde Frauen vor, und Sylvie war extrem blond. Ihr Körper hatte klassische Ausformungen und war üppig genug, dass er sich nirgends blaue Flecken holte. Seit über einem Jahr ging er regelmäßig zu ihr.

Sylvie musste nicht viel tun, bis Berry sich stark und beherrschend fühlte. Alles war gut, er betrachtete und befühlte ihren Körper, konzentrierte sich auf seine Lust und dachte nichts. Der schnelle Start entpuppte sich jedoch bald als Strohfeuer. Von seinem hohen Alkoholpegel gedämpft, verpuffte seine Geilheit. Er machte sich darüber keine Sorge, dann würde es eben etwas länger dauern, auch gut. Er drehte sich auf den Rücken, damit Sylvie ihn auf ihm sitzend verwöhnen konnte.

Der Anblick ihrer schweren, rhythmisch baumelnden Brüste half tatsächlich gegen seine Taubheit – bis er an ihrem Körper vorbei in dem Spiegel oben an der Decke sein von Alkohol und Anstrengung gerötetes Gesicht sah, seine nach innen verkrampften Zehen und eine Frau, die auf ihm verführerische Gymnastik machte, gut einstudiert, aber seelenlos.

Seelenlos … fast augenblicklich verschwand seine Erektion.

Sylvie spürte das mit professioneller Sensibilität sofort und begann, noch intensiver zu arbeiten.

Seelenlos – warum gerade jetzt dieses Wort? Seit wann interessierte ihn die Seele einer Prostituierten? Ein kalter Schauer perlte über seinen nackten Körper. Vielleicht nicht ihre, aber deine, sagte eine Stimme, die er nicht hören wollte.

Verdammt noch mal! Er riss sich von seinem Spiegelbild los und versuchte, sich ausschließlich auf Sylvie zu konzentrieren.

Sie hatte bemerkt, dass ihm der Blick nach oben nicht gut getan hatte, und beugte sich vor.

»Hör auf«, sagte er tonlos.

»Das kriegen wir schon hin, Sweetheart«, erwiderte sie mit betont tiefer Stimme, drehte sich um 180 Grad und begann, ihn mit dem Mund zu stimulieren.

»Lass das!« Berry schob sie unsanft zur Seite.

»Hey, wir haben einen Deal, und den bring ich zu Ende!«

»Vergiss es.«

»Du bist der Boss. Aber wenn du nicht kannst, bezahlst du trotzdem.«

Berry langte nach seiner Hose, die neben dem Bett auf dem Boden lag, wühlte sein Geld hervor und hielt ihr hundertfünfzig Pfund hin, weit mehr, als sie vereinbart hatten.

»Hier. Und jetzt verschwinde.«

Es war ihr Zimmer, eigentlich müsste Berry gehen. Trotzdem nahm Sylvie das Geld, raffte ihre Kleidungsstücke zusammen und verließ nackt den Raum, ohne ihn eines weiteren Blickes zu würdigen.

Berry verschränkte die Arme hinter seinem Kopf. Im Spiegel an der Decke sah er einen Körper, der ihm fremd vorkam, und er musste einige Male mit den Füßen zucken, um sich zu vergewissern, dass er der Mann dort oben war.

Der Alkohol, dachte er, ganz klar der Alkohol. Er bewegte seinen Kopf einige Male hin und her, und der Schwindel bestätigte seinen Gedanken. Ohne Alkohol würde er die Dinge klar und einfach sehen, und Sylvie hätte ihren Job zu Ende bringen können. Er reckte sich in der Hoffnung, diese unerklärliche Anspannung loszuwerden, diesen Druck, dieses Brennen, das sich in seinem gesamten Körper ausgebreitet hatte.

Sie haben eine klassische Männer-Krankheit, hatte Doktor Fridaye gesagt, Sie fressen alles in sich hinein, deshalb werden Sie von innen aufgefressen …

Nein, es war nicht der Alkohol, der ihm zu schaffen machte. Es war die Gewissheit, dass sein Leben so, wie er es lebte, nicht weitergehen konnte. Etwas musste sich ändern. Irgendetwas.

11

Am nächsten Morgen schreckte Anxa in ihrem Bett hoch und wusste, ohne auf die Uhr zu sehen, dass sie verschlafen hatte. Fluchend sprang sie aus dem Bett, und obwohl der Geruch von Schweiß und Sex noch an ihr haftete, verzichtete sie aufs Duschen, davon hatte sie gestern genug gehabt.

Ihre Baby-Fantasien von gestern kamen ihr wieder in den Sinn. Heute, nach ihrer wilden Liebesnacht, fühlte sich der Gedanke absurd an. Was war bloß in sie gefahren?

Muttersehnsüchte versus egoistische Lust. Entweder – oder, beides geht nicht. Zumindest hatte ihr noch keine der vielen jungen Frauen, die in den letzten Jahren in ihrer Umgebung Kinder bekommen hatten, glaubhaft berichtet, dass es funktionierte. Wieso sollte sie ihr Liebesleben aufgeben, nur um so einen Windelscheißer großzuziehen?

Windelscheißer … Sie ärgerte sich über ihre harten Gedanken, die ihr aufgesetzt und gewollt erschienen, als wollte sie sich von dem eigentlichen Gefühl ablenken.

Eine halbe Stunde später riss sie die Tür zum Konferenzzimmer im vierten Stock des Instituts für Meeresbiologische Forschung auf und stürmte hinein.

»Guten Morgen, verehrte Kollegen!«, rief sie charmant lächelnd in die Runde. »Sorry, dass ich mich verspätet habe!«

Niemand reagierte, nur einige frostige Blicke trafen sie. Sie warf Oliver einen fragenden Blick zu, der jedoch verhielt sich ebenfalls unerwartet eisig. War er sauer, dass sie ihn nicht hatte bei sich übernachten lassen? Unmöglich, das hatte sie noch nie und auch nie einen Hehl daraus gemacht, dass sie morgens, wenn sie wach wurde, niemanden um sich herum haben wollte.

»Was ist?«, fragte sie. »Es sind doch nur ein paar Minuten.«

Harmsen, der Institutsleiter, räusperte sich. »Kollege Bernd hat schon seine Wochenergebnisse zusammengefasst, Sie können ihn ja nach der Sitzung befragen, wenn Sie interessiert sind, Frau Perrical.«

Anxa wunderte sich, wie überbetont er ihren Namen aussprach.

»Wenn Sie dann jetzt bitte berichten wollen?«, forderte Harmsen sie auf.

Während Anxa über den Stand ihres Forschungsprojektes referierte, fiel ihr auf, dass ihre Kollegen sie viel seltener als gewöhnlich ansahen und wenn, dann wirkten sie – ja, irgendwie beleidigt. Sie wusste, dass einige unter ihnen der Meinung waren, Frauen gehörten nicht in ein Forschungsteam außer zum Kaffeekochen, aber das waren sie immer schon gewesen und nicht erst seit diesem Tag.

Zweieinhalb Stunden später hatten alle Wissenschaftler ihre Zwischenergebnisse präsentiert. Harmsen dankte allen und beendete die Sitzung.

Anxa versuchte gar nicht erst, einen ihrer Kollegen anzusprechen, sondern blieb so lange sitzen, bis alle bis auf Harmsen den Saal verlassen hatten.

»Also, Dr. Harmsen, jetzt sagen Sie mir mal, was los ist.« Sie lehnte sich gelassen zurück. Wenn diese Kerle sie schnitten, nur weil sie ein paar Minuten zu spät gekommen war, hatten die ein Problem, nicht sie.

Harmsen tat geschäftig und sachlich. »Ihre Mutter hat angerufen und bat dringend um einen Rückruf.«

Anxa zuckte zusammen. Ihr sackte das Herz in die Hose.

»Meine Mutter?«

»Also, nicht eine Frau Helena Perrical«, er sprach ihren Nachnamen richtigerweise englisch aus, mit der Betonung auf der ersten Silbe, »sondern eine Frau Perikos«, diesen Namen sprach er mit rollendem ›R‹ und mit Betonung auf der zweiten Silbe aus. »Auf die Rückfrage meiner Sekretärin, ob hier vielleicht ein Irrtum vorliege, Sie verstehen: Perrical – Perikos, wurde Frau Perikos sehr wütend.«

Anxa holte tief Luft. Ihr war, als hätte ihr irgendetwas alle Körperwärme entzogen.

»Also leitete meine Sekretärin den Anruf an mich weiter. Und ohne dass ich Sie darum gebeten hatte, gab mir Frau Perikos Einzelheiten Ihres wissenschaftlichen Werdegangs wieder, um mir zu beweisen, dass sie wirklich Ihre Mutter ist. Ich sagte ihr, ich glaube ihr auch so, auch wenn das mit dem Namen: Perrical, Perikos, nicht so ganz hinhaut. Aber sie war nicht zu stoppen und erzählte mir als Nächstes, dass sie die Frau von Alessandro Perikos sei, einem der, wie sie mehrfach betonte, erfolgreichsten und reichsten griechischen Reeder, und dass Sie, Frau Perrical, die einzige Tochter seien, und ich nur ein kleiner Professor, der sich wer-weiß-was einbilde. Dann folgte noch eine Reihe von Beleidigungen und«, Harmsen zuckte mit den Schultern, »das war's«.

Anxa hatte sich wieder gefangen. »Das tut mir sehr leid, Dr. Harmsen. Das erklärt nur nicht, warum meine Kollegen so abweisend sind.«

Harmsen sah sie erstaunt an. »Wollen Sie mich auf den Arm nehmen?«

»Nein, das beabsichtige ich nicht«, erwiderte Anxa mit ruhiger Schärfe. »Ich habe meinen Namen geändert, okay. Weil ich mit meiner Familie nichts zu schaffen haben möchte, falls Sie es genau wissen wollen. Ich habe die amerikanische Staatsbürgerschaft angenommen. Na und? Wo ist das Problem?«

Harmsen begann zu schwitzen. Anxa wusste, dass ihre Selbstsicherheit für ihn immer schon schwierig gewesen war.

»Wir sind ein kleines Forschungsinstitut, Frau … Perrical. Für dieses Projektjahr hat der Stiftungsrat Ihnen das mit Abstand meiste Geld zugebilligt. Ich will offen zu Ihnen sein: Wir alle hier wissen nicht so recht, wie es zu dieser Entscheidung gekommen ist und …«

»Jetzt fangen Sie doch nicht wieder damit an!«, brauste Anxa auf. »Meinen Sie, ich habe alle Mitglieder des Stiftungsrates gebumst, damit sie sich für mein Projekt entscheiden? Auch die Frauen?«

Harmsens Kopf pulsierte plötzlich in Schamesröte. »Wohl kaum«, stotterte er, um seine Fassung bemüht.

»Tut mir leid«, lenkte Anxa ein und sah ihn auffordernd an.

Harmsen räusperte sich einige Male, bevor er fortfuhr. »Drei Ihrer Kollegen forschen darüber, wie man nach Öltankerunfällen den biologischen Tod ganzer Küstenabschnitte aufhalten und die Meeresfauna revitalisieren kann. Zuletzt nach der Havarie des Tankers PRESTIGE und der daraus resultierenden gewaltigen Ölpest in Spanien und Frankreich ist dies wohl das wichtigste Thema überhaupt.«

»Na und? Mal kriegt man viel, mal wenig und manchmal gar kein Geld. Dieses Mal hatte ich eben Glück!«

»Es gibt auch noch so etwas wie Moral, Frau Perikos«, sagte Harmsen, bemüht, seine zurückgewonnene Ruhe nicht zu verlieren.

»Moral? Was hat denn das mit Moral zu tun?«

»Die PRESTIGE war ein schrottreifer, einwandiger Tanker, ein rechter Seelenverkäufer. Kein anständiger Reeder schickt so ein Schiff aufs Meer. Außer wenn er nur an seinen Profit und an nichts anderes denkt.«

»Moment mal, Dr. Harmsen. Reden wir jetzt über die Entscheidung des Stiftungsrates, über die PRESTIGE oder über meine Kollegen, die sich verhalten, als hätte ich eine ansteckende Krankheit?«

»Die PRESTIGE hat damit sehr viel …«

»Glauben Sie im Ernst, ich seh das anders?«, unterbrach Anxa ihn. »Im Gegensatz zu Ihnen war ich vor ein paar Wochen in Galizien und habe mitgeholfen, den verdammten Dreck wegzuräumen!«

Harmsen fuhr unbeirrt fort: »Die PRESTIGE lief unter der Flagge Honduras', war in England versichert, von der Schweizer Rohstofffirma Crown Resources gechartert, die wiederum der russischen Alfa-Gruppe gehört.«

Harmsen machte eine Kunstpause und blickte sie abschätzend an. Anxa hatte Mühe, ihre Geduld zu wahren. Was interessierten sie die Betriebsverhältnisse der PRESTIGE?

»Der Besitzer der PRESTIGE ist die Firma Mare Shipping mit Sitz in Liberia. Es handelt sich um eine Briefkastenfirma. Der eigentliche Besitzer ist der große, steinreiche Alessandro Perikos. Ihr Vater.«

Anxa zuckte zusammen. »Was?«, fragte sie fassungslos. Ihre Stimme zitterte. »Wer sagt, dass die PRESTIGE sein Tanker war?«

»Ich bitte Sie, Frau Kollegin. Lesen Sie unsere hausinternen Mails nicht? Es ist keine drei Wochen her, dass Dr. Oliver Regener alle darüber aufs Detaillierteste informiert hat.«

Anxa schwieg. Meistens las sie die Mitteilungen nicht, und diese Mail hatte sie mit Sicherheit nicht gelesen.

»Was allerdings keiner bis heute wusste, ist, dass Sie Perikos' Tochter sind. Können Sie sich vorstellen, dass Ihre Kollegen darüber, vorsichtig gesagt, etwas betroffen sind?«

Für einen Moment herrschte in Anxas Hirn Chaos. Sie brauchte einige Sekunden, bis sie sich wieder unter Kontrolle hatte. »Was habe ich denn mit den Geschäften meines Vaters zu tun?«

Harmsen zuckte mit den Schultern. »Das werden Sie am besten wissen.«

»Verdammt noch mal!«, schrie Anxa unbeherrscht auf. »Worum geht es hier? Um Sippenhaft?«

»Das nicht. Aber vielleicht haben Ihre Kollegen plötzlich das Gefühl, Sie nicht wirklich zu kennen. Vielleicht fühlten sie sich hintergangen. Vielleicht sind sie sauer, dass dringend benötigte Gelder, um den Mist wegzuräumen, den Ihr Vater angerichtet hat, in Ihre vergleichsweise unbedeutende Robbenforschung gegangen sind.«

Das saß. Anxa verspürte einen Schmerz, wie sie ihn schon lange nicht mehr gefühlt hatte. Ihre verdammte Familie! Sie wollte Harmsen anbrüllen, ihn beschimpfen, aber alle Kraft war plötzlich verpufft. Tränen stiegen in ihre Augen, und als sie Harmsens triumphierenden Blick sah und sich gleichzeitig so machtlos wie ein Kind fühlte, sprang sie auf und stürmte hinaus, den Gang entlang, an dessen Ende die Toiletten waren.

Schluchzend stand sie vor dem Waschbecken und starrte in den Spiegel.

»Nie mehr weinen wegen dem Scheißkerl«, flüsterte sie, »hast du das vergessen? Nie mehr weinen wegen dem Scheißkerl.«

Sie hasste ihren Vater Alessandro Perikos mehr als alles auf der Welt.

* * *

Kurz darauf klopfte sie bei Oliver Regener an die Bürotür und trat ein, ohne abzuwarten.

»Ah, Frau Perikos!« Oliver sprach ihren Geburtsnamen eher mexikanisch aus.

»Bitte, Oliver, lass uns vernünftig reden«, sagte sie sanft.

»Da bin ich gespannt.« Oliver legte sich weit in seinen Schreibtischstuhl zurück und sah sie provozierend an.

»Mach es mir doch nicht so schwer. Ich habe meine Herkunft verschwiegen. Was ist daran so schlimm?«

»Du machst mir Spaß«, lachte Oliver sarkastisch.

Anxa antwortete nicht und sah ihn bittend an.

»Du hast uns alle verarscht, Anxa.« Olivers Blick war unversöhnlich.

»Ich habe meinen Namen geändert. Dafür habe ich persönliche Gründe, und die haben nichts damit zu tun, dass ich irgendjemanden verarschen will.«

»Warst du mal in Galizien, Baby?«

Olivers unvermittelte Arroganz überraschte Anxa. »Sag mal, spinnst du?«, brauste sie auf.

»Hast du dir mal angesehen, was dein Vater da angerichtet hat?«

»Ja, du Arschloch, ich habe kiloweise Öl in irgendwelche Eimer geschaufelt. Ich habe mich von spanischen Polizei-Nazis zusammenschlagen und ins Gefängnis werfen lassen! Reicht das?«

Oliver war irritiert. Beide starrten sich an.

»Wenn Alessandro Perikos mein Vater wäre, würde ich ihn mir gehörig zur Brust nehmen.«

»Mit meinem Vater habe ich schon seit mehr als zehn Jahren nichts mehr zu schaffen. Und mit der Ölpest habe ich genauso wenig zu tun wie du.«

Oliver maß sie mit einem geringschätzigen Blick, der Anxa einen Stich ins Herz gab. Diesen Blick kannte sie sehr gut. Es gab genügend Männer, die respektierten Frauen nur, so lange sie sie umwarben. Hatten sie erst mal Sex mit ihnen, verdrehte sich der Respekt ins Gegenteil. Sie schüttelte den Kopf, als müsste sie ein paar Wassertropfen loswerden: Warum war ihr in den letzten Monaten nicht aufgefallen, dass Oliver auch einer von dieser Sorte war?

»Während sich der Vater als Meeresverschmutzer Nummer 1 profiliert, zieht seine Tochter wichtige Forschungsgelder ab für ihr kleines Projekt, bei dem es um süße Robben mit schwarzen Kulleraugen geht. Was keinen Arsch mehr interessiert!«

»Mein Projekt ist genauso vollwertig wie eures!«, entgegnete Anxa.

Oliver zog demonstrativ die Augenbraue hoch. »Glaubst du das wirklich?«

Nein, glaubte sie nicht, aber sie behielt es für sich. »Und was hätte ich deiner Meinung nach tun sollen? Außer meinen Vater bei meiner Geburt zu töten?«

»Deine Forschungsgelder in unser Projekt umleiten. Arides hat dich doch sogar darum gebeten.«

»Ah, interessant. Die Männer retten die Welt, und die kleinen Mädchen dürfen so lange ein bisschen forschen, bis einer der Herren mit den Fingern schnippt. Ist das ungefähr die Aufteilung, die dir und deinen Macho-Kerlen vorschwebt?«

»Du hättest das Geld nie bekommen dürfen. Das ist es, was mir vorschwebt.«

»Das war eine demokratische Entscheidung. Da kannst du …«

»Herrgott noch mal!«, unterbrach Oliver sie. »Was kann dir denn schon passieren? Der Besitz von deinem Vater wird auf mehr als 500 Millionen Dollar geschätzt.«

»Ja, und was habe ich davon?«

Oliver verdrehte die Augen und drückte körpersprachlich so viel Geringschätzung aus wie überhaupt nur möglich. Er wandte sich kopfschüttelnd seinem PC zu und ignorierte Anxa demonstrativ.

»Woher nimmst du eigentlich das Recht, mich so arrogant zu beurteilen?«, fragte Anxa, und es gelang ihr nicht, ihre Verletzung zu verbergen.

Oliver reagierte nicht.

»Wenn du es genau wissen willst: Mein Vater hat mich enterbt, als ich mit meinem Biologiestudium angefangen habe. Alles, was ich heute bin, habe ich mir selber erarbeitet. Kapierst du, was das bedeutet?«

Oliver sah sie prüfend an. Für einen Moment war Anxa froh, ihn vielleicht doch noch überzeugen zu können. Aber dann merkte sie, wie ihre Wut überkochte. Wer, zum Teufel, war dieser Oliver Regener, dass sie ihm gegenüber Rechenschaft ablegen musste? Plötzlich wurde sie von Stolz durchflutet. Sie richtete sich kerzengerade auf.

»Vergiss es, Oliver. Ihr Jungs seit doch nur froh, dass ihr endlich was gefunden habt, mit dem ihr mir am Zeug flicken könnt.«

»Ach ja? So einfach ist das?«

»So einfach ist das, du verdammtes Arschloch.«

»Gestern Nacht hast du noch anders geklungen«, grinste Oliver verächtlich.

Anxa verschlug es den Atem. Scham wallte hoch, als hätte sie die letzten Minuten nackt in einem Schaufenster gestanden und erst jetzt gemerkt, dass draußen Hunderte von Menschen standen und sie beobachteten.

Unwillkürlich legte sie einen Arm über ihre Brüste, sprang auf, unfähig, etwas zu erwidern, und verließ geduckt den Raum.

Für einen Moment schien Oliver von ihrer Reaktion berührt zu sein. Doch dann winkte er ab und wandte sich wieder seinem PC zu.

»Verlogenes Miststück …«

* * *

Anxa brauchte eine Weile, bis sie zum Telefonhörer greifen konnte. Das letzte Telefongespräch mit ihrer Mutter hatte zu Weihnachten stattgefunden, und es war genauso verklemmt und furchtbar gewesen wie all die anderen davor.

Während das Freizeichen mehrere Male tönte, wuchs ihre Nervosität. Sie hatte die Geheimnummer ihrer elterlichen Residenz in Piräus gewählt und betete, dass nicht ihr Vater den Hörer abhob. Es knackte in der Leitung.

»Ja?«

Anxa atmete auf. »Mama, ich bin's«, sagte sie und fand es absurd, in ihrem Alter noch Mama zu sagen.

»Anxa«, flüsterte ihre Mutter, und eine Weile hörte Anxa sie nur am anderen Ende der Leitung weinen.

»Was ist denn los?« Sie bemühte sich, ihren Widerwillen gegen die Schwäche ihrer Mutter nicht durchklingen zu lassen. »Jetzt rede doch endlich!«

Ihre Mutter schluchzte laut.

»Dein Vater ...«

Anxa wartete, aber mehr kam nicht.

»Herrgott noch mal! Was ist mit ihm! Und warum soll es mich interessieren?«

»Er ... die Ärzte geben ihm nur noch ein paar Tage«, flüsterte sie.

Sterben? Der große Alessandro Perikos? Das kann gar nicht sein, dachte Anxa.

»Du musst nach Hause kommen, Anxa.«

In Anxas Kopf drehte sich plötzlich alles, Gedanken blitzten auf und verschwanden.

Der Scheißkerl, endlich, dachte sie.

»Sag mir, in welcher Stadt du bist«, sagte ihre Mutter, »ich lasse dich abholen.«

Anxa schwieg.

»Anxa, ich meine es ernst.«

»Ich komme nicht zurück. Ich habe geschworen, dass ich nie wieder zurückkomme. Das weißt du ganz genau.«

»Ich weiß, Anxa, ich weiß. Aber er stirbt ...« Ihre Stimme erstickte unter Tränen.

Angewidert hielt Anxa den Hörer weit weg von ihrem Ohr. Als sie ihrem Vater gesagt hatte, dass sie Meeresbiologie studieren wollte, hatte er einfach aufgelegt und ihr dann später durch seine Sekretärin mitteilen lassen, dass er ihr dafür keine Drachme geben und erst wieder mit ihr sprechen würde, wenn sie das Studium wieder aufgäbe. Zuerst hatte sie seine Botschaft nur für eine Drohung gehalten. Aber er ließ tatsächlich jeden ihrer vielen Versuche, mit ihm in Kontakt zu treten, unbeantwortet. So als wäre er froh gewesen, sie endlich und so leicht losgeworden zu sein.

Sie hörte, dass ihre Mutter etwas sagte und hob den Hörer wieder ans Ohr. »Ich habe dich nicht verstanden.«

»Ich sagte, wenn du seinetwegen nicht kommen willst, dann komme wenigstens mir zuliebe.«

»Will er sich bei mir entschuldigen?«, fragte sie leise.

»Er will dich noch einmal sehen, Anxa. Das hat er ausdrücklich gesagt.«

Anxa spürte ihr Misstrauen und gleichzeitig ihre Sehnsucht danach, dass ihr Vater für all die vielen Verletzungen, die er ihr zugefügt hatte, um Verzeihung bat. Nur vier Worte: Es tut mir leid.

»Bitte, Anxa!«, bettelte ihre Mutter.

Anxa nickte, ja, sie musste nach Hause. »Ich bin in Bremerhaven, in Deutschland.«

Sie hörte, wie ihre Mutter die Hand auf den Hörer legte und kurz mit jemandem sprach.

»In sechs Stunden ist das Flugzeug in Bremen. Du brauchst nichts zu packen, hier ist ja noch alles da von dir. Auf Wiedersehen, Liebes.«

Benommen legte Anxa den Hörer auf.

Das, was von ihr noch da war, hatte sie vor 17 Jahren zurückgelassen. Was sollte das mit ihrem Leben heute zu tun haben?

12

Inzwischen hatte Yanto den Steuermann der LIBERTY angewiesen, den schnellsten Kurs nach Bombay einzuschlagen und nirgends dem Festland näher als zwölf Meilen zu kommen, also nie die internationalen Gewässer zu verlassen.

Für ihn und seine Leute war es das erste Mal, dass sie ihre heimatlichen Gewässer so weit hinter sich ließen. Yantos Männer waren davon überhaupt nicht angetan und hatten sich nur widerwillig seinem Befehl gebeugt, allerdings gelockt von der fetten Bezahlung, die ihnen in Bombay winkte. Überhaupt war seine Bande gespalten in die, die weiter bei den kleinen Raubzügen bleiben wollten und die, die das große Geld wollten, das eben nur mit größeren Überfällen zu verdienen war; zumal das Risiko so gering erschien. Wann waren denn Piraten schon einmal in der Vergangenheit erwischt worden? Und wenn sie erwischt worden waren, wer hatte sie verurteilt? In den allermeisten Fällen waren sie wieder auf freien Fuß gesetzt worden, und zur Not bestand immer die Möglichkeit, mit ein wenig Schmiergeld nachzuhelfen.

Yanto hatte sie davon überzeugt, dass es etwas ganz anderes war, wenn man im Auftrag eines Syndikats wie in diesem Fall für die Tan Siph aus Medan arbeitete. Tan Siph verdiente mit der Aluminiumladung der LIBERTY unglaublich viel Geld bei einem kaum nennenswerten Risiko, sie würden also ähnliche Überfälle immer wieder in Auftrag geben. Erledigten Yanto und seine Leute diesen Auftrag zufriedenstellend, waren sie für das Syndikat im wahrsten Sinne Gold wert.

Das leuchtete Yantos Männern ein, selbst denen, die weiter an ihren Vorbehalten festhielten. Yanto hatte bei der Auseinandersetzung einen schweren Stand gehabt. Ein Teil seiner Leute war erheblich älter als er, und sie taten sich schwer damit, ihn als Anführer zu akzeptieren, auch wenn er sie bisher zielstrebig zu immer größeren Beuten und Gewinnen geführt hatte. Sie nahmen das Geld gerne, dachten jedoch insgeheim, dass sie selbst gut genug waren, um auch ohne Yanto erfolgreich zu sein.

Yanto spürte diese Gedanken genau, und er nahm sich vor, die Fahrt nach Bombay zu nutzen, darüber nachzudenken, wie er seinen Leuten mehr Respekt abringen konnte. Er hatte die Diskussionen satt, er wollte einfach nur als Anführer anerkannt werden. Ohne Wenn und Aber.

13

George Harrison alias Thomas Becker fuhr mit einem Taxi vom Flughafen bis zur Maas, wo schon ein Taxiboot auf ihn wartete.

Er liebte den Wasserweg zu Eric van Halens Büro an der Neuen Maas, vorbei an den Docks und Anlegestellen der Ozeanriesen, vorbei an den altholländischen Häuserfassaden und den Wohnbooten, die sich heutzutage nur noch Wohlbetuchte leisten konnten und die trotzdem einen Hauch von lebenskünstlerischer Boheme verbreiteten – zumindest für Thomas, der sich selbst mittlerweile als so etwas wie einen Lebenskünstler in Wartestellung sah: Ein einziges großes Thema galt es für ihn noch abzuschließen, und danach gab es für ihn keinen Grund mehr, sich weiter abzumühen. Danach würde er sich nur noch der Kunst des Lebens hingeben.

Auch für ihn hatte sich alles durch Hannas Tod geändert. Auch wenn er heute wie ein Besessener arbeitete – eigentlich war er nie ein Workaholic mit einem erotischen Verhältnis zur Arbeit gewesen. Das war etwas, was er seinen Bekannten nie glaubhaft machen konnte. Sie sahen in ihm immer nur den ruhelosen Geldscheffler, der so besessen vom Geldverdienen war, dass er immer mehrere Projekte gleichzeitig durchzog. Dabei war er vor allem jemand, der es liebte, Dinge zu organisieren, Pläne zu entwickeln und, sobald sie fertig waren, mit großer Befriedigung zu beobachten, wenn sie wie ein Schweizer Uhrwerk reibungsfrei funktionierten. Er machte Geschäfte. Je komplizierter ein Geschäft war, umso besser.

Vor allem hatte für ihn der Sinn des Arbeitens darin bestanden, möglichst schnell einen möglichst hohen gesellschaftlichen Status zu erreichen. Hanna hatte in diesem Konzept eine besondere Rolle gespielt, weil sie etwas hatte, was ihm gänzlich fehlte.

Er kam aus kleinen Verhältnissen und hatte große Schwierigkeiten, sich in den sogenannten besseren Kreisen zu bewegen. Hanna war das genaue Gegenteil gewesen. Sie war attraktiv und trat sicher auf, sie hatte nicht einmal Probleme, wenn sie einen Raum betrat, die Gespräche der Anwesenden sofort verstummten und alle sie anstarrten. Hanna sollte das Neid erregende Ausstellungsstück an seiner Seite sein, der Booster für seine Karriere, die Mutter seiner Kinder, der Katalysator in einer um ihn herum gerankten Welt. Andererseits war Hanna unfähig, ihrem Leben eine Richtung zu geben, sie war sprunghaft und ohne Ziel. Er hingegen betrachtete das Leben als ein großes Schachspiel. Er war der Mann mit dem Plan, und sie war die perfekte Projektionsfläche für seine Strategien. Deshalb hatte er sie all die Jahre nicht vom Haken gelassen und bearbeitet. Vor sechs Jahren, als sie mit dem Segeltörn von Kuala Lumpur nach Jakarta ihren gemeinsam mit Berry erfolgreich abgeschlossenen Segelschein feiern wollten, war er sich sicher gewesen, dass sie reif war für seinen Heiratsantrag; alle Anzeichen hatten darauf gedeutet, ihr nachlassender Widerstand, ihre wachsende Ruhe.

Und dann hatte Berry Feiler, den er nie besonders ernst genommen hatte, schon gar nicht als Rivalen, ihm Hanna weggeschnappt und damit sein gesamtes Lebenskonzept zerrissen.

Heute hatte Thomas nur noch ein Ziel: Dieses Geschäft, dessentwegen er jetzt zu Eric van Halen fuhr und zuvor in Medan gewesen war, sollte das größte und letzte sein, gekrönt von einem märchenhaften Gewinn und gepaart mit der Gewissheit, alle noch offenen Fragen, alle Baustellen seines bisherigen Lebens aufgelöst zu haben. Dieses letzte Geschäft kam für ihn einer Initiation gleich. Hatte er sie erst einmal erfolgreich hinter sich gebracht, würde für ihn ein neues Leben beginnen.

Das Taxiboot verlangsamte seine Fahrt. Thomas hatte gar nicht erst versucht nachzuvollziehen, welchen Weg es nahm. Zu verwirrend war der Wechsel von breiten Grachten zu schmalen, stinkenden Wasserwegen, in denen kaum bewegtes Wasser wie in einer Kloake schwappte. Jetzt, kurz vor dem Ziel, erkannte er die Brücken und Häuser wieder, hier war er in den letzten zwei Jahren oft gewesen. Van Halens Haus fiel auf, weil es nicht nur sehr schmal und höher als die Nachbarhäuser war, es hatte außerdem eine dunkelrote Fassade, fast eine Geschmacklosigkeit in dieser weiß und schwarz dominierten Häuserreihe. Aber es stand unter Denkmalschutz und war immer schon rot gewesen, also durfte daran nichts geändert werden. Und van Halen, der sich so wie alle vermögenden Rotterdamer Familien darum bemühte, seinen Reichtum nicht zur Schau zu stellen, war froh, wenigstens ein wenig aufzufallen. Schließlich hatte er sein Geld eben nicht ererbt, sondern in den letzten Jahrzehnten selbst erarbeitet, und darauf war er sehr stolz. Und letztlich, ob er nun damit protzte oder nicht, die alteingesessenen Familien würden ihn sowieso niemals als einen der ihren akzeptieren.

Eric van Halen, ein distinguierter Mittvierziger, dem man nicht ansah, dass sein Metier vorrangig der Zigaretten- und Alkoholschmuggel war, begrüßte Thomas freundlich und trotzdem zurückhaltend. Sie waren Geschäftspartner, mehr nicht. Van Halen hatte für Thomas den Kontakt zum Tan Siph-Syndikat in Medan hergestellt, und seine weiteren guten Kontakte zu Schiffsmaklern und betrügerischen Reedern waren für Thomas' Plan von entscheidender Bedeutung.

Im Arbeitszimmer, nach einigen höflichen Worten und einer Tasse Tee, informierten die beiden sich über den Stand der Dinge. Ohne ihn in seinen

Gesamtplan einzuweihen, hatte Thomas van Halen mit einigen heiklen Aufgaben betraut. So hatte Van Halen einen pakistanischen Reeder namens Anwar Reshwan kontaktiert, der darauf spezialisiert war, mit gefälschten Schiffspapieren gestohlene Schiffe zu »legalisieren«. Dann hatte er über einen seiner ständigen Geschäftspartner, den Athener Schiffsmakler Prokos Nikolaos, einen Steuermann aufgetrieben, Costa Taniki, der in der Lage war, einen Supertanker zu navigieren, und außerdem über ein Kapitänspatent verfügte. Zwar war es gefälscht, würde aber ausreichen, falls es einmal zu Kontrollen auf dem Schiff kommen sollte. Taniki hatte in den letzten Jahren schon einige Phantomschiffe über die Ozeane gelenkt und würde für Thomas den gestohlenen Tanker in jeden Winkel der Welt bringen.

Thomas schlug van Halen herzhaft auf die Schulter und bedankte sich für dessen Hilfe. Er konnte sich diese kleine emotionale Blöße geben, denn van Halen hatte gleich von Anfang an mit seinem feinen Instinkt gespürt, wie wichtig seine Dienste für das Gelingen von Thomas' Plan war und eine entsprechend hohe Honorarforderung gestellt. Thomas hatte nicht gehandelt und sofort eingeschlagen, obwohl vier Millionen Dollar eine nicht gerade kleine Summe gewesen war.

Eine halbe Stunde später wurde die Absprache mit Genever besiegelt. Thomas war zufrieden, die Welt war für ihn in Ordnung, es war, wie er es am liebsten hatte: Alles lief perfekt und wie geplant. In seinem Portefeuille hatte er jetzt alle Trümpfe, die er brauchte:

Vorneweg van Halen, den viele Jahrzehnte im internationalen Schmuggel und Handel erfolgreichen Geschäftsmann.

Dann Yanto, den jungen, ehrgeizigen Piraten, der alles tun würde, um den richtigen Supertanker aufzutreiben.

Dann Anwar Reshwan, der alle Hintertüren im Beschaffen gefälschter Schiffspapiere kannte.

Dann den Steuermann und falschen Kapitän Taniki, der sich im Umgang mit Phantomschiffen auskannte.

Und er hatte einen mit Verkäufercharme ausgestatteten Ex-Autoverkäufer namens Jack Fano, den er nach monatelangem Suchen in New Jersey gefunden hatte und auf den er besonders stolz war. Fano war eitel, frei von jedem Selbstzweifel und absolut geldgeil, der perfekte Strohmann, der alles tat, solange nur gut gezahlt wurde. Fano würde in den nächsten Tagen in seinem Auftrag eine kleine Reederei namens Portland Shipping kaufen und danach nach Hongkong reisen, um den Chinesen die Ladung des noch zu stehlenden 200 000-Tonnen-Tankers zu verkaufen.

Thomas lächelte zufrieden. Bald würde er um gut 60 Millionen Dollar reicher sein und als krönenden Abschluss Berry Feiler in eine Falle gelockt haben – eine tödliche Falle.

14

»Hallo, Mr. Feiler«, grüßte Psychotherapeutin Geraldine Bostwick, als Berry das Sitzungszimmer betrat.

»Hallo«, erwiderte er mit rauer Stimme und bemühte sich, dynamisch zu klingen. Er hatte keine Ahnung, wie man sich bei einer Psychotherapeutin normalerweise verhielt.

Geraldine lächelte ihn dezent an, zog ihre moderne, schwarze Brille ab und lehnte sich in ihren schweren, kubischen Marcel-Breuer-Ledersessel zurück. Berry nahm auf dem entsprechenden Gegenstück ihr gegenüber Platz.

»Danke für Ihr Vertrauen«, sagte sie.

Berry empfand sie als viel zu gut aussehend, eine Therapeutin hatte er sich anders vorgestellt. Bostwick hatte mittellanges, schwarzes Haar, war durchtrainiert und zum Glück, wie er fand, wenigstens etwas gedrungen gebaut, sonst wäre sie eine geradezu perfekte Schönheit.

»Danke, dass Sie sich Zeit genommen haben«, antwortete er höflich.

»Dr. Fridaye hat mir schon etwas von Ihnen erzählt. Jetzt sind Sie dran, erzählen Sie mir von sich.«

Berry spürte einen unbestimmten Ekel, und für einen kurzen Moment war er versucht, aufzustehen und zu gehen. Dr. Fridayes Worte kamen ihm wieder in den Sinn: Sie ist sehr erfolgreich und sehr pragmatisch.

Stockend fing er an zu reden, und er merkte gar nicht, wie bald die Worte aus ihm herausflossen und wie die Zeit raste.

Mehr als eine Stunde später machte Bostwick der Beschreibung, die Dr. Fridaye gegeben hatte, alle Ehre.

»Sie stecken fest, und Ihre Blockade hat damit zu tun, dass Sie Ihre Frau nicht loslassen wollen, weil sie sich schuldig fühlen an ihrem Tod.«

»Entschuldigen Sie«, Berry fühlte sich überrumpelt, »möglicherweise haben Sie Recht, aber …«

»Ich denke, das habe ich«, sagte Bostwick sachlich, ohne auch nur eine Spur von Rechthaberei in der Stimme. »Zusammengefasst: Ihr Verstand kann Ihnen keine Antworten geben. Sie wollen nicht zugeben, dass Ihre bisherigen Verhaltensweisen als Lösungsmodelle komplett versagen. Als Folge haben Sie chronische Magengeschwüre.«

»Mein Gott, Sie reden wie ein Industrieberater.«

»Es ärgert Sie, wenn ich sachlich bin im Zusammenhang mit Hanna?«

»Hanna? Wieso Hanna?«

»Sie haben sich in eine übertriebene Verantwortlichkeit hineinmanövriert. Die Frage ist: Wieso?«

»Übertriebene Verantwortlichkeit ...« Berry schüttelte den Kopf und bemühte sich, seinen Unwillen zu kontrollieren.

»Ihre Schuldgefühle Hanna gegenüber erklären sich nicht aus dem Mord, den Sie, das wissen Sie ganz genau, nicht verhindern konnten.«

»Schuldgefühle?« Berry sah sie irritiert an. »Ich ... nun, Hanna war für mich der wichtigste Mensch in meinem Leben.«

»Wie kann jemand für Sie der wichtigste Mensch sein, den Sie nur wenige Monate kannten?«

»Wieso denn nicht?«

»Ich sage nicht, dass das unmöglich ist. Ich frage nur, wie.«

So zugespitzt gefragt, erschien es ihm eigenartig. Es wäre befreiend gewesen, hätte er sagen können: Es war Liebe auf den ersten Blick. Aber das stimmte nicht. Trotzdem, es war so, wie er gesagt hatte: Es gab niemanden, der ihm je wichtiger gewesen war.

Berry schloss die Augen, und als er sie wieder öffnete, verfing er sich in Geraldines klugen, ruhigen Blick. Wärme pulsierte durch seinen Körper.

»Wie war Hanna?«, fragte Geraldine Bostwick.

Nur mit Mühe konnte Berry Bostwicks Blick aushalten. Sie sah einfach gut aus, attraktiv, sogar schön, nicht auf die Art schön wie Hanna, sondern viel erwachsener, viel reifer. Geraldine war eine Frau, kein Girlie. Plötzlich hatte er das Gefühl, in Hanna mehr ein Kind gesehen zu haben als eine Frau.

»Hanna war wie ein verwöhntes Kind«, hörte er sich sagen und erschrak. Gleichzeitig tat es ihm auf eine Art gut.

»Hanna war wie ein Vulkan«, fuhr er fort. »Wenn sie einen Raum betrat, drehten sich alle nach ihr um.« Seine Augen fixierten die Platane draußen vor dem Fenster. »Ihr Mund, ihre Augen. Die Art, wie sie sich bewegte: so rund und zielgerichtet. Da kam man sich selber automatisch plump vor.«

Er stockte. Aus dem Augenwinkel sah er, wie Geraldine ohne aufzublicken in ihr Legal Pad schrieb.

»Als ich den Segelkurs begann, sah ich sie zum ersten Mal. Nach fünf Sekunden wusste ich schon, wie sie tickte: Hanna gab jedem, den sie interessant fand, so lange ihre ungeteilte Aufmerksamkeit, bis sie ihn fest am Haken hatte. Wenn sie das geschafft hatte, rationierte sie ihre Zuwendungen, und der einmal Angefixte strampelte sich von da an ab, um mehr von dem berauschenden Stoff namens Hanna zu bekommen.«

Berry bemerkte nicht, dass die Bostwick jetzt aufgehört hatte mitzuschreiben und ihn freundlich beobachtete.

»Um sich herum hatte sie über die Jahre einen Tross an Opfern geschart. Lauter sehnsüchtige Typen, die sich nach ihr die Finger leckten. Einer von ihnen war Thomas Becker. Er war verrückt nach ihr. Hanna war die Traumfrau schlechthin für ihn, und er machte ihr praktisch jeden Tag einen Heiratsantrag. Er war besessen von dem Gedanken, sie endlich voll und ganz zu besitzen. Wahrscheinlich, um sie jeden Tag zweimal vögeln zu können.«

Geraldines weicher Gesichtsausdruck verschwand, und sie zeigte wieder ihre professionelle Kühle.

»Für Hanna aber«, fuhr er fort, »war Thomas' Verliebtheit, oder wie man das nennen will, nur ein weiterer Kick. Sie versuchte, ihn eifersüchtig zu machen, wo sie nur konnte. Unter anderem, indem sie mich umgarnte. Das hatte mit mir gar nichts zu tun.«

Er lachte auf.

»Obwohl ich mich verdammt gerne hätte einwickeln lassen! Aber ich wollte mich auf keinen Fall zu ihrem Spielball machen lassen. Also drehte ich den Spieß um. Ich gab mich immer gut gelaunt, lachte viel mit ihr und hielt mich dabei konsequent in einem klar definierten Abstand, behandelte sie eher wie einen Kumpel, aber nicht wie eine begehrenswerte Frau.«

Berry lachte zufrieden. Er schien völlig vergessen zu haben, dass Geraldine anwesend war und ihm zuhörte.

»Hanna machte das verrückt, und sie griff jeden Tag tiefer in ihre Trickkiste. Und Thomas platzte fast vor Eifersucht. Aber ich blieb bei meinem Kurs. Und das war verdammt schwer. Wenn wir zusammen im Boot trainierten, wenn sie ihren Busen an mir vorbeischweben ließ, wenn sie mich scheinbar ungewollt berührte ...«

»Bis jetzt«, unterbrach Bostwick ihn, »verstehe ich nur, dass Hanna für Sie der wichtigste Mensch in ihrem Leben war, weil er am schwersten zu erobern war. Sind das die Kriterien, die Sie an den Wert eines Menschen anlegen, Berry?«

»Was soll das denn? Wollen Sie mir jetzt mit Moral kommen?«

»Mit Moral hat das nichts zu tun. Wir reden nur von verschiedenen Dingen. Sie reden von Krieg und Eroberung, und ich rede davon, einen Menschen kennen zu lernen. Ich meine, wirklich kennen zu lernen, so, dass er für einen zum wichtigsten Menschen im seinem ganzen Leben werden kann, um Sie zu zitieren.«

»Mein Gott, machen Sie sich doch nicht lächerlich!«

»Sie müssen mich nicht angreifen, wenn Sie mit irgendwas nicht klarkommen, verstehen Sie?« Geraldine ließ sich nicht aus der Ruhe bringen. »Schließlich sind momentan Sie es, der Probleme hat.«

»Das ist doch verdammte Haarspalterei! Kriegen Sie da einen Kick draus? Macht es Sie an oder ...«

»Geht Ihnen da einer ab«, ergänzte Geraldine und imitierte einen machohaften Männerton. »Kommen Sie, Berry, mir gegenüber können Sie Ihre Macho-Show nicht spielen.«

»Moment mal, jetzt ...«

»Wir sind keine Cowboys am Lagerfeuer. Wir sitzen hier nicht, damit Sie mir erzählen, was für ein toller Hecht Sie sind. Ich bin nicht Hanna, und ich bin auch kein Fall wie Hanna. Ich bin Ihre Therapeutin.«

»Verdammt noch mal! Sie sind ...«

»Was – sagt – Ihr – Magen?«, unterbrach Geraldine Bostwick ihn mit unvermittelt lauter und fester Stimme.

Berry hielt für einen Moment die Luft an und zwang sich zu einem Lächeln, er wollte sich keine Blöße geben.

»Sie nehmen sich sehr wichtig, Berry. Aber Sie nehmen sich nicht ernst.«

»Ist das eins von diesen geistreichen Psycho-Rätseln?«

Geraldine Bostwick antwortete nicht.

Berry lehnte sich in den Sessel zurück und sah sie fragend an. Wichtig? Ernst? Was sollte das denn bedeuten?

»Wieso war Hanna wie ein verwöhntes Kind?«, fragte Bostwick.

Berry wollte die Frage ignorieren, aber die klare, unprätentiöse Art, wie sie sie an ihn gerichtet hatte, machte es ihm unmöglich.

»Hanna wollte nur spielen und für nichts Verantwortung übernehmen«, antwortete er widerstrebend.

»So wie Sie auch.«

»Vorhin haben Sie noch behauptet, ich hätte zu viel Verantwortung übernommen.«

»Ich sprach von übertriebener Verantwortlichkeit.«

»Hören Sie, ich habe Hanna geheiratet! Was ist daran übertrieben?«

»Vielleicht wollten Sie ja nur den Sieg über die wunderschöne Frau, hinter der alle Männer vergeblich her waren, perfekt machen. So wie im Sandkasten, wo die Jungs um das tollste Spielzeug kämpfen.«

»Was ist denn das für ein Schwachsinn?«, brauste Berry auf.

»Ich stelle nur Fragen. Für die Antworten sind Sie zuständig.«

»Und was soll ich auf so eine Frage antworten: wie im Sandkasten?«

»Sie können sagen: Für mich war Hanna kein Spielzeug. Ich habe sie geliebt. Sie war der wunderbarste Mensch, den ich je kennen gelernt habe. Unsere Beziehung war tief. Wir konnten über alles reden. Ich spürte, wenn es ihr nicht gut ging. Sogar mit den Eigenschaften, die mich an ihr nervten, konnte ich liebevoll umgehen. Zum Beispiel.«

Berry schwieg.

»Man kann aber auch sagen: Hanna war das Spielzeug, für das Sie am härtesten haben streiten müssen. Und dann kommt so ein kleiner, mieser

Pirat und tötet sie vor Ihren Augen. Und was ist Ihre Reaktion? Jetzt kämpfen Sie erst richtig. Jetzt streiten Sie nicht mehr nur, jetzt führen Sie Krieg. Mit schweren Waffen und Eroberungen. Sollen alle sehen, dass man das mit Ihnen nicht machen kann.«

Sie fixierte ihn mit ihrem professionellen Blick.

»Wachen Sie auf, Berry. Begreifen Sie endlich: Mit dem Moment, als Sie hier bei mir aufgetaucht sind, haben all diese Spielregeln unweigerlich ihre Gültigkeit verloren. Weil Sie diesen Regeln selber misstrauen. Also hören Sie auf, mit ihrer männlichen Borniertheit zu kokettieren.«

Berry beherrschte seine Wut und erhob sich so ruhig er konnte. »Ich denke, ich verzichte in Zukunft auf ihre Dienste, Mrs. Bostwick. Schicken Sie mir Ihre Rechnung.«

»Kann ich machen. Aber versteifen Sie sich bitte nicht auf die Meinung, dass Ihre Kapitulation irgendetwas mit dem zu tun hat, was ich Ihnen gerade gesagt habe«, antwortete Bostwick mit kristallklarer Stimme. »Sie kapitulieren vor sich selbst.«

»Kapitulation …«, schnaubte Berry verächtlich. »Ich habe mich anders entschieden, das ist ein kleiner Unterschied.«

»Entscheidungen müssen konstruktiv sein. Sonst haben sie keinen Sinn. Seien Sie ehrlich: Sie sind – wann war es, vor drei, vier Tagen? – wieder in die Welt hinausgeflogen, um Piraten zu erledigen. Sie haben wieder einmal wild um sich geschlagen, anstatt zu begreifen. Das ist destruktiv und macht keinen Sinn. Deswegen sind Sie heute hier.«

»Die Piraten, von denen Sie hier reden, verehrte Geraldine, haben zuvor drei unschuldige Seeleute ermordet. Aber das interessiert Sie nicht, hab ich Recht?« Er ging zur Tür. »Im Übrigen habe ich keinen Piraten getötet.«

»Ach ja? Weil Sie nicht bei Laune waren? Oder weil das Ihre Leute für Sie machen?«

Für einen Moment war Berry versucht, sich eine passende Erwiderung zu überlegen, ließ es dann jedoch sein und öffnete die Tür.

»Eine Therapie verlangt verdammt viel Mut, Mr. Feiler. Wenn Sie den nicht haben, dann ist es wirklich besser«, sie deutete in die Ferne, »dass Sie die Flucht ergreifen.«

»Sie träumen bestimmt jede Nacht vom Guten im Menschen und halten jeden noch so kranken Typen für heilbar, hab ich Recht?«

»Scheren Sie sich zum Teufel, Berry«, erwiderte Geraldine kühl.

»Sie sitzen hier wie eine fette Spinne in ihrem komfortablen Nest. Aber was draußen vor sich geht, davon haben Sie doch nicht die Spur einer Ahnung!«

»Woher denn auch? Mir sagt doch keiner was«, Geraldine lächelte ihn an, als hätte er einen guten Scherz gemacht.

»Soll ich Ihnen mal was sagen?«

»Was immer Sie wollen. Ihre Sitzung ist bezahlt und dauert noch«, sie sah auf ihre Uhr, »neun Minuten«.

»Wollen Sie wissen, warum Thomas nicht dabei war auf unserem Segeltörn in der Straße von Malakka?«

Bostwick machte eine einladende Handbewegung, »Ihre Stunde, Berry.«

»Ich habe unter falschen Namen bei seiner Bank angerufen und ihn angeschwärzt. Es war leicht, er wollte damals eine Firma gründen, und die Bank hatte seinen Kreditvertrag noch nicht endgültig bewilligt.«

Berry forschte in Geraldines Gesicht nach einer Reaktion, aber ihr Blick blieb sachlich.

»Ich wusste genau, wenn ich mit Hanna alleine sein würde, dann würde ich sie rumkriegen. Wie finden Sie das?«

Geraldine Bostwick lehnte sich langsam in ihren Sessel zurück.

Er hielt ihrem Blick nicht stand.

»Berry?«, fragte sie sanft.

Berry schüttelte den Kopf und öffnete die Tür ganz weit, ohne jedoch zu gehen, so, als wollte er Zeit gewinnen.

»Wissen Sie was, Berry? Sie können mich nicht an der Nase herumführen. Was immer Sie mir hier auftischen: Sie haben Hanna geliebt. Mehr als jeden anderen Menschen auf dieser Welt. Sie haben den Menschen hinter dem verwöhnten Kind geliebt. Nur vor Ihnen hat sich Hanna gezeigt, wie sie wirklich war. Und dann wurde sie vor Ihren Augen getötet. Das tat so weh, dass Sie damit nicht fertig wurden. Um nicht vor Schmerz zu krepieren, haben Sie die Rolle des Kämpfers und Rächers angenommen. Eine Zeitlang hat das geholfen. Und weil es jetzt nicht mehr hilft, haben Sie angefangen, Ihre Vergangenheit umzuschreiben. Sie wollen Hanna auf diese Weise aus ihrem Herzen reißen. Sie wollen Ihre Liebe nachträglich zu einem Fick-Abenteuer runterputzen. Das wird nicht funktionieren.«

Berrys Augen flatterten, und er schluckte schwer.

Geraldine sah ihn aufmunternd an. »Stellen Sie sich Ihren Gefühlen, auch wenn es noch so weh tut. Nehmen Sie Ihren Schmerz an. Hören Sie auf, in der Vergangenheit zu leben.«

Berry erstarrte. Worte wie diese waren ihm fremd, und bisher wären sie ihm wohl auch gleichgültig gewesen. Aber in diesem Moment lösten sie etwas aus, was er sich nicht erklären konnte. Vor allem jedoch, was er sich nicht erklären wollte.

»Vielen Dank für Ihre Zeit, Mrs. Bostwick«, sagte er abrupt und verließ das Zimmer.

15

»Sie haben ein eigenes Flugzeug, geben Sie es zu«, sagte der junge Taxifahrer und lächelte Anxa an, ziemlich charmant, wie sie fand.

»Habe ich nicht«, lächelte sie zurück, froh über die Ablenkung.

»Ich sehe Ihnen an, dass Sie nicht arm sind. Lassen Sie mich raten: Modebranche. Paris, London, Barcelona, und das alles an einem Tag.«

Sie lachte. »Müsste ich dann nicht etwas exaltierter gekleidet sein?«

»Eben nicht. Ich habe festgestellt, dass Modedesigner oder Models, wenn sie in Ruhe gelassen werden wollen, immer unauffällige, eher abgetragene Klamotten anhaben.«

»Herzlichen Dank für das Kompliment!« Sie sah ihn gespielt beleidigt an.

Seine Ohren begannen, rot zu glühen. »Sie wissen, dass ich das anders meine.«

»Weiß ich nicht.« Sie hatte Spaß an der Schüchternheit dieses Jungen, der mindestens zehn Jahre jünger war als sie.

Der Taxifahrer merkte, dass er auf diese Weise nicht weiter kam. »Fragen Sie mich, was ich mache, wenn ich nicht Taxi fahre.«

»Das interessiert mich nicht.« Anxa stützte ihren Kopf in die Hand und sah hinaus in die Dunkelheit.

»Ich bin Musiker.« Stolz schwang in seiner Stimme mit. »Hätten Sie das gedacht?«

Sie zuckte mit den Schultern.

»Raten Sie, welche Art von Musik.«

»Ehrlich gesagt, sind Sie für mich eher der Typ: Radiomoderator. Einer, der mit Schwafeln sein Geld verdient.«

Der Taxifahrer wiegte seinen Kopf hin und her. »Mhm, nicht ganz falsch. So was nennt man heute Hip-Hop oder Rap.«

»Spannend, wirklich.« Anxas Sarkasmus war eine schwere Prüfung für den jungen Mann.

»Sie kennen doch Hip-Hop?«

»Wie alt bin ich?«

»Knappe dreißig.«

»Also neunundzwanzig.«

»Ja, würde ich unterschreiben.«

»Meinen Sie nicht, dass neunundzwanzig besser klingt als knappe dreißig?«, fragte Anxa spöttisch.

Wieder begannen seine Ohren, rot zu pulsieren, und er starrte nach vorne. »Ich kriege es irgendwie nicht hin«, stöhnte er verzweifelt.

»Versuchen Sie es doch bei einem Mädchen in Ihrem Alter. Flirten ist eine Kunst, die man mit zunehmendem Alter verfeinert.«

»Ich kann mir nicht vorstellen, dass meine Mutter gut flirtet«, entgegnete er trotzig.

Anxa zuckte zurück. Was redete sie hier eigentlich? Sie hörte sich an wie ihre eigene Tante.

»Okay, dann geben Sie mir mal eine Kostprobe von Ihrem Hip-Hop.«

Der Junge grunzte nur ablehnend.

»Kommen Sie! Rappen Sie mir was vor.«

Seine Miene hellte sich. »Ich habe eine CD gemacht. Eigenes Label, kleine Auflage, Eigenvertrieb übers Internet.«

Er legte den Zeigefinger auf die Play-Taste des CD-Spielers und sah sie fragend an. Sie lachte auf, was er als Ja verstand.

Wenige Sekunden später wummerte ein träger, fast einschläfernder Bass durch das Auto, melancholische Streicher aus dem Sampler setzten ein, und Anxa hatte fast augenblicklich das Gefühl, von Marihuanawolken eingenebelt zu werden, so über-relaxed war die Musik.

Der Taxifahrer beobachtete sie so genau er konnte, seine Blicke flitzten zwischen Straße und Rückspiegel hin und her, manchmal drehte er sich kurz um, um Anxa unmittelbar in die Augen zu sehen.

Und dann rappte die Stimme: »... but my soul which is old have I sold for some gold and now oh man I feel so fucking cold...«

Anxa war versucht zu lachen, aber dann sah sie, wie aufgeregt der Taxifahrer war, sah seine Begeisterung, seinen Stolz, über das, was er geschaffen hatte, und sie verkniff sich die abfällige Bemerkung, die ihr auf der Zunge lag.

»Und?«

»Nicht ganz mein Geschmack. Aber Kompliment. Tolle Leistung.«

Der junge Musiker strahlte. »Ich wusste, dass Sie Ohren haben.«

Anxa lachte auf. »Das war ja wohl nicht schwer herauszufinden!«

Wieder zuckte Röte in sein Gesicht. »Sie wissen, wie ich das meine.«

Anxa nickte und lächelte. »Ich weiß, wie Sie das meinen.«

Befreit lachte er auf. Er deute nach vorne auf die für einen Regionalflughafen riesige, gläserne Abfertigungshalle.

»Fuck, wir sind schon da.«

Anxa beugte sich vor und berührte ihn am Arm. »Wir fahren nicht zur normalen Abfertigungshalle.«

»Nicht?«

»Nein, zum General Aviation Terminal.«

Der Fahrer grinste triumphierend und stellte seine Musik leise.

»Habe ich es nicht gesagt? Sie haben ein eigenes Flugzeug.«

Anxa antwortete nicht und wartete, bis er vor dem GAT für private Flieger hielt. Sie gab ihm ein dickes Trinkgeld.

»Wenn Ihre Musik etwas temperamentvoller wäre, würde ich Ihnen einen CD abkaufen.«

Der Taxifahrer bedankte sich und sagte ernst: »Manchmal finde ich sie auch zu ...« Er suchte nach dem richtigen Wort.

»Zu viel Dope?«, schlug Anxa vor.

Er lächelte auf. »Möglicherweise.«

Gedankenverloren sah sie ihn für einen Moment an. Dann gab sie ihm einen Kuss auf die Wange und stieg aus.

Der taxifahrende Musiker fuhr nicht gleich los, sondern wartete noch und drehte die Anlage so laut auf, dass sie seine Musik hörte, bis sich hinter ihr die Tür zu der kleinen Flughalle schloss.

Hier war wenig los. Draußen auf dem Rollfeld konnte sie einige Pipers, Cessnas, einen Hubschrauber und, etwas abseits, den Learjet von Perikos Shipping Company sehen, dessen Firmenemblem in dem typischen Blau strahlte, mit dem traditionell die Türen und Fensterrahmen griechischer Häuser gestrichen wurden.

»Frau Perikos?«, fragte ein Mann in einer Pilotenuniform, um die fünfundvierzig Jahre.

Anxa reagierte nicht.

»Anxa Perikos?«, setzte der Mann nach.

Sie sah das Firmensymbol auf der Brusttasche seines Jacketts. »Ah, guten Tag«, sagte sie.

»Dimitri Nikos, Ihr Pilot«, stellte er sich mit einer Verbeugung vor. »Es ist mir eine Ehre, Sie kennen zu lernen und Sie nach Athen fliegen zu dürfen.«

»Sehr freundlich«, murmelte sie, überfordert von der eingeübten Dienstbarkeit dieses Mannes.

Er sah sich suchend um. »Ihr Gepäck ...?«

Sie schüttelte den Kopf. »Kein Gepäck, wir können gleich los«.

Er deutete eine weitere Verbeugung an und wies ihr den Weg hinaus zum Rollfeld, wo ein gelbschwarz geschecktes Auto wartete.

»Dieses Auto wird uns zum Flugzeug bringen, bitte sehr!«

Anxa war verunsichert, sie hatte regelrecht verlernt, wie man mit Angestellten von Alessandro Perikos umging, die untergeben, abhängig und devot waren. Diese Mischung aus Aufmerksamkeit und Furcht, die auch diesen Piloten wie eine Aura umgab, war ihr als Kind immer unangenehm gewesen, und das war jetzt nicht anders, eher noch schlimmer.

»Wie geht es meinem Vater?«, fragte sie betont freundlich, um ihm zu zeigen, dass sie nichts von diesem hierarchischen Gefälle hielt.

»Er hatte zwei Herzinfarkte kurz hintereinander«, antwortete der Pilot, erkennbar nervös. »Das ist alles, was ich weiß. Es tut mir sehr leid.«

Anxa nickte. Ein weiterer Erinnerungsfetzen aus ihrer alten Welt tauchte auf: Je freundlicher man war, desto größere Angst hatten die Perikos-Angestellten, weil sie dahinter eine Falle vermuteten.

»Ein beeindruckender Mann, Ihr Vater, wenn ich das sagen darf.«

Unangenehm berührt sah sie den Piloten an. Sie wollte den Gedanken nicht denken, trotzdem war er da: Dieser Mann, wahrscheinlich der Vater vieler Kinder, sorgte vor, um in der Zeit nach Alessandro Perikos seinen Job nicht zu verlieren.

Das ist absurd, sei nicht so misstrauisch, dachte sie ärgerlich. Misstrauen stand für die Haifischbecken-Welt ihres Vaters, in der man nur überleben konnte, wenn man auf der Hut war. In ihrer eigenen Welt hatte dieses Misstrauen nichts verloren.

Anxa schämte sich ein wenig, dass sie selbst jetzt kein Mitgefühl mit ihrem Vater empfand. Andererseits, woher sollte es kommen? Als Kind hatte sie ihn kaum gesehen. Wenn sie ins Bett musste, war er meist noch lange nicht zu Hause. Und wenn er da war, hatte er kein Interesse an ihr. Anfangs hatte sie das nur gespürt, später bekam sie Gewissheit, weil er es ihr gegenüber oft genug gesagt hatte: ›Ich wollte einen Sohn, keine Tochter.‹

Kaum hatte sie den Jet betreten, wurde hinter ihr die Treppe eingezogen und die Tür geschlossen.

Die Innenkabine spiegelte höchsten Luxus. Beklommen ließ sie die Freundlichkeiten der Stewardess über sich ergehen. Mit jeder Minute, die sie ihrer alten Welt näher kam, schien ihre Lunge weniger Luft zu bekommen, und ihre Selbstsicherheit und Leichtigkeit bröckelten weg.

Der Start verzögerte sich, und die Stewardess schaltete zur Ablenkung den Fernseher ein, das Nachrichtenmagazin eines Lokalsenders. Anxa achtete nicht darauf, sie hatte diesem Boulevard-Geschnatter noch nie etwas abgewinnen können, außerdem hatte sie den Eindruck, wann immer sie in der Vergangenheit in diesen Sender hineingezappt war, ging es entweder um Fettabsaugen elefantöser Frauenschenkel oder um eine Brustvergrößerung, vorher und nachher. Oder, als journalistischer Höhepunkt, um eine Brustverkleinerung, allerdings nur, um hemmungslos über zwei Drittel des Beitrages die Riesenbrüste irgendeines unglücklichen Mädchens zeigen zu können, das sowieso schon von allen Männern angegeifert wurde.

Als ein Foto von einer jungen Frau mit neo-punkiger End-80er-Jahre-Frisur auf dem Bildschirm eingeblendet wurde, erkannte sie erst, als ihr eigener Name genannt wurde, dass sie diese junge Frau war.

»… Anxa Perikos im Alter von 21 Jahren«, sagte die Stimme im Fernsehen, »fotografiert an dem Tag, als sie ihren Abschluss an dem hochangesehenen Mädchenpensionat für Hauswirtschaft in Gstaad in der Schweiz machte. Danach verschwand sie aus der Öffentlichkeit. Fragen über ihren Verbleib wurden seitdem von der Familie nie beantwortet.«

Die Stewardess warf Anxa einen verstohlenen Blick zu, offenbar nicht sehr überzeugt, dass es sich um dieselbe Person handelte.

»Vertraute der Familie vermuteten sogar, das die schöne Anxa, in die ihr Vater große Hoffnungen gesetzt hatte, an einem aggressiven Krebsleiden gestorben sei. Denn kurz nach Anxas Verschwinden aus der Öffentlichkeit begann das wilde, hemmungslose Playboy- und Party-Leben ihres Vaters, als müsste er vor dem Schmerz über ihren großen Verlust fliehen … »

Fassungslos schüttelte Anxa den Kopf. Ihr Vater hatte nie anders gelebt, und als sie sich von der Familie losgesagt hatte, war ihm das gleichgültig gewesen.

Die Stewardess registrierte Anxas Unwillen. »Soll ich ein anderes Programm wählen?«, fragte sie, aber Anxa hob abwehrend die Hand.

»… ein deutliches Lebenszeichen. Denn heute wurde bekannt, dass Anxa Perikos, die Tochter des großen, reichen, griechischen Reeders, sich unter falschem Namen und mit einer möglicherweise illegal erworbenen amerikanischen Staatsbürgerschaft Forschungsgelder in Millionenhöhe erschwindelt hat. Zur Zeit wird ebenfalls überprüft, ob sie ihren Doktortitel in Meeresbiologie rechtmäßig erworben hat. Mehr dazu gleich. Bleiben Sie dran!«

Anxa brauchte einige Sekunden, bis sie begriff: Irgendeiner ihrer Kollegen hatte sich offenbar mit gezielten Lügen an die Presse gewandt, um sie fertigzumachen. Harmsen? Oliver? Oder der Spanier, Pablo Arides? Bei dem würde sie das sogar noch verstehen, denn was das Öl der PRESTIGE aus der Küste gemacht hatte, seiner Küste, an der er aufgewachsen war, musste für ihn einem Weltuntergang gleichkommen.

Nein, dachte sie wütend über sich selbst, da gibt es gar nichts zu verstehen! Was hatte sie mit den verdammten Untaten ihres Vaters zu tun? Was hatte sie mit der Profitgier des Alessandro Perikos zu schaffen, in dessen Wortschatz der Begriff ›Umweltkatastrophe‹ nicht zu finden war, für den eine Ölpest, die einer seiner Tanker verursachte, ausschließlich ein Versicherungsproblem war und sonst nichts?

Wütend starrte Anxa auf das Rollfeld hinaus, auf dem kaum Betrieb war. Der Pilot startete die Triebwerke, offenbar sollte es gleich losgehen. Im Moment konnte sie nichts machen. Aber spätestens übermorgen, wenn sie wieder nach Bremerhaven zurückkehrte, würde sie Harmsen und diesen anderen Mistkerlen die Hölle heiß machen!

Sie malte sich aus, wie sie vorgehen würde, als sie plötzlich über sich selbst erschrak. Wenn sie aus Griechenland wieder zurückkehrte, dann würde ihr Vater tot sein …

Sie erwartete, dass ihre Augen sich mit Tränen füllten und sagte sich noch einmal: Dann wird er tot sein. Aber sie spürte nichts bei diesem Gedanken, nichts, was mit Trauer oder Liebe zu tun hatte. Gleichzeitig war da eine Sehnsucht, von ihrem Vater doch noch die Anerkennung zu bekommen, dass sie ihm etwas bedeutet hatte – obwohl sie nicht der erwünschte Sohn, obwohl sie nur eine Tochter war.

* * *

Anxa verharrte noch einen Moment vor der Tür der Villa, die hoch in den Hügeln über Piräus thronte, und ließ ihre Blicke über den Hafen streifen. Riesige Schiffe und kleine Boote, gigantische Lagerhallen und alte hüttenähnliche Häuser, breite Straßen für große Container-Lkws und holprige Gassen – dieses lebensstarke Wechselspiel zwischen business-harter Modernität und Resten von romantischer Fischerhafen-Idylle gab es nur hier. Dieser Anblick gehörte zu den wenigen schönen Erinnerungen ihrer Kindheit. Von ihrem Zimmerfenster aus hatte sie oft nachts, wenn sie nicht schlafen konnte, das uhrzeitlose Treiben im fernen Hafen beobachtet, später hatte sie sich sogar heimlich von ihrem Taschengeld ein Fernglas gekauft und die allgegenwärtige Betriebsamkeit ganz nah zu sich herangeholt.

Der Diener, der ihr die Eingangstür offen hielt, Anxa kannte ihn nicht, er musste nach ihrem Verschwinden eingestellt worden sein, räusperte sich. Anxa begriff, dass er angehalten war, sie so schnell wie möglich in das Krankenzimmer ihres Vaters zu bringen.

Anxa presste die Lippen zusammen und atmete tief durch, bevor sie die Villa betrat. Hier hatte sich alles außer dem Grundriss verändert, keines der Möbelstücke hatte sie je zuvor gesehen, die Wände, die Lampen, sogar das gewaltige Treppengeländer aus Wengéholz, auf dem sie früher oft heimlich heruntergerutscht war, Mädchen dürfen so etwas nicht!, war ausgetauscht worden gegen ein gusseisernes. Sie konnte ungefähr erahnen, welche Machtkämpfe zwischen ihren Eltern dem Wandel vorausgegangen waren, denn ihre Mutter hatte immer schon jede Veränderung im Haus strikt abgelehnt. Ihrem Vater war es ziemlich egal gewesen, wie es in der Villa aussah, aber er wollte sich keine Vorschriften von seiner Frau machen lassen, also setzte er sich immer wieder durch, aus Prinzip.

»Oben am Ende des Ganges?«, fragte sie. Vielleicht war ja das elterliche Schlafzimmer nicht mehr dort, wo es immer gewesen war.

Der Diener nickte. »Ich geleite Sie dorthin.«

»Nein, nein«, wehrte Anxa ab, »ich gehe alleine.«

Widerstrebend verbeugte sich der Diener und blieb abwartend stehen, um ihren Rucksack entgegenzunehmen. Sein Blick sprach deutlich aus, für wie wenig standesgemäß er dieses ramponierte, durchgewalkte Leder-Etwas hielt.

Anxa stieg zügig die Stufen hinauf. Oben tat sich ein unglaublich langer Flur auf. Ein dicker, eigens für diesen Flur geknüpfter Perserteppich und an beiden Seiten angebrachte Art-Deco-Lampen führten zwangsläufig zu dem Zimmer am Ende des Ganges. Überall protzte zur Schau gestellter Reichtum. Alessandro Perikos stammte aus armen Verhältnissen und hatte sich in wenigen Jahrzehnten mit rücksichtsloser Härte und zielgerichteter Schlauheit sein Imperium erarbeitet. Einen guten Geschmack zu entwickeln hatte er keine Zeit gehabt.

Die große Portaltür zum Schlafzimmer, das wusste Anxa noch von früher, war so dick, dass man sich durch Klopfen kein Gehör verschaffen konnte. Deswegen gab es einen Seilzug, mit dem man ein Glöckchen innen betätigen konnte. Sie griff nach der Schnur.

Du verhältst dich wie ein dressierter Affe, dachte sie bitter, immer noch. Was interessieren dich heute eigentlich noch die Regeln deiner Kindheit?

Wütend über sich selbst riss sie die Tür auf, ohne sich anzukündigen.

Das Innere des Schlafzimmers war für sie ein Schock. Medizinische Hightech-Geräte, Monitore, Kabelspiralen und blinkende Leuchtdioden überdeckten die Einrichtung. Ein künstliches Beatmungsgerät stand in Bereitschaft, ebenso ein Defibrillator für den Fall eines Herzstillstands und viele Geräte, deren Zweck sie nicht kannte. Ein Arzt und eine Krankenschwester überwachten die Anzeigen. Sie nickten Anxa kurz zur Begrüßung zu, offenbar über ihr Eintreffen informiert, und kümmerten sich weiter um ihre Arbeit.

Alessandro Perikos lag auf dem Rücken, die Augen geschlossen, und schlief. Sein Gesicht war schmal geworden und sein stets herrischer Gesichtsausdruck war verschwunden. Das hatte Anxa nicht erwartet. Ohne die sonst allgegenwärtige gebieterische Macht war ihr der Mann dort völlig unbekannt, nie in ihrem ganzen Leben hatte sie ihren Vater schwach oder schutzlos erlebt. Spontan und misstrauisch vermutete sie hinter dieser Schwäche einen Trick, um noch im letzten Moment Mitgefühl zu bekommen.

Du bist hier, weil dein Vater dich um Verzeihung bitten will, also verschließ dein Herz nicht, ermahnte sie sich.

Leise ging sie um das Bett herum. Auf der anderen Seite sah sie einige Schläuche und Kabel, die unter der Bettdecke hervorkamen und zu den Überwachungsgeräten führten.

In einem Sessel neben dem Bett saß ihre Mutter, erschöpft in den Schlaf gesunken, mit derselben Stola um die Schultern, die Anxa schon als Kind so gerne befühlt hatte, gestrickt von ihrer Oma, Helenas Mutter, einer einfachen Frau. Du hast ja schon alles, und was du nicht hast, kannst du dir jederzeit kaufen, hatte sie gesagt und ihrer Tochter unsicher ihr selbstgemachtes Geschenk hingehalten. Aber eine Stola, wie sie eine Mutter ihrer Tochter häkelt – die kann man für kein Geld der Welt kaufen.

»Mama«, flüsterte Anxa und streichelte ihre Mutter vorsichtig am Arm.

Helena schreckte hoch, Panik in den Augen, offenbar auch im Schlaf in der Erwartung, die bevorstehenden endgültigen Worte aus dem Mund des Arztes zu hören. Als sie ihre Tochter erkannte, entspannte sich ihr Gesicht. »Anxa, mein Liebling …«

Anxa war auf Tränen und Leid vorbereitet. Um so mehr staunte sie, wie gefasst ihre Mutter war, sie lächelte sogar.

»Ich bin so glücklich, dich wiederzusehen«, sagte Helena, wagte es aber nicht, ihre Tochter zu berühren.

»Ich dich auch, Mama«, antwortete Anxa, aber es klang nicht sehr überzeugend. Vor allem spürte sie, wie weit sie sich inzwischen auch von ihrer Mutter entfernt hatte.

Helena erhob sich und schüttelte ihren Mann vorsichtig, um ihn zu wecken.

»Lass doch, Mama«, sagte Anxa schnell, »es ist doch besser, wenn er schläft.«

Auch wenn sie sich für den Gedanken schämte, so war es ihr fast am liebsten, wenn er starb, ohne noch einmal wach zu werden.

»Er will es so, Kind.«

Alessandro öffnete die Augen, und sein Blick war sofort klar und wach, so als hätte er die ganze Zeit nur darauf gewartet, angesprochen zu werden.

»Anxa. Ich werde es kurz machen.« Keine Begrüßung, kein Zeichen der Freude. „Wir wissen wohl beide, dass wir uns nichts zu sagen haben.«

Er machte eine Pause, vielleicht um von Anxa zu hören, dass sich die Dinge geändert hatten. Aber Anxa war wie blockiert, starr sah sie ihn an und konnte weder ja noch nein sagen.

»Ich hatte es nie gewollt. Aber da mir deine Mutter nie einen Sohn geschenkt hat …«, er stockte, und der Arzt warf alarmierte Blicke zu ihnen herüber, offenbar meldeten seine Geräte Besorgniserregendes.

Für Anxa war das wie der Beweis durch einen Lügendetektor: Für ihren Vater hatte sich nichts geändert, gar nichts. Und sie war in der Hoffnung hierhergekommen, dass er sich geändert hatte! Plötzliche Wut flammte in ihr auf, ohnmächtige, heiße Wut, Wut auch über ihre kindliche, naive Sehnsucht nach liebevoller Anerkennung.

Alessandro hustete vorsichtig, dann setzte er erneut an. Seine Augen fixierten sie, und jetzt bekam Anxa die letzte Bestätigung, dass sich nichts geändert hatte: derselbe kalte, herrische, ungeduldige, geringschätzige Blick, der sie ihre gesamte Kindheit begleitet hatte.

»Mein Lebenswerk ist meine Reederei. Jeder weiß das. Daran wird auch mein Tod nichts ändern.«

Auch das war, wie es immer schon gewesen war: Ihr Vater redete nicht, er proklamierte. Anxa musste sich sehr zusammenreißen, um ihm nicht ihren Zorn entgegenzuschleudern.

»Ich will nicht, dass die Perikos Shipping Company zerstückelt und von verschiedenen Menschen in Teilen weitergeführt wird. Sie soll in der Familie und in einer Hand bleiben. Ich will nicht irgendwelche Onkel, Neffen oder Cousins beglücken, und schon gar nicht meinen verdammten Bruder. Also wirst du sie übernehmen und leiten ...« Dieser Satz bereitete ihm große Schwierigkeiten. »Ich will, dass du mir bei deinem Leben und bei dem Leben deiner Mutter schwörst«, er lächelte bei diesen Worten niederträchtig, »sie ganz in meinem Sinne weiterzuführen.«

Er warf Anxa einen strengen Blick zu. Dann schloss er die Augen und verfiel in denselben Zustand wie zu dem Zeitpunkt, als Anxa das Zimmer betreten hatte.

Sie war wie paralysiert. Ihre Mutter sah sie ängstlich und atemlos an.

Alessandro schlug seine Augen wieder auf. »Nun?«

Nein, dachte Anxa, nein, mit deinem Dreck will ich nichts zu tun haben!

»Ich werde diese Erbschaft nicht antreten«, antwortete sie mit fester Stimme und unterdrückte alle anderen Worte, die herauswollten.

Ihr Vater schloss die Augen wieder und sagte bemüht beiläufig: »Dann wirst du völlig leer ausgehen.«

»Kein Problem, damit ändert sich für mich ja nichts.« Anxa sah ihn unversöhnlich an und spürte das Entsetzen ihrer Mutter neben sich.

Alessandro Perikos wandte den Kopf und sah seine Frau durchdringend an. »Helena, dann gilt das zweite Testament. Hast du verstanden?«

Sie reagierte wie ein geschlagener Hund, senkte ihren Blick und flüsterte: »Ja, Alessandro.«

»Ich habe dich nicht gehört«, herrschte er sie an und begann zu husten.

Helena wartete, bis er wieder ruhig war. »Ja, Alessandro, es gilt dein zweites Testament.«

»Und Sie beide!« Alessandro wandte sich an den Arzt und die Krankenschwester. »Haben Sie verstanden, dass meine Tochter die Erbschaft ausgeschlagen hat?«

»Ja, das haben wir«, antwortete der Arzt und vermied es, Anxa anzusehen.

»Dann unterschreiben jetzt alle die Erklärung.« Alessandro beobachtete misstrauisch, wie die beiden ein Dokument unterzeichneten und es Helena hinhielten.

Anxa schüttelte fassungslos den Kopf. Selbst in diesem Moment, selbst in Angesicht seines Todes dachte ihr Vater nur an sich, an seine Welt, an seine Geschäfte. Sie sah, wie ihre Mutter das unterschriebene Dokument an sich nahm, es selbst unterzeichnete, zum Bett zurückkam, es Anxa hinhielt und sie mit ängstlichen Augen ansah.

»Jetzt du«, sagte Alessandro matt.

In Anxas Hirn wirbelten die Gedanken durcheinander. Eine Stimme forderte sie eindringlich auf, nichts zu unterschreiben und die Sache in Ruhe zu überdenken. Eine andere, wesentlich lautere, sagte: Mach es und verschwinde so schnell wie möglich und ein für alle Mal!

Stolz reckte sie sich, und ohne auch nur eine Zeile zu lesen, ohne ihren Blick von ihrem Vater zu wenden, ohne nur einmal zu blinzeln, unterschrieb sie das Dokument und ließ es auf die Bettdecke gleiten.

Alessandro nickte nur, atmete tief aus und schien nicht mehr einzuatmen. Im ersten Moment dachte Anxa, dass er jetzt, in diesem Moment, gestorben war und warf dem Arzt einen fragenden Blick zu.

Der machte ein beruhigendes Zeichen. »Er schläft«, flüsterte er herüber und lächelte aufmunternd.

Anxa reagierte nicht. Sie konnte nicht glauben, dass ihr Vater auch jetzt, so kurz vor dem Ende seines Lebens, keine Reue, keine Menschlichkeit, ja, noch nicht einmal Angst vor dem Tod zeigte. Sie bereute es, überhaupt gekommen zu sein. Hier starb nicht ihr Vater, der ein letztes Mal noch seine engsten Familienmitglieder um sich haben wollte, nein, hier hatte der großmächtige Reeder Alessandro Perikos noch ein letztes Geschäft gemacht, sonst nichts.

Anxa hätte ihn am liebsten wachgerüttelt und zur Rede zu gestellt. Aber ein Blick auf ihre Mutter hielt sie davon ab. Kraftlos und elend saß sie in ihrem Sessel und formulierte mit den Lippen lautlose Worte.

Anxa ging zu dem Arzt hinüber. »Sagen Sie mir, Doktor«, flüsterte sie, »wie ist sein Zustand tatsächlich? Ist er überhaupt noch …« zurechnungsfähig, wollte sie fragen, da verwandelten sich auf dem Monitor die hoch ausschlagenden Wellen, die dem Herzschlag ihres Vaters entsprachen, von einem Moment zum anderen unspektakulär und beiläufig in eine vollkommen flache Linie, und ein Alarm begann zu piepen.

Der Arzt und die Krankenschwester stürzten zu ihrem Patienten und setzten mehrfach den Defibrillator an. Die knallenden Stromschläge ließen den leblosen Körper aufzucken. Aber auf dem Monitor veränderte sich nichts.

Anxa starrte auf die leblose Linie und begann unkontrolliert zu lachen.

»Der ist doch nicht tot!«, rief sie mit überschlagender Stimme. »Nicht der große Alessandro Perikos!«

Sie bemerkte nicht die betretenen Mienen des Arztes und der Krankenschwester und das krampfige Weinen ihrer Mutter.

»Das ist doch nur wieder einer von seinen Tricks. Merkt ihr das denn nicht?«

Niemand antwortete.

16

»Guten Morgen, Berry!«, lachte Wendy ihn an, »was ist denn mit Ihnen passiert?«

Berry reagierte nicht, ihre Worte fügten sich in seinem umnebelten Gehirn zu keinem Sinn.

»Seien Sie mir nicht böse, aber heute finde ich nicht, dass Sie sehr gesund aussehen«, fuhr Wendy fort, ernster und ohne eine Spur von Mitleid.

Berry brauchte keinen Spiegel, um zu wissen, welches Bild er abgab: blutrot unterlaufene, wässerige Augen in einem aufgedunsenen Gesicht. Ihm war definitiv nicht nach Scherzen zu Mute. Trotzdem würde er sich Wendy gegenüber niemals eine Blöße geben oder sie seine schlechte Laune spüren lassen. Vielleicht weil sie so elfenhaft, so grenzenlos gut wirkte.

»Sex and Drugs and Rock'n'Roll«, stöhnte er und trotzte seinem versoffenen Gesicht ein ironisches Lächeln ab.

»In Ihrem Alter sollten Sie sich für nur eins von den dreien entscheiden. Und zwar für das Richtige.«

»Sie wollen ja nicht, Wendy«, antwortete er und beeilte sich, zum Aufzug zu gelangen.

Selbst dieses kleine Wortgefecht war ihm heute Morgen zu anspruchsvoll. Es war 7 Uhr 10. Sein Gehirn pulsierte schmerzhaft gegen die Schädeldecke, und sein Magen zitterte, eingelullt mit einem Extra-Schluck Maaloxan. Er war froh, dass hier sonst niemand auf den Aufzug wartete. Als ihn Elias' Anruf vorhin geweckt hatte, hatte er höchstens drei Stunden geschlafen. Davon, so fühlte es sich zumindest an, waren zweieinhalb mit Alpträumen durchseucht gewesen.

Endlich kam die Kabine. Er konnte nicht widerstehen, sich noch einmal umzudrehen. Wendys intensiver Blick hing an ihm, dabei hatte er weder etwas Anzügliches noch etwas Neugieriges, sondern – ja, was? Berry hatte keine Idee. Scharf auf ihn war sie jedenfalls nicht, zumindest nahm er das an. Trotzdem hatte ihr Blick etwas Exklusives, etwas, was nur ihn meinte. Berry konnte sich nicht erinnern, je von einer Frau, Hanna eingeschlossen, auf diese Art angesehen worden zu sein. Wendy schien etwas in ihm zu sehen, was für ihn selbst einfach nicht erkennbar war.

Als er die Penthouse-Büroetage betrat, spürte er gleich die Nervosität, die in der Luft lag. Widerwillen stieg in ihm auf.

Die ersten Büros, an denen er vorbeiging, waren leer, und dann sah er seine Leute im Konferenzraum sitzen, einem Glaskasten, von drei Seiten einsehbar und durch mehrere Türen ringsherum zu betreten. Bei laufenden Operationen war dies das Einsatzzentrum, in dem alle Informationen zusammenliefen und wo der Ablauf der Rückholaktionen geplant wurde. Die Männer saßen schweigend und gelangweilt herum, während Elias Holbrook konzentriert telefonierte.

Die einzige Steinwand an der Stirnseite des Raumes wurde zur Hälfte von einer riesigen Weltkarte eingenommen, abgedeckt von einer dünnen Acrylscheibe, auf die Bridges, einer der Piloten, gerade mit einem Marker einen 270°-Kreis zeichnete, dessen Enden an die Küsten Indiens stießen.

Berry ließ sich grußlos auf den nächsten Stuhl fallen und erntete von seinen Leuten müde Handzeichen, einige »Berry« und »Wie geht's, Chef?«

Elias war in ein offenbar schwieriges Gespräch vertieft, trotzdem warf er Berry einen kurzen Blick zu, der eindeutig sagte: Tauchst du auch endlich auf?

Hier saß seine komplette Repo-Mannschaft: die beiden Piloten Bridges und Günther und die fünfköpfige Crew bestehend aus Vern, Massimo, Claude, Danny und Horst, Männer aus verschiedenen Ländern, alle mit einer Vergangenheit in Anti-Terror-Einheiten von Armee oder Polizei, beim Geheimdienst oder als Söldner.

Ein deutlicher Stressgeruch hing in dem Raum. Die Männer waren gerade erst von dem Auftrag, die OCEAN VIEW für ihren Eigner zurückzuholen, unverrichteter Dinge zurückgekehrt. Berry kannte das Gefühl, das angesammelte Adrenalin nicht abgebaut und stattdessen endlos lange, nervige Stunden im Flugzeug zugebracht zu haben. Er sah den aggressiven Frust in ihren Augen: Ohne Rückführung eines entführten Schiffes gab es keinen Gewinn für die Firma, und ohne Gewinn für die Firma gab es für die Männer keine Gewinnbeteiligung.

»Also, was gibt's?«, fragte Berry.

»Schiffsentführung in der Straße von Malakka«, antwortete Bridges. »Ein Frachter, heißt LIBERTY, hat Aluminiumbarren in Wert von 18 Millionen Dollar geladen. Ist kurz nach dem Verlassen des Hafens in Belawan verschwunden. Wurde dann zuletzt auf Westkurs im Golf von Bengalen gesichtet.«

»Wer ist unser Auftraggeber?«, fragte Berry.

»Der Eigner selbst, die Ships & Trades Company aus Göteborg, Schweden«, grinste Bridges, weil es eine gute Nachricht war. Eigner waren in der Regel unproblematisch. Anders war es, wenn eine Versicherungsgesellschaft ein verschwundenes Schiff suchen ließ, um nicht bezahlen zu müssen. Dann waren in den meisten Fällen deren penetrante, besserwisserische Detektive mit im Spiel, und das bedeutete für die Männer von LSM eine mitunter unangenehme Limitierung in der Wahl ihrer Möglichkeiten.

Ethik bedeutet die Begrenzung der Mittel, sagte Elias gerne als Argument gegen die Zusammenarbeit mit Versicherungen, obwohl es, wie Berry fand, grotesk war, einer Versicherungsgesellschaft Ethik zu unterstellen.

Bridges deutete auf den Kreis, den er auf der Karte gezogen hatte. »So weit kann sie bis jetzt gekommen sein. Wenn sie nicht schon versenkt wurde oder gerade irgendwo entladen wird.«

Der Kreis bedeutete immerhin eine reale Strecke von 700 Seemeilen in südlicher, östlicher oder westlicher Richtung, und bei einer Durchschnittsgeschwindigkeit von 15 Knoten kamen pro Tag 360 Seemeilen hinzu. Unmöglich, ein solches Gebiet nach einem kleinen Frachter verlässlich abzusuchen.

Elias verabschiedete sich lautstark von seinem Gesprächspartner und warf den Hörer auf das Telefon.

»Ha!«, brüllte er. »Ha! So muss es laufen!« Er rieb sich die Hände und strahlte Berry an, redete aber nicht weiter.

»Okay, Elias«, sagte Berry, »wo ist der Kahn? Du hast doch eben nicht mit deiner Mutter telefoniert, oder?«

Elias faltete die Hände und tat so, als würde er einen Blick in den Himmel werfen.

»Jetzt spuck's schon aus, Holbrook«, knurrte Massimo böse.

Holbrook lachte ihn an, als hätte er ihm ein freundliches Kompliment gemacht.

»Hab vorhin die Beschreibung der LIBERTY rausgefunkt, Leute. Und siehe da: Die BASQUET, ein australischer Tanker, passiert gerade in dem Moment in zwei Meilen Abstand ein Schiff, was aussieht wie die LIBERTY. Heißt aber BALTIMORE RAINBOW. Drauf geschissen: Der neue Name ist so frisch auf den Rumpf gepinselt, dass die Farbe noch tropft! Hat die BASQUET-Crew sogar aus der Distanz erkannt. Sie funken die falsche BALTIMORE RAINBOW an. Niemand reagiert, obwohl das Schiff erkennbar unter Besatzung steht. Scheißkerle! Die kaufen wir uns!«

»Wo sind sie genau?«, fragte Bridges.

»Die haben die Maschinen gestoppt und dümpeln 150 Meilen südwestlich von Bombay und warten. Auf uns, Leute!« Holbrook rieb sich die Hände und lachte dröhnend, aber außer ein, zwei müden Grinsern bekam er keine Reaktion.

Berry ahnte, warum die Schiffsentführer nicht weiterfuhren. Mit einiger Sicherheit hatten sie den Funkverkehr mitgehört und wussten, dass man sie suchte und, spätestens seit die BASQUET sie angefunkt hatte, dass man sie entdeckt hatte. Jetzt war es für sie zu spät, um risikolos unter dem neuen, falschen Namen in Bombay die gestohlene Fracht zu leichtern. Jetzt mussten sie warten, bis ihr Auftraggeber den Bombayer Hafenmeister und den

Kommandanten der Hafenpolizei bestochen hatte. Oder Frachter organisiert hatte, die das Aluminium auf hoher See übernahmen.

Das konnte dauern, und das war die Chance, die LIBERTY im maritimen Niemandsland vor der Küste zurückzuerobern. Sie mussten nur schnell sein.

»Mir klingt das alles zu einfach«, grummelte Berry missmutig.

»Hey, wir sind hier schon 'ne ganze Weile zugange!«, bellte Holbrook zurück.

»Das ist mir scheißegal, Elias!«, fuhr Berry ihn an.

»Ach ja? Und was ist dir sonst noch scheißegal?«

Berry überging den offensichtlichen Vorwurf und lehnte sich in seinen Sessel zurück, seine Hände hátte er zur Faust geballt, damit niemanden sah, wie seine Finger zitterten.

»Sind die Fakten gesichert?«

»Alles gesichert, Berry, kannst dich drauf verlassen«, erwiderte Elias genervt.

Prüfend und als hätte er alle Zeit dieser Welt, sah Berry seinen alten Weggefährten an.

Elias erwiderte den Blick ruhig und mit einem grimmigen Lächeln. Er war sich seiner Sache hundertprozentig sicher.

Berry atmete tief durch und hoffte, dass niemandem auffiel, wie nervös er war. Es herrschte Stille im Raum. Einige der Männer sahen sich fragend an.

Massimo beobachtete ihn lauernd. »Hey, Berry, hast du was Besseres zu tun?«

In einem Wolfsrudel wäre der Italiener der vor Saft und Wildheit strotzende Jungwolf, der jede Gelegenheit nutzte, um dem Leitwolf seinen Platz streitig zu machen.

Bis auf Elias und Massimo lachten alle, für die Männer stand außer Frage, dass es für Berry nichts Besseres gab, als eine schnelle und gefährliche Konfrontation wie die, die ihnen in den nächsten Stunden bevorstand.

Für einen Moment musste Berry die Augen schließen.

Der Alkohol, zu wenig Schlaf, das ist normal, beschwor er sich.

Sein mühsam verdrängter Widerwille drohte, sich erneut einen Weg zu bahnen. Wenn er den zuließ, würde wieder die Frage auftauchen, warum er sich diesen ganzen Mist immer noch antat. Unruhe kam auf.

»Ehm, Berry, alles in Ordnung?«, fragte Elias.

Berrys Puls beschleunigte sich, zum Glück, immerhin vertrieb das kräftiger kreisende Blut seine zementschwere Müdigkeit. Er öffnete die Augen und sah seine Männer an. Jeder für sich ein Raubtier, da gab es nichts daran zu deuten. Schließlich hatte er sie eingestellt, weil sie genau das waren: Raubtiere und Kämpfer, die keine Skrupel kannten.

Und er? War er wie sie?

Nein, er war anders. Sie waren Söldner und machten ihren Job gegen Bezahlung. Er jedoch hasste diese verdammten Piraten, er hasste sie, weil sie unschuldige Menschen einfach abschlachteten, er hasste ihre arrogante Selbstherrlichkeit, ihre Unmenschlichkeit, ja, sogar ihre Armut, die viele von ihnen zu Piraten gemacht hatte und aus der sie die Rechtfertigung für ihre Brutalität ableiteten. Er hasste sie, weil sie Hanna auf dem Gewissen hatten.

Wie oft hatte er eigentlich in den letzten Jahren diese Hass-Litanei heruntergebetet? Zum Glück funktionierte sie immer noch. Sie konditionierte ihn. Zur Hölle mit all den Überlegungen, seinen Job an den Nagel zu hängen! Zur Hölle mit seinen Magengeschwüren! Hier ging es um die Arbeit eines Mannes, der eine Aufgabe zu erledigen hatte, und nicht um eine geschmäcklerische Option: ja oder vielleicht doch nicht oder doch …!

Berry wurde von dem kühlen Gefühl überschwemmt, das jeder klare Gedanke, jede klare Entscheidung verursacht. Nur darauf kam es doch an: ein Ziel zu haben und diesem Ziel ohne Wenn und Aber zu folgen.

»Okay.« Er schlug mit den Fäusten auf den Tisch, und sein Oberkörper schnellte nach vorne. »Elias, du charterst ein Speedboat in Bombay. Frag diesmal bei Pasalewa an, nicht bei Hornby, der war letztes Mal zu redselig. Ihr«, Berry sah seine Leute an, »geht noch mal pinkeln und dann geht's los. Massimo, du arbeitest ausschließlich mit der neuen *down-ammo.*«

Massimo warf ihm einen scharfen Blick zu. »Du weißt, was ich von dem Scheiß halte, Berry.«

»Habe ich dich nach deiner Meinung gefragt?«

»So was bringt's nicht. Was ist, wenn …«

»Du hast gehört, was ich gesagt habe«, unterbrach Berry ihn und warf einen Blick in die Runde. »Alles klar?«

»Alles klar«, schallte es ihm mehrstimmig entgegen. Nur Massimo schwieg ihn mit brütender Wut an.

»Okay, Leute, dann los!«

Holbrooks kritischer Blick verwandelte sich augenblicklich in ein jungenhaftes Grinsen. »Oh, boy, wenn ich nur mit könnte!«

Erleichtert sprangen die Männern auf. Der Van, der sie zum Flughafen bringen würde, stand in der Tiefgarage bereit, ihre Ausrüstung war noch gar nicht aus der Gulfstream heraus geholt worden. Einzig Massimo musste noch zwei Kisten der *down-ammo* aus dem Schießkeller holen, dann konnte es losgehen.

Elias zog Berry zur Seite. »Ich dachte schon, du würdest wieder nicht mitgehen, du alter Hund!«

»Wie kommst du denn da drauf?«

»Weiß nicht. Sah irgendwie so aus.«

»Du gehst mir auf die Nerven, Elias.«

Holbrook grinste ihn grimmig an. »Du hast dir deine Eier weich gevögelt, stimmt's?«

Berry antwortete nicht, sollte Holbrook doch denken, was er wollte. Er ging in sein Büro, um seine Sachen zu packen.

Elias sah ihm kopfschüttelnd hinterher.

»Verliebte Männer«, brummte er, »was Schlimmeres gibt's nicht. Höchstens ein Kopfschuss. Scheiße!«

17

Als Anxa erwachte, hatte sie ein schlechtes Gewissen, weil sie so tief, fest und ruhig geschlafen hatte, wie schon lange nicht mehr.

Ihr Vater war gestorben, und sie spürte keinerlei Trauer um ihn. Eher für ihre Mutter, die gestern Abend nicht mehr ansprechbar gewesen war. Obwohl dieser Mann seine Frau zeitlebens psychisch und auch körperlich misshandelt hatte, sie betrogen und nie respektiert hatte – irgendetwas musste die beiden verbunden haben. Beide hätten doch längst die Scheidung eingereicht, wenn nicht unter dem ganzen Müll etwas Wertvolles versteckt gewesen wäre. Vielleicht hatte sie das nur übersehen?

Vielleicht war es aber auch ganz anders. Vielleicht hatte er sich nicht scheiden lassen, weil die beiden keinen Ehevertrag gemacht hatten und ihr deshalb die Hälfte seines Besitzes zustand.

Gedanken wie diese verschlimmerten Anxas schlechtes Gewissen noch. Ihr Vater war tot, warum hielt sie jetzt noch mit einem solchen Hass an ihm fest?

Entschlossen warf sie die Bettdecke zurück. Früher oder später würde sie schon die Dinge verstehen, die ihr jetzt unklar waren. Oder, und das war weitaus besser, sie würden ihr wieder so gleichgültig sein wie in den letzten Jahren.

Sie hatte Durst auf Kaffee und sah sich in ihrem Zimmer um, ihr altes Zimmer, in dem sie gelebt hatte, bis sie mit achtzehn ins Mädchenpensionat nach Gstaad gegangen und danach nie wieder nach Hause zurückgekehrt war. Natürlich gab es hier weder eine Kaffeemaschine noch einen Kühlschrank. Sie musste sich die Spielregeln dieser Luxuswelt wieder in Erinnerung rufen: In dieser Villa konnte man nicht einfach in die Küche gehen, um sich einen Kaffee zu machen. Alleine in der Küche arbeiteten rund um die Uhr drei Angestellte, die kein Verständnis dafür hatten, wenn man ihnen die Arbeit abnahm, die sich sehr unwohl fühlten, wenn einer der Herrschaften dort auftauchte und mehr wollte, als nur Anweisungen zu geben, denn selbst die wurden normalerweise über die hausinterne Sprechanlage erteilt.

Anxa ging zu der altmodischen, vergoldeten Apparatur an der Wand, die noch aus den 1960er-Jahren stammte und wohl aus nostalgischen Gründen nie verändert worden war. Sie drückte den Knopf für ›Küche‹.

»Eh …«, ihr fiel auf, dass sie die Namen der Bediensteten gar nicht mehr kannte. »Hallo?«

»Guten Morgen, Frau Perikos, hier spricht Jane, die Köchin«, tönte es aus dem Gerät.

Jane, dachte Anxa irritiert, wieso hatte der reiche griechische Reeder eine Jane als Köchin und nicht ein braves, griechisches Mädchen?

»Ich hätte gerne einen Kaffee«, sagte Anxa.

»Einen griechischen, einen italienischen, einen deutschen oder einen amerikanischen?«, fragte Jane.

Anxa zögerte. »Einen deutschen. Und irgendwas zu essen, danke.« Sie unterbrach die Verbindung, um nicht auch noch die verschiedenen Möglichkeiten des Frühstücks heruntergebetet zu bekommen.

Und jetzt? Merkwürdig, es genügte, einfach nur hier zu sein, um von diesem alten, so vertrauten und so beklemmenden Gefühl eingefangen zu werden, das sie ihre gesamte Kindheit begleitet hatte: jederzeit alles tun zu können, wovon All-inclusive-Urlauber träumten, von Surfen bis Reiten, und trotzdem nicht zu wissen, was sie mit ihrer Zeit anfangen sollte. Egal, was sie tat, nichts machte wirklich Sinn in diesem irrealen, luxuriösen Gefängnis.

Morgens war sie immer zur Schule gefahren worden und war dort nur auf weitere Kinder reicher Eltern getroffen. Mittags brachte die Limousine sie wieder zurück. Sie machte Hausaufgaben, telefonierte mit anderen Mädchen in ihrem Alter, ein merkwürdiger Small Talk war das, als stünden ihre Eltern hinter ihnen, um zu überwachen, dass sie sich in dem übten, was später so überaus wichtig werden würde. Natürlich, sie hatte sich auf ihren Motorroller werfen können, um sich bei McDonald's mit einem fetten Burger den Magen zu verderben. Aber wenn sie das tat, warfen sich gleichzeitig mindestens zwei Bodyguards auf ihre Motorräder, blieben mit ihr auf Tuchfühlung und ummantelten sie wie virtuelle Gitterstäbe mit ihrem Auftrag, sie rund um die Uhr vor Entführungen zu schützen. Die unglaubliche Freiheit der Auswahl hatte in Wahrheit nichts mit Freiheit zu tun, und alles, wovon Anxa, der pubertierende Teenager, damals träumte, war nicht erlaubt. Sie durfte existieren, leben wie eine Prinzessin, warten, dass ihr Vater ihr einen Mann zuteilte, der vor allem ein würdiger Erbe der Reederei sein sollte. Aber sie durfte sich nicht ins Leben stürzen, aus Fehlern lernen, Dinge tun, die nur Jungen taten, oder lieben und geliebt werden.

Zwanzig Jahre war das her, und trotzdem fühlte es sich heute noch genauso an.

Es klopfte.

»Herein«, sagte Anxa und begrüßte den Diener mit einem Lächeln.

»Ihr Frühstück«, sagte der, winkte in den Gang hinter sich, und dann schoben zwei weitere Diener zwei große Rollwagen herein, auf denen sich Berge von Gebäck, Obst, Pasteten, Antipasti, Rührei, Müsli, Käse und Wurst türmten, in großen Kristallkaraffen schwappten verschiedene Säfte, zu viel, um auch nur eine einzige leer zu trinken.

Anxa stöhnte auf, ›irgendwas zu essen‹ bedeutete in einem Haushalt, der besser als jedes Luxusrestaurant ausgestattet war, eben von allem jede Menge.

»Lassen Sie den Kaffee, das Müsli und ein Croissant hier. Den Rest können Sie wieder mitnehmen«, sagte sie und dachte mit Bitterkeit daran, dass all dies postwendend im Abfall landete. Die meisten der Lebensmittel, die täglich in die Villa geliefert wurden, hatten vor allem eine optische Funktion, wie schnell verwelkende Blumen. Ihr Vater hatte die Order ausgegeben, dass nichts zweimal auf den Tisch gebracht werden durfte, und ebenso war es den Bediensteten nicht gestattet, Übriggebliebenes für sich selbst zu nutzen. Wer zuwiderhandelte, wurde sofort entlassen. Anxa wurde schlecht bei dem Gedanken, wie viele Familien es alleine in Piräus gab, die froh wären, wenn sie nur einen Bruchteil dessen, was hier weggeworfen wurde, auf ihrem Tisch hätten.

Sie nahm sich einmal mehr vor, so schnell wie möglich wieder in ihre Welt zurückzukehren, mit diesem Wahnsinn hier hatte sie einfach nichts mehr zu tun.

Wieder klopfte es, und die Tür öffnete sich, bevor Anxa reagieren konnte.

»Anxa, mein Schatz«, sagte Helena und blieb im Türrahmen stehen. »Wie hast du geschlafen in deinem Zimmer?«

Anxa sah ihre Mutter an und versuchte, ihren Unwillen zu unterdrücken. Deren Schwäche hatte sie schon als Kind zur Weißglut getrieben, und als sie alt genug war zu begreifen, wie ihr Vater ihre Mutter behandelte und wie diese darunter litt, machte sie das viel wütender auf ihre Mutter als auf ihren Vater. Warum wehrte sie sich eigentlich nie? Warum hatte sie nie versucht, ihr eigenes Leben zu leben?

»Gut. Und du?«

»Gar nicht, aber das war ja zu erwarten«, antwortete Helena und bemühte sich, ihre Tränen zu unterdrücken.

»Dein Vater und du – ihr seid gar nicht so verschieden«, fuhr sie fort und merkte nicht, dass sie von ihrem gestorbenen Mann noch im Präsens redete. »Ihr habt beide einen wirklich harten Dickkopf.«

»Mama, bitte«, entgegnete Anxa unwillig.

Helena antwortete nicht, sondern lächelte selig. Erst jetzt begriff Anxa, dass sie unter dem Einfluss von Psychopharmaka stand, Prozac oder Ähnliches.

»Ich weiß nicht, was jetzt zu tun ist«, sagte Anxa. »In deiner Welt hier ist das Begräbnis bestimmt ein riesiges Ereignis, und ich werde auf jeden Fall dabei sein. Das bin ich dir und«, sie lachte bitter auf, »auch Vater schuldig.«

Helena nickte, lächelte weiterhin sanft, und als hätte sie einen kurzen Moment tiefer Klarheit, sagte sie: »Ich weiß, dass du mich nicht verstehst, aber dein Vater ist für mich die große Liebe, egal, was er getan hat. Da ist man machtlos.«

»Mama, bitte!«, platzte Anxa heraus. »Vater hat dich wie Dreck behandelt, noch schlechter als einen Kettenhund! Diese ewigen Frauengeschichten, diese Demütigungen in der Öffentlichkeit!«

Helenas Gesicht wurde starr. Die harten Worte waren offenbar in ihre Prozac-Wolke eingedrungen. Und trotzdem schienen sie nirgends anzudocken. Anxa kannte das sehr gut: Wenn man die Wahrheit aussprach, legte ihre Mutter einen Schalter um, und alles prallte von ihr ab, sie konnte unangenehme Dinge einfach ausblenden.

»Warum hast du dich eigentlich nie gewehrt?«, fragte Anxa.

Helena überging die Frage, als wäre sie nie gestellt worden, und tiefer als je zuvor begriff Anxa, dass ihre Mutter nur deshalb noch existierte, weil sie sich diesen Schutzpanzer zugelegt hatte, der ihre verletzte Seele ummantelte, stützte und trug.

Sie schloss für einen Moment die Augen, um ihre Mutter in dieser prothesenhaften Hülle nicht sehen zu müssen, um nicht sehen zu müssen, wie sie unter Aufbieten aller Kräfte auf dünnstem Seil balancierte, nur darauf konzentriert, nicht in die Tiefe zu stürzen. Anxa wollte es nicht wahrhaben, und doch spürte sie sehr deutlich, dass ihre Mutter, wenn sie weiterleben wollte, nichts anderes tun konnte, als diesen vor vielen Jahren eingeschlagenen Weg starr und unbeirrt weiterzugehen. Sie war dazu verdammt, sich keine Fragen zu stellen und sogar die einzige Veränderung, die sie nicht ignorieren konnte, nämlich den Tod ihres Mannes, nur so weit als Erkenntnis zuzulassen, dass nun auch noch die wenigen gemeinsamen Stunden, die sie ohnehin nur mit ihrem Mann hatte, fehlen würden – aber der große Rest des Lebens, der musste eben bleiben, wie er war.

Obwohl sie sich wehrte, konnte Anxa gegen ihre Tränen nichts machen, Tränen über das erbärmliche Leben ihrer Mutter, Tränen, die ihre Mutter ganz sicher umdeutete in Tränen um ihren Vater.

»Ach, Mama«, sagte sie schniefend und nahm ihre Mutter sanft in die Arme, und weil sie vorbereitet war, verletzte es sie nicht, dass Helena zwar die Umarmung genoss, sie aber nicht weich und herzlich und mütterlich, sondern nur steif und hölzern erwiderte. Es war ja nie anders gewesen.

»Hat Vater wenigstens in seinem Testament, in dem zweiten, wovon er gestern sprach, gut für dich gesorgt?«, fragte Anxa, ohne ihre Mutter loszulassen. Zu ihrem Erstaunen verhärtete sich Helena noch mehr.

Anxa schob sie mit langen Armen auf Abstand und sah ihr in die Augen. »Hat er?«

Helenas Augen begannen, nervös zu flattern, und sie sah beschämt auf den Boden.

»Ich … ich denke, ich werde mal mit den Vorbereitungen für das Begräbnis beginnen.« Helena fing sich, löste sich aus Anxas Händen und lächelte wieder sanft. »Das meiste ist ja schon längst erledigt. Kommst du nachher runter? Ich bin in seinem Büro. Der Anwalt ist da.« Sie drehte sich um, um das Zimmer zu verlassen, und begann eine undefinierbare Melodie zu summen.

Besorgt sah Anxa ihr hinterher. »Mama?«

Helena drehte sich um. »Ja, mein Schatz?«

»Was ist der Unterschied zwischen den beiden Testamenten?«

»Du hast ja einen Bruder, und …«

»Was habe ich?«, schrie Anxa auf.

Helenas Augen begannen wieder zu flattern und ihr Lächeln wurde maskenhaft.

»Dein Bruder, der wird die Reederei übernehmen, da du die Erbschaft nicht angenommen hast.«

Es gelang Anxa nicht, ein weiteres Wort herauszubringen. Ihr Kiefer wirkte wie verklemmt, und ihr Gehirn stellte einfach seine Arbeit ein. Sämtliches Blut war aus ihrem Kopf gewichen. Die einzige Reaktion, zu der sie fähig war, war, ihre Mutter am Arm zu packen und festzuhalten.

* * *

Es dauerte einige Minuten, bis sie wieder klar denken und ihre Mutter nach ihrem Bruder, ihrem Halbbruder, wie sich herausstellte, befragen konnte. Er hieß Roger, war der Sohn des Ex-Models Elizabeth Lundgart, einer Schwedin, mit der Alessandro ein längeres Verhältnis gehabt hatte. Alessandro hatte ihn wie einen ehelichen Sohn behandelt, seine Ausbildung bezahlt, ihm Autos gekauft und ihn mithilfe seiner leiblichen Mutter schon früh auf die Spur gesetzt, einmal sein Nachfolger zu werden.

»Und was ist mit dir, Mama?«, fragte Anxa, nachdem sie diese Neuigkeit einigermaßen verdaut hatte.

»Dieser junge Mann, also, Roger soll für mich sorgen.«

Anxa krampfte es das Herz. Dieser Bastard von einer geldgierigen Frau, die sich ihrerseits ihre Rente in Form von großzügigen Unterhaltszahlungen ervögelt hatte, dieser Bastard, dessen Existenz alleine schon ein permanenter Schlag ins Gesicht ihrer Mutter war, sollte für sie sorgen? Welche Grausamkeiten über seinen Tod hinaus hatte sich ihr Vater eigentlich noch ausgedacht?

»Das ist doch Schwachsinn! Dir steht mindestens ein Drittel von allem zu!«

»Ach, Anxa, mein Schatz, was soll ich denn damit? Ich ...« Sie zuckte wie in Zeitlupe mit ihren Schultern.

»Du kennst doch diesen Kerl gar nicht. Woher weißt du, wie der mit dir umgeht? Der hat seine eigene Familie und seine eigene Mutter. Eine Frau, die auch noch stolz darauf ist, dass sie dich verarscht hat!«

Helenas Augenlider zuckten, ohne dass sie ihr Lächeln aufgab.

»Du sollst solche Worte nicht benutzen«, sagte sie leise, »das gehört sich nicht.«

»Mama, du musst das Testament anfechten«, sagte Anxa, zögerte für einen Moment und fuhr fort: »Ich kann ein paar Tage hierbleiben und mich darum kümmern.«

Helena hob abwehrend beide Hände. »Nein, nein, das brauchst du nicht, mein Schatz, dein Vater weiß ja, was er tut. Das ist ganz sicher richtig.« Sie nickte ihrer Tochter mit einem sanften, maskenhaften Lächeln zu, eine Geste, die sie der englischen Queen abgeguckt hatte. »Also, bis später.«

»Mama«, Anxa fasste ihre Mutter erneut am Arm und hielt sie fest. »Wirst du wenigstens hier in deinem Haus bleiben dürfen?«

»Bestimmt, Kind. Ich kann mir nicht vorstellen, dass dein Bruder etwas dagegen hat«, sagte Helena, löste sich aus ihrem Griff und ging.

Dein Bruder! Anxa hätte ihrer Mutter am liebsten hinterhergekotzt. Wie konnte sie bloß so einen Bastard einfach in die Familie aufnehmen, nur weil ihr Mann das wollte?

Anxa spürte ganz genau – eindeutiger konnte eine Intuition gar nicht sein: Dieser Bastard und seine verdammte Model-Mutter würden Helena kein bisschen besser behandeln als der große Alessandro zuvor. Sie würden sie ausbluten lassen, und ihre Mutter würde nichts dagegen unternehmen können. Und sie würde ihre Villa, das Einzige, wofür sie in ihrer Ehe gekämpft hatte, verlieren.

Plötzlich verstand Anxa, was gestern Nacht wirklich abgelaufen war und wie klug ihr Vater vorgegangen war.

Alessandro Perikos hatte genau gewusst, dass der Hass seiner Tochter zu groß war, um das Erbe anzunehmen. Aber hätte er Anxas Halbbruder von vornherein testamentarisch als Haupterben verfügt, dann würde Anxa die Erbschaft vor Gericht anfechten, aus Verletzung und aus Wut. Also hatte er mit ihrem Trotz gepokert, damit, dass sie mit seiner Reederei nichts zu tun haben wollte, und er hatte gewonnen. Und sie war wie ein blödes Schaf freiwillig zur Schlachtbank gegangen und hatte ihrem Metzger sogar noch das Messer in die Hand gedrückt! Sie hatte vor Zeugen auf die Erbschaft verzichtet. Sein Plan, geboren aus narzisstischer Hybris und selbstgerechter

Enttäuschung, keinen ehelichen Sohn bekommen zu haben, war perfekt gelungen. So konnte er seine geliebten männlichen Gene und sein Lebenswerk doch noch in einem männlichen Erbfolger weiterleben lassen. Alessandro Perikos hatte seinen letzten Sieg eingefahren und sich bis zum letzten Atemzug als absoluter Alleinherrscher durchgesetzt.

Anxa schüttelte benommen den Kopf. Wie hatte sie nur so dämlich sein können? Wieso hatte sie seinen Trick nicht durchschaut, als es darauf ankam? Statt dessen hatte sie sich genau wie das kleine Mädchen benommen, das sie nicht mehr sein wollte. Sie war als erwachsene Frau aus Bremerhaven eingeflogen und würde als Kind wieder zurückfliegen.

Tränen schossen ihr in die Augen. Warum bloß schaffte sie es nicht, diese beschissene Familie endlich hinter sich zu lassen?

* * *

Mit Herzklopfen betrat sie das Büro, das Heiligtum ihres Vaters. Alessandro Perikos hatte es praktisch nie zum Arbeiten benutzt, sondern nur, um sich von seiner Frau oder Anxa zurückzuziehen, die ihm oft sogar in den wenigen Stunden, die er zu Hause war, auf die Nerven gingen. Als Kind hatte Anxa die dunklen, schweren Möbel immer als bedrohlich, ja feindselig empfunden, und freiwillig war sie nie hierhergekommen. Wenn, dann von ihrem Vater herbeigerufen, um seine erzieherische Wut zu spüren zu bekommen, weil sie seiner Meinung nach irgendetwas angestellt hatte.

Oscar Valentis, der langjährige Rechtsanwalt der Familie, strahlte Anxa mit seiner überwältigend falschen, aufgesetzten Freundlichkeit an und kam mit vorgestreckten Händen auf sie zu. Ihr beklommenes Herzklopfen intensivierte sich, sie hatte diesen Mann noch nie leiden können.

»Liebe Anxa, es tut mir so leid! Ihr Vater war so ein …«

Anxa unterbrach ihn atemlos und wünschte sich, sie wäre in diesem Moment gelassener: »Würden Sie mich bitte Frau Perrical nennen?«

»Aber natürlich! Entschuldigen Sie, aber ich bin ja schon so lange Anwalt Ihrer Familie und habe Sie«, er hob seine Rechte fünfzig Zentimeter über den Boden, »schon als so kleines Mädchen …«

»Ich möchte die beiden Testamente meines Vaters sehen, Herr Valentis«, unterbrach Anxa ihn mit zitternder Stimme.

Der Rechtsanwalt reagierte für einen Moment unwillig, bevor er sich wieder in seine klebrige Freundlichkeit zurückzog. »Es gibt juristisch nur eines. Sie haben ja, wie ich diesem Dokument entnehmen kann, welches mir Ihre Mutter heute übergeben hat«, er warf einen Seitenblick auf Helena, »das erste abgelehnt, und dadurch ist es nach dem Willen Ihres Vaters hinfällig geworden und demzufolge juristisch nicht mehr existent«.

Wortlos schob Anxa sich an ihm vorbei und setzte sich in den ledernen Chefsessel hinter den gewaltigen Schreibtisch. Ihr fiel auf, dass sie hier in ihrem ganzen Leben noch nie gesessen hatte.

Vor ihr aufgereiht lagen eine Mappe mit der Aufschrift »Testament«, die Verzichtserklärung, die sie unterschrieben und die der Arzt, die Krankenschwester und ihre Mutter bestätigt hatten, und andere Papiere. Anxa machte sich gar nicht erst die Mühe, das Testament durchzublättern, ganz sicher war es das zweite, mit dem die Reederei und alle damit verbundenen Unternehmen ihrem Bastard-Bruder Roger Lundgart zugesprochen wurden.

Sie öffnete Valentis' Aktenkoffer. »Das andere Testament ist hier drin?«

»Frau Perikos«, er sprang auf den Schreibtisch zu, »ich muss Sie doch sehr bitten, nicht in meinen vertraulichen Unterlagen herumzublättern!«

Er versuchte, den Kofferdeckel herunterzudrücken. Anxa zog den Koffer näher zu sich heran, sodass Valentis ihn nur noch hätte erreichen können, wenn er sich flach über den Tisch legte.

»Sie sind tatsächlich seit einer Ewigkeit der Anwalt unserer Familie, Herr Valentis«, sagte Anxa und registrierte erleichtert ihre zunehmende Selbstsicherheit, »exklusiv und ausschließlich. Deshalb haben Sie keine anderen Klienten. Folglich ist alles, was sich in diesem Koffer befindet, unsere Familienangelegenheit.«

Valentis wurde nervös. »Sie haben gefälligst nicht einfach in meinen persönlichen Sachen zu wühlen«, stieß er ungehalten hervor, wohl in der Erinnerung an die kleine, fünfzig Zentimeter große Anxa, die sich nicht wehren würde.

»Na, na, Herr Valentis, bleiben Sie wenigstens höflich«, erwiderte Anxa und holte eine weitere Mappe hervor, auf der ebenfalls »Testament« zu lesen war.

Valentis richtete sich auf. »Frau Perikos ...«

»Perrical«, unterbrach Anxa ihn.

»Frau Perrical, Ihr Vater hat mir klare Anweisungen gegeben. Sie haben die Erbschaft ausgeschlagen. Damit wird ihr Halbbruder Roger Lundgart ...«

Wütend schlug Anxa mit der flachen Hand auf den Tisch.

»Ich habe es mir anders überlegt, okay? Damit gilt wieder das erste Testament! Sie können jetzt gehen, Herr Dr. Valentis!«

Der letzte Satz war ein Fehler, das spürte sie sofort, er spiegelte nicht etwa ihre Autorität, sondern ihre Unsicherheit. Der erfahrene Anwalt spürte das ebenfalls.

»Oh nein, verehrte Frau Perrical, so kommen Sie nicht weiter. Der Arzt, die Krankenschwester und Ihre Mutter sind Zeugen. Sie, Frau Perrical, haben die Erbschaft abgelehnt und mit Ihrer Unterschrift bekräftigt, gar nichts erben zu wollen. Juristisch ist für Sie das Thema damit erledigt.«

Anxa warf ihrer Mutter einen Blick zu. Diese lächelte nur unsicher zurück, und Anxa wurde klar, dass sie von ihr keine Hilfe erwarten konnte.

Der Rechtsanwalt stützte sich siegessicher mit beiden Händen auf den Schreibtisch und sah sie auffordernd an.

»Sie sind eine verdammte Schmeißfliege, Valentis.« Anxa hatte das Gefühl, ihrem Verhaltensfehler noch einen weiteren hinzufügen zu können, ohne die Lage wesentlich zu verschlechtern. »Ich bin ganz sicher, dass dieses zweite Testament für meine Mutter nichts als Nachteile bringt.«

Valentis quittierte ihre Beleidigung mit einem überlegenen Grinsen. »Was immer da drin steht: Es war der Wunsch Ihres Vaters. Dafür können Sie kaum mich verantwortlich machen.«

»Natürlich nicht, Sie bekommen einen Auftrag, und Sie führen ihn aus.«

»Genau so.«

»Wie ein Nazi-Scherge.«

Valentis verzog arrogant das Gesicht.

»Und wenn der große Alessandro Perikos gesagt hat, sorgen Sie dafür, dass meine Frau Helena so leer wie möglich ausgeht, dann haben Sie dafür gesorgt. Richtig?«

Ein kurzes Zucken in Valentis' Augen bestätigte Anxas Verdacht. Wütend überflog sie die Knöpfe auf der Konsole für interne Kommunikation vor ihr auf dem Schreibtisch und drückte den Knopf der Fahrbereitschaft. Sie musste diesen Mistkerl loswerden, bevor sie noch mehr Fehler machte oder ihm womöglich an die Gurgel ging.

»Mein Vater und Sie – sie haben wirklich bestens zueinander gepasst.«

Valentis lachte. »Alle Erklärungen sind notariell abgesichert, Frau Perikos. Tut mir aufrichtig leid für Sie.«

Anxa deutete auf ihre Verzichtserklärung, die sie am Totenbett ihres Vaters unterschrieben hatte. »Diese wohl kaum.«

Diesmal vermied Valentis jede Reaktion, was für Anxa der deutlichste Beweis seines Erschreckens war. »Wie Sie sagten, hat meine Mutter sie Ihnen je eben erst gegeben.«

»Guten Tag, hier ist Ihr Chauffeur«, meldete sich eine männliche Stimme aus der Konsole.

»Würden Sie Ihre Kollegen bitte in Alessandro Perikos' Büro schicken?« Fahrbereitschaft bedeutete früher: ein Chauffeur und zwei Bodyguards. Anxa hoffte, dass sich das nicht geändert hatte.

»Sofort«, antwortete die Stimme.

Anxa stapelte alle Unterlagen des Rechtsanwalts übereinander und lehnte sich zurück. Wortlos sah sie Valentis an, der sich wieder gefangen hatte und sie seinerseits süffisant anlächelte. Offenbar sah er in ihr mit jeder Sekunde eine immer weniger ernst zu nehmende Gegnerin. Er erhob sich, ging um den Schreibtisch herum, nahm den Dokumentenstapel, sammelte alle anderen noch herumliegenden Schriftstücke ein, warf sie in seinen Koffer und verschloss ihn.

Es klopfte.

»Herein«, sagte Anxa und griff gleichzeitig nach dem Koffer, um ihn Valentis zu entreißen.

Die beiden großen, kräftigen Männer, die das Büro betraten, erfassten mit dem schnellen Blick professioneller Bodyguards die Situation. Sie sahen den Rechtsanwalt, den sie oft in diesem Haus hatten ein und aus gehen sehen, und eine ihnen fremde junge Frau, die versuchte, dem Anwalt seinen Koffer zu entreißen. Alarmiert wandten sie sich Helena zu.

»Was dürfen wie für Sie tun, Frau Perikos«, fragte der eine, während der andere Anxa misstrauisch musterte.

»Schmeißen Sie diesen Kerl raus!«, rief Anxa.

Die Männer reagierten nicht.

»Haben Sie nicht gehört?«

»Frau Perikos?«, fragte der Bodyguard etwas eindringlicher und wiederum nur an Helena gerichtet.

Einen Moment herrscht Stille.

Dann sagte Helena mit zitternder Stimme: »Geleiten Sie Dr. Valentis bitte hinaus.«

Anxa sah ihre Mutter fassungslos an.

Valentis streckte sich triumphierend und zog seinen Aktenkoffer mit einem Ruck aus Anxas Händen.

»Und sorgen Sie bitte dafür«, fuhr Helena fort, »dass er den Aktenkoffer meiner Tochter hier lässt«.

Erleichtert atmete Anxa auf. Ein Bodyguard griff nach dem Koffer, und es sah so aus, als wehrte sich der Anwalt nicht. Plötzlich jedoch umarmte er den Koffer, duckte sich wie ein Footballspieler und versuchte die Tür zu erreichen. Weit kam er nicht, der zweite Bodyguard stellte ihm ein Bein und schaffte es, den Koffer aus der Luft zu fangen, als Valentis ihn losließ, um seinen Sturz mit den Händen aufzufangen.

»Das ist ein tätlicher Angriff! Das wird ein Nachspiel haben«, brüllte Valentis, als er sich aufraffte. »Geben Sie mir mein Eigentum zurück!«

Der Bodyguard beachtete seine fordernde Geste nicht und übergab den Koffer an Anxa. Dann packten die beiden Valentis rechts und links und ließen keinen Zweifel aufkommen, dass sie ihn hinausbefördern würden, ob er wollte oder nicht.

Valentis gab seine Gegenwehr auf.

»Das werden Sie bereuen«, sagte er im leichten, fast freundlichen Tonfall, »Sie alle. Verlassen Sie sich auf meine Worte.« Widerstandslos ließ er sich hinausführen.

Eine Weile herrschte Stille. Das erste Mal in ihrem Leben bekam Anxa einen Hauch des Gefühls zu schmecken, was es bedeutete, Macht zu haben. Sie spürte das Berauschende und zugleich das unsagbar Gefährliche. Das war es also, was ihrem Vater stets wichtiger gewesen war als Familie, Liebe, Treue, Heimat. Ihr Atem ging schneller, für einen kleinen Moment empfand sie Verständnis für ihn.

Ihre Mutter begann zu weinen, ein merkwürdiges Weinen, geräuschlos tropften die Tränen aus ihr heraus. War es Freude, Verzweiflung, Erleichterung, Hilflosigkeit – Anxa fühlte sich wie eingemauert, sie schaffte es einfach nicht, sich aufzuraffen und sich um ihre Mutter zu kümmern.

Sie öffnete den Aktenkoffer, in dem all die Dokumente lagen, die alleine schon durch ihre Existenz von einer Welt zeugten, die Anxa zutiefst verabscheute. Was für ein irreales Gefühl! Gestern noch war sie eine Forscherin, die sich ausschließlich um das vom Staupevirus bedingte, periodisch auftretende Sterben der Nordseerobben kümmerte – und heute war sie die Erbin einer Reederei, deren Hauptbetätigungsfeld der Transport von Rohöl mit Supertankern war, deren Schiffe unendlich viel tödlichen Dreck verbreiteten und weiterhin verbreiten würden …

Ein berauschender Gedanke blitzte auf: Warum nicht die Reederei atomisieren, auflösen, die Tanker stilllegen, sie verschenken, verkaufen? Warum nicht die Hälfte des Geldes an Greenpeace überweisen? Von der anderen Hälfte konnten sie und ihre Mutter sich jeden Luxus bis an ihr Lebensende leisten.

Ein absurder Gedanke. Nichts würde sich ändern, tausende Menschen würden ihre Arbeit verlieren und andere Reeder in die sich auftuende Bresche springen, ja möglicherweise sogar mit denselben Schiffen weitermachen.

Ihr Blick ruhte auf ihrer weinenden Mutter. Und die andere Perspektive? Sollte sie das Erbe antreten, nur damit ihre Mutter nicht ständig mit den Auswirkungen der Untreue ihres Ehemannes konfrontiert wurde, gegen die sie sich selbst nie gewehrt hatte? Oder weil sie selbst ihrem Vater nach dessen Tod beweisen wollte, dass sie sich von ihm nicht verarschen ließ?

Sie betrachtete die beiden Testamente. Noch konnte sie alles auf dem Stand von gestern Abend belassen, dann wäre ihr Halbbruder der Erbe und sie wieder frei.

Was, wenn sie die Erbschaft antrat, einen Geschäftsführer einsetzte und dann so schnell wie möglich wieder auf ihr Forschungsschiff zurückkehrte, zum alten Aurich, zu den Robben, zu dem einfachen Leben in Bremerhaven?

Es war zum Verrücktwerden, selbst wenn sie sofort wegginge und nie wieder etwas mit der Reederei ihres Vaters zu tun hätte – seit gestern Abend hatte sie die Verantwortung, gleichgültig, ob als Besitzerin oder als Enterbte: Was, wenn der nächste Tanker der Perikos Shipping Company die nächste Ölpest verursachte? Sie würde sich immer sagen müssen: Du hättest es verhindern können, du hättest als Herrscherin der Reederei die Schiffe sicherer machen, die besseren Besatzungen und Kapitäne anheuern können.

Die Reederei hatte einen Wert von 640 Millionen Dollar. Was immer sie unternehmen würde, selbst wenn sie alle Tanker verschrottete und danach nur die besten und sichersten kaufte – die Reederei konnte weniger gute Geschäfte machen. Aber Pleite gehen? Wohl kaum.

Mit schwerer Hand und müde griff sie nach den Testamenten und Zusatzerklärungen und begann zu lesen.

* * *

Ihr Verdacht wurde bestätigte: Wenn das zweite Testament in Kraft trat, ging der gesamte Besitz an Roger Lundgart, ihre Mutter verzichtete auf ihren Anteil am Erbe und bekam lediglich ein jährliches Budget von 150 000 Dollar zugesprochen. Objektiv gesehen war das eine Menge Geld, so viel verdienten viele Menschen in Griechenland nicht einmal in dreißig Jahren. Gemessen an der Hälfte des Gesamtwerts der Perikos Shipping, der ihr mindestens zustand, 320 Millionen Dollar also, war es allerdings ein Witz.

Anxa konnte einfach nicht verstehen, warum ihr Vater das getan hatte. Diese Frau hatte ihm so viele Jahrzehnte zur Seite gestanden, und er behandelte sie sogar nach seinem Tod noch wie Dreck. Wieso dieser Hass? Diese Frage betraf auch sie selbst. Weil sie Frauen waren?

Lächerlich! Ihr Vater hatte eine Menge Frauen gehabt, mit allen war er sehr zuvorkommend umgegangen, er hatte sich als sehr großzügig erwiesen, ja, in der Öffentlichkeit sogar als Förderer der Frauen dargestellt und auf die vielen weiblichen Angestellten in seinen Firmen verwiesen. Dieser öffentliche Alessandro Perikos hatte allerdings nichts mit ihrem Vater zu tun, wie er sich zu Hause verhielt. Da hatte er sich wie ein primitiver Macho aufgeführt, wie ein Tyrann, der immer und überall seine Überlegenheit herausstellen musste, der jede aufkeimende Selbstständigkeit bei seiner Frau oder seiner Tochter rigoros zerschmetterte. Hatte er alle Frauen gehasst, die ihm nahestanden? Hatte er Nähe als Bedrohung empfunden, vielleicht sogar als gegen ihn gerichtete Aggression? Oder hatte er alles gehasst, was ihm schwach erschien, so wie seine Frau, die unter seinem Druck immer unscheinbarer wurde? Oder wie seine kleine Tochter, die nie erstarken durfte, weil sie eben nur ein Mädchen war?

Der größte Schock für Anxa war jedoch die nur noch bösartig zu nennende nachträgliche Verknüpfung von Helena mit Roger Lundgart. Die 150 000 Dollar für ihre Mutter sollten nicht aus der Erbmasse, sondern als Unterhalt von Roger an Helena gezahlt werden, und jede darüber hinausgehende Forderung hätte sie als Bitte an ihn richten müssen. Alessandro, der große Reeder, hatte also nicht von der Welt gehen wollen, ohne seine Frau für den Rest ihres Lebens daran zu erinnern, dass eine andere Frau ihm den Sohn geschenkt hatte, den er von ihr erwartet hatte.

Suchend sah Anxa sich im Büro um, zog Schubladen auf, öffnete Kästen und Schachteln, durchforschte das mächtige Bücherregal aus altem, fast schwarzem Teakholz, bis sie endlich in einem Aschenbecher auf einem der oberen Regalbretter Streichhölzer entdeckte. Feierlich nahm sie die Erklärung, die sie, der Arzt, die Krankenschwester und ihre Mutter gestern Nacht unterzeichnet hatten. Das zweite Testament trat nur durch diese Erklärung in Kraft, ohne sie galt das erste, was sie, Anxa, zur Alleinerbin machte.

Anxa entzündete ein Streichholz und hielt es an eine Ecke des Schriftstückes. Langsam leckten die Flammen an dem schweren Papier hoch, und bevor sie sich die Finger verbrannte, ließ sie es auf die lederbezogene Schreibtischplatte fallen, wo es weiterloderte und die Flammen einen schwarzen Fleck in das Leder kokelten. Sie empfand Genugtuung dabei und wünschte sich, sie könnte den ganzen Tisch in Rauch aufgehen lassen.

Eine Weile stocherte sie gedankenverloren in der Asche herum, bis sie bereit war, der Wirklichkeit, wie sie sie gerade eben geschaffen hatte, ins Auge zu sehen: Sie war nicht mehr Anxa Perrical, die Meeresforscherin. Sie war jetzt Anxa Perikos, die Reederin.

18

Schlimmer als in diesem Sommer konnte es in New York nicht kommen: drei Uhr nachmittags, unerträgliche Hitze, unerträgliche Luftfeuchtigkeit. Niemand entkam dem Wetter. Ein Schritt vor die Tür, und über 40 Grad schlugen wie ein Fallbeil zu. Zum Abend hin sollte es sogar noch heißer werden. Aufgeregte Radiomoderatoren beteten alle paar Minuten die Wetterwerte rauf und runter, und schon alleine das brachte jeden unweigerlich zum Schwitzen. Selbst in der eigenen kühlen Wohnung jagten sich die TV-Bilder gegenseitig, die vom Hitzeschlag gefällte New Yorker Bürger zeigten und prophezeiten, dass die Zahl der Opfer noch drastisch steigen würde. 42 Grad im Schatten, 98 Prozent Luftfeuchtigkeit. Wer es sich leisten konnte, war längst der kochenden Stadt entflohen.

Jack Fano, Ex-Ford-Verkäufer aus New Jersey und Thomas Beckers Strohmann, gehörte nicht zu ihnen – noch nicht. Dafür würde er erst einmal die in den nächsten Wochen anstehenden Geschäfte zu Ende bringen müssen. Dann jedoch würde es nicht schlecht aussehen für ihn, ein kleines Haus auf Long Island müsste eigentlich drin sein.

Was für eine Leistung! Er war mächtig stolz auf sich. Hatte er nicht immer schon gewusst, dass er zu Höherem als Autoverkäufer berufen war?

Sein Taxi hielt in der Spring Street 12, ein unscheinbares Haus umgeben von Soho-typischen, teilweise mit Gusseisen vertäfelten, imposanten Lofthallen, in denen Kunstgalerien ihre Räume hatten, Flaggschiffe urbaner Modernität und Stilbeispiele von superteurem und hippem Avantgarde-Gewerberaum.

Fano zupfte lässig seine Krawatte zurecht, überprüfte sein Spiegelbild in den bis auf den Boden reichenden Fenstern und lächelte zufrieden über sein dezent-elegantes Äußeres. Ein aufmerksamer Beobachter würde ihm anmerken, dass seine Persönlichkeit nicht ganz zu der Performance eines erfolgreichen Geschäftsmannes passte. Er war der Typ des Verkäufers und würde es immer bleiben, einer, der alles tat, um einem Kunden ein Auto anzudrehen. Da ihm Selbstzweifel jedoch fremd waren, konnte er die meisten Menschen zumindest eine Zeitlang täuschen. Genau aus diesem Grunde hatte Thomas Becker ihn als seinen Handlanger auserkoren.

Jack Fano läutete bei der Island Ships Agency. Wichtigtuerisch lächelnd wartete er. Die 270 000 Dollar, die er in einer unscheinbaren Umhängetasche bei sich trug, gaben ihm ein herrliches Gefühl von Größe. Einer der beiden Inhaber, ein Grieche, öffnete und geleitete ihn zu seinem Kompagnon, ebenfalls ein Grieche. Island Ships brauchte keine Sekretärin. Hier wurden Geschäfte abgeschlossen, die keine Mitwisser gebrauchen konnten.

Die drei hatten sich schon einige Male zuvor getroffen und alles vorbereitet. Vor eineinhalb Jahren war Fano mit 30 000 Dollar in der Tasche das erste Mal bei Island Ships aufgetaucht, Geld, das ihm sein geheimnisvoller Auftraggeber George Harrison erst wenige Minuten vor dem Deal in die Hand gedrückt hatte. Mit diesen 30 000 erkaufte er den Firmeneintrag der in Nigeria registrierten Reederei Portland Shipping. Die Firma bestand im Wesentlichen aus eben jenem Eintrag ins Handelsregister und 500 Aktien.

Die 500 Aktien sollte er erst heute gegen Zahlung von weiteren 270 000 Dollar erhalten. Erst mit der Übergabe dieser Aktien war Fano in der Lage, offiziell als Reeder Geschäfte zu machen. Ein weiterer Schritt in Thomas Beckers Plan würde somit vollzogen sein: Der Strohmann Jack Fano konnte Eigner eines Supertankers werden, den er dann offiziell an Thomas' Firma Shipomex, die dieser kürzlich auf den Cayman-Inseln gegründet hatte, verkaufen würde. Auf diese Weise würde Thomas legaler Besitzer eines gestohlenen Tankers werden.

Für die beiden Griechen war dieser Deal ein hervorragendes Geschäft. Da Portland Shipping letztlich nur aus einem Papierfetzen aus dem liberianischen Handelsministerium bestand, den die beiden für knapp tausend Dollar erworben hatten, machten sie in jedem Fall einen Gewinn. Alles in allem 300 000 Dollar, besser konnte es für sie gar nicht laufen.

19

»Und? Was hat es gekostet?«, fragte Vern, als Berry ins Flugzeug zurückkehrte.

»Verdammt viel«, knurrte er und betätigte die Hydraulik, die die bordeigene Gangway hereinzog. Sie hatten hier in Kairo zum Tanken zwischenlanden müssen, die Reichweite der Gulfstream C 20 H war nicht groß genug, um Bombay nonstop zu erreichen.

»Diese verwarzten Araber können ihren Hals einfach nicht voll kriegen«, sagte Vern verächtlich.

Obwohl dieser Satz normalerweise auch von Berry hätte kommen können, spürte er jetzt Widerwillen. Vern war Texaner und ehemaliger US-Marine, der nach einem handgreiflichen Konflikt mit einem ranghöheren Offizier die Navy hatte verlassen müssen. Er war durch und durch das, was man einen klassischen Amerikaner nennen konnte: ignorant gegenüber anderen Kulturen, arrogant, was deren Spielregeln betraf, und zutiefst davon überzeugt, dass alles, was nicht amerikanisch war, nur minderwertig sein konnte.

»Du kannst starten, Bridges!«, rief Berry ins Cockpit und ließ sich in seinen Sessel fallen.

»Also, wie viel?«, fragte Vern.

»Kümmer dich um deinen Scheiß, okay?«, raunzte Berry zurück. Er hatte ein ordentliches Schmiergeld hinlegen müssen. Aber wenn er in Kansas City bevorzugt betankt und schneller abgefertigt werden wollte, musste er eine höhere Flughafengebühr bezahlen. Also, was soll's, Geld ist Geld.

Vern zog erstaunt eine Augenbraue hoch und warf Claude und Massimo, die ihm gegenüber saßen, fragende Blicke zu. Der Franzose reagierte nicht. Der Italiener hingegen grinste, er war gerne Zeuge von Aggression und genoss es, wenn Spannungen in der Luft lagen. Jedenfalls, so lange sie sich nicht gegen ihn richteten. Dann konnte er sehr schnell sehr giftig werden.

Massimo war ein unberechenbarer Heißsporn. Vor drei Jahren hatte er seinen Dienst als Kampfschwimmer bei der Marine quittiert, weil ihm das Kasernenleben in Bari zu langweilig geworden war. Danach hatte er für die Mafia gearbeitet, was ihn um ein Haar für einige Jahre ins Gefängnis gebracht hätte. Deshalb war er zu Lost Ship Management gewechselt, da brauchte er wenigstens nicht ständig vor der Polizei auf der Hut sein.

Bridges zog die Maschine hoch, justierte eine höhere als die normale Reisegeschwindigkeit und schaltete den Autopiloten ein. Ihr Zeitplan war extrem sensibel, jede Verzögerung gefährdete die gesamte Aktion. Sie mussten die LIBERTY am frühen Morgen noch vor Sonnenaufgang erreichen, denn nur im Schutz der Dunkelheit konnten sie den Frachter unbemerkt entern.

Vier Stunden und fünfzehn Minuten später, um 23:45 Uhr Ortszeit Bombay, Mumbai, wie die Inder die Stadt inzwischen nannten, schaltete Günther den Autopiloten wieder aus, um den Anflug und die Landung auf dem Sahar International Airport per Handsteuerung durchzuführen.

In der Kabine ging es zwischen den Männern betont entspannt und gut gelaunt zu. Wenn ein Einsatz näher rückte, versuchten sie, sich gegenseitig mit lässigen Sprüchen zu übertreffen. Niemand wollte den anderen gegenüber Nervosität zeigen.

Berry unterbrach das allgemeine Geplänkel.

»Also, Leute, hört mal her!«

Er wartete, bis Ruhe herrschte.

»Ihr habt den Konstruktionsplan der LIBERTY gesehen. Da gibt es keine Besonderheiten. Deswegen gehen wir vor wie immer. Vern, Claude, Danny, Horst – ihr arbeitet euch in die Kabinen vor. Du«, er fixierte Massimo, »und ich, wir sichern die Brücke.«

Claude grinst Massimo breit an.

»Ist das witzig und ich kapier's nicht?«, fragte der Italiener gereizt.

Der Franzose zuckte mit den Schultern. »Ich beneide dich. Du darfst die neue Munition benutzen.« Seine Ironie war unüberhörbar.

»Arschloch«, grunzte Massimo.

Claude lag mit Massimo ständig im Clinch. Die beiden konnten sich absolut nicht leiden und machten daraus keinen Hehl.

Bevor Claude zu LSM gekommen war, hatte er für die französische Fremdenlegion in Algerien als Ein-Mann-Kommando völlig auf sich selbst gestellt im Untergrund Terroristen aufgestöbert und liquidiert. Diese Arbeit damals hatte Ähnlichkeit mit der berühmten US-Fernsehserie »Cobra, übernehmen Sie!«: Claude bekam seine Aufträge auf komplizierten Umwegen und musste sie so verrichten, dass niemals eine Verbindung zwischen ihm und der französischen Regierung hergestellt werden konnte. Die Aufträge waren nie einfach gewesen und hatten ein hohes Maß an kreativer Intelligenz verlangt. Deshalb hielt Claude sich für einen Künstler. Er hasste Männer, die in ihrem Leben immer nur Befehlsempfänger waren, vor allem, wenn sie sich gleichzeitig umso mehr als Individualisten aufspielten. Massimo war für ihn ein typischer Vertreter dieser Gattung.

»Wie sieht es eigentlich mit der Kohle aus?«, warf Danny ein, früher Mitglied der britischen Special Boats Squadron, einer Anti-Terror-Einheit der Navy. »Ich meine, die Ladung ist ja verdammt viel wert. 18 Millionen ...«

»Du versuchst es immer wieder, eh?«, sagte Berry.

Danny grinste nur. Jobs wie dieser – die Repo, die Rückführung eines Schiffs mit Ladung an seinen Besitzer – brachten für jeden von ihnen 50 000 Dollar, gleichgültig, welchen Wert die Ladung hatte. So stand es in ihren Verträgen. Was LSM verdiente, erfuhr niemand. Das wussten nur Berry und Elias Holbrook.

»Jungs, wir sollten endlich einer Gewerkschaft beitreten und einen Betriebsrat wählen!«, rief Danny in die Runde. »Ich hab das Gefühl, wir werden hier ausgebeutet!«

Alle bis auf Massimo lachten. Niemand hatte in seinem jeweiligen Job vor LSM auch nur annähernd so viel verdient.

Massimos Augen hingen an Berry. Er schien immer noch darüber nachzudenken, warum ausgerechnet er die K.o.-Munition verwenden sollte.

»Genau«, sagte Vern. »Wir brauchen hier ein wenig Kommunismus. Mitbestimmung und so'n Zeug.«

»Mitbestimmung ist also Kommunismus«, sagte Claude. »Interessant, wie ihr Amerikaner die Dinge seht.«

Vern kniff die Augen zusammen, er konnte es nicht leiden, wenn jemand Ironie benutzte. Ironie war seiner Meinung nach unamerikanisch und richtete sich immer gegen ihn, schon aus Prinzip und unabhängig von dem, was sie möglicherweise ausdrückte.

»Okay, Leute, das war's! Ihr könnt einer Gewerkschaft beitreten, wenn wir wieder zurück sind und ihr euch woanders einen Job gesucht habt. Noch Fragen?«

Alle grinsten oder schwiegen einfach nur vor sich hin.

Berry erhob sich und ging zu seinem Sitz ganz am Ende der Kabine. Als er an Horst vorbeiging, klopfte er ihm auf die Schulter.

»Alles klar?«

Horst nickte nur ernst. Er beteiligte sich nie an den verbalen Gefechten, überhaupt redete er selten von sich aus. In seinem früheren Leben war er Gruppenführer bei der SEK gewesen, dem Sondereinsatzkommando der deutschen Polizei. Aus Gründen, die niemand kannte, auch Berry nicht, hatte er seinen Dienst quittieren müssen. Vielleicht war er vorher schon ein derart beklemmend schweigsamer Mann gewesen, vielleicht hatte ein Schicksalsschlag ihn aus der Bahn geworfen, Berry hatte keine Ahnung. Jedenfalls war er ein solider, zielorientierter Kämpfer, einer, der sich nie auch nur einen Hauch von Emotion erlaubte. Außerdem war er ein perfekter Schütze. Wenn er bei einer Operation schießen musste, tötete er nach Möglichkeit nicht, sondern machte seinen Gegner gezielt kampfunfähig. Das war ihm immer wichtig gewesen. Deswegen kam es regelmäßig zu Auseinandersetzungen zwischen ihm und Massimo, der das für ein unnötiges Risiko für die Gruppe hielt. Als Berry bei dem letzten Einsatz plötzlich einem Piraten gegenüber gestanden hatte, hatte Horst gegen sein Prinzip verstoßen müssen und ihm mit einem gezielten Todesschuss das Leben gerettet. Bisher hatte er sich dazu noch nicht geäußert, aber Berry spürte, dass dieser Todesschuss dem Deutschen zu schaffen machte.

Die Lichter der indischen Megalopolis wurden von dem Monsunregen sehr lange verdeckt, und erst in der letzten Phase des Landeanflugs schälten sich die einzelnen Orientierungslichter der Einflugschneise aus der diffusen Leuchtspur heraus.

Bridges landete die Gulfstream sicher und lenkte sie zu den Hangars für Privatmaschinen weitab von den großen Terminals.

Der Monsunregen hatte ihnen schon während der Landung kaum Sicht gelassen und wirkte unangenehm und feindlich. Jetzt, als sie das Flugzeug verließen, schlug er regelrecht auf sie ein, schwül, feucht und dicht. Außerhalb der klimatisierten Kabine begannen sie, bis auf den spindeldürren Franzosen, augenblicklich zu schwitzen.

Die Einreise verlief unproblematisch, offiziell waren sie sieben britische Geschäftsleute, die Verabredungen im indischen Außenhandelsministerium hatten. Ihr Gepäck brachten sie gegen 250 Dollar Schmiergeld ungeöffnet durch den Zoll. 15 Minuten später saß Berry mit seinen sechs Männern in einem Shuttlebus, der sie zum Holiday Inn am Juhu Beach bringen würde. Bridges und der Kopilot Günther blieben im Flugzeug. Sie würden abwechselnd schlafen, sodass immer einer von beiden fit genug war, das Flugzeug falls nötig innerhalb weniger Minuten zu starten.

Holbrook hatte für Berry und seine Männer Suiten im Holiday Inn gebucht, die sie wahrscheinlich nicht nutzen würden, aber es wirkte unverdächtiger, eine angesehene Adresse zu haben. Außerdem logierte dort auch ein Abgesandter ihres Auftraggebers, der schwedischen Ships & Trades Company.

Bis zum Hotel waren es nur acht Kilometer. Trotzdem benutzte der Shuttlebus Schleichwege. Bombay mit seinen 16 Millionen Einwohnern erstickte zu jeder Tages- und Nachtzeit im Verkehrschaos. Wer sich auskannte, variierte je nach Uhrzeit trickreich seine Route. Holbrook hatte schon von London aus die sieben Männer dem Hotel gegenüber als außergewöhnlich spendierfreudige Verrückte angekündigt, die unbedingt noch am Abend ihres Eintreffens eine Nachtangeltour machen wollten und die keine Sekunde Zeit auf dem Weg zum Wasser verlieren wollten.

Hoch motiviert jagte der Shuttlefahrer durch die Air India Colony hindurch, am Mithibha College vorbei, verringerte am Cooper Hospital nur kurz seine Geschwindigkeit, verließ die Straße, die zum Tag und Nacht umlagerten Iskcon Temple führte, und hielt nach genau dreizehn Minuten stolz mit quietschenden Bremsen vor dem Hotel.

Während Berry sich und seine Leute eincheckte und kurz mit dem Vertreter der Ships & Trades Company sprach, brachte der Fahrer die Männer und die Kisten mit ihrer Ausrüstung hinunter zum Strand. Dort bekam er endlich das opulente Trinkgeld, auf das er spekuliert hatte. Zufrieden lächelnd und mit dem sicheren Gefühl, dass diese Engländer allesamt nicht richtig tickten, zog er ab.

An ein auf den Sand gezogenes Schlauchboot gelehnt wartete Pasalewa auf sie. Nicht weit vom Ufer entfernt draußen auf dem Wasser konnte man die Konturen seines Speedboats in der Dunkelheit ausmachen.

»Sie sind sehr pünktlich, meine Herren!«, begrüßte Pasalewa sie mit dem typischen, in der Kehle kollernden indischen Akzent, der so klang, als drohte die Zunge ständig in die Luftröhre zu stürzen. »Mein Freund Berry ist nicht dabei?«

»Kommt noch, Sir«, antwortete Danny, als er merkte, dass keiner seiner Kollegen den Inder beachtete.

»Oh, gut!« Pasalewa lächelte alle an, zog sich jedoch bald in brütendes Missfallen zurück, als niemand reagierte. Diese Ausländer wussten einfach nicht, wie man sich höflich benahm.

Drei Minuten später war das Schlauchboot beladen und ins Wasser geschoben. Endlich tauchte Berry auf, watete die paar Schritte bis zum Boot und sprang hinein. Lächelnd gab er dem Inder die Hand.

»Wie geht's, Pasalewa?«

»Gut, danke!« Eilfertig reichte Pasalewa ihm die Schlüssel für das Speedboat. »Ich bin stolz, dass du meine Dienste wieder in Anspruch nimmst.«

Berry steckte die Schlüssel ein. »Du weißt, was ich von meinen Geschäftspartnern erwarte.«

»Ich«, betonte er, »werde dich nicht enttäuschen. Du bezahlst für mein Schiff, aber die Diskretion bekommst du gratis.«

Berry sah ihm ruhig in die Augen. Pasalewa erwiderte seinen Blick ebenso ruhig. Berry nickte und zog ein Bündel 100-Dollarnoten aus seiner Hosentasche.

»Ich sehe es anders herum, Pasalewa. Die zehntausend Dollar sind für die Diskretion.«

Pasalewa nahm das Geld und begann, es zu zählen. Berry fasste ihn am Arm.

»Wir haben keine Zeit.«

Für einen Moment zögerte Pasalewa, dann deutete er eine Verbeugung an.

»Natürlich«, sagte er, setzte sich an den Außenborder und startete ihn.

Berry wusste, dass Pasalewa sein Boot auch an Piraten oder deren Hilfskräfte vermietete, wenn diese Engpässe mit ihren eigenen Booten hatten. Die meisten dieser Hilfskräfte waren Marinesoldaten oder bei der Küstenwache unter Vertrag und besserten sich mit Überfällen ihren mageren Sold auf – für solche Jobs konnten sie sich schlecht ihre Dienstfahrzeuge ausleihen. Pasalewa bediente jeden, der ihn gut bezahlte. Dagegen hatte Berry nichts, jeder musste sehen, wie er klarkam. Solange er die getroffenen Vereinbarungen einhielt.

Regen, eintöniger, schwerer Regen. Berry steuerte das Speedboat mit GPS und Kompass durch den Monsun. Massimo beobachtete das Radar. Sie hatten bei ihrem Anflug auf Bombay die LIBERTY orten können, und wenn der Frachter nicht gerade in der letzten Stunde mit Volldampf losgezogen war, würden sie ihn leicht finden.

Der Rest der Crew hockte schweigend in der engen Kajüte. Der Lärm machte jede Unterhaltung unmöglich.

Draußen in der rabenschwarzen Dunkelheit fand das Auge nichts, an dem es sich festhalten konnte. Wenn nicht das Dröhnen der beiden starken, auf Vollgas laufenden Motoren im Rumpf und das Prasseln der durch die rasende Fahrt heftig aufschlagenden Regentropfen gewesen wäre, hätte man nicht ahnen können, mit welcher Geschwindigkeit das Boot durch das Wasser pflügte. Kein Wind wehte, und keine Welle hinderte sie daran, mit Höchstgeschwindigkeit der LIBERTY entgegenzujagen.

Nach drei Stunden tauchte der Frachter auf dem Radarschirm auf. Fünfzig Minuten später drosselte Berry die Motoren und begann, eine große Schleife zu fahren, um das Schiff vom Heck her anzulaufen. Bis jetzt war es höchst unwahrscheinlich, dass die Piraten sie orten konnten, denn das Speedboat bestand im Wesentlichen aus glasfaserverstärktem Kunststoff, und ein auf normale Empfindlichkeit eingestelltes Schiffsradar würde das Rennboot nicht ausmachen, egal, wie nah es war.

Es war jetzt 4 Uhr 45 morgens und immer noch stockdunkel. Alles lief perfekt. Nicht nur, dass sie von der Dunkelheit geschützt waren, der heftige Regen übertönte außerdem jedes weitere Geräusch, auch die jetzt nur noch niedertourig drehenden Motoren des Speedboats.

Noch 50 Meter bis zur Bordwand. Berry und seine Männer konnten durch ihre Nachtsichtgeräte die Umrisse des Hecks klar erkennen. Berry schaltete die Motoren aus. Massimo und Horst hatten Paddel in ihren Händen und hielten sich bereit, falls der Schub für die letzten Meter nicht ausreichen sollte.

Langsamer werdend dümpelte das Boot dem Heck der LIBERTY entgegen und stieß sanft dagegen. Danny, Vern, Horst und Claude nahmen mit ihren gummiüberzogenen Wurfhaken Maß. Die Deckskante der LIBERTY lag vielleicht fünf Meter über der Wasserfläche. Solche vergleichsweise niedrigen Würfe wurden nicht mit der mechanischen Abschussvorrichtung gemacht, einer Art Harpune, die nicht sehr genau zu justieren war. Oft flogen nämlich die Haken damit viel zu hoch und schlugen demzufolge viel zu laut auf das Heck auf.

Vern, Massimo und Horst gelang der schwierige Wurf über Kopf gleich beim ersten Mal, Danny musste einmal nachsetzen. Mit dumpfen, kaum wahrnehmbaren Geräuschen krallten sich die Haken irgendwo oben fest, und als nach einigen ruckartigen Bewegungen sicher war, dass sie tatsächlich hielten, begannen die sechs Männer den Aufstieg, Berry als Erster.

Hätte man etwas erkennen können, wäre es ein gespenstischer Anblick gewesen, wie sie sich mit unglaublicher Geschicklichkeit nacheinander die Seile hochhangelten, oben auf Deck sofort in die Hocke gingen, ihre Waffen von den Schultern nahmen und sich im Halbkreis formierten.

Obwohl sie das Schiff noch nie zuvor betreten hatten, wussten sie genau, wie es aufgebaut war und welchen Weg sie nehmen mussten. Noch während des Fluges hatte die Reederei ihnen die Konstruktionspläne des Frachters gemailt, und jeder hatte sie sich peinlichst genau eingeprägt.

Sie gingen davon aus, dass höchstens zwei Mann auf der Brücke Wache hielten, während die anderen schliefen. Mit Sicherheit fühlten sich die Piraten hier, 150 Meilen von der Küste entfernt, nicht bedroht. Und mit ebenso großer Sicherheit würden sie sich nicht in den meist engen Mannschafts-, sondern in den größeren Offizierskabinen aufhalten; wenn sie schon die Wahl hatten, entschieden sie sich bestimmt für ein wenig Luxus.

Während Horst, Claude, Vern und Danny in den Schiffsrumpf eindrangen, um die Kabinen zu erreichen, schlichen Berry und Massimo die eiserne Außentreppe zur Brücke hoch. Die Treppe endete auf einer Plattform, von wo aus eine schwere Eisentür hinein in den Kommandoraum führte.

Massimo postierte sich neben die Tür und wartete auf Berrys Zeichen. Berry peilte vorsichtig durch das Bullauge in die Brücke hinein und machte einen Mann aus, der vor dem grün schimmernden Schirm des Radars saß. Vor ihm auf der Steuerkonsole lag eine AK-47-Maschinenpistole. Die lange Asche an seiner Zigarette in der linken Hand deutete darauf hin, dass er vor ein paar Minuten eingeschlafen war.

Nichts rührte sich. Keine weitere Waffe, kein Kleidungsstück oder irgendetwas anderes deutete auf die Anwesenheit eines zweiten Mannes hin. Berry packte den Türgriff und gab Massimo ein Zeichen. Massimo hob die Linke und zählte mit den Fingern von drei rückwärts. Drei, zwei, eins – go!

Berry riss die Tür auf und sprang mit einem Satz hinein. Massimo dicht hinter ihm. Was Berry nicht sah, war, wie der Italiener das mit der *down-*

ammo geladene M-16 über die Schulter warf und stattdessen seine Pistole zog, eine schwere .44 Magnum.

Berry warf sich auf den schlafenden Mann, bevor der die Chance hatte, richtig wach zu werden, packte ihn und schleuderte ihn zu Boden, auf den Bauch. Mit einem Knie presste er ihn hinunter und fesselte seine Hände mit einem Plastikband auf dem Rücken.

Massimo sicherte die erstaunlich weitläufige Brücke, untersuchte jede Ecke und war fast fertig damit, als plötzlich eine schmale Tür an der Rückseite des Raumes aufgerissen wurde, ein Zugang zu einer Toilette mit Chemoklo, die in den Schiffsplänen nicht verzeichnet gewesen war.

Ein Mann sprang heraus und eröffnete sofort das Feuer aus einem Revolver. Berry warf sich instinktiv hinter die Kartenkonsole zu Boden und brachte seine Maschinenpistole in Anschlag, aber bevor er aufspringen konnte, blafften drei dumpfe Schüsse schnell hintereinander, die eindeutig aus einer schweren Pistole stammten. Berry hörte, wie ein Körper dumpf auf den Boden aufschlug. Vorsichtig peilte er über die Kante der Kartenkonsole.

Der Pirat lag blutüberströmt am Boden. Massimo ging mit seiner erhobenen Magnum auf ihn zu und trat ihm brutal in die Seite. Keine Reaktion.

»Der ist erledigt«, sagte Massimo lässig, als hätte er gerade den Fernseher ausgemacht, und steckte die Pistole ein.

Wütend sprang Berry auf und packte den Italiener hart an seinem Kampfanzug. »Du solltest die *down-ammo* benutzen! Hab ich das nicht klar und deutlich gesagt?«

»Dann wärst du jetzt tot.«

»Schwachsinn!« Berry stieß Massimo zur Seite und beugte sich zu dem Piraten hinunter, um seinen Herzschlag zu überprüfen.

»Um den ist es nicht schade«, brummte Massimo und aktivierte das Funkgerät. »Alles gesichert hier oben, Leute«, sagte er, wartete einen Moment, bekam aber keine Antwort.

Der Mann lebte nicht mehr. Berry erhob sich und riss Massimo das M-16 von der Schulter.

»Ich warne dich. Halt dich an meine Befehle. Sonst kriegst du Ärger. Hast du das begriffen, du italienischer Schwachkopf?«

Wut blitzte in Massimos Augen auf. »War ja laut genug, Boss.«

»Bleib hier«, Berry deutete auf den Gefesselten, »und lass den da in Ruhe!«

Massimo bedachte ihn mit einem hasserfüllten Blick und nickte.

Berry verließ die Brücke. Schon im schmalen Gang nach unten zu den Kabinen hörte er seine Leute Befehle brüllen, aber keine Schüsse. Als er um die Ecke bog, lagen weitere Piraten gefesselt vor den Kabinen.

»Sind das alle?«

Claude signalisierte: vielleicht und deutete auf Horst, der sich schussbereit der letzten noch nicht geöffneten Tür näherte. Für einen Moment hielt Horst inne und warf einen Blick herüber. Berry nickte und ging mit dem *down-ammo*-M-16 in Anschlag.

Mit einem schnellen Griff öffnete Horst die Tür von der Seite, ohne seine Deckung zu verlassen.

»Hände hoch! Rauskommen!«

Als sich nichts rührte, machte er sich bereit, in den Raum einzudringen. Plötzlich sprang ein Mann heraus, eine Pistole zum Schießen hochgereckt. Berry reagierte als Erster und schickte im Millisekundenabstand zwei seiner Geschosse los. Wie von einer Riesenfaust getroffen, trieb die kinetische Energie der Gel-Bälle den Mann zwei Meter nach hinten, und er stürzte zu Boden.

Horst war mit wenigen Sätzen bei ihm und zielte mit seiner Pistole auf den Mann, der panisch nach Luft rang.

»Nicht schießen!« brüllte Berry von hinten.

»Hatte ich nicht vor«, antwortete Horst, ohne seinen Blick von dem Mann zu lassen.

Claude sah Danny fragend an, er fand Berry in diesem Moment übertrieben fürsorglich. Danny zuckte mit den Schultern und widmete sich dem Inhalt eines Geldgürtels, den er einem der Piraten abgenommen hatte.

Berry kniete sich neben den getroffenen Mann nieder und zog dessen Hemd hoch. Das erste Gel-Geschoss hatte seine Brust getroffen, auf der sich so schnell, dass man zusehen konnte, ein eigroßes Ödem bildete. Das zweite Geschoss hatte seinen Oberarmknochen zerschmettert. Offenbar war die Wirkung der *down-ammo* aus so geringer Distanz extremer als beabsichtigt. Der Mann, ein Indonesier, sah Berry angsterfüllt und von heftigen Schmerzen geschüttelt an.

»Dir passiert nichts. Du bekommst einen Arzt«, sagte Berry, aber entweder verstand oder glaubte ihm der Mann nicht, jedenfalls schrie er panisch, »not shooting, not shooting!«

»Ich werde nicht schießen. Du bekommst einen Arzt«, wiederholte Berry.

Claude und Danny sahen sich noch einmal fragend an, diesmal deutlich irritiert.

»Nette Idee, das mit dem Arzt«, flachste Danny.

Claude schüttelte nur den Kopf.

»Wer ist der Anführer?«, fragte Berry.

»Er hier, würde ich annehmen«, sagte Danny und deutete auf einen kräftigen, überraschend jungen Mann.

Berry wandte sich von dem Verwundeten ab, während Horst ihn weiterhin im Visier seiner Pistole hielt. Offenbar hielt der das für das sichere Zeichen, dass nun seine letzte Stunde geschlagen hatte. Seine Schreie wurden noch gellender und ängstlicher.

Der Anführer lag auf dem Rücken auf seinen gefesselten Händen. Trotzdem reckte er seinen Oberkörper und seinen Kopf weit empor, was viel Kraft kostete, ihm aber nichts auszumachen schien. Er sah Berry mit dem klaren, kalten Blick eines Menschen an, dem das Leben jeden Selbstzweifel und jeden Skrupel ausgetrieben hatte.

»Wie heißt du?«, fragte Berry, erntete jedoch nur ein höhnisches Grinsen.

Berry lächelte zurück. »Wie soll ich dich anreden, Freundchen?«

Stolz richtete sich der Pirat noch weiter auf und zeigte Berry unmissverständlich seinen Hass.

Berry betrachtete den Mann genauer, so, wie er jeden Piraten betrachtete: Immer in der Hoffnung, den Mann zu finden, hinter dem er nunmehr schon seit über sechs Jahre her war. Dieser hier war eindeutig zu jung, um der Gesuchte zu sein. Trotzdem war da etwas an ihm, was ihm bekannt vorkam. Möglicherweise hatte er ihn schon einmal auf einer anderen Repo-Aktion gefangen genommen. Das konnte durchaus sein. Nach den Verträgen, die LSM mit ihren Auftraggebern abschloss, waren ausschließlich die Schiffseigner für etwaige Gefangene zuständig. Berry wusste, dass die meisten sie wieder freiließen. Was sollten sie sonst auch mit ihnen machen?

Ohne seinen Blick von Berry zu lassen, sagte der Anführer einige Worte auf Indonesisch zu dem schreienden Mann, der daraufhin sofort verstummte.

»Und?«, fragte Berry den jungen Mann erneut und packte ihn unsanft an seinem Hemd. »Was ist jetzt? Soll ich dich Arschloch nennen?«

Das Zucken im Gesicht des Piraten zeigte Berry, dass er ihn verstanden hatte.

»Mein Name ist Yanto«, antwortete der Pirat mit fester, lauter Stimme.

»Was hast du zu ihm gesagt?«, fragte Berry und deutete mit dem Kopf auf den verletzten Indonesier.

Yanto antwortete nicht.

»Claude?«, fragte Berry. Der Franzose war der Einzige, der einige asiatische Sprachen mehr oder weniger gut sprach.

»Ein netter Bursche, dieser Yanto«, sagte Claude. »Er hatte für seinen Kumpan die freundliche Botschaft: ›Ich werde deine Schwestern vergewaltigen und deine Eltern töten, wenn du nicht still bist.‹«

Vern, der bisher schweigend etwas abseits gestanden und seinen kalten Blick auf den Piraten gerichtet hatte, machte zwei schnelle Schritte auf Yanto zu und verpasste ihm mit seinem stahlspitzenbewehrten Stiefel einen schmerzhaften Tritt gegen den Oberschenkel.

»Da wird nichts mehr draus, Arschloch«, brummte er.

Yanto spuckte Vern vor die Füße, ohne ihn eines Blickes zu würdigen. Mit einer fließendem Bewegung, die man dem schwerfälligen Texaner gar nicht zutraute, drehte der sein Gewehr um und rammte den Kolben gegen Yantos Stirn. Der fiel nach hinten und schlug mit dem Kopf hart auf den Boden.

Sofort richtete er seinen Oberkörper wieder auf, als wäre nichts gewesen. Wieder starrte er nur Berry an. Vern holte zu einem weiteren Schlag aus.

»Lass das«, sagte Berry.

»Warum? Ist doch nur ein Arschloch«, sagte Vern und wollte zuschlagen.

Berry packte sein Gewehr. »Jetzt reicht's, verdammt!«

Vern sah Danny und Claude fragend an. Die zogen es allerdings demonstrativ vor, nicht zu reagieren.

»Okay«, sagte Vern vermeintlich gleichgültig.

Berry spürte genau, dass er als Leitwolf gerade wieder ein gutes Stück an bislang besetztem und unbestrittenem Terrain preisgegeben hatte. Er spürte, dass seine Leute in diesem Moment nicht mehr dachten, dass ihr Boss heute einen schlechten Tag hatte, sondern dass sich irgendetwas grundsätzlich bei ihm änderte.

Ein merkwürdiger Schwindel packte ihn. Bislang hatte er sich als erfolgreicher Dompteur seiner Raubtier-Truppe gesehen, aber dressierte Raubtiere blieben eben doch Raubtiere, und sobald der Dompteur Schwäche zeigte, wurden sie gefährlich.

Auch wenn ihm der Gedanke nicht behagte, so wusste er sehr genau, worum es in diesem Moment ging: Er musste sich jetzt gleich und auf eindeutige Weise den Respekt seiner Männer sichern.

Ansatzlos trat Berry Yanto in die Seite. Die Wucht des Trittes ließ den Piraten zur Seite fallen. Im Augenwinkel sah Berry, wie ein Grinsen über Verns Gesicht huschte.

Yantos Schultern hatten kaum den Boden berührt, da richtete er seinen Oberkörper wieder auf, nahm dieselbe anstrengende, provokante Körperhaltung wie zuvor ein, starrte Berry an und stieß einige Worte hervor.

Berry fluchte innerlich. Warum blieb dieser Idiot nicht einfach liegen? Was hatte er davon, wenn er ihn vor seinen Leuten derart provozierte? Berry brauchte sich gar nicht erst umzusehen, er wusste genau, dass Danny, Claude, Horst und Vern ihn jetzt nicht aus den Augen ließen.

Das ist für Hanna, du Scheiß-Pirat, dachte er, weil es ihm half, wütend zu werden, und trat erneut zu, dieses Mal um vieles fester.

Yanto versuchte nicht auszuweichen. Im Gegenteil, er sah Berry an, erwartete den Tritt, und sein Gesicht sagte nichts anderes als: Tu, was du willst, meinen Stolz kannst du nicht brechen. Bewusstlos sank er zu Boden.

Vern zog anerkennend die Augenbrauen hoch und nickte.

Claude lachte leise. »Jetzt weiß Yanto Bescheid«.

»Was hat er da eben gequatscht, Claude?«, fragte Danny und begann noch einmal mit dem Zählen der 100-Dollarscheine, weil er sich verzählt hatte.

Claude lachte. »Schwer zu übersetzen. Dieses Bürschlein hat Eier.«

»Ist das die Übersetzung?«, fragte Danny unaufmerksam, er wollte sich nicht wieder verzählen.

»Nein, das sag ich. Er hat gesagt: Du bist ein toter Mann.«

Danny grinste zu Berry hinüber, dem diese Drohung gegolten hatte.

Berry ging nicht darauf ein. »Sperrt sie irgendwo ein«, sagte er, drehte sich um und stieg die schmale Eisentreppe hoch.

»Boss?«, rief Danny.

Berry drehte sich noch einmal um: »Was gibt's?«

Danny hielt die Dollarnoten in die Luft und deutete auf Yanto. »Sieht so aus, als wäre unser Bürschlein hier ein reicher Mann.«

»Wie viel?«

»Fünfzig Riesen.«

»Teil es unter euch auf«, sagte Berry und wandte sich der Treppe zu.

Danny grinste und begann wieder mit dem Zählen.

»Berry?« Jetzt war es Claude, der ihn aufhielt, »willst du dir die Kerle nicht ansehen? Die Typen hier sind keine Inder. Das sind Indonesier. Vielleicht ist ja der Mann darunter, den du suchst.«

Berry sah zu Yanto und den am Boden liegenden, vor Schmerz sich krümmenden Gefangenen hinüber.

»Später«, sagte er, »jetzt nicht«.

Auf der Plattform vor der Brücke empfing ihn ein fast irreales Licht. Obwohl so gut wie kein Wind ging, war die schwere Wolkendecke inzwischen an einer Stelle aufgerissen und gab den Blick auf den Mond frei, der vor wenigen Tagen den Vollmondzenit überschritten hatte. Die extrem hohe Luftfeuchtigkeit machte sein Licht diffus, trotzdem leuchtete er sehr hell und ließ die weißen Deckaufbauten der LIBERTY wie schneebedeckte Berggipfel in der Dunkelheit strahlen. Um den Mond herum durchlief sein Halo in perfekten Kreisen alle Spektralfarben und veredelte den milchig-blassen Himmelskörper mit einer Art von Heiligenschein.

Langsam begann sich das Wolkenloch wieder zu schließen. Berry versuchte, nichts zu denken und überließ sich dem Schauspiel, bis es wieder dunkel war. Selbst in den schwierigsten Zeiten seines Lebens, selbst in den sechs Monaten, als er durch die Buchten von Sumatra streifte und nach Hannas Mörder suchte, konnten ihn Schönheiten der Natur immer wieder, und sei es nur für wenige Momente, in ihren Bann ziehen.

Plötzlich wummerte ein Schuss. Er erkannte sofort den Klang von Massimos Magnum. Er sprang zu der Tür, die in den Kommandoraum des Frachters führte, und sah durch das Bullauge hinein.

Massimo stand breitbeinig vor dem auf dem Boden liegenden Piraten, dessen Schulter von dem großkalibrigen Geschoss aus Massimos Magnum zerschmettert war und stark blutete. Von Schmerzen gepeinigt, wälzte sich der Mann hin und her. Massimo zielte mit seiner Magnum auf dessen Kopf und folgte seinen Bewegungen.

Bevor Berry die Tür aufreißen konnte, drückte er ein zweites Mal ab.

Berry stürmte hinein. Für den Bruchteil einer Sekunde stand die Mordlust noch in Massimos Gesicht.

»Hab ihn gerade noch erwischt. Der wollte mir die Pistole wegreißen«, sagte er.

Berrys Sicherungen brannten durch. Wie eine Dampfwalze ging er auf den Italiener los, packte ihn an seinem Kampfanzug und schleuderte ihn gegen das Steuerpult.

»Red keinen Scheiß, du Mistkerl!«

Massimo wehrte sich demonstrativ nicht und streckte beide Arme seitlich aus.

»Hey, Mann, entspann dich. Ich gehör zu den Guten.«

Berry packte ihn erneut. »Du hast ihn einfach abgeknallt.«

»Wem glaubst du mehr«, fragte Massimo betont scheinheilig und deutete mit einer Kopfbewegung auf den Toten, »ihm oder mir?«

Für einen Moment starrte Berry den Italiener an, und dieser erwiderte seinen Blick, ruhig, kalt und überlegen. Ich lass mir von dir nichts vorschreiben, deine Regeln gelten nicht für mich, sagten seine Augen.

Zorn verdrängte den Ekel vor Massimo, und bevor Berry einen weiteren Gedanken fassen und sich logisch mit der Frage auseinandersetzen konnte, wie er diesen Killer besser unter Kontrolle bekam, reagierte er im Affekt. Seine rechte Faust schnellte vor, traf Massimo in den Magen, und als der überrascht nach Luft japste und sein Kopf nach vorne ruckte, setzte Berry mit einem kurzen, harten Haken nach.

Benommen taumelte Massimo zurück. Blut schoss aus seiner Nase. Erneut packte Berry ihn mit beiden Händen am Kampfanzug und riss ihn zu sich heran, so nah, dass Massimos Blut auf seine Brust tröpfelte. Röchelnd und mit tiefem Hass in den Augen sah der Italiener ihn an.

»Noch einmal so eine Nummer, mein Freund, und …«

»Und was?«, unterbrach Massimo ihn.

Wortlos entriss Berry Massimo die Magnum.

»Ich dulde keinen Mord. Wir sind keine Killer.«

Massimo reagierte nicht und starrte nur auf seine Pistole. Berry spannte den Hahn, lehnte sie gegen das Pult und brach den Hahn mit einem Tritt ab.

Massimo zuckte zusammen. Er liebte die Waffe, eine .44 Desert Eagle, die heute nicht mehr gebaut wurde und für die nur schwer Ersatzteile zu bekommen waren. Deshalb hütete er dieses zwei Kilo schwere Monster wie seinen Augapfel.

Ohne ihn eines weiteren Blickes zu würdigen, verließ Berry die Brücke und trat wieder hinaus auf die Plattform. Von unten hörte er flinke Schritte auf der eisernen Treppe. Er gab sich einen Ruck und straffte seinen Körper.

Der drahtige Franzose, Claude, kam geschmeidig die Stufen hochgeflitzt, als hätte er gerade erst einen erholsamen 12-Stundenschlaf hinter sich. Es war unglaublich, wie zäh dieser Mann war.

»Wir sind fertig, Boss«, sagte er in seinem französischen Akzent, der alles, was er sagte, so harmlos klingen ließ. »Alle sind in einer Kajüte festgesetzt. Ein weiterer ist tot.«

»Wieso das?«

»Der Mann, den du erwischt hast.«

»Von der *down-ammo*?«, fragte Berry zweifelnd.

Claude zuckte mit den Schultern. »Wahrscheinlich innere Blutung. Oder der Schock. Von uns hat ihn keiner angerührt.«

Berry nickte und ließ sich seine Enttäuschung nicht anmerken. Er hatte gehofft, mit der neuen Munition eine sinnvolle Alternative gefunden zu haben.

»Habt ihr was über die Schiffsbesatzung rausbekommen?

»Rien«, antwortete Claude und ging vor, die Treppe hinunter, immer drei Stufen auf einmal.

Als er die Kajütentür öffnete, verstummten die Gespräche der Gefangenen. Berry und Claude leuchteten mit ihren Mag-Lites hinein.

»Mit dem Rücken an die Wand hocken! Los!«, brüllte Claude auf Indonesisch. Die Gefangenen gehorchten eilig. Nur Yanto bewegte sich provozierend langsam.

Berry machte einige Schritte in den Raum hinein, stellte sich Yanto in den Weg und leuchtete ihm direkt ins Gesicht. Hass blitzte ihm entgegen. Erst jetzt erkannte er, wie jung dieser Pirat tatsächlich war, höchstens fünfundzwanzig Jahre, wenn überhaupt. Wahrscheinlich war das auch der Grund für sein provozierendes Verhalten: Er hatte noch nicht genügend schmerzhafte Erfahrungen gemacht und fühlte sich überlegen und unverwundbar.

Gefährlicher Ärger brandete in Berry hoch. Was bildete sich dieser junge Schnösel eigentlich ein? Ein mieser kleiner Pirat, der Glück hatte, überhaupt noch zu leben …

»Was habt ihr mit der Besatzung gemacht?«

Yanto antwortete nicht und grinste ihn an.

»Ihr habt alle Räume und Löcher abgesucht?«, fragte Berry Claude, ohne seinen Blick von Yanto zu nehmen.

»Haben wir. Hab ich doch schon gesagt«, erwiderte Claude gereizt.

»Fehlt ein Rettungsboot?« Oft setzten Piraten ihre Gefangenen in ein Boot und überließen sie ihrem Schicksal.

»Nein.«

Yanto sah Berry unverändert grinsend an. Ein triumphierendes Glimmen in seinen Augen sagte Berry, dass die Seeleute tot waren.

»Hör auf zu grinsen, du Scheißkerl. Habt ihr die Crew getötet?«

Yanto zuckte mit den Schultern. »Ich weiß nicht, wo sie sind«, sagte er in einem freundlichen Ton.

Berry drehte sich der Magen um. Waren hier wieder unschuldige Männer von ein paar geldgierigen, skrupellosen Verbrechern abgeschlachtet worden, weil diese sich nicht die Mühe machen wollten, sich um Gefangene zu kümmern? Er brauchte Gewissheit, für sich selbst, für den Eigner der LIBERTY und für die Familien, die irgendwo auf die Rückkehr ihrer Männer oder Söhne warteten.

Er stieß Yanto seine Mag-Lite in die Rippen. »Hör mal zu, Freundchen. Ich will jetzt von dir eine klare Auskunft: Was habt ihr mit den Männern gemacht?«

Yanto spürte, dass jetzt die Sekunde der Wahrheit da war. Er wusste, dass Berry nicht eher von ihm ablassen würde, als bis die Frage beantwortet war. Trotzdem lachte er nur und sah Berry kühl an.

Für Berry klang dieses Lachen wie das widerliche Lachen des Anführers damals auf der TARU, dieses verwarzten, zahnlosen Kerls. Es war Hannas Tod gewesen, der ihn zum Lachen gebracht hatte, Hanna, die von einer Kugel getroffen nach hinten gerissen wurde. Berry spürte Tränen in seine Augen steigen, Tränen der Wut. Dieser Yanto da vor ihm, dieser junge Piratendarsteller, dieser selbstgefällige kleine Mörder, strahlte die gleiche Überheblichkeit aus, die gleiche Arroganz.

Wieder wie schon zuvor bei Massimo brannten Berrys Sicherungen durch. Plötzlich sah er sich auf den jungen Piraten einschlagen und nach ihm treten, und erst als Claude ihn am Arm packte und festhielt, kam er wieder zur Besinnung.

Yanto lag am Boden. Er blutete aus einer Platzwunde, würgte Galle hervor und röchelte nach Luft.

»Ich will von dir eine Antwort, Arschloch«, presste Berry hervor. Yanto sah ihn schwer atmend an.

Claude ließ seine Blicke neugierig zwischen beiden hin und her gehen.

Für einen Moment flammte todesmutiger Leichtsinn in Yantos Augen auf. Er holte tief Luft, es sah aus, als wollte er einen neuen Anlauf nehmen und irgendetwas sagen, irgendetwas tun, was Berry noch mehr reizte. Dann jedoch senkte er seinen Blick zum Boden und neigte seinen Kopf.

»Sie sind tot«, sagte er.

Berrys Hand zuckte zu seiner Pistole, riss sie hoch, er zielte auf Yanto, entschlossen, ihn zu erschießen. Weil es gerecht war, das zu tun.

Claude trat einen Schritt zur Seite. In seinen Augen glomm das unheimliche Feuer, das nur Menschen haben, für die das Töten eines anderen Menschen etwas Erotisches hat.

Nur diese kleine, unselige Flamme war es, die Berry wieder zur Besinnung brachte. Plötzlich zielte seine Hand nicht mehr ruhig, die Pistole schien von einer Sekunde auf die andere unendlich schwer zu sein. Für einen Moment konnte er die Situation aus der Perspektive eines Zuschauers sehen. Da war Yanto in unterwürfiger Haltung. Da war der Franzose, dem es nach dem Todesschuss gelüstete. Und da war er selbst, mit der selbstgerechten Sicherheit, die Berechtigung zu haben, einen anderen Menschen zu töten. Ekel brandete in ihm auf, Ekel vor Claude, aber vor allem Ekel vor sich selber.

Abrupt steckte er die Pistole ein, stieß Yanto vor die Brust, sodass er zu Boden fiel, und ging zu den anderen Gefangenen hinüber.

Claude zog enttäuscht die Augenbrauen hoch. Sein Blick folgte Berry und zeigte vor allem Unverständnis und Erstaunen.

Die Piraten hatten sich verängstigt so weit wie möglich in eine Ecke der Kajüte zurückgezogen. Keiner wagte es, Berry direkt anzusehen, auch nicht, als er zu jedem Einzelnen ging, ihnen den Kopf an den Haaren nach hinten riss und ins Gesicht leuchtete.

Nein, Hannas Mörder war nicht darunter. Diese Männer hier waren ihm bisher noch nie begegnet, genauso wenig wie der, den er mit der *downammo* erwischt hatte, und die beiden Toten oben auf der Brücke.

Wortlos verließ Berry die Kajüte. Claude wandte sich Yanto zu.

»Da hast du aber Glück gehabt, du Wichser. Ich hätte dich fertiggemacht.« Er stieß ihm mit dem Handballen gegen die Stirn und beobachtete ihn lauernd. Hätte Yanto jetzt auch nur den Anflug von Stolz gezeigt, wäre es um ihn geschehen gewesen. Yanto spürte genau, worum es ging, und hielt seinen Kopf weiter demütig gesenkt. »Sieh mich an«, zischte Claude und stieß ihm ein zweites Mal gegen die Stirn.

Yanto hielt weiter seinen Blick gesenkt. Einen Moment lang herrschte Stille. Die gleiche Stille, wie wenn ein Bär in der Prärie auf einen Menschen trifft, der sich tot stellt; wenn seine Reflexe und Triebe darüber verhandeln, ob er sich trollen oder sein wehrloses Opfer angreifen soll.

Claudes Blick verlor seine Intensität. Mit einem unwilligen Fluch wandte er sich um und warf die Tür hinter sich ins Schloss.

Yanto verharrte noch eine Weile in seiner Haltung. Dann schleppte er sich in eine Ecke des Raumes, so weit wie möglich von seinen Leuten entfernt, hockte sich nieder und versank bald in einen tranceartigen Zustand.

Berry war mit schweren Schritten geradewegs hinaus aufs Deck der LIBERTY gestapft, er brauchte dringend frische Luft.

Sein ohnehin schon entzündeter Magen pochte und brannte. Um den Schmerz in seinen Eingeweiden in den Griff zu bekommen, drückte er sich mit seinem Bauch gegen die Reling und atmete so flach er konnte. Ob ihm Hanna da oben im Himmel zusah? Ob sie sagte: Berry macht alles richtig, er macht das, was ich von ihm erwarte?

Er starrte hinaus aufs Meer. Irgendwo unter ihm schwappten die Wellen gegen die Bordwand der LIBERTY. Der Mond war jetzt vollständig hinter den Wolken verschwunden und hatte tiefe Dunkelheit zurückgelassen.

* * *

Vier Stunden nach der Rückeroberung der LIBERTY landete der Vertreter der Ships & Trades Company mit einem Hubschrauber auf dem Frachter. Er brachte einige eilends angeheuerte Seeleute an Bord, die die Maschine unter Dampf halten würden, bis die für die Weiterfahrt nötigen Offiziere und höheren Mannschaftsgrade aus Göteborg eingeflogen worden waren.

Die Männer von Lost Ship Management hingegen verließen die LIBERTY. Berry richtete die Nase des Speedboats nach Bombay aus und gab Vollgas. Was mit den gefangenen Piraten geschah, war nicht mehr seine Sache, und er war froh darüber, denn es gab einfach keine guten Lösungen.

Jeder Gedanke an eine gerechte Strafverfolgung war illusorisch. Manche rechtschaffenen Reeder hatten sich in der Vergangenheit damit nicht abfinden wollen und hatten ihr zurückerobertes Schiff in den nächsten Hafen beordert und die Piraten der Polizei übergeben. Das Resultat war bisher in jedem Fall niederschmetternd gewesen, meistens hatten sie fassungslos feststellen müssen, wie wenig Interesse die örtlichen Behörden an einer Strafverfolgung zeigten. Gar nicht selten allerdings wurden die Reeder selbst des Mordes angeklagt, und die Behörden konfiszierten ihr Schiff, offiziell, um in Ruhe die Umstände klären zu können, inoffiziell jedoch lautete die unmissverständliche Botschaft: Wenn du dein Schiff je wieder zurückhaben willst, musst du Lösegeld zahlen.

Manche Reeder, die um diese Praktiken wussten, hatten nicht den nächsten, sondern den Hafen eines vertrauenswürdigen Landes angelaufen, wie zum Beispiel Japan oder Singapur, um dort die Piraten der Polizei zu übergeben. Die jedoch erklärten sich, juristisch mehr oder weniger zwangsläufig, in 99 % aller Fälle für nicht zuständig, da das Verbrechen nicht in ihren Hoheits-, sondern in internationalen Gewässern verübt worden war, und sorgten postwendend für eine sofortige Abschiebung der Piraten.

Für Verbrechen auf hoher See gab es keinen Rechtsweg, und wer Gerechtigkeit wollte, war schlicht und einfach machtlos. Manche Reeder konnten das nicht ertragen und wollten selbst dafür sorgen, etwa indem sie die Methoden der Piraten gegen diese selbst anwendeten. Entweder, indem sie sie über Bord werfen ließen, Auge um Auge, Mord um Mord. Oder, indem sie sie auf hoher See in einem Beiboot aussetzen ließen, damit das Schicksal entschied, ob die Verbrecher überlebten oder nicht.

Im Fall der LIBERTY hatte sich die Göteborger Ships & Trades Company eine dritte Variante ausgedacht. Nach Meinung der Reederei handelte es sich um eine harte, aber gerechte Lösung, bei der sie weder sich selbst, noch der neue Kapitän der LIBERTY, ein altgedienter Seemann namens Ole Bengt, sich die Finger schmutzig machen mussten und die die Piraten ein für alle Mal aus dem Verkehr ziehen würde.

20

Als Berry das Speedboat auf Kurs gebracht und es sich in dem weißen Kunstledersitz bequem gemacht hatte, zeigte die Digitaluhr im Armaturenbrett des Schnellbootes 10 Uhr 02, Ortszeit Bombay.

Zur selben Zeit, um 4 Uhr 32 Uhr, Ortszeit Athen, lag Anxa in ihrem früheren Jugendschlafzimmer in ihrem früheren Bett auf der Seite und starrte den Digitalwecker an.

4:32. Wie lange war es jetzt schon 4:32? Schlaf hatte sich bei ihr noch keine Sekunde eingestellt. Andererseits war sie noch nicht so weit, zu kapitulieren und aufzustehen. 4:32. Zeit ist relativ. Physikalisch und subjektiv. Ihrem Gefühl nach war es mindestens eine Viertelstunde her, dass der Anzeiger von 4:31 auf 4:32 gewechselt war.

War es ein Fehler, die Reederei zu übernehmen? War es richtig gewesen? Warum sollte sie sich das alles antun?

Keiner dieser gebetsmühlenartigen Gedanken war neu, und ihr Wachliegen hatte auch keinen anderen neuen Gedanken hinzugefügt. Immerhin war sie so weit gekommen, sich keine Antwort mehr abzuverlangen. Wenn es ein Fehler war, konnte sie jederzeit einen Rückzug antreten. Wenn es richtig war, dann war es richtig. Angetan hatte sie es sich ja schon – also, was soll's?

Ihre jahrelangen Forschungsarbeiten hatten ihr zumindest eine große und wesentliche Erfahrung eingebracht: Die Fragestellung mochte noch so groß sein, der tägliche Arbeitsprozess bestand trotzdem nur aus zwergenhaften Schritten und winzigen Details. Da war es wichtig, sich mit dieser Kleinheit anzufreunden.

Sie bemühte sich, sich ihre neue Aufgabe als Forschungsprojekt vorzustellen: Anxa Perrical wird Anxa Perikos, die Reederin. Gab es da nicht auch unendlich viele kleine Schritte zu tun, auf die sie sich konzentrieren sollte?

Diese Erkenntnis half ihr, sich etwas besser zu fühlen. Nur – Schlaf fand sie trotzdem nicht.

4:33. Eine weitere Minute, die sich wie eine Viertelstunde anfühlte. Gab es irgendeine Chance, dass die nächste Minute anders wäre?

Anxa wälzte sich auf den Rücken und gab ihrem Körper den Befehl: Steh auf!

Nichts tat sich.

Logisch, dachte sie, ich habe es zwar gedacht, aber nicht wirklich gewollt.

Woher wusste der Körper eigentlich, wann man etwas wirklich wollte? Wann man etwas nur dachte und wann man es ernst meinte?

Wenn sie dachte: Übernehme die Reederei! – war ihr Körper dann womöglich dagegen?

Sie stöhnte auf, was für einen Schwachsinn sie da in ihrem Kopf wälzte! Es hatte einfach keinen Sinn, weiter auf Schlaf zu warten.

Mit entschiedenem Schwung warf sie die Bettdecke zur Seite und ließ die Kühle des Raumes über ihren nackten Körper gleiten. Leichte Erregung kitzelte sie. Ein Erinnerungsfetzen, Oliver, wie er seinen Orgasmus bekam und sie vollpumpte, wie er nur aus Geilheit bestand, während sie an ein Baby dachte, ihr Baby, am liebsten ein Mädchen, um ihm die Liebe zu geben, die sie selbst nie bekommen hatte. Ein Baby und eine Reederei? Und dann noch von diesem Arschloch Oliver?

Die Erregung verpuffte schlagartig. Was, wenn sie wirklich schwanger war und wenn sie trotzdem bei ihrem Entschluss blieb, die Erbschaft anzutreten? Dann musste sie, ohne eine Kündigungsfrist einzuhalten, ihren Job beim Institut für Meeresforschung aufgeben. Damit würde es keine Abfindung, kein Arbeitslosengeld und auch keinen Mutterschutz geben.

Plötzlich krampfte Existenzangst ihre Brust zusammen. Langsam erhob sie sich und betrachtete ihren Körper im Spiegel, schlank, groß und ohne die für griechische Frauen typischen, birnenförmig ausladenden Hüften und massigen Oberschenkel. Sie würde arbeitslos sein.

Erst als ihre Augen ihr sorgenvolles Gesicht im Spiegel fanden, verschwand der innere Druck. Wie absurd, dass sie sich sorgte, schließlich hatte sie eine Reederei im Gegenwert von 640 Millionen Dollar geerbt!

Unvermittelt brach sie in ein unkontrolliertes Lachen aus, und zugleich rannen ihr Tränen die Wangen herunter. Nichts von alledem war im Moment für sie wirklich, nichts stimmte mit ihren Gefühlen überein.

Als sie sich etwas beruhigt hatte, kam ihr ihr Vater in den Sinn, der große Alessandro Perikos.

»Dir werd ich's zeigen«, flüsterte sie, als könnte er sie hören. Ein Schauer lief ihr über den Rücken. Das fühlte sich gut an, und deshalb wiederholte sie die Worte einige Male.

Als sie wieder auf die Uhr sah, war es 4 Uhr 56. Sie war hellwach und spätestens jetzt sicher, keinen Schlaf mehr zu finden.

»Auch gut«, sagte sie und musste wieder lachen: Wenn sie mit den Selbstgesprächen nicht aufhörte, würde sie sich bald wie eine alleinstehende Rentnerin fühlen.

Sie zog einen Bademantel über und verließ ihr Zimmer, um ein wenig im Fitnessraum im Keller der Villa zu schwitzen.

Die Flure im Haus waren alle mit sanftem, indirektem Nachtlicht erhellt, das sich ab einer bestimmten Uhrzeit automatisch einstellte. Es wirkte sehr beruhigend und wurde in seiner positiven Wirkung noch durch automatisch verstäubte Lavendel- und Ginsterduftöle unterstützt. Anxa spürte, wie ihre Anspannung nachließ.

Zwei Dinge bereiteten ihr allerdings noch Sorge: Valentis war in dem zweiten Testament mit einer Barzuwendung von 11,3 Millionen Dollar bedacht worden, zahlbar, sobald Anxas Halbbruder Roger Lundgart die Erbschaft antrat, zusätzlich noch mit Anteilen an den jährlichen Gewinnen und der Zusicherung, weitere zehn Jahre der alleinige Anwalt der Perikos Shipping Company zu bleiben. Für diese Privilegien, da war sie sich sicher, würde er bis aufs Messer kämpfen. Gar nicht zu reden von Roger Lundgart, ihrem Bastard-Bruder, dem eine 640-Millionen-Dollar-Erbschaft durch die Lappen gegangen war.

* * *

Sechs Stunden später waren ihre schweren Gedanken längst verflogen, und Anxas kämpferisches Temperament hatte wieder die Oberhand. Sie hatte lange geduscht, und jetzt saß sie an ihrem Schreibtisch vor den Papieren, die sie in Valentis' Koffer gefunden hatte. Es klopfte.

»Herein«, sagte Anxa unwillig.

Es war der Hausdiener. »Hier ist die Dame für Sie. Von der Agentur für Zeitarbeit.«

Er trat zur Seite, und Anxa blickte in das lächelnde Gesicht einer Frau etwa in ihrem Alter.

»Rebecca Carpinetti«, stellte sie sich vor und reichte ihr die Hand.

»Hallo, ich freue mich!« Anxa verdrehte die Augen, weil hinter ihr schon wieder das Telefon zu läuten begann. »Kommen Sie rein!«

Anxa nickte dem Diener zu, »danke«, und zog Rebecca ins Zimmer.

»Über Einzelheiten reden wir später. Jetzt haben Sie erst mal nur eine Aufgabe: Nehmen Sie alle Anrufe entgegen und wimmeln Sie die Anrufer freundlich ab.«

»Mach ich«, antwortete Rebecca. Das Telefon verstummte.

»Das geht bestimmt gleich wieder los.«

Rebecca setzte sich auf den Schreibtischstuhl.

»Sie sind nicht aus Athen, richtig?«, fragte Anxa.

Rebecca schüttelte lächelnd den Kopf. »Aus Urbino, ich bin Italienerin. Aber meine Mutter ist Griechin.«

»Und welche Sprachen sprechen Sie?«

»Griechisch, Italienisch und Englisch. Spanisch. Französisch so lala. Deutsch auch mittelmäßig, dann …«

»Meine Güte! Vielleicht hätte ich besser fragen sollen, was Sie nicht sprechen«, lachte Anxa.

»Japanisch«, lächelte Rebecca zurück. »Die Sprache finde ich zwar schön, aber die Schrift ist ein Horror.«

Anxa spürte so viel spontane Sympathie wie schon lange nicht mehr für irgendjemanden. »Also, ich nehme an, Sie haben acht Arbeitsstunden für heute einkalkuliert ...«

Rebecca hob beide Hände. »Wenn Sie wollen, auch vierundzwanzig.«

Anxa gefiel die unprätentiöse Art der Italo-Griechin. »Super! Dann lasse ich Ihnen das Gästezimmer herrichten, Sie bekommen doppelten Lohn und bleiben erst mal hier.«

»Ich bekomme doch schon das Doppelte«, lächelte Rebecca. »Weil Wochenende ist.«

»Dann bekommen Sie das Dreifache. Bleiben Sie einfach die nächsten Tage hier, okay?«

»Mach ich«, antwortete Rebecca, »ich brauche nur ...« Sie zupfte an ihrer Bluse.

»Natürlich«, sagte Anxa und zog die große Schiebetür an der Rückwand des Zimmers zur Seite, hinter der sich ein begehbarer Schrank verbarg, der von Kleidern, Hosen, Blusen und Pullovern überquoll.

»Bedienen Sie sich, ist zwar alles aus den 1980er-Jahren. Aber die sind ja wieder modern!«

Rebecca lachte.

Was für ein gesundes Lachen, dachte Anxa und hatte das Gefühl, eine neue Freundin gefunden zu haben.

Rebecca deutete auf das nun wieder klingelnde Telefon und sah Anxa fragend an.

Anxa nickte zustimmend. »In ein paar Stunden beziehen wir das neue Büro, bleiben Sie so lange hier. Ich sage Ihnen Bescheid.«

»In Ordnung.« Rebecca nahm den Anruf entgegen, »Perikos Shipping, Sekretariat von Anxa Perikos, guten Tag!«

Anxa winkte ihr zu, zog die Tür hinter sich zu und suchte den Bereitschaftsraum der Bodyguards auf, um die beiden zu einem kleinen Einkaufsbummel aufzufordern.

Zwei Stunden später kehrte sie mit einem Lieferwagen voller Ikea-Kartons zurück. Innerhalb weniger Minuten hatte sie sich in dem schwedischen Warenhaus Regale, Rollschränke, zwei Schreibtische, Stühle, Sessel und Lampen ausgesucht. Sie hatte sich entschieden, den Arbeitsraum ihres Vaters auszumisten und zu ihrem Büro zu machen. Dafür brauchte sie eine völlig neue Einrichtung, denn der dunkle, dumpfe Druck, der von den Möbeln ihres Vaters ausging, machte es ihr unmöglich, auch nur einen klaren Gedanken zu fassen. Da bildeten die hässlichen Plastikfurniere im Holzlook und die billig anmutenden Passungenauigkeiten der Schwedenmöbel genau den richtigen, hemdsärmeligen Kontrast zu der düsteren Wengéholz-Gediegenheit, die ihr Vater bevorzugt hatte.

Während ihre Bediensteten missmutig mit Häkchen, Schrauben und schwer verständlichen Anleitungen kämpften, machte Anxa sich auf den Weg, die Reederei etwas näher kennenzulernen. Spätestens in ein paar Tagen würde sie dafür keine Zeit mehr haben.

Gleich heute morgen hatte der Tanz schon begonnen, als ein Sonderbote die Kopie eines Strafantrages in die Villa gebracht hatte. Valentis hatte schnell gehandelt und offenbar sofort nach seinem Rauswurf aus der Villa eine Anzeige wegen Unterschlagung testamentarischer Dokumente gestellt.

Nichtsdestotrotz war Anxas größte Sorge nicht die rechtliche, sondern die geschäftliche Seite: Sie hatte absolut keinen Schimmer, wie man eine Reederei führte.

21

Während des gesamten Rückflugs von Bombay nach London fand Berry keinen Schlaf.

Wie in Endlosschleifen kreisten alle möglichen Gedanken durch sein Hirn, keiner ließ sich richtig festhalten, keiner zu Ende denken. Das reine Chaos.

Mit seinen Männern wechselte er nicht ein einziges Wort. Was die nicht besonders wichtig nahmen, jeder von ihnen hatte hin und wieder mal die Schnauze voll, jeder hatte die Momente, in denen ihm das ständige Zusammensein, oft genug mehrere Tage, ja sogar Wochen hintereinander, auf die Nerven ging.

Endlich, gegen zwei Uhr morgens, lag Berry in seinem Designer-Bett in seiner Luxuswohnung und starrte die stuckverzierte Decke an. Er vermisste Hanna unendlich. Wenn er allein und schlaflos war, war es am schlimmsten, und er würde alles geben, wenn er sie noch einmal neben sich spüren dürfte.

Wie würde wohl heute sein Leben aussehen?

Damals auf der TARU, in der kleinen Bucht bei Cape Senebui, hatte sich die Welt ihnen beiden wie ein riesiges Büfett voller verlockender Angebote dargeboten. Und als sie an dem einzigen Tag, an dem sie ein Ehepaar gewesen waren, von ihrer Zukunft träumten, schien alles machbar und möglich. Einen Traum nach dem anderen sponnen sie gemeinsam, einer verwegener als der andere, und der letzte, den sie sich ausmalten, bevor die Piraten an Bord kamen, war, es wie ihr holländischer Skipper Jan Geuyten zu machen: sich eine Segelyacht zu kaufen und an Touristen zu vermieten, am besten auf den Bahamas oder auf Jamaika. Sie hatten sich ihr Leben in wunderbaren Tönen endlosen Glücks ausgemalt: immer in der Sonne, immer zusammen, immer glücklich. Hanna war die einzige Tochter von wohlhabenden Eltern, ein Teil des Erbes hatte sie schon auf ihrem Konto, und alleine das hätte für mehr als eine Luxusyacht gereicht. Berry hatte damals sein Sportstudium gerade abgeschlossen und war noch nicht sicher gewesen, wie es weitergehen sollte. Warum also nicht Skipper werden? PERMANENT VACATION sollte ihr Schiff heißen.

Irgendwann schlief Berry doch noch ein und wurde erst vierzehn Stunden später, um kurz vor 17 Uhr, wieder wach. Sein Körper fühlte sich steif und eingefroren an, und seine Glieder wollten ihm nicht gehorchen. Vorsichtig reckte er sich gegen den Schmerz und versuchte, seinen Kreislauf auf Touren zu bringen. Kaum hatte er das stumpfe Gefühl abgeschüttelt, meldeten sich die gleichen Gedanken wie vor dem Einschlafen wieder zurück.

Ärgerlich warf er die Bettdecke zur Seite und begann mit seinen morgendlichen Fitnessübungen. Aber schon nach wenigen Minuten war offensichtlich, dass er dieses Mal seine Gedanken dadurch nicht vertreiben würde. Er ging unter die Dusche. Er brauchte dringend etwas, was ihn wieder auf seine Gleise zurückbrachte. Vielleicht sollte er sich eine Massage gönnen, Claude hatte ihm einmal eine gute Adresse von einer Thailänderin gegeben. Massage, Sex und Alkohol. In genau der Reihenfolge. Er bedauerte, dass Sylvie nicht massieren konnte, das würde die Sache einfacher machen. Andererseits war der massierende Sex der Thailänderin keine volle Befriedigung, also war der Weg zu Sylvie in jedem Fall nötig.

Im Grunde war er mit dieser Planung seines Abends zufrieden, wenn da nicht irgendwo weit hinten in seinem Kopf eine leise Stimme sagen würde, dass diese Art der Freizeitgestaltung im Wesentlichen die einzige war, die er in den letzten fünf Jahren praktizierte und die an lebloser Erbärmlichkeit kaum noch zu überbieten war.

* * *

Der nächste Morgen war okay, und das Gefühl der Erbärmlichkeit hatte sich wieder verflüchtigt. Berry hatte sich in der Nacht zuvor zweimal verausgabt, einmal von den Händen der Thailänderin in langen, wohligen Wellen herbeimassiert, einmal zwischen Dorothys nicht ganz so weichen, üppigen Schenkeln, Sylvie hatte einen freien Tag. Danach war er durch und durch erschöpft gewesen, und seine Gedanken hatten sich endlich für eine längere Zeit verabschiedet. Die Sauferei bei Hank wäre dann zwar nicht mehr nötig gewesen, aber da Hanks Kneipe praktisch zu seinem Heimweg gehörte, hatte er den letzten Teil seiner Planung auch noch erfüllt.

Berry setzte sich mit der »Times« in den »Starbucks« einen Block weiter, trank einen Caffè Latte und verdrückte einen Muffin mit Blaubeeren und Butter. Wann immer er konnte, gönnte er sich dieses morgendliche Ritual, weil es ihm die Illusion gab, Teil eines urbanen Lebens zu sein und nicht nur eine einzelne, kämpfende Zelle.

Zufrieden, wenn auch mit rumorenden Eingeweiden, trat er hinaus auf die Straße. Ein trockener, angenehmer Vormittag empfing ihn. Nicht eine Wolke störte die Sonne, und der Himmel war so hoch und blau, als läge London unmittelbar am Ozean.

Eine merkwürdige Stimmung hatte sich in ihm ausgebreitet. Ein wenig

Euphorie, ein wenig Melancholie und eine Art von sanftem Gedächtnisschwund. Wohlig sog er die jungfräuliche Luft ein, die heute noch keine Bekanntschaft mit Smog und Luftfeuchtigkeit hatte machen müssen.

Die Dinge werden viel zu kompliziert, wenn man sich so viele Fragen stellt, dachte Berry. Manche Dinge musste man einfach so stehen lassen, wie sie sind. Punkt.

Ein vorbeizischender Inlineskater riss ihn aus den Gedanken. Erst jetzt registrierte er das rege Treiben um sich herum. Jeder, der eine Minute erübrigen konnte, schien sich draußen aufzuhalten.

Warum müssen so viele Menschen eigentlich nicht arbeiten? Und warum war ihm das nie zuvor aufgefallen?

Plötzlich poppte ein Gedanke in ihm hoch, der sich so verführerisch leicht und einfach anfühlte. Wie ein Schuljunge grinsend griff er zu seinem Handy und wählte.

»Holbrook, Lost Ship Management«, meldete sich Elias mit knapper, tatendurstiger Stimme.

»Elias, ich bin's. Hör mir zu und keine Fragen, okay?«

»Jesus!«, stöhnte Holbrook, »wenn du schon so anfängst ...«

»Ich nehm eine Auszeit vom Job, ich brauche ein bisschen Abstand. Ab sofort, jetzt. Alle weiteren Aktionen vor Ort ...«

»Auszeit?«, unterbrach Holbrook ihn, »was soll das denn sein?«

»Was wohl? Time-out, noch nie gehört?«

»Berry, keine Frau ist das wert.«

Berry brauchte einige Augenblicke, bis er den Sinn dieser Erwiderung verstand.

»Ach, halt's Maul, Elias! Es geht hier verdammt noch mal nicht um eine Frau!«

»Noch schlimmer! Wir machen einen wichtigen Job, zur Hölle! Ohne uns machen die Scheißpiraten, was sie wollen und ...«

»Spar dir deine Predigt.«

»Mach ich. Komm vorbei, Berry, und wir reden.«

»Ich habe dich nicht angerufen, weil ich mit dir reden will, sondern um dir meine Entscheidung mitzuteilen.«

Jetzt brauchte Elias Holbrook einige Augenblicke.

»Wie stellst du dir das vor?«, fragte er bedrohlich leise. »Wer soll die Truppe anführen, wenn nicht du?«

»Mach Horst zum Anführer.«

Holbrook lachte als Antwort aus voller Kehle. »Guter Witz, Berry. Also, wer soll die Jungs in den Kampf führen?«

»Drück ich mich irgendwie unklar aus?«

»Horst ...«, erwiderte Holbrook mit beißend mitleidigem Ton. »Berry, der Junge ist ein netter Kerl und schießt besser als John Wayne. Aber er hat keine Autorität. Die anderen hören doch weg, wenn der was sagt.«

»Dann such einen anderen aus. Ist mir egal.«

»Es gibt nur einen, und das ist Massimo.«

»Einen Metzger zum Schweinehirten machen? Tolle Idee, Elias.«

»Massimo nimmt von keinem Befehle an. Außer von dir. Wenn du nicht mehr da bist, muss er eben die Befehle geben.«

Berry unterdrückte seinen Widerwillen. »Mach, was du willst, Elias.«

»Na, herzlichen Dank! Komm schon, lass uns vernünftig ...«

»Ich meine es ernst. Versuch nicht, mit mir darüber zu diskutieren. Ich tauche die nächsten Tage nicht auf, und solange bist du der Boss.«

Für einen Moment schwieg Elias. Dann stöhnte er: »Okay, okay. Wo erreich ich dich, wenn was ist?«

»Wenn was ist, dann wende dich an Elias Holbrook.«

»Du bist echt bescheuert!«, brüllte Holbrook. »Dir haben sie doch ins Gehirn geschissen! Du ...«

Berry unterbrach die Verbindung und steckte das Handy in seine Hosentasche. Er legte den Kopf in den Nacken und lächelte in den Himmel. Was für ein berauschendes Gefühl! War es das, worum es die ganze Zeit ging? Einfach in den Tag hinein leben und ... Sein Handy klingelte, giftig, wie er fand. Für einen Moment zögerte er, dann holte er es hervor, löste den Akku, entfernte die SIM-Karte darunter, steckte sie ein und arretierte den Akku wieder. Er hielt nach einem Gully Ausschau, entdeckte zwei Meter weiter einen, und als hätte es nicht 200 Euro gekostet, ließ er das Handy zwischen die eisernen Gitterstäbe in den Untergrund hineingleiten.

Zufrieden richtete er sich wieder auf, heute war sein Tag, der Tag, an dem alles für ihn richtig lief. Trotz seiner Euphorie bemerkte er, dass ihn jemand beobachtete. Suchend blickte er sich um und entdeckte einen kleinen Jungen, der ihn mit offenem Mund anstarrte.

»Kaputt«, grinste Berry.

»Sowas darf man nicht einfach wegschmeißen«, sagte der Kleine ernst, »das muss man entsorgen«.

Berry lachte, aber der Junge blieb bei seinem Ernst. Zuerst wollte Berry weitergehen, was interessierte ihn ein fremdes, altkluges Jüngelchen. Aber dann hielt er inne.

»Entsorgen, hm?«

Der Junge nickte. »Wegen dem Akku. Da sind Schwermetalle drin.«

»Mhm«, reagierte Berry zweifelnd.

»Weißt du nicht, was Schwermetalle sind?«

»Doch, weiß ich.«

»Schwermetalle sind giftig. Die reichern sich im Körper an.«

Berry unterdrückte ein Lachen und nickte ernst.

»Du hast Recht, du hast absolut Recht.«

Ein freudiges Lächeln huschte über das Gesicht des Jungen.

»Wie heißt du?«

»Patrick.«

»Also, Patrick, dann wollen wir mal versuchen, es wieder herauszuholen.«

Er bückte sich und zog und zerrte an dem Gullydeckel. Er hätte ihn allein hochbekommen, trotzdem wandte er sich an den Jungen.

»Ich krieg ihn nicht bewegt. Willst du mir helfen, Patrick?«

Der Junge packte zu, und gemeinsam werkelten sie das gusseiserne Gitter hoch. Das Handy lag unbeschädigt eine Armeslänge tief auf getrocknetem Schlamm. Berry angelte es heraus und hielt es Patrick hin.

»Hier. Schenk ich dir. Eigentlich ist es nämlich gar nicht kaputt.«

»Echt?« Patricks Augen glühten vor Freude, und er griff danach. Dann jedoch hielt er inne und verzog frustriert das Gesicht.

»Ich darf nichts von Fremden annehmen.«

Berry nickte. »Ich verstehe.« Er legte das Handy vorsichtig auf den Boden. »Ich lass es hier liegen. Weißt du, ich will es nicht mehr haben und bin zu faul, es selber zu entsorgen. Vielleicht findet es ja einer, der es gebrauchen kann. Mach's gut, Patrick. Du bist ein sehr schlauer Junge.«

Berry winkte ihm zu und ging. Erst an der nächsten Straßenecke drehte er sich um. Patrick hatte das Handy in die Hand genommen und bestaunte es. Berry lächelte und sah eher zufällig zu einem Mann auf der anderen Straßenseite hinüber, der offenbar seinerseits die Szene beobachtet und mit einer hochwertigen Spiegelreflexkamera fotografiert hatte.

Sein Blick ruhte finster auf Patrick und wanderte dann zu Berry herüber. Berry zuckte zusammen. Das war derselbe Kerl wie vor drei Tagen … Ihre Blicke verhakten sich ineinander.

»Thomas?«, fragte Berry halblaut.

Der Mann konnte ihn auf die Distanz nicht verstehen, trotzdem schien er die Bewegung seiner Lippen richtig gelesen zu haben, denn er zuckte zurück, nur kurz, für eine Millisekunde, bevor er sich abwandte und zügig in die entgegengesetzte Richtung ging.

»Hey, Moment mal!«, rief Berry.

Erschrocken ließ Patrick das Handy fallen und starrte ängstlich zu ihm herüber.

»Alles okay, Patrick!«, rief Berry ihm zu, wechselte die Straßenseite und sprintete los.

Thomas packte die schwere Kamera am Objektiv und rannte ebenfalls los. Berry war ihm kräftemäßig eindeutig überlegen, das war unübersehbar, aber Laufen gehörte nicht zu Berrys bevorzugten Sportarten. Zwar war er über eine kurze Entfernung schnell im Sprint, hielt das Tempo jedoch nicht durch. Thomas hingegen wirkte wie jemand, der, wenn er einmal seinen Rhythmus gefunden hatte, leicht viele Kilometer ohne Probleme durchlaufen und sogar noch Tempo zulegen konnte.

Er lief mit aller Kraft, die er mobilisieren konnte, auf dem Bürgersteig an einem Zaun entlang. Berry holte schnell auf. Er ruderte mächtig mit den Armen, um durch den Schwung noch mehr Tempo herauszuholen. Höchstens zwei Meter trennten ihn noch von Thomas, und die würde er auch noch schaffen, da war er sich sicher. Allerdings ging der Zaun in etwa zwanzig Metern in eine mittelhohe Mauer über. Bis dahin musste er Thomas eingeholt haben. Als er merkte, dass er es nicht schaffen würde, setzte er zu einem Hechtsprung an und erwischte Thomas' rechte Ferse. Thomas strauchelte und rang mit absurden Bewegungen seiner schlaksigen Glieder um sein Gleichgewicht – tatsächlich erlangte er es wieder, und bevor Berry endlich auf den Beinen war, flankte er über die Mauer.

Berry rappelte sich hoch und folgte mit schmerzenden Gliedern. Hinter der Mauer öffnete sich die kunstvoll angelegte japanische Gartenanlage einer Versicherungsgesellschaft.

Im Garten nutzte der leichtgewichtigere Thomas seinen Vorteil. Wie ein linkischer Roboter hüpfte und flankte er über Zäune und Mauern. Berry gelang es zwar mitzuhalten, allerdings nicht weiter aufzuholen.

Sie näherten sich einem etwa vier Meter breiten Teich, dessen Tiefe nicht abzuschätzen war, weil er mit Seerosenblättern bedeckt war. Thomas sprang, den Arm mit der Kamera hochgereckt, um sie vor dem Wasser zu schützen, und erreichte das andere Ufer. Durch den Aufprall entglitt ihm die Spiegelreflex und rammte sich in den Grasboden.

Berry sah, je näher er dem Wasser kam, dass es für ihn knapp werden würde. Er versuchte, noch einen Schritt zuzulegen und konzentrierte sich auf den Absprung.

Thomas packte die Kamera.

Mit dem rechten Fuß erreichte Berry die gegenüberliegende Seite. Aber seine kinetische Energie verpuffte zu einem kleinen Rest, der nicht mehr ausreichte, auch noch seinen Körper sicher hinüberzubringen. Zwar warf er seine Arme nach vorne, griff ins Gras, um sich hochzuziehen, und für einen Moment sah es tatsächlich so aus, als schaffte er es. Dann jedoch rissen die Grasbüschel aus dem Erdboden, und Berry fiel nach hinten ins Wasser.

Thomas war wieder auf den Beinen und sprintete los.

Berrys Füße fanden schnell Grund, tief war der Teich nicht. Trotzdem gelang es ihm nicht sofort, sich an dem glitschigen Ufer hochzuziehen.

Inzwischen war Thomas verschwunden.

Wütend schlug Berry auf den Uferrand. Eine weitere Verfolgung konnte er vergessen, es hatte keinen Sinn, sich abzumühen, er trug lederne Slipper ohne Strümpfe, und mit nassen Lederschuhen war an Laufen nicht zu denken.

»Scheiße!«, fluchte er.

Das Wasser war warm, modrig und eklig. Trotzdem watete er durch die Brühe zu dem Ufer zurück, von dem er abgesprungen war, der Rand dort war niedriger.

Was wollte Thomas von ihm? Denn inzwischen war er sich sicher, dass es sich wirklich um seinen alten Bekannten handelte. Es war doch wohl kein Zufall, ihn zweimal so kurz hintereinander gesehen zu haben. Warum hatte er ihn fotografiert? Und vor allem, warum rannte er weg? Wenn etwas Sinn machte, dann doch wohl das Gegenteil. Thomas' Hass auf Berry musste gigantisch sein, schließlich hatte er ihm nicht nur seine langjährige Freundin ausgespannt, sondern war auch noch in ihren gewaltsamen Tod verwickelt.

Hatte Thomas all die Jahre nach ihm gesucht und ihn erst jetzt gefunden?

Kaum zu glauben, schließlich hatte Berry immer unter seinem Namen gearbeitet, und wenn man den zum Beispiel in ein Internet-Search-Tool eingab, kamen leicht mehrere hundert Meldungen zusammen, unter anderem mit der genauen Adresse seiner Firma und der Website von Lost Ship Management. Auch wenn er seine Aufträge mit höchster Diskretion abwickelte, so brauchte seine Firma jede Publicity, die sie kriegen konnte.

Nein, es musste einen anderen Grund für Thomas' Auftauchen geben. Andererseits: War es wirklich wichtig?

* * *

Berry kehrte zu seinem Haus zurück, ging jedoch nicht in seine Wohnung, sondern in die Tiefgarage zu seinem Auto, um eine kleine Runde zu drehen und sich herunterzukühlen. Als er den Motor startete, plärrte das Radio los.

»... Vivian sagt: Habt Respekt vor eurer Vergangenheit«, tönte ihre Stimme aus den Boxen. »Vivian sagt: Gymnastik schadet niemandem. Also fangt wieder an, euch vor den Helden eurer Jugend zu verbeugen!«

Berry verdrehte die Augen, er fand, seine Mutter redete meistens Müll. Die Hörer des Seniorensenders OLD-FM sahen das jedoch anders und hatten ihre Vivian zur absoluten Lieblingsmoderatorin erklärt. Ihre Vormittagsshow mit dem martialischen Titel »Kick Back!«, Schlag zurück!, war der

Quotenrenner des Senders. Marktanalysen hatten die sensationelle Tatsache enthüllt, dass fast fünfzig Prozent der Hörer nicht der eigentlichen Zielgruppe angehörten, also jünger als 50 Jahre waren.

»Steppenwolf. Steppenwolf, Steppenwolf. Und noch mal Steppenwolf. Auf die Knie vor John Kay. Und dann abheben mit Magic Carpet Ride!«

Wieder einmal fragte er sich, warum er sie überhaupt nicht mehr besuchte. Zugleich wusste er, wie sinnlos das war, ihr letztes Treffen hatte das deutlicher gemacht als alle zuvor.

Vor einem halben Jahr war es gewesen, als er vor der Radiostation auf sie gewartet hatte, und kaum hatte seine Mutter ihn in eine überschwängliche Umarmung geschlossen, hatte er es schon bereut, gekommen zu sein. Sie ummantelte ihn derart mit ihrer guten Laune, mit ihrem programmatischen Optimismus und ihrer exaltierten Lebenslust, dass er kaum noch Luft bekam. Anfangs lächelte er noch, merkte jedoch schnell, wie fest entschlossen sie war, auch nicht den Hauch einer dunklen Wolke zuzulassen. Und eine dunkle Wolke wäre es für sie schon gewesen, sich nach seinem Befinden zu erkundigen oder besser gesagt, die Antwort zu ertragen, die er möglicherweise geben würde. Er spürte, dass sie spürte, wie randvoll er mit Problemen war, und da sie damit nichts zu tun haben wollte, zog sie daraus die für sie einzig sinnvolle Konsequenz, nämlich nicht zuzuhören und stattdessen ununterbrochen zu reden.

Eineinhalb Stunden später war Berry mit vibrierenden Ohren zu seinem Auto zurückgestapft, aufgeladen und genervt. Was hatte er sich denn erhofft? Dass sie ihn in ihre mütterliche Arme nahm und ihn tröstete?

Wenn er jedoch ehrlich war: Im Grunde machte sie ihn neidisch. Sie hatte die Marihuana-Dumpfheit und die Post-Hippie-Trägheit, die sie während seiner Jugend an den Tag gelegt hatte, überwunden und führte jetzt ein unterhaltsames und unbeschwertes Leben, ein Leben ohne besondere Probleme.

Sie hatte sich *verändert*, das war es. Etwas, was er von sich selbst nicht behaupten konnte.

Berry machte das Autoradio aus und rollte mit heruntergelassenen Fenstern durch den Londoner Verkehr. Er beobachtete die Menschen draußen vor den Schaufenstern, auf dem Bürgersteig, in den Restaurants. Bestimmt hatten sie genau diesen Abend heute sorgfältig geplant, hatten sich vorgenommen, auszugehen und Spaß zu haben, hatten Essen gehen zu einem spannenden Ereignis erklärt, egal, wie der Abend tatsächlich verlief.

Manche wirkten, als wären sie nur draußen, damit sie nicht drinnen sein mussten, als wollten sie die Zeit zwischen den anderen Menschen auf der Straße so lange wie möglich ausdehnen. Manche wirkten wie Suchende, zielgerichtet und aufmerksam, wie Jäger, wie Detektive, auf jeden Fall wie

Täter. Und manche waren nichts, sie waren da, aber man übersah sie und wollte einfach gar nicht wissen, was sie da draußen suchten.

Und er selbst? Wozu gehörte er? Zu denen, die von einem Ort kommen und zum nächsten fahren, die von A nach B eine Verbindung brauchten, die keine Zeit verlieren wollten, die ein Ziel hatten?

Der Gedanke fühlte sich gut an: die ein Ziel haben. Aber dieser Gedanke stimmte für ihn nicht mehr.

22

Nachdem Thomas Berry entkommen war, nahm er bei der nächsten Gelegenheit die Tube, wechselte einige Male die Linie, bis er sich völlig sicher war, nicht mehr verfolgt zu werden. Dabei ging er kein Risiko ein, schließlich hatte er Zeit. Im Grunde sah er die paar Tage, die er hier in London verbrachte, als eine Art von Urlaub an, ein Städtetrip verbunden mit dem persönlichen Vergnügen, Berry ausfindig zu machen und zu fotografieren.

In Paddington verließ er die U-Bahn und nahm oben auf der Straße ein Taxi. Dumm war nur, dass Berry ihn erkannt hatte. Trotzdem, Thomas lächelte entspannt, auch wenn Berry ihn wiedererkannt hatte – was wusste er denn schon? Nichts, gar nichts. Für das Gelingen seines Planes war das vollkommen ohne Belang.

Also, warum sollte er sich ärgern, immerhin stand diesem kleinen Missgeschick die Genugtuung gegenüber, Berry heute in all seiner Lebendigkeit noch einmal gesehen zu haben, bevor er ihn bald mit Sicherheit nicht mehr als starken, ernst zu nehmenden Gegner wieder treffen würde. Erst jetzt, dessen war er sich sicher, würde sein Triumph über Berry Feiler vollkommen sein, den Mann, der ihm die Frau, die einzig und allein für ihn, Thomas, bestimmt gewesen war, weggenommen hatte.

Das Taxi hielt vor dem altehrwürdigen Gore Hotel in Kensington. Thomas liebte dieses pompöse viktorianische Haus. Überall schwere Möbel, Teppiche, Bilder und ungezählte Kamine. Sobald man das Gore betrat, hatte man das Gefühl, in einem perfekten, luxuriösen Versteck untergetaucht zu sein.

Der Portier öffnete die Taxitür und deutete eine Verbeugung an. »Guten Tag, Mr. Harrison. Ich hoffe, Sie hatten einen schönen Ausflug.«

»Den hatte ich in der Tat!«, antwortete Thomas und betrat die Lobby mit selbstbewusster Gelassenheit. Sein Leben war ein Genuss, eine einzige Freude geworden. Was hatte er sich in den letzten Monaten für Gedanken gemacht, was hatte er nicht alles geplant und organisiert! Jetzt war die Maschinerie nicht nur in Gang gesetzt, sondern sie lief rund, alles funktionierte perfekt, und bisher hatten sich keine Fehler gezeigt. Endlich konnte er ernten.

23

»Soll ich Ihnen einen Kaffee holen?«, fragte Rebecca leise. Vielleicht schlief Anxa ja, die mehr in ihrem Schreibtischstuhl lag als saß und die Augen geschlossen hatte.

»Das wäre nett«, antwortete Anxa matt und holte tief Luft. Sie gab sich einen Ruck und richtete sich auf. 8 Uhr17, seit über zwei Stunden saß sie inzwischen wieder an ihrem Schreibtisch, so wie gestern, und genauso wie gestern hatte sie kaum geschlafen.

Die ersten beiden Tage waren der reine Horror gewesen. Sie hatte mittlerweile nicht nur den Verdacht, sondern mehr und mehr Hinweise bekommen, dass der Interims-Geschäftsführer, den ihr Vater noch eingesetzt hatte und dessen Know-how sie dringend benötigte, um die Reederei erst einmal weiterzuführen, Valentis zuarbeitete und ihn mit internen Informationen versorgte.

Neben diesem mittelfristig relevanten Problem hatte sie handfeste juristische Probleme. Vor ihr lag ein weiteres Schriftstück von Oscar Valentis. Neben dem Antrag auf eine einstweilige Verfügung, um sie daran zu hindern, die Erbschaft offiziell anzutreten, hatte er verschiedene Klagen wegen Betruges, illegaler Aktenvernichtung und anderer Delikte eingereicht. Die einstweilige Verfügung hatten Anxas neue Anwälte abschmettern können, nur die Klagen waren nicht zu stoppen gewesen. Aber das interessierte Anxa im Moment nicht, auch wenn es wahrscheinlich war, dass es in diesem Fall viel schneller zu einer Verhandlung kommen würde als in Griechenland üblich. Normalerweise vergingen hier Jahre, bis ein Gericht sich überhaupt mit einer Akte befasste, außer wenn der Kläger über gute Kontakte zur Justiz verfügte, was Anxa in Valentis' Fall für mehr als wahrscheinlich hielt.

Rebecca stellte ihr einen Becher hin, Kaffee mit Milch ohne Zucker.

»Mr. Goodman von Luther, Niklos & Berghoff hat angerufen. Er hat noch einmal darauf gedrängt, umgehend den bestehenden Geschäftsführer durch einen neuen zu ersetzen.«

»Ich weiß«, stöhnte Anxa.

Sie hatte die international aktive Sozietät Luther, Niklos & Berghoff als neuen juristischen Vertreter gewinnen können, Ronald Goodman war dort Senior Vice President und betreute ihre Angelegenheiten persönlich. Gleich zu Beginn ihrer Geschäftsbeziehung hatte er die Losung ausgegeben: keine noch so kleine Blöße, keine Angriffspunkte für Valentis geben.

Nur, woher sollte sie so schnell einen neuen Geschäftsführer nehmen? So etwas gab es nicht bei einer Zeitarbeitsagentur.

»Hat Goodman sonst noch etwas gesagt?«

Rebecca griff nach einem Blatt Papier. »Das soll ich Ihnen wortwörtlich vorlesen: ›Der Arzt und die Krankenschwester, die Frau Perikos' Verzichtserklärung gegenüber Ihrem Vater als Zeugen gegengezeichnet hatten, haben ihre Aussage zurückgezogen. Damit sind die einzigen Zeugen, auf die sich Valentis' Anklage stützt, obsolet.‹«

Anxa nickte, wenigstens eine gute Nachricht. Auch die beiden waren in dem Testament ihres Vaters mit großzügigen Geldzuwendungen bedacht worden. Anxa hatte die Beträge einfach verdoppelt, allerdings verknüpft mit der Auflage, für die nächsten Wochen von der Bildfläche zu verschwinden, am besten einen ausgedehnten Urlaub zu machen.

Von den Hintergründen wusste Rebecca nichts. Anxa vertraute ihr zwar, aber sie wollte kein unnötiges Risiko eingehen. Das machte es für Anxa noch einmal etwas schwerer. Sie hätte gerne jemanden gehabt, mit dem sie ihre Sorgen teilen konnte.

Plötzlich wurde ihr schwindelig, und Schweiß brach ihr aus. Diese Sache mit der Reederei war der reine Irrsinn! Wie sollte sie das nur schaffen? Auf einmal erschien es ihr lächerlich, dass sie sich hatte dazu verleiten lassen, nur um ihre Mutter zu schützen. Ihrer Mutter würde es so oder so nie wirklich schlecht gehen, sie würde immer viel mehr zum Leben haben, als ein einzelner Mensch brauchte.

Ihre Mutter … Anxa wusste genau, dass sie sich etwas vormachte. Ihre Mutter war nicht der Grund. Der wahre Grund hatte nur mit ihr und ihrem Vater zu tun: Sie wollte sich rächen, sie wollte ihm seinen letzten Triumph nicht lassen, das war es und nichts anderes. Sie hatte reflexartig gehandelt, aus Trotz, ohne zu überlegen. Genau so, wie sie bisher die meisten Entscheidungen in ihrem Leben getroffen hatte. Nur, diese Entscheidung hatte gewaltige Auswirkungen auf ihr Leben, das wurde ihr immer deutlicher bewusst.

Ihr Atem ging schwerer. Rebecca warf ihr einen besorgten Blick zu. Hilflos sah Anxa auf dem Tisch herum, als wäre die Antwort dort zu suchen. Sie versuchte, einen klaren Gedanken zu fassen, was sie als Nächstes tun musste, was jetzt das Wichtigste war. Aber ihr Hirn weigerte sich, und stattdessen drehte sich permanent nur ein Gedanke in ihrem Kopf: Ich schaffe es nicht, ich schaffe es einfach nicht.

Sie wollte sich erheben und kam nicht hoch. Rebecca sprang sofort herbei, um sie zu stützen.

»Warten Sie, ich helfe Ihnen.«

Anxa sah sie verständnislos an, als hätte Rebecca in einer anderen Sprache gesprochen. Rebecca sah ihr für einen Moment in die Augen, dann drückte sie sie sanft zurück in den Schreibtischstuhl.

»Sie sind zu hart mit sich, Anxa. Sie müssen loslassen.«

Loslassen? Anxa verstand den Sinn dieses Wortes nicht, aber sie spürte die Wärme in Rebeccas Stimme: Rebecca klang mit einem Mal wie eine gute Fee.

Eine halbe Stunde später hatte Anxa der Italo-Griechin ihre Geschichte erzählt, und es war ihr gleichgültig, ob das ein strategischer Fehler war oder nicht. Es hatte einfach nur gut getan, und das alleine war es wert gewesen.

Rebecca hatte ihr schweigend zugehört, und als Anxa fertig war mit dem Erzählen, schwieg sie noch eine Weile weiter, bis sie sich räusperte.

»Wissen Sie, was ich denke?«

Anxa sah sie erwartungsvoll an.

»Sie brauchen einen *guten* Grund, warum sie das alles hier machen. Ein guter Grund ist ein selbstgewählter, kein reaktiver. Wissen Sie, was ich meine?«

»Sie meinen, ich sollte die Reederei nicht führen wollen, um meinem Vater eins auszuwischen.«

Rebecca nickte. »Wut und Hass funktionieren als Motivation auf Dauer nicht. Beides kostet viel zu viel Energie. Und man vergiftet sich selbst damit.«

Anxa versank für einige Zeit in tiefes Schweigen, so lange, dass Rebecca nervös wurde und das Gefühl bekam, etwas Falsches gesagt zu haben. Als Anxa sich irgendwann langsam erhob und ihr fest in die Augen sah, sah sie sich selbst schon ihre Sachen packen und nach einem neuen Job umsehen.

Anxa streckte ihre Hand aus. »Ich danke dir. Ich darf doch Du sagen?«

»Gerne!«, erwiderte Rebecca erleichtert und ergriff ihre Hand.

»Jetzt müssten wir einen darauf trinken«, sagte Anxa.

»Halb neun morgens … ich weiß nicht«, erwiderte Rebecca.

»War auch nicht ernst gemeint«, lachte Anxa. »Ich habe eher einen Riesenhunger.« Sie sah Rebecca forschend an. »Was essen Italiener, wenn es ihnen so richtig mies geht und es ihnen danach richtig gut gehen soll?«

»Nudeln«, antwortete Rebecca.

»Nudeln mit was?«

»Hm, zum Beispiel à la Milanese. Mit kleinen Pendolini-Tomaten, mit Rucola, Pilzen, Sesam, Zwiebeln, Knoblauch. Mit Fusili-Nudeln«, Rebecca knetete lustvoll mit den Händen, als stünden die à la Milanese schon vor ihr, »das sind diese Spiralnudeln, die sehr viel Soße aufnehmen können.«

»Was ist mit Salat?«

»Mhm«, zögerte Rebecca, »auch. Und danach eine gegrillte Seezunge.«

»Weißt du, wie man das macht?«

Entrüstet hoch Rebecca ihre Hände, die Fingerspitzen gegen den Daumen gedrückt und nach oben gerichtet.

»Scherzi tu? Ich bin Italienerin! Zumindest der Teil von mir, der kochen kann.«

Anxa lachte herzhaft und hatte das Gefühl, einen riesigen Ballast losgeworden zu sein.

»Komm, wir gehen in die Küche und machen einen Riesentopf Pasta à la Milanese.«

Rebecca lachte. »Um 9 Uhr morgens?«

»Um 9 Uhr morgens.«

Rebecca sprang auf. »Va bene. Warum nicht?«

»Moment, eine Sache noch. Ruf eben noch Dimitri Nikos von unserer Flugbereitschaft an und lass ihn den Learjet startklar machen. Ich muss nach Deutschland, nach Bremen.«

»Wann?«

Anxa warf Rebecca einen fragenden Blick zu. »In einer Stunde?«

Rebecca sah sie an, als hätte sie den Verstand verloren.

»Also gut«, lachte Anxa, »eine halbe Stunde kochen?«

»Eine.«

»Okay. Und eine Stunde essen?«

»Minimo! Ma va bene«, sagte Rebecca und griff zum Telefon.

»Also sag ihm, in zweieinhalb Stunden, okay?«

Rebecca lächelte und wählte. Anxa umarmte sie und drückte ihr einen Kuss auf die Wange.

»Danke, Rebecca. Dich hätte ich gerne schon vor zwanzig Jahren kennengelernt.«

24

Yanto schreckte hoch. Nach so vielen Tagen, er wusste nicht wie viele, in dem engen, mittlerweile bestialisch stinkenden ehemaligen Vorratsraum, Tag und Nacht eingelullt von dem Dröhnen und Pumpen des Schiffsdiesels, wirkte das Pochen an der Stahltür wie Gewehrschüsse. Die Tür wurde aufgerissen, und ein starker Scheinwerfer blendete herein.

»Alle aufstehen und mit dem Gesicht zur Rückwand aufstellen!«

Yanto stemmte sich benommen hoch und reihte sich mit seinen Leuten an der eisernen Wand auf, von der das Kondenswasser ihrer Ausdünstungen heruntertropfte.

»Einzeln auf Kommando heraustreten! Der Erste, los!«

Keiner rührte sich, keiner wollte der Erste sein. Yanto hörte, wie jemand den Raum betrat und einem seiner Männer einen Knüppel in den Rücken stieß.

»Los!«

Der Mann verließ zögernd den Raum.

»Jetzt du!«

Nach und nach traten die Piraten hinaus. Yanto spürte die Angst seiner Leute. Selbst diese Horde rauer, ungebildeter Kerle, die ihren schmutzigen Job nie hinterfragten, die auf erschreckende Art gefühllos waren, die wie Asseln im Dreck leben konnten – selbst diese Rohlinge hatten in dem dunklen Loch ihre dumpfe Gelassenheit verloren.

Zu Beginn hatte die stickige Enge ihres Gefängnisses noch wie eine Sedierung gewirkt, und jeder schlief und wachte in kurzen Intervallen. Bald jedoch war die Gereiztheit angestiegen, und das Zeitgefühl veränderte sich ins Gegenteil, jede Minute erschien unendlich lang. Hinzu kamen der widerliche Gestank. Es gab keine Toilette und nur ein winziges Bullauge als Belüftung. Zu Essen hatten man ihnen, seit sie in ihrem Gefängnis hockten, nur einmal etwas gegeben, und zu Trinken hatte jeder nur zwei Liter Wasser bekommen, die längst aufgebraucht waren. Bald waren immer häufiger explosionsartig Streitereien aufgeflammt, die Yanto nur selten unterbinden konnte. Die Männer hielten ihn für verantwortlich für ihre Lage und achteten ihn nicht mehr auf die gleiche Weise wie früher. Und er spürte, dass sie den Respekt vor ihm verloren hatten, nachdem dieser Engländer ihn vor ihren Augen zusammengetreten hatte. Obwohl keiner von ihnen so viel Stolz gezeigt hätte wie er, keiner, da war er sich sicher. Letztlich jedoch spielte das alles in einer Situation wie dieser hier, aufs Engste eingepfercht und hungrig, keine Rolle: Wie in einer zu engen Rattenpopulation würden sich die Männer früher oder später gegenseitig anfallen, ja sogar töten, gleichgültig, wie sie vorher gewesen waren oder wer mit wem befreundet war.

Yanto begriff einfach nicht, was man mit ihnen vorhatte. Die LIBERTY hatte wieder Kurs auf Japan genommen, da war er sich sicher, immerhin hatte sie eine sehr wertvolle Fracht abzuliefern. Aber dort angekommen sein konnten sie noch nicht. Von Bombay bis Tokio waren es 5500 Seemeilen, unter fünfzehn Tagen war das nicht zu schaffen, und fünfzehn Tage hockten sie ganz sicher noch nicht hier unten.

Eine Möglichkeit war, dass man sie auf der halben Strecke den indonesischen Behörden übergeben wollte. Yanto musste trotz seiner Schwäche bei diesem Gedanken lächeln, Europäer waren so verliebt in ihren Glauben an Gerechtigkeit und Demokratie. Er und seine Leute würden einfach behaupten, dass man sie entführt und gezwungen hatte, auf der LIBERTY zu arbeiten und dass sie sich geweigert hätten. Ohne Zeugen stand Aussage gegen Aussage, ohne Leichen gab es keine Mordanklage, und am Ende würde man sie freilassen.

Als Yanto in den Gang hinausstolperte, wurde er von weiteren Scheinwerfern angestrahlt, seine Augen schmerzten, er konnte nichts erkennen. Jemand fesselte ihm die Hände und legte ihm eine Augenbinde an.

»Los jetzt! Ihr folgt jeweils eurem Vordermann.«

Wie eine Gruppe Blinder tasteten sie sich Treppen hoch und durch Korridore, wurden mit Tritten und Schlägen vorwärtsgetrieben. Und plötzlich waren sie draußen. Gierig sog Yanto die Luft ein, augenblicklich erfasste ihn ein absurdes Glücksgefühl, als bedeutete die frische Luft Rettung.

»In das Boot steigen und auf den Boden setzen!«, brüllte die Stimme.

Yanto konzentrierte sich und versuchte, ein Mantra zu denken. Was immer jetzt passierte, er wollte nicht mehr darüber spekulieren, sondern hinnehmen, was für ihn vorgesehen war. Wenigstens wusste er seine Familie gut versorgt.

Der Stich, den ihm dieser Gedanke, den ihm jeder Gedanke an seine Familie versetzte, war ihm wohlvertraut. Es ging ihnen allen gut, seiner Mutter, seinen vier Schwestern. Aber seine jüngste Schwester, Tanah, die ihn, ihren großen Bruder, so bewundert hatte …

Yanto schluckte schwer und versuchte, das Mantra zurückzuholen, es anstelle der Erinnerung an Tanah ins Gehirn zu pressen. Tanah war zu einem großen, schwarzen Schatten geworden, der übermächtig vor ihm auftauchte, wenn er zu viel nachdachte, wenn er sich schwach fühlte. Wenn jetzt sein Leben endete, dann würde er ihn mitnehmen müssen in die andere Welt. Als kleinem Junge war ihm diese andere Welt, die Welt nach dem körperlichen Tod, verlockend erschienen, als eine helle, freundliche Welt ohne Hunger und ohne Arbeit. Heute jedoch hatte er große Angst davor, denn Tanahs Schatten würde ihm jedes Licht nehmen.

Das Beiboot wurde mit dem Kran ins Wasser gelassen und fuhr los.

Vielleicht eine halbe Stunde später näherte es sich dem Ufer, Yanto konnte es riechen, dieses Gemisch, mit dem er aufgewachsen war: Meer, Sand und feuchte Vegetation. Er meinte sogar, den fahlen, mineralischen Duft von Lehmhütten wahrzunehmen. Das Boot schob sich sanft auf einen Sandstrand und neigte sich leicht zur Seite.

Aufgeregte Stimmen kamen näher und wurden lauter und aggressiver. Es dauerte, bis Yanto begriff, dass sie seine Sprache sprachen, das heißt, nein, es war zwar seine Sprache, aber manche Worte konnte er nicht gleich verstehen. Das war nicht die Melodie der Menschen seiner Heimat an den Ufern der Straße von Malakka. So wurde ganz im Norden gesprochen, in der Provinz Aceh. Was sollten sie dort? Er verstand immer weniger, was die LIBERTY-Crew mit ihnen vorhatte.

Er lauschte konzentrierter, versuchte, die Worte in einen Sinnzusammenhang zu bringen. Und dann, praktisch in derselben Sekunde, als ihn ein harter Schlag am Kopf traf, verstand er den perfiden Plan: Er und seine Leute wurden den Familien der Seeleute übergeben, die er ins Meer geworfen hatte. Offenbar hatte fast die gesamte Crew der LIBERTY aus diesem Dorf gestammt. Die da wütend auf sie einschrieen und nach ihnen traten, das waren die Ehefrauen, Brüder, Schwestern und Onkel der Seemänner, die er und seine Leute getötet hatten …

Sein letzter Gedanke, bevor er das Bewusstsein verlor, galt noch einmal seiner Schwester Tanah. Es war ihm bis heute nicht gelungen, sie in den Schoß der Familie zurückzuholen, und sein Versagen war mehr als ein gerechter Grund, warum er jetzt die Welt auf so schändliche Weise verlassen musste, und ihr wartender Schatten war für ihn eine gerechte Strafe.

25

Der Kutter rollte träge in der Dünung. Ein ungewöhnlich harmloses Wetter für die Nordsee, fast mediterran stand die warme Luft über dem Meer, und die Nachmittagssonne brannte heftig.

»Du weißt, was ich aufgeben müsste«, sagte Aurich. Er lehnte mit dem Rücken an der Reling, die Arme vor der Brust verschränkt, und sah Anxa sehr ruhig und ernst an. Gestern, als Anxa in Bremerhaven angekommen war, hatte sie ihn nicht dazu bringen können, über Geschäftliches zu sprechen. »Nicht an Land«, hatte er gesagt, »für wichtige Themen brauche ich die Planken meines Kutters unter den Füßen«.

Sie nickte. »Aber ich rede nur von einem halben, höchstens von einem Jahr.«

»Ein Jahr? Das reicht nicht. Nicht, wenn man's richtig macht.«

Der Kutter pendelte träge in Viertelkreisen um die Ankerkette, und dadurch veränderte sich jeweils der Winkel der Sonneneinstrahlung. Obwohl Aurich sich nicht rührte, schien sich sein Gesicht zu bewegen.

»Ich bitte dich nur, es allerhöchstens für ein Jahr richtig zu machen, Aurich. Wenn's nicht läuft, verkauf ich den Laden«, sagte Anxa und lehnte sich neben ihm mit dem Bauch an die Reling, sodass sie aufs Meer hinaussah, während sein Blick auf dem Bootsmast ruhte.

»Du verlangst viel, miene Deern«, flüsterte er.

Anxa meinte spüren zu können, dass er an seine Frau dachte, die gestorben war, als er gerade begriffen hatte, wie wenig sie beide voneinander gehabt hatten.

»Die Prestige, die die Ölkatastrophe vor Galizien verursacht hat, war einer von Perikos Tankern«, sagte Anxa tonlos.

Er lachte bitter auf und schüttelte den Kopf.

»Ein einwandiger Tanker«, fuhr Anxa fort, »uralt und in miserablem Zustand. Mein Vater muss gewusst haben, dass dieses Schiff irgendwann havarieren würde … »

»Lass mich raten: Anstatt den Kahn aus dem Verkehr zu ziehen, hat er die Versicherungspolice erhöht.«

Anxa sah ihn erstaunt an und nickte.

Aurich atmete tief durch und schüttelte noch heftiger den Kopf. »So ein Schietladen, Anxa! Auch wenn du jetzt Chef bist – wie soll ich dafür arbeiten?« Er spuckte über seine Schulter ins Meer. »Geht nicht.«

»Ein paar von dieser Sorte Schrott-Tanker gibt es noch bei der Perikos Shipping Company«, fuhr Anxa unbeirrt fort. »Die will ich unbedingt aus dem Verkehr ziehen. Koste es, was es wolle.«

Aurich sah sie prüfend an. »Und ob das kostet! Kannst du nicht einfach so machen.«

»Ich nicht. Aber du.«

»Schiete! Da bestehen ganz sicher alle möglichen Frachtverträge. Wenn du die einseitig aufkündigst, kriegst du eine Menge Ärger.«

Sie nickte und lächelte.

Er sah sie erstaunt an. »Ist dir egal oder wie?«

»Ich will diese Schiffe aus dem Verkehr ziehen«, wiederholte sie.

»So einfach ist das nicht, Anxa, so einfach nicht. Da geht es um Regressansprüche in vermutlich Zehnmillionenhöhe. Vielleicht sind Banken im Spiel, die überhaupt kein Verständnis für deine edlen Motive haben, und weiß der Teufel, was sonst noch alles.«

»Könnte durchaus sein, ja«, nickte sie und lächelte immer noch.

»Das kann deiner Reederei das Genick brechen. Vielleicht sogar dir. Schiffsmakler und Ölhändler sind keine Betschwestern. Die können sehr unangenehm werden, wenn es um ihr Geld geht.«

»Deswegen brauche ich dich ja.«

Aurich schüttelte entschieden den Kopf. »Ne, Deern, kommt nicht in Frage! Mach's wie ich: Verkauf den ganzen Mist und mach dir ein schönes Leben.«

Anxa blieb gelassen. »Wenn ich verkaufe, wird ein anderer Reeder weiter diese Schrottkähne über die Meere schicken. So lange, bis sie auseinanderbrechen. Wie die PRESTIGE.«

Aurich knurrte grimmig und starrte den Mast an, als läge darin die Antwort.

»Solange ich diese vergammelten Schrott-Tanker nicht ausgemerzt habe, kann ich die Reederei weder behalten noch verkaufen.«

Die beiden schwiegen lange, bis Aurich sich mit einem inbrünstigen Seufzer von der Reling abstieß und gestikulierend vor Anxa auf und ab zu gehen begann.

»Ich sag dir, wie du es machst. Ganz einfach: Nimm das Funkgerät. Ordne an, dass die Tanker den nächsten Hafen anfahren, in dem es eine Raffinerie gibt. Biete das Öl, das sie an Bord haben, zum Dumpingpreis an, du wirst sehen, das verkauft sich in Sekunden. Danach zahlst du die Ölcompany, der die Ladung eigentlich gehört, mit dem doppelten Wert aus. Und danach verschrottest du die Tanker, das war's. Alle haben dann mehr Geld verdient, als sie erwartet haben, du bist ein bisschen ärmer – Problem gelöst. Dafür brauchst du mich nicht.«

»Ich will etwas anderes, Aurich.« Sie packte ihn an den Armen. Unwillig blieb er stehen und sah sie abweisend an.

»Ich will die alten Kähne durch neue, sichere Tanker ersetzen. Ich will Mannschaften und Kapitäne, die ihr Handwerk verstehen. Ich will Sicherheit an die erste Stelle setzen, vor den Profit. Und ich will es an die ganz große Glocke hängen, verstehst du? Die Perikos Shipping Company soll zur Vorzeige-Reederei werden. Sie soll der Welt beweisen, dass man Geschäfte machen und trotzdem verantwortlich handeln kann. Ich will eine Revolution in der Schifffahrt. Und dafür brauch ich dich.«

»Anxa«, stöhnte Aurich, »für so einen Idealismus bin ich zu alt.«

»Idealismus? Darum geht es nicht.«

Aurich sah sie an, als wäre sie dem Irrenhaus entsprungen.

»Was soll das denn sonst sein?«

»Aurich, Aurich, vielleicht bist du nur zu alt, um es zu kapieren!«

»Hey, hey!« Aurich riss sich los und trat einen Schritt zurück. Sein Augen blitzten wütend. »Pass auf, was du sagst.«

»Es geht um Unternehmertum«, sagte Anxa, »Entrepreneurship. Es geht um eine neue Geschäftsidee, um Innovationsmanagement, um Wettbewerbsvorteile durch einen einzigartigen USP«, Anxa wunderte sich, wie leicht ihr längst vergessene Begriffe über die Lippen gingen.

»Ich will, dass die Mineralölfirmen damit Werbung machen, dass wir ihr Öl sicher über die Ozeane bringen. Ich will, dass Greenpeace uns öffentlich lobt für unser Engagement. Und ich will trotzdem erfolgreich sein und Geld verdienen. Keiner soll sagen, ich verpulvere nur das Geld, das mein Vater mit seinen miesen Methoden zusammengerafft hat.«

»Ach, Schiete«, sagte Aurich und sah hinaus aufs Meer, »du hast ja keine Ahnung«.

»Stimmt«, lächelte Anxa, »aber ich habe eine gute Idee. Ahnung hast du.«

Aurich brummte irgendetwas Unverständliches und beobachtete die Möwen, die seinen Kutter umkreisten und sich wunderten, warum bislang weder Brot in die Luft geworfen noch Netze mit Fischen hochgezogen wurden. Die Zivilisation hatte sie bequem werden lassen.

Anxa erschien es wie eine quälende Ewigkeit, vielleicht sogar noch länger. Sie wusste, dass sie ohne Aurich ihren Plan gleich wieder vergessen konnte. Wenn er nicht mitmachte, musste sie genau das tun, was er vorgeschlagen hatte: die alten Tanker verschrotten und die Reederei verkaufen. Für einen winzigen Moment hatte sie sogar das Gefühl, heilfroh zu sein, wenn er ablehnte.

Aurich ließ sich Zeit, grummelte vor sich hin, blickte in den Himmel, beobachtete die Wellen, schnupperte in den Wind, starrte mit zusammengekniffenen Augen auf die Wasseroberfläche, die das gleißende Sonnenlicht reflektierte, bis er sich endlich langsam umdrehte und Anxa sanft, süffisant lächelnd in die Augen sah.

»Und Aurich, was jetzt?«, fragte sie grinsend.

Sein Lächeln wurde breiter, Anxas auch. Er schüttelte den Kopf, grummelte etwas vor sich, was wie »Idiot!« und »Blödmann!« klang, und streckte ihr seine schwielige Rechte hin.

»Ich mach's, Anxa.«

Erleichtert schlug sie ein.

»Und weißt du, warum?«

»Weil du dich langweilst«, feixte Anxa.

Aurich schüttelte den Kopf. »Ich habe mein ganzes Leben lang die CDU gewählt. Aber seit ich diesen Kahn hier habe, wähle ich die Grünen. Und jetzt«, er ließ ihre Hand los und ballte seine Rechte zur Faust, »jetzt setz ich noch einen drauf.«

Anxa verstand nicht so recht, was Aurich damit meinte. Nur schien es erhebliche Auswirkungen auf sein Wohlbefinden zu haben, denn plötzlich wirkte er zwanzig Jahre jünger.

26

Berry loggte sich aus dem Internet aus und schickte seinen Computer in den *stand by*-Modus. Weder Telefonbuch-CD-ROMs noch die Auskunft, noch die *search tools* im Internet hatten ihm weiterhelfen können. Wahrscheinlich lebte Thomas gar nicht hier in London, sondern war lediglich als Tourist zu Besuch.

Aber das machte die Sache nicht einfacher. Wieviele Hotels gab es in London? Vierhundert? Natürlich konnte er sie alle anrufen. Aber selbst wenn er nur drei Minuten für eine Anfrage brauchte, würde er zwanzig Stunden am Telefon hängen. Und wofür der Aufwand? Vielleicht war es ja doch Zufall gewesen, dass er Thomas zweimal so kurz hintereinander gesehen hatte. Nur – warum hatte der ihn fotografiert? *Hatte* er ihn denn überhaupt fotografiert? Oder hatte Berry nur zufällig in Thomas' Blickwinkel gestanden? Und warum hatte Thomas die Flucht ergriffen?

Berry erhob sich, um sich in der Küche etwas zu trinken zu holen, diese vielen Fragen machten ihn noch ganz verrückt.

Verdammt noch mal, vergiss es, dachte er, ob Zufall oder nicht, es gibt wichtigere Dinge zu erledigen.

Plötzlich durchzuckte ihn wieder dieses völlig neue Gefühl: Es gab eben nichts Wichtigeres zu erledigen! Seit heute bestand sein Leben vor allem aus der Freiheit, zu tun und zu lassen, was immer er wollte. Ob permanente Ferien oder vielleicht nach Deutschland zu fliegen und einige Nachforschungen über Thomas Becker anzustellen; oder es ganz einfach sein lassen und stattdessen in die Sauna zu gehen …

Berry drehte die Orangensaftflasche auf, die er aus dem Kühlschrank geholt hatte, und sah sich in seiner Wohnung um, dritte Etage, 140 Quadratmeter sanierter Luxus-Altbau, alles in allem 1,6 Millionen Euro. Wieso war ihm eigentlich nie aufgefallen, wie unpersönlich und ungemütlich seine Designereinrichtung war? Ein Innenarchitekt, dessen Name er schon vergessen hatte, hatte sie ihm zusammengestellt, und er hatte bezahlt und war eingezogen. Das war alles gewesen. Seit er hier wohnte, war er nur nach Hause gekommen, um sich zu duschen, einen Drink zu nehmen, ein wenig fernzusehen und dann ins Bett zu gehen. Mehr nicht. Noch nie hatte es in seinem Kühlschrank außer Bier, Milch und Fruchtsäften irgendwelche Lebensmittel gegeben, und seine teure Bulthaupt-Einbauküche hatte er nicht ein einziges Mal zum Kochen benutzt. Wenn es darauf ankäme, wüsste er noch nicht einmal, ob sie überhaupt funktionierte. Warum auch, die Chinesen und Inder und Coffeeshops in der Nähe hatten alles, was er brauchte.

Merkwürdig. Was ihm bisher als der Inbegriff von Freiheit erschienen war, hatte plötzlich den Hauch von Armseligkeit.

Freedom's just another word for nothing left to lose – war das seine Freiheit gewesen? In seiner Kindheit hatte er Janis Joplin bestimmt tausende Male diese Zeile singen hören müssen – seine Mutter war vernarrt in diesen Song gewesen –, ohne sich andere Gedanken darüber zu machen, als dass Janis ihn mit ihrer heiseren Schreistimme bis ins Mark nervte. Heute fühlte er sich das erste Mal auf Augenhöhe mit dieser trostlosen Freiheit, die nur ein anderes Wort dafür war, dass man nichts mehr zu verlieren hatte.

Was für ein beschissenes Leben du führst, dachte er und spürte ein unangenehmes Vibrieren im Bauch. War der zweite Kaffee, den er sich vorhin bei Starbucks geholt hatte, zu stark gewesen?

Unruhig sprang er auf und begutachtete sein Gesicht im Spiegel, während er seinen Puls mitzählte. 64 pro Minute, und kein bisschen Röte.

Nein, es war nicht das Koffein. Es war Angst. Angst vor seinem Leben, wie es sein würde, wenn er nicht mehr die Heldenrolle des Rächers gab, wenn er aufhörte, als einsamer Wolf die Meere zu durchstreifen, mit dem selbstverordneten Dauerauftrag, Hannas Mörder zu finden. Angst vor der Antwort auf die Frage, was denn der tiefere Sinn des Lebens sein konnte, wenn das Kämpfen nicht mehr der einzige war.

Oder war er einfach nur ein Opfer der berüchtigten Midlifecrisis? Oder des Burn-out-Syndroms?

Vier Stunden später hielt Berry es nicht mehr aus und wühlte eines seiner vielen über die Jahre ausgemusterten Handys hervor, die er gehortet hatte, aus welchen Gründen auch immer. Wahrscheinlich war es erblich, sein Vater hatte nie etwas wegschmeißen können, jedes Schräubchen, jeden Draht, jeden krummen Nagel hatte er aufbewahrt, und der Müll wäre ihm innerhalb kürzester Zeit über den Kopf gewachsen, wenn Vivian, seine Mutter, nicht hin und wieder einen Anfall bekommen und den ganzen Mist in einem Schwung weggeworfen hätte.

Er setzte die SIM-Karte in das Handy ein, gab seine Codenummer ein und wählte seine Mailbox an. Die freundlich-nervige Stimme meldete sich: »Sie haben vierzehn neue Nachrichten. Nachricht Nummer eins« – piep – »Berry, du Schweinehund, wie lange willst du die Nummer noch abziehen? Hä? Melde dich wenigstens, damit wir … ach, Scheiße, melde dich einfach!«

Auch die nächsten sieben Nachrichten waren von Elias Holbrook. Berry hörte sie sich gar nicht erst an, sondern skippte gleich zur nächsten weiter, sobald er Holbrooks Stimme erkannte. Die neunte und die zehnte waren von seiner Sekretärin Linda MacGowan. Sie klang verzweifelt und gleichzeitig genervt. Wahrscheinlich hatte Holbrook sie angestiftet anzurufen.

»Nachricht Nummer elf«, sagte die automatische Mailbox-Stimme.

»Berry, jetzt …«

Holbrook.

Gib's auf, dachte Berry und drückte erneut die »3« auf der Handytastatur, um zur nächsten Nachricht zu springen.

»Nachricht Nummer 12.«

Holbrook. Wieder die »3«.

»Nachricht Nummer 13.« Ein Piepen, gefolgt von verhaltenem Atmen, dann Stille.

»Nachricht Nummer 14.« Wieder nur ein Atmen, Berry wollte schon auflegen, mehr als vierzehn Nachrichten hatte er ja nicht bekommen, als eine warme, volle, etwas unsichere weibliche Stimme zu hören war.

»Hi, Berry, hier ist Wendy Carmichael. Ich habe gehört … nun, dass es Ihnen nicht so gut geht. Ich wollte Ihnen sagen: Wenn Sie vielleicht mal mit jemandem reden wollen, also, Sie können mich gerne anrufen. Verstehen Sie mich nicht falsch, ich will mich nicht in Ihr Leben einmischen. Ich dachte nur … Also, wenn Sie reden wollen, meine Nummer lautet …«

Wendy von der Rezeption seines Bürohauses? Die verlobte Wendy?

Sofort wirbelten Bilder und Erinnerungen ihrer allmorgendlichen Wortgeplänkel durch sein Hirn. Ja, Wendy, eine attraktive Frau, ein bisschen jung vielleicht, vielleicht auch etwas naiv. Obwohl, jetzt, da er darüber nachdachte, war er sich gar nicht so sicher: War sie wirklich naiv? Oder war sie nicht vielmehr mit allen Wassern gewaschen, eines von diesen frühreifen Mädchen, die sich auf geheimnisvolle Weise auskannten, obwohl sie noch gar nicht so viel erlebt haben konnten?

Hektisch durchwühlte er Jacken und Hemden, bis er endlich einen Kugelschreiber fand. Papier, wieso gab es in dieser Wohnung kein Papier? Ungeduldig zerrte er die fettdurchwirkte Pappschachtel seiner »Amadeo: wir liefern immer«-Pizzeria aus dem Abfalleimer und drückte auf dem Handy die »2« für: Nachricht wiederholen.

Gierig sog er Wendys Worte aufs Neue ein und versuchte zu erspüren, welche verborgene Botschaft der Klang ihrer Stimme offenbarte. Klang sie nicht eindeutig interessiert?

Er griff zum Telefonhörer und starrte auf ihre Telefonnummer auf dem Pizzakarton. Er versuchte sich vorzustellen, wie sie sich von ihm ohne nennenswerte Gegenwehr verführen ließ. Aber ein anderes Bild war stärker: ihr ehrliches Gesicht, ihre Verwundbarkeit, ihr Schutzmantel, den sie gegen Kerle wie ihn aufgebaut hatte.

Langsam legte er wieder auf. Für einen Moment zögerte er, dann nahm er seine Geldbörse und verließ seine Wohnung. Was er jetzt brauchte, war ein Tapetenwechsel.

* * *

Die Fähre lief in St. Peter Port auf der Kanalinsel Guernsey ein, und Berry sah ein idyllisches Dörfchen, einen romantischen Hafen, eine traumhaft schöne Landschaft, die sich wie der Hauptdarsteller einer Rosamunde-Pilcher-Verfilmung in Szene setzte – so viel niedliche Schönheit war für ihn kaum zu ertragen.

Am Kai erwartete ihn ein livrierter Diener. Er hatte das VIP-Paket des teuersten Hotels der Insel gebucht, dem Old Government House Hotel. Dazu gehörte ein Abhol- und ein Entertainment-Service, was so viel bedeutete wie: Er äußerte einen Wunsch, und dieser Wunsch wurde von irgendwelchen Heinzelmännchen in dem Hotel erfüllt. Oder, falls er keinen Wunsch hatte, sich aber langweilte, würde ihm sein persönlicher Entertainment-Berater Vorschläge machen, was er sich wünschen könnte.

Bis zum Abend, als er nach einem sagenhaften 5-Gänge-Menü schwer ins Bett fiel, fühlte er sich wie ein gestresster, erholungsbedürftiger Großstädter, der sich selbstverständlich bedienen ließ und alle Möglichkeiten der Entspannung nutzte. Schon am nächsten Morgen jedoch, nach einer Nacht, in der er wie bewusstlos tief und traumlos geschlafen hatte, löste die höfliche Betreuung bei ihm eine Art von Beklemmung aus. Sein Entertainment-Berater erwies sich als Beraterin, eine fröhliche, urgesunde und robuste 25-Jährige namens Heather Guerlain, die aus Brighton stammte und seit einem Jahr auf Guernsey lebte. Berry konnte sich mit ihrer expressiven Lebenslust nicht anfreunden, eine Lebenslust, die ihm noch einfordernder erschien als die Exaltiertheit seiner Mutter, weil sie so ungetrübt und echt war.

Also verließ er das Hotel gleich nach dem Frühstück, ohne sich um den mit Heather verabredeten Termin zu kümmern. Er wanderte einfach los, den sanften Hügel hinter St.Peter Port hinauf und wandte sich dann nach Südwesten. Die wenigen Spaziergänger, denen er begegnete, ignorierte er beharrlich und erwiderte ihre freundlichen Begrüßungen nicht.

Ohne sich zu fragen, wohin er ihn führte, folgte er dem Wanderpfad. Guernsey, das hatte er schon bei der Buchung im Reisebüro erfahren, maß an der längsten Stelle 14,5 km und an der breitesten 8 km, verlaufen konnte er sich also kaum.

Sobald er seinen Gehrhythmus gefunden hatte und nur noch wie automatisch angetrieben zügig ausschritt, begann er sich ruhiger zu fühlen. Die vom Atlantik geschwängerte, jodhaltige Luft tat ihm gut. So eindeutig, wie sie sich bis in die letzten Verästelungen seiner Lunge ausbreitete, sorgte sie für eine Art von Reinigung.

Erinnerungen tauchten auf, bekamen dieses Mal jedoch andere Gesichter. Die erste Nacht mit Hanna an Bord des gecharterten Seglers kam ihm in den Sinn. In jener Nacht hatte er das erste Mal in seinem Leben das Gefühl gehabt, wirklich zu lieben. Alles Abtasten, Necken, Kämpfen, Abwehren und Spielen zuvor war bedeutungslos geworden und hatte diesem sensationellen Gefühl Platz gemacht, nach dem er sich als Jugendlicher so oft gesehnt hatte, dass er jedoch mit dem Erwachsenwerden immer mehr als Utopie, als nicht erfüllbaren Traum angesehen hatte. Und dann war es plötzlich da gewesen, damals an Bord der Yacht, es zog und zerrte durch seinen Bauch, und ohne den Hauch eines Zweifels hatte er die Gewissheit gehabt, dass bei Hanna das Gleiche passierte.

Eine Weile badete Berry in diesem berauschend schönen Teil seiner Erinnerung, bis die Piraten vor seinem geistigen Auge auftauchten und sein gerade begonnenes Glück wieder zerstörten. Fast so, als wäre Hannas Tod die Strafe für dieses unbeschreibliche Gefühl gewesen.

Zwischenzeitlich hatte Berry den westlichen Zipfel von Guernsey erreicht. Die Sonne schien intensiv und ruhig, niemand war zu sehen. Erstaunlich viele Segelboote kreuzten vor der Küste im Wind und reflektierten das Sonnenlicht so hell, dass es irreal wirkte. Berry sah die Schönheit und fühlte sich wie ein Fremdkörper, der sie vergiftete; für ihn hatte sich das Meer auf einen Arbeitsplatz reduziert, auf einen Ort des Verbrechens und der Gewalt. Was es eigentlich war – ein magischer Ort, aus dem alles Leben auf der Erde gekommen war –, hatte er längst vergessen.

Er schob sich seine Sonnenbrille vor die Augen und überlegte, ob er wieder zurückkehren sollte. Aber wohin sollte das sein, das Zurückkehren? Ins Hotel? Oder gleich nach London, zu seiner befristeten Auszeit, in seine leblose Wohnung oder gar zu seinem martialischen Job, der sich als endlose Wiederholung des Immergleichen präsentierte?

Er setzte sich in den Schatten einer vom Seewind gebogenen und wie in der Form eines Enterhakens gewachsenen Eiche und lehnte sich an den Stamm. Müdigkeit übermannte ihn. Kurz bevor er einschlief, erinnerte er sich an die Räume der Decker's Travel Agency, des kleinen Reisebüros auf der Ladbroke Road, wo er seinen Guernsey-Trip gebucht hatte. Guernsey war nur ein Kompromiss, das spürte er jetzt genau, seine eigentliche Sehnsucht hatte den sonnendurchtränkten karibischen Stränden gegolten, die auf großformatigen Fotos ringsherum die Wände des Reisebüros schmückten, er hatte sich nur nicht getraut, diese Sehnsucht zuzulassen.

* * *

Als Berry am nächsten Morgen die Lobby des Bancroft Building in London betrat, war er das erste Mal seit langem ausgeschlafen und gut gelaunt. Wendy Carmichael saß telefonierend hinter ihrer Servicetheke. Sie lachte und führte einen lebendigen Small Talk, so wie eine junge, lebenslustige Frau, die mit sich und ihrem Leben im Reinen war.

Als sie ihn sah, senkte sie ihre Stimme und beeilte sich, ihr Telefonat schnell zu beenden.

Berry trat heran und legte beide Hände flach auf die Theke.

»Hallo, Wendy.«

»Hallo, Berry.«

»Danke für Ihren Anruf und Ihr Angebot. Auch wenn ich es nicht angenommen habe.«

Sie lächelte ihn an. »Ich wünsche Ihnen, dass alles für Sie gut geht.«

Zum ersten Mal verstand Berry, wie tief und selbstverständlich ihr Selbstbewusstsein war und welche Kraft in ihr wohnte.

Er nickte, Wehmut packte ihn.

»Ich danke Ihnen, Wendy. Alles Gute auch für Sie und Ihre –«, er hielt seine Hand mit gespreizten Fingern hoch und tippte auf seinen Ringfinger.

Unwillkürlich berührte Wendy ihren Verlobungsring und nickte ihm wortlos zu. Berry stieß sich von der Theke ab und ging zum Lift.

Als oben die Aufzugtüre zur Seite fuhr, merkte Berry sofort, dass etwas anders war als gewohnt. Er wurde nicht von Elias Holbrooks durchdringend knurriger, lauter Stimme empfangen, die noch nie anders geklungen hatte, außer wenn er mal erkältet war. Nein, es war Massimos scharfe Stimme, die mit ihrem italienischen Akzent und der Angewohnheit, jedes Wort mit einem Vokal enden zu lassen, aus seinem Büro herausdrang.

Berry schob die nur angelehnte Tür auf und sah den Italiener mit dem Rücken zur Tür in seinem Chefsessel sitzen, weit in die Relaxposition zurückgeschwungen und die Beine auf den Heizkörper gelegt.

»Was wollen Sie denn?«, brüllte Massimo in den Hörer, und Berry sah an seinem Profil, dass er grinste. »Sie haben bekommen, was Sie wollten. Alles andere ist doch wohl unsere Sache.«

Berry spürte einen dicken Kloß in seiner Kehle und wäre am liebsten in sein Büro gesprungen, um diesen selbstgefälligen Italiener von seinem Schreibtisch zu fegen, als Holbrook ihn entdeckte und auf ihn zustürzte.

»Wusst ich doch, dass du zurückkommst, du alter Sack!« Holbrook schlug ihm herzhaft auf die Schulter. »Du verdammter Mistkerl!«

Berry deutete mit einer Kopfbewegung auf sein Büro. »Hast du Massimo zu deinem neuen Teilhaber gemacht?«

»Quatsch! Du und ich sind hier die Chefs, sonst niemand!«, antwortete Elias Holbrook, und als Berry schwieg, fuhr er halblaut fort: »Der hat ein bisschen Oberwasser, der Bursche. Die letzte Aktion, die er geleitet hat, ist spitzenmäßig glatt gelaufen.«

Berry lachte auf. »Was heißt das? Schiff zurückerobert, alle Piraten tot?«

»So ähnlich«, knurrte Elias und kniff angriffslustig die Augen zusammen. »*Du* bist vorübergehend ausgestiegen, Berry. Ich *musste* ihn zum Anführer der Crew machen.«

Berry erwiderte nichts, sondern betrat sein Büro, dicht gefolgt von Holbrook, der Berrys Hinterkopf fixierte, als gäbe es dort eine Antwort.

»Ciao, Berry! Come stai?«, rief Massimo, als Berry in seinem Gesichtsfeld auftauchte. Er machte keinerlei Anstalten, sich aus Berrys Sessel zu erheben.

Berry deutete mit dem Daumen zur Tür. »Schieß in den Wind, Massimo.«

»Porca madosca! Warum so unfreundlich?« Massimo rührte sich keinen Millimeter.

»Raus mit dir«, sagte Holbrook, ohne seinen Blick von Berry zu nehmen.

Massimo kämpfte erkennbar mit seiner Beherrschung. »Das ist nicht der Ton, den ich mag. Das ist nicht der richtige Ton, capito?«

»Wenn dir der Ton nicht passt, Freundchen, dann nimm den Lift. Der wartet noch.« Elias schien nicht daran interessiert zu sein, mit dem Italiener auch nur eine weitere Sekunde zu verschwenden.

Demonstrativ reckte Massimo seinen muskulösen Körper, erhob sich mühevoll grinsend und stolzierte zur Tür. Dabei rempelte er Elias gewollt-ungewollt an. Der verkniff sich jede weitere Reaktion. Der Italiener verließ das Büro und knallte die Türe hinter sich zu.

»Mach ihn dir nicht zum Feind. Du brauchst ihn noch«, warnte Berry.

»Du willst also doch aussteigen, nichts mit Auszeit, hab ich Recht?«, stieß Holbrook hervor.

Berry nickte. »Ich werde meinen Anteil verkaufen.«

Holbrooks Entsetzen hätte nicht größer sein können. Für einige Sekunden schnappte er nach Luft wie ein Fisch auf dem Trockenen.

»Warum?«

Berry lächelte seinen langjährigen Weggefährten an. »Midlifecrisis?«

»Mach keine Witze mit mir«, erwiderte Elias mit kaltem Zorn. »Also, was ist los, zur Hölle!«

Berry sah Holbrook ruhig in die Augen. »Du weißt, was mir der Job in der Vergangenheit bedeutet hat. Aber das ist vorbei, für mich ist jetzt Schluss.«

»Weil Hanna wieder lebendig ist oder was?«

»Das Thema ist durch, Elias. Entweder kaufst du mir meine Hälfte ab, oder wir verkaufen den ganzen Laden und teilen den Erlös. Überleg es dir. Aber versuch nicht, mit mir darüber zu diskutieren.«

Holbrooks Kiefer arbeiteten heftig, und sein ohnehin schon rötliches Gesicht lief jetzt dunkelrot an. Einige Atemzüge lang sah er aus, als würde er explodieren. Dann ließ er laut Luft ab und bedachte Berry mit einem zutiefst verletzten Blick.

»Du verdammtes Arschloch. Ich habe die Kohle dafür nicht, das weißt du genau.«

Holbrooks größte Leidenschaft waren Windhundrennen, und fast sein gesamtes Geld, das er bei LSM verdiente, ging seit Jahren dafür drauf.

»Das ist dein Problem, nicht meins.«

Holbrook kniff die Lippen zusammen. In der Vergangenheit hatten sie schon einige heftige Auseinandersetzungen wegen seiner Spielsucht gehabt, und er hatte jedes Mal wütend eingefordert, dass Berry sich aus diesem Thema heraushielt. Wortlos verließ er das Büro.

Berry ließ sich in seinen Sessel fallen, drehte sich zum Fenster und suchte in dem grauen Londoner Himmel irgendetwas, an dem sich sein Blick festhalten konnte.

27

Jack Fano stieg um kurz vor 11 Uhr am John-F.-Kennedy-Flughafen aus dem Taxi und winkte einen Gepäckträger herbei.

»Wohin soll es gehen, Sir?«, fragte der spindeldürre Mann, während er die beiden Koffer von dem Taxifahrer entgegennahm.

»Delta Air Lines. Erste-Klasse-Check-in.« Der Träger verbeugte sich, eine Geste, die man in New York nur selten zu Gesicht bekam und die Fano sehr schmeichelte. Als langjähriger Verkäufer bei »Sweeney Ford Dealer« in New Jersey war ihm nie auch nur annähernd so viel Respekt entgegengebracht worden. Seit George Harrison, dieser geheimnisvolle Fremde, in sein Leben getreten war, hatte sich jedoch einiges geändert.

Dass Fano inzwischen Besitzer der im liberianischen Handelsregister eingetragenen Reederei Portland Shipping war, beeindruckte ihn dabei weniger, schließlich hatte er von Schiffen und Seefahrt absolut keine Ahnung, und die Portland Shipping existierte ohnehin nur auf dem Papier, als Geschäftsadresse hatte er sein Apartment in Brooklyn angegeben.

Nein, das wirklich Lässige war, dass er jetzt offiziell als selbstständiger Unternehmer nach Hongkong flog, um dort Geschäfte in Millionenhöhe zu tätigen. Er hatte es eben voll drauf, das hatte er ja immer schon gewusst.

Der Träger legte sich mächtig ins Zeug. Als folgte ihm der Präsident persönlich, räumte er rigoros und lautstark den Weg durch die Menschenmenge frei. Fano hatte seine sündhaft teure Salvatore-Ferragamo-Sonnenbrille vor die Augen geschoben und zeigte nicht auch nur den Hauch eines Lächelns. Angeben lag ihm im Blut, das hatte er nicht lernen müssen.

»Sir, da wären wir, Sir!« Der Träger schob die beiden Koffer auf die Waage des First-Class-Check-in. »Ich wünsche Ihnen eine erfolgreiche Reise und gute Geschäfte«, sagte er auffallend laut und verbeugte sich wieder.

Fano drückte ihm großspurig zwanzig Dollar in die Hand. Geschützt durch seine Sonnenbrille ließ er seine Augen umherstreifen, um zu überprüfen, welche Reaktionen sein Auftritt verursachte.

»Guten Morgen, wie geht es Ihnen?«, fragte die Stewardess routiniert.

»Danke«, sagte er gönnerhaft.

»Darf ich Sie nach Ihrem Ziel fragen, Sir?«, fragte die Stewardess.

»Hongkong. Ein Kurztrip«, antwortete Fano und schob seine Sonnenbrille hoch in sein dichtes, dunkles Haar, er hatte es extra ein wenig nachdunkeln lassen.

»Darf ich Sie um Ihren Pass bitten?«

»Sie dürfen«, antwortete er näselnd und zog mit einer großspurigen Geste seinen Ausweis hervor.

Die Stewardess sah ihm dabei sehr gelassen zu. Jeder außer Jack Fano sah ihr an, dass sie ihn für einen Aufschneider hielt, dessen wahre Persönlichkeit nicht zu dem Bild passte, das er sich zu präsentieren bemühte.

* * *

In Hongkong dauerte es eine geschlagene Woche, in der Fano herumtelefonierte, in Büros des Handelsministeriums seine Zeit totschlug und mit namenlosen Assistenten von irgendwelchen Politikern sprechen musste, bis sich endlich zwei hochrangige Vertreter des Energieministeriums bereit erklärten, ihn zu treffen. Ohne es wirklich zu wissen, nahm Fano an, dass all das früher, als Hongkong noch englische Kronkolonie war, schneller gegangen wäre, denn heute, so viel hatte er mitbekommen, da die Chinesen wieder die Herren der glitzernden Stadt waren, musste alles mit Peking abgesprochen werden, jeder Furz wurde dreimal berochen und verursachte ein endloses Hin und Her und eine Menge bürokratisches Störfeuer.

Aber jetzt, Fano lächelte die beiden Chinesen Hua Dong und Wan Tok an, die ihm gegenübersaßen und die er nur anhand ihrer unterschiedlichen Kleidung auseinanderhalten konnte, war das alles Schnee von gestern.

Seit zehn Minuten diskutierten Hua Dong und Wan Tok leise, und Kwan machte sich eifrig Notizen in dieser komplizierten Schrift, die Fano so lächerlich fand. Sein Vorschlag lag auf dem Tisch, er konnte jetzt nur noch abwarten.

Nicht gerade leicht für einen Mann, der gelernt hatte, dass ein guter Verkäufer seine Opfer in einem regelrechten Redeschwall ertränken musste, wenn er erfolgreich sein wollte.

Gib ihnen nicht das Gefühl, dass sie Witzfiguren sind, ermahnte er sich, diese kleinen Gelbgesichter sind die Männer, die du brauchst! Schließlich kann ja nicht jeder das Privileg haben, Amerikaner zu sein.

Sein Angebot, das er exakt so weitergegeben hatte, wie Harrison es ihm notiert hatte, klang gut: sechs Lieferungen Rohöl, jeweils 200 000 Tonnen, zu einem Preis, der pro Barrel vier Dollar unter dem Marktpreis lag. Für den Käufer bedeutete das eine Einsparung von ca. fünf Millionen Dollar pro Lieferung, also insgesamt von 30 Millionen Dollar, und das war nicht nur für Kommunisten eine Menge Geld. Natürlich war Fano nicht eingeweiht, dass es nie zu mehr als einer Lieferung kommen würde.

Als die beiden Chinesen immer noch nicht ihr Geschnatter beenden wollten, rechnete Fano, um sich die Zeit zu vertreiben, den Stand seiner Einnahmen hoch. Diese für seine Verhältnisse gigantischen Zahlen taten ihm jedes Mal zutiefst gut. Für jeden Arbeitsschritt bekam er jeweils das Doppelte des vorherigen. Also, das bedeutete: Für den Kauf der Portland Shipping hatte er 25 000 Dollar erhalten. Für diesen Deal hier in Hongkong bekam er 50 000. Die nächsten beiden Schritte, die er jetzt noch nicht kannte, die Harrison aber für die kommenden ein, zwei Wochen avisiert hatte, würde er weitere 100 000 und dann noch einmal 200 000 erhalten. Das machte zusammen 375 000 Dollar! Zehn Mal so viel, wie er als Autoverkäufer im Jahr verdiente. Wenn das keine Leistung war!

Endlich beendeten die Chinesen ihren Diskurs, und Hua Dong wandte sich an ihn.

»Herr Fano, wir finden Ihren Vorschlag sehr interessant.« Er lächelte und nickte – Fano tat dasselbe – und fuhr fort, »aber wir verstehen Ihre Motive nicht.«

»Ich will ein Geschäft machen. Geld verdienen.«

»Das ist es eben, was wir nicht verstehen. Sie sind Amerikaner. Amerikaner wollen immer Geschäfte machen. Aber wie können Sie ein gutes Geschäft machen, wenn Sie uns das Öl vier Dollar unter dem üblichen Preis liefern?«

»Nun, das ist so«, Fano machte eine kurze Pause und hoffte, dass bei den Chinesen eine kurze Pause keine Unhöflichkeit bedeutete, »ich habe einen sehr guten Kontakt zu einem OPEC-Förderland, das dringend Geld für militärische Einkäufe braucht und deswegen unter der Hand, undercover, Sie verstehen, weit mehr Öl verkaufen will, als die anderen OPEC-Scheichs erlauben.«

Hua Dong und Wan Tok nickten unisono.

»Gut«, sagte Kwan, »und aus welchem Land wird ihr Öl kommen?«

»Bitte verstehen Sie mich, aber das kann ich Ihnen leider nicht sagen.«

Wieder nickten die beiden Chinesen unisono.

»Gut«, sagte Hua, »aber wieso wollen Sie, dass wir Ihnen einen Tanker finanzieren, damit Sie uns das Öl bringen können? Sie sind doch, wie wir von Ihnen erfahren durften und wie Sie mit Dokumenten belegt haben, Besitzer einer Reederei, der«, er las von einem seiner Zettel ab, »Portland Shipping. Haben Sie keinen eigenen Tanker, Herr Fano?«

»Natürlich habe ich den. Aber er ist, wenn Sie so wollen, Bestandteil meiner Steuererklärung. Ich muss am Jahresende belegen, was ich wohin gefahren habe. Ich kann ihn nicht unbemerkt sechs Mal Öl transportieren lassen. Nicht bei Lieferungen in der Größenordnung. Sechs Mal 200 000 Tonnen!«

»Und Sie sagen, Sie wollen deswegen einen Supertanker kaufen, für 15 Millionen Dollar, die wir Ihnen geben sollen?«

»Was heißt geben, meine Herren? Ich liefere Ihnen Öl, und Sie bezahlen dafür. Bei der ersten Lieferung ziehen Sie die 15 Millionen Dollar von dem Betrag ab …«, Fano hob beide Hände und signalisierte: nichts einfacher als das.

Wieder sahen ihn die Chinesen regungslos an. Verstanden sie seine Geste nicht?

»Nichts einfacher als das«, sagte er vorsichtshalber.

»15 Millionen Dollar, die hat man nicht einfach so«, sagte Hua Dong und lächelte Jack Fano an, als hätte er ihm lediglich einen wunderschönen Tag gewünscht.

Fano lächelte zurück und nickte – bedeutete bei Chinesen Nicken nicht Nein und Kopfschütteln Ja?

»Genau das ist mein Problem«, fuhr er fort. »Ich habe so einen Betrag nicht flüssig, und wenn ich eine Hypothek aufnehme, dann kann ich den Deal auch gleich in die Zeitung setzen.«

Dong und Ti lachten, als hätte er einen guten Witz gerissen.

»Verstehen Sie? Wenn ich Schwarzgeld hätte, könnte ich es verwenden. Aber ich bin ein vorbildlicher Steuerzahler.« Fano sagte das vollkommen ernst und so überzeugend, dass er es sich selbst fast glaubte.

Bisher hatten die Chinesen im Laufe seiner Geschichte auf jede seiner Erklärungen unisono genickt, an dieser Stelle jedoch wandten sie sich wieder einander zu und redeten halblaut und in schnellem Tempo in ihrer für Jacks Ohren lächerlichen Sprache aufeinander ein.

Die nächsten Minuten stellten Jack Fanos Geduld auf eine schwere Probe. Mit dem Gespür des geborenen Verkäufers wusste er, dass er keinen Druck ausüben durfte. Überzeugen versus Überreden. Es war alles gesagt, jetzt musste die Qualität seiner Argumente den Ausschlag geben.

Dong und Ti beendeten ihre Diskussion, indem sie sich einige Male zunickten und voreinander verbeugten. Dann beschieden sie ihm, sie würden dafür sorgen, dass eine Hongkonger Bank ihm ein Akkreditiv ausstellte, mit dem er den Tanker kaufen konnte, allerdings unter der Bedingung, dass er seine Reederei als Sicherheit einbrachte. Außerdem gaben sie ihm Namen und Telefonnummer eines Kontaktmanns in Zhanjiang, einer südchinesischen Hafenstadt, wohin Fano das Öl liefern sollte.

Jack ließ sich nichts anmerken, aber in diesem Moment war er von der Umsicht seines Auftraggebers George Harrison schwer beeindruckt, der den Verlauf und das Ergebnis der Verhandlung genauso vorhergesagt hatte, nicht mehr und nicht weniger. Am meisten jedoch beeindruckt war Fano von seinen eigenen Fähigkeiten: Immerhin hatte er gerade zwei Kommunisten die nicht unerhebliche Summe von 15 Millionen Dollar aus den Rippen geschnitten. Das sollte ihm erst mal einer nachmachen!

Jack Fano wusste natürlich nicht, dass Harrison alias Thomas Becker die 15 Millionen gar nicht benötigte, da er den Tanker nicht zu kaufen, sondern zu stehlen gedachte. Der Akkreditiv diente lediglich dazu, die Chinesen verbindlicher in das Gesamtvorhaben einzubinden. Eine lediglich mündliche Zusage, dass sie das Öl kaufen würden, wenn es angeliefert wurde, war für Thomas Beckers Geschmack ein zu großes Risiko. Die Verpflichtung einer Hongkonger Bank hingegen war wesentlich gewichtiger.

28

Dröhnender Kopfschmerz war das Erste, was Yanto spürte. Gedanken wischten durch sein Hirn, die er nicht fassen konnte. Ein Bild tauchte auf, Tanah, ihre Augen, die ihn ängstlich ansahen, und verschwand wieder. Ein weiteres, Jambi, sein Vater, wie er mit erhobenem Zeigefinger vor seiner Familie stand und sagte: ›Mein Sohn Yanto wird die Schule beenden und auf die Universität gehen. Dafür werde ich jeden Tag von morgens bis abends arbeiten, und wenn das nicht reicht, auch noch von abends bis morgens. Und ihr werdet es genauso machen‹.

Yantos prägnanteste Erinnerung an seinen Vater war dieser Geruch nach Schweröl und dem Qualm, den eine Schweißflamme hervorbringt, wenn sie sich durch Stahl frisst. Obwohl ihm dieser Geruch nur ein knappes Jahr lang anhaftete, denn die meiste Zeit seines Lebens hatte Jambi als Fischer gearbeitet und wie ein Fischer gerochen.

Eigentlich war jeder in Yantos Dorf Fischer. Alle Generationen zuvor waren Fischer gewesen, und niemand hätte bezweifelt, dass alle kommenden Söhne ebenfalls Fischer sein würden. Aber dann ging es jedes Jahr schlechter, immer weniger Fische zappelten in den Netzen, die an Bord der Boote gezogen wurden. So etwas hatte es zuvor noch nie gegeben. Die Straße von Malakka war zwar schmal, trotzdem hatte sie in der Vergangenheit genug Fische für alle beherbergt. Doch je mehr riesige Tanker und Frachter auf ihrem Weg zu den Häfen der Industrienationen hindurchfuhren und je mehr Raffinerien und Chemiefirmen auf der malaiischen Seite hochgezogen wurden, desto stärker ging der Fischreichtum zurück, und immer häufiger waren die Fische in den Netzen mit Geschwüren übersät oder gar verkrüppelt. Bald reichten die Fänge nicht mehr aus, und in dem Maße, wie die Not der Familien zunahm, tauchten reiche Männer aus Jakarta und Singapur bei den Fischerfamilien auf und boten den Frauen und Töchtern Näharbeiten an, die nur wenig Geld einbrachten, immerhin jedoch das Überleben sicherten. Noch heute hatte Yanto das Klappern und Surren der mit den Füßen angetriebenen Nähmaschinen im Ohr, jeden Morgen, wenn er zur Schule fuhr, hörte er es, und am Nachmittag, wenn er zurückkehrte, bis in die Nacht hinein.

Für eine Weile lief wieder alles gut. Yantos Vater fischte und brachte wenig nach Hause, seine fünf Schwestern nähten viel und verdienten schlecht, seine Mutter saß jeden Vormittag auf dem Markt und verkaufte ihr selbstgezogenes Gemüse. Alles zusammen reichte aus, Yantos Schulausbildung zu bezahlen und die Familie zu ernähren. Manchmal blieb sogar etwas übrig, das sparte sein Vater in einem Versteck, das nur er kannte.

Dann passierte etwas Merkwürdiges, in der Schule nannte es sein Lehrer ›Globalisierung‹ und versuchte vergeblich, es seinen Schülern zu erklären. Yanto hätte es sehr gerne verstanden. Worte wie ›Globalisierung‹, ›Weltwirtschaft‹ und ›internationale Märkte‹ hatten einen verlockenden, einen märchenhaften und zugleich Respekt einflößenden Klang, und je mehr er darüber hörte, desto sicherer war er, dass die Welt, in der er aufgewachsen war, die Welt seines Vaters und seiner emsig nähenden und verblühenden Schwestern und der vom vielen Hacken und Ernten krummrückigen Mutter, nicht seine Welt bleiben würde. Schon alleine, weil er bald begriff, wer die Verlierer dieser Globalisierung waren, er konnte es ja mit den eigenen Augen sehen: Obwohl die Männer aus den Großstädten immer mehr Arbeit vor seinen Schwestern auftürmten, bezahlten sie immer weniger. Sie sagten, auch sie bekämen weniger von den englischen und spanischen Firmen, die ihnen die T-Shirts und Hemden abkauften, weil woanders auf der Welt, in einem anderen Land, die Arbeit noch billiger zu bekommen war.

Bald war die Situation für Yantos Familie ebenso vertrackt wie die Jahre zuvor. Bald reichte es hinten und vorne nicht mehr.

Da Yanto der Einzige war, der kein Geld nach Hause brachte, und schon alt genug war, um die Situation zu verstehen, sagte er eines Abends zu Jambi, seinem Vater: »Ich werde in die Stadt gehen und sehen, ob ich Arbeit finde. Dann schicke ich euch Geld.«

Sein Vater wurde daraufhin furchtbar wütend. Sein fester Wille war es, dass sein Sohn Yanto, sein einziger Sohn, zur Universität gehen würde, um Jurist in Jakarta zu werden. Nicht nur, weil er stolz auf seinen Sohn sein wollte, nein, Yanto würde irgendwann seine Familie nachkommen lassen und für sie sorgen, damit sie nicht mehr in dieser Holzhütte hausen musste, in deren Ritzen Raubwanzen lauerten, um nachts über sie herzufallen. Vielleicht würden sie sogar ein Auto haben und am Wochenende Ausflüge machen.

Yanto begehrte nicht auf. Er hatte sich längst daran gewöhnt, ein bequemeres Leben zu führen als seine Schwestern, und auch wenn er es als seine Pflicht empfunden hatte, seine Hilfe anzubieten, so gefiel ihm die bestehende Regelung weitaus besser; zumal sein Vater bald eine Lösung für das Geldproblem gefunden hatte.

Eines Morgens ging Jambi nicht in aller Herrgottsfrühe zum Fischen, sondern schlief, bis die Sonne schon aufgegangen war, und verließ erst dann die Hütte, um erst sehr spät abends wieder nach Hause zu kommen. Das war der erste von vielen folgenden Tagen, an dem er so roch, wie Yanto ihn in Erinnerung hatte – so sehr nach einer anderen Welt, dass Yanto neugierig danach wurde, diese Welt kennenzulernen. War das die ›Weltwirtschaft‹? Hatte sein Vater einen Zugang gefunden, um an der ›Globalisierung‹ teilzuhaben?

Yanto brannte darauf, mehr darüber zu erfahren, aber Jambi sprach mit niemandem darüber, wusch nur das Öl und einen schweren, schwarzen Dreck vom Körper, aß ein paar Bananen und ging ins Bett.

Die nächsten Wochen verliefen auf die gleiche Weise. Sechs Tage ging Jambi arbeiten, am siebten blieb er zu Hause. Anfangs freute er sich noch über seinen freien Tag, lächelte viel und scherzte mit seiner Frau und seinen Kindern. Bald jedoch war er so müde von den sechs Tagen, dass er am siebten entweder schlief oder am Meeresufer saß und schweigend den Schiffen zusah, die sich wie schwimmende Warenhäuser ein paar Meilen entfernt durch die enge Straße von Malakka schoben, randvoll mit den Schätzen der Weltwirtschaft, mit Elektronik, Lebensmitteln und Öl. Und dann, gar nicht so lange, nachdem er seine neue Arbeit begonnen hatte, blieb er die sechs Tage an einem Stück fort und kam nur noch am siebten nach Hause.

Sehr schnell veränderte sich sein Gesicht, wurde grau und schmal, sein Körper ebenfalls, seine Hände bekamen Schwielen und seine Arme wiesen immer mehr Brandwunden und Schnitte auf. Immer noch nicht wollte Jambi über seine Arbeit reden, und keiner aus der Familie traute sich, ihn danach zu fragen. Einmal nur wagte es Yantos Mutter, Yanto erinnerte sich an den Tag, als wäre er gestern gewesen. Jambi antwortete zuerst nicht, aber als sie nicht locker ließ, wurde er so wild und wütend, wie ihn noch niemand bisher erlebt hatte, und das erste Mal schlug er seine Frau, nicht einmal, sondern immer wieder. Yanto erinnerte sich noch genau, wie er und seine Schwestern starr und von einer eigentümlichen Kälte gepackt eng beieinander hockten und den Schreien ihrer Mutter lauschten, Schreie, wie sie sie bis dahin noch nie gehört hatten.

Sie spürten, dass ihr Leben endgültig nie mehr so sein würde wie früher. Aus einem Grund, den sie nicht verstanden, hatte sich eine andere Welt bei ihnen eingenistet, etwas Raues, Großes, Finsteres hatte sich über ihre Familie gestülpt.

Yanto ließ es keine Ruhe. Was war es wohl, was seinen Vater so müde machte und so sehr verändert hatte? An einem Montagmorgen, an dem Jambi wieder wegfahren würde, verließ Yanto noch vor seinem Vater die Hütte unter dem Vorwand, in der Schule zu einem Sonderdienst eingeteilt worden zu sein. Draußen versteckte er sich in den Büschen und wartete.

Jambi benutzte sein Fahrrad und trat so müde in die Pedale, dass er nur sehr langsam vorwärtskam. Zum Glück, denn es gab in der Familie nur dieses eine Rad, also musste Yanto ihm zu Fuß folgen. Langsam trabte er los und gewöhnte sich erst einmal an die Bewegung so früh am Morgen. Er hatte seine Schulbücher in einer Baumhöhle versteckt und sein Hemd ausgezogen und um die Hüften gebunden. Sogar jetzt, als die Sonne gerade erst aufgegangen war, heizte sie schon kräftig.

Jambi fuhr auf dem sandigen Pfad bis zur Hauptstraße und dann vier oder fünf Kilometer weiter nach Norden, bis er bei einer Gruppe von Männern hielt, die ihre Fahrräder an einen Baum gelehnt hatten und warteten.

Yanto sprang ins Gebüsch neben der Straße und schlich sich, wegen der Skorpione und giftigen Spinnen, vorsichtig durch das Dickicht heran. Seine Brust brannte vom Laufen. Jambi hatte seine Fahrt zwar müde begonnen, war jedoch sehr bald und vor allem auf der ebenen Hauptstraße in ein schnelleres Tempo gewechselt.

Die Männer sprachen wenig, alle waren sie so müde wie sein Vater, alle sahen sie grau und ausgemergelt aus, manche hatten erschreckende Narben und nicht wenigen fehlten ein oder mehrere Finger oder sie humpelten. Nach einige Minuten tauchte ein Lastwagen auf und nahm die Männer auf seiner offenen Ladefläche mit.

Yanto wartete ein paar Sekunden, dann warf er sich auf das Fahrrad seines Vaters. Wenn es schon schwer gewesen war, seinem Vater zu Fuß zu folgen – jetzt war es unmöglich, den Anschluss zu halten. Der Lkw-Fahrer kannte die Strecke offenbar sehr gut. Ohne auf die Männer hinten auf der Ladefläche Rücksicht zu nehmen, die kräftig hin- und hergeworfen wurden, nahm er jede Kurve mit der größtmöglichen Geschwindigkeit und gab auf jeder Geraden Vollgas. Die dicken Dieselwolken aus dem Auspuff des Lasters hüllten Yanto ein und nahmen ihm den Atem, und schon nach kurzer Zeit konnte er nicht mehr mithalten und musste aufgeben. Wütend starrte er dem entschwindenden Lkw hinterher. Wenn er das Geheimnis seines Vaters lüften wollte, musste er sich etwas anderes einfallen lassen.

Eine Woche später folgte er seinem Vater wieder, zuerst zu Fuß bis zu dem Treffpunkt der Männer. In der Zwischenzeit hatte er dort im dichten Gebüsch ein Moped versteckt, eine Zündapp, die er zuvor dem Bürgermeister des Nachbardorfes gestohlen hatte. Dieses Mal würde er sich nicht abhängen lassen.

Als der Laster die Männer eingesammelt hatte, ließ er ihm einen kleinen Vorsprung. Dann startete die Zündapp und nahm die Verfolgung auf. Trotz seiner Motorisierung hatte er immer noch Mühe, nicht den Anschluss zu verlieren. Seine Reifen hatten kaum Profil, und das Fahren auf der Sandstraße war nur solange es geradeaus ging einigermaßen leicht. Zum Glück zog der Lastwagen eine große Staubwolke hinter sich her, an der er sich orientieren konnte.

Fast eine Stunde später bog der Wagen in eine breite, brutal in den Wald hineingefräste Straße ab, die hinunter zu einem weitläufig eingezäunten Areal am Meeresufer führte. Vor Yanto tat sich ein gewaltiger Anblick auf.

Auf einer Strecke von ein, zwei Kilometern türmten sich gigantische Stahlgerippe, abgetrennte Schotten, Bug- und Seitenteile von Frachtern und Tankern auf, zwanzig, dreißig Meter hoch standen die metallischen Reste auf dem ölgetränkten Strand. Obwohl er das alles zum ersten Mal sah, wusste er sofort, was sich da vor ihm wie ein gigantischer Schrottplatz erstreckte: Es war der Schiffsfriedhof von Balan Modi, über den er schon hatte reden hören und den man den ›Ort der Knochenbrecher‹ nannte.

Männer mit schweren Werkzeugen und Schweißgeräten liefen emsig auf Wegen aus Holzplanken hin und her, die den weichen Sandstrand überhaupt erst begehbar machten. Andere transportierten mit Handkarren Gegenstände ab: Radargeräte, Teakholzschränke, Tische, Stühle, alles, was man im Inneren eines Schiffes finden konnte. Zwei gigantische Raupen zogen einen Frachter, dessen Aufbauten schon teilweise abgetrennt worden waren, auf den Strand herauf, bis sie keinen Millimeter mehr weiter kamen und ihre Ketten nur noch den Sand aufwühlten. In dem Bug des Frachters war schon ein mannshohes Loch geschweißt. Draußen ankerte ein weiteres Schiff an einer Mole, hin und wieder zuckten Schweißflammen aus dessen eiserner Hülle heraus.

Yanto sah, wie sein Vater von dem Laster sprang und von einem herrisch brüllenden Mann seine Arbeit zugeteilt bekam. Kurz darauf verschwand er mit einem Schweißgerät in dem Loch im Bug des an den Strand gezogenen Frachters.

Jetzt erst registrierte Yanto den Geruch, der in der Luft lag, derselbe, den sein Vater jedes Mal nach Hause brachte und der ihm hier merkwürdigerweise abstoßend erschien. Ein wenig schämte er sich für den Gedanken, aber in diesem Moment war er heilfroh, dass sein Vater, seine Schwestern und seine Mutter das Geld verdienten, damit er zur Schule und später auf die Universität gehen konnte.

Er startete das Moped. Wieso schämte er sich? War es nicht vielmehr so, dass er etwas Besonderes war? Wenn alle sich für ihn krumm legten und er nicht an einem derart abstoßenden Ort arbeiten musste, dann musste er etwas Besonderes sein.

Er gab Gas, spürte den anwachsenden Fahrtwind, für den er sich nicht abstrampeln, sondern nur ein wenig mehr am Gasgriff drehen musste. Das Bild gefiel ihm und vertiefte seine Gewissheit: Er war einfach schlauer. Er besorgte sich ein Moped, wenn er es brauchte. Er hatte den Kopf, um zu lernen. Und er war auf dem Weg, damit viel mehr Geld zu verdienen, als sein Vater, seine Schwestern und seine Mutter zusammen.

Zufrieden über diese Erkenntnis, die ihm alle schlechten Gefühle vertrieb, jagte er auf der Straße zurück. Zuerst war der Fahrtwind warm, veränderte sich jedoch erstaunlich schnell. Er wurde kühler und feuchter, plötzlich regelrecht nass, obwohl es nicht regnete. Wasser drang in Yantos Ohren und in seinen Mund, so viel, dass er es heraushusten musste. Die Landschaft vor seinen Augen verschwamm, er hatte das Gefühl zu taumeln, als gäbe es keinen Boden mehr unter ihm. Stimmen wurden lauter, und ein Schlag traf ihn im Gesicht.

Er riss die Augen auf. Über sich gebeugt standen Menschen und fixierten ihn mit grimmigen Blicken.

»Er ist wach!«

»Schlagt ihn endlich tot!«, schrie eine Frau. »Warum macht ihr so viel Aufhebens um ihn? Er hat unsere Männer und Söhne ermordet!«

»Er soll erst bezahlen!«, brüllte ein Mann.

»Er soll mit seinem Leben bezahlen. So wie mein Mann!«, entgegnete die Frau.

Die Stimmen überschlugen sich. Yantos Erinnerung kehrte zurück, er und seine Männer waren in das Dorf der Seeleute gebracht worden, die er getötet hatte. Einer, offenbar der Dorfvorsteher und Anführer, versuchte zu vermitteln: »Wenn wir die Mörder einfach umbringen, haben wir nichts gewonnen, das müsst ihr doch begreifen! Außer dass wir selber zu Mördern werden.«

Er erntete empörten Widerspruch. Yanto schüttelte einige Mal heftig den Kopf, um den dumpfen Druck zu vertreiben, den die Bewusstlosigkeit hinterlassen hatte, und richtete seinen Oberkörper auf.

»Hört mich an«, stieß er gurgelnd hervor und räusperte sich einige Male. »Hört mich an!«

Wildes Stimmengewirr schlug ihm entgegen.

»Ich will euch einen Vorschlag machen!«

»Lasst ihn sprechen!«, rief der Anführer und erntete wütende Proteste. »Danach könnt ihr doch immer noch mit ihm machen, was ihr wollt!« Er wiederholte seine Worte, bis alle schwiegen.

Yanto ließ einige Sekunden verstreichen.

»Meine Leute und ich, wir hatten keine andere Wahl. Wir wären sonst selber umgebracht worden.« Er verbeugte sich so tief, dass seine Stirn den Boden berührte. »Ich bitte euch um Vergebung.«

Wieder antworteten aufgebrachte Stimmen.

»Davon wird mein Mann auch nicht wieder lebendig!«

»Mein Sohn auch nicht!«

Yanto verharrte regungslos in seiner Position.

Der Anführer hob den Arm, bis die Menge langsam verstummte.

Yanto wartete, bis es still war, und richtete sich wieder auf. In den nächsten Minuten würde sich entscheiden, ob er und seine Leute überlebten oder nicht. Er wusste genau, woraus die Wut der aufgebrachten Menschen um ihn herum bestand: Einerseits hatten sie ihren geliebten oder zumindest vertrauten Mann oder Sohn verloren und wollten dafür Vergeltung; andererseits jedoch, und das war das viel stärkere Gefühl, wussten sie nicht, wie sie überleben sollten, jetzt, da ihre Ernährer tot waren.

»Ich weiß, was es bedeutet, arm zu sein«, sagte er.

Unwille flackerte auf, und die Stimmen wurden wieder laut. Deshalb fuhr Yanto mit lauter Stimme fort. »Mein Vater, meine Mutter, meine fünf Schwestern und ich haben von morgens bis abends geschuftet. Und trotzdem hat es nicht zum Überleben gereicht.«

Er machte eine kurze Pause. Alle Augen waren auf ihn gerichtet. Dieses Mal unterbrach ihn niemand.

»Mein Vater hat bei einem Schiffeverwerter gearbeitet, wo die großen Schiffe, die die Reichen nicht mehr brauchen, auseinandergeschweißt und -gesägt werden. Ein gefährlicher Job. Trotzdem hat er nicht viel Geld verdient. Verdient an der Arbeit meines Vaters haben andere.« Yanto blickte in einige Gesichter. Auch wenn sie voller Hass waren – sie verstanden, was er meinte.

»Der will uns doch nur einwickeln«, schrie eine Frau, aber niemand stimmte ihr bei, alle anderen schwiegen.

»Eines Tages kam er nicht mehr nach Hause.«

Yanto erinnerte sich noch genau, wie seine Mutter auf die Fragen ihrer Kinder immer denselben Satz wiederholte: ›Wenn etwas passiert, erfährt man es sofort. Ihm ist nichts passiert. Bestimmt hat er sich irgendwo zum Schlafen hingelegt. Er ist doch immer so müde.‹

Yanto hatte seiner Mutter und seinen Schwestern nicht erzählt, was er über die Arbeit seines Vaters herausgefunden hatte. Er hatte angesichts der gewaltigen Stahlgerippe genau gespürt, welche Gefahr von ihnen ausging, und machte sich Sorgen. Um seinen Vater, aber mehr noch, dass er möglicherweise als Versorger ausfiel, und er selbst seinen Traum würde aufgeben müssen, ein reicher und begehrter Rechtsanwalt in Jakarta zu werden.

Nachdem der halbe Tag vergangen war, wollte er nicht länger nur herumsitzen und warten und mit seinen aufgeregten Schwestern und seiner Mutter in Befürchtungen baden. Also machte er sich auf den Weg, lief zu dem Baum, wo das Fahrrad seines Vaters als einziges noch stand und radelte los. Sechzig Kilometer lagen vor ihm.

Mit dem Moped war das kein Problem gewesen. Mit dem Rad brauchte er fast fünf Stunden, und er erreichte Balan Modi, als die Sonne kurz davor war, gänzlich hinter den Baumwipfeln zu versinken. Die Hitze war unerträglich. Yanto hatte kein Wasser mitgenommen, und jetzt, als er kurz vor seinem Ziel von der Straße abbog, hatte er das Gefühl, so vertrocknet zu sein, dass er nicht einmal mehr schwitzen konnte.

Die Abenddämmerung hatte die zerfledderten Schiffe mit einem tiefen, sanften Rot überzogen, und ganz anders als beim ersten Mal und obwohl er voller Befürchtungen war, wirkten sie auf ihn jetzt wie müde, besiegte Riesen, von denen keine Gefahr mehr ausging.

Er hielt vor der Schranke. Der Wachmann in seinem Pförtnerhäuschen ließ sich seinen Rücken von einem hin- und herschwenkenden Ventilator kühlen und hatte offenbar keine Lust, sich auch nur einen Millimeter zu bewegen.

»Verschwinde!«, rief er.

Yanto stieg vom Rad. »Ich suche meinen Vater. Er arbeitet hier.«

Widerwillig beugte sich der Wachmann vor. »Wer ist dein Vater?«

»Jambi Nuy.«

Der Wachmann sah ihn prüfend an und warf einen Blick auf einen vor ihm liegenden Zettel. Dann griff er zu einem Walkie-Talkie, ein billiges taiwanesisches Plastikteil in grellem Pink, und sprach leise hinein.

»Schick ihn zu mir«, hörte Yanto eine herrische Stimme antworten.

Eine halbe Stunde später saß er auf dem Beifahrersitz des Lastwagens, hinten auf der Ladefläche schepperte das Fahrrad seines Vaters hin und her. In den Händen, seine Shorts hatten keine Taschen, hielt er den Wochenlohn seines Vaters, und er fror. Sein Vater hatte an einem nicht geleerten Öltank geschweißt. Als die Schweißflamme die Eisenhülle durchdrang, explodierte der Tank mit einer gewaltigen Stichflamme.

»Mein Vater kam nicht nach Hause, weil er tot war«, sagte Yanto und hob seinen Blick nicht. »Er wurde so zerfetzt, dass es nichts mehr gab, was man begraben konnte.«

Die Dorfbewohner um ihn herum schwiegen.

»Ich wollte auch zu dem Schiffeverwerter gehen, um für meine Familie Geld zu verdienen, aber meine Mutter verbot es mir. Sie sagte, ›wenn du auch noch stirbst, muss die ganze Familie sterben‹.«

Yanto sah vorsichtig in die Runde und bemerkte, dass einige Köpfe, wenn auch zögernd, zustimmend nickten.

Natürlich erzählte er nichts über die Enttäuschung und den machtlosen Hass, der ihn damals vergiftet hatte, als die klare Wirklichkeit einige Tage später sein Bewusstsein erreichte. Der Haupternährer war tot, und damit würde die Familie nicht mehr das Geld für seine Ausbildung zusammenbekommen. Er konnte es drehen und wenden, wie er wollte: er musste die Schule aufgeben. Aus und vorbei der Traum von einem besseren Leben, von Reichtum und Anerkennung, er war der einzige Sohn, er musste den Vater ersetzen.

Zuerst wollte er einfach weglaufen. Für sich alleine zu sorgen, wäre einfacher gewesen. Aber das eine schloss das andere aus: Zur Schule zu gehen und zu überleben, ließ sich nicht gleichzeitig bewerkstelligen. Also blieb er, immerhin war ihm diese Welt vertraut.

Sein Versuch, so wie sein Vater früher als Fischer wenigstens etwas Geld hereinzuholen, scheiterte. Weil Jambi seinerzeit das Boot verkauft hatte, musste Yanto sich eins leihen, und meistens ging sein spärlicher Fang als Leihgebühr für den Bootsbesitzer drauf, und für die paar Fische, die übrig blieben, lohnte es nicht einmal, zum Markt zu fahren. Seine Versuche, im nächsten und übernächsten Dorf Arbeit zu finden, brachten ihm nur den Zorn von Menschen ein, die ihrerseits nicht genug zum Leben hatten.

Kurz darauf verwüstete auch noch ein Unwetter den Garten seiner Mutter. Wie sollten sie die Zeit überbrücken, bis neue Bohnen, Kürbisse oder Süßkartoffeln nachgewachsen waren? Einige Tage lang suchte Yanto von morgens bis zur Dunkelheit nach dem Geld, das sein Vater in den letzten Jahren abgezweigt und versteckt hatte – vergeblich.

Die Familie begann zu sterben, weil Yanto nicht wusste, wie er sie am Leben halten sollte. Als das Schicksal dann noch einmal zuschlug und die älteste Schwester, die am schnellsten nähte und das meiste Geld verdiente, sich eine Hand brach, war Yantos Familie endgültig dem Verhungern preisgegeben.

Es gab nur einen Ausweg. Seine Mutter sprach es aus und forderte ihn auf, den entsprechenden Schritt zu unternehmen. So lange er konnte, zögerte Yanto ihn hinaus. Bis es nicht mehr möglich war und er den schwersten Gang seines Lebens antreten musste.

Früh morgens, vor allen anderen, weckte er Tanah, seine jüngste Schwester. Mit einem Überlandbus fuhren sie in die eine Tagesreise entfernte Provinzhauptstadt Medan. Dort wartete zweimal die Woche, montags und freitags, ein Mann, den viele arme Familien entlang der Küste kannten, über den man jedoch möglichst nie und wenn, dann nur hinter vorgehaltener Hand, redete.

Der Mann war sehr nett zu Yanto, wie ein gütiger Opa sprach er mit sanfter, freundlicher Stimme. Er sprach von den Zeiten, in denen es allen schlecht geht, in denen die Familien zusammenhalten müssen und jeder das beisteuern müsse, was er zu leisten im Stande wäre. Die jungen Mädchen, fuhr er fort, würden ihre Arbeit gar nicht als Arbeit erleben, sondern mehr als ein schönes Spiel, und es würde ihnen Selbstbewusstsein geben, zum Überleben der Familie beitragen zu können. Außerdem stünde ihnen selbstverständlich frei, jederzeit nach Hause zurückzukehren.

In einem tiefen Winkel von Yantos Hirn herrschte Klarheit, dass diese Worte nicht der Wahrheit entsprachen. Gleichzeitig brachte der Mann seine

Worte so einfühlsam vor, zeigte so viel Verständnis für die Not seiner Familie, dass es Yanto leicht fiel, sich selbst zu täuschen und zu glauben, wie richtig die Entscheidung war, Tanah zu verkaufen.

50 Dollar bekam er für seine Schwester. Sie weinte, als er sie bei dem Menschenhändler zurückließ, aber sie glaubte ihm, ihrem großen Bruder, als er ihr bei der Seele seines Vater versprach, sie sehr bald wieder zurückzuholen. Ihr ängstlicher, flehender Blick, das wusste Yanto, würde sich ab jetzt jeden Tag tiefer in seine Seele einbrennen. Denn trotz aller Verdrängung wusste er, was seiner Schwester blühte: Manila, Bangkok oder irgendeine der thailändischen Urlaubsstädte, weiße Männer, Urlauber, die nach Asien kamen, um für wenig Geld kleine Mädchen zu ficken. Den Verdienst der kleinen Schwester, jeden Monat 9 Dollar, pro Tag 30 Cent, versprach der Mann, an Yantos Familie zu schicken.

Zum Abschied gab Yanto sich sehr männlich, richtete sich gerade auf und drohte dem Mann, ihn zu töten, wenn er sich nicht an die Verabredung hielte. Der Mann verbeugte sich, aber in seinen Augen sah Yanto gut verborgene und trotzdem unübersehbare kalte Geringschätzung, ja sogar Belustigung.

Wieder zu Hause, brütete Yanto mehrere Tage dumpf vor sich hin. Fragen seiner anderen Schwestern über Tanahs Verbleib beantwortete er nicht. Seine Mutter tötete ihr schlechtes Gewissen, indem sie alles tat, um aus den fünfzig Dollar so viel wie möglich herauszuholen. Sie organisierte die Reparatur der vom Sturm zerstörten Hütte, bestellte den Garten vom ersten Tageslicht bis zum letzten und trieb ihre Töchter zu noch größerer Leistung an. Diese 50 Dollar mussten das System wieder zum Funktionieren bringen, sodass es sich wieder selbst tragen konnte. Und es gab ja auch noch eine ganz vernünftige Sicht auf die Dinge: Ein Esser weniger, der außerdem noch zu jung gewesen war, um wirklich Geld zu verdienen, bedeutete doppelte Ersparnis. Zusammen mit den zusätzlichen 9 Dollar pro Monat müsste es wieder bergauf gehen mit der Familie Nuy.

Das Geld kam nie, und als Yanto Wochen später wieder nach Medan fuhr, um den Mann zur Rechenschaft zu ziehen, behauptete der, mit den einmaligen 50 Dollar alles bezahlt zu haben, ganz genauso wie er und Yanto es angeblich vereinbart hatten. Er grinste, während er diese Lüge aussprach, öffnete beiläufig sein Jackett und ließ Yanto den Griff einer Pistole sehen, die er im Hosenbund trug. Mit brennendem Herzen musste Yanto unverrichteter Dinge zu seiner Familie zurückkehren, und von seiner Drohung, den Mann zu töten, blieb nur die tiefe Scham übrig, kein richtiger Mann zu sein, keiner, der in der Lage war, eine Familie zu beschützen, einer, der zu schwach war, sich in der Welt zu behaupten.

Danach wurden Yantos Gedanken immer schwärzer. Es gab keinen Ausweg. Sogar wenn er doch noch die lebensgefährliche Arbeit bei dem Schiffeverwerter annahm, würde er ewig brauchen, um genug Geld zusammenzubekommen, um Tanah möglicherweise zurückzukaufen.

Sein Hass auf die, die Besitz hatten, wuchs ins Unermessliche. Genauso die Verbitterung, dass andere im Überfluss hatten, was er und seine Familie zum nackten Überleben brauchten und selbst dann nicht bekamen, wenn sie alle bis zum Umfallen arbeiteten.

An einem Tag im November saß Yanto vor ihrer Holzhütte, sah hinaus auf die leer gefischte Straße von Malakka, sah die Lichtreflexe der riesigen Öl- und Benzintanks der Raffinerien auf der malaiischen Seite gegenüber, sah die riesigen Tanker und Containerschiffe durch die Meerenge gleiten, jedes Schiff voll beladen und viele Millionen Dollar wert, so nah und unerreichbar.

»Da habe ich mir geschworen«, sagte Yanto mit lauter Stimme: »Ich hole mir zurück, was die Reichen uns wegnehmen. Deswegen habe ich angefangen, ihre Schiffe auszurauben.«

Die meisten seiner Zuhörer sahen ihn atemlos an, viele nickten zustimmend, und er fuhr fort: »Wir haben ein Anrecht auf das Geld, das da draußen an uns vorbeischwimmt und nichts für uns zurücklässt.«

Es herrschte absolute Stille. In diesem Moment sah keiner der um ihn Herumstehenden in ihm den Mörder ihrer Angehörigen, sondern er war einer der ihren, einer, dem die Welt nicht nur nichts geschenkt, sondern sogar sehr viel genommen hatte.

Wieder, wie schon zuvor, verbeugte er sich und berührte mit der Stirn den Boden. »Ich bitte euch um Vergebung.«

Keine Reaktion, jeder schien sein eigenes Leben, sein Schicksal und seine Verfehlungen an dem zu messen, was er gerade gehört hatte, bis die klare Stimme der Frau, die Yantos Tod gefordert hatte, ertönte: »Er soll für uns aufkommen! Er soll unseren Lebensunterhalt bezahlen!«

Als würden sie nur langsam wach werden, stimmten die anderen nach und nach in ihre Forderung ein. Hätten sie Yantos Gesicht sehen können, das immer noch den Boden berührte, hätten sie darin ein kurzes Lächeln aufblitzen sehen.

Nach einer quälend langen Zeit, die Stimmen waren längst wieder verstummt, und merkwürdigerweise wagte es niemand, ihn anzusprechen, richtete er sich auf und antwortete mit demütig niedergeschlagenen Augen: »Das werde ich tun.« Dann wandte er sich an den Anführer. »Werdet ihr uns am Leben lassen?«

Einige Sekunden verstrichen, in denen dieser seinen Leuten einige schnelle Blicke zuwarf.

»Das wird davon abhängen, wie viel du bezahlst.«

Alle nickten, manche sofort, manche zögernd. Yanto hatte gewonnen.

Nur mit Mühe gelang es ihm, sein Triumphgefühl zu unterdrücken. Es war ihm wie schon so oft in der Vergangenheit gelungen, seinen Kopf aus der Schlinge zu ziehen. Und nie war es einfach nur Glück gewesen, sondern das Ergebnis seines Handelns, seiner Aktivität. Yanto wusste nicht, was ihn so anders gemacht hatte. Die Welt um ihn herum war, seit er denken konnte, fatalistisch, ein vorherbestimmtes Schicksal gab den Lauf der Dinge vor, nicht der eigene Wille. Auch er glaubte das – nur hatte er eine andere Vorstellung, ab wann sein Schicksal zur unabänderlichen Bestimmung wurde.

Langsam und würdevoll erhob er sich und klopfte mit seinen gefesselten Händen den Sand von seinen Beinen. Sein Schicksal hatte ihn zu diesen verbitterten, rachelüsternen Menschen gebracht, weil er ihre Angehörigen getötet hatte. Na und? Bedeutete das zwangsläufig, dass er sich in seinen von ihnen gewollten Tod fügen musste? Yanto glaubte, dass sein Karma ihn verpflichtete, bis zum letzten Atemzug zu kämpfen. Er hatte kein Glück, er forderte sein Glück ein.

»Fünftausend Dollar«, sagte Yanto und sah jedem der Umstehenden ruhig in die Augen, »fünftausend Dollar für jedes Opfer«.

Es waren einfache, arme Menschen, sie konnten nicht verbergen, dass fünftausend Dollar einen größeren Reichtum für sie darstellte, als sie in der Lage waren, sich vorzustellen.

»Zehntau …«, sagte der Anführer und musste sich räuspern, »zehntausend. Wir wollen zehntausend.«

Unangenehme Stille folgte. Yanto spürte die Furcht vieler, dass ihr Anführer womöglich zu hoch gepokert hatte und am Ende alles verloren sein würde … Niemand schien mehr daran zu denken, dass Yanto gefesselt vor ihnen stand und in ihrer Gewalt war.

»Ich habe zwei Leute verloren. Wenn zwei von euch zu mir kommen, bezahle ich den beiden das, was meine anderen Leute auch bekommen, plus tausend Dollar pro Einsatz für das Dorf.«

Der Anführer kniff die Lippen zusammen, unsicher, ob er seine Forderung wiederholen sollte.

»Siebentausend für jeden«, bekräftigte Yanto, »oder fünftausend für jeden, und zwei Männer gehen mit uns mit, plus tausend Dollar pro Einsatz für das Dorf.«

Eine Auseinandersetzung folgte, aus der Yanto sich ausklinkte. Das Ergebnis war ihm gleichgültig, er würde diesen Ort so oder so unbeschadet verlassen, da war er sich jetzt sicher.

Das Schlimme waren die Erinnerungen, die jetzt wieder in seinem Inneren wie ein gefräßiger Bandwurm wüteten. Er hatte den Dämon herbeigerufen, jetzt hatte der sich festgekrallt. Die Augen der kleinen Tanah, ihr letzter Blick. Wieso war es ihm nach all den Jahren und mit all dem Geld, das er zusammengeraubt hatte, nicht gelungen, seine kleine Schwester zu finden? Er hatte sie in ein furchtbares Schicksal gestoßen. Und wie er es auch drehte und wendete, damals hatte er seine Pflicht als Oberhaupt der Familie nicht erfüllt. Schlimmer noch: Er hatte versagt.

* * *

Die Bewohner von Dawangan, dem winzigen Bergdorf am nordwestlichen Zipfel von Sumatra in der Provinz Aceh, berauschten sich zunehmend an dem Gedanken, bald für ihre Verhältnisse unermesslich reich zu sein. Trotzdem verloren sie nicht den Kopf. Sie wussten, dass sie Yanto und seine Leute nicht gehen lassen durften, bevor sie nicht das Geld in den Händen hielten.

Gleichzeitig musste er jedoch gehen, um das Geld zu holen. Wie sollten sie überprüfen, ob er seine Versprechungen einhielt? Tausend Dollar pro Beutezug! Das wäre ein wunderbares regelmäßiges Einkommen für das Dorf. Aber dass zwei von ihnen in die Bande der Piraten eintraten, das war undenkbar. Keiner konnte sich vorstellen, gegen Geld zu morden. Außerdem, was wenn Yanto die beiden töten ließ?

Nein, sie wollten lieber siebentausend Dollar für jeden ihrer getöteten Familienangehörigen. Bar auf die Hand. Und danach wollten sie nie wieder mit Yanto oder Menschen wie ihm etwas zu tun haben. Das Problem war, dass nur Yanto das Geld besorgen konnte, er war der Anführer der Piraten, nur er kannte den Ort, wo er die Gewinne aus den Beutezügen versteckte, und er würde ihn niemandem verraten, auch keinem seiner Leute. Wenn die Bewohner von Dawangan also ihr Geld wollten, mussten sie ihn ziehen lassen.

»Wir werden deine Leute hier gefesselt festhalten«, sagte der Anführer und versuchte, so martialisch wie möglich zu klingen. »Wenn du in zwei Wochen nicht zurück bist, werden wir sie töten.«

»Ich werde rechtzeitig zurück sein«, versprach Yanto.

Seine Leute hatten mit wachsendem Misstrauen zugehört. Jeder versuchte noch einmal, mit Yanto persönlich zu sprechen und auf seine jeweils besonderen Beziehungen hinzuweisen: alte Familienfreunde, Cousin, schon so viele Jahre gemeinsam unterwegs – was auch immer eine besondere Nähe symbolisieren konnte.

Yanto hörte ernst zu, nickte und bestätigte jedem Einzelnen, dass er das genauso sehe und selbstverständlich mit dem Geld zurückkehren werde. Tatsächlich dachte er nicht im Traum daran, diesen armseligen Dorfbewohnern sein schönes Geld in den Rachen zu werfen. Es schmerzte ihn ohnehin, dass die fünfzigtausend Dollar, die er von Harrison als Anzahlung bekommen hatte, von Berry und seinen Leuten konfisziert worden waren.

Nein, seine Leute waren das Geld auf keinen Fall wert. Im Gegenteil, mittlerweile waren sie zu einer Plage geworden und standen ihm im Wege, sie glaubten mit ihm gleichberechtigt zu sein, sie respektierten ihn nicht so, wie er sich das wünschte von Männern, die ohne ihn nur kleine Fischerboote und Händler ausrauben würden.

Die Gelegenheit war überaus günstig, sie alle mit einem Schlag und ohne Probleme loszuwerden. Yanto musste lediglich die Dorfbewohner dazu bringen, nicht nur damit zu drohen, sondern seine Männer tatsächlich zu töten, wenn er in zwei Wochen nicht zurückkehrte. Seine Leute durften keine Gelegenheit mehr haben, später irgendjemandem zu erzählen, er hätte sie im Stich gelassen.

Er musste nicht lange über eine Strategie nachdenken, wie er sein Ziel erreichen konnte, und schlug dem Dorfvorsteher vor, ihm zwei kräftige, junge Männer als Begleitung mitzuschicken. Als Aufpasser, sagte er, die darauf achteten, dass er keine Tricks versuchte.

Nach einer kurzen und heftigen Diskussion unter den Dawanganern wurden zwei Männer bestimmt und mit Messern bewaffnet. Yanto dankte ergeben und triumphierte insgeheim. Jetzt war es das Wichtigste, so schnell wie möglich nach Hause zu kommen, denn viel Zeit blieb ihm nicht mehr, Harrisons Auftrag termingerecht zu erfüllen. Ein umso wichtigeres Geschäft, denn das Einzige, was ihn über den Verlust von 50 000 Dollar hinwegtrösten konnte, war der Gewinn der restlichen 375 000 Dollar für einen entführten 200 000-Tonnen-Tanker.

Außerdem war ihm inzwischen klar geworden, was in seinem bisherigen Denken falsch gewesen war: Er dachte immer noch zu klein, zu nah an der Welt, wie er sie kannte. Er musste größere Schritte machen, er musste Ballast abwerfen, er musste sein eigenes Imperium um sich herum aufbauen, er musste ausschließlich seine Interessen zum Zentrum seines Handelns machen.

* * *

Für die Busfahrt von Dawangan zum 120 Kilometer entfernten Banda Aceh und für die Schiffspassage von dort nach Kuala Lumpur brauchten Yanto und die beiden Männer Geld. Yanto wusste, wie wenig nötig war. Viele Frachter, die auf dieser Route verkehrten, waren kleine Schiffe, auf denen ganze Familien lebten und arbeiteten, die sich finanziell gerade so über Wasser halten konnten, ständig von der Angst geplagt, es könnten größere Reparaturen an ihren Kähnen nötig werden. Sie nahmen nur zu gerne Passagiere mit, auch wenn es ihnen nicht erlaubt war, konnten jedoch nicht viel Geld verlangen. Eine Passage auf einem in der Regel überladenen Frachter stellte keine bequeme Art zu reisen dar, und wer solch eine Unannehmlichkeit in Erwägung zog, hatte eben nicht viel Geld.

Trotzdem nötigte Yanto den Bewohnern von Dawangan ihre gesamten Ersparnisse ab. Besonders schwer war das nicht, denn sie sahen es wie eine Lotterie, bei der man nicht verlieren konnte, bei der ein vergleichsweise geringer Einsatz einen vielfach höheren Gewinn hervorbrachte. Und das mit absoluter Sicherheit, schließlich hatten sie alle Trümpfe in der Hand, und die beiden jungen Männer, die Yanto begleiteten, waren stark und würden wachsam sein.

Die Busfahrt verlief schweigsam, vor allem weil sie sehr müde waren, denn sie waren noch vor Sonnenaufgang aufgestanden. Aber während Yanto vor sich hin döste und immer wieder in Schlaf verfiel, hielten die beiden jungen Männer sich krampfhaft wach und beäugten ihn misstrauisch.

In Banda Aceh organisierte Yanto die Schiffspassage und tat gegenüber den beiden sehr erstaunt über den niedrigen Preis. Er pries ihr Glück, und überhaupt verhielt er sich ausgesprochen freundlich. Beim Essen ließ er den Männern den Vortritt, und in Gesprächen hielt er sich bescheiden im Hintergrund. Trotzdem blieben sie misstrauisch.

An Bord des kleinen Frachters half Yanto der Schiffsbesatzung, wo er nur konnte, obwohl er ein zahlender Passagier war. Das Schiff hatte Edelhölzer geladen, die ständig feucht gehalten werden mussten. Da das Salzwasser dafür nicht geeignet war, hatte man Süßwasser geladen, allerdings so wenig wie möglich. Deshalb musste es wiederverwendet werden. Während oben zwei Männer mit einem Schlauch die Stämme besprenkelten, wurde das heruntergelaufene Wasser am Boden des Frachtraums mit handbetriebenen Lenzpumpen wieder in den Tank zurückbefördert. Eine harte Knochenarbeit, die Yanto im Wechsel mit zwei weiteren Besatzungsmitgliedern erledigte.

Die ersten Stunden ließen ihn seine Begleiter noch nicht aus den Augen, später jedoch wurden sie unaufmerksamer, was sollte Yanto schon da unten im Schiffsrumpf anstellen?

Yanto nutzte die Gelegenheit. In einem unbeobachteten Moment durchsuchte er einen der ungenutzten Räume, in dem leere Ölfässer, alte Taue, Ketten und Gerümpel gelagert waren. Zwischen all dem wertlosen Zeug fand er einen ausrangierten Schraubenzieher, den er mit der Spitze nach unten in seinen Schuh steckte. Dann riss er den Saum seines Hosenbeines auf, sodass der Stoff bis auf den Boden hing und den Schaft des Schraubenziehers selbst dann noch verdeckte, wenn er sich hinsetzte und das Hosenbein nach oben rutschte.

Etwa zwanzig Stunden brauchte der Frachter, bis er sich gegen vier Uhr morgens in das Hafenbecken von Kuala Lumpur hineinschob und vor

Anker ging. Für die Besatzung war es ein erlösender Moment. Keiner hatte in der Nacht geschlafen, wer nicht arbeiten musste, war auf Beobachtungsposten. In der Vergangenheit waren sie schon einige Male von Piraten ausgeraubt und um ihre Ladung gebracht worden. Dieses Mal war alles gut gegangen. Jetzt war es Zeit für ein ausgiebiges Frühstück, ihr Anlegeplatz würde erst in zwei Stunden frei werden.

Yantos Begleiter waren wieder deutlich wachsamer geworden, seit sie sich dem Hafen genähert hatten, und sie ließen ihn jetzt keine Sekunde mehr aus den Augen. Als er sich erhob, um zum Klo zu gehen, standen beide ebenfalls auf, um ihn zu begleiten. Yanto gab sich faul und zufrieden vom Essen, er hatte in der Tat kräftig zugelangt, und schleppte sich die steile, eiserne Treppe nach unten, dicht gefolgt von seinen Aufpassern.

Unten am Treppenansatz drehte er sich flink um, griff mit der Rechten nach dem Schraubenzieher, packte mit der Linken das Bein des Mannes über sich und riss ihn zu Boden. Noch während der Mann stürzte, rammte Yanto ihm den Schraubenzieher ins Herz. Der zweite reagierte schnell, sprang mit einem Satz herunter und zückte sein Messer. Geduckt umkreisten sich die beiden, schwer atmend und konzentriert. Yanto hatte schon vorher einen Tampen auf einem Spind in dem Gang versteckt. Den ergriff er, als er mit dem Rücken an den Spind stieß. In diesem Moment sah sein Gegner seine Chance und warf sich auf ihn. Yanto entkam seinem zustoßenden Messer durch eine halbe Drehung, und während der Mann ihm für einen Moment seinen Rücken ungeschützt zuwandte und Yanto ihn leicht seinen Schraubenzieher hätte hineinrammen können, schlug er ihm stattdessen den Tampen mit aller Kraft auf den Hinterkopf. Der Mann sackte benommen nach vorne. Yanto packte ihn von hinten, zerrte ihn in die Gerümpelkammer und verriegelte sie von außen.

Schnell durchwühlte er die Taschen des Toten und fand das restliche Geld. Er nahm sich nur so viel, wie er brauchte, um eine Überfahrt zur indonesischen Seite der Straße von Malakka zu bezahlen. Sorgfältig faltete er es in eine Plastikfolie, die er sich in der Küche besorgt hatte, und steckte es in seine Hosentasche. Den Rest des Geldes schob er unter der Tür der Gerümpelkammer hindurch, er wollte sichergehen, dass der Mann wieder zurück ins Dorf gelangen konnte.

Auf der anderen Seite der Tür war Stille. Yanto spürte förmlich, wie der Mann darüber nachdachte, was das zu bedeuten hatte. Yanto war sich nicht sicher, ob sein Plan damit durchschaut war, aber letztendlich spielte es keine Rolle, sobald der Mann zu seinen Leuten zurückkehrte und von dem Mord berichtete, würden die Dorfbewohner zu blutrünstigen Bestien werden und seine Crew töten. Und genau das war sein Ziel.

Yanto kehrte nicht in die Kombüse zurück, sondern hastete geradewegs auf Deck. Für einen Moment, angesichts des dunklen Wassers und der nicht unerheblichen Strecke bis zu den Kaianlagen, war er versucht, das kleine Ruderboot zu Wasser zu bringen, das an einem Auslegerkran baumelte. Aber im Grunde lief er nur Gefahr, von der Besatzung gestellt zu werden. Außerdem war das Ruderboot auf dem Wasser viel leichter auszumachen als ein Schwimmer. Er kletterte auf die Reling, konzentrierte sich und ließ sich ins Wasser fallen.

Ein halber Kilometer lag vor ihm. Erst als er schon gesprungen war, fiel ihm ein, dass er gar nichts über die Strömungsverhältnisse in dem Hafenbecken wusste. Als sein Kopf wieder die Wasseroberfläche durchstieß, fluchte er leise über seinen Leichtsinn. Für einen Moment bewegte er sich nicht, um ein Gefühl dafür zu bekommen, in welche Richtung er trieb. Tatsächlich bewegte er sich langsam seitlich zum Ufer, sodass die Strömung ihn in einem weiten Bogen in die Straße von Malakka hinausziehen würde. Also richtete er sich an einem Punkt deutlich neben den Kais aus und begann zu schwimmen.

* * *

Nach über einer Stunde erreichte er die erleuchtete Kaimauer, die sich vor ihm wie ein unbezwingbarer Berg auftürmte. Er hatte kaum noch die Kraft, an der Mauer entlangzuschwimmen. Seine Arme wollten nicht mehr, und so konnte er sich nur noch auf dem Rücken liegend und mit den Beinen strampelnd vorwärtsbewegen. Der Tag an der Lenzpumpe hatte ihn stärker ausgelaugt, als er gedacht hatte.

Endlich fand er einen gemauerten Aufstieg, zog sich die ersten Stufen hoch und blieb erst einmal liegen. Die Luft war warm, vielleicht 25 Grad, und obwohl sie feucht war, bemerkte er, wie sie seinen Körper und seine Kleidung zu trocknen begann. Ein unangenehmer Duft stieg von ihm auf, als klebten alle Ölreste und Abfälle, die die Schiffe in die Bucht entlassen hatten, an ihm wie Zuckerwatte.

Auch wenn die Treppenstufen nur halb so lang wie er waren und ihre unebene Oberfläche ihm schmerzhaft in die Wirbelsäule drückte, hatte er Mühe, nicht einzuschlafen. Nach einer Weile raffte er sich auf und schleppte sich die Stufen hoch.

Oben peilte er vorsichtig über den Rand der Kaimauer. Ein riesiger, stelzenbeiniger Containerkran war damit beschäftigt, einen Container nach dem anderen von einem Frachter entgegenzunehmen und zum Lkw-Terminal zu befördern. Yanto wartete, bis der Kran ihn das nächste Mal passierte und sprang auf. Ein paar Meter ging er parallel, dann wandte er sich zielstrebig der nächsten Lagerhalle zu. Niemand kümmerte sich um den verdreckten Hafenarbeiter, der da offenbar auf dem Weg zu seinem Arbeitsplatz war.

Er fand einen Lkw, der gerade Bausand ablud, und zwängte sich zwischen den Kipper und die Rückseite des Führerhauses. Keine fünf Minuten später war er außerhalb des Frachthafens, und als der Lkw das erste Mal an einer Ampel halten musste, verließ Yanto sein Versteck. Alles Weitere würde ein Kinderspiel sein. Bis zum Fischereihafen war es nicht mehr weit, und den Fischern hier ging es nicht anders als denen auf der indonesischen Seite. Kaum einer dürfte hier mit seiner Arbeit genug Geld verdienen. Jemanden für ein paar Dollar hinüber zur indonesischen Küste zu schippern, war in jedem Fall lukrativer.

Ein paar Stunden, und Yanto war wieder in Sicherheit.

29

Die Taverne »Hephaistos« an der Küste wirkte pittoresk wie ein Postkartenklischee, so wie sie an dem felsigen Ufer, mit Blick auf den Fischerhafen von Perama, gelegen war: Die Terrasse war mit wucherndem Wein gegen die Sonne geschützt, die Stühle mit ihren aus Korb geflochtenen Sitzflächen waren blau wie der Himmel, und die Tische waren mit karierten Tischdecken gedeckt.

Anxa und Aurich saßen sich gegenüber. Er hatte eine dicke Mappe vor sich liegen und sog mit geschlossenen Augen die Meeresluft in tiefen Atemzügen durch die Nase ein.

Anxa bedachte ihn mit einem warmen Blick.

Aurich atmete weiter tief ein und aus und stöhnte dabei wohlig. Er sah ein wenig irre aus, der alte Seebär, fast wie ein Sträfling, der es geschafft hatte, von Alcatraz zu fliehen.

Seit Tagen hatte er die Sonne nicht mehr gesehen. Morgens vor Sonnenaufgang hatte er das Bürogebäude der Perikos Shipping Company betreten, hatte sich bis spät in die Nacht durch Geschäftsunterlagen, Verträge, Bestandslisten und Bankdokumente gewühlt und mit den Angestellten und Anwälten gesprochen. Innerhalb kürzester Zeit war er in ein regelrechtes Jagdfieber verfallen, und immer, wenn Anxa ihn besuchte, erging er sich in endlosen Monologen, schimpfte und schwärmte in einem Atemzug, wie meisterhaft Perikos die weltweite Verstrickung der Reederei mit anderen Firmen inszeniert hatte und wie geschickt er es verstanden hatte, Geschäftsverbindungen mit Scheinfirmen, nicht am Markt tätigen Subfirmen und Registrierungsbüros in den sogenannten Billigflaggenländern zu nutzen. Am liebsten hätte Aurich sich akribisch jeder einzelnen Spur dieses *global playings* angenommen, um jede Faser des Netzes herauszukristallisieren, das Perikos da um seine Reederei herum geknüpft hatte. Doch Anxas Auftrag galt eben nur der Tankerflotte und deren Modernisierung. Also hatte er sich erst einmal ausschließlich auf die Schiffe und die bestehenden Lieferverträge konzentriert.

»Aah! Uuh!«

Aurich reckte sich wohlig, öffnete die Augen, lächelte Anxa auf eine Weise an, dass sie nicht wusste, ob er sich nun als Mann oder wie ein Großvater fühlte. Er lachte mit tiefer Stimme auf und drehte seinen Stuhl zum Meer hin, um das Spiel der sanften Wellen mit den grellen Reflexionen des Sonnenlichtes zu beobachten. Sie ließ ihn, drängte nicht, obwohl sie längst wie auf heißen Kohlen saß.

»Sieben Tanker«, sagte er endlich und klopfte stolz auf eine dicke Mappe, ohne seinen Blick vom Meer zu wenden. »Alle sieben haben über 100 000 Tonnen, alle sind einwandig. Und sie haben nur eine Antriebsmaschine.«

»Welche Rolle spielt das denn?«, fragte Anxa.

»Die Maschine?«, fragte Aurich zurück.

»Ja.«

»Stell dir vor, ein Tanker wird im Ärmelkanal antriebslos. Das ist einer der am dichtesten befahrenen Seewege überhaupt. Selbst wenn der Motor auf volle Kraft rückwärts dreht, braucht ein 100 000-Tonner für eine Notbremsung ein paar Seemeilen, bis er steht. Was meinst du, wie lange so eine Bütt bis zum Stillstand braucht, wenn der Motor ausgefallen ist.«

Anxa nickte. »Hast du übrigens die neuen Zahlen gehört über die Ölpest?«

Aurich zog unwillig die Stirn kraus, offenbar wollte er sich nicht von seinen sieben Tankern abbringen lassen.

»Die nächsten zehn Jahre muss die spanische Regierung drei Milliarden Euro für die Reinigung der 3000 Kilometer Strand ausgeben. Und fünf Milliarden als Ausgleichszahlung an die Fischer, weil deren Fischgründe verseucht sind. Acht Milliarden Euro! Und das sind nur vorsichtige Schätzungen.«

Aurich schüttelte den Kopf. »Wahnsinn!«

»Hätten diese Regierungs-Wichser die havarierte PRESTIGE sofort in den nächsten Hafen geschleppt, dann wäre all das nicht passiert.

»Regierungs-Wichser«, wiederholte Aurich lächelnd, »hab ich auch noch nie gehört. Klingt aber irgendwie gut.«

»Stattdessen wollten sie den Tanker auf dem offenen Meer entsorgen«, fuhr sie fort, »mit 77 000 Tonnen Schweröl im Tank.« Sie nahm einen großen Schluck Retsina. Es war schon ihr zweites Glas, während Aurich sein erstes noch nicht angerührt hatte.

»Aber schuld ist mein Vater, dieser Mistkerl.«

Aurich zog wieder seine Stirn in krause Falten. »Diese Flucherei, Anxa, die passt überhaupt nicht zu dir.«

»Ich bin jetzt Reederin, da muss man fluchen«, antwortete Anxa, was witzig klingen sollte. Sie klopfte nervös auf den Tisch.

Aurich sah sie prüfend an. Zuerst wirkte er ungehalten, doch dann wurde sein Blick sanft und warm. Er schob seine Mappe zur Seite und fasste Anxas Hände, als wollte er sie auf diese Weise ruhigstellen.

Anxa sah ihn verunsichert an. »Was ist los?«

»Wie geht es dir, Deern?«

»Gut«, antwortete Anxa leicht, hielt aber seinem ruhigen Blick nicht stand.

»Wie geht es dir wirklich? Ich meine – dein Vater ist gestorben, dein ganzes Leben ist auf den Kopf gestellt ...«

Sie hätte gerne etwas Leichtes, Lustiges gesagt, heraus kam jedoch nur ein ziemlich verzweifeltes: »Ein bisschen durcheinander.«

In Wahrheit kam sie ganz und gar nicht damit klar, wieder in ihre alte Welt zurückgekehrt zu sein. All die Mechanismen der Vergangenheit kehrten zurück, von denen sie gehofft hatte, sie für immer losgeworden zu sein. Stattdessen fühlte sie sich auch heute als erwachsene Frau genauso wehrlos gegen die melancholische Trauer ihrer Mutter, die ihr schon in ihrer Kindheit so viel Lebensenergie entzogen hatte. Helena war mit ihrem Leben, mit ihrem grausamen Mann nie klargekommen und hatte versucht, wenigstens ihre Tochter zu ihrer Verbündeten zu machen. Anxa spürte heute das gleiche klebrige Gefühl, das sie als Kind schon gespürt hatte, eine Verantwortlichkeit zugewiesen zu bekommen, ohne sie wirklich zu begreifen. Was hatte sie mit dem Leben ihrer Mutter zu tun, das weit vor ihrem Leben begonnen hatte und Bahnen eingeschlagen hatte, die sie nicht nachvollziehen konnte?

Ihrer Mutter wegen blieb sie tagein, tagaus in der Villa. Helena war in einen kritischen Zustand verfallen. In dem Maße, wie der Tod ihres Mannes mehr und mehr in ihr Bewusstsein drang, steigerte sie ihre Prozac-Dosis, ohne dass das Medikament jedoch die erhoffte Wirkung zeigte. Oft saß sie abends an dem riesigen Esstisch, dessen Platte aus einem einzigen uralten Ulmenstamm gesägt worden war, und wartete mit einem ins Gesicht gemeißelten Lächeln auf Alessandros Heimkehr.

Am liebsten hätte Anxa ihr in dieses Gesicht geschlagen und sie angeschrieen: ›Wach endlich auf! Du hast dein Leben bisher verschwendet, fang wenigstens jetzt an, es zu leben!‹ Aber das brachte sie nicht fertig, im Gegenteil, es zerriss ihr das Herz zu sehen, wie ihre Mutter sogar jetzt noch an der immer schon aberwitzigen Illusion eines intakten Familienlebens festhielt. Und jedes Mal, wenn sie sie ansprach, erwachte Helena wie aus einer Hypnose und wirkte orientierungslos wie ein ausgesetzter Hundewelpe.

»Ich verstehe, was du meinst«, sagte Aurich, nachdem er ihr geduldig zugehört hatte.

»Und, was meinst du, soll ich tun?«

Aurich ließ sich mit einer Antwort Zeit.

»Am Ball bleiben.«

Anxa sah ihn irritiert an. Sollte so etwas Banales die ganze Antwort sein?

»Du bist als Achtzehnjährige abgehauen, um die Vergangenheit hinter dir zu lassen. Jetzt hat sie dich eingeholt. Sei froh. Jetzt hast du die Chance, sie wirklich zu verarbeiten.«

So richtig konnte Anxa damit nichts anfangen. Aber Aurichs väterliche Wärme tat ihr gut. Sie gab sich einen Ruck.

»Also los, was hast du rausgefunden?«

Aurich klopfte auf seine Mappe. »Hier ist ein Plan, wie du die sieben schrottigsten Tanker innerhalb weniger Tage von den Ozeanen holen kannst.«

Anxa prostete Aurich mit ihrem Retsinaglas zu. »Super, Aurich!«

»Allerdings wäre es am einfachsten und am billigsten, wenn du die Sache nicht ganz so schnell abwickelst.«

»Auf keinen Fall! Die Schiffe werden sofort aus dem Verkehr gezogen. Das habe ich dir doch schon gesagt. Egal, was es kostet.«

Aurich zuckte lächelnd mit den Schultern. »Hab ich mir schon gedacht.« Er schlug die Mappe auf und setzte sich seine Lesebrille auf die Nasenspitze. »Ich weiß, dass dich nur das Ergebnis interessiert. Trotzdem werde ich dir erklären, wie es geht.«

Anxa verzog ihr Gesicht zu einem Muss-das-denn-sein. Aurich ließ sich nicht irritieren.

»Pass auf, Deern.«

Anxa stöhnte und nahm einen weiteren Schluck Retsina. Gleichzeitig wurde ihr warm ums Herz, sie hatte das Gefühl, mit Aurich die nächsten Tage hier sitzen zu können und sich keine Sekunde unwohl zu fühlen.

Konzentriert legte er los. Es folgte ein Strategievortrag über Umverteilungen von Ladungen, über kurzfristiges Schiffsleasing von technisch sichereren Tankern, damit bestimmte unaufschiebbare Aufträge mit langjährigen und wichtigen Geschäftspartnern doch noch ausgeführt werden konnten, und über kalkulierte Regresszahlungen für Aufträge, die storniert und bei denen deswegen Konventionalstrafen fällig wurden.

Anxa folgte geduldig den Ausführungen, ohne alles zu verstehen, und war froh, als Aurich endlich schwieg.

»Ich wusste, dass du es hinkriegst, Aurich«, strahlte sie erleichtert.

Aurich schüttelte den Kopf. »Jetzt kommt der eigentlich spannende Teil.«

Anxa stöhnte erneut, kippte den Rest ihres Weines hinunter und goss sich demonstrativ das nächste Glas ein.

»Dein drittes«, mahnte Aurich.

»Sind doch kleine Gläser.«

»Bei dem Tempo, das du vorlegst, ist es irgendwann schietegal, wie groß ein Glas ist.«

»Nerv mich nicht, Aurich.«

»Also, hör zu.«

»Mein Gott, Aurich, ich höre schon die ganze Zeit zu!«

»Ich kenne den Leiter des Greenpeacebüros in Hamburg. Hab auch schon mit ihm geredet. Der hatte folgende geniale Idee: Wir machen deine Tanker-Stilllegungs-Aktion zu einem umweltpolitischen Medienthema. Wir legen alle Karten auf den Tisch und wickeln den gesamten Vorgang in aller Öffentlichkeit praktisch vor laufender Kamera ab.«

Aurich zog seine Hand wie eine imaginäre Überschrift durch die Luft. »Reederei-Erbin tauscht Profitsucht gegen Ethik. Wie findest du das?«

»Reederei-Erbin tauscht Profitsucht gegen Ethik? Das versteht doch kein Mensch.«

Aurich sah sie erstaunt an.

»Die erste Reederei, die Umweltschutz höher bewertet als Gewinn«, schlug Anxa vor.

»Das versteh ja ich noch nicht mal«, stöhnte Aurich.

»Wieso denn nicht?«

»Na ja, ich versteh es. Aber die Leute da draußen doch nicht.«

»Auch egal!« Anxa wurde ungeduldig. »Ich setze eine Werbeagentur darauf an. Aber die Sache an sich klingt super.«

Aurich lehnte sich zurück und betrachtete das Meer.

»Die Sache an sich ist nur dann wirklich super, wenn du erstens unterm Strich nicht draufzahlst. Geld verschenken, was man zuvor nicht verdienen musste, kann jeder.« Er sah sie ernst an. »Du verstehst, was ich meine?«

Anxa nickte. »Und zweitens?«

»Es darf in der Zwischenzeit mit diesen Schiffen keine Havarie und kein Unfall passieren. Kein Mensch glaubt dir im Nachhinein, wenn du sagst: Ich war doch gerade dabei, diese Schrottkähne aus dem Verkehr zu ziehen.«

»Dann müssen wir uns eben beeilen!«

Aurich nickte. »Im Moment sind diese sieben Tanker unterwegs. Vier davon werden gerade mit Rohöl beladen. Das bedeutet, dir bleibt nichts anderes übrig, als sie auf die Reise zu schicken.«

»Die kann man doch einfach wieder leer pumpen.«

»Kann man nicht. Meinst du, die Kuwaitis nehmen das Öl zurück, was sie dir gerade verkauft haben?«

»Okay, okay. Also, wie lange dauert es?«

»Der erste Tanker in zwei Tagen, der letzte in frühestens sieben Tagen.«

Anxa atmete auf. »Na, dann ist doch alles klar.« Sie hob erneut ihr Glas, um mit Aurich anzustoßen. Er reagierte immer noch nicht. »Was ist los mit dir? Bist du Antialkoholiker geworden oder was?«

Aurich schien ihre Worte nicht wahrgenommen zu haben.

»Es gibt einen Haken. Oder ein Risiko. Das Ganze kann zu einem Flächenbrand werden. Wenn du als Reederin eine Umweltkampagne startest, und du machst der Weltöffentlichkeit vor, wie man trotz teurer Modernisierung und Umweltbewusstsein immer noch Gewinn macht, werden alle anderen Reedereien in Zugzwang kommen. Genauso die Kunden der Reedereien, die Mineralölfirmen. Die haben so ein schlechtes Image, die werden sich öffentlich sofort auf deine Seite stellen.«

»Wo ist das Problem? Das ist doch toll!«

»Nicht für die vielen Reedereien, die mit alten Schiffen und Billigflaggen ihr Geld verdienen. Für die bedeutet deine Aktion mittelfristig den Bankrott. Deswegen werden die dir nicht kampflos das Feld überlassen.«

»Auch gut. Konkurrenz belebt das Geschäft.«

Aurich sah sie prüfend an. »Das Reedergeschäft ist hart, Anxa. Das habe ich dir schon mal gesagt.«

Anxa machte eine wegwerfende Handbewegung. »Ich weiß.«

»Die schicken dir vielleicht Schlägertrupps auf den Hals. Vielleicht werfen sie dir eine Bombe ins Büro. Oder sie drohen dir, dich umzubringen. Vielleicht versuchen sie es sogar. Vielleicht sabotieren sie eines deiner Schiffe und schicken es mit voller Ladung auf den Grund, um dich in der Öffentlichkeit zu diskreditieren.«

»Komm, Aurich, das kann ich mir echt nicht vorstellen!«

»Anxa«, Aurich lächelte sie milde an, »du kannst von mir aus so viel trinken, wie du willst. Aber wenn dein Kopf nicht mehr klar ist, dann ist mir meine Zeit zu schade, dir wichtige Dinge erklären zu wollen.«

Anxa schlug beschämt ihre Augen nieder und schwieg für einen Moment.

»Tut mir leid, Aurich. Wahrscheinlich bin ich …«, sie macht eine unbestimmte Handbewegung.

»Ich weiß. Und das kann ich auch verstehen.«

Anxa nickte, holte tief Luft und konzentrierte sich. »Also gut, du meinst, meine Konkurrenten könnten mir gefährlich werden.«

»Genau das meine ich. Du ahnst nicht, was für Typen sich in dem Geschäft tummeln.«

Anxa lachte bitter auf. »Du vergisst, dass mein Vater einer von ihnen war.«

»Tut mir leid, das sagen zu müssen, Anxa, aber ich glaube nicht, dass du deinen Vater als Geschäftsmann gekannt hast.«

»Ich habe ihn überhaupt nicht gekannt«, antwortete Anxa bitter.

»Ich wollte dich nicht verletzen.« Aurich drückte herzlich ihre Hand.

»Du verletzt mich nicht«, sagte sie leise, »du erinnerst mich nur daran, was für ein Arschloch er war.« Sie sah ihm in die Augen. »Sag mir jetzt nicht, dass man so nicht über einen Toten redet.«

Eine Weile sagte keiner etwas, und sie sahen den beiden Jungen zu, die schon die ganze Zeit mit einer für Kinder erstaunlichen Geduld alle paar Minuten ihre Angelschnur einholten und mit neuen Ködern versehen wieder hinauswarfen, ohne auch nur einen einzigen Fisch zu fangen.

Nach einer Weile hatte Anxa sich wieder gefangen. »Also gehen wir erst an die Öffentlichkeit, wenn alle diese sieben Tanker leer sind und sicher an irgendeiner Hafenanlage liegen.«

Aurich schüttelte den Kopf. »Nein, erst wenn die Schweißbrenner von einem anerkannten Schiffeverschrotter die ersten Löcher in ihre Rümpfe brennen.«

»Und all das geht nicht in zwei bis sieben Tagen…«

Aurich nickte. »Ein paar Wochen wird es dauern. Man muss sehen.«

»Also nichts mit: vor den Augen der Weltöffentlichkeit.«

»Doch. Aber eben erst ab einem bestimmten Zeitpunkt.«

Anxa atmete schwer durch. »Das wird alles ziemlich nervenaufreibend, richtig, Aurich?«

Er lachte grimmig. »Noch kannst du es dir anders überlegen, Deern.«

Er griff nach seinem Weinglas und roch an dem harzigen Retsina. »Hmm«, brummte er, »das riecht verteufelt nach Kopfschmerzen«, und nahm einen großen Schluck. »Die verdammten Griechen hauen einfach zu viel Schwefel da rein.«

Anxa hätte jetzt gerne etwas Optimistisches gehört. Das Gefühl, die alleinige Verantwortung für alles zu tragen, was im Namen der Perikos-Reederei passierte, legte sich plötzlich wie ein eiserner Ringanker auf sie.

Aurich sah sie prüfend an. Beiläufig packte er mit seiner schwieligen Linken ihren Nacken und drückte zu. Der Schmerz ließ sie aufstöhnen und trieb ihr Tränen in die Augen.

»Keine Sorge, Deern, was immer du machst: Es wird besser sein, als was dein Vater je gemacht hat.«

»Du tust mir weh!«, klagte sie mit zittriger Stimme.

»Ich weiß«, lachte er und ließ los.

Befreit atmete Anxa auf und stellte erstaunt fest, dass ihre Lungen wieder frei atmeten.

»Und?«, fragte Aurich, »was hältst du davon? Sollen wir heute noch loslegen?«

»Natürlich.« Anxa rieb sich den Hals.

»Also, Perikos ältester Schrottkahn ist die SEA MOOD. Ein 200 000-Tonnen-Tanker. Ein Supertanker, 342 m lang. Hat Rohöl aus Katar in den Tanks und ist auf dem Weg nach Japan. Hat gerade Singapur hinter sich gelassen.«

Ein Leuchten wischte über Anxas Gesicht. »Wie machen wir es?«

»Zwei Möglichkeiten. Wir lassen ihn seine Fracht nach Tokio liefern und schicken ihn dann leer nach Kiel in Deutschland, wo er zerlegt werden kann.«

»Wie lange dauert das?«

»Dreißig Tage ungefähr.«

Anxa schüttelte den Kopf. »Zu lange. Was ist mit der zweiten Möglichkeit?«

»Wir stoppen die Sea Mood. Ich kündige den Transportvertrag mit den Japanern und zahl denen eine Konventionalstrafe. Dann schicken wir den Tanker nach Kuala Lumpur. Da gibt es die größten Raffinerien der Welt. Denen verscherbeln wir das Öl, unterm Strich wirst du keinen Gewinn machen, aber es wird die Kosten in etwa aufwiegen. Und dann geht es weiter wie schon gesagt: Kiel, zerlegen, verschrotten. Dauert ungefähr achtzehn Tage.«

Anxa sprang auf. »So machen wir es!«

»Habe ich mir schon gedacht«, knurrte Aurich grinsend, »deswegen habe ich in Kuala Lumpur schon eine Raffinerie kontaktiert.«

Anxa beugte sich über den Tisch, umarmte Aurich und drückte ihm einen lauten Kuss auf die Stirn.

Aurich lächelte sie sanft an, ohne zu antworten.

»Komm, lass uns fahren«, sagte Anxa und griff nach den Autoschlüsseln.

»Nix da. Erstens fährst du heute gar nicht mehr. Zweitens: Bevor ich hier nicht die größte Fischplatte des gesamten Peleponnes verdrückt habe, rühr ich mich nicht weg.«

Anxa ließ sich stöhnend wieder in ihren Stuhl fallen und tat genervt. Eigentlich aber fühlte sie sich in diesem Moment so glücklich wie schon lange nicht mehr.

* * *

Nach dem Essen, das Aurich zelebrierte wie ein Drei-Sterne-Menü, fuhren sie in die Reederei. Aurich funkte Stavros Acromos an, den Kapitän der Sea Mood, um ihm seinen geänderten Auftrag durchzugeben.

Acromos erwies sich jedoch als harter Brocken. Er hatte Alessandro Perikos persönlich gekannt und wusste einiges über die Perikos'sche Familiengeschichte. Für ihn war der Befehl eines deutschen Geschäftsführers, von dem er noch nie gehört hatte, die Sea Mood zu wenden und nach Kuala Lumpur zu bringen, nichts als ein schlechter Scherz. Genauso wie die Behauptung, dass ausgerechnet Alessandros abtrünnige Tochter die Reederei übernommen haben sollte.

Aurich versuchte in allen Tonlagen, den Kapitän zu überzeugen, drohte und schimpfte – vergeblich.

Anxa war schon unruhig geworden, hatte sich aber nicht einmischen wollen. Aurich war ein sympathischer Kerl, aber er war in gewisser Weise ein typischer Deutscher und konnte mit der empfindlichen Eitelkeit eines griechischen Mannes nicht umgehen. Vor allem die teutonische, pragmatische, charmefreie Geradlinigkeit, mit der er das Gespräch geführt hatte, konnte nicht zum Ziel führen.

Anxa nahm das Mikrofon. »Kapitän Stavros Acromos, hallo!«, sagte Anxa auf griechisch. »Hier ist Anxa Perikos.«

»Hallo«, antwortete Acromos kurz angebunden.

»Hören Sie, Stavros, Sie haben meinen Vater gekannt.«

»Und ob!«, kam es aggressiv zurück.

»Wissen Sie, Stavros, Ihnen zu beweisen, dass ich jetzt der Chef der Reederei bin, das ist kein großes Problem. Es gibt Dokumente, und es gibt einen Gerichtsbescheid, der nötig war, weil unser ehemaliger Anwalt mich mit einer einstweiligen Verfügung stoppen wollte. Ich werde die Dokumente scannen lassen und Ihnen per Email zuschicken.«

»Ja, dann lassen Sie mal sehen!«, antwortete Acromos mit herablassender Arroganz.

»Gerne. Nur, diese E-Mail löst das Problem nicht. Sie könnte ja gefälscht sein.«

»Das sehen wir dann mal, wenn es so weit ist.«

»Falsch, Stavros. Da Sie sich ohnehin entscheiden müssen, ob Sie mir glauben oder nicht, kostet es nur unnötig Zeit, wenn Sie die Entscheidung hinausschieben. Und mit jeder Stunde bewegen Sie sich 15 Seemeilen weiter in Richtung Japan. Also entscheiden Sie jetzt.«

»Ach, wissen Sie, die Zukunft, wer kennt die schon. Ich entscheide, wenn's mir passt.«

»Mhm, vielleicht müssen Sie sich in dieser Sekunde überlegen, wie Ihre Zukunft aussehen soll?«

»Wollen Sie mir drohen?«, brauste Acromos auf. »Hören Sie, ich fahre jetzt seit sieben Jahren für die Perikos Shipping Company!«

»Na, Stavros, wieso drohen? Was ist daran bedrohlich, wenn ich von der Zukunft rede?«

»Weil Sie von meiner Zukunft geredet haben.«

»Ich habe gefragt, nicht geredet.«

»Da war ein Unterton.«

»Ganz bestimmt nicht, Stavros.«

»Oh ja, Sie meinen, wenn ich ihnen jetzt Ärger mache, dann machen Sie mir später Ärger. So nicht, verehrte Dame, so lasse ich mich nicht behandeln!«

»Sie haben vollkommen Recht.«

Für einen Moment schwieg der Kapitän.

»Hören Sie, ich kann einen 200 000-Tonnen-Tanker nicht einfach umdrehen. Dafür braucht man gute Gründe.«

»Oder einen Chef, der Ihnen sagt, Sie sollen umdrehen.«

»Das ist richtig«, antwortete Acromos zögernd, »wenn er wirklich der Chef ist.«

»Vollkommen richtig. Jetzt müssen Sie nur noch Gewissheit haben.«

»Ich ... nun, ich könnte mich ja durch ein Telefonat mit Kyklos versichern.«

»Kyklos, unserem Logistik-Chef? Gute Idee, Stavros. Rufen Sie ihn zu Hause an. Haben Sie seine Nummer?«

Wieder ließ sich Acromos etwas Zeit. Anxa konnte spüren, wie ihm mulmig geworden war. Wenn die Angestellten von Alessandro Perikos eines gelernt hatten, dann, dass jeder jederzeit ersetzbar war.

»Wissen Sie was?«, sagte Acromos plötzlich eilig, »ich glaube Ihnen. Kyklos kann ich auch noch später anrufen. Ich drehe um. Wo soll's hingehen?«

Anxas Gesichtsausdruck verhärtete sich. »Nach Kuala Lumpur«, sagte sie kühl. »Die genauen Daten kriegen Sie morgen früh von Kyklos. Ende.«

Sie gab Aurich das Mikrofon zurück.

»Deinem Gesichtsausdruck nach hast du auch nichts erreicht«, sagte Aurich, der die auf Griechisch geführte Unterhaltung nicht verstanden hatte. »Verdammt noch mal.«

»Doch, habe ich. Er nimmt sofort Kurs auf Kuala Lumpur.«

»Tatsächlich?«, freute sich Aurich. »Wie hast du das denn hingekriegt?«

»Ich will, das du ihn entlässt, wenn die Sache vorbei ist.«

»Was? Wieso das denn? Er macht, was du willst, und du willst ihn entlassen?«

»Ich will keine Schiffskapitäne, die sich so leicht bequatschen lassen.«

Aurich lachte, weil er es für einen Scherz hielt, aber Anxa blieb ernst.

»Er hätte Kyklos anrufen sollen, bevor er nachgibt«, sagte sie.

Aurich sah sie prüfend an. »Das klingt nicht wie die Anxa, die ich kenne.«

Anxa wollte aufbrausen, wurde jedoch von Aurichs Blick gehindert.

»Mensch bleiben, Anxa. Alles andere wäre ein zu hoher Preis.«

Anxa biss sich auf die Unterlippe und schwieg betroffen. Da war etwas gewesen, was sie so noch nicht an sich kennengelernt hatte. Wenn sie ehrlich war, hatte es ihr Lust bereitet, hart und rücksichtslos zu sein, Lust, den Kapitän, der zu ihren Angestellten gehörte, ihre Macht spüren zu lassen. Genauso hätte es ihr Vater gemacht.

30

Yanto zählte dem Vietnamesen einen Hundertdollarschein nach dem anderen in die offene Hand, bis der Betrag stimmte.

»Das sind gute Waffen«, sagte der Vietnamese und verbeugte sich, »das Beste, was Frankreich, Deutschland und Amerika herstellen.«

Yanto steckte das übrig gebliebene Geld ein.

»Du machst eine kleine Armee auf?«, grinste der Vietnamese.

Yanto warf ihm einen warnenden Blick zu. Bei solchen Geschäften fragte man nichts, das musste dieser Kerl doch wissen.

»Geht mich nichts an«, lachte der Vietnamese und hob beide Arme. »Geht mich nichts an!«

»Nein«, entgegnete Yanto kühl.

»Ja, ja!«

Yanto beobachtete ihn, wie er sich mehrere Male verbeugte und dann hinunter ans Ufer zu seinem Boot eilte.

Rupai, ein kleiner Waisenjunge, der seine Eltern bei dem Tsunami Weihnachten 2004 verloren hatte und seitdem in Yantos Familie lebte, löste das Halteseil und hielt es dem Vietnamesen hin. Linkisch und mit merkwürdig zuckenden Gliedern griff dieser danach und sprang in sein Boot. Yanto juckte es plötzlich in den Fingern, sich eines seiner neuen Gewehre zu nehmen und den Mann niederzuschießen.

Der Vietnamese startete den Außenborder und schob den Gashebel sofort auf Vollgas. Yanto starrte ihm hinterher. Sein Blick wurde nachgiebiger, fast schämte er sich ein wenig. Wollte er jetzt jedem misstrauen? Dieser Mann war nicht mehr als ein Bote, ein Lieferant, und hatte einfach nur Angst, etwas falsch zu machen. Sonst nichts.

Yanto hatte bisher ignoriert, dass sein Unwohlsein in der letzten Zeit größer geworden war. Auf jeden Fall hatte es etwas mit seinem Dorf und den Menschen hier zu tun. Sie waren schwach, und ohne seine Führerschaft würden sie wieder mit Wanzen und Schweinen zusammen in ihren Hütten vor sich hin vegetieren, würden vergeblich nach Arbeit suchen und ihre Kinder verkaufen.

Ich gehöre hier nicht hin, dachte Yanto. Er sah sich um, sah die Hütten, die mittlerweile nicht mehr ganz so ärmlich aussahen, weil die Familien zu Geld gekommen waren. Durch ihn, durch seine Raubzüge, er war der größte und einzige Arbeitgeber weit und breit. Deshalb achtete und verehrte man ihn. Zumindest die Frauen und Jugendlichen, die Männer nicht. Auch wenn sie ihn als Anführer mehr oder weniger akzeptierten, so waren sie eigentlich der Ansicht, das, was Yanto leistete, jederzeit selber auf die Reihe zu kriegen, und bedingungslosen Gehorsam hatten sie ihm nie entgegengebracht.

Bislang hatte ihm das genügt. Doch jetzt war Schluss damit. Er hatte seine alte Crew mit einem Schlag entsorgt, und mit der neuen, die er gedachte zusammenzustellen, würde er von Anfang an grundsätzlich andere Spielregeln setzen. Er brauchte Soldaten, keine Banditen. Er brauchte Männer, die sich diszipliniert verhielten, die ihr Handwerk verstanden, die gehorchten. So wie diese englischen Repo-Söldner und ihr Anführer Berry, die seine Leute auf der LIBERTY ausgeschaltet hatten. An diesen Gegnern musste er sich in Zukunft messen, solche Gegner musste er in der Lage sein zu besiegen, wenn er sich die dauerhafte Achtung der Syndikate in Medan, in Jakarta, in Kuala Lumpur oder in Singapur verschaffen wollte.

Yanto betrachtete die Waffenkisten, für die er so viel Geld hingelegt hatte und die von Panzerfäusten über Granatwerfern bis hin zum neuesten deutschen Heckler-&-Koch-Sturmgewehr alles enthielten, was man brauchte, um mit jedem Gegner fertig zu werden. Ein nicht unerheblicher Teil seiner Rücklagen war damit weggeflossen, dennoch tat es ihm um das Geld nicht leid. Seine nächste Crew musste nicht nur besser ausgebildet, sie musste vor allem viel besser bewaffnet sein.

Allerdings saß er in der Klemme. Die Zeit war knapp geworden, in weniger als einer Woche musste er für George Harrison den richtigen Tanker gefunden und gekapert haben. Ihm blieb also erst einmal nichts anderes übrig, als auf die Leute zurückzugreifen, die er schnell bekommen konnte. Danach dann, so nahm er sich vor, würde er noch einmal mit einer ganz neuen Truppe neu anfangen.

Das galt in jeder Beziehung. Er selbst brauchte eine neue Strategie. Im Grunde verschenkte er doch Millionen, wenn er für 425 000 Dollar einen mit Öl beladenen Tanker klaute und nicht selbst das Öl verkaufte. Leute wie Harrison riskierten persönlich nichts, sondern setzten lediglich Geld ein, und das war sehr wenig im Verhältnis zu dem Gewinn, den sie machten. Ihr Geschäft beruhte nicht auf lebensgefährlichem Kampf, sondern auf den richtigen Geschäftsverbindungen.

Genau das war es, was er in Zukunft brauchte: Kontakte in der feinen Welt, denen er die geklauten Schiffsladungen selbst verkaufte. Erst damit erreichte er das, was sein Vater immer für ihn gewünscht hatte: ein vornehmer Mann in Jakarta zu werden, mit einem Büro, mit einem großen Haus, mit einem Luxusauto.

Yanto reckte seinen Körper wohlig. Das Gefühl, endlich auf dem richtigen Weg zu sein, stärkte seinen Entschluss. Die einzige Änderung, die er gegenüber dem Plan seines Vaters vornehmen würde, war, seine Familie nicht nachkommen zu lassen. Er schämte sich für sie, sie würden ihn immer an die alte, an die erbärmliche Welt erinnern, und sie würden von ihm fordern, sich so zu verhalten wie früher.

»Ich habe die ganze Zeit aufgepasst!«, stieß Rupai, der herbeigerannt war, atemlos hervor und sah Yanto mit großen Kinderaugen an.

Ansatzlos gab Yanto dem Jungen eine gewaltige Ohrfeige. Rupai stolperte und stürzte fast. Wie in Zeitlupe wandte er sich Yanto wieder zu, fassungslos und tief verletzt zugleich. Seine Augen füllten sich mit Tränen.

Yanto schob ihn rau zur Seite. Eines war sicher: Er wollte für niemanden mehr verantwortlich sein. Er hatte seine Pflicht gegenüber seiner Familie und dem Dorf lange genug getan. Damit war nun Schluss.

»Yanto?«

Er erkannte die Stimme von Rena, der Mutter von zweien der Männer, die er in Dawangan zurückgelassen hatte.

»Was gibt's?«, fragte er unfreundlich.

»Verzeih mir, wenn ich dich störe.« Sie machte eine Pause, damit er so etwas sagen konnte wie: ›Aber nicht doch, du störst mich nicht‹. Aber er sah sie nur weiterhin unfreundlich an.

»Ich wollte nur fragen«, fuhr Rena eingeschüchtert fort, »wie es meinen Söhnen geht«.

»Gut«, antwortete Yanto und hoffte, dass die beiden und der Rest seiner alten Mannschaft längst der Wut der Dawanganer zum Opfer gefallen waren.

»Wann werde ich sie …«

»Bald«, unterbrach Yanto sie und ließ Rena einfach stehen.

Bei seiner Rückkehr hatte er allen im Dorf weitgehend die wahre Geschichte erzählt: dass er zurückgekehrt war, um mit neuen Raubzügen das Lösegeld für seine Leute zu beschaffen und dass er dafür eine neue, schlagkräftige Crew aufstellen musste.

In der Hütte seiner Mutter holte er sein gesamtes restliches Geld aus dem Versteck in einem der Holzpfosten, die früher das Dach getragen hatten, bevor er es mit Stahlträgern hatte abstützen lassen. Einen Teil des Geldes steckte er in den großen Kochtopf, den seine Mutter nur am Wochenende benutzte, wenn die Verwandtschaft auftauchte. Es war mehr, als sie und seine Schwestern die nächsten Jahre zum Leben brauchen würden. Dann nahm er ein paar Kleidungsstücke aus dem Regal, stopfte sie in einen Jutesack und verließ die Hütte, ohne sich noch einmal umzusehen. Jetzt, da er sich entschieden hatte, endgültig zu gehen, sollte es schnell gehen.

Auf dem Dorfplatz hatten sich schon die Männer seines Dorfes und verschiedener Nachbardörfer eingefunden, die Anwesenheit von Frauen hatte er ausdrücklich verboten. Die älteren Männer waren nur widerstrebend gekommen, sie wollten zwar das verlockend viele Geld, das man als Pirat verdiente, nicht jedoch das dazu gehörige Leben führen.

Die jungen Männer hingegen sehnten sich nach Abenteuer, nach Kampf und Eroberung. Sie malten sich aus, wie sie den eingebildeten Kapitänen großer, reicher Frachtschiffe zeigten, wer das Sagen hatte. Sie wollten siegen, und manche von ihnen träumten davon zu töten.

Sein Gefühl sagte ihm sehr schnell, wer die Richtigen waren. Sieben junge Männer um die 20 Jahre wählte er aus und forderte sie auf, das Nötigste einzupacken und sich in einer halben Stunde unten am Ufer einzufinden.

Die älteren Männer atmeten auf und verschwanden sehr schnell. Ihre Frauen hätten anders reagiert, wenn sie zugegen gewesen wären. Es war nicht dasselbe, ob unerfahrene Söhne oder lebenserfahrene Männer ins Ungewisse zogen. Frauen hätten für Unruhe gesorgt, vielleicht hätten sie sich sogar gegenseitig ermutigt, Yantos Entscheidung nicht hinzunehmen. Jetzt jedoch waren sie auf den Feldern oder auf dem Markt. So wurden sieben Müttern ihre Söhne weggenommen, ohne dass sie sich von ihnen verabschieden konnten.

* * *

Yanto brachte seine neuen Leute zu einer unbewohnten Insel nordwestlich von Rupat Island, eine von den geschätzt 15 000 Inseln, die der indonesischen Küsten vorgelagert waren. Viele dieser Inseln hatten keinen geografischen Namen, sondern höchstens den, den ihnen die Bewohner selbst oder die nächsten Küstenbewohner gegeben hatten. Yanto hatte seine Insel Candi, Tempel, genannt. Zuerst ohne einen besonderen Grund. Später, als er mit seinen Leuten immer wieder zu ihr zurückkehrte, fand er den Namen sehr sinnvoll: Hier feierten sie ihre Beute, hier bereiteten sie sich auf die nächsten Raubzüge vor, und hier fühlten sie sich sicher. Um Candi herum waren die Wasserwege derart verschlungen, lauerten so viele Untiefen und riskante Strömungen, dass sich niemand hierher wagte.

Vor Jahren hatte Yanto einen gekaperten Frachter hergebracht, um in Ruhe einen geeigneten Käufer für ihn zu suchen. Er hatte ihn in eine schmale Fahrrinne hineingelenkt und war auf Grund gelaufen. Jeder Versuch, das Schiff wieder hinauszubringen, hatte es noch schlimmer gemacht, und am Ende klebte der Frachter förmlich im weichen Sand. Also ließ er ihn durch fünf Anker sichern, ließ Erde herbeischaffen, pflanzte Bananenbäume, Palmen und Büsche auf dem Deck, sodass ein überfliegendes Flugzeug nichts anderes sah als eine weitere kleine Insel inmitten von unendlich vielen anderen Inseln.

Mittlerweile war Candi zu einem ausgebauten Stützpunkt geworden. Hier hatte Yanto zwei der wendigen Hochgeschwindigkeitsschlauchboote, Kerosin, Lebensmittel, Kleidung, Waffen und weiteres Geld versteckt. Wenn das Wetter nicht verrückt spielte, konnte er von hier aus einen Frachter, auf dessen Ladung er es abgesehen hatte, ohne Probleme 300 Seemeilen nach Nordosten verfolgen, wo die Straße von Malakka nicht mehr so schmal war und die großen Schiffe mit großem Abstand zueinander fuhren. Ein vergleichsweise winziges, schwarzes Schlauchboot fiel dort nicht auf. Nicht so sehr wie in südwestlicher Richtung, wo die Straße sich an ihrer schmalsten Stelle, unweit von Singapur, bis auf zehn Seemeilen verschlankte. Dort ging es zu wie auf einem Basar. Alle Schiffe mussten durch dieses Nadelöhr, und ein schwarzes Schlauchboot, das nicht der Küstenwache gehörte, war hier sehr verdächtig. Wenn Yanto dort agierte, blieb er in Küstennähe und achtete lediglich darauf, das anvisierte Schiff nicht auf dem Radar zu verlieren.

Die nächsten beiden Tage ließ Yanto seinen Männern keine Minute Ruhe und trainierte mit ihnen die Routinen eines Überfalls: Er selbst und ein weiterer Mann stürmen die Brücke, zwei sichern die Funkkabine, damit keine Notrufe abgesetzt werden können, die übrigen vier schließen die Offiziere und die Mannschaften in ihren Kabinen ein und bewachen sie.

Von der eigentlichen Feuertaufe, die seinen Leuten bevorstand, verriet er zu diesem Zeitpunkt noch nichts. Er konnte nicht abschätzen, wie die jungen Männer darauf reagieren würden, auf Befehl wehrlose Menschen zu töten. Gleichzeitig musste er sie so hart rannehmen, dass sie es im entscheidenden Moment nicht wagen würden, sich einem solchen Befehl zu widersetzen.

31

In der Zwischenzeit bereitete Berry seinen Ausstieg vor, weg von Lost Ship Management, weg von London, weg von Europa. Er beauftragte einen Makler, seine Wohnung zu verkaufen, transferierte einen Teil seiner Gelder auf eine Nassauer Bank auf den Bahamas und besorgte sich über einen Online-Makler ein Apartment mitten in der Altstadt von Nassau, von dort aus würde er dann in aller Ruhe alles Weitere regeln.

Holbrook hatte nur noch einmal versucht, ihn umzustimmen, und als das nicht fruchtete, hatte er sich geweigert, wegen der Übernahme von Berrys Hälfte von Lost Ship Management persönlich zu verhandeln. Tief gekränkt hatte er einen Anwalt beauftragt, um sich mit dem Thema erst wieder zu beschäftigen, wenn alle Papiere unterschriftsreif waren. Berry hatte einen sehr fairen Preis gemacht und wollte ihm mit den Zahlungsmodalitäten so weit wie möglich entgegenkommen. Holbrooks Mangel an Liquidität stellte ein großes Problem dar, es war für ihn praktisch unmöglich, einen Kredit von der Bank zu bekommen. Seit sich die europäischen Banken in ihrem Basel II genannten Abkommen auf wesentlich schärfere Kreditvergaberichtlinien geeinigt hatten, war es nicht mehr so einfach, Unternehmer zu sein. Erschwerend kam hinzu, dass sich einer Bank die ungewöhnlichen Geschäftsaktivitäten von LSM kaum vermitteln ließen, und ein Businessplan mit Beschreibungen wie: ›LSM holt entführte Schiffe mit Waffengewalt wieder zurück‹ klangen eher abschreckend als vertrauensfördernd.

Als alles Organisatorische erledigt war, blieb Berry nichts anderes mehr übrig, als zu warten und sich in Geduld zu üben, denn der für die Überschreibung der Firma nötige Notartermin konnte erst in ein paar Tagen stattfinden.

Wieder packte ihn das Gefühl tiefster Leere. Er hatte nichts, was ihn wirklich interessierte, er hatte keine Hobbys, mochte weder Konzerte noch Theater, er las keine Bücher, und auf die Idee, ein Museum zu besuchen, würde er nicht einmal im Traum gekommen sein. Sport konnte er nur für höchstens ein, zwei Stunden am Tag machen, und mehr als zwei Kinofilme konnte er ebenfalls nicht verkraften. Freunde hatte er in London keine, die einzigen Menschen, mit denen er in den vergangenen Jahren seine Zeit verbracht hatte, waren Holbrook, seine Männer bei LSM und Sylvie. Was war eigentlich vorher gewesen? Hannas Tod hatte in seiner Erinnerung so etwas wie eine schwarze Wand gesetzt, auf der einen Seite spielte sich sein Leben danach ab, auf der anderen herrschte Dunkelheit.

Um seine Erinnerungen aufzufrischen, kramte er ein altes Adressbuch hervor, in dem er Telefonnummern von früheren Bekannten und Freunden fand, die alle in Deutschland lebten und mit denen er zuletzt vor mindestens sechs Jahren Kontakt gehabt hatte, bevor er nach London gegangen war. Er griff zum Telefon.

Nach einer Stunde gab er auf. Viele waren unter den alten Nummern nicht mehr zu erreichen, und die, die er erreichte, reagierten reserviert oder sehr verwundert, überhaupt noch einmal von ihm zu hören. Niemand hatte Verständnis dafür, dass er vor sechs Jahren sang- und klanglos und ohne eine Erklärung einfach verschwunden war. Es verletzte ihn nicht, eher erstaunte ihn die Erkenntnis, überhaupt keine Freunde zu haben, auch in Deutschland nicht. Um so mehr freute er sich auf sein neues Leben und den bevorstehenden Umzug auf die Bahamas, und er konnte es kaum noch erwarten, bis endlich die letzten Hürden genommen waren.

32

Bevor es dunkel wurde, verließ Yanto mit seinen Leuten den Candi. In südöstlicher Richtung fuhren sie in Küstennähe die Straße von Malakka hinunter und erreichten nach etwa siebzig Seemeilen die Insel Bengkalis, deren nordöstlichster Zipfel ein einziger zerklüfteter Mangrovensumpf war, durchzogen von unendlich vielen Wasseradern und der beste Beobachtungsposten, den man sich vorstellen konnte. Hier war die Meerenge schmal genug, um bei jedem vorbeiziehenden Schiff mit einem Fernglas erkennen zu können, ob es Öl, Gas oder Container geladen hatte und in welchem Zustand es war. Nur die tatsächliche Größe war schwer einzuordnen. Harrison hatte einen mindestens 100 000 Tonnen großen Tanker gefordert, das bedeutete, er musste über 200 Meter lang sein. Yanto entschied sich jetzt schon, im Zweifelsfalle auch einen vermutlich kleineren Tanker zu kapern.

Er war nervös. Sein ursprünglicher Plan hatte vorgesehen, hier mindestens zehn Tage auf der Lauer zu liegen. Innerhalb von zehn Tagen würde mit absoluter Sicherheit unter den täglich hundert oder mehr Schiffen, die hier die Straße von Malakka passierten, der richtige Tanker zu finden sein. Aber in nur zwei Tagen?

Da er den ganzen Tag den Schiffsverkehr beobachtete und deshalb seine Leute nicht im Auge behalten konnte, überschüttete er sie mit einer Vielzahl von Arbeiten. Er wollte nicht riskieren, dass sie auf dumme Gedanken kamen. Sie brannten vor Tatendrang, zu warten war für sie jetzt, so kurz vor ihrem ersten großen Abenteuer, das Schwierigste überhaupt. Also ließ er sie ein Camp in den Urwald schlagen und mit Planen gegen die häufigen Regengüsse schützen. Er schickte sie ununterbrochen auf Patrouillengänge, weniger wegen der Gefahr, entdeckt zu werden, als vielmehr, um wilde Tiere davon abzuhalten, sich anzuschleichen. Neben Orang-Utans und allen möglichen Wildkatzen, die kaum eine Gefahr darstellten, gab es hier auch Nebelpanther, vielleicht sogar Königstiger.

Yanto saß auf einem klappbaren Regiestuhl, den er von einem seiner Raubzüge mitgebracht hatte und auf dessen Rückenlehne in großen Buchstaben »Stephen Spielberg« geschrieben stand, und tastete mit einem lichtstarken Zeiss-Ikon-Fernglas die vor ihm liegende Wasserstraße und den Horizont ab. Der nie abbrechende Strom der vorbeiziehenden Schiffe, der ihm aus seiner Kindheit so vertraut war, faszinierte ihn heute noch genauso. Wie majestätische Giganten aus einer anderen Welt schoben sich die Riesenschiffe schwer und unbeirrbar durch das Wasser mit seinen lächerlich kleinen Wellen.

Als Kind hatte er oft über die andere, die für ihn fremde Welt fantasiert, die solche Schiffe hervorbrachte. Die Boote, die aus seiner Welt kamen, waren mickrig und hilflos, sobald die Wellen höher schlugen oder der Wind zu heftig wehte. Die Schiffe da draußen dagegen erhoben sich über die siegesgewohnte Natur und trotzten ihr nicht nur, sondern verhöhnten sie sogar. Wie musste eine Welle beschaffen sein, die so einen Giganten umstoßen konnte? Solche Wellen gab es nicht, der Wind und das Meer mussten vor den riesigen Frachtern und Tankern kapitulieren, selbst ein Tsunami konnte ihnen auf dem offenen Meer nichts anhaben. Die Natur war machtlos gegen sie.

Die Natur, ja. Aber *er*, er konnte diese Giganten bezwingen! Er hatte die Macht, sie vom Kurs abzubringen und seinem Willen zu unterwerfen. Wenn er wollte, konnte er sie sogar versenken.

Yanto empfand diesen Gedanken wie eine perlende Dusche: Was immer diese andere Welt geschaffen hatte und wozu sie fähig war – er, der arme indonesische Fischersohn, war in der Lage, das unfassbar Große mit seiner vergleichsweise unbedeutenden eigenen Kraft auszuhebeln.

* * *

Erstaunlich viele der vorbeifahrenden Tanker waren in dem Zustand, den Harrison in Auftrag gegeben hatte. Einige hatten sogar ungefähr die richtige Größe. Aber sie waren leer, kamen offenbar von den Raffinerien in Kuala Lumpur, wo sie ihr Öl geleichtert hatten und waren nun auf dem Weg nach China oder Borneo, um neues zu tanken.

Manche Tanker waren einfach zu groß, riesige Schiffe, 300 000 Tonnen und größer und unantastbar, weil ihre Bordwände zu hoch aus dem Wasser ragten, um sie zu entern. Sie waren nur einnehmbar, wenn sie ankerten und man sich an der Ankerkette hoch aufs Deck hangeln konnte. Aber diese Riesen ankerten nicht in der engen Straße von Malakka, sie ankerten nirgends, außer in ihren Bestimmungshäfen. Ihre Effektivität war die unbeirrte Fahrt.

Am zweiten Tag hatte Yanto Glück. Zuerst tauchte eine dicke, schwarze Abgaswolke am Horizont auf, wie sie von schlecht verbranntem Dieselöl verursacht wurde. Bald konnte er das Schiff genauer erkennen. Es war tatsächlich ein Tanker. Seine Aufbauten und Wandungen starrten vor Rost und sahen so aus, als verrotteten sie schon seit einigen Jahren auf dem Meeresgrund. Bald konnte er den Namen entziffern, SEA MOOD, und dass sie unter hondurianscher Flagge fuhr. Die SEA MOOD lag tief im Wasser, war also voll beladen, und an den Armaturen auf Deck erkannte Yanto, dass sie Öl transportierte. Dieser Tanker war genau das, was er suchte.

Erleichtert erhob er sich, verstaute das Zeiss-Ikon in dem dafür vorgesehenen Futteral, er liebte dieses deutsche Präzisionsglas, und klappte seinen Regiestuhl zusammen. Die Götter meinten es also gut mit ihm! Er hatte das Glück eingefordert, und es wurde ihm zuteil. Er wandte sich an seine Leute.

»Holt die anderen. Wir brechen in zehn Minuten auf.«

Sofort brach eine unglaubliche Hektik aus. Die jungen Männer hatten sich die ganze Zeit bemüht, wie schlachterprobte Soldaten zu wirken und keine Nervosität zu zeigen. Mit einem Schlag war es damit vorbei, und sie verhielten sich ihrer Unerfahrenheit und ihrem Alter gemäß, rannten hin und her, redeten unnützes Zeug, griffen nach ihren Waffen und begannen, ihre Sachen einzusammeln.

»Halt!«, rief Yanto. »Nehmt nur eure Ausrüstung mit. Alles andere bleibt hier!«

Einige sahen ihn ratlos an, weil sie offenbar überlegen mussten, was er mit Ausrüstung wohl meinte, wenn Schlafsäcke, Zelte und Planen nicht dazu gehörten. Da jedoch einige, die schneller denken konnten, sofort nur Waffen, Munition, starke Taschenlampen und Ersatzbatterien ergriffen, taten es ihnen die langsameren einfach nach.

Einige Minuten später hatte jeder seinen Rucksack fertig.

»In einer Reihe aufstellen!« Yanto wartete, bis sie eine einigermaßen gerade Linie bildeten, immerhin ging das jetzt schon schneller als noch vor zwei Tagen. »In die Boote!«

Yanto beobachtete, wie sie zu den Schlauchbooten stürmten. Der kurze Moment eines guten Eindrucks verpuffte sofort wieder. Alle versuchten, in das nächstliegende Boot zu springen, als gäbe es kein weiteres. Yanto atmete mit einem resignierten Seufzer aus: Diese Jungen waren ein Haufen ungebildeter Chaoten, eine Truppe ungelenker Jugendlicher, die noch aufgeregt über ihre eigenen Füße stolperten.

Zehn Minuten später betrat Yanto als Letzter das vordere Boot. Schweigend sah er seine Leute an, bis sie alle verstummt waren.

»Wir fahren im großen Bogen von hinten an das Schiff heran. Wir bleiben auf größtmöglichem Abstand. Irgendwann in der Nacht greifen wir an.« Er machte eine Pause und betrachtete seine Männer, die nicht viel jünger waren als er selbst und trotzdem auf ihn wirkten, als wären sie seine Enkelkinder.

»Ich sage es euch noch einmal, ein allerletztes Mal: Ihr werdet jeden Befehl, den ich gebe, sofort und bedingungslos erfüllen. Wer zögert oder einen kleinen Fehler macht, wird keine Bezahlung bekommen und wieder ins Dorf zurückgeschickt. Wer einen schwerwiegenden Fehler macht, wird auf der Stelle bestraft.« Er machte eine kleine Pause, damit sie sich ausmalen konnten, was er wohl damit meinte. »Wer einen Befehl verweigert, wird erschossen. Ich werde keine Ausnahmen machen. Hat das jeder verstanden?«

Die Jungen nickten erschrocken, manche murmelten Worte, die er nicht verstehen konnte.

»Ich will wissen, ob ihr das alle verstanden habt?«, fragte er mit schärferem Ton.

»Ja!«, schallte es ihm eingeschüchtert entgegen.

»Sobald wir auf See sind«, fuhr er fort, »werdet ihr schweigen.«

Yanto wusste nicht, warum er diesen Befehl gab, aber irgendwie fand er ihn professionell. Soldaten sollten sich auf einen bevorstehenden Kampf konzentrieren und nicht wie Waschweiber schnattern.

»Wer noch eine Frage hat, der soll sie jetzt stellen.«

Keiner wagte es.

* * *

Nach Einbruch der Dunkelheit, um 22:30 Uhr Ortszeit Singapur, gab Yanto den Befehl, die Schlauchboote an das Heck der SEA MOOD heranzubringen. Die Vorfreude seiner Leute auf ihren ersten Kampf war schon lange großer Nervosität gewichen. Fahrig fingerten sie an ihren Waffen herum und hielten das Sitzen und Schweigen und Warten kaum noch aus. Sie verstanden nicht, warum Yanto so viel Zeit verstreichen ließ, denn dunkel war es schon seit mehreren Stunden. Trotzdem wagten sie nicht, ihn zu fragen.

Yanto wollte sichergehen, dass möglichst viele der SEA MOOD-Besatzung schliefen. Unglücklicherweise fuhr der Tanker in nordwestlicher Richtung durch die Straße von Malakka, also in die entgegengesetzte Richtung, die Yanto nach der Kaperung einschlagen sollte. Jede Seemeile, die die SEA MOOD jetzt zurücklegte, musste er später wieder zurückfahren. Dadurch erhöhte sich die Gefahr, in Schwierigkeiten zu kommen. Trotzdem machte er sich keine Sorgen. Sobald er die SEA MOOD in seiner Hand hatte, würde er sie wenden und exakt entlang der Seegrenze zwischen den beiden Staaten manövrieren, und sobald ein Patrouillenboot auftauchte, würde er sich einfach in das jeweils andere Hoheitsgebiet zurückziehen. Eine sichere Methode, denn es hatte in der Vergangenheit noch nie einen Fall gegeben, in dem die malaiischen und indonesischen Behörden zusammengearbeitet hatten. Warum sollten sie also ausgerechnet jetzt damit beginnen?

Im Grunde stellte sowieso nur die Royal Malaysian Marine Police eine Gefahr dar. Seit Malaysia zum asiatischen *boom country* geworden war, hatte die Regierung immer größeren Wert darauf gelegt, die Seewege sicherer zu machen. Die indonesische Regierung hingegen schien es fast als eine Art von Rache an dem viel reicheren Nachbarn zu betrachten, die malaiischen Bemühungen durch demonstrative Gleichgültigkeit zu konterkarieren.

Die beiden Schlauchboote erreichten das Heck von der Seite und passten ihre Geschwindigkeit der des Tankers an. Die Bordwand ragte nicht besonders weit aus dem Wasser heraus, einige Seile baumelten herunter, fast als wollte es die Besatzung den Piraten besonders leicht machen, an Bord zu kommen.

»Nein!«, herrschte Yanto einen Jungen an, der nach einem Seil greifen wollte, »du weißt nicht, woran es befestigt ist und ob es stark genug ist. Nimm dein Seil.«

Der Junge nickte hektisch.

»Wirf!«, befahl Yanto.

Der Junge schleuderte den Enterhaken zum Deck hoch. Nach einigen Fehlversuchen verkantete sich der Haken endlich irgendwo oben an Bord. Yanto wartete, bis auch der Werfer in dem zweiten Schlauchboot signalisierte, dass alles bereit war. Dann griff er nach dem Seil und hangelte sich an Bord der SEA MOOD.

Oben hockte er sich neben die Reling. Er zählte seine Männer durch. Als sich der letzte an Bord geschwungen und sein Gewehr schussbereit gemacht hatte, lief er geduckt zur Treppe, die auf die Brücke führte. Dort schulterte er sein Gewehr, zog eine langes Bowiemesser hervor und signalisierte einem seiner Männer mitzukommen. Der war sofort Feuer und Flamme und zerrte ebenfalls sein Messer hervor. Sein Gewehr entglitt ihm dabei und fiel scheppernd zu Boden. Entsetzt starrten alle Yanto an.

Mit zwei ruhigen Schritten war der bei dem Unglücksraben und schlug zu, kein Faustschlag, sondern eine Ohrfeige. Gedemütigt kniff der Junge seine Lippen zusammen, wagte es jedoch nicht aufzublicken. Yanto wählte einen anderen aus, ihm zu folgen.

Sie erreichten die Brücke und sahen durch das Bullauge in der Tür, dass nur ein Mann am Steuer saß und aufmerksam den Radarschirm beobachtete. Es gab keine Möglichkeit, unbemerkt an ihn heranzukommen, und die Außengeräusche waren in jedem Fall zu laut, sobald die Tür aufging, würde er wissen, dass jemand den Raum betrat. Yanto übergab sein Gewehr an seinen Begleiter.

»Er darf keinen Alarm auslösen. Trotzdem schießt du nur im äußersten Notfall«, flüsterte er und wartete, bis der Junge nickte.

Yanto packte den Türgriff und atmete einige Male tief durch. Dann riss er die schwere Eisentür mit einem Ruck auf und sprang hinein.

Der Steuermann war zu sehr auf seinen Radarschirm konzentriert. »Was gibt's«, fragte er, ohne sich umzudrehen.

Yanto ließ ihm keine Chance. Er griff mit der Linken in den Haarschopf des Ahnungslosen, riss seinen Kopf nach hinten und schnitt ihm mit einer schnellen Bewegung die Kehle durch.

Achtlos ließ er den Mann zu Boden gleiten. Der Junge, der hinter ihm hergesprungen war, blieb abrupt stehen, als er den blutenden Mann sterben sah.

Yanto warf einen Blick auf das Radar. »Stell sicher, dass er wirklich tot ist«, sagte er, ohne sich umzudrehen.

Der Junge brauchte einige Sekunden, bis er sich dem kaum noch zuckenden Mann näherte.

Zahllose kleine Inseln und vielleicht fünf andere Schiffe zeichneten sich auf dem grünen Schirm ab. Yanto konnte nicht einschätzen, wie lange er den Tanker ohne Steuerkorrektur fahren lassen konnte, bevor es gefährlich wurde. Zehn Minuten? Er steckte sein Messer weg und wandte sich dem Jungen zu. Der hockte neben dem Steuermann.

»Hast du den Befehl ausgeführt?«, fragte Yanto.

»Ich glaube, er ist tot«, antwortete der Junge und stupste den leblosen Körper vorsichtig an.

»Nimm dein Messer und stoß es in sein Herz. Nur dann weißt du es sicher.«

Der Junge erstarrte.

»Mach es sofort. Los«, sagte Yanto ruhig.

Der Junge schien die Ernsthaftigkeit dieses Befehls zuerst nicht zu glauben und versuchte mit einem zaghaften Lächeln, die Situation zu entspannen. Yantos Augen blieben jedoch kalt. Der Junge begann zu zittern und hatte Mühe, Luft zu bekommen.

»Ich gebe dir noch fünfzehn Sekunden«, sagte Yanto und legte seine Hand beiläufig auf den Knauf seines Messers.

Der Junge schluckte schwer. Obwohl er sich bemühte, lässig zu erscheinen, konnte er sein Entsetzen nicht verbergen, ebenso wenig seine Angst, ob Yanto ihm etwas antun würde, wenn er sich weigerte.

Yantos Blick blieb unerbittlich. Der Junge erkannte, dass es für ihn nur einen Ausweg gab. Mit zittrigen Händen zog er sein Messer. Und plötzlich warf er sich nach vorne, stieß es in den Körper des Steuermanns und sprang genauso schnell wieder zurück, ohne das Messer wieder herauszuziehen.

»Zieh es raus und komm mit«, befahl Yanto und machte sich auf den Weg nach draußen.

Unten am Fuß der eisernen Außentreppe warteten die anderen eng zusammengekauert am Eingang zu den Mannschaftsräumen. Yanto baute sich vor ihnen auf.

»Wir gehen hinunter. Ihr werdet keinen Mann am Leben lassen außer:

zwei Steuermänner, zwei Maschinisten und den Koch. Ich gehe mit meiner Gruppe vor. Die zweite Gruppe führt er an«, Yanto deutete auf den Jungen, der hinter ihm mit dem blutigen Messer in der Hand benommen die Treppe heruntergeschlichen kam.

Yanto öffnete als Erstes die Kajüte von Kapitän Stavros Acromos, der vor seinem brülllauten Fernseher saß und gebannt zusah, wie der kleine Hobbit Frodo mit seinen Gefährten dem Angriff der Orks in den unterirdischen Minen trotzte. Acromos hatte sich in Katar, während die Tanks der SEA MOOD mit Rohöl gefüllt wurden, über fünfzig illegal gebrannte DVDs mit den besten Hollywoodfilmen besorgt. Für diese Nacht hatte er sich vorgenommen, sich alle drei Teile vom »Der Herr der Ringe« in einem Rutsch reinzuziehen. Gerade war es Frodo und seinen Gefährten gelungen, die letzte schmale, langsam zusammenbröckelnde Brücke zu überqueren, die in die Freiheit führte. Nur Gandalf, der Zauberer, schaffte es nicht. Und in dem Moment, da er in die Tiefe der Unterwelt hinabstürzte, richtete Yanto seinen Revolver gegen Stavros Acromos' Hinterkopf und drückte ab. Der Schuss fügte sich nahtlos in den dramatischen Soundtrack ein.

Eine Viertelstunde später waren von den zwölf Besatzungsmitgliedern der SEA MOOD nur noch fünf am Leben. Yanto gab den Befehl, die Toten mit alten Rohren und was sonst noch an schweren Materialien aufzutreiben war, zu beschweren und über Bord zu werfen. Er selbst zog sich mit dem zweiten Steuermann auf die Brücke zurück. Entsetzt starrte der auf die Blutlache vor der Steuerkonsole, wohl wissend, von wem sie stammte.

Yanto setzte sich hinter das Steuerrad.

»Zeig mir, wie ich steuern muss«, befahl er dem vor Todesangst zitternden Mann, dessen Stimme versagte und der nur ein heftiges Nicken zustande brachte.

Zuerst ließ Yanto die Maschine volle Kraft zurück drehen. Als die Geschwindigkeit der SEA MOOD auf vier Knoten gedrosselt war, schlug er das Steuer hart auf Backbord ein und ging auf volle Kraft voraus. Der alte Kahn vibrierte heftig.

»Z..zu viel«, stotterte der Steuermann.

Yanto reduzierte die Drehzahl des Motors wieder, wahrscheinlich war die SEA MOOD so marode, dass sie Vollgas nur in Geradeausfahrt vertrug. Träge und unendlich langsam begann der Tanker, eine weite Linkskurve zu ziehen. Nachdem er 180 Grad gedreht hatte, ging Yanto auf halbe Kraft voraus und lenkte das Schiff dahin, wo es hergekommen war.

Entspannt lehnte er sich in den bequemen Stuhl zurück. Er fühlte sich sicher genug, um den Tanker alleine zu steuern, und ließ den Steuermann wieder unter Deck bringen.

Vorerst brauchte er keine Standortbestimmung durchzuführen. Die

Inselgruppen, die sich auf dem Radar abzeichneten, waren ihm vertraut. Erst wenn er Singapur passierte, würde er in unbekannte Gewässer eintauchen. Aber bis dahin würde ohnehin ein Steuermann an Bord gekommen sein. Bei aller Wut, die Yanto auf diesen arroganten Engländer namens George Harrison hatte, organisatorisch hatte er die gesamte Aktion perfekt geplant. Sollte sie auch noch genauso reibungslos ablaufen, wäre die Sache alles in allem ein lukratives Kinderspiel.

Eine halbe Stunde später sah er, wie das Licht eines starken Scheinwerfers vorne am Bug aufflammte und dessen stumpfe Spitze als überdimensionierten Schatten in den feuchten Dunst projizierte. Er nickte mehrmals mit ernstem Gesicht. Er hatte zweien seiner Leute den Befehl gegeben, den jetzigen, an die Bordwand gepinselten Schiffsnamen mit schwarzer, schnell trocknender Acrylfarbe zu übersprühen und darüber den neuen Namen aufzutragen. Harrison hatte gewollt, dass der entführte Tanker STORMY MONDAY heißen sollte.

33

Anxa saß in ihrem provisorischen Büro in der Villa und versuchte, sich auf die juristischen Stellungnahmen ihrer Anwälte zu konzentrieren. Sie hätte niemals geahnt, wie viele Möglichkeiten der ehemalige Firmen- und Familienanwalt Oscar Valentis finden würde, um ihr das Leben schwer zu machen. Insgesamt hatte er sieben Klagen gegen sie angestrengt. Außerdem vertrat Valentis ihren Halbbruder Roger Lundgart, der sich logischerweise nicht mit dem Verlust der Erbschaft abfinden wollte.

Wütend knallte Anxa die Mappe mit den Schriftstücken zu und forderte von der Fahrbereitschaft einen Wagen an. Es hatte keinen Sinn, sie konnte sich einfach nicht konzentrieren. Hatte sie in ihren ersten Tagen als Reederin noch Skrupel gehabt, sich chauffieren zu lassen, so waren diese schnell verschwunden, je mehr Arbeit auf sie zugekommen war. Schon am dritten Tag nach Übernahme der Perikos Shipping Company hatte sie nicht mehr die Energie aufbringen können, selbst ein Auto durch den chaotischen Verkehr von Athen zu steuern.

In der Reederei ging sie schnell an den offenen Bürotüren vorbei, ohne hineinzusehen. Ihr Weg führte sie direkt in das Heiligtum, das Chefbüro von Alessandro Perikos, ein helles, exklusiv eingerichtetes Eckbüro. Auch diese Tür stand offen, wahrscheinlich das deutlichste Zeichen, dass sich mit Alessandros Tod viele Dinge geändert hatten.

Im Vorzimmer telefonierte Rebecca. Anxa hatte sie längst mit einem dicken Gehalt fest angestellt und bis auf Weiteres Aurich unterstellt. Da er kein Griechisch sprach, war er auf eine vertrauenswürdige Dolmetscherin angewiesen. Anxa winkte ihr freundlich zu und betrat das Chefbüro. Auch Aurich telefonierte, sehr konzentriert und mit leiser Stimme.

Um ihn nicht zu stören, setzte Anxa sich still in einen der Sessel in der Besucherecke. Sie beobachtete den Mann, den sie als sonnengebräunten Seebären kennengelernt hatte und der nun, wenn man von seinem wild wuchernden Bart absah, wie ein Manager von internationalem Format wirkte. Erstaunlicherweise hatte Aurichs Ruhe in der letzten Zeit noch zugenommen, obwohl sein Leben ungeheuer hektisch geworden war und obendrein noch die meditativen täglichen Fahrten mit seinem geliebten Kutter nicht mehr stattfanden.

Für einen Moment, während er seinem Gesprächspartner am anderen Ende der Leitung zuhörte, sah Aurich auf und lächelte ihr zu. Ein warmer

Strom durchzog sie. Aurich berührte etwas in ihr, was nichts mit Mann-Frau zu tun hatte. Es war einfach nur die Sicherheit, vertrauen zu können und bedingungslos gemocht zu werden.

»Anxa?«

Anxa verließ ihre Gedankenwelt und merkte erst jetzt, wie sie glücklich lächelte.

»Wo warst du mit deinen Gedanken, Deern?«, fragte Aurich und kam zu ihr herüber.

»Bei dir, Aurich«, sagte sie.

Er sah sie verwundert an.

»Ich bin dir unendlich dankbar, dass du mir hilfst. Wahrscheinlich kann ich das nie wieder gut machen.«

»Ich bin froh, mit dir zu arbeiten, Anxa, aber in erster Linie tue ich es für mich.« Er setzte sich ihr gegenüber. »Und ich werde auch wieder aufhören, wenn ich für mich genug getan habe.«

Anxa nickte, sie wusste genau, dass Aurich wieder zu seinem Kutter zurückkehren würde, sobald er die Gewissheit hatte, dass sie ihren Weg alleine gehen konnte. Und sie wusste, dass er jede Form von Rührseligkeit hasste, auch wenn es gar keine war und nur danach aussah. In dieser Beziehung war er ein knorriger, alter Mann, der wohl nicht mehr aus seinem Männlichkeits-Korsett herauskam.

Aurich atmete tief durch. »Wir haben ein Problem.«

»Schlimm?«

»Leider, Deern«, sagte er zerknirscht. »Worst case, würde ich sagen.«

Anxa wartete, bis er weiterredete.

»Seit zwölf Stunden reagiert die SEA MOOD auf keinen Funkspruch mehr. Gerade habe ich mit Käpt'n Pangkalan vom IMB, dem International Maritime Bureau, gesprochen. Um es kurz zu machen: Es sieht so aus, als wäre die SEA MOOD von Piraten entführt worden.«

Anxa riss die Augen auf und lachte laut. »Piraten? Sag mal, willst du mich verscheißern, Aurich?«

»Will ich nicht.«

»Ach, komm«, sagte Anxa und zog die Stirn in krause Falten.

»Das ist kein Seemannsgarn, Anxa. Beim IMB werden alle Hinweise auf Piraterie gesammelt. Da kann man sich informieren, wo welche Piraten gerade aktiv sind, welches Schiff von Piraten angegriffen wurde und so weiter. Außerdem melden viele Schiffskapitäne, wenn sie irgendetwas Verdächtiges beobachtet haben.«

»Das klingt für mich ziemlich abenteuerlich«, entgegnete Anxa skeptisch.

»Die Realität ist noch viel abenteuerlicher, das kann ich dir sagen. Im letzten Jahr wurden 445 Überfälle auf Schiffe gemeldet, mehr als 100 Seeleute sind spurlos verschwunden. Und das sind nur die aktenkundigen Fälle. Die Dunkelziffer dürfte ein Vielfaches sein.«

Über Aurichs Stirn legten sich angesichts von Anxas Skepsis einige unwillige Falten. Anxa verkniff sich deshalb weitere Anmerkungen.

»Die wenigsten wissen das, Anxa, aber Piraterie gehört heutzutage zu den lukrativsten Verbrechen überhaupt. Ungefähr drei Viertel der Piratenüberfälle finden im indonesisch-malaiischen Raum statt. Und jetzt hat es die SEA MOOD erwischt. In der Straße von Malakka.«

»Woher …«, sie räusperte sich einige Male, bevor sie weitersprechen konnte, »woher wissen die vom IMB das denn?«

»Der Kapitän eines Containerschiffes hat beobachtet, wie die SEA MOOD plötzlich wendete und in die entgegengesetzte Richtung fuhr. Es wurden zwei High-speed-Schlauchboote achtern gesehen, genau die Boote, die Piraten gerne einsetzen. Und die SEA MOOD reagiert auf unsere Funksprüche nicht mehr.«

»Vielleicht hat Stavros es sich anders überlegt und fährt jetzt doch nach Japan«, warf Anxa ein.

»Jetzt werd nicht albern, Deern. Stavros hat inzwischen zigmal mit Kyklos gesprochen, unserem Logistik-Chef. Von dem hat er eine genaue Order bekommen, wie und wo er sein Öl in Kuala Lumpur entladen soll – warum soll der jetzt plötzlich das Schiff so kurz vor dem Ziel wieder wenden, ohne vorher mit irgendwem wenigstens einmal zu sprechen?«

Anxa kniff die Lippen zusammen. Ihr Optimismus, der sie bisher getragen hatte, schrumpfte wie eine in der Sonne austrocknende Quelle. Plötzlich erschien es ihr unendlich naiv, der Welt zeigen zu wollen, wie man eine Reederei anständig und verantwortungsbewusst führte. Als stünde ihr Vater zynisch frohlockend neben ihr, fühlte sie sich machtlos und lächerlich.

»Alles in Ordnung mit dir?«, fragte Aurich besorgt.

Anxa reckte sich. Nein, so leicht wollte sie ihrem Vater nicht wieder das Feld überlassen. Sie war nicht mehr die kleine Tochter, die sich nach Liebe und Anerkennung sehnte, sie war eine erwachsene Frau, die sich ihren Lebensweg ausgesucht und erkämpft hatte.

»Okay, Aurich, dann müssen wir die Küstenwache benachrichtigen. Allzu weit kann die SEA MOOD ja noch nicht sein.«

Aurichs besorgter Blick blieb. »Pangkalan hat schon mit der malaiischen Küstenwache gesprochen. Aber mach dir keine Hoffnungen. Bevor sich da einer rührt, ist das Schiff längst in internationalen Gewässern.«

Anxa sah Aurich zweifelnd an.

»Glaube es mir einfach, Anxa, ich weiß, wovon ich rede.«

»Was ist mit der indonesischen Küstenwache?«

Aurich machte eine wegwerfende Handbewegung.

»Sie haben versprochen, die Augen offen zu halten. Das heißt im Klartext: Sie werden nichts unternehmen, solange der Kahn nicht unmittelbar vor ihrer Nase ankert.«

»Verdammt!« Anxa atmete tief durch. »Und jetzt?«

»Wenn die Piraten die Crew nur ausgeraubt haben, gut, damit kann man leben. Dann hauen die wieder ab, und Stavros Acromos meldet sich bald wieder. Wenn die das Schiff entführt haben, dann ist genau das passiert, was deinen Plan zerschmettert.«

»Tut mir leid, Aurich, in meinem Kopf ist gerade Funkstille. Wieso wird mein Plan zerschmettert?«

»Man wird dir unterstellen, dass du selber den alten Seelenverkäufer hast klauen lassen, um die Versicherung zu kassieren, um dann mit dem Geld ein modernes Schiff zu kaufen. Man wird dir vorwerfen, dass deine hehren Motive nichts anderes sind als zynisches Kalkül, weil dein Schrottkahn ja weiter über die Meere fährt, nur halt nicht mehr unter deinem Namen und in deiner Verantwortung.«

Leise fluchend erhob sich Anxa schwerfällig und begann, vor dem Panoramafenster auf und ab zu gehen.

»Wie soll das gehen? Die können das Schiff klauen – gut. Die können die Ladung verkaufen – auch gut. Aber es einfach mit einem anderen Namen weiter herumfahren lassen?«

»Anxa, Anxa«, stöhnte Aurich, »manchmal gehst du mir echt auf die Eier!«

»Wieso, ich …«

Entschuldigend hob Aurich beide Hände. »Tut mir leid, Anxa, ist auch für mich ein bisschen viel im Moment.«

Anxa nickte, blass und ohne Lächeln.

»Gefälschte Papiere sind in dem Business, in dem du jetzt tätig bist, nichts Besonderes. Scheinfirmen stellen gefälschte Frachtpapiere aus, kein Problem. Verstehst du? Nimm ein Land wie Honduras: Da kann jeder, der bare Dollars auf den Tisch legt, eine Schiffsregistrierung bekommen, ohne dass irgendwer die Eignerpapiere sehen will. Das passiert jeden Tag.«

»Und das fliegt nicht auf? Das kann ich mir kaum vorstellen.«

»Hast du schon mal von der Erria Inge gehört?«

Anxa schüttelte den Kopf.

»Die Erria Inge war ein Frachter, gehörte dem australischen Reeder Eric Boas. Das Schiff verschwand irgendwo auf dem Seeweg nach Indien. Einfach weg, Anxa. Von der Besatzung – nie wieder was gehört. Wenige Monate später wird die Erria Inge unter einem anderen Namen vor Singapur gesichtet. Der Reeder macht sich auf eigene Kosten und eigenes Risiko auf den Weg, sein Schiff zurückzuholen. In Thailand kommt er ihm auf die

Spur, fliegt hin, zeigt der Polizei seine Eigentümerpapiere. Daraufhin stellen die zwar Wachen am Kai auf, legen ihm aber nahe, Thailand sofort zu verlassen, im Interesse seiner eigenen Sicherheit. Merkwürdig, oder? Zurück in Australien setzt Boas seinen Anwalt auf die Sache an. Was findet der raus? Kaum war er in Bangkok ins Flugzeug nach Australien gestiegen, wurden die Wachen wieder abgezogen, und das Schiff verließ den Hafen. Kapierst du? Die Piraten haben die Polizei geschmiert. Offiziell hat die Polizei verlauten lassen, sie hätten das Schiff nicht festhalten können, weil es ja in internationalen Gewässern geklaut wurde. Zwei Jahre ist die ERRIA INGE noch unter verschiedenen Namen über die Ozeane gekreuzt. Zwei Jahre lang hat sie legal Ladung aufgenommen, und jedes Mal haben die Piraten die Ladung irgendwo verscherbelt, das Schiff wieder umbenannt und sind mit neuer Registrierung wieder losgezogen.«

»Und dann?«, fragte Anxa. Langsam wurde sie nervös und begann, die Dimension des Problems zu begreifen.

»Vielleicht glaubst du mir das nicht. Ist aber wahr. Zwei Jahre nach der Entführung der ERRIA INGE findet ein Abwracker in Guangdong in Südchina in einem Schiff zehn halb verbrannte Leichen. Selbst so ein korrupter Verein wie die chinesische Polizei muss da aktiv werden. Sie finden heraus, dass es sich bei dem Schiff um die ERRIA INGE handelt. Die Herkunft der Leichen können sie jedoch nicht klären, niemand weiß, wer die Männer sind. Niemand hat den Fall je aufgeklärt. Und der Eigner der ERRIA INGE hat sein Schiff nie wieder gesehen. Das ist nur eine Geschichte von vielen, Anxa. Und jetzt scheint eine neue mit dem Titel ›Sea Mood‹ dazuzukommen.«

Für einen Moment schwiegen beide. Anxa beobachtete den Verkehr unten auf der Straße und hätte fast begonnen, die Autos zu zählen, aus deren Auspuffrohren schwarze Dieselschwaden entwichen. Als Kind hatte sie das oft gemacht, wenn die Limousine, die sie zur Schule brachte, im Stau steckte. Abrupt wandte sie sich Aurich zu.

»Das ist wirklich worst case. Hast du eine Idee, was wir machen können?«

»Tut mir leid, Deern, aber das ist noch nicht der worst case, von dem ich spreche.«

»Was denn?«

»Worst case wäre, wenn die Piraten den Tanker ohne Besatzung irgendwo im Riau-Archipel treiben lassen. Mit 200 000 Tonnen Rohöl in den Tanks. Wenn ein Schrottkahn wie die SEA MOOD irgendwo auf Grund läuft, bricht der auseinander wie ein rohes Ei.«

Anxa stöhnte auf. Das war der Moment, von dem sie gehofft hatte, dass er nie einträte, der Moment, in dem sie sich fragen würde: Wie würde der große, miese Alessandro Perikos mit solch einer Situation umgehen?

»Dein Vater, Anxa«, fuhr Aurich fort, als hätte er ihre Gedanken gelesen,

»würde jetzt seine Versicherung benachrichtigen und seine Hände über dem Bauch falten.«

»Und was soll ich machen?«, fragte sie matt zurück.

»Dein Schiff so schnell wie möglich zurückholen und …«

»Wie denn?«, brüllte sie unbeherrscht. »Du hast doch selber gesagt, dass die Küstenwache nichts unternimmt!«

Für einen Moment blitzte in Aurichs Augen Ärger über ihre Unbeherrschtheit auf, aber angesichts ihrer Verzweiflung verpuffte dieser wieder.

»Es gibt einen Mann, der macht sowas. Heißt Berry Feiler.«

Über Anxas Gesicht zuckte ein Hoffnungsschimmer.

»Berry Feiler und seine Firma, Lost Ship Management.«

»Klingt wie ein Fundbüro«, erwiderte sie mit einem Anflug von Galgenhumor.

Aurich lachte trocken auf. »Die von Lost Ship Management sind harte Kerle und keine Stubenhocker, Anxa, das kann ich dir versichern.«

»Und wie arbeiten die?«

»Ich sag's mal so: Berry Feiler ist verdammt erfolgreich, deshalb fragt man besser nicht, wie er das macht.«

»Okay«, erwiderte Anxa zögernd, »wenn es keine andere Möglichkeit gibt.«

Aurich zuckte mit den Schultern. »Mir ist keine andere bekannt.«

»Wo sitzt der?«

»London, in den Docklands.«

Anxa spürte, wie ihre Kräfte zurückkehrten. Sie streckte ihren Kopf zum Vorzimmer hinaus.

»Rebecca, lass den Jet klarmachen. So schnell wie möglich. Es geht nach London.«

»Wo, London? Ich glaube, da gibt es vier oder fünf Flughäfen.«

»Such den heraus, der den Docklands am nächsten ist. Und lass zur voraussichtlichen Landezeit ein Taxi warten.«

»Wird gemacht.«

»Und sag der Buchhaltung Bescheid, ich brauche Bargeld.« Sie wandte sich Aurich zu. »Was meinst du, wie viel Anzahlung soll ich mitnehmen, damit dieser Berry Feiler richtig motiviert ist?«

»Du weißt doch gar nicht, ob die Zeit haben …«

»Aurich …«, unterbrach Anxa ihn mit demonstrativer Ungeduld, »wie viel?«

Aurich zuckte mit den Schultern. »Dreihunderttausend vielleicht.«

»Dreihunderttausend, Rebecca.«

»Dollar? Euro?«

»Dollar.«

»Willst du nicht erst mal anrufen?«, fragte Aurich aus dem Hintergrund.

»Ruf du bei denen an, Aurich. Sag ihnen, wir sind in drei Stunden da.«

Aurich verzog das Gesicht. »Dafür müssen wir doch nicht nach London fliegen. Im Normalfall wird sowas telefonisch und per E-Mail erledigt.«

Anxa schüttelte energisch den Kopf. »Ich will wissen, mit wem ich es zu tun habe.«

»Dann lass mich wenigstens da raus, Anxa. Ich habe hier noch wahnsinnig viel zu tun.«

»Kein Problem.« Anxa versuchte, ihre Enttäuschung zu überspielen. »Was ist dieser Berry Feiler für einer?«

»Irgendwie verschlossen und ...«, er machte eine Geste wie: schwer zu sagen, »Aber ein anständiger Kerl, würde ich sagen. Hab ihn ein paar Mal getroffen, bei Konferenzen vom IMB.«

»Aurich, kannst du nicht doch mitkommen? Wenn du ihn kennst, macht das die Sache doch viel einfacher.«

»Lass man stecken, Deern, das kriegst du genauso gut hin.«

Anxa nickte resigniert. »Rebecca?«

»Ja?«

»Buch mir bitte noch ein Hotel.«

»Mach ich. So ein typisch altenglisches Luxushotel?«

Anxa zögerte für einen Moment. Sie spürte die Versuchung, nicht auf den Preis zu sehen und ein Hotel zu nehmen, das einer 640 Millionen Dollar schweren Reederin entsprach. Aber andererseits spürte sie ebenso genau, wie wichtig es war, die Anxa zu bleiben, zu der sie in den letzten fünfzehn Jahren geworden war.

»Nein, ein einfaches, gemütliches in der Nähe von dieser Firma Lost Ship Management.«

* * *

Im Taxi auf dem Weg vom City Airport in die Docklands konnte Anxa ihre Nervosität kaum noch bändigen.

Es ist auch nur eine weitere Besprechung, es ist auch nur ein weiterer Auftrag, den du erteilst, versuchte sie sich einzureden, und doch war es mehr. Der Auftrag, den sie LSM zu geben gedachte, war wie das ultimative, öffentliche Eingeständnis, dass sie und niemand anderer fortan für alles, was im Zusammenhang mit der Perikos Shipping Company passierte, die Verantwortung trug.

Das Ende der Unschuld, dachte sie und zitterte unwillkürlich. Sie fror bei dem Gedanken.

»Church Street Nummer 7, Lady, da wären wir!« sagte der Taxifahrer mit vornehmem Tonfall, als wäre das Taxi eine Kutsche und Anxa eine höfische Dame, und stoppte vor dem Bancroft Building.

Anxa stieg aus und betrat die Lobby.

Wendy saß an der Rezeption und strahlte sie freundlich an.

»Guten Abend, wie kann ich Ihnen weiterhelfen?«

»Guten Abend. Wo finde ich bitte Mr. Feiler von Lost Ship Management?«

Wendys Lächeln verschwand, und ihr Blick wurde intensiver.

»Wen darf ich melden?«

»Mein Name ist Anxa«, sie zögerte, »Perikos. Ich werde erwartet.«

Wendy musterte Anxa einige Sekunden mit ernstem Blick, bis sie auf den Aufzug deutete.

»Sie finden Lost Ship Management im Penthouse-Büro.«

»Danke.« Irritiert winkte Anxa ihr zu und ging zum Aufzug. Wendy kam ihr dubios vor, sehr seltsam, genauso wie dieses schäbige Bürohaus. Sie ermahnte sich, sich auf ihre bevorstehende Begegnung zu konzentrieren.

Die Aufzugtüren öffneten sich, und Anxa betrat die Penthouse-Büroetage. Sie blickte direkt in den zentralen Konferenzraum, dessen Türen offenstanden und der nur von dem Licht, das durch die drei gläsernen Seiten hereinfiel, erhellt wurde. Der große Tisch in der Mitte war mit Papieren und Geräten übersät, Funktelefone, Fernbedienungen, Videokassetten, Digitalkameras, handliche GPS-Empfänger und andere für Anxa nicht identifizierbare elektronische Apparate. Außerdem standen jede Menge benutzte Kaffeebecher, Gläser und überquellende Aschenbecher herum. Rechts und links führten Gänge bis auf die gegenüberliegende Seite der Etage. Von jedem Gang gingen drei Räume ab. Die gesamte Etage schien verlassen zu sein.

Anxa entschied sich für den rechten Gang, denn die erste Tür des ersten Büros stand offen. Das Sekretariat, wie sie feststellte. Auch dort war niemand. Ein Türschild wies den nächsten Raum als Elias Holbrooks Büro aus. Auf ihr Klopfen kam keine Antwort. Auf dem Schild des letzten Raumes endlich las sie »Berry Feiler«. Durch die halb geöffnete Tür sah sie einen Mann, der sich mit dem Rücken zur Tür in seinem Schreibtischsessel lümmelte und telefonierte, während er fernsah. Anxa hatte nicht vor zu lauschen, konnte jedoch nicht verhindern, einige Worte des Telefonats zu hören, als sie die Hand hob, um zu klopfen.

»… zu viel Blut. Nein, mit dem Messer. Ist das Sauberste.«

Anxa zuckte zusammen. Hatte sie richtig gehört? Sie ließ ihre Hand wieder sinken und lauschte gebannt.

»Schwachsinn! Berry vielleicht, ich nicht. Ich sag dir eins: Jeder Pirat, den ich leben lasse, steht irgendwann wieder vor mir, und dann legt der mich vielleicht um. Cazzo, das riskier ich nicht!«

Anxa fragte sich, ob das, was sie da hörte, nur Macho-Gehabe war. Immerhin wusste sie jetzt, dass dieser Mann nicht Berry Feiler war, das beruhigte sie wenigstens ein wenig. Sie bedauerte, nicht hören zu können, was sein Gesprächspartner sagte.

Massimo lachte laut auf. »Scheißegal, wie! Hauptsache, wir rotten sie aus!« Wieder hörte er dem anderen zu, dieses Mal aber konzentrierter. Er nickte mehrmals. »Die Piraten, das sind fast immer Asiaten, Mann. Die sterben anders. Irgendwie leiser.« Massimo hörte eine Weile zu und starrte dabei erkennbar erregt auf den Fernseher.

Um das ganze Bild zu sehen, beugte Anxa sich vor. Eine wackelige Kamera bewegte sich schnell durch einen schlecht erleuchteten Gang und stoppte vor einer schmalen Holztür. Plötzlich wurde das Bild heller, als wäre eine starke Lampe angeschaltet worden. Die Kamera bewegte sich etwas zurück, ein Stiefel tauchte im Bild auf, schnellte vor und trat die Tür ein. Dem Blickwinkel der Kamera entnahm Anxa, dass sie auf dem Kopf des Mannes, der die Tür eingetreten hatte, befestigt war.

In dem Raum konnte man vier Schlafkojen sehen. Nur zwei waren belegt. Die Männer, die darin lagen, schreckten hoch, richteten sich in ihren Betten auf und sahen ängstlich in die Kamera. Plötzlich wurde einer der beiden mit titanischer Wucht nach hinten geschleudert, die Bettwäsche überzog sich von einer Sekunde zur nächsten mit roten Spritzern. Der Mann rollte aus dem Bett und stürzte zu Boden, seine Glieder zuckten ein paar Mal, dann bewegte er sich nicht mehr.

Anxa musste würgen, um sich nicht zu übergeben. Sie hasste diese Art von Filmen, Splattermovies, die rohe Gewalt nicht nur zeigten, sondern regelrecht zelebrierten. Angeekelt schloss sie für einen Moment die Augen. Wenn Berry Feiler auch so abgestumpft wie der Kerl war, der sich dieses Video so genüsslich ansah, würde es ihr nicht leicht fallen, mit ihm ins Geschäft zu kommen.

Sie holte tief Luft und hob die Hand, um an die Tür zu klopfen. Inzwischen war auf dem Bildschirm zu sehen, dass der zweite Mann, ein Asiate, das Bett verlassen hatte und sich mit erhobenen Händen gegen die Wand lehnte. Das Bild wackelte noch einmal heftig, offenbar wurde die Kamera aus einer Halterung genommen. Das Bild drehte sich um 180 Grad – und plötzlich sah Anxa auf dem Bildschirm das Gesicht des Mannes, der da leibhaftig vor ihr entspannt in Berry Feilers Büro am Schreibtisch hockte und in aller Seelenruhe telefonierte. Zumindest von dem Gesichtsprofil her, mehr konnte sie von der Tür aus nicht sehen, schien es derselbe zu sein.

Anxa stockte der Atem. Was sie dort im Fernseher sah, war kein brutaler Kinofilm. Sie hatte gerade mit eigenen Augen gesehen, wie ein Mensch getötet wurde …

Unfähig, ihren Blick von dem Fernsehbild abzuwenden, verfolgte sie den Fortgang der Videoaufzeichnung.

Die Kamera wurde abgelegt, wackelte nicht mehr und zoomte auf den Hinterkopf des zweiten Mannes. Für einen Moment sah man nur seine dunklen, fettigen Haarsträhnen. Plötzlich zuckte der Kopf kurz, und der Mann drehte sich langsam um. Sein Gesicht füllte den gesamten Bildschirm. Erstaunlicherweise zeigten seine Augen keine Angst, obwohl er ja gerade erst miterlebt hatte, wie sein Kumpan erschossen worden war.

Der Mann vor ihr in Berry Feilers Büro richtete seine Fernbedienung auf den Videorecorder, das Bild wechselte auf extreme Zeitlupe. Das Gesicht das Asiaten wirkte jetzt wie eine grobrasterige Fotografie, sehr langsam schlossen und öffneten sich seine Augenlider.

Anxa fragte sich, was an dem Filmausschnitt so interessant war, um ihn in Zeitlupe zu betrachten, als ein Lichtblitz das Gesicht des Mannes für den Bruchteil einer Sekunde grell beleuchtete. Dann explodierte der Schädel förmlich. Die Kamera erzitterte für einen Moment.

Als das Bild wieder stabil war, sah sie den Rest des Kopfes langsam aus dem Bild rutschen.

Anxa wurde schwindelig, ihr Blutdruck fiel schlagartig, sie fror, sie sah ihre Hände zittern und hörte wie durch Watte, wie der Mann vor ihr an seinem Schreibtisch grinsend sagte:

»Man muss eben in Übung bleiben, Paco ... ich weiß, ich weiß, aber pass auf, die Sache sieht hier folgendermaßen aus: Berry will seinen Anteil an der Firma verkaufen. Der zweite Mann hier, Elias Holbrook, hat definitiv nicht die Kohle, ihn auszubezahlen ...«

Anxa würgte und schluckte, um nicht den Inhalt ihres Magens herauszukotzen. Massimos weitere Worte dröhnten wie Glockenschläge in ihrem Kopf.

»Du kannst hier ohne Probleme reich werden, Amico. Pass auf, wenn wir beide zusammenlegen, kauf ich mich als Teilhaber ein. Cash. Da wird Holbrook nicht widerstehen können. Dann baue ich die Truppe erst mal um. Als Erstes fliegt dieser arschgesichtige Franzose raus. Für den kommst du dann rein, capito?«

Während Massimo seinem Gesprächspartner zuhörte, rang Anxa um einen klaren Gedanken. Ekel verschnürte ihre Kehle, sie konzentrierte sich darauf, wenigstens zu atmen. Ein und aus. Ein und aus.

Ihr nächster Impuls war, so schnell wie möglich von diesem Ort zu verschwinden. Was waren das für Menschen, die andere brutal abschlachteten? Wie sollte sie mit solchen abscheulichen Rohlingen zusammenarbeiten?

Aber was dann? Was wurde dann aus ihrem Schiff? Wenn die SEA MOOD tatsächlich in der Gewalt von Piraten war, dann war die Besatzung in

Lebensgefahr, unschuldige Seeleute, Leute, für die sie verantwortlich war. Und laut Aurich gab es keinen anderen Repo-Service, der ihr schnell helfen konnte.

Ihre umherspringenden Gedanken wurde jäh unterbrochen, als sie hörte, wie in dem anderen Gang eine Tür geöffnet wurde und lärmende Männerstimmen ertönten.

»Alora, Paco, wir reden ein andermal weiter«, sagte der Mann in Berry Feilers Büro, offenbar hatte er die Stimmen ebenfalls gehört. »Ja, klar, mach ich. Ciao, bis bald!« Er legte auf, stoppte das Video und machte den Fernseher aus.

Anxa holte tief Luft, am liebsten hätte sie sich auf der Stelle davongemacht.

Denk an deine Seeleute, ermahnte sie sich, denk an deine Männer, die zu Hause Familien haben.

Dieser Gedanke beruhigte sie etwas, und sie gab sich einen Ruck, klopfte und öffnete die Türe ganz.

»Hallo, Sie sind Berry Feiler?«, fragte sie und hoffte, dass der Kerl ihrem verkrampften Lächeln nicht ansehen konnte, was sie eben gesehen hatte.

Er drehte sich um. »Oh, hallo, buona sera!«

Hatte Anxa vorher nur vermutet, den Mann vor sich zu haben, der den Asiaten erschossen hatte – jetzt hatte sie Gewissheit.

»Sie sind Anxa Perikos?«

Anxa räusperte sich. »Ja, das bin ich.«

»Mein Name ist Massimo Castelluccio.« Massimo kam mit vorgestreckten Händen auf sie zu. »Aber nennen Sie mich Massimo.«

Anxa musste sich sehr beherrschen, nicht mit jedem Schritt, den er auf sie zu machte, einen zurück zu gehen. Massimos Gesicht wirkte auf sie abstoßend, seine arroganten Augen und sein trotzig vorgerecktes Kinn erinnerte sie an alte Fotografien von Duce Mussolini. Die Stimmen der anderen Männer kamen näher.

»Wo finde ich Mr. Feiler?«, fragte sie atemlos.

»Im Moment gar nicht. Ich vertrete ihn.«

»Wann kommt er zurück?«

In Massimos Gesicht flackerte für eine Sekunde Unmut auf.

»Vorerst gar nicht. Wenn Sie Probleme mit einem Schiff haben, müssen Sie sich an mich wenden.« Etwas freundlicher fuhr er fort: »Sie sind doch die Tochter von dem griechischen Reeder Perikos, hab ich Recht?«

Anxa wurde von den Männern abgelenkt, die jetzt scherzend und lärmend eintraten: der Franzose Claude, der Brite Danny, der Deutsche Horst und der Amerikaner Vern. Entsetzt starrte sie die Männer an, plötzlich hatte sie das Gefühl, in eine Bande von Desperados geraten zu sein.

»Hey, wen haben wir denn da«, dröhnte Vern und grinste die anderen an.

»Eine Dame, du texanisches Rindvieh, das sieht man doch.« Claude drängte sich nach vorne und schob sich an Anxa heran. »Madame, wie kann ich Ihnen helfen?«

Claude wirkte auf Anxa sympathischer als die anderen, allerdings rückte er ihr viel zu nahe. Sein Körpergeruch, eine Mischung aus Adrenalin und irgendeinem Eau de Toilette, war scharf und widersprach seinem freundlichen Verhalten.

»Vor dem brauchst du keine Angst zu haben, Baby, der ist schwul«, knurrte Vern, »wie alle Franzosen.«

Grinsend schlug er dem Nächststehenden, Danny, auf die Schulter. Der reagierte jedoch weder auf den Schlag noch auf das Lachen.

»Nehmen Sie diesen Hinterwäldler nicht ernst«, sagte Claude. »Der ist Amerikaner.« Er zuckte mit den Schultern und verdrehte die Augen.

Anxa spürte ihre wachsende Nervosität. Diese Männer bereiteten ihr physisches Unwohlsein.

»Hören Sie«, sagte sie und wusste nicht so recht, wen sie ansprechen sollte, »ich habe keine Zeit. Einer meiner Tanker ist entführt worden. Also, ich will mit Ihrem Chef sprechen.«

»Ah, Sie sind eine Kundin.« Claude warf einen schnellen Blick auf seine Kollegen. »Nehmen Sie uns nicht so ernst. Wir dachten, Sie wären …«

»Jetzt haltet mal euer Maul!« Massimo schob sich nach vorne.

»Du bist hier nicht der Chef, Massimo«, sagte Claude mit übertriebener Freundlichkeit, die aggressiver klang, als wenn er laut geworden wäre. »Du leitest die Gruppe im Einsatz, das ist alles.«

»Pass auf, was du sagst, stronzo«, knurrte Massimo und schob sein Gesicht nah an das von Claude heran. »Vielleicht lass ich mir bei der nächsten Operation für dich was ganz Besonderes …«

»So, Leute, das war's«, ertönte Elias Holbrooks heisere Stimme von der Tür her. Er sah zerzaust aus, und sein Gesicht pulsierte im tiefen Rot. Keiner hatte ihn kommen hören. Er reichte Anxa die Hand. »Guten Abend!«

Erleichtert griff Anxa zu, sie empfand spontane Sympathie für ihn. »Sind Sie Mr. Feiler?«

»Nein, nicht«, antwortete Holbrook unfreundlich.

»Hast du Berry rumgekriegt?«, fragte eine ruhige, sehr tiefe Stimme aus dem Hintergrund. Sie gehörte dem deutschen Ex-SEK-Polizisten Horst.

Elias warf ihm als Antwort nur einen warnenden Blick zu, dieses Thema jetzt nicht weiter zu vertiefen, und wandte sich wieder Anxa zu.

»Ms. Perikos, nehme ich an. Sie wurden schon von Ihrem Büro avisiert. Setzen Sie sich.« Er wies auf den Besuchersessel und wandte sich an seine Leute. »Raus mit euch.«

»Moment mal, Elias, ich ...«

»Massimo«, unterbrach Holbrook den Italiener und fixierte ihn mit ruhigem Blick. »Würdest du uns jetzt bitte alleine lassen?«

Massimos Zähne malmten aufeinander, und für einen Moment sah es für Anxa so aus, als würde er aggressiv werden. Sie verstand nicht, was zwischen den Männern vorging, wenigstens aber hatte sie seit Elias Holbrooks Auftreten nicht mehr das Gefühl, von einer Horde von Raubtieren umgeben zu sein.

»Va bene«, sagte der Italiener, unerwartet leicht und fast freundlich. Er ging zum Videorecorder, entnahm die Kassette, die er vorhin angesehen hatte, und verließ mit den anderen das Büro. Anxa atmete unwillkürlich auf.

»Raue Kerle«, sagte Holbrook. »Sind gerade erst von einem Einsatz zurückgekommen. Sind aber nicht so schlimm, wie es scheint. Die müssen sich erst mal abreagieren.« Er versuchte ein verbindliches Lächeln, was allerdings sein Gesicht mehr entstellt als entspannt wirken ließ.

»Bevor wir in die Details gehen, Mr. Holbrook: Mein Geschäftsführer hat mir Berry Feiler persönlich empfohlen ...«, sagte Anxa und ließ die Stimme oben.

Holbrook machte ein zerknirschtes Gesicht. »Berry ist gerade im Begriff, die Firma endgültig zu verlassen.«

»Und wer ist sein Nachfolger? Etwa dieser Massimo?«

»Nein«, erwiderte Holbrook, »ich war bislang Teilhaber und werde jetzt der neue Chef der Firma.«

»Das heißt, Sie sind auch dabei, wenn Ihre Leute mein Schiff zurückholen?«

Holbrook schüttelte langsam den Kopf. »Ich mache keine Einsätze mit.«

»Und dieser Massimo leitet die Einsätze vor Ort, richtig?«

Holbrook sah, dass es keinen Sinn machte, das zu leugnen. »Ja, aber er ist mir hundertprozentig untergeben.«

Für einen Moment bereute sie, dieses Video jemals gesehen zu haben, dann wäre alles viel leichter. Kaum hatte sie diesen Gedanken gedacht, schämte sie sich dafür. Dieser eiskalte Mord hatte stattgefunden, ob sie nun indirekt Zeugin geworden war oder nicht.

»Frau Perikos?«, fragte Holbrook mit kaum verborgener Ungeduld in der Stimme. »Vielleicht wollen Sie mir jetzt ...« Er ruderte unbeholfen mit den Händen wie jemand, dem Höflichkeit ein Gräuel ist.

Eine halbe Stunde später hatte Anxa alles über die Sea Mood und deren wahrscheinliche Entführung berichtet. Holbrook stoppte das Diktiergerät und legte seinen Stift weg, mit dem er sich zusätzlich noch einige Notizen gemacht hatte.

»Nun«, sagte er und rutschte unruhig auf seinem Stuhl hin und her, offenbar war er nur in der Lage, eine sehr begrenzte Zeit still zu sitzen, »wir können die Sache für Sie erledigen. Garantieren können wir nichts. Weder, wie lange es dauert, bis Sie Ihren Tanker wieder zurückhaben, noch, ob wir die Ladung sicherstellen können, bevor die Piraten sie verkauft haben.«

»Okay, ich verstehe«, sagte Anxa, während Holbrook Luft holte.

Er quittierte die Unterbrechung mit einer in Falten gezogenen Stirn und fuhr schnaufend fort: »Unsere Erfolgsquote liegt bei neunzig Prozent. Deshalb können wir es uns leisten, auf Erfolgsbasis zu arbeiten. Vorab zahlen Sie eine Grundgebühr von 25 000 Dollar. Holen wir das Schiff ohne Ladung zurück, sind zehn Prozent des Versicherungswertes fällig, also im Falle der SEA MOOD 1,5 Millionen Dollar. Mit Ladung das Doppelte, 3 Millionen. Sind Sie einverstanden?«

»Mit dem Teil, ja.«

Holbrook zog seine Stirn in Falten und sah sie böse an.

»Es gibt keinen anderen Teil«, stieß er hervor.

»Mein Auftrag bedeutet nicht, dass Menschen mutwillig getötet werden.«

»Wie kommen Sie denn darauf? Und wen meinen Sie mit Menschen? Die Piraten?«

»Zum Beispiel.«

Holbrook starrte sie für einen Moment an. »Wir sind keine Mörder, Frau Perikos.«

»Ich bestehe darauf, dass dieser Massimo nicht das Kommando führt.«

»Sorry, Lady, Sie entscheiden, ob Sie uns beauftragen. Wie wir einen Auftrag erledigen – das ist unsere Sache.«

»Nicht für eineinhalb bis drei Millionen Dollar, Mr. Holbrook.«

»Für jeden, der uns beauftragt, gelten dieselben Bedingungen.«

Anxa sah ihn schweigend an.

Nach einigen Atemzügen hob Holbrook abwehrend beide Hände. »Ich kann keinen anderen mit der Führung beauftragen.«

»Ich bestehe darauf.«

»Geht nicht«, knurrte Holbrook, »das können Sie mir glauben. Berry Feiler hat eine Lücke hinterlassen. Die muss gefüllt werden. Mr. Castelluccio ist der Einzige in meiner Truppe, der das kann. Basta.«

Für ein paar Sekunden schwiegen beide.

»Ich will mit Berry Feiler sprechen«, sagte sie schließlich bestimmt und kurz angebunden.

Holbrook winkte genervt ab. »Wofür soll das gut sein?«

»Er hat die Firma gerade erst verlassen, sagten Sie. Vielleicht kann ich ihn ja dazu bringen, noch diesen einen Auftrag durchzuführen.«

»Na toll. Das hilft mir ungemein«, erwiderte Holbrook mit bitterem Sarkasmus.

»Das ist mein Ernst.«

»Mag ja sein. Aber wenn Berry nur für einen Auftrag zurückkommt«, Holbrook schüttelte heftig den Kopf, »das nützt mir nichts«.

»Das ist Ihr Problem, Mr. Holbrook. Jedenfalls gebe ich Ihnen diesen Auftrag nur, wenn Berry Feiler die Gruppe führt.«

Holbrook sprang hektisch auf. »Selbst wenn ich Ihr Problem mit Massimo nachvollziehen könnte. Könnte! Woher wollen Sie wissen, dass Berry der ...«, er ruderte wild mit den Armen, »der bessere Mensch ist?«

»Jeder wäre besser als dieser Italiener«, erwiderte Anxa mit tiefem Ekel in der Stimme.

»Wie kommen Sie darauf?«

Anxa schwieg und folgte nicht ihrem Impuls, Holbrook von dem Video zu erzählen. Sie wollte nicht auch noch die Erfahrung machen, dass dieser an sich sympathische, rotgesichtige Mann in Massimos Mordlust nichts Schlimmes sah. Ihr Entschluss stand fest, den Auftrag nur nach ihren Bedingungen zu vergeben.

Holbrook sah sie einen Moment nachdenklich an. Anxa konnte in seinen harten Augen nichts lesen. Seine Finger tippten eine Weile hektisch auf der Tischplatte, bis er plötzlich die Schreibtischschublade aufriss, ein Blatt Papier hervorholte und mit kurzen, kantigen Bewegungen zu schreiben begann.

»Also gut. Hier, Berry Feilers Handynummer. Er wird wahrscheinlich nicht abheben. Hier seine private Telefonnummer. Auch da wird er nicht drangehen. Und hier, seine Adresse. Er wird Ihnen nicht aufmachen.« Er reichte ihr den Zettel. »Aber, bittesehr, versuchen Sie ihr Glück! Und, verdammt noch mal: Überzeugen Sie ihn davon, dass er zu uns zurückkommen muss!« Grimmig fügte er hinzu. »Erzählen Sie ihm, was Sie wollen. Hauptsache, es wirkt.«

Für einen Moment musste Anxa lächeln. Dieser Elias Holbrook war wie ein Dampfkessel, wie ein ruppiges, altes Wildpferd, ein harter Knochen, der privat bestimmt für seine Enkelkinder ein toller Opa war.

»Aber wenn Sie nichts erreichen, Ms. Perikos, dann überlegen Sie sich gut, was Ihnen wichtiger ist: die Piraten oder Ihre Besatzung und deren Familien.«

Er machte eine Pause, um seinen Worten eine bessere Wirkung zu verschaffen.

»Soll ich trotzdem schon mal meine Fühler ausstrecken?« , fuhr er fort. »Weit kann die SEA MOOD noch nicht gekommen sein.«

»Tun Sie das«, antwortete sie. Aus irgendeinem Grund war sie sich sicher, Berry Feiler umstimmen zu können.

Holbrook nickte knapp und sah sie an wie jemand, der bekommen hatte, was er wollte. »Rufen Sie mich in jedem Fall heute noch an. Oder kommen Sie vorbei. Bis ich was von Ihnen höre, bleibe ich im Büro. Egal, wie lange es dauert.«

»Gut.« Anxa erhob sich, Holbrook ebenfalls, zögerte dann jedoch und ließ sich wieder in den Sessel fallen.

»Warten Sie. Warten Sie.« Er deutete auf Anxas Stuhl.

»Ist das ein Befehl oder eine Bitte?«, fragte sie gereizt.

Holbrook überging ihre Frage. »Sie müssen Berry daran erinnern, worum es hier eigentlich geht.«

»Darüber brauchen Sie mir nichts zu erzählen«, antworte Anxa säuerlich. »Es handelt sich schließlich um meine Besatzung und um meinen Tanker.«

Holbrook winkte ungeduldig ab. »Ich erzähle Ihnen ein wenig aus Berrys Vergangenheit. Warum es diesen Laden hier gibt. Ich erzähle Ihnen von seiner Achillesferse. Hilft vielleicht, diesen Sturkopf zu überzeugen.«

34

In Berrys Schlafzimmer herrschte Chaos. Noch zwei Tage, dann würde er von Heathrow aus nach Nassau fliegen und zumindest in den nächsten Jahren nicht wieder nach London zurückkehren.

Alle wichtigen Dinge hatte er inzwischen organisiert, nur das Packen hatte er sich bis zum Schluss aufbewahrt. Jetzt lagen alle seine Kleidungsstücke vor ihm auf dem Boden: warme Pullover, Sweatshirts, T-Shirts, Jeans, Jacken, Blazer, auch zwei Anzüge und Hemden, viel zu viele Hemden. Im Grunde hätte er das meiste schon lange wegwerfen müssen. Vieles war uralt, das meiste zog er schon seit Jahren nicht mehr an. Den überdimensionierten Zoot Suite zum Beispiel, den er Mitte der 1980er-Jahre gekauft hatte, weil Kid Creole und David Byrne so herumliefen.

»Wirf es endlich weg, Berry«, sagte er laut zu sich selber und stellte sich noch einmal vor, was er wirklich auf einer Yacht in der Karibik brauchte. Praktisch nichts. Das Wichtigste war, die Vergangenheit aus seinem Leben zu werfen. Entschlossen nahm er einen großen Plastikmüllsack und begann, erst einmal alle Wintersachen hineinzustopfen, die machten in der Karibik definitiv keinen Sinn. In den nächsten Sack drückte er die Anzüge hinein und alle Jeans bis auf eine. Ein wunderbares Gefühl stellte sich ein, leicht, euphorisch, schwebend.

Als plötzlich die Türklingel schellte, fuhr ihm der schrille Klang tief ins Mark, als wäre der Rauchmelder losgegangen. Bei ihm klingelte nie jemand außer dem Pizzaboten, und den erwartete er heute nicht, schon gar nicht nachts um halb eins. Seine Wohnung war für die Menschen, mit denen er zu tun hatte, tabu. Nicht einmal seine Sekretärin Linda MacGowan wusste, wo er wohnte. Nur Elias Holbrook kannte seine Adresse, aber der würde hier nicht auftauchen, nicht nach dem Krach, den sie vor eine paar Stunden am Telefon gehabt hatten, als Holbrook noch einmal versucht hatte, ihn umzustimmen.

Wahrscheinlich hatte sich jemand in der Klingel geirrt. Berry wandte sich wieder seiner Kleidung zu, als es erneut klingelte, diesmal energischer. Womöglich war es tatsächlich Holbrook. Berry hatte sowohl das Telefon und als auch das Handy abgeschaltet.

Wieder rasselte die Klingel, doch dieses Mal staccato und mit der eindeutigen Botschaft: Ich höre erst auf, wenn du aufgemacht hast.

Wütend trat er gegen den Müllsack und ging zur Tür.

»Was soll der Scheiß, Elias?«, bellte er in die Sprechanlage.

»Mr. Berry Feiler?«, tönte ihm eine weibliche Stimme mit amerikanischem Akzent entgegen. »Mein Name ist Anxa Perikos.«

»Danke für die Information und einen schönen Abend noch!«, erwiderte er und unterbrach die Verbindung.

»Idiotin«, brummte er und wollte in sein Schlafzimmer zurückgehen, als die Klingel wieder loslegte, diesmal jedoch mit pausenlosem Dauerrasseln.

»Scheiße!«, brüllte er und sprang zur Sprechanlage zurück. »Was wollen Sie, zur Hölle!«

»Mit Ihnen reden, was denn sonst?«

»Wissen Sie, wie viel Uhr es ist?«

»Halb eins.«

»Eben! Also verziehen Sie sich!«

»Es ist dringend.«

Berry zögerte. Wahrscheinlich war es die alte Gewohnheit, jederzeit für Einsätze bereit zu sein, die ihn davon abhielt, diese Frau einfach wegzuschicken.

»Dann reden Sie, zum Teufel! Und hören Sie mit der verdammten Klingelei auf!«

»Kommen Sie runter oder ich komme rauf.«

»W-a-s w-o-l-l-e-n S-i-e!« Schon alleine ihr amerikanischer Akzent regte ihn auf, in seinen Ohren klang dieses Geknödel wie eine Behinderung.

»Nun, wir können über Massimo Castelluccio reden, der Piraten abschlachtet und es auf Video aufnimmt. Zum Beispiel.«

Berrys Gesicht verfinsterte sich. Über Massimo zu reden, war das Letzte, worauf er Lust hatte. Andererseits klang diese Frau so, als würde sie erst gehen, wenn sie ihr Ziel erreicht hatte.

Wütend drückte er den Türöffner, öffnete die Wohnungstür, lehnte sich mit vor der Brust verschränkten Armen in den Türrahmen und lauschte ihren Schritten, die durch das herrschaftliche Treppenhaus hallten.

»Hallo, Mr. Feiler«, sagte sie, ohne zu lächeln, als sie vor ihm stand und ihm fest in die Augen sah.

Berry betrachtete sie erstaunt. Er hatte sich auf eine übertrieben energetische Amerikanerin eingestellt, über jeden Selbstzweifel erhaben, laut und selbstgefällig. Aber diese Frau war gleich auf den ersten Blick anders. Sie wirkte sympathisch und – er brauchte eine Weile, bis er den richtigen Ausdruck fand – sehr besorgt, um nicht zu sagen, verzweifelt.

»Darf ich?«, fragte sie und deutete in seine Wohnung.

Berry trat missmutig zur Seite und ließ sie herein. Er schloss die Tür hinter sich und lehnte sich mit dem Rücken dagegen, ohne Anstalten zu machen, sie in eines der Zimmer zu führen.

»Warum lassen wir nicht alle Spielchen und …«

»Wer sind Sie?«, unterbrach Berry sie.

»Mein Name ist Anxa Perikos.« Wieder vermied es Anxa, ihren amerikanischen Namen zu benutzen, um keine Verwirrung zu stiften. »Ich bin die Inhaberin der Perikos Shipping Company in Athen.«

Deshalb war ihm der Name bekannt vorgekommen! Im Zusammenhang mit dem Untergang der PRESTIGE und der Umweltkatastrophe vor der nordspanischen Küste war Perikos' Name unter Insidern hin und wieder genannt worden. Aber Perikos, das wusste er, war ein alter griechischer Reeder und ganz sicher keine junge Frau.

»Wenn Sie Reeder sind, dann bin ich der Papst.«

»Reederin, Mr. Feiler«, entgegnete Anxa.

»Dann bin ich Päpstin.« Mit Genugtuung sah Berry, wie Anxa sich bemühte, ihre aufkeimende Wut zu unterdrücken.

»Wie gesagt, ich schlage vor, wir lassen alle Spielchen beiseite. Sowas wie: Sie lassen mich auflaufen, weil Sie genervt sind, dass ich Sie so spät zu Hause aufsuche. Oder: Ich tue so, als hätte ich unendlich viel Zeit. Ich habe keine Zeit, Mr. Feiler. Ich habe Angst um die Besatzung meines Tankers, der mit großer Wahrscheinlichkeit entführt wurde.«

»Mit großer Wahrscheinlichkeit haben Sie vor allem Angst um Ihr wertvolles Schiff und die Ladung.«

»Elf Mann Besatzung, 200 000 Tonnen Rohöl, der Tanker selbst ist ein Schrottkahn. Das ist die Bilanz.«

Berry zog die Augenbrauen hoch. »Wollen Sie mich verarschen? Nur elf Mann? Auf einem Supertanker?«

»Mein Vater war ein Menschenschinder, Mr. Feiler.«

Berry sah sie an, ohne zu reagieren.

»Er war der Meinung, dass die Hälfte der Standardbesatzung ausreicht, wenn die Männer mehr arbeiten und weniger schlafen.« Anxa fixierte ihn mit ruhigem Blick.

Berry verfing sich in ihren Augen. Er wurde neugierig, obwohl er wollte, dass ihm gleichgültig war, was diese Frau sagte.

Anxa schien ihre Chance zu spüren. »Es gibt sicherlich eine Menge Fragen, die ich Ihnen natürlich auf jeden Fall beantworten werde. Aber ich habe wirklich keine Zeit. Die SEA MOOD, mein Tanker, ist verschwunden, und Lost Ship Management ist die einzige Firma, die mir helfen kann, ihn zurückzubekommen.«

»Dann sollten Sie die Firma so schnell wie möglich unter Vertrag nehmen. Nur, bei mir sind Sie da …«

»Ich kann Ihre Leute nicht beauftragen«, unterbrach Anxa ihn, »solange ich weiß, dass sie von diesem Massimo angeführt werden.«

Berry schnaufte unwillig. »Meine Güte, sind Sie Geschäftsfrau oder Missionarin?«

»Ich bin Meeresbiologin, und ich bin Geschäftsfrau. Aber vor allem, Mr. Feiler, bemühe ich mich, ein Mensch zu sein.«

»Aha, interessant. Dann erklären Sie mir doch mal als Mensch, was wichtiger ist: ob Ihnen Massimos Nase passt oder ob Sie Ihr Schiff zurückbekommen?« Berry machte eine unwillige Handbewegung, als sie ansetzte, etwas zu sagen.

»Und wenn Sie ihn unbedingt nicht dabei haben wollen, erhöhen Sie das Honorar. Stellen Sie Bedingungen. Die Jungs können ein Schiff auch ohne Massimo zurückholen.«

»Elias Holbrook ist da anderer Meinung«, sagte Anxa.

»Der will Sie nur benutzen, mich zurückzuholen.«

»Seine Argumente klangen aber ziemlich gut.« Sie zitierte Elias Holbrook: »Ohne Berry ist die Einsatzfähigkeit der Crew beeinträchtigt. Wenn auch noch Massimo fehlt, ist die Gruppe definitiv zu klein, um einen von professionellen Piraten besetzten Supertanker zurückzuholen.«

Berry lachte auf, er hätte nie gedacht, dass Holbrook so weit gehen würde, Interna vor Kunden auszuplaudern.

»Jetzt hören Sie mal zu, Mr. Feiler!«, stieß Anxa zornig hervor. »Ich trage die Verantwortung für meine Leute, und ich werde alles tun, um sie zu schützen, sie zu retten, sie zu befreien, was auch immer. Es ist mir egal, was es kostet. Nur eins ist mir nicht egal: Ich will, dass mein Auftrag anständig erledigt wird. Ich stelle keinen Freibrief für wildgewordene Serienkiller aus, die Spaß daran haben, Menschen abzuschlachten und das auch noch auf Video aufzuzeichnen.«

Berry fixierte sie für einen Moment aufmerksam. »Was meinen Sie eigentlich, was die Piraten mit Ihrer Besatzung getan haben?«

»Ich weiß es nicht. Das ist mein größtes Problem. Hoffentlich nichts Schlimmes.«

Berry verspürte große Lust, Anxa mit drastischen Beschreibungen die Augen zu öffnen, ihr darzulegen, was wirklich passierte, wenn Piraten ein Schiff in der Größenordnung der SEA MOOD entführten. Er war versucht, ihr klarzumachen, dass dieses Geschäft allemal nichts für Frauen war, dass man auf den Meeren mit harten Bandagen kämpfen *musste*, und dass ein mordlüsterner Massimo immer noch besser war als ein eiskalter Pirat. Als er Anxa jedoch wieder in die Augen blickte, sah er neben ihrem Stolz nicht nur ihre Sorge und ihre Betroffenheit, sondern ihre mit Mühe unterdrückte Verzweiflung.

»Was haben Sie gemeint mit ›Abschlachten‹ und ›auf Video aufnehmen‹?«, fragte er sanfter, als er eigentlich wollte.

Anxa sah sich in dem Wohnungsflur um. »Haben Sie vielleicht einen etwas gemütlicheren Raum?«

Zögernd öffnete Berry die Tür zur Küche und deutete auf einen Stuhl am Esstisch. Während sie sich setzte, sah Anxa sich erstaunt um. Berry vermutete, weil seine Küche so unbefleckt wirkte, als wäre sie gerade erst einem Katalog entsprungen. Ihr Blick blieb an der einzigen Unregelmäßigkeit in dem perfekt gestylten Raum hängen, dem an den Kühlschrank gepinnten Foto, das den Piratenanführer und seine Leute zeigte; zwei der fünf Köpfe waren mit einem groben Filzstift durchgekreuzt.

Er lehnte sich mit verschränkten Armen an die Arbeitsplatte.

»Bevor Sie es sich zu gemütlich machen, Ms. Perikos: Was immer Sie mir erzählen, ich werde nicht noch einmal zu LSM zurückkehren. Das sollten Sie wissen.«

Anxa ging nicht auf seine Worte ein, sondern begann zu beschreiben, was sie auf Massimos Video gesehen hatte. Als sie den Tod des Piraten in Großaufnahme schilderte, versagte ihr die Stimme, sie musste mehrmals tief Luft holen und neu ansetzen.

Berry hingegen zuckte mit keiner Miene. Demonstrativ unberührt ließ er seine Blicke über ihr Gesicht und ihren Körper wandern, als säßen sie in einer Bar und wären gerade dabei, sich näher kennenzulernen.

Kaum hatte Anxa das letzte Wort gesagt, stieß er sich von der Arbeitsplatte ab.

»Ich kann Ihnen nicht helfen, Ms. Perikos.« Er breitete die Arme aus, als wollte er sie zur Tür hinausschieben. »Aber ich wünsche Ihnen viel Glück.«

Anxa starrte ihn an. »Ist das alles?«

»Sie haben Ihre Story erzählt, ich habe zugehört. Mehr kann ich für Sie nicht tun.«

»Was sind Sie denn für ein Mensch!«, platzte Anxa heraus. »Auch wenn Sie Ihre Firma gerade verlassen, Sie sind doch mit verantwortlich für …«

»Das reicht, okay?«, unterbrach Berry sie und öffnete die Küchentür.

Anxa sprang wütend auf. »Das darf doch nicht wahr sein! Kapieren Sie nicht, worum es geht?«

»Würden Sie jetzt bitte …«

»Meine Leute sind in Gefahr! Mein Tanker mit 200 000 Rohöl an Bord wird vielleicht von den Piraten irgendwo auf Grund gesetzt. Ihre Leute sind die einzigen, die mir helfen können! Und Ihr Anführer ist ein perverser Killer! Soll ich den dafür bezahlen, dass er Menschen abschlachtet? Zu seiner persönlichen Befriedigung?«

»Ms. Perikos, jetzt hören Sie mir mal zu …«

»Nein, verdammt, Sie hören mir zu!«

»Das habe ich, und zwar ziemlich lange.«

»Herrgott noch mal, was seid Ihr Kerle bloß für Irre! Finden Sie das in Ordnung, dass …«

»Nein, das finde ich nicht! Vielleicht habe ich ja einen guten Grund, warum ich aufhöre, Sie Klugscheißerin.«

»Super! Umdrehen, weggehen, und dann ist scheißegal, was passiert! Toll, wirklich!«

»Ganz genau, Ms. Perikos. Haben Sie eine Ahnung, wie viele unschuldige Seeleute diese Piraten auf dem Gewissen haben?«

»Das habe ich begriffen. Aber wer gibt Ihnen das Recht, genauso wie die zu handeln?«

»Stellen Sie diese Frage mal den Ehefrauen der toten Seeleute. Was meinen Sie, was die Ihnen antworten?«

»Dasselbe wie Sie wahrscheinlich.«

»Nicht wahrscheinlich. Ganz sicher.«

»Sie sind nicht der liebe Gott, Mister Feiler, auch wenn Sie das möglicherweise glauben.«

Berry verdrehte genervt die Augen. »Ich glaube gar nichts, falls es Sie interessiert.«

Anxa ließ einige Sekunden verstreichen. Erstaunt sah Berry, wie sie ihre Wut beherrschte, als wäre das mit einem Knopfdruck möglich. Sei auf der Hut, warnte ihn eine leise Stimme, sie hat noch ein Ass im Ärmel.

»Wie viele Piraten haben Sie umgebracht, um den Tod Ihrer Frau zu rächen?« Anxa deutete auf das Foto. »Zwei?«

Berry zuckte zusammen. »Das geht Sie einen Dreck an«, erwiderte er leise. Ihm wurde plötzlich eiskalt, als hätte man ihn nackt in eine Winterlandschaft gestellt.

»Hat der Schmerz nachgelassen, weil Sie einen anderen Menschen getötet haben?«

Berrys Fäuste schlossen und öffneten sich wiederholt. Wut kochte hoch, Wut auf Elias, der Anxa Perikos offensichtlich mit Informationen über sein Leben versorgt hatte, die niemanden etwas angingen.

Anxa sah ihn schweigend an.

Mühevoll gewann er seine Beherrschung zurück. Auf keinen Fall wollte er sich ihr gegenüber eine Blöße geben.

»Ich kann Ihnen diese Frage nicht beantworten, ich habe ihren Mörder nie gefunden.«

Anxa erhob sich langsam und ging nah an das Foto heran.

»Welcher war es?«

Berry sah sie an, ohne zu antworten.

»Kommen Sie, sagen Sie es mir.«

»Sie gehen jetzt besser, Ms. Perikos.«

Anxa tippte mit ihrem Zeigefinger auf die beiden mit einem dicken Filzstift durchgekreuzten Köpfe.

»Die beiden waren es nicht. Habe ich Recht?«

Berry schwieg.

Anxa deutete auf zwei weitere Gesichter, die so unscharf waren, dass man ihre Gesichtszüge nicht erkennen konnte. »Oder war es einer von den beiden?«

Berry rang sich ein Lachen ab und schüttelte den Kopf, als wollte er sagen: Kind, du kapierst überhaupt nichts, alles, was mich betrifft, ist eine Nummer zu groß für dich.

»Kommen Sie«, sagte Anxa, »weihen Sie mich ein. War es der?« Sie deutete auf den Mann im Vordergrund, ein brutales Gesicht, in dessen Mund einige Zähne fehlten, und ging nah an das Foto heran.

»Der Anführer, richtig?« Sie zeigte wieder auf die durchgekreuzten Köpfe und wandte sich Berry zu. »Und warum haben Sie die beiden getötet?«

»Niemand hat sie getötet«, erwiderte Berry und fuhr widerwillig fort: »Wir haben sie in Notwehr erschießen müssen. Verstehen Sie den Unterschied?«

Anxa überging seinen Sarkasmus. »Der ist also der Mörder. Der Anführer«, stellt Anxa fest, »und da sind Sie sicher?«

»Sicher genug.«

»Muss man nicht absolut sicher sein, um sich an einem Menschen zu rächen? Um ihn zum Tode zu verurteilen?«

»Jeder von diesen Typen hat den Tod verdient, das können Sie mir glauben.«

Ein kühler Schauer rieselte durch Berrys Körper. Etwas rumorte in ihm, ein Gedanke, den er bislang unterdrückt und verdrängt hatte. Plötzlich fiel es ihm schwer, Anxas prüfenden Blick standzuhalten.

»Was soll das eigentlich werden, he?«

»Vielleicht ist ja einer von den unscharfen Köpfen da auf dem Foto der Mörder«, sagte Anxa.

Berrys Hände zitterte vor Zorn. Wie kam sie auf diese Idee? Er wollte Anxa anbrüllen, sie packen und rauswerfen, die Tür hinter ihr zuschlagen. Er wollte zum Telefon greifen und Elias zusammenstauchen.

Stattdessen stand er wie paralysiert da, und die Erinnerung an Hannas Tod tauchte vor ihm auf, noch klarer als je zuvor, wie ein Film. Er sah, wie die Frau, die er liebte, von dem Schuss getroffen wurde und starb. Er erinnerte sich, wie er nach endlos langen Sekunden der Erstarrung seinen Kopf den Piraten zuwandte und wie der Anführer dastand mit seiner Pistole in der Hand und lachte. Dieses Bild kannte er, das hatte sich unveränderbar in ihm eingebrannt. Zum ersten Mal jedoch stellte er sich die Frage, warum er so sicher gewesen war, dass der Anführer geschossen hatte. Weil er gelacht hatte? Weil Hanna ihn angebrüllt hatte? Einfach nur, weil er der Anführer war?

Was hatte er *wirklich* gesehen?

Die einzig richtige Antwort auf diese Frage war: Er hatte *nicht* gesehen, wer den Schuss abgegeben hatte …

Berry schüttelte benommen den Kopf: Jeder der fünf Männer hatte eine Pistole in der Hand gehabt, jeder von ihnen konnte also der Mörder gewesen sein. Das hatte er nie auch nur eine Sekunde in Erwägung gezogen! Logisch betrachtet – er bekam eine Gänsehaut, sein Atem wurde flach –, logisch betrachtet standen die Chancen, dass er die letzten sechs Jahre den falschen Mann gejagt hatte, eins zu fünf …

Anxa hatte seine Veränderung erstaunt verfolgt, konnte sie sich offenbar jedoch nicht erklären. Sie tippte auf die beiden unscharfen Köpfe auf der Fotografie. »Mit einer guten Software könnte man sie schärfer kriegen.«

Berry hörte ihr nicht zu und versuchte, seine Gefühle in den Griff zu bekommen.

Anxa sah ihn hilflos an, sie fand einfach keinen Zugang zu ihm. »Sie sind sich nicht sicher, richtig?«

Langsam löste sich Berrys Starre. »Soll das ein Witz sein? Für wie blöd halten Sie mich eigentlich?«

»Ich habe noch nie sechs Jahre einen Mann gejagt, der eventuell der falsche ist«, entgegnete Anxa.

Berry sah sie kalt an, nein, dass der Anführer der Piraten nicht Hannas Mörder war, diese Überlegung war zu ungeheuerlich.

»Bitte, Mr. Feiler, führen Sie noch einmal Ihre Leute an.«

»Machen Sie, dass Sie rauskommen«, erwiderte er rau und wich ihrem flehenden Blick nicht aus. Alles nur Strategie, dachte er, sie will dich rumkriegen, um jeden Preis.

Offenbar las Anxa in seinen Augen, dass er seine Meinung nicht ändern würde, und winkte resigniert ab.

»Dann vergessen Sie es«, seufzte sie.

Sie erhob sich, streckte ihren Körper, und er staunte, wie schnell bei ihr aus Resignation Stolz wurde.

»Bemühen Sie sich nicht, ich finde alleine hinaus«, sagte sie frostig, als sie an ihm vorbeiging. Er hörte die Wohnungstür ins Schloss fallen, und ihre Schritte verloren sich im Treppenhaus.

Eine Weile verharrte er regungslos, ihr Duft, eine Mischung aus einem samtigen Parfüm und etwas Undefinierbarem, schwebte an ihm vorbei. Dann gab er sich einen Ruck und kehrte ins Schlafzimmer zurück, wo die Stapel mit T-Shirts, Unterwäsche und Sweatshirts auf ihn warteten.

Es war wirklich höchste Zeit, das Weite zu suchen.

35

Holbrook ließ seine Fäuste krachend auf den Schreibtisch fallen. »Das können Sie knicken! Kommt überhaupt nicht in Frage!« schrie er sie unbeherrscht an.

Anxa blieb ruhig und nahm sich Zeit, sich bequem in den Sessel zurückzulegen.

»Drei Millionen Dollar, wenn Sie den Tanker zurückholen. Mit oder ohne Ladung. Und ich bin persönlich bei der Aktion dabei«, wiederholte sie ihr Angebot und ihre Bedingung.

Holbrook schnappte lautstark nach Luft. »Wir entern den Tanker mit Waffen in der Hand! Bei Nacht und Nebel!« Er schlug bei jedem zweiten Wort mit der Faust auf die Tischplatte. »Da können Sie nicht dabei sein!«

»Ich bin dabei, oder es gibt keinen Auftrag.«

Holbrook sprang auf, beugte sich weit über den Tisch und starrte sie an, als könnte er sie auf diese Weise entweder zur Vernunft oder zum Verschwinden bringen.

»Bullshit! Sie müssen uns den Auftrag geben, wer soll ihn denn bittesehr sonst erledigen? Noch sind wir die Einzigen weltweit, die das können.«

Anxa erwiderte nichts. Ihr Blick drückte unmissverständlich ihre Entschlossenheit aus.

Holbrook stieß sich vom Tisch ab. »Sorry, tut mir leid. Für Sie. Vor allem aber, das können Sie mir glauben, für Ihre Leute.«

Anxa überging den Vorwurf, mit dem Leben der Besatzung der SEA MOOD zu spielen.

»Wie ist das eigentlich, Mr. Holbrook: Wenn Berry Feiler LSM verlässt, dann müssen Sie ihn doch auszahlen, habe ich Recht?«, fragte Anxa mit demonstrativer Süffisanz. »Ich frage mich, was diese Firma Wert ist. Fünf Millionen? Zehn? Zwanzig?«

Holbrooks Augen verengten sich zu Sehschlitzen, und sein heftiges Atmen durch die Nase zeigte, wie viel Mühe er hatte, sich zu beherrschen.

»Haben Sie eigentlich irgendein Problem, dass Sie sich in alles einmischen müssen?«, presste er hervor.

Anxa dachte an die zahlreichen, gut gefüllten Schwarzgeldkonten, die ihr Vater in der Schweiz und in Luxemburg eingerichtet hatte und deren Nummern und Zugangscodes sie gleich in der ersten Woche in dem geheimen Safe in der Villa entdeckt hatte.

»Hier ist mein letztes Angebot«, sagte sie. »Sie bekommen die drei Millionen cash, ohne Rechnung, ohne Auszahlungsbelege, netto, als steuerfreien Reingewinn. Und ich bin bei der Aktion dabei.« Sie hielt ihm die Hand hin, damit er einschlug.

Außer Holbrooks hektischem Atmen herrschte Stille. Mit jeder Sekunde, die er sich nicht rührte, war sich Anxa sicherer, dass sie gewonnen hatte. Trotzdem erschrak sie, als er wütend aufschnaubte, steif wie ein Stock den Tisch umrundete, ihre Hand packte und sie so fest drückte, als wollte er sie wenigstens damit in die Knie zwingen.

»Also gut. Hier ist die Spielregel: Sie unterschreiben mir ein wasserdichtes Papier, dass Sie hundertprozentig auf eigenes Risiko dabei sind. Und dass Sie, was immer Ihnen passiert, niemand anderen verantwortlich machen als sich selber. Verstanden?«

»Verstanden«, antwortete Anxa und versuchte, gegen den Schmerz anzulächeln.

»Die drei Millionen zahlen Sie vorher. Sollten Sie bei der Aktion draufgehen, müssen wir uns wenigstens nicht mit irgendwelchen verfickten Erben rumschlagen.«

Anxa spürte genau, dass es keinen Sinn machte, über diesen Punkt zu verhandeln, Holbrook war zweifellos zu keiner Konzession bereit.

»Abgemacht«, sagt Anxa, kaum noch in der Lage, den Schmerz in ihrer Hand auszuhalten.

Endlich ließ Holbrook ihre Hand los.

»Okay, dann starten wir den Motor«, sagte er grimmig, griff zum Telefon, wählte und starrte Anxa wie ein bösartiger Bär an.

»Massimo? Elias hier. Es gibt was zu tun. Sag den anderen Bescheid.« Er lauschte kurz in den Hörer. »Die Perikos-Sache. Bis nachher.«

Er legte auf und sah auf seine Armbanduhr.

»Bis die Jungs hier sind«, sagte er und funkelnde Anxa an, »gehen wir zwei Hübschen runter in den Schießkeller. Wenn Sie in die wirkliche Welt hinauswollen, Verehrteste, dann müssen sie wenigstens wissen, wo bei einer Pistole vorne und hinten ist.«

»Das ist mir nicht un…«

»Ach, halten Sie die Klappe und kommen Sie mit!«, unterbrach er sie und verließ mit strammen Schritten sein Büro.

Anxa folgte ihm und massierte verstohlen ihre malträtierte Hand.

36

Der Diesel der STORMY MONDAY, die vor Kurzem noch SEA MOOD geheißen hatte, stampfte altersschwach, und der Tanker schob sich behäbig durch die ruhige See. Yanto fragte sich, wie das heruntergekommene Schiff wohl mit einem der nicht seltenen tropischen Stürme klarkommen würde, wenn es jetzt schon den Eindruck machte, als löste es sich bald in seine Einzelteile auf. Wie hoch das Risiko tatsächlich war, konnte er nicht einschätzen.

Für einen Moment bereute er, nicht mehr seine alte Crew dabeizuhaben. Darunter war einer gewesen, Fandok Baaht, der einige Jahre als Hilfsmaschinist zur See gefahren war, bevor er in seine Bande eingestiegen war. Fandok hatte ein unglaubliches technisches Gespür gehabt. Ob ein schwerer Diesel nicht rund lief oder einer der Außenborder der Schlauchboote nicht angesprungen war, Fandok hatte innerhalb kurzer Zeit den Fehler gefunden und ihn behoben.

Ärgerlich schüttelte Yanto den Kopf. Die alte Crew war Vergangenheit, vorbei und erledigt. Niemand war unersetzlich. Als Nächstes musste eben einer der neuen Leute lernen, wie man mit Motoren umging. Und außerdem, die STORMY MONDAY wurde von ihrer Reederei im normalen Frachtverkehr benutzt, also musste sie doch hinreichend zuverlässig funktionieren.

Nichtsdestotrotz behielt Yanto das Barometer im Auge. 1040 Hektopascal, las er, und die digitale 24-Stundenanzeige wies nahezu gleich hohe Balken für jede der vergangenen Stunden auf. Ruhiger konnte ein Wetter nicht sein.

Zufrieden ließ Yanto seine Blicke zwischen dem Kompass, dem Geschwindigkeitsmesser und der Weite des Ozeans draußen rund um den langen Rumpf des Tankers hin- und herschweifen.

Ein Gefühl stellte sich ein, wie er es früher nie gehabt hatte, ein Gefühl so schön, dass er fast laut aufgelacht hätte. Welchen Lauf sein Leben genommen hatte! So, wie er hier saß, Herr über einen 200 000-Tonnen-Tanker, auf dem Weg, 375 000 Dollar zu verdienen, er, der Junge, dessen Chancen, etwas anderes zu werden als Fischer oder Hilfsarbeiter, so lächerlich gering gewesen waren – das hatte etwas, das hatte ... Größe! Größe und Macht.

Und diesen Harrison, alleine schon bei dem Gedanken an den arroganten Engländer kochte Wut in ihm hoch, den würde er auch noch überflügeln und hinter sich lassen. Er hatte keine genaue Vorstellung, wie viel die

Ladung der STORMY MONDAY Wert war. Nur eines war ihm absolut klar: Den eigentlichen, den großen Gewinn bei diesem Geschäft machte nicht er, sondern dieser Harrison.

Yanto versuchte, sich nicht zu sehr darüber zu ärgern. Die ganze Angelegenheit hatte ja neben dem Geld durchaus andere Vorteile. Wenn er gut aufpasste und sich am Ende ein einigermaßen klares Bild davon machen konnte, auf welche Weise Harrison dieses Geschäft abgewickelt hatte, dann würde er, Yanto, nicht ein weiteres Mal Handlanger sein müssen. Dann würde er das nächste Mal derjenige sein, der alle Fäden in der Hand hielt und der das große Geld kassierte. Und zwar ohne Abzüge, denn er – Yanto lächelte –, er musste ja noch nicht einmal Piraten anheuern.

Im Grunde war es doch so: Er machte gerade eine sehr gut bezahlte Ausbildung und konnte das Gelernte sicherlich bald lohnend zu seinem Vorteil anwenden.

Erneut ließ er seinen Blick über die kreisrunden, in einer Gruppe angebrachten Messgeräte schweifen, deren Bedeutung er nicht verstand, außer dass sie offenbar mit dem Motor in Zusammenhang standen. Denn als er vor einigen Stunden am Ausgang der Straße von Malakka das Tempo erhöht hatte und auf volle Kraft voraus gegangen war, waren die Zeiger zitternd nach oben gewandert und hatten erst kurz vor dem roten Bereich aufgehört, weiter zu steigen. Trotzdem hatte er das Tempo nicht verringert. Solange sie nicht in den roten Bereich hineingingen, war alles in Ordnung, hatte er entschieden.

Sein Auftrag war es, das Schiff nach Zhanjiang zu bringen, einer Hafenstadt in der südchinesischen Provinz Guangdong, dort die Entladung abzuwarten und dann ins Riau-Archipel südlich von Singapur zurückzukehren, wo Harrison eine neue Besatzung an Bord kommen lassen und ihm die restlichen 375 000 Dollar übergeben wollte.

Südchina, so viel wusste Yanto inzwischen, war der Schlüssel für seine Zukunft. Dort, in der Provinz Guangdong, brummte der Kreisel des wirtschaftlichen Aufstiegs. Gleichzeitig waren Peking und dessen Bürokraten 2000 Kilometer weit weg, deshalb war es möglich, selbst abenteuerliche Geschäfte mithilfe der örtlichen Parteifunktionäre durchzuführen, solange nur jeder genug daran verdiente.

In seiner indonesischen Heimat oder in Malaysia, in Singapur oder auf den Philippinen sah die Situation für Yanto viel schlechter aus. Dort herrschten von Überseechinesen geschaffene Syndikate, die gut getarnt über alle Aspekte ihrer Geschäfte wachten und ihre Interessen mit eiserner Hand durchsetzten. Gegen diese Männer würde er nie eine Chance haben, an das große Geld zu kommen.

Nein, sein Eldorado hieß Südchina, dort musste er Geschäftspartner finden, mit denen er direkt verhandeln konnte. In Zhanjiang würde er in wenigen Tagen den Grundstein für seine Zukunft legen.

Gegen zehn Uhr Ortszeit Singapur näherte sich die STORMY MONDAY dem Seegebiet vor dem nordöstlichen Zipfel der Insel Bintan. Hier sollte Yanto nach Harrisons Instruktionen einen erfahrenen Steuermann an Bord nehmen.

In den letzten elf Stunden hatte er sehr mit seiner Müdigkeit zu kämpfen gehabt. Um nicht einzuschlafen, hatte er die Lehne seines Sessels so weit es ging nach vorne schnappen lassen, sodass er gezwungen war, in unangenehmer Position auf der Kante zu sitzen, ein einfacher, aber wirkungsvoller Trick, um wach zu bleiben.

Vor zwei Stunden hatte er einen Funkspruch an den Steuermann losgeschickt und seine Position und seine Geschwindigkeit durchgegeben. Jetzt passierte er den Leuchtturm von Berakit, der am nordöstlichsten Zipfel von Bintan stand, und ließ die zehn Meilen entfernte Küste langsam hinter sich. Selbst mit bloßem Auge konnte er zahlreiche Segelboote erkennen, die in Küstennähe hin- und herkreuzten, einige wenige kamen sogar bis ein, zwei Meilen an die STORMY MONDAY heran. Aber Segelboote interessierten ihn nicht.

Endlich kristallisierte sich ein Boot aus dem Pulk der anderen Schiffe heraus und hielt schnurgerade und mit hohem Tempo auf den Tanker zu. Er schätzte, dass es nicht länger als zwanzig Minuten brauchen würde. Befriedigt, dass alles nach Plan lief, drückte er die Alarmklingel, um seine Leute zu wecken.

Eine halbe Stunde später kam der von Harrison angeheuerte Steuermann, ein Grieche namens Costa Taniki, auf die Brücke und übernahm das Ruder.

Taniki erwies sich als ungeheuer redebedürftig. Eine Weile hörte Yanto ihm geduldig zu. Dann bemühte er sich, ihm Informationen über Harrison zu entlocken. Taniki war erstaunlich hemmungslos mit seinen Aussagen, ging detailliert auf alles ein, stellte sich als Insider und generell als Mann mit umfassendem Durchblick dar. Aber nach einer dreiviertel Stunde war Yanto sich sicher, dass es sich bei dem Griechen tatsächlich nur um einen eitlen Schwätzer handelte, der eigentlich gar nichts wusste, der keine anderen Informationen hatte als die, die er von Harrison erhalten hatte und die nur unmittelbar seinen Auftrag betrafen.

Ohne ein weiteres Wort und inmitten einer der endlosen Sprechblasen des Griechen verließ Yanto die Brücke, um sich endlich schlafen zu legen. Eine innere Stimme ermahnte ihn, sich jede Erholung zu nehmen, die er in den nächsten Tagen kriegen konnte, und auf diese Stimme pflegte er zu hören, sie war wie ein guter Freund; manchmal befragte er sie sogar direkt.

Nur zu der Frage, die ihn am meisten beschäftigte, blieb seine innere

Stimme stumm: Warum ließ Harrison die neue Besatzung für die STORMY MONDAY nicht jetzt gleich an Bord kommen? Führte der Engländer etwas im Schilde, was er nicht durchschaute?

* * *

Taniki war vielleicht ein Schwätzer, nichtsdestotrotz wusste er sehr genau, was er zu tun hatte. Kaum war Yanto verschwunden, holte er das Schiffsbuch aus der Kapitänskajüte und gab per Funk die wesentlichen Schiffsdaten an Anwar Reshwan durch, den pakistanischen Reeder, der sich bestens auf die Legalisierung gestohlener Schiffe verstand. Danach warf Taniki das Schiffsbuch über Bord.

In Karatschi, 2600 Seemeilen entfernt, trug Reshwan die übermittelten Daten in die schon von ihm vorbereiteten Schiffspapiere ein, die eine lückenlose Vergangenheit des Tankers vortäuschten, indem sie für die vergangenen Jahrzehnte diverse Firmen mit Sitz in Panama und in Honduras als Besitzer aufführten, die es heute nicht mehr gab oder die ohnehin nur Scheinfirmen gewesen waren. Von diesem Moment an hörte die SEA MOOD offiziell auf zu existieren, und stattdessen erblickte die STORMY MONDAY das Licht der Welt, ein Phantomschiff, das wie jedes legale Schiff problemlos jeden beliebigen Hafen der Welt anlaufen konnte.

Außerdem füllte Reshwan eine um zwei Jahre rückdatierte Blanko-Schiffsregistrierung aus, die er für 35 000 $ in Liberia erworben hatte und die ihn und seine Reederei Global Shipping als derzeitigen Besitzer der STORMY MONDAY auswies.

Danach rief er seinen Auftraggeber George Harrison an und teilte ihm mit, dass alle Unterlagen verabredungsgemäß bereitlagen. Harrison alias Thomas Becker machte hocherfreut ein weiteres Häkchen auf seiner Checkliste. Der hohe Preis, den er an den Holländer Eric van Halen für dessen Hilfe zahlte, hatte sich einmal mehr rentiert.

Thomas' Bilanz sah jetzt folgendermaßen aus: Er hatte einen 200 000-Tonnen-Tanker, randvoll mit Öl, in seiner Hand; es gab vollwertige Schiffspapiere; in wenigen Tagen würde der Tanker seine Fracht in Zhanjiang entladen, woraufhin er von den Chinesen 44 Millionen Dollar kassieren würde. Jetzt musste nur noch er selbst der offizielle Besitzer der STORMY MONDAY werden, damit er eine hoch dotierte Versicherung für das Schiff, das er zu versenken gedachte, abschließen konnte. Dafür wiederum brauchte er Jack Fano und dessen Portland Shipping. Und natürlich seine eigene Scheinfirma Shipomex, eingetragen auf den Cayman Islands, mit Sitz in Zürich, die er damals vor drei Jahren, gleichsam als Startschuss für seinen genialen Plan, als Erstes gegründet hatte.

37

Kurz nach 4:00 Uhr morgens saß Anxa mit dumpfem Kopfschmerz zwischen den Männern im Konferenzraum. Holbrook hatte ihr im Schießkeller die Ohrenschützer mit dem Argument verweigert, dass sie bei einem Einsatz auch ohne auskommen müsse. Jetzt klingelten und fiepten ihre Trommelfelle, und sie hatte Mühe, der Besprechung zu folgen. Massimo und Vern fehlten noch, wobei der Amerikaner schon auf dem Weg zum Büro war; Massimo hingegen ging weder ans Telefon noch ans Handy.

Noch während sie in den Keller hinuntergefahren waren, hatte sie Aurich angerufen und in Kürze über den Stand der Dinge informiert. Der alte Reeder war ausgerastet, als er von ihrem Plan hörte, bei der Rückholaktion selbst dabei zu sein. Da er sich nicht beruhigen wollte, blieb ihr nichts anderes übrig, als irgendwann inmitten seines Wutausbruchs aufzulegen. Sicherheitshalber hatte sie ihm gleich eine SMS hinterhergeschickt und deutlich gemacht, dass er die drei Millionen Dollar morgen früh als Erstes von einem Kurier zu LSM bringen lassen müsste.

Holbrook stand breitbeinig, die Arme vor der Brust verschränkt, vor der großen Weltkarte.

»Wo kann die Sea Mood sein? Wo will sie hin?«

Bridges, der Navigationsspezialist, deutete auf einen Bereich nordwestlich der Bengkalis-Insel.

»Hier wurde sie gegen 23 Uhr Ortszeit gewendet. Bei 12 Knoten, die sie maximal in der Straße von Malakka fahren kann, ist sie jetzt entweder westlich von Singapur am Ausgang des Riau-Archipels oder südlich von Singapur am Eingang des Lingga-Archipels.«

»Vielleicht verlassen sie den Archipel ja gar nicht und verstecken sich irgendwo«, sagte Anxa. »Soweit ich das verstanden habe, gibt es dort tausende von Inseln und …«

»Sich zu verstecken, ist zu riskant«, unterbrach Holbrook sie, ohne sie anzusehen. »Macht auch keinen Sinn. Worauf soll sie warten?«

»Vielleicht auf einen leeren Tanker. Dann pumpen die das Öl rüber und …«

Holbrook drehte sich um und sah Anxa unwillig an. »Einen gleich großen Tanker werden sie nicht einfach so zur Verfügung haben. Macht ja auch keinen Sinn. Und 200 000 Tonnen Rohöl in irgendwelche kleinen Tankschiffe umzupumpen«, Holbrook schaufelte mit beiden Händen in der Luft herum, »wissen Sie, wie lange es dauert, Frau Reederin? Tage! Ewig! Das riskieren die nicht. No way! Die haben längst einen Abnehmer für das Öl, und da dampfen die jetzt hin.«

Anxa zuckte müde mit den Schultern.

Holbrook tippte auf die Karte. »Jakarta, Manila, Bangkok, Vietnam, Nordkorea, China. Das sind die Optionen.«

»So wenige? Wie ermutigend«, murmelte Anxa mit deprimierter Ironie.

Holbrook stürmte zum Tisch. »Ich ruf noch mal beim Maritime Bureau an.« Er drückte die Wahlwiederholung und wandte sich seinen Leuten zu, während das Telefon wählte. »Was ist mit diesem verdammten Massimo? Hat einer noch mal versucht, ihn zu kriegen?«

»Meldet sich nicht«, sagte Claude, der Franzose, mit einiger Genugtuung. »Auf seinem Handy läuft nur die Mailbox.«

»Dieser Scheißer! Den sollte man ...!« Holbrooks Gesprächspartner meldete sich, er senkte seine Lautstärke. »Captain Pangkalan? Elias Holbrook hier. Wie sieht es aus?«

Während er in den Hörer lauschte, flüsterten die Männer leise miteinander. Anxa bemühte sich gar nicht erst zu verstehen, worüber sie sprachen, und versuchte, ihre Müdigkeit in den Griff zu kriegen. Sie war jetzt seit 22 Stunden auf den Beinen, und die letzten Wochen hatten sie ohnehin bis ins Mark erschöpft.

»Gut, okay, danke!« Holbrook legte wieder auf. Anxa gab sich einen Ruck, riss die Augen auf und atmete einige Male tief durch.

»Verdammte Asiaten! Flachwichser! Penner!«

Holbrooks lautstarke Flucherei zerrte an ihren Nerven, aber sie wusste, dass sie nichts sagen durfte, schließlich hatte sie sich ja in die Gruppe hineingedrängt, also musste sie auch deren Spielregeln akzeptieren.

»Was ist jetzt?«, fragte sie, weil kein anderer etwas sagte. Offenbar wussten alle schon, was Holbrook da eben gehört hatte.

Holbrook stemmte seine Fäuste in die Hüften, und sein Gesicht machte überdeutlich klar, wie sehr ihn Anxas Anwesenheit störte.

»Die malaiische Küstenwache hat sich immerhin ein bisschen umgesehen, natürlich nur bis Singapur. Nichts. Die Indonesier und die Singapurer haben ihren Arsch keinen Millimeter bewegt! Halten die Entführung für behauptet und wollen handfeste Beweise! Mistkerle, die!«

»Und wenn sie Beweise hätten, dann ...«

»Jesus Christus! Die wollen Geld! Zumindest die Indonesier. Legen Sie denen fünfzigtausend Dollar hin, dann fahren die los, das garantiere ich Ihnen.«

»Dann legen wir eben fünfzigtausend Dollar hin«, sagte Anxa.

Holbrook verzog angewidert das Gesicht. »Und wer übergibt dem Kommandanten der indonesischen Küstenwache das Geld? Haben Sie einen Vorschlag?«

»Sie sind mit diesem Business vertraut, Mr. Holbrook, nicht ich.«

»Ich kenne eine Menge Leute in Kuala Lumpur. Ein paar davon würde ich sogar vertrauen. Was meinen Sie, wie lange es dauert, bis einer von einer malaiischen Bank 50 000 Dollar ausgezahlt bekommen hat? Was meinen Sie, wie lange es dauert, bis der den Schotter zu dem zuständigen Kommandanten in Medan getragen hat? Bis dahin ist die SEA MOOD längst in internationalen Gewässern. Und ihre fünfzigtausend, Frau Reederin, die können Sie dann abschreiben.«

Anxa wich Holbrooks wildem Blick aus, beschämt über ihre Naivität und zu müde, um ihm wegen seines unverschämten Tonfalls zurechtzuweisen.

»Pangkalan versucht es noch mal, Ms. Perikos. Aber das Beste ist sowieso«, er wandte sich an seine Männer, »wenn ihr loszieht. Sobald dieser verfickte Italiener aufgetaucht ist!«

Holbrooks Blick wurde glasig, er schien zu spüren, dass Anxa als Nächstes fragen würde, was für einen Sinn es machte loszuziehen, wenn keiner wusste, in welche Richtung die SEA MOOD fuhr. Er wandte sich wieder Anxa zu und fuhr mit betonter Engelsgeduld fort:

»Das International Maritime Bureau wird jetzt eine Beschreibung der SEA MOOD über seinen E-Mail-Verteiler rausgeben. Wenn wir Glück haben, entdeckt irgendein Schiff in der Gegend den Tanker. Sollte das der Fall sein, müssen wir sehr schnell handeln. Und dafür müssen wir einsatzbereit vor Ort sein. Deshalb fliegt ihr nach Kuala Lumpur, im Moment ist das der beste Ort, um auf stand-by zu gehen.«

»Und wie lange müssen wir dort …«

»Ein paar Tage«, unterbrach Holbrook sie, seine Engelsgeduld hatte sich schon wieder verflüchtigt. »Eine Woche! Ich-weiß-es-nicht!«

Anxas Entsetzen über die Vorstellung, mit diesen Männern so lange zusammenhocken zu müssen, erfüllte ihn mit offensichtlicher Schadenfreude. Anxa bemühte sich, ihr Unwohlsein zu überspielen, indem sie an ihre Besatzung dachte, bei der es um Leben oder Tod ging. Dagegen waren ihre Unannehmlichkeiten doch geradezu lächerlich.

»Was glauben Sie: Wie groß ist die Chance, dass meine Leute noch leben?«

»Null komma fünf«, erwiderte Holbrook kurz angebunden.

»Je nachdem«, mischte Claude sich ein und warf Holbrook einen tadelnden Blick zu. »In den meisten Fällen setzen Piraten eine Besatzung auf irgendeiner Insel aus, wo sie dann früher oder später gerettet werden.«

Anxa lächelte den Franzosen dankbar an. Im Moment war es ihr gleichgültig, ob er die Wahrheit sagte oder nicht.

»Blödsinn!«, warf Holbrook ein.

Anxa schloss die Augen. Ein nervöses Vibrieren hatte in ihren Füßen begonnen und kroch nun unaufhaltsam ihren Körper hinauf. Langsam wurde ihr klar, auf welches Abenteuer sie sich eingelassen hatte. Zugleich wurde ihr auch klar, wie wenig sie einschätzen konnte, worauf dieses Abenteuer tatsächlich hinauslaufen könnte. Ein Gedanke, der sie noch nervöser machte.

Sie öffnete die Augen, als jemand ihr seine Hand auf den Unterarm legte. Claude stand vor ihr und lächelte sie an.

»Warum legen Sie sich nicht ein wenig hin? Wir haben einen Extraraum dafür.«

Anxa zögerte.

»Sobald es losgeht, wecke ich Sie.«

Anxa nickte. »Ja, ich denke, das mache ich.«

»Die Tür am Ende vom Gang«, sagte Claude.

Als Anxa den Raum verließ, folgten ihr alle Blicke, bis auf Holbrooks.

Claude sah triumphierend in die Runde.

»Noch hast du sie nicht im Bett«, sagte Danny.

»Noch nicht«, grinste Claude und ließ keine Zweifel, dass er nichts unversucht lassen würde, um genau dieses Ziel zu erreichen.

38

Der Gedanke, so gut wie gar nichts in seine neue Zukunft mitzunehmen, hatte für Berry etwas Elektrisierendes. Um trotz allem keine Bruchlandung zu riskieren, überprüfte er noch einmal gewissenhaft, ob er alle Bankcodes, PIN und TAN-Nummern eingesteckt hatte, um über sein Geld per Internet verfügen zu können. Außerdem steckte er sein Handy ein. Beim Notebook zögerte er wieder: Gab es nicht überall auf der Welt Internetcafés? Nein, zu unsicher, der Computer musste mit.

Sein Blick fiel auf die altmodische Olympus-Kleinbildkamera auf seinem Schreibtisch, die er seit sechs Jahren nicht mehr benutzt hatte. Die wollte er auf keinen Fall mitnehmen.

Was war mit dem Foto von den fünf Piraten?

Berry strich durch seine Wohnung, sammelte all die Vergrößerungen ein, die er an verschiedenen Stellen aufgehängt hatte, und stapelte sie übereinander. Vierzehn Abzüge, vierzehnmal zwei Kreuze, vierzehnmal der Anführer, vierzehnmal zwei unscharfe Gesichter …

Er betrachtete noch einmal den Anführer – ein vertrauter Vorgang, eine tägliche Routine in den letzten Jahren. Andere beteten oder meditierten, er sah sich das Foto an. Heute konnte er sich jedoch nicht auf den Anführer konzentrieren. Sein Blick wanderte immer wieder zu den beiden unscharfen Gesichtern zurück, die ihn bis vor wenigen Stunden noch nie beschäftigt hatten; bis Anxa Perikos in dieser Nacht aufgetaucht war.

Er zweifelte keine Sekunde daran, in den letzten fünf Jahren den richtigen Mann gesucht zu haben, das war es nicht. Anxas Worte hatten jedoch das Bedürfnis geweckt, die beiden längst vergessenen Gesichter wenigstens einmal deutlich zu sehen – auch wenn das keinen Sinn machte. Wenn all das, was er hier unternahm, sein bisheriges Leben mit einem radikalen Schnitt beenden sollte, dann gehörten auch die beiden Gesichter, unscharf, wie sie waren, in den Abfalleimer.

Bedächtig nahm er die vierzehn Abzüge und die Kamera, wog sie für einen Moment in den Händen und ließ alles in die letzte, noch offene Abfalltüte fallen. Es tat nicht gut, es tat aber auch nicht schlecht. Dann öffnete er die unterste Schreibtischschublade, in der seit Jahren nichts anderes lag als das Negativ. Er nahm es, hielt es über die Abfalltüte – und zögerte. War das Negativ erst einmal weggeworfen, gab es nichts mehr, was ihn mit der Vergangenheit verknüpfte.

Eigentlich perfekt, dachte er, wippte es mit der Hand auf und ab und lauschte dem flitschenden Geräusch.

Er hob es vor die Augen. Der Mast des Segelbootes, die Bucht, mehr als Form denn als Landschaft erkennbar, die fünf Männer. War es bislang der Anführer gewesen, der ihn angestarrt hatte, so waren es jetzt die beiden unscharfen Gesichter.

* * *

Als das professionelle Fotolabor MacPhoto um 8:30 Uhr öffnete, war Berry der erste und einzige Kunde. Der Besitzer von MacPhoto, Ian McBride, war ein dicklicher, schwitzender Mann um die vierzig, der schon am Morgen statt einer Tageszeitung eine Computerzeitschrift las und sich mit den Artikeln zu diversen Anwenderproblemen und deren Lösung befasste.

Berrys Wunsch, zwei bislang unscharfe Köpfe erkennbar zu machen, empfand er nicht als hinreichend herausfordernd, um sich sofort an die Arbeit zu machen. Erst als Berry ihn anlog, dass schon einige andere Labore daran gescheitert wären, legte er gnädig seine Zeitschrift weg.

Er digitalisierte das Negativ mit einem extrem hoch auflösenden Scanner, lud das Bild in seinen Computer, der mit einer speziellen, von ihm persönlich modifizierten Software zur Bildmanipulation arbeitete. Einmal ins Schwärmen gekommen, zu was diese Software fähig war, erläuterte er Berry fortan jeden seiner Arbeitsschritte.

McBride erklärte ihm, dass der 100-ASA-Film, den Berry benutzt hatte, weniger körnig war als ein empfindlicherer Film, die Abzüge nichtsdestotrotz umso körniger wurden, je mehr man das Bild vergrößerte. Dass die Software, dank seiner Modifikation, wie ein aktiver Filter arbeitete, der die Körnchenstruktur des vergrößerten Bildes erkennen und herausrechnen konnte. Dass das Programm die unscharfen Linien des eigentlichen Bildes nach einem Wahrscheinlichkeitsprinzip interpolierte. Er redete von *fuzzy logic* und Fraktalen, und dass am Ende des Prozesses bei ihm, anders als bei anderen Laboren, immer ein gutes Ergebnis herauskam.

Berry saß seitlich neben ihm, ohne dass er erkennen konnte, was der Monitor zeigte, hörte zu und versuchte gar nicht erst, die Bedeutung der Worte verstehen zu wollen.

»So weit dies«, sagte McBride irgendwann, »ich drucke es jetzt aus. Dann werden wir sehen.«

Er gab den Printbefehl, verschränkte seine Arme vor der Brust und wandte sich Berry zu.

»Und? Neugierig?«, fragte er gönnerhaft.

Berrys Gedanken waren träge, er hatte keine Lust, über eine Antwort nachzudenken.

»Natürlich sind Sie neugierig, ich seh es Ihnen an. Sie wollen es nur nicht zugeben.« McBride deutete auf den Monitor. »Wenn Sie wollen …«

Berry schüttelte den Kopf. Er wollte ein Foto in den Händen halten und es in Ruhe drehen und wenden können.

McBride zuckte mit den Schultern, ging zu dem zentralen Printer und kehrte mit einem Abzug zurück.

»Das ist nur ein Farbprint. Wenn wir mit der Qualität zufrieden sind, lassen wir uns einen richtigen Abzug machen.«

Wir … uns … Berry fand es merkwürdig, dass dieser Computer-Freak glaubte, einen Anteil an dem Bild zu haben. Er nahm den Ausdruck und hielt ihn unter die Schreibtischlampe.

Die Qualität dieser Vergrößerung war wirklich verblüffend. Der Piratenanführer war unglaublich scharf zu erkennen, seine Zahnlücken wirkten wie aus dem Mund herausgestanzt. Auch die beiden Männer hinter ihm, deren Köpfe Berry schon vor einiger Zeit durchgekreuzt hatte, erschienen jetzt extrem plastisch.

Und tatsächlich, selbst die Gesichter der vormals unscharfen Männer im Hintergrund waren erstaunlich gut zu erkennen. Berry studierte konzentriert das Gesicht des einen, aber es sagte ihm nichts. Das Gesicht des anderen kam ihm bekannt vor, ohne dass er es in irgendeinen Zusammenhang setzen konnte.

»Haben Sie vielleicht eine Lupe?«

»Eine Lupe?«, fragte McBride zurück, als habe Berry ihn um eine Badekappe und ein Handtuch gebeten. Kopfschüttelnd fummelte er flink mit der Maus herum, drehte den Monitor zu Berry hin und tippte auf den Bildschirm.

»Hier haben Sie Ihre Lupe.«

Der digital vergrößerte Bildausschnitt zeigte die beiden Köpfe, die nun den gesamten Monitor füllten.

Berry spürte plötzlich, wie sein Blut nach unten in die Beine sackte, als hätten sich seine Arterien und Venen mit einem Schlag um das Dreifache geweitet. Schwindel packte ihn, und er musste sich am Tisch abstützen.

»Alles in Ordnung, Mister?«, fragte McBride.

Berry reagierte nicht und starrte weiter dieses Gesicht an. Es war das eines sehr jungen Mannes. Ein Gesicht ohne prägnante Merkmale und deswegen schwer zu erinnern und im Grunde auch nicht fassbar. Nein, das Gesicht war es nicht, was er wiedererkannte. Es waren die Augen. Wachsame, intelligente Augen voller Hass, die direkt in die Kamera sahen und die mit ihm in diesem Moment, sechs Jahre später, zu sprechen schienen.

Berry sah in die Augen von Yanto, dem Piraten, den er auf der LIBERTY gestellt hatte.

39

Die Stimmung im Konferenzraum war inzwischen äußerst gereizt. Die Männer vermieden es, mehr als das Nötigste miteinander zu reden. Einige beschäftigten sich mit ihrer Ausrüstung, überprüften sie wieder und wieder, eine rituelle Handlung, die längst nicht mehr nach einem Sinn fragte. Andere saßen mit geschlossenen Augen herum und warteten einfach nur.

Anxa war schon nach einem Kurzschlaf von einer Stunde hochgeschreckt. Ihr müder Körper sehnte sich danach weiterzuschlafen, aber ihre Nervosität ließ sie keine Ruhe mehr finden.

Dann, kurz vor 9:00 Uhr, kam endlich der erlösende Anruf. Massimo behauptete, der Akku seines Handys hätte einen Kurzschluss gehabt, den er erst heute morgen bemerkte. Niemand glaubte ihm. Jeder wusste, er wollte seine Muskeln spielen lassen und seinen Führungsanspruch nach Berrys Ausscheiden deutlich machen. Holbrooks rauer Umgang mit ihm, und das auch noch im Beisein einer Frau, hatte Massimo bis aufs Blut gereizt. Für ihn ging es jetzt darum, Holbrook in die Knie zu zwingen und offiziell die Segnung als *leader of the pack* zu bekommen.

Dabei riskierte er noch nicht einmal viel, denn er konnte sich sicher sein, dass die Crew niemals ohne ihn ausrücken würde. Bis auf Claude waren sie alle ihr Leben lang Befehlsempfänger gewesen, und Claude hielt sich zwar selber für einen geborenen Anführer, war jedoch de facto viel zu sehr ein individualistischer Einzelkämpfer. Nein, mit Massimo als Anführer waren die Männer am besten bedient, und anders als Berry in den letzten Monaten ignorierten sie die Kollateralschäden, die der brutale Italiener unter den Piraten anrichtete.

Um 9:20 saßen Vern, Danny, Claude, Horst und Anxa startbereit neben ihrem Gepäck im Konferenzraum. Anxa hatte sich Kampfanzüge und Unterwäsche geliehen. Keiner sagte ein Wort, immerhin wussten sie jetzt, dass es in ein paar Minuten losgehen würde. Die beiden Piloten Günther und Bridges waren schon zum Flughafen gefahren, um die Gulfstream startklar zu machen.

Endlich ertönte das Klingeln des Aufzugs. Holbrook holte einige Male tief Luft, als bereitete er sich auf einen 100-m-Sprint vor. Auch wenn er auf Massimo angewiesen war, so war er keineswegs gewillt, ihm diese Verspätung ohne ein lautstarkes Donnerwetter durchgehen zu lassen.

Die Aufzugtüren schoben sich auseinander – und Berry trat heraus. Über seinen Schultern hing ein Softbag. Zehn Augenpaare starrten ihn sprachlos an, als er seine Tasche abstellte und in die Runde grinste.

»Was ist los mit euch?«, fragte er spöttisch. »Seh ich aus wie Prinz Charles?«

Holbrook fand als Erster seine Sprache wieder. »Was willst du denn hier? Haben sie dir schon dein Schiff in der Karibik geklaut?«

Berry überging seine sarkastische Bemerkung und wandte sich Anxa zu. »Wie ist der Stand der Dinge in Ihrer Angelegenheit?«

Sie sah ihn nur an, zu müde, um mit seiner Frage etwas anfangen zu können.

Berry sah Holbrook fragend an. Der starrte zurück, bewegungslos, nur seine Wangenmuskeln zuckten heftig.

»Okay, Elias, ich übernehme wieder das Kommando.«

Anxa zog erstaunt die Augenbrauen hoch.

Holbrooks Gesicht lief puterrot an, seine Lust, Berry an Massimos Stelle seine angestaute Wut spüren zu lassen, war unverkennbar. Trotz allem beherrschte er sich, zu sehr Profi, um sich vor den anderen mit Berry anzulegen. Er sprang auf und klatschte wie ein Animateur in die Hände. »Dann los, Jungs, rafft euch auf!«

»Was ist mit Massimo?«, fragte Berry in betont neutralem Ton.

»Der streikt«, antwortete Holbrook und wandte sich an Anxa. »Ms. Perikos, Sie sehen, Berry Feiler ist wieder dabei. Sie können also ihren Kampfanzug wieder ausziehen.«

Berry fuhr herum. »Moment mal, Elias, du hättest sie mitgehen lassen?«

»Sie bezahlt, sie ist der Boss. Sie will dabei sein …«, er zuckte mit den Schultern, »ihre Entscheidung. Ganz einfach. Der Vertrag ist gemacht. Basta.«

»Sag mal«, Berry signalisierte: Bist du verrückt geworden?

Anxa wollte etwas sagen, aber Holbrook kam ihr zuvor.

»Jetzt hör mal zu, mein Freund!«, brauste er auf, »wenn du wieder dabei bist – gut. Dann bestimmst du und niemand anders. Wenn du den Laden verlässt – falls du es vergessen hast, das war gestern noch der Stand der Dinge – dann geht dich das hier einen Scheißdreck an!«

»Wenn Sie Fragen haben, Mister Feiler, dann reden Sie mit mir«, versuchte Anxa dazwischenzugehen.

»Außerdem«, mit Holbrooks Beherrschung war es jetzt endgültig vorbei, »wenn eine verrückte Reedertochter unbedingt ihr Leben riskieren will – nicht mein Problem! Ich bin für das hier verantwortlich«, er machte eine große, kreisende Geste, die das Büro und die ganze Firma meinte. »Sie ist für sich verantwortlich.«

»Sie wissen, warum ich mitwollte, Mister Holbrook«, fuhr Anxa ihn mit funkelnden Augen an, »also reden Sie nicht so geschwollen daher!«

Holbrook japste nach Luft wie ein gestrandeter Fisch, bevor er abwehrend beide Hände hob. »Tut mir leid, Ma'am. Ist Ihre Entscheidung. Ich muss nicht Ihrer Meinung sein, und ich bin es auch nicht.«

Berry schüttelte ungläubig den Kopf. »Ms. Perikos, wir reden hier nicht über einen Erlebnisurlaub mit ...«

Plötzlich stand Massimo im Konferenzraum und warf seinen Softbag auf den Boden. Niemand hatte ihn kommen hören.

»Mein Scheißhandy!« schimpfte er und erntete nur reservierte Blicke. »Ascoltate, ragazzi, mi dispiace!«

»Vielleicht hattest du es zu lange auf Vibrieren stehen. Das kostet 'ne Menge Strom«, sagte Claude. Die Männer lachten.

Berry wusste, wie schnell in solch einer gespannten Situation ernsthafter Streit aufkommen konnte und ging dazwischen.

»Okay, Leute, wir haben hier keine Podiumsdiskussion. Nehmt euren Kram und dann Abflug.«

Massimo sah Holbrook durchdringend an. Holbrook erwiderte seinen Blick gelassen, ohne auf die darin enthaltene unausgesprochene Frage einzugehen. Gespannt warteten die anderen auf das, was jetzt kommen würde. Widerstrebend griff der Italiener nach seinem Bag und schulterte ihn.

Holbrook machte Berry ein Zeichen, dass er ihn unter vier Augen sprechen wollte und verließ den Raum.

Berry nickte, folgte aber nicht sofort, sondern wandte sich an Anxa. »Bitte, Ms. Perikos, Sie sehen, dass ich Ihren Wunsch erfülle und diese Aktion leiten werde. Sie können also ...«

»... den Kampfanzug wieder ausziehen und mal wieder richtig ausschlafen. Wollten Sie das sagen?«

Berry lächelte sie an. »Machen Sie sich keine Sorgen, es wird nichts von dem passieren, was Sie befürchten.«

Anxa erwiderte seinen Blick kühl. »Warum haben Sie ihre Meinung geändert?«

Berry lächelte weiter verbindlich. »Für Sie ist doch nur wichtig, dass ich sie geändert habe.«

Ohne zu antworten, ging Anxa an ihm vorbei und folgte Holbrook, der in seinem Büro wartete. Berry beeilte sich hinterherzukommen.

»Ms. Perikos«, sagte Holbrook mühsam beherrscht, als Anxa eintrat, »ich würde gerne mit Berry alleine sprechen.«

Anxa wartete, bis Berry ebenfalls in dem Raum war, und dann warf sie die Tür hinter sich ins Schloss.

»Jetzt hören Sie mir mal zu, meine Herren! Ich habe keine Ahnung, was zwischen Ihnen läuft. Ich weiß nur, dass ich einen Auftrag erteilt habe und dass ich drei Millionen Dollar cash und steuerfrei auf den Tisch lege. Ich weiß, dass wir viele Stunden verloren haben, weil einer Ihrer Leute zu blöd ist, sein Handy zu bedienen. Und jetzt kommt dieser Herr«, sie deutete auf Berry, »der gestern noch seine Midlifecrisis hatte, und heute sagt er plötzlich: Hoppla, ich komme doch mit, was interessiert mich mein Geschwätz von gestern! Das stinkt doch zum Himmel!«

Die beiden Männer waren von Anxas Wildheit überrascht. Berry sah sie durchdringend an. Holbrook räusperte sich und fuhr nervös mit dem Finger zwischen Hemdkragen und Hals hindurch.

Berry hob beschwichtigend beide Hände. »Ms. Perikos, lassen Sie uns darüber später reden, wenn meine Leute und ich Ihren Tanker wieder zurückgeholt haben. Das ist doch jetzt das Wichtigste, und deswegen bin ich hier.«

»Bist du hier, um diesen einen Auftrag durchzuführen oder weil du zu uns zurückkommen willst, Berry?«, fragte Holbrook scharf dazwischen.

Berry zögerte. Schon bevor er das Büro betreten hatte, war ihm klar gewesen, dass er Holbrook unmöglich seine wahren Gründe mitteilen konnte. Sein Plan sah vor, in einem günstigen Moment mit der Gulfstream einen Abstecher nach Dawangan zu machen, dorthin, wo der Kapitän des von ihnen vor Bombay zurückeroberten Frachters LIBERTY Yanto und seine Leute gebracht hatte. Wenn Yanto noch am Leben war – die Chance war zwar gering, aber es gab sie –, dann würde er den Namen und den möglichen Aufenthaltsort des Anführers, des Mörders von Hanna, aus ihm herausprügeln. Sobald dann die Sache mit der SEA MOOD erledigt war, würde er sich mit seiner Crew auf die Suche nach dem Schweinehund machen, egal, ob das Holbrook passte oder nicht. Zweifellos würden seine Männer ihm ohne zu murren folgen, wenn er ihnen ein anständiges Honorar in Aussicht stellte.

»Ich bleibe so lange dabei, bis du einen Ersatz für Massimo gefunden hast, Elias«, antwortete Berry.

Holbrook starrte ihn durchdringend an. Berry musste seinem alten Kampfgefährten nur in die Augen sehen: Holbrook spürte, dass er ihm nicht die Wahrheit sagte.

»Warum haben Sie es sich anders überlegt?«, fragte Anxa misstrauisch.

»Ihre Argumente haben mich überzeugt«, erwiderte Berry.

»Den Eindruck hatte ich gestern Nacht nicht.«

»So ist es aber. Sie haben mich um etwas gebeten, ich finde, Sie haben Recht – und jetzt bin ich hier.«

Anxa hatte weder Beweise noch eine hinreichend logische Begründung, und trotzdem war sie sich sicher, dass hier etwas faul war. Sie hatte das

Gefühl, die beiden, Holbrook und Berry, zogen vor ihr eine abgekartete Show ab, um sie loszuwerden. Auch wenn sie unübersehbar miteinander Probleme hatten, so waren sie doch alte Freunde. Möglicherweise *tat* Berry nur so, als übernähme er das Kommando. Vielleicht wollten die beiden sie nur in Sicherheit wiegen, damit sie ihr Vorhaben mitzufliegen aufgab, und sobald sie sich verabschiedete, glücklich, ihr Ziel erreicht zu haben, würden sie doch alles beim Alten belassen: Berry fuhr wieder nach Hause, und Massimo stieg als Anführer ins Flugzeug.

Übermüdet, wie sie war, und von ihren Zweifeln verunsichert, wusste sie nicht mehr weiter. Sie wandte sich an Elias Holbrook.

»Wo kann ich ungestört telefonieren?«

»Bleiben Sie hier. Mr. Feiler zieht jetzt sowieso ab, und ich werde mir mal einen Kaffee machen.«

»Warten Sie bitte, bis ich telefoniert habe, Mr. Feiler«, sagte Anxa.

Berry nickte knapp und verließ den Raum. Holbrook folgte ihm kopfschüttelnd.

Aurich hörte sich geduldig alles an, was Anxa auf dem Herzen lag. Er war der Meinung, dass sie die Männer von LSM deren Job erledigen lassen und nach Athen zurückkehren sollte, um ihrerseits ihren Job zu erledigen. Trotzdem bemühte er sich, ihr Misstrauen ernst zu nehmen und eine Lösung für ihren Konflikt zu finden.

»Also gut, Anxa, wenn du das Gefühl hast, da ist was faul – folgender Vorschlag: Flieg mit der Crew mit nach Kuala Lumpur. Verschaff dir einen Eindruck, wie es da weitergeht. Überprüf in Ruhe, ob du diesem Berry vertrauen kannst. Mach ihm noch mal klar, worum es dir geht – wenn es denn verdammt noch mal so wichtig für dich ist! Aber, Anxa, versprich mir das, hörst du? Sobald die Piratenjäger in die Schlacht ziehen, setzt du dich ins Flugzeug nach Athen!«

»Mensch, Aurich, jetzt lass mich mal damit …«

»Nein, lass ich nicht. Ich mein es ernst. Versprich es mir.«

»Gut, versprochen. Zufrieden?«

»Und ich will, dass du dein Handy Tag und Nacht an hast.«

Anxa stöhnte auf. »Ja, doch, Aurich. Bis bald.«

In Deutschland hatte sie öfters ein Sprichwort gehört: Vertrauen ist gut, aber Kontrolle ist besser. Sie hatte es nie gemocht, weil es dazu aufforderte, jedem Menschen mit Misstrauen zu begegnen, eine Grundhaltung, die sie immer als sehr deutsch empfunden hatte. Jetzt fand sie sie mehr als passend.

* * *

Berry hatte sich entgegen seiner Gewohnheit ans Steuer des Van gesetzt und lenkte den Wagen durch den dichten morgendlichen Berufsverkehr.

Holbrooks Misstrauen machte ihm zu schaffen. Früher hatte es das zwischen ihnen nie gegeben, jeder hatte sich immer hundertprozentig auf den anderen verlassen können. Seit Holbrook jedoch wusste, dass Berry den gemeinsamen Weg verlassen wollte, betrachtete er ihn als Feind. Zum einen, weil er sich hintergangen fühlte, zum anderen, weil er das Überleben der Firma sichern musste, für die er nach Berrys Weggang alleine die gesamte Verantwortung trug; mehr noch, sein eigenes Lebenskonzept war in großer Gefahr: Holbrook hatte nichts, was er an die Stelle von Lost Ship Management setzen konnte.

Verstohlen warf Berry Anxa, die auf dem Beifahrersitz saß, unter seiner Sonnenbrille hervor einen Blick zu. Ihre Anwesenheit machte alles viel schwieriger. Aber auch wenn er sie in diesem Moment sonst wohin wünschte, so empfand er doch eine gewisse Bewunderung für sie, wie sie lässig dasaß und betont entspannt die Umgebung betrachtete, mochte das nun gespielt sein oder nicht.

Er sah, wie Claude sich von der mittleren Sitzreihe zu Anxa vorbeugte und sie mit seinem Charme bearbeitete, den er für unwiderstehlich hielt. Es sah harmlos aus, aber auch wenn er eine sanfte Methode der Annäherung bevorzugte, so war er letztendlich genauso wie die anderen nur daran interessiert, eine Frau ins Bett zu kriegen.

Mit Genugtuung beobachtete Berry, wie sich Anxa als resistent gegen die Charmeoffensive erwies. Claude war es gewohnt, dass Frauen sich erst einmal zierten, und er sah in dieser Gegenwehr keine Abwehr gegen sich, sondern lediglich einen verklausulierten Hinweis, welche Strategie er anwenden musste, um zum Ziel zu kommen. Anxa jedoch ließ ihn noch nicht einmal gelangweilt, sondern derart leidenschaftslos abblitzen, dass er sich bald frustriert zurückzog.

Vern, der Texaner, hielt sich aus dem Geplänkel heraus und verfolgte mit der schläfrigen Aufmerksamkeit eines Bären wie Claude scheiterte. Auch was Frauen betraf, war er ein typischer Amerikaner, der glaubte, dass Frauen immer nein sagen, obwohl sie eigentlich der gegenteiligen Meinung sind. Für ihn handelte es sich beim Neinsagen um ein Ritual, das sich aus einem blöden Grund zwischen Mann und Frau eingebürgert hatte und das man wie eine Checkliste abhaken musste, um zum Ziel zu kommen. Wie die Beichte in der Kirche, wer wusste schon, warum man einem wildfremden, unverheirateten, kinderlosen, schwarz gekleideten Mann in einer kleinen Kabine unbedingt von seinen Sünden erzählen musste?

Berry verstellte den Rückspiegel leicht, um einen Blick auf Massimo zu werfen. Auch wenn der Italiener nicht wissen konnte, dass Anxa seinetwegen an dieser Aktion teilnahm, so spürte er mit Sicherheit mit dem Instinkt eines Jägers, dass in diesem Fall er der Beobachtete war. Irgendwann würde das zum Problem werden, da war Berry sich hundertprozentig sicher.

Die beiden letzten der Crew, Horst und Danny, schwiegen vor sich hin. Der Deutsche, weil er ohnehin nicht gerne redete. Danny hingegen wirkte gedankenverloren, was selten bei ihm vorkam, denn wie die meisten Briten liebte er endlose, scharfsinnige Wortgeplänkel, die er normalerweise gerade vor langen Flügen mit unglaublicher Ausdauer zelebrierte. Hin und wieder warf er einen Blick auf Anxa, und es sah ganz so aus, als wäre sie es, die ihn melancholisch machte.

40

Als die Gulfstream abhob und Kurs auf Kuala Lumpur nahm, suchten Anxa erste Selbstzweifel heim. Ihre Fantasien von dem, was auf sie zukam, wurden mit jeder Sekunde plastischer. Ein gutes Buch würde jetzt helfen, aber vor dem Abflug war keine Zeit gewesen, im Hauptterminal des City Airports zwischenzustoppen, und im General Aviation Terminal hatte sie lediglich diverse Sorten von Fachzeitschriften zur Fliegerei gefunden. So konnte sie es nicht verhindern, in einen Gedankenstrudel gezogen zu werden, der sich schnell verselbständigte.

Bilder von der bewachten Abgeschiedenheit ihrer Kindheit tauchten auf: Drinnen in der Villa ihrer Eltern hatte sie die meiste Zeit alleine verbracht, und draußen war sie ununterbrochen von Bodyguards begleitet worden, deshalb hatte sie alles jenseits des Einflussbereichs ihrer Eltern als fremd, bedrohlich und Angst einflößend empfunden. Die Haushaltsfachschule in Gstaad hatte dieses Gefühl, in einem U-Boot zu leben, noch intensiviert. Die drei Jahre dort waren die schlimmsten gewesen, allerdings auch die, in denen ihr endgültig klar geworden war, dass es für sie nur eine Chance gab, dem U-Boot zu entkommen: Sie musste sich kopfüber in die Welt werfen, sie musste immer genau das tun, wovor sie die größte Furcht hatte, sie musste die unselige Herrschermacht ihres Vaters brechen, indem sie das Gegenteil von dem tat, was er für richtig hielt, was er wollte, was seine Welt repräsentierte.

Mit dieser Erkenntnis hatte ihr Leben eine dramatische Wendung genommen. Ohne finanziellen Rückhalt hatte sie den Schoß ihrer Familie verlassen und war nach Florida gegangen, um Meeresbiologie zu studieren. Jeder Schritt, den sie damals tat, schmerzte. Sie jobbte für einen Hungerlohn bei McDonald's, um ihr Studium zu finanzieren. Sie wohnte in Apartments, die nur noch illegal vermietbar waren und längst hätten abgerissen werden müssen. Sie arbeitete jede Minute, die sie erübrigen konnte, wie eine Besessene, um ihren Abschluss mit Auszeichnung zu bestehen. Sie tat vieles nicht, was für ihre Kommilitonen selbstverständlich war: Sie ging nicht surfen, sie tummelte sich nicht auf Strandpartys, sie ging fast nie ins Kino. In den viereinhalb Jahren in Florida führte sie ein durch und durch von Arbeit und Selbstdisziplin geprägtes Leben.

Die einzige Entspannung, die einzige Droge, die sie sich gönnte, war Sex. Sie schlief mit Männern, um ihren inneren Druck loszuwerden. Anfangs schämte sie sich. Ein Mädchen tut so etwas nicht, nur Männer sind so. Ein Mann hat das Recht darauf, dass seine Braut zu Beginn der Ehe noch Jungfrau ist, Sex vor der Ehe ist verwerflich, und Sex ohne Liebe ist das zweifelhafte Privileg von Prostituierten – das waren die heiligen Gesetze ihrer Kindheit, eingetrichtert von ihrer Mutter und der strengen kirchlichen Erziehung, die vor allem ihr Vater für unerlässlich gehalten hatte. Mit ihrem ersten Orgasmus jedoch, den sie nicht selbst herbeigestreichelt hatte, brachen bei ihr alle Dämme: Dieses Gefühl fühlte sich so frei an, und es gehörte nur ihr allein.

Sie schaffte es bald, sich keine Selbstvorwürfe mehr zu machen, weil sie es schaffte, dieses neue, berauschende Gefühl nicht an ihr Herz zu lassen. Deswegen blieb sie nie bei einem Mann über Nacht oder schickte die Männer, die zu ihr gekommen waren, noch in der Nacht weg. Nie zuvor hatte sie sich derart unabhängig gefühlt. Sie wurde deswegen nicht zügellos oder unkontrolliert, im Gegenteil, sie griff zu ihrer Droge, wenn sie sie brauchte, und brauchte sie sie nicht, beschäftigte sie sich mit anderen Dingen.

Anxa merkte nicht, wie ihr die Augen zufielen und wie der Wirbel ihrer Gedanken von einer Sekunde zur nächsten in einen tiefen Schlaf überging, aus dem sie erst erwachte, als die Gulfstream von böigen Winden gebeutelt zum Tankstopp in Abu Dhabi aufsetzte. Für einen Moment war sie orientierungslos, dann kam die Erinnerung zurück, nicht die an ihre Kindheit, sondern die an die Rückholoperation, und ihr Puls beschleunigte sich schlagartig.

Um sich abzulenken, öffnete sie ihren Gurt und setzte sich in die vorderste Sitzreihe neben Berry.

»Darf ich?«

»Sie sitzen ja schon«, erwiderte er.

»Wie geht es jetzt weiter, wenn wir in Kuala Lumpur sind, Mister Feiler? So wie ich verstanden habe, werden wir warten, bis die SEA MOOD irgendwo gesichtet wird?«

»Das ist, fürchte ich, im Moment die einzige Möglichkeit.«

»Was passiert dann? Wenn jemand sie sichtet.«

»Kommt drauf an. Ist sie auf hoher See, werden wir mit dem Flugzeug folgen, bis wir wissen, welchen Hafen sie ansteuert.«

Anxa nickte. »Und dann gehen Sie und Ihre Leute an Bord und …« Sie stockte, die Bilder, wie Massimo die beiden Piraten getötet hatte, tauchten vor ihr auf.

»Das wird nicht möglich sein. Können Sie sich vorstellen, was passiert, wenn es in einem Hafen zu einer Schießerei kommt?« Berry schüttelte den Kopf. »Das riskieren wir nicht. Wenn wir den Zielhafen kennen, können wir uns zum Beispiel dort an Bord schleichen und verstecken und warten, bis

Ihr Tanker wieder ausläuft. Dann schlagen wir zu, sobald er in internationalen Gewässern ist. Mindestens zwölf Meilen von der Küste entfernt.«

»Ich weiß, wo die internationalen Gewässer beginnen«, entgegnete Anxa müde.

»Tut mir leid«, sagte Berry, »ich wollte Sie nicht beleidigen. Die andere Möglichkeit ist, mit einem Boot zu folgen und bei Nacht zuzuschlagen.«

»Mit welchem Boot?«

»Wie leihen uns eins. Außer, wenn die Sea Mood in China oder Nordkorea anlegt.« Er grinst. »Kommunisten verleihen keine Boote.«

Anxa sah ihn fragend an.

»In so einem Fall müssen wir versuchen, einen Peilsender an Bord zu bringen und Ihrem Tanker zu folgen, bis er in die Nähe eines für uns günstigeren Landes kommt.«

»Das hört sich an, als würde es eventuell sehr lange dauern.«

Berry sah sie für einige Sekunden schweigend an.

»Sie müssen nicht dabeibleiben, Ms. Perikos.«

Anxa überging den Einwand und wollte wissen, wie die Rückeroberung eines Schiffes im Detail ablief. Berry schilderte ihr daraufhin, wie es bei der Liberty gewesen war, und betonte vor allem die drastischen Einzelheiten, von denen er annahm, dass sie abschreckend auf Anxa wirkten. Was sie auch taten. Anxa war froh, dass das Kabinenlicht gedimmt war, sonst hätte Berry die Schweißperlen auf ihrer Stirn gesehen.

Als sie sich wieder gefangen hatte, bedankte sie sich kühl für seine Informationen und wollte sich erheben, aber Berry hielt sie am Arm zurück.

»Lassen Sie sich nicht von Claude einwickeln«, sagte er.

»Einwickeln?« Sie rang sich ein Lachen ab. »Ich bin eine erwachsene Frau, Mister Feiler.«

»Claude, Massimo und Vern stehen ständig in Konkurrenz um Frauen«, fuhr Berry fort, ohne auf ihre Frage einzugehen. »Es mag für Sie wie ein Spiel aussehen. Für die drei ist es Ernst.«

»Reden Sie jetzt von dämlichen Männerspielen? Und ich bin die Trophäe?«, fragte Anxa ärgerlich zurück.

»Sie *sind* die Trophäe, und es ist *kein* Spiel.«

Anxa schüttelte verächtlich den Kopf. »Keine Sorge, ich kann schon auf mich aufpassen.«

Berry wandte sich ihr zu und sah ihr fest in die Augen. »Sie wissen, dass ich diese Operation leite. Solange Sie dabei sind, tun Sie exakt das, was ich von Ihnen verlange. Genauso wie die anderen.«

Anxa wollte etwas sagen, aber Berry ließ sie nicht zu Wort kommen.

»Sie werden mit diesen drei Männern betont sachlich und distanziert umgehen. Wenn …«

»Sie vergessen, wer Sie bezahlt, Mr. Feiler!«

»Das ist mir scheißegal. Wenn Sie sich nicht daran halten, werde ich Sie in ein Hotel in Kuala Lumpur setzen, wo Sie so lange bleiben, bis wir Ihr Schiff zurückgeholt haben.«

Wütend starrte Anxa ihn an.

»Ich warne Sie«, fuhr Berry fort, »stellen Sie meine Entschlossenheit nicht auf die Probe.«

Mit einiger Mühe gelang es ihr, sich wieder in den Griff zu bekommen. Die Ruhe, mit der Berry in diese arrogante Überheblichkeit gewechselt war, alarmierte sie. Fast sah es für sie so aus, als folgte er einem Konzept, wie er sie wieder loswerden konnte: etwa indem er sie so sehr in die Enge trieb, dass sie ausrastete und er sie gleichsam gezwungenermaßen kaltstellen musste.

»Mein Ziel ist es, meine Besatzung und mein Schiff wieder zurückzubekommen« erwiderte sie. »Was dafür nötig ist, werde ich tun.«

Sie erhob sich und ließ ihre Blicke über die Männer schweifen. Claude lächelte sie betont charmant an, Verns bewölkt-gierige Augen griffen nach ihr und Massimos starrten sie provozierend aggressiv an. Anxa schritt durch den Gang und setzte sich neben Horst, der erstaunt aufsah.

»Ist es in Ordnung, wenn ich mich zu Ihnen setze?«

Horst nickte, ohne zu lächeln.

Es dauerte eine Weile, bis das Gespräch zwischen den beiden in Gang kam. Zu Anxas Erleichterung blieb es ohne Anzüglichkeiten und sachlich. Sie brauchte einen Verbündeten, und bei der sehr beschränkten Auswahl war Horst die einzig denkbare Wahl.

Wenige Minuten, nachdem Anxa gegangen war, suchte Berry das Cockpit auf und gab dort den Ortsnamen ›Dawangan‹ in den Navigationscomputer ein, bekam jedoch nur die Meldung: nicht gefunden. Er griff zum Satellitentelefon und telefonierte eine halbe Stunde herum, bis er endlich über die Ships & Trades Company in Göteborg einen Kontakt zu Ole Bengt, dem neuen Kapitän der Liberty, hergestellt hatte. Bengt war ein äußerst vorsichtiger Mann, und Berry musste einige Überredungskünste aufwenden, bis dieser endlich mit den GPS-Koordinaten von Dawangan herausrückte.

Mit den Koordinaten konnte der Navigationscomputer das Dorf Dawangan zwar immer noch nicht ausfindig machen, zeigte jedoch einen Punkt an der nordwestlichen Küste von Sumatra, vielleicht 100 Kilometer von der Provinzhauptstadt Banda Aceh entfernt und etwa zehn Kilometer abseits der Überlandstraße, die zwischen dem Pusat-Gayo-Gebirge und dem Meer entlangführte.

Lächelnd lehnte Berry sich zurück. So viel Glück hätte er sich niemals zu erhoffen gewagt: In Banda Aceh gab es einen Flughafen, der leicht von Kuala Lumpur aus zu erreichen war, dort konnte er sich problemlos ein Auto besorgen, und für die Strecke nach Dawangan, schätzte er, brauchte er allerhöchstens zwei Stunden. Alles in allem konnte er also mit einem Aufwand von einem halben Tag seinem Ziel so nah kommen wie noch nie in den letzten sechs Jahren.

Bridges, der wegen der lauten Fluggeräusche Berrys Telefongespräch nicht hatte verstehen können, warf einen beiläufigen Blick auf den Kartenausschnitt, den sich Berry von dem Computer hatte ausdrucken lassen.

»Gibt es Neuigkeiten über den Standort der SEA MOOD?«

Berry zögerte. »Hör zu«, sagte er und rückte nah an Bridges heran. »Behalt das erst mal für dich, okay?«

Bridges nickte und hörte sich an, was Berry plante.

41

Der Aufzug glitt leise nach oben. Anxa registrierte staunend, welche Wandlung Berry durchgemacht hatte. Noch bis zur Landung in Kuala Lumpur vor gut zwei Stunden, ja sogar bis eben, als sie das Hochhaus am Menara Dion 27 betreten hatten, in dem in der 35. Etage das International Maritime Bureau seine Geschäftsräume hatte, hatte er die meiste Zeit in sich gekehrt und unansprechbar vor sich hin gebrütet. Jetzt stand er wie der Kommandant eines Kanonenboots breitbeinig vorne an der Tür, hinter ihm seine Leute, die wie aus einem Guss wirkten, nur auf ihren Anführer konzentriert. Sein Körper schien gewachsen zu sein und eine fühlbare Wärme zu verströmen.

Diesen Berry sah Anxa zum ersten Mal, und obwohl sie das Gefühl hatte, jetzt den gefährlicheren Berry vor sich zu haben, konnte sie sich der Faszination nicht erwehren. Sie ertappte sich bei dem Gedanken, dass sie in diesem Moment jeden seiner Befehle, gleichgültig, welcher es war, erfüllen würde.

Im 35. Stock öffnete sich die Aufzugstür, und vor ihnen tat sich eine überraschend gediegene Atmosphäre auf. Die Schränke, die Regalwände, die Tische, die Holzvertäfelungen, selbst die Stühle in dieser Büroetage waren aus Teakholz gefertigt und strömten den schweren, unverwechselbaren Duft des Teaköls aus, das dieses Holz so widerstandsfähig machte. Anxa sog den Geruch, der ihr aus ihrer Kindheit so vertraut war, tief in ihre Lunge ein und sah sich um.

Hier herrschte reges Treiben wie an einer Börse. Auf unzähligen Monitoren flimmerten Grafiken, Bilder, Texte und Statistiken. Sie wusste inzwischen, dass es beim IMB keine normalen Geschäftszeiten gab, weil hier alle Meldungen über Verbrechen auf See weltweit einliefen, also aus allen Zeitzonen und deswegen zu jeder Tageszeit.

Ein freundlich lächelnder Malaie kam auf sie zu.

»Herzlich willkommen, Berry!«, sagte er.

Berry ergriff seine Rechte und schlug ihm mit der Linken auf die Schulter. »Hi, Philip!«

Anxa musste lächeln. Die Verhaltensweisen von zwei sehr verschiedenen Kulturkreisen trafen hier aufeinander, und mit Sicherheit hatte sich Berry darüber noch nie Gedanken gemacht. Für einen Moslem, dieser Mann war ohne Zweifel einer, bedeutete die Berührung mit der Linken eine Verunreinigung, während für einen Europäer Händeschütteln und der zusätzliche Klaps mit der Linken besondere freundschaftliche Intimität ausdrückte.

»Meine Herren, willkommen!«

Philip Pangkalan, der Chef des IMB in Kuala Lumpur, ließ seinen Blick über die Crew streifen. Als er Anxa sah, stutzte er für einen winzigen Moment, bemühte sich jedoch sofort, sich nichts weiter anmerken zu lassen.

»Wo sind die Piloten? Mit Bridges habe ich noch eine Revanche im Schach offen.«

»Ja, Berry, warum müssen die eigentlich unbedingt im Flugzeug bleiben?«, fragte Massimo mit lauerndem Blick. »Wir fliegen doch so schnell nicht weiter.«

»Interessante Frage, Massimo«, entgegnete Berry kühl. »Du meinst also, ich müsste neuerdings jede Entscheidung, die ich treffe, erst einmal mit dir absprechen.«

»Nein, nein, das nicht. Ich bin nur ...«

»Dann halt dich doch einfach raus und sei froh, dass du nicht im Flugzeug bleiben musst.«

Anxa verstand den Sinn dieser kurzen Auseinandersetzung nicht. War das eins von diesen blöden Männerspielen, ein ritualisiertes Kräftemessen? Sie entschied, es schlicht und einfach albern zu finden und nicht weiter darüber nachzudenken.

»Kommen Sie doch in mein Büro, damit ich Sie informieren kann.« Pangkalan lächelte alle einzeln an. »Ich darf vorgehen?«

Anxa empfand spontane Sympathie für diesen Mann. Er strahlte die optimistische Leichtigkeit eines in sich ruhenden Menschen aus, sein Gesicht zeigte die kleinen Falten von jemandem, der gerne lachte, und doch war unter seiner Sanftheit sein Durchsetzungswille deutlich zu spüren. Von Horst wusste sie, dass Pangkalan genauso wie Elias Holbrook viele Jahre dem Treiben der Piraten in den malaiischen Gewässern zähneknirschend und tatenlos hatte zusehen müssen. Und weil er auch heute nur aufklären und beraten, also nicht aktiv gegen die Seeverbrecher einschreiten konnte, waren Berry und seine Leute für ihn der handelnde Arm, über den er nicht verfügte. Deshalb unterstützte er sie mit allen ihm zur Verfügung stehenden Mitteln.

Während sich alle setzten, sah Pangkalan Berry nach einem schnellen Seitenblick auf Anxa fragend an.

»Das ist übrigens Anxa Perikos«, stellte Berry sie vor. »Sie ist die Besitzerin der STORMY MONDAY alias SEA MOOD und unsere Auftraggeberin.«

»Ah«, sagte Pangkalan, »ich kannte Ihren Vater.«

»Ich nicht«, antwortete Anxa und wartete seine Reaktion gar nicht erst ab. »Vergessen Sie bitte alles, was Sie bisher über die Perikos Shipping Company gehört haben. Ich bin hier, um meine Besatzung und meinen Tanker zurückzuholen. Sonst nichts.«

Pangkalan nickte und warf Berry einen ratlosen Blick zu. Sie spürte, dass er Probleme hatte, eine Frau als Teil dieser Gruppe zu akzeptieren.

Berry ging darüber hinweg und nickte ihm zu. »Also, Philip, was weißt du mehr als wir?«

Pangkalan hatte inzwischen alle Schiffsdaten ausgewertet und errechnet, wie weit die SEA MOOD höchstens gekommen sein konnte.

»Gehen wir mal davon aus, dass die Piraten mit der höchstmöglichen Geschwindigkeit fahren, und ich bin sicher, dass sie genau das tun, dann wären sie inzwischen längst in Jakarta, in Ho-Chi-Minh-Stadt oder in Bangkok eingelaufen. Das sind die einzigen Häfen in der Nähe, wo sie die Chance haben, auf die Schnelle 200 000 Tonnen Rohöl loszuwerden. Da wir bis zu dieser Minute nichts dergleichen gehört haben, gehe ich davon aus, dass sie ein weiter entferntes Ziel haben.«

Pangkalan sah Berry an, und als kein Einwand kam, fuhr er fort.

»Manila ist die nächste Möglichkeit, da könnten sie morgen gegen 15:00 Uhr unserer Zeit sein, also in frühesten 27 Stunden. Ansonsten kommen nur die südchinesischen Häfen Shantou, Hongkong oder Zhanjiang in Frage. Bis dahin wären es um die 32 bis 35 Stunden.«

Berry hatte sehr aufmerksam zugehört.

»Okay«, sagte er, »das bedeutet, wir schlagen entweder in den nächsten Stunden zu oder frühestens morgen Nachmittag.«

»Korrekt«, erwiderte Pangkalan und lächelte verhalten. »Deswegen habe ich über einen christlichen Mitarbeiter ein spezielles Mittagessen geordert. Dann vergeht die Zeit schneller.«

»Oh, Philip, dafür lieben wir dich!«, rief Claude mit übertriebenem französischen Akzent.

Erstaunt sah Anxa, wie die Männer, die sich sonst so hart und machomäßig gaben, freudig grinsten und sich verschwörerische Blicke zuwarfen. Und was sollte das bedeuten, ›über einen christlichen Mitarbeiter‹?

»Sehr aufmerksam, danke«, erwiderte Berry, war jedoch, wie Anxa bemerkte, mit seinen Gedanken woanders.

Pangkalan deutete mit einer kaum wahrnehmbaren Kopfbewegung auf Anxa.

»Ms. Perikos«, wandte Berry sich an sie, »Elias Holbrook hat für uns alle Zimmer im Pacific Hotel reservieren lassen. Bis dahin sind es von hier aus nur zehn Minuten mit dem Taxi.«

»Warum soll ich mich alleine ins Hotel setzen? Ich gehe natürlich mit zum Essen.«

Die Männer grinsten sich an.

»Das ist so ähnlich wie mit japanischen Geishas«, sagte Berry, »verstehen Sie? Das ist nur etwas für Männer.«

Eine leise Stimme wollte sich in Anxas Kopf Gehör verschaffen, aber sie war zu müde. Die Vorstellung, wenigstens ein paar Stunden in einem bequemen Hotelbett zu schlafen, war zu verlockend. Dafür war ja offensichtlich mehr Zeit als genug vorhanden.

»Pacific Hotel?«, vergewisserte sie sich.

»Ja«, entgegnete Berry, »die Zimmer sind jeweils auf unsere Namen gebucht.«

»Und wie lange dauert ihr – Mittagessen?«

»Drei Stunden? Je nachdem.«

Anxa nickte.

Berry erhob sich und räkelte sich lässig.

»Okay, dann los. Philip, wir bleiben in Kontakt.«

»Machen wir«, antwortete Pangkalan. Aus seinen Gesichtszügen ließ sich nicht lesen, was er dachte. Er winkte den Männern zu und verbeugte sich vor Anxa.

»Ich wünsche Ihnen ein langes Leben«, sagte er und kreuzte seine Arme vor der Brust.

»Danke, ich Ihnen auch«, sagte Anxa.

»Warten Sie, ich gebe Ihnen einen Stadtplan mit. Vielleicht wollen Sie ja zu Fuß zu Ihrem Hotel gehen, nach so einem langen Flug.«

»Sehr aufmerksam, danke!«

Die Männern verließen das Büro. Berry drehte sich an der Tür noch einmal um. »Bis später«, sagte er an Anxa gewandt, »ich melde mich bei Ihnen, sobald wir im Hotel sind.«

»Bis später«, erwiderte Anxa.

»Machen Sie sich keine Sorgen, Ms. Perikos«, sagte Pangkalan, während er in seinem Schreibtisch kramte, »Sie haben schon die richtigen Leute beauftragt.«

»Nett, dass Sie das sagen.«

Er reichte ihr den Plan. »Verzeihen Sie mir, dass ich mich einmische. Aber ich verstehe ehrlich gesagt nicht, warum Sie an dieser Operation teilnehmen.«

Für einen Moment war Anxa versucht, Pangkalan zum Verbündeten zu machen.

»Vertrauen ist gut, Kontrolle ist besser«, antwortete sie stattdessen und musste über ihre eigenen Worte lächeln.

Pangkalan lächelte zurück und nickte. »Solange Berry Feiler dabei ist, müssen Sie sich keine Sorgen machen.«

Genau dieses Gefühl wollte sich bei ihr, so sehr sie es sich auch wünschte, einfach nicht einstellen.

Als Anxa die Lobby des Hochhauses verließ und auf die Straße trat, war sie für einen Moment wie betäubt von dem Lärm und der schwülen Hitze, die ihr entgegenschlugen. Bei ihrer Ankunft mit dem Taxi war ihr nicht aufgefallen, wie intensiv diese Stadt lebte. Aus dem Auto heraus hatte sie vor allem die an New York erinnernde Skyline gesehen, und die geschlossenen Fenster und die Klimaanlage hatten jede Unmittelbarkeit weggefiltert. Jetzt, zu Fuß, mitten unter quirligen Menschen, die, in ihrer Wahrnehmung, ziellos hin und her liefen und sich lautstark unterhielten, fühlte sie sich, als wäre sie in einem vertrauten Schafzimmer eingeschlafen und mitten in Chinatown aufgewacht.

Benommen lehnte sie sich an eine Straßenlaterne und versuchte, ihre Gedanken zu sortieren. Ihr Kopf war dumpf und schwer, und es herrschte ein ähnliches Durcheinander wie in den Stunden, bevor sie sich dazu durchgerungen hatte, doch die Reederei ihres Vaters zu übernehmen. Auch jetzt hatte sie das Gefühl, dass ein Gedanke, den sie nicht wahrhaben wollte, mit aller Macht versuchte, sich in ihr Bewusstsein zu drängen.

Es hatte mit Berry zu tun, ohne Zweifel, es hatte mit Misstrauen zu tun, irgendetwas stimmte nicht. Sie versuchte, die Situation logisch zu betrachten: Im Moment gab es keinen Handlungsbedarf, die SEA MOOD war noch nicht lokalisiert und irgendwo im Südchinesischen Meer unterwegs. Berry und seine Leute waren auf einer wahrscheinlich ziemlich profanen Veranstaltung mit gekauftem Sex, die ein paar Stunden dauerte, und dann würden sie ebenfalls ins Hotel kommen. Die Piloten waren auf Berrys Anordnung hin im Flugzeug geblieben, in Bereitschaft, um möglichst schnell ausrücken zu können. Aber, welchen Sinn machte das, wenn es voraussichtlich erst in 27 Stunden zum Einsatz kam?

Du kennst die Spielregeln eines Einsatzes nicht, versuchte Anxa sich zu beruhigen, vielleicht ist das nichts Ungewöhnliches. Aber wieso hatte dann Massimo sich genau darüber erstaunt gezeigt?

Vermutlich war es bedeutungslos, trotzdem wurde sie ihre Unruhe nicht los. Als sie weiter der Dion Menara bis zur nächsten Kreuzung folgte und dort in die Jalan Petamin einbog, kam ihr wieder dieses verdammte deutsche Sprichwort in den Sinn. Sie stellte sich an den Straßenrand und winkte nach einem Taxi. Als wäre sie eine fette Made neben einem Ameisenhaufen, hielten gleich drei Taxis auf sie zu. Zwei warben mit *air conditioned*-Aufklebern, sie nahm das dritte, dessen Fenster heruntergekurbelt waren.

Am Flughafen ließ Anxa sich vor dem General Aviation Terminal absetzen.

Die weltweiten Anschläge muslimischer Terrorgruppen hatten auch in diesem islamischen Land zu erhöhten Sicherheitsanstrengungen geführt. Zwei bewaffnete Soldaten musterten Anxa eindringlich, und ein Sicherheitsmann am Gate studierte ausgiebig Anxas Ausweis, bevor er per Funk seine Dienststelle beauftragte, bei dem Piloten der Gulfstream anzufragen, ob Anxa berechtigt sei, das Flugzeug zu betreten. Nachdem er ihren Namen buchstabiert hatte, lächelte er sie an.

»Es dauert einige Sekunden«, sagte er. Nach einigen Minuten kam die Antwort. Sofort verschwand das Lächeln aus seinem Gesicht. Er ließ sein Funkgerät sinken und wandte sich Anxa zu.

»Sie haben keine Berechtigung. Tut mir leid.«

»Was soll das heißen? Ich habe vor zwei Stunden das Flugzeug verlassen und will wieder zurück! Wo ist das Problem?«

»Tut mir leid. Der Pilot sagt, Sie sind nicht berechtigt.«

»So ein Schwachsinn!«, brauste Anxa auf, beherrschte sich jedoch sofort, als sie sah, wie sich die Miene des Sicherheitsmannes umwölkte und er sich suchend nach den beiden patrouillierenden Soldaten umsah. »Ach, vergessen Sie es. Mit Sicherheit handelt es sich nur um einen Irrtum, aber das ist ja nicht Ihr Problem.«

»Nicht mein Problem«, wiederholte er und sah sie weiterhin feindlich an.

Ihre Intuition war also richtig gewesen, Berry versuchte, sie loszuwerden.

»Sind denn die Passagiere auch wieder an Bord? Oder nur die beiden Piloten?«

Der Posten antwortete nicht.

»Kommen Sie, geben Sie mir eine Chance, diesen Irrtum aufzuklären.«

»Nein, Passagiere sind nicht an Bord gegangen«, sagte er zögernd.

Anxa atmete auf. »Danke«, sagte sie und setzte sich auf eine Bank, von der aus sie den Eingangsbereich überblicken konnte.

Irgendwann mussten sie hier durch, um zu ihrem Flugzeug zu gelangen. Anxa war fest entschlossen, die Halle nicht mehr zu verlassen, und verdrängte jeden Gedanken, wie sie das durchhalten sollte. Ein wohlvertrautes Gefühl beschlich sie, das Gefühl, nicht erwünscht zu sein, auf das sie mit übertriebenem Trotz antwortete, denn sie war nun mal auf der Welt, ob es irgendwem passte oder nicht.

Meine Güte, Anxa, schalt sie sich, wirst du denn nie erwachsen?

Sie hätte jetzt gerne mit jemandem gesprochen, jemandem, dem sie vertraute, der sie auffing und einfach nur für sie da war. Aurich? Nicht wirklich. Ihre Mutter? Auf gar keinen Fall.

Sie holte ihr Handy hervor und wählte die Nummer ihres Büros. Auch wenn Rebecca keine Freundin war, so würde ihr ihre unbeschwerte, fröhliche Art etwas Entspannung bringen. Nach endlosem Klingeln sprang der Anrufbeantworter an.

Ärgerlich legte sie auf. Lief denn alles aus dem Ruder, sobald sie nicht anwesend war? Sie sah auf die Uhr. Natürlich, in Athen war es erst sieben Uhr morgens.

Beschämt lehnte sie sich zurück und schloss die Augen. Plötzlich kam es ihr so entsetzlich lächerlich vor, dass sie hier saß. Stöhnend öffnete sie sofort wieder die Augen, bloß nicht solche Fragen zulassen, auf keinen Fall ins Grübeln kommen. Hier ging es um eine klar umrissene Aufgabe, alles andere spielte im Moment keine Rolle. Einmal mehr merkte sie, wie dünn ihre Haut war, seit sie die Reederei übernommen hatte, seit sie, der Gedanke kam nicht sofort und erst mit Verzögerung, seit sie den Kampf mit der Welt ihres Vaters aufgenommen hatte.

Noch einmal griff sie zu ihrem Handy, um Aurichs private Nummer anzuwählen. Wach war er bestimmt, wahrscheinlich saß er sogar schon im Büro. Aber was sollte sie ihm sagen, warum sie ihn so früh morgens anrief? Worüber sollte sie mit ihm reden? Wie das Wetter war? Wie die Dinge so liefen? Wie weit er mit der Rückführung der anderen Schrott-Tanker war? All das interessierte sie im Moment nicht, nicht für fünf Cent. Oder sollte sie Aurich sagen, wie einsam sie sich gerade fühlte?

Sie steckte das Handy wieder ein. Einsam – genau so war es, es gab niemanden, der ihrem Herzen nahestand, es gab niemanden, weil sie in ihrem Leben bisher vermieden hatte, jemanden nah an sich herankommen zu lassen.

Hatte sie deshalb über ein Kind nachgedacht vor – wie lange war das jetzt her? Zwei Wochen?

Unwillkürlich legte Anxa ihre Hände auf den Bauch. Nein, sie war nicht schwanger, das wusste sie inzwischen. Zum Glück, ein Kind von diesem Mistkerl Oliver Regener wäre ein schlechter Beginn für ihre eigene Familie.

Tief in Gedanken verstrickt, hätte Anxa fast übersehen, dass Berry die Halle betreten hatte, der jetzt geradewegs auf den Eingang des Gates zueilte.

Anxa sprang auf. »Mister Feiler! Gut, dass ich Sie treffe!«

Berry zuckte heftig zusammen, als er ihre Stimme erkannte und drehte sich langsam um.

Anxa hakte sich lachend bei ihm unter, zog ihn vor den Sicherheitsmann und strahlte ihn an.

»Jetzt können wir das Missverständnis aufklären. Mister Feiler hier ist der Besitzer der Gulfstream.«

Der Sicherheitsmann sah misstrauisch von einem zum anderen. Berry signalisierte dem Beamten lächelnd: einen Moment noch, packte Anxa an beiden Armen und zog sie von dem Gate weg.

»Was wollen Sie hier? Können Sie mich nicht mal wenigstens für ein paar Minuten in Ruhe lassen?«

Anxa schüttelte seine Hände ab. »Für wie blöd halten Sie mich eigentlich? Sie haben es plötzlich ungeheuer eilig, in Ihr Flugzeug zu kommen, und Sie wollen mit allen Mitteln verhindern, dass ich an Bord gehe. Also, was haben Sie vor?«

»Wollen Sie mir jetzt wieder drohen, die Aktion abzubrechen? Das wär doch mal was ganz Neues.«

»Ich will wissen, was Sie vorhaben.«

»Das geht Sie einen Scheißdreck an!« Unwillig drehte Berry sich weg.

Anxa ignorierte seinen beleidigenden Ton, obwohl er sie verletzte. »Kommen Sie. Vielleicht«, sie wusste nicht so recht, warum sie das sagte, »kann ich Ihnen ja helfen.«

»Bislang habe ich ohne Ihre Hilfe ganz gut gelebt«, erwiderte Berry scharf, »und ich glaube, ich belasse es auch dabei.«

Dieses Mal fühlte sie sich von seiner Aggression nicht verletzt. Plötzlich spürte sie eine Art Seelenverwandtschaft zwischen sich selbst und diesem eigenartigen, reizbaren Mann: Beide quälten sie sich mit einem Phantom herum, seines jagte er, und sie kämpfte mit ihrem. Als Elias Holbrook ihr erzählt hatte, dass Berry seit sechs Jahren vergeblich den Mörder seiner Frau suchte, war das für sie nur eine Information gewesen. Jetzt spürte sie zum ersten Mal, welche Obsession und auch welcher Schmerz dahintersteckten, und sie spürte, dass sie ihm nicht vertrauen konnte, solange er noch auf der Suche war. Und plötzlich hatte sie eine Antwort auf die Frage, warum er noch einmal zu Lost Ship Management zurückgekehrt war, obwohl er schon längst entschlossen gewesen war, seine aussichtslose Suche nach dem Mörder seiner Frau aufzugeben.

»Was war auf dem Foto zu sehen?«, fragte sie leise.

Berry starrte sie an, unfähig, etwas zu sagen.

»Sie haben die beiden unscharfen Gesichter bearbeiten lassen.«

Offensichtlich von widersprüchlichen Gefühlen hin und her gerissen, brachte er immer noch kein Wort hervor.

»Wenn Sie etwas entdeckt haben, was Sie zu dem Mörder Ihrer Frau führt, dann sagen Sie es mir. Ich werde Sie unterstützen, glauben Sie mir.«

Heiser lachte er auf. »Ach, ja? Aber nur, solange ich mit ihm ein gutes Gespräch führe und ihm nichts antue, stimmt's?«

Seine Bösartigkeit verunsicherte Anxa für einen Moment, und sie schwieg.

Berrys Blick verlor an Wildheit.

»Versuchen Sie es«, sagte sie. »Wenn ich es richtig sehe, haben wir noch ungefähr 24 Stunden Zeit.«

Anxa konnte förmlich spüren, wie Berry sich darauf konzentrierte, alles Gefühlsmäßige zurückzudrängen und so etwas wie eine logische Kosten-Nutzen-Analyse anzustellen. Sie wartete ab.

»Also gut«, sagte er, packte sie hart am Ellenbogen und zog sie noch ein paar Meter weiter zur Seite. Der Sicherheitsmann beobachtete sie argwöhnisch.

In knappen Worten erzählte er ihr von Yanto und dass dieser vor acht Tagen in einem Dorf eine Flugstunde von Kuala Lumpur entfernt ausgesetzt worden war. Er versuchte, die Hintergründe im Dunkeln zu lassen, aber Anxa ließ nicht locker, bis sie alles wusste. Als Berry fertig war mit der Geschichte, musste sie erst einige Male tief durchatmen.

Berry beobachtete sie und konnte seine Anspannung nicht verbergen.

»Die Angehörigen der ermordeten Seeleute haben diesen Yanto doch ganz bestimmt nicht am Leben gelassen«, sagte Anxa. »Acht Tage!« Sie schüttelte den Kopf.

»Kann sein, kann nicht sein«, erwiderte Berry. »Verstehen Sie? Deswegen muss ich dahin.«

»Und was werden Sie tun, wenn er noch lebt?«

»So lange befragen, bis er mir eine Antwort gibt.«

Anxa lachte bitter auf. »Ich wusste doch, dass Sie nicht wegen Massimo Ihre Meinung geändert haben.«

»Doch, auch«, antwortete Berry.

»Entschuldigen Sie, das glaube ich Ihnen nun wirklich nicht.«

»Ich bin kein Auftragskiller«, sagte Berry ernst, »genauso wenig wie vier von meinen fünf Männern. Was Massimo betrifft, da haben Sie Recht. Deshalb habe ich mich inzwischen entschlossen, LSM erst endgültig zu verlassen, wenn ich für ihn Ersatz gefunden habe.«

Anxa sah ihn prüfend an. Sie wollte ihm glauben, konnte es aber nicht.

»Mag sein, Mister Feiler, aber ich habe keine Lust mehr auf Überraschungen.«

Berry fixierte Anxa mit unnachgiebigem Blick und sagte eindringlich: »Ich werde jetzt nach Dawangan fliegen.«

Anxa reckte sich und warf ihre Haare zurück.

»Gut. Aber dann bin ich dabei.«

42

Absurd, dachte Berry. Er spürte eine gewisse Erleichterung, Anxa dabeizuhaben. Das war sogar mehr als absurd. Was würde ihre Anwesenheit schon erleichtern? Nichts, im Gegenteil.

Verstohlen beobachtete er sie, wie sie in Gedanken versunken auf der gegenüberliegenden Seite der Flugzeugkabine saß. Ihre dunkelbraunen Augen wirkten aus dieser Perspektive ungewöhnlich feucht und reflektierten das Licht der Leseleuchte. Ihr dunkler Teint lenkte von den kleinen Hinweisen auf ihr wahres Alter ab, den in ihren Mundwinkeln lauernden Falten, die hervortraten, wenn sie lachte, und die jetzt, ohne dass sie lachte, zu erkennen waren, weil sie übermüdet und angespannt war. Er sah, welche Mühe sie hatte, nicht einzuschlafen.

Unwillkürlich stellte er Vergleiche zwischen ihr und Hanna an. Hanna kam ihm im Nachhinein sehr jung und mädchenhaft vor. Anders als Hanna strahlte Anxa Lebensreife aus, sie wirkte nicht wie eine Frau, die in Watte gepackt aufgewachsen war. Ohne Zweifel war sie ebenso stolz wie Hanna, nur schien ihr Stolz das Ergebnis gewonnener Schicksalsschlachten zu sein und nicht der unbescheidene Stolz einer von ihren Eltern auf einen Sockel gestellten verwöhnten Tochter.

Berry erschrak über seine Gedanken. Noch nie hatte er Hanna derart kritisch betrachtet, und es irritierte ihn, wie gut ihm diese kritischen Gedanken taten. Ja, Hanna *war* verwöhnt gewesen und hatte nie um irgendetwas kämpfen müssen. In ihrem Leben hatte es immer jemanden gegeben, der ihr alles zu Füßen legte, der sie mit allem versorgte, nicht nur, was sie brauchte, sondern vor allem, was sie wollte. Für Hanna war es immer selbstverständlich gewesen, im Mittelpunkt der Bemühungen der Menschen zu stehen. Wer sich nicht um sie bemühte, den nahm sie einfach nicht wahr. Musste sie auch nicht, sie war eine attraktive Frau gewesen, die überall Aufsehen erregte.

Das schlechte Gewissen, Verrat an Hanna zu begehen, packte Berry plötzlich mit hartem Griff und projizierte die Bilder von ihrer Ermordung in seinen Kopf. Dieselben Bilder wie immer, nur dieses Mal blasser und entfernter als sonst, irrealer, wie Bilder auf einem Fernsehschirm.

Berry ließ das Schloss seines Sicherheitsgurtes aufschnappen und ging zu Bridges ins Cockpit, um sich von seinen Gedanken abzulenken. Zum Glück würde der Flug nur kurz sein.

* * *

Die Kontrollen in Banda Aceh waren bedeutend strenger als in Kuala Lumpur, obwohl sie auch in Indonesien kein Visum nötig hatten und sie sehr überzeugend normale Geschäftsleute spielten. Erst fast eine Stunde später als geplant konnte Berry den ramponierten Land Rover Discovery in Empfang nehmen, den er während des Fluges übers Internet bei einem Autoverleiher gebucht hatte.

Von dem Moment an, als er den Motor startete und losfuhr, explodierte seine Nervosität förmlich, seine Energie, sich zu kontrollieren und zu beherrschen, war plötzlich aufgebraucht. Fahrig beschleunigte und bremste er, beides viel heftiger als nötig und ruckartig. Anxa warf ihm mehrere Male ermahnende Blicke zu, ohne dass Berry reagierte.

Die Überlandstraße nach Calang und Meulaboh fand er zum Glück ohne Probleme, und die nächsten 80 Kilometer trieb er den Geländewagen rücksichtslos über den löcherigen Asphalt. Anxa versuchte hin und wieder, ein Gespräch mit ihm zu beginnen – vergeblich. Berry blieb wortkarg und in sich gekehrt.

Die erste Abzweigung fand er leicht. Das winzige Sträßchen führte von der Überlandstraße weg nach Westen, verband in einem großen Bogen zahlreiche kleine Dörfer miteinander, um sich nach 40 Kilometern bei Lhoknga wieder mit der Überlandstraße zu vereinigen.

Auf halber Strecke, etwa nach 20 Kilometern, musste die zweite Abzweigung sein. Zweimal passierte Berry sie, erst beim dritten Versuch zwang er sich, im Schritttempo zu fahren, und endlich fand er den unbefestigten Fußweg, der nach Dawangan führte, eines jener Küstendörfer, die immer nur vom Meer und mit dem Meer gelebt hatten, in denen die Familien traditionell Fischfang betrieben, und wo sich die Menschen nur ins Landesinnere bewegten, wenn sie Holz brauchten. Äußerst selten nur bestand die Notwendigkeit, bis zur Überlandstraße vorzudringen, selbst wenn die Dawanganer sich in Banda Aceh Pässe beschaffen mussten, um als Seeleute anzuheuern, fuhren sie mit dem Boot. Dementsprechend wenig Wert legten sie darauf, den Landweg zwischen Dorf und Landstraße freizuhalten.

Berry widerstand der Versuchung, mit Vollgas durch das Unterholz aus Schlingpflanzen und Büschen zu preschen. Der Boden war tückisch und von Kaninchengängen durchlöchert, die unter dem Gewicht des schweren Land Rovers einbrachen.

Er merkte nicht, wie er inzwischen vor sich hin flüsterte: Hoffentlich lebt dieser Kerl noch, hoffentlich weiß er, wo der Anführer ist, hoffentlich, hoffentlich … Mit jedem Meter, den er Dawangan näher kam, fluteten neue

Wellen von Adrenalin durch seinen Körper. Die Vorstellung, endlich das Suchen der letzten sechs Jahre zu Ende bringen zu können, ließ seinen Kopf dröhnen und das Blut in allen Gliedern pochen. Wenn nur Yanto nicht schon tot war. Nein, das durfte nicht sein.

Anxa wandte sich ihm erstaunt zu. »Nein? Was: nein?«

Berry rang sich ein mühsames Lächeln ab. »Habe ich laut gedacht?«

»Viel war es ja nicht!«, lachte Anxa.

Verbissen starrte Berry in das grüne Wirrwarr vor sich, das nach und nach weniger undurchdringlich erschien. Der Pfad verbreiterte sich zu einem Weg, und Berry erhöhte das Tempo. Auch Anxa zeigte nun Anzeichen erhöhter Nervosität.

Plötzlich öffnete sich der Dschungel vor ihnen, und zwischen Palmen und Bambusbüscheln sah man einfache, luftige Holzhäuser aus Bambus und Palmenwedeln, die auf abgesägten Baumstämmen standen.

Spielende Kinder wurden auf den Land Rover aufmerksam. Aufgeregt rannten sie zu den Hütten und riefen ihre Mütter und die Männer herbei, die nicht draußen in der Bucht fischten.

Berry bremste scharf, rollte langsam zwischen den Hütten hindurch und stoppte am Rand des Dorfplatzes.

Anxa deutete hinaus. »Sprechen Sie überhaupt deren Sprache?«

Berry drehte den Zündschlüssel.

»Irgendwer spricht immer ein paar Brocken Englisch«, sagte er und öffnete die Wagentür. Für einen Moment hielt er inne.

»Bleiben Sie im Auto. Falls ich Sie herausrufe, halten Sie sich zurück. Hier schätzt man es nicht besonders, wenn Frauen sich wie Männer aufführen.«

»Interessant. Wäre das nicht das ideale Land für Sie?«, erwiderte Anxa mit ironischem Lächeln.

Berry verkniff sich eine Antwort und verließ den Wagen.

Dass Anxa kurz nach ihm dennoch ihre Tür öffnete und ihm folgte, bemerkte er zuerst nicht, seine Gedanken kreisten nur noch um Yanto.

Am Rande des Dorfplatzes hatten die Frauen ihre Kinder um sich herum geschart. Der Dorfälteste und ein paar Männer formierten sich in der Platzmitte zu einer Gruppe und warteten stolz ab. Was auch immer sie für Erfahrungen gemacht hatten mit Menschen, die von draußen, aus der sogenannten Zivilisation, kamen: Hier in ihrem Dorf waren sie die Herren, und das wollten sie unmissverständlich klarmachen.

Berry trat heran und hob grüßend die Hand.

»Selamat sore!«

Der Dorfälteste nickte nur als Antwort.

»Saya minta maaf. Ich spreche Ihre Sprache nicht. Versteht jemand Englisch?«

Der Älteste zögerte. Dann machte er eine kurze Handbewegung. »Englisch – nein!«

Berry ließ sich nicht entmutigen.

»Kapal laut«, sagte er und wies hinaus aufs Meer, »besar!«

Er machte eine weit ausladende Geste, um anzudeuten, wie groß das Schiff gewesen war, das draußen vor der Küste geankert hatte.

»Satu minggu.« Vor einer Woche. Hatten sie ihn verstanden?

Der Älteste ließ sich nichts anmerken, aber einige der Männer hinter ihm sahen sich erschrocken an.

»LIBERTY«, sagte Berry und wiederholte den Schiffsnamen einige Male. Der Blick des Ältesten wurde glasig.

»Wo sind die Piraten? Dimana ada pirates?« Berry wiederholte die Frage einige Male und sah in aller Ruhe den Männern einem nach dem anderen in die Augen. Sie wurden unruhig. Berrys selbstsicheres Auftreten und sein offensichtliches Wissen über die Piraten, die ihnen vor acht Tagen übergeben worden waren, machte sie nervös. Der Älteste winkte einen der Männer herbei und flüsterte mit ihm. Dann wandte sich der Mann an Berry.

»Was willst du?«, fragte er in holperigem Englisch.

»Ein schwedischer Kapitän hat euch sechs Piraten übergeben, die elf Männer aus diesem Dorf ermordet haben. An Bord des Frachters LIBERTY. Wo sind diese Piraten?«

Der Mann übersetzte seine Worte ins Indonesische. Wütende Blicke trafen Berry.

»Ich will mit den Männern reden. Vor allem mit ihrem Anführer, der Yanto genannt wird.«

Eine lautstarke Diskussion setzte ein. Berry wartete ab, obwohl er große Mühe hatte, seine Ungeduld zu bändigen. Anxa, die bisher hinter ihm gestanden hatte, stellte sich neben ihn, was Berry mit einem unfreundlichen Blick quittierte.

Es dauerte eine Weile, bis der Dorfälteste wieder für Ruhe gesorgt hatte.

»Keine Männer hier«, ließ er Berry mitteilen.

»Der lügt«, sagte Anxa halblaut.

Berry warf ihr einen wütenden Blick zu. »Halten Sie sich raus!«

»Sie müssen denen die Angst nehmen«, fuhr Anxa fort. »Die fürchten, dass Sie sie für irgendwas zur Rechenschaft ziehen wollen.«

»Halten Sie das Maul!«, stieß Berry zwischen den Zähnen hervor.

»Ich will Ihnen nur helfen.«

Berry wandte sich wieder dem Anführer zu. »Diese Piraten haben den Tod verdient. Da gibt es keine Zweifel.«

Er wartete die Übersetzung ab.

»Sie haben eure Söhne und Väter getötet.«

Er hob beide Hände. »Ich an eurer Stelle würde sie mit meinen eigenen Händen töten.«

Er beobachtete die Gesichter der Männer, konnte jedoch nichts darin lesen, was ihm weiterhalf.

»Ich habe nur eine Frage an ihren Anführer, Yanto ist sein Name. Das ist alles. Dann verschwinde ich wieder.«

Wieder stritten die Männer miteinander. Zumindest war Berry sich mittlerweile sicher, dass sie die Piraten noch nicht getötet hatten, denn sonst gäbe es nichts, worüber sie sich auseinandersetzen müssten, und sie würden einfach weiter behaupten, nichts von den Piraten zu wissen.

Der Streit verstummte. Berry sah in verschlossene Gesichter und wusste, welche Antwort er bekommen würde.

»Geh. Hier sind keine Männer. Geh! Du bist kein Gast!«

Anxa beugte sich zu ihm herüber und fragte leise: »Soll ich es mal versuchen?«

Anxas Worte waren wie der Tropfen, der das Fass zum Überlaufen brachte. Ohne über die möglichen Folgen nachzudenken, ging Berry geradewegs auf den Dorfältesten zu, versetzte ihm einen Faustschlag in den Magen, fing den nach vorne kippenden Mann auf, drehte ihn um, nahm seinen Hals in seine Armbeuge und zerrte ihn einige Meter zurück.

Atemlos starrten die Männer ihn an. Die Frauen ringsherum stießen spitze Schreie aus, und die Kinder drängten sich ängstlich an ihre Mütter heran.

»Ich will die Männer sprechen. Oder ich breche ihm das Genick!« Er wandte sich dem Mann zu, der Englisch sprach. »Los, übersetzen!«

Im Augenwinkel sah Berry, wie Anxa ihn mit großen Augen entsetzt anstarrte.

Der Mann beeilte sich mit der Übersetzung. Die anderen hörten atemlos zu und schwiegen.

»Sind Sie bescheuert?«, brüllte Anxa plötzlich und packte ihn an der Schulter. »Was haben diese Menschen Ihnen denn getan?«

Wild drehte Berry sich halb zu ihr hin. Der alte Mann stöhnte auf.

»Halt dich hier raus, verstanden?« Er drückte die Kehle des Dorfältesten fester. Dessen Augen traten hervor, und er begann, laut zu röcheln.

Anxa schluckte und machte eine beschwichtigende Geste.

»Okay, okay.« Sie ging einen Schritt zurück. »Okay.« Ihr Blick war voller Abscheu.

Berry wandte sich wieder den Dorfbewohnern zu. Einige hatten nach Stöcken gegriffen, zwei hatten Messer in den Händen.

»Lasst mich mit euren Gefangenen reden, und niemandem wird etwas geschehen.«

Als er vorsichtig seinen Griff lockerte, beobachtete er vor allem die beiden mit den Messern genau. Der Dorfälteste holte einige Male tief Luft, bevor er versuchte zu sprechen. Stockend stieß er einige Worte hervor. Langsam ließen die Männer ihre Stöcke sinken und steckten die Messer weg.

»Was willst du von den Piraten?«

»Der Anführer mit dem Namen Yanto weiß, wo der Mörder meiner Frau ist.«

Er wartete die Übersetzung seiner Worte ab.

»Es geht mir um nichts anderes. Meine Frau und ich wurden vor sechs Jahren von Piraten überfallen. Dieser Yanto war dabei. Er weiß, wer meine Frau getötet hat.«

Berry hatte den Eindruck, dass die Dawanganer über seine Worte erleichtern waren.

Nach einem kurzen Wortwechsel wandte sich der Englischsprechende an Berry.

»Gut, komm mit«, sagte er und ging voran, gefolgt von den Männern, dann von Berry, der den Ältesten mit sich zog, als wöge er nichts, und Anxa.

»Gehen Sie zurück zum Auto und lassen Sie den Motor laufen«, befahl Berry ihr.

Anxa kniff stolz die Augen zusammen.

»Bitte«, fügte Berry hinzu, was ihm einige Überwindung kostete. Zögernd nickte sie und ging zu dem Land Rover. Berry folgte den Männern.

Zuerst sah es so aus, als bewegten sie sich auf eine undurchdringliche Wand aus Schlingpflanzen zu, die sich in scheinbar endlosen Schleifen um eng beieinander stehende Bäume rankten. Doch beim Näherkommen tat sich ein Tunnel im Dickicht auf, der nach vielleicht hundert Metern zu einem provisorischen Verschlag führte.

Die Stimmung der Dawanganer hatte sich verändert. Obwohl Berry immer noch den Ältesten im Würgegriff hatte, verhielten sich die Männer nicht mehr feindlich, sondern eher neugierig.

Eifrig öffnete einer den Verschlag, und da saßen sie, Berry sah die Gesichter, die er sich nach der Rückeroberung der LIBERTY sehr genau einzeln angesehen hatte. Wenn er nicht gewusst hätte, dass es sich um dieselben Männer handelte, hätte er sie nicht wiedererkannt. Ihre halbnackten Körper waren mit Blutergüssen und blutigen Striemen übersät, ihre Gesichter von Ödemen entstellt. Yanto allerdings hätte er trotz allem erkannt, aber er war nicht unter den Gefangenen.

»Ich sehe Yanto, ihren Anführer, nicht«, sagte Berry.

Als niemand antwortete, verstärkte er den Würgegriff bei dem Dorfältesten, der hastig einige Worte herausstieß. Zögernd begann daraufhin der Englisch sprechende Dorfbewohner zu erzählen.

Fünf Minuten später hatte sich Berrys Zuversicht in Luft aufgelöst, und er spürte, wie ihn seine Kraft verließ, wie sie sich einfach aus seinem Körper davonschlich. Mit einem Mal hatte er das Gefühl, den Dorfältesten nicht im Griff zu haben, sondern sich an ihm festzuhalten. Die Situation auf der LIBERTY, als er Yanto das erste Mal gesehen hatte, war ihm noch sehr präsent. Er hatte in dem trotzigen, jungen Mann nur einen dummen Heißsporn gesehen, der vor seinen Leuten den unnachgiebigen Anführer markieren wollte. Nach dem hingegen, was er gerade gehört hatte, war Yanto ein geschickter Stratege, der sehr intelligent und vorausschauend Menschen gegeneinander ausspielen konnte; und der vollkommen rücksichtslos handelte.

Im Gegensatz zu den Dawanganern, die die anderen Piraten am Leben gelassen hatten, weil sie fürchteten, dass Yanto zurückkommen würde, und sie seine Wut nicht heraufbeschwören wollten, war Berry sicher, dass Yanto seine Leute endgültig im Stich gelassen hatte. Dass er den zweiten der Dawanganer, die zu seiner Begleitung und Bewachung mitgeschickt worden waren, am Leben gelassen und mit Geld für die Rückreise versehen hatte, war für ihn ein deutliches Zeichen. Yanto, schlussfolgerte Berry sehr nahe an der Wahrheit, hatte die Dawanganer dazu bringen wollen, seine Leute als Rache für sein Verschwinden zu töten.

Eine beklemmende Stille hatte sich ausgebreitet. Die Dorfbewohner waren ratlos, und die gefangenen Piraten trauten sich nicht, etwas zu sagen. Die Misshandlungen durch die Dorfbewohner hatten sie verängstigt, und mittlerweile hatten sie begriffen, dass Yanto sie nicht freikaufen würde. Sie hatten ihrem Anführer vertraut und waren betrogen worden. Für sie schien es keinen Ausweg mehr zu geben.

Berry atmete einige Male tief durch und versuchte, sich zu konzentrieren.

Er wandte sich an den Englisch sprechenden Dawanganer.

»Wie heißt du?«

»Maju.«

»Maju, habt ihr die Gefangenen gefragt, wo dieser Yanto zu Hause ist? Wo man ihn finden könnte?«

»Warum? Was haben wir davon?«

Natürlich, was konnten diese im Grunde friedlichen Menschen schon gegen einen Mörder wie Yanto ausrichten.

»Maju, sag deinen Leuten, dass ich Yanto suchen und finden werde.«

Berry wartete die Übersetzung ab, dann lockerte er vorsichtig seinen Griff und ließ den Dorfältesten frei. Er verbeugte und entschuldigte sich: »Saya minta maaf.«

Der Alte massierte sich den Hals und schwieg. Die anderen Dorfbewohner schienen nicht sonderlich daran interessiert zu sein, wie ihr Oberhaupt auf die Entschuldigung reagierte. Stattdessen hingen ihre Blicke an Berry.

Langsam kehrte bei ihm die Fähigkeit zurück, logisch zu denken. Yanto hatte die Menschen aus Dawangan aufs Übelste an der Nase herumgeführt, und doch hatte er in einem Punkt falsch kalkuliert: Ihre Wut und ihr Schmerz über den Tod ihrer Angehörigen hatte nicht ausgereicht, dass sie die anderen Piraten töteten. Damit hatte er sich seine eigenen Leute zu Feinden gemacht.

Er deutete auf die Gefangenen: »Wer von denen spricht Englisch?«

»Der da«, antwortete Maju.

Berry streckte die Hand aus: »Dein Messer.«

Ohne zu zögern, legte er es ihm in die Hand. Berry ging nah an den Gefangenen heran.

»Du weißt, wer ich bin?«

Hektisch nickte der Mann mit angstgeweiteten Augen. Langsam tastete Berry mit der Linken den Brustkorb des Mannes ab und setzte die Messerspitze in den Spalt zwischen zwei Rippen exakt über dem Herz. Der Pirat verstand genau, was Berry da tat, und dass ein Stoß sein Leben beenden würde. Er traute sich kaum zu atmen. Auch die Dorfbewohner hielten den Atem an.

»Du wirst mir alles über Yanto, deinen Anführer, erzählen. Wer er ist, wo er sich versteckt, alles.«

Der Pirat nickte mit schmerzverzerrtem Gesicht und so hektisch, dass sich die scharfe Messerspitze ein wenig in seine Haut hineinbohrte.

»Wenn ich den Eindruck habe, dass du lügst, stirbst du. Hast du verstanden, was ich gesagt habe?«

»Ja«, presste der Mann hervor, diesmal ohne sich zu rühren, damit das Messer nicht noch tiefer in die Haut eindrang.

»Fang an.«

Zuerst atemlos und stockend, dann immer flüssiger und letztlich auch beflügelt durch seine Wut, von Yanto im Stich gelassen worden zu sein, packte der Pirat aus. Er beschrieb, wo Yantos und auch sein Heimatdorf lag, er erzählte von dem Inselversteck, das sie Candi nannten, von Yantos Werdegang vom kleinen Verbrecher bis hin zu einem Mann, der nun schon vom Tan Siph-Syndikat in Medan Aufträge bekam.

Berry musste oft nachfragen, vieles, was der Gefangene erzählte, war bruchstückhaft. Er war ein einfacher Mann und hatte nie versucht, den Gesamtzusammenhang hinter einzelnen Ereignissen zu erkennen. Auf Berrys Frage, warum Yanto ihn und seine Kumpane im Stich gelassen hatte, wusste er keine Antwort.

Die genaue Beschreibung, wie man das Inselversteck Candi findet, konnte Berry sich unmöglich merken. Er setzte das Messer ab, holte sein kleines Notizbuch hervor, das er immer bei sich trug, und notierte die Worte des Piraten. Im Wesentlichen beschrieb dieser den Weg anhand von auffälligen Besonderheiten der Landschaft, an denen man sich orientieren musste. Berry hoffte, dass er sie vor Ort tatsächlich wiedererkannte.

Als er keine Fragen mehr hatte, verließ er wortlos den Verschlag und stapfte, ohne sich umzudrehen und ohne auf die Dorfbewohner zu achten, zurück ins Dorf. Vor allem musste er zurück zum Flugzeug, um mit dem Navigationscomputer die Lage des Candi möglichst genau einzugrenzen. Vielleicht konnte er ja von Kuala Lumpur aus mit einem schnellen Boot das Versteck noch am Abend erreichen. Dafür musste er allerdings unbedingt seine Crew mitnehmen, mit Sicherheit war das Versteck gut gesichert und befestigt.

Als er den Dorfplatz betrat, rannten die Kinder, die inzwischen nachspielten, wie er den Dorfältesten in seine Gewalt gebracht hatte, ängstlich zu ihren Müttern zurück.

Als Anxa ihn sah, kurbelte sie das Fenster herunter.

»Alles in Ordnung?«

»Im Moment ja«, rief Berry ihr zu.

Sofort machte Anxa den Motor aus und verließ den Wagen.

Verdammt, dachte Berry, wie blöd ist diese Frau eigentlich?

Ihm blieb nichts anderes übrig, als sie kommen zu lassen. Wenn er sie jetzt zurückschickte, würden die Dorfbewohner das als ängstlich interpretieren. Er hoffte, dass Anxa wenigstens ihren Mund hielt.

»Habe ich Ihnen nicht gesagt, Sie sollen im Auto bleiben«, flüsterte er zornig, als sie bei ihm war.

»Ich denke, es ist alles in Ordnung«, erwiderte Anxa und sah ihn erstaunt an.

»Sie sind einfach zu blöd!«, zischte er wütend zurück.

Anxa war von seiner Wut überrumpelt und sah ihn verletzt an.

Inzwischen hatten die Dawanganer sich wieder um sie geschart. Sie sprachen leise miteinander. Dann wandte sich Maju an Berry.

»Was sollen wir mit den Männern machen?«

Berry zog erstaunt die Augenbrauen hoch. »Sie haben eure Leute umgebracht, nicht meine.«

»Wir wissen nicht, kommt ihr Anführer noch zurück.«

»Nein, der kommt nicht zurück. Der kommt ganz sicher nicht zurück.«

Maju sah ihn mit unbewegter Miene an.

»Sie haben den Tod verdient«, fuhr Berry fort. Das Dilemma der Leute war ihm klar: Einerseits hatten sie einen vagen Rest an Hoffnung, das versprochene Geld noch zu bekommen, auch wenn Yantos Flucht jeden Optimismus illusorisch erscheinen ließ. Andererseits hatten sie Angst, dass er tatsächlich zurückkam, allerdings nicht mit Geld, sondern, um seine Leute zu befreien.

»Ich kann euch nicht helfen«, sagte Berry.

Der Dorfälteste sprach leise mit Maju. Dieser nickte einige Male und wandte sich wieder an Berry.

»Du suchst diesen Yanto. Wenn du ihn findest, dann bring ihn zu uns.«

»Warum sollte ich?«, fragte Berry zurück und bemühte sich um einen fast liebenswürdigen Ton.

Maju machte den anderen ein Zeichen, worauf die Männer näher zusammenrückten und den Kreis um ihn und Anxa enger zogen.

Anxa beugte sich zu ihm herüber und flüsterte: »Was ist los?«

Berry ignorierte ihre Worte und sah den Männern ruhig ins Gesicht. Merkwürdigerweise verspürte er keine Furcht, obwohl die Dawanganer grimmige Gesichter zogen und entschlossen wirkten, entschlossener jedenfalls als zuvor bei seiner und Anxas Ankunft.

»Kommt euch die Situation nicht bekannt vor?«, fragte er und lachte laut auf. »Wie wollt ihr mich dazu bringen, wieder zurückzukehren?«

»Wir behalten die Frau hier«, antwortete Maju und deutete auf Anxa.

Berry ließ einige Sekunden verstreichen. »In Ordnung. Behaltet sie hier.«

»Was soll das denn?«, flüsterte Anxa, während Maju für die anderen übersetzte.

Berry reagierte nicht und verhielt sich weiter betont entspannt. Langsam schlich sich Panik in Anxas Augen. Sie warf einen sehnsüchtigen Blick zu dem Land Rover hinüber, den sie so leichtfertig verlassen hatte.

Berrys Unbekümmertheit verunsicherte die Männer, und sie warfen dem Ältesten, der sich hinter sie zurückgezogen hatte, um nicht noch einmal Opfer von Handgreiflichkeiten zu werden, unsichere Blicke zu.

»Hör mal zu, Maju«, fuhr Berry fort. »Sag deinen Leuten, sie können die Frau haben. Sag ihnen, ich suche diesen Yanto und kehre mit ihm hierhin zurück. Und sag ihnen, dass ich keine Zeit mehr habe, aber ich muss jetzt los.«

Maju wandte sich seinen Leuten zu und begann zu übersetzen. In dem Moment sprang Berry den ihm am nächsten Stehenden an, schlug ihn mit einem gezielten Karateschlag bewusstlos und setzte fast gleichzeitig einen weiteren Mann mit einem Kickboxtritt außer Gefecht. Er packte die vor Schreck erstarrte Anxa und zerrte sie zum Wagen.

Nach einer Schrecksekunde reagierten die Dorfbewohner. Einer warf sein Messer, das Anxa knapp verfehlte. Einer schleuderte seinen Stock, der Berry schmerzhaft am Oberschenkel traf.

Berry riss die Fahrertür auf und drückte Anxa unsanft hinein. Geistesgegenwärtig zog sie sich auf die Beifahrerseite hinüber, sodass er sich auf den Fahrersitz werfen und die Tür hinter sich zuziehen konnte. Schnell verriegelte er die Türen, gerade rechtzeitig, bevor die wütenden Männer ebenfalls am Auto waren, startete den Motor und gab Gas.

Einer der Männer war ihnen nicht gefolgt und stattdessen in seine Hütte gelaufen. Jetzt kam er mit einem alten Gewehr wieder zum Vorschein und legte auf sie an.

Da Berry es bei ihrer Ankunft versäumt hatte, den Wagen zu wenden und der Wendekreis des Land Rovers viel zu groß war, um ihn ohne umständliches Zurücksetzen zu drehen, blieb ihm nichts anderes übrig, als zwischen die Hütten hindurchzupreschen und in einer Schleife zu versuchen, den Weg zu erreichen, ohne zu dem Platz zurückzukehren, wo der Schütze ein freies Schussfeld hatte.

Bevor sie zwischen die Hütten eintauchten, knallte der erste Schuss. Die Kugel schlug in die Windschutzscheibe ein, die rund um ein erstaunlich kleines Loch spinnennetzförmig aufsplitterte, und trat durch die Heckscheibe wieder aus. Der zweite Schuss traf gar nicht, dann waren sie hinter den Hütten.

Mit heulendem Motor jagte Berry durch Zucchini- und Kürbisgärten. Weiter vorne verschloss sich der Urwald zu einer grünen Wand, die nicht den Eindruck machte, als käme er dort weiter. Andererseits spürte Berry förmlich, wie der Mann mit dem Gewehr geduldig wartete, bis sie wieder zwischen den Hütten auftauchten.

»Halten Sie sich fest!«, brüllte Berry. Die einzige Möglichkeit, das freie Schussfeld zu vermeiden, war, gleich jetzt in den Dschungel hineinzurasen, ohne Weg. Er hielt auf die grüne Pflanzenwand zu und packte das Lenkrad noch fester.

Hoffentlich steht da kein dicker Baum, dachte er.

»Da kommen wir doch nicht durch!«, schrie Anxa und packte mit beiden Händen den stabilen Haltegriff vor ihr auf dem Armaturenbrett.

Eine Bodenwelle katapultierte den Geländewagen hoch, für einen Moment drehten die Räder jaulend in der Luft durch, dann krachte er wieder zu Boden und sprang mit einem Ruck hinein ins Unterholz. Wie Peitschenhiebe schlugen Blätter und Äste gegen die Motorhaube und die Windschutzscheibe. Ein gewaltiger Baum tauchte vor ihnen auf, Berry zog den Wagen nach links. Kreischen und Splittern, als die rechte Flanke des Land Rovers an dem Stamm entlangschabte und der Außenspiegel weggerissen wurde.

Hinter dem Baum begann Berry, einen weiten Bogen nach links zu fahren, auch wenn er dadurch die Strecke verlängerte, die er durch das Unterholz zurücklegen musste – es blieb ihm nichts anderes übrig, denn wenn er mit seiner jetzigen Geschwindigkeit mehr oder weniger rechtwinklig auf den Pfad traf, würde er darüber hinausschießen. Dann bliebe ihm nichts anderes übrig, als anzuhalten und zurückzusetzen, etwas, was er auf keinen Fall riskieren wollte, denn allzu weit von dem Dorf entfernt würden sie den Weg nicht erreichen.

Unvermittelt ein dumpfer Schlag, ein armdicker Ast traf die Windschutzscheibe und drückte sie nach innen, bevor er abbrach und ebenfalls nach innen schlug. Berry sah im Augenwinkel, wie er Anxa am Kopf traf und sie in sich zusammensackte.

»Hörst du mich?«, brüllte Berry, den Blick starr nach vorne gerichtet. Er konnte noch nicht einmal zu ihr hinüberlangen, er hatte ohnehin größte Mühe, das wild ausschlagende Lenkrad wenigstens einigermaßen festzuhalten.

»Scheiße! Anxa, hörst du mich?«

Er riskierte einen kurzen Blick zur Seite und sah, wie ihr Körper merkwürdig verdreht gegen die Türverkleidung lehnte. Berry zwang sich dazu, nicht mehr hinzusehen, das Wichtigste war, den Weg nicht zu verpassen.

Da! Plötzlich riss der Pflanzenvorhang auf. Berry riss das Steuer nach rechts und schwenkte mit durchdrehenden Reifen auf den zerfurchten Weg ein. Plötzlich prügelten keine Pflanzen mehr auf das Auto ein, und es herrschte Stille. Zumindest hatte Berry für einen Moment den Eindruck, dann jedoch drang das Poltern der Achsen und das hohe Jaulen des Motors an seine Ohren. Er schaltete in den nächsten Gang, und der Wagen beschleunigte problemlos. Dann warf er einen Blick in den Rückspiegel – und sah die Silhouette des Mannes, der mit seinem Gewehr zielte. Ein Schauer fuhr ihm über die Haut, wäre er näher dran, würde er jetzt genau in die Mündung sehen.

Er riss das Steuer hin und her. Der Wagen schleuderte heftig, zu heftig. Um nicht umzukippen, zwang er den Land Rover wieder in eine grade Linie und betete, dass der unvermeidliche Schuss nicht traf.

Bevor er das Krachen des Schusses hörte, spürte er einen Ruck in der Lenkung. Das Heck des Wagens brach nach links aus. Vorsichtig nahm Berry den Fuß vom Gas und konzentrierte sich darauf, dem Schlingern entgegenzulenken. Mit einem dumpfen Schlag schlug das Heck seitlich an eine Palme. Der Wagen wurde wie ein Tennisball zurückgeschlagen, stellte sich quer und rutschte seitlich über den Weg bis zum Stillstand.

Weit entfernt, aber nicht zu weit für eine Gewehrkugel, legte der Mann erneut an.

Berry war sich sicher, dass der Hinterreifen geplatzt war. Das bedeutete, dass der gegenüberliegende Reifen durchdrehen würde, wenn er jetzt Gas gab.

Sperrdifferenzial, hatte dieser Wagen ein Sperrdifferenzial? Berry verfluchte seinen Leichtsinn, sich nicht vorher mit der Technik vertraut gemacht zu haben. Dann hörte er den Schuss …

Berry erstarrte – und atmete auf, offenbar war er daneben gegangen. Möglicherweise griff die Differenzialsperre nur im untersetzten Geländegang. Er nahm den Gang heraus und versuchte, den kleinen Hebel neben der Gangschaltung auf sich zu ziehen. Er hakte und wollte nicht einrasten.

Ein metallisches Jaulen zog an seinem Ohr vorbei, plötzlich riss eine Furche durch das Wagendach, an deren Ende er durch ein längliches Loch den Himmel sehen konnte. Erst eine Sekunde später hörte er das Krachen des Schusses.

Eine Sekunde, dachte er reflexartig, also ist der Schütze weiter als 300 Meter entfernt.

Ein nutzloser Gedanke, für einen Gewehrschützen waren 300 Meter keine allzu große Distanz. Endlich rastete die Getriebeuntersetzung ein. Vorsichtig gab er Gas. Tatsächlich wühlten sich jetzt alle vier Räder gleichzeitig in den Boden. Mit roboterhaftem Rucken und Bocken zog der Wagen zurück und schwankte und bebte, als er wieder den Vorwärtsgang einlegte und Gas gab. Der zerschossene Hinterreifen schlug heftig gegen das Innere des Kotflügels, als er auf dem Weg beschleunigte. Trotzdem ließ sich der Land Rover einigermaßen gut lenken und nahm glücklicherweise schnell Fahrt auf.

Eine weitere Kugel traf den Wagen, Berry hörte den Einschlag, dieses trockene Ploppen, wenn ein Projektil dünnes Metall durchschlägt. Weitere Schüsse, die danebengingen, knallten entfernt. Endlich, ein paar Sekunden später, verschwanden das Dorf Dawangan und der Gewehrschütze aus seinem Rückspiegel.

So schnell es der Weg erlaubte, jagte Berry der Straße entgegen. Das Gummi des Hinterreifens donnerte nervenzerrend gegen den Kotflügel, bis sich endlich der Rest des Reifens mit einem letzten Schlag von der Felge verabschiedete und seitlich ins Unterholz hineinflog.

Endlich konnte er einen etwas längeren Blick auf Anxa werfen, die wie eine schwere Puppe in ihrem Sitz hin- und hergeworfen wurde. Berry verringerte die Geschwindigkeit etwas. Anzuhalten riskierte er in diesem schwierigen Gelände nicht, möglicherweise würde er den Wagen nicht mehr in Bewegung setzen können, außerdem wusste er nicht, über welche Mittel die Dorfbewohner verfügten, um ihnen zu folgen, vielleicht hatten sie Pferde oder ein Moped. Erst auf der Straße würde er etwas sicherer sein.

Er griff hinüber zu Anxas Sicherheitsgurt und schaffte es, ihn anzulegen, so wurde ihr Körper wenigstens nicht allzu sehr durch die Gegend geschleudert. Verbissen fuhr er weiter. Um sich abzulenken, rekapitulierte er die

Beschreibung des Piraten, wo Yantos Versteck zu finden war. An Rupat Island konnte er sich noch gut erinnern, damals auf der Suche nach Hannas Mörder hatte er die Insel einmal umfahren und dabei jedes Dorf und jedes Haus, das er vom Wasser aus erkennen konnte, aufgesucht. Sein Gefühl von damals, wie aussichtslos diese Suche zwischen all den kleinen Inseln mit ihrem vom Wasser aus undurchdringlich erscheinenden Mangroven- und Urwäldern war, kam ihm wieder in Erinnerung. Hätte er sich doch verdammt nochmal mehr Mühe gegeben! Die Vorstellung, damals Yantos Versteck ganz nah gewesen zu sein, schnürte ihm die Kehle zu.

Seit vier Jahren, hatte der Pirat gesagt, Yanto hatte sein Versteck, seinen Candi, seit vier Jahren …

Berry kniff einige Male seine Augen zusammen und schüttelte seinen Kopf, um den Druck seiner Selbstvorwürfe loszuwerden. Vor sechs Jahren hatte es den Candi noch nicht gegeben, also hätte er ihn auch nicht finden können …

Es hatte keinen Sinn, er durfte sich nicht mit Vorwürfen lähmen. Jetzt galt es vor allem, so schnell wie möglich zu Yantos Versteck zu gelangen, noch bevor er mit seiner Crew losziehen musste, um die SEA MOOD zurückzuholen.

Zehn Minuten später hatte er endlich den Urwald hinter sich und bog auf die Landstraße ein. Sofort lenkte er den Wagen an den Rand, hielt an und beugte sich zu Anxa hinüber.

Voller Befürchtungen tastete er nach ihrem Puls.

43

Die Stormy Monday zog eine schnurgerade Linie von weißem Schaum hinter sich her, aufgewühlt durch den Bug und die Schiffsschraube. Die See war friedlich und warf nur flache, sehr lange Wellen auf, die der schwere Tanker in ein kaum merkliches Rollen umsetzte. Taniki, der gerne von Katastrophen und unglaublichen Kämpfen erzählte, die er gegen die Natur geführt und natürlich gewonnen hatte, hatte Yanto vor den unberechenbaren Taifunen gewarnt, die vor allem in dem Dreieck zwischen Vietnam, Manila und China praktisch aus dem Nichts heraus aufkommen konnten und mit ihren gewaltigen Regengüssen und Windgeschwindigkeiten von 200 km/h auch für einen Supertanker, und vor allem einen schrottreifen wie die Stormy Monday, gefährlich werden konnten.

Für Yanto war zwar inzwischen alles, was Taniki von sich gab, unwahres, übertriebenes Geschwafel. Trotzdem übertrug er die Daten des GPS-Empfängers immer häufiger auf die Seekarte. Zur Zeit befanden sie sich östlich der vietnamesischen Provinz Khanh Hoa, die ihrerseits etwa 180 Seemeilen nordöstlich von Ho-Chi-Minh-Stadt lag. Die wirklich stürmische Zone lag also noch vor ihnen.

Für die nächsten Stunden hatte Yanto das Steuer wieder übernommen, und er war froh, sich mit Taniki bis kurz vor dem Ziel nur noch einmal abwechseln zu müssen. So reduzierte sich die gemeinsame Zeit auf der Brücke auf wenige Minuten. Noch nie in seinem Leben hatte er es mit einem Menschen zu tun gehabt, der so viel redete und so wenig von Belang sagte.

In Yantos Eingeweiden vibrierte es leicht, und hin und wieder brandete ein unangenehmes Schwindelgefühl durch seinen Körper. Ein ähnliches Gefühl hatte er nach dem Tod seines Vaters gehabt, als ihm klargeworden war, dass seine Zukunft nicht der Beruf des Anwalts sein würde, sondern der erbarmungslose Überlebenskampf für seine Familie. Und es war das gleiche, allerdings nicht genauso starke Gefühl, wie er es einmal gehabt hatte, als er auf einer sehr langen und wackeligen Brücke aus lediglich drei Seilen eine Schlucht überquerte und das Seil, auf dem er ging, riss. Dieser gewichtslose freie Fall, dieser endlos erscheinende Sturz, diese Ungewissheit, ob das Wasser unter ihm tief genug war, um seinen Sturz abzufangen, dieses Vibrieren eben – das war genauso gewesen.

Flüchtig warf Yanto einen Blick auf den Kompass. 2 Grad Nord, das war der Kurs, den er halten musste, mehr nicht. So weit war er noch nie ins Südchinesische Meer hineingefahren. Seine Heimat war die Straße von Malakka, dort kannte er alle Anzeichen für Wetterveränderungen, die allerdings äußerst selten dramatisch ausfielen, ernst zu nehmende tropische Stürme gab es dort kaum. Im Grunde konnte er sich nur an den einen erinnern, der seiner Familie damals, nach dem Tod seines Vaters, den letzten Rest ihrer Lebensgrundlage weggefegt hatte. Weder davor noch danach hatte er Vergleichbares erlebt, so als wäre der Sturm nur über die Küste von Sumatra gefegt, um seiner Familie den Rest zu geben.

Seitdem hatte sich bei ihm ein körperlicher Reflex eingenistet: Jedes unvermittelte Aufheulen einer starken Windböe fuhr ihm wie ein Stromschlag durch den Körper und brachte sein Herz dazu, kurzzeitig heftiger zu schlagen.

Aber es war nicht nur Tanikis Gerede von einem Taifun, was ihn nervös machte. Es waren die durch seinen Kopf marodierenden Gedanken, die Befürchtungen, die unbeantwortbaren Fragen und über allem das unangenehme Gefühl, eine Aktion durchzuführen, die eigentlich eine Nummer zu groß für ihn war, bei der er viel zu sehr Spielball anderer Interessen war, Interessen, die er erahnen, nicht jedoch eindeutig erkennen konnte.

Die Entführung der LIBERTY war dagegen eine andere Sache gewesen, überschaubarer, vor allem, weil der Frachter um vieles kleiner gewesen war als dieser monströse Tanker. Die 200 000 Tonnen Rohöl an Bord erschienen ihm wie eine große Reklametafel, die er vor sich hertrug und auf der stand: gestohlen. Wie viele Frachter von der Größenordnung der LIBERTY gab es? Tausende bestimmt, damit fiel man nicht besonders auf. Aber wie viele Supertanker wie die SEA MOOD, oder jetzt STORMY MONDAY, gab es? Hundert? Zweihundert? Mehr bestimmt nicht.

Einmal mehr spürte er, dass sich bei ihm etwas geändert hatte. Früher war ihm alles egal gewesen. Je gefährlicher, je verwegener ein Überfall ablief, desto besser. Oft hatte er es sogar bewusst vermieden, sich vorher einen Plan zurechtzulegen, sondern war einfach mit seinen Männern an Bord eines Schiffes gestürmt und hatte auf das reagiert, was ihn dort erwartete. Diese nervenkitzelnde Unwägbarkeit hatte ihm gefallen, und da nie etwas aus dem Ruder gelaufen war, hatte es auch keinen Grund gegeben, sich nicht daran zu erfreuen.

Das war jetzt nicht mehr so. Seit er ein Ziel hatte, seit er entschieden hatte, nicht mehr nur ein kleiner Pirat zu sein, seit er beschlossen hatte, an das große Geld heranzukommen und ein freier Unternehmer zu sein – seitdem war es für ihn wichtig geworden, klug und umsichtig zu handeln. Deswegen hatte er in Dawangan die Gelegenheit ergriffen, seine alte Bande loszuwerden. Diese Männer, die meisten älter als er, hatten sich als Hemmschuhe erwiesen, waren zu satt, zu gleichgültig, zu – asiatisch. Er wunderte sich selbst über den Vergleich, war er doch selber Asiat. Aber er passte, er selbst wollte anders sein als alle anderen, zwischen denen er bisher gelebt hatte.

Yanto war froh, alleine auf der Brücke zu sein. Das gehörte auch zu den Dingen, die er ändern musste: In Zukunft war es wichtig, alleine zu sein, wenn er sich schwach fühlte; seine Leute durften ihn nur als starken, überlegenen Anführer erleben.

Yanto zog ein Blatt Papier von dem Stapel vor sich, einseitig bedrucktes Papier. Er begann, Regeln zu notieren, nicht auf Indonesisch, sondern auf Englisch. Er schämte sich für seine einfache Muttersprache, in der weder Substantive noch Verben dekliniert oder konjugiert wurden, die den Plural eines Wortes bildete, indem sie das Wort einfach verdoppelte: laki: Mann, Männer: laki laki. Wie stolz war er gewesen, als er in der Schule begonnen hatte, Englisch zu lernen! Die Sprache war für ihn heilig, wie ein geweihter Schlüssel für das Tor in eine andere, eine schönere, bessere Welt, eine Welt voller Anerkennung und Wichtigkeit.

Die Männer wie Soldaten drillen, schrieb er auf.

Keine Schwäche zeigen.

Alle Kontakte notieren: Name, Funktion, handelt es sich um einen wichtigen Mann oder nur um einen Handlanger?

Genau beobachten, wie Taniki den Tanker navigiert und wie er ihn in den Hafen steuert.

Kontakt zu den Käufern des gestohlenen Öls.

An dieser Stelle zögerte er. Er las sich seine kleine Liste noch einmal durch und legte den Bleistift weg. Wie sollte er je herausbekommen, wer das gestohlene Öl kaufte? Gerade diese Menschen, die eigentlich wichtigen, erkennt man nicht, findet sie nicht, kommt nicht einfach so an sie heran. Und selbst wenn er herausbekam, wer sie waren: Für ihn als jungen Indonesier, gerade 26 Jahre alt, der noch nicht einmal wusste, wie man sich in einem Restaurant, in einem richtigen Restaurant, nicht in einer von diesen Hafenkaschemmen, benahm – für ihn gab es doch gar keine Möglichkeit, zu den Nadelstreifenträgern vorzudringen. Genauso wie dieser George Harrison würden sie ihn doch niemals als gleichwertigen Geschäftspartner akzeptieren.

Yanto nahm wieder den Bleistift und schrieb auf: einen Nadelstreifenanzug kaufen.

Sehr gut, dieser Punkt gefiel ihm. Wie wäre wohl das Gespräch mit Harrison im »Shark Booze« im Hafen von Medan verlaufen, wenn er damals einen Anzug, einen Nadelstreifenanzug angehabt hätte? Harrison hätte ihn mit Respekt behandelt und nicht wie einen Menschen zweiter Klasse.

Yanto unterstrich den letzten Eintrag. Was war noch wichtig?

Eine Weile sah er hinaus auf das über dreihundert Meter lange, vor vielen Jahren rot gestrichene Deck mit all den Rohren und Pumpenanschlüssen. Der Lack war längst an vielen Stellen abgeplatzt und hatte dem Rost darunter Platz gemacht, und dadurch waren absurde Muster entstanden.

Das Rot, das Braun und das tiefe Blau des Meeres haben nichts miteinander zu tun, dachte Yanto, der schrottreife Tanker ist nichts als ein unangenehmer Störenfried in dieser blauen Weite.

Er wandte sich wieder seiner Liste zu und schrieb einen weiteren Satz auf: Tanah finden. Tanah …

Wie ging es ihr wohl in der Welt, in der sie jetzt lebte? Eine wirkliche Antwort auf diese Frage hatte er nicht. Was er sich vorstellte, war, was er hier und da gehört hatte. Wie verhielten sich Touristen? Was waren überhaupt Touristen?

Die nächste Frage jedoch, die unweigerlich nächste Frage blieb nicht unbeantwortet und wurde sehr schnell sehr mächtig in seinem Kopf: Wie hatte Tanah sich gefühlt, als er sie bei dem Menschenhändler zurückgelassen hatte? Sie hatte Angst gehabt, sie hatte die größte Angst, die ein Kind haben konnte: die Angst, verlassen zu werden.

Nicht darüber nachdenken, ermahnte er sich, nicht darüber nachdenken. Aber in einer Situation wie dieser, wenn er unendlich viel Zeit hatte und mit seinen Gedanken alleine war, gab es kein Entrinnen. Und wenn er auf der einen Seite die Frage verdrängte, dann zwängte sich von einer anderen Seite dieses mächtige, bohrende, elende Gefühl der Machtlosigkeit in seinen Kopf und seinen Körper, dieses Gefühl, als der einzige Mann in der Familie versagt zu haben.

Seit Jahren schon bezahlte er einen alten Mann, einen ehemaligen Arbeitskollegen seines Vaters, den die Besitzer des Schiffsfriedhofs von Balan Modi entlassen hatten, als eine herabstürzende Stahlwand seinen rechten Fuß ohne viel Aufhebens glatt abrasiert hatte. Jeden Tag saß der Alte in Medan, dort, wo der Menschenhändler damals zweimal die Woche, Montag und Freitag, seine Geschäfte gemacht hatte. Aber bis jetzt hatte er immer vergeblich ausgeharrt, aus irgendeinem Grund war der Händler nie wieder aufgetaucht, und Yanto hatte auch nicht herausbekommen, ob er vielleicht an einem anderen Ort seiner Arbeit nachging.

Natürlich wussten die Armen in den Dörfern in den Sümpfen längs der Straße von Malakka immer von irgendeinem Händler, dem sie ihre Töchter und immer häufiger auch ihre Söhne verkaufen konnten. Einige hatte Yanto sogar aufgesucht, um etwas über diesen einen Menschenhändler in Erfahrung zu bringen – vergeblich, selbst mit Gewalt war er nicht weitergekommen. Entweder wussten sie nichts voneinander, oder sie riskierten es selbst unter Todesdrohung nicht, ihr Wissen preiszugeben.

Nichts hatte ihn weitergebracht. Wie sollte er Tanah zurückholen ohne irgendeinen Anhaltspunkt, wohin die kleinen Mädchen verschleppt wurden? Thailand, ja, das war ziemlich sicher. Aber zwischen Bangkok und Narathiwat, der Grenzprovinz nach Malaysia, gab es tausende von Städten, Dörfern und Urlaubsressorts, überall wurden kleine Mädchen für die Touristen gebraucht – wie sollte er da seine kleine Schwester, seine Tanah, finden?

Tanah finden. Er unterstrich den Satz mehrere Male. Wenn man genug Geld hatte, war alles möglich. In einer Woche würde er 375 000 Dollar haben. Seinen Leuten würde er nicht viel abgeben, sie sollten froh sein, überhaupt für ihn arbeiten zu dürfen. Vielleicht jedem 2000 Dollar.

Mit Geld war alles möglich. Yanto wiederholte diesen Satz wie ein Mantra und so lange, bis der Gedanke an Tanah verblasst war.

44

Anxas Puls ging schwach und sehr langsam, ebenso ihr Atem. Berry sprang aus dem Wagen. Vorsichtig öffnete er die Beifahrertür einen Spalt breit und griff hinein, um Anxas Kopf zu stützen, der an der Innenverkleidung lehnte. Schwer lag er in seiner Hand. So behutsam er konnte, zog er Anxa aus dem Wagen heraus.

Endlich hatte er ihren warmen, schlaffen Körper in den Armen.

Wie ein tief schlafender Hundewelpe, dachte er.

Er öffnete eine Wasserflasche aus dem Sechserpack, den er zusammen mit einigen anderen Lebensmitteln bei dem Autoverleiher in Banda Aceh gekauft hatte und ließ das Wasser über ihre Stirn und ihre Schläfen laufen. Ihr Atem beschleunigte sich. Langsam öffnete Anxa ihre Augen und sah ihn an.

Berry atmete erleichtert auf und strich ihr die Haare aus dem Gesicht.

Anxa sagte etwas, was er nicht verstand.

»Können Sie Ihren Kopf bewegen?«, fragte er.

Vorsichtig hob sie ihren Kopf an und drehte ihn langsam hin und her.

»Mir ist schwindelig«, sagte sie.

»Schmerzen in den Halswirbeln?«

»Nein, keine.«

»Kopfschmerzen?«

»Ein bisschen.«

»Wahrscheinlich eine Gehirnerschütterung. Brechreiz?«

»Bisher noch nicht.«

»Okay«, er sprang auf, »vielleicht können Sie etwas Kaffee vertragen.« Er hatte ebenfalls drei Dosen Mr.-Brown-Milchkaffee gekauft, ein eklig klebriges Getränk, das aber immerhin Koffein und Zucker enthielt, beides würde Anxa helfen, wieder auf die Beine zu kommen.

Gierig trank Anxa den Kaffee.

»Danke«, sagte sie, und das klang schon kräftiger. Sie reichte ihm eine Hand. »Ziehen Sie mich hoch.«

»Es ist besser, wenn Sie …«

Anxa griff kurzerhand in den Stoff seines Hemdes und versuchte, sich aufzurichten.

»Sie müssen vorsichtig sein, Sie haben ein paar heftige Schläge abbekommen«, sagte er und half ihr auf die Beine.

»Ach was«, beschied sie kategorisch. Sie schüttelte seine stützende Hand ab und betrachtete den ramponierten Geländewagen. »Wie ist das denn passiert?«

Berry sah sie prüfend an. »Setzen Sie sich besser wieder rein. Wir müssen so schnell wie möglich hier weg.«

Anxa sah ihn fragend an. »Wieso?«

»Sie erinnern sich nicht?«

»Nicht so richtig«, erwiderte Anxa. Sie wollte sich auf den Beifahrersitz ziehen, knickte jedoch weg. Berry fing sie auf.

»Lassen Sie mich!«, giftete sie ihn an und packte die Dachreling über der Tür mit beiden Händen.

»Worauf sind Sie sauer, wenn Sie sich an nichts erinnern?«, fragte er ungehalten. Er hatte das Gefühl, dass ihm die Zeit davonlief.

Sie antwortete nicht. Mit einiger Mühe gelang es ihr, sich auf den hohen Geländewagensitz zu ziehen. Berry schloss die Tür und sah nach dem rechten Hinterrad, das nur noch aus der zerdellten Felge bestand. Er entschied, ein paar Kilometer weiterzufahren und unterwegs nach einer Stelle zu suchen, wo er den Reifen abseits der Straße wechseln konnte.

Als er den Motor startete, sah er wie Anxas Oberkörper wieder zur Seite rutschte. Sie hatte die Augen geschlossen und kämpfte offenbar mit dem Gleichgewicht. Er langte hinüber zu ihrem Sicherheitsgurt, um sie anzuschnallen.

Anxa schreckte hoch. »Das kann ich alleine«, beschied sie und riss ihm den Gurt aus der Hand.

Berry lehnte sich zurück. »Warum sind Sie eigentlich so sauer? Ich versuche Ihnen doch nur zu helfen.«

»Lassen Sie mich einfach in Ruhe«, erwiderte sie matt und schloss wieder die Augen.

Berry zuckte mit den Schultern und gab Gas. Fahr doch zur Hölle, dachte er und konzentrierte sich auf den schlingernden Wagen.

Bis Banda Aceh war seine Wut längst verflogen und größerer Besorgnis gewichen. Anxa war schnell eingeschlafen, schreckte jedoch während der Fahrt einige Male hoch, völlig desorientiert und hilflos. Die Art, wie sie vergeblich versuchte, sich wachzuhalten, gefiel ihm nicht.

Kurz hinter der Ortseinfahrt von Banda Aceh hielt er an einer Tankstelle und fragte nach einem Krankenhaus. Anxa bekam davon nichts mit und wurde erst wieder wach, als er an der Notaufnahme hielt. Ihr Widerstand war gering, offenbar hatte sie selbst die Befürchtung, nicht ganz unbeschadet aus der Verfolgungsjagd hervorgegangen zu sein, an die sie sich nach und nach zu erinnern begann und deren Folgen ihr zu schaffen machten.

»Nichts Schlimmes«, diagnostizierte der Arzt eine halbe Stunde später an Berry gewandt. Berry hatte behauptet, Anxas Ehemann zu sein, im moslemischen Norden von Sumatra hätte er andernfalls nicht bei der Untersuchung dabei sein dürfen.

»Eine leichte Gehirnerschütterung, eine veritable Beule am Hinterkopf, und ihr Blutdruck ist sehr niedrig.«

»Mein Blutdruck ist schon mein ganzes Leben lang niedrig«, ging Anxa dazwischen.

Der Arzt nickte, ohne sie anzusehen, und fuhr fort: »Sie muss ins Bett und ruhen. Mindestens 24 Stunden. Wenn dann keine Symptome auftreten, ist alles in Ordnung.«

»Unsinn«, sagte Anxa und richtete sich auf der Untersuchungsliege auf. Schwindel packte sie. Für einen Moment musste sie innehalten. »Wir fliegen zurück.«

»Fliegen?« Der Arzt runzelte die Stirn, wieder sah er nur Berry an. »Fliegen? Nein. Jedenfalls nicht heute.«

»Kann ich sie hier lassen? Für ein paar Tage?«, fragte Berry. »Ich muss zurück nach Kuala Lumpur.«

»Bist du verrückt?«, fuhr Anxa auf. »Ich bleibe auf keinen Fall hier! Wir fliegen heute Abend zurück.«

»Heute besser nicht«, wiederholte der Arzt an Berry gewandt, die Stirn gerunzelt.

»Haben Sie ihn untersucht oder mich?«, fauchte Anxa ihn an. »Reden Sie mit mir, ich bin Ihr Patient!«

Der Arzt kniff die Lippen zusammen und schwieg.

»Anxa, das Risiko ist zu groß«, versuchte Berry es sanft. »Und ich muss zurück, das weißt du.«

»Wenn du heute zurückfliegst, fliege ich mit«, beschied Anxa kategorisch. Sie ließ sich vorsichtig von der Liege zu Boden gleiten, musste sich jedoch an der Bettkante festhalten, um nicht wegzuknicken.

Der Arzt bekam das Gefühl, dass mit den beiden irgendetwas nicht stimmte.

»Sie muss nicht im Krankenhaus bleiben, wissen Sie«, sagte er, wieder nur an Berry gewandt. »Gehen Sie in ein Hotel. Aber bleiben Sie wenigstens eine Nacht. Fliegen ist heute zu riskant. Adrenalin muss abgebaut werden. Alles muss sich normalisieren. Morgen früh wird sie wissen, ob es geht. Wenn sie starke Kopfschmerzen hat oder sie sich nachts übergeben muss, darf sie nicht fliegen.«

»Danke für Ihre Hilfe«, erwiderte Berry schnell und reichte Anxa seine Hand. Als sie diese ignorierte, griff er ihr entschieden um die Taille und zog sie aus dem Raum. Der Arzt nickte erleichtert.

Draußen schüttelte Anxa seinen Arm ab. »So leicht werden Sie mich nicht los, Mr. Feiler«, sagte sie, als sie in den Wagen stieg.

Berry wollte etwas sagen.

»Versuchen Sie gar nicht erst, mit mir zu diskutieren«, fuhr sie fort. »Und noch etwas: Sie werden innerhalb meines Auftrags nicht noch einmal einen solchen kleinen Abstecher wie heute machen. Ich rate Ihnen, meine Worte ernst zu nehmen. Sollten Sie sich nicht daran halten, Mr. Feiler, werde ich mit Massimo Castelluccio alleine losziehen, ohne Sie, egal wie beschissen es mir geht.«

Berry schloss die Tür hinter ihr. Wütend griff er zu seinem Handy.

»Bridges? Berry hier. Gibt es Neues von Pangkalan?«

Bridges war nur informiert worden, dass es nichts Neues gab.

»Gut. Hör zu, wir …« Er kämpfte mit seinem Widerwillen und seinem Zorn. Es war kurz nach 19 Uhr, mit Sicherheit könnte er noch in dieser Nacht mit einem Boot Rupat Island erreichen und und am nächsten Morgen bei Tagesanbruch Yantos Versteck stürmen. Jede verdammte Stunde, die er jetzt nicht nutzte, erhöhte die Wahrscheinlichkeit, dass inzwischen irgendwer die SEA MOOD irgendwo sichtete, und dann mussten sie schnell handeln, dann war keine Zeit mehr, Yanto in seinem Candi aufzustöbern.

»Kommt da noch was, Berry«, fragte Bridges gereizt.

Berry atmete tief durch. »Wir fliegen erst morgen Vormittag zurück. Ich rufe in einer halben Stunde oder so noch mal an.« Er unterbrach die Verbindung und stieg in den Land Rover.

Anxa saß mit geschlossenen Augen in den Sitz zurückgelehnt.

Am liebsten hätte Berry geflucht, sie zusammengebrüllt und sonstwas gemacht. Zugleich spürte er, wie dünn das Eis inzwischen für ihn war. Anxa würde es nicht bei ihrer Drohung lassen, so viel war ihm klar. Es gab für ihn nur eine einzige Chance, seinen Plan noch durchzuziehen: Er musste Anxa für die nächsten Stunden einsperren, von jedem Telefon fernhalten und sich selbst sofort auf den Weg machen. War er mit seinen Männern erst einmal nach Rupat Island unterwegs, würde Anxa daran nichts mehr ändern können.

Unbeherrscht ließ er den Motor aufjaulen und jagte mit radierenden Reifen los. Das war alles logisch und richtig, ohne Zweifel. Trotzdem merkte er, wie diese Überlegungen sich immer absurder anfühlten. Anxa war fair zu ihm gewesen, das konnte er nicht ignorieren. Außerdem, was, wenn Anxas Gehirnerschütterung schwerer war als angenommen? Wenn sie eine Gehirnblutung bekam oder weiß der Teufel was? Oder wenn er mit seiner persönlichen Racheaktion möglicherweise das Leben der Seemänner von der SEA MOOD gefährdete? Vielleicht lebten sie entgegen aller Wahrscheinlichkeit doch noch. Sobald die SEA MOOD irgendwo gesichtet wurde, kam es auf jede Minute an. Er kannte das Geschäft wie kein anderer, er wusste, Schnelligkeit war oft genug der wichtigste Faktor. Konnte er da so fahrlässig, so egoistisch mit der Situation umgehen?

Seine verbissene Wut lichtete sich plötzlich, und ein versöhnliches Gefühl breitete sich in ihm aus. Fast automatisch nahm er den Fuß vom Gas und entspannte sich. Er warf Anxa einen vorsichtigen Blick zu. Ihre Gesichtszüge zeichneten sich scharf in der Abendsonne ab, und bei allem Unwohlsein, was sie offensichtlich quälte, wirkte sie energisch und entschlossen.

Berry schlug die Richtung zum Flughafen ein, dort hatte er unweit des Autoverleihers ein einigermaßen akzeptables Hotel gesehen. Anxa öffnete ihre Augen erst, als sie vor dem Eingang hielten. ›Hotel Airport‹ stand in abblätternder Schrift über dem Eingang.

Berry checkte sie in zwei Einzelzimmer ein, buchte ein Doppelzimmer für Bridges und den Kopiloten Günther und bezahlte bar im voraus.

»Ich bringe eben den Wagen zurück«, sagte Berry.

Anxa warf ihm einen kurzen, scharfen Blick zu, der unmissverständlich sagte: Mach keinen Fehler! Sie nickte ihm zu und ging zum Aufzug. Trotz ihres dunklen Teints sah sie jetzt erschreckend blass aus.

Der Autoverleiher, ein Indonesier, schlug entsetzt die Hände über dem Kopf zusammen, als er den ramponierten Land Rover in Empfang nahm. Berry ließ keinen Zweifel daran, dass er für den Schaden bedingungslos aufkam. Trotzdem wollte die Prozedur der Formalitäten kein Ende nehmen.

Als endlich alles erledigt war und der Indonesier sich sowohl bei der Vollkaskoversicherung rückversichert hatte, dass auch diese selbstverschuldeten Schäden abgedeckt waren, als auch bei American Express, dass Berry liquide genug war, um die Selbstbeteiligung von zweitausend Dollar zu bezahlen, ließ er ihn gehen.

Berry genoss es, in der lauen Luft zu Fuß zu gehen. Er entschied sich, Bridges nicht übers Handy anzurufen, sondern den kleinen Umweg zum Flughafen zu machen, um die beiden abzuholen.

Er betrat das General Aviation Terminal, nicht mehr als ein kleiner Durchgangsraum, passierte die Ausweiskontrolle und ging über das Rollfeld zu der Gulfstream. Die Kabinentür war geöffnet. Berry wunderte sich darüber, Bridges konnte es nicht leiden, wenn nicht alle Türen und Luken geschlossen waren. Wenn er in seinem Flugzeug saß, wollte er jede Sekunde startbereit sein, eine etwas übertriebene Haltung, über die er jedoch nicht mit sich reden ließ.

»Bridges?«, rief Berry in die abgedunkelte Kabine hinein. »Wo steckst du?«

»Alles easy, Berry.« Der Pilot reckte seinen Oberkörper zur Cockpittüre hinaus. »Wir haben nur noch auf dich gewartet.«

Berry sah ihn erstaunt an und wollte etwas sagen, als er eine Bewegung aus dem Augenwinkel wahrnahm. Ein heftiger Schmerz zuckte durch sein Gesicht, als er von einem nicht sehr heftigen, aber eben gänzlich unerwarteten Faustschlag getroffen wurde.

»Sie sind ein verdammtes Arschloch«, hörte er Anxas Stimme.

Zu keiner Reaktion fähig, starrte er in ihr wutverzerrtes Gesicht. Nach einem langen, verachtungsvollen Blick drehte sie sich um und setzte sich auf den hintersten Sitz in der Gulfstream.

»Hast du nichts zu tun?«, fuhr Berry Bridges an, der ihn erstaunt und leicht belustigt ansah.

»Bisher noch nicht. Aber jetzt, wo du da bist, können wir ja los.«

»Was soll das heißen?«

»Ich habe die Starterlaubnis schon eingeholt, zurück nach Kuala Lumpur.«

Berry knetete sein Kinn, der Schlag war nicht sehr kräftig gewesen, trotzdem hatte er weh getan. Feuchtigkeit breitete sich zwischen seinen Fingern aus. Blut. Er ließ sich in den nächsten Sitz fallen. Alles war so schnell gegangen, dass er nicht einmal wütend war. Und schwer war es auch nicht, sich zusammenzureimen, was Anxas Wut provoziert hatte. Er erhob sich wieder und ging zu ihr.

»Hören Sie, ich hatte nicht vor, Sie hier sitzen zu lassen. Ich wollte nur mit Bridges persönlich reden, das war alles.«

»Natürlich«, entgegnete Anxa mit beißender Ironie und spöttischer Stimme, »was denn sonst«.

Dieses verdammte Miststück, dachte er und straffte seinen Körper. Was sollte er sich hier zum Affen machen, sie würde ihm sowieso nicht glauben.

Er wollte sich umdrehen und wieder gehen, aber ihr Blick hielt ihn fest. Er sah darin Aggressivität, sah ihren verletzten Stolz, ihren Zorn; aber genauso intensiv auch eine tiefe Enttäuschung, ja sogar, wenn er ehrlich war, ihre tiefe Verletzung.

»Hören Sie«, begann er und räusperte sich, »ich, äh …«

Sie sah ihn abschätzend an, entschlossen, sich auf keinen Fall von ihm einwickeln zu lassen.

»Es tut mir leid«, presste er hervor, »ich habe Sie da in was reingezogen und einer großen Gefahr ausgesetzt. Aber auch, wenn Sie mir nicht glauben, ich hätte Sie nicht hier zurückgelassen. Mein Ehrenwort darauf.«

Er sah ihr ruhig in die Augen. Sie erwiderte seinen Blick genauso ruhig. Nach einigen Sekunden erhob sie sich und sagte beiläufig, als wäre nie etwas geschehen: »Sie bluten. Lassen Sie mich mal sehen.«

Mit sanftem Druck zog sie seine Finger von der Wunde weg und sah sie sich genauer an.

»Das war mein Ring«, sagte sie. »Den habe ich mir selber zu meinem Doktor in Meeresbiologie geschenkt.«

Sie hielt ihre Rechte hoch, an der ein ungewöhnlicher, goldener Ring mit einem asymmetrisch eingelagerten grünen Turmalin prangte.

»Ich dachte schon, es wäre ein Schlagring gewesen«, sagte Berry und lächelte schief.

Anxa rückte ein wenig von ihm weg und sah ihm fest und ruhig in die Augen.

»Ich kann nicht sagen, dass ich in meinem Leben jemanden wirklich geliebt habe, Berry«, sagte sie. »Trotzdem kann ich mir vorstellen, wie das ist, jemanden zu verlieren, den man liebt.«

Berry spürte, wie Unwille in ihm aufflammte. Jedes Mal, wenn es um Hanna ging, reagierte er allergisch. Es erschien ihm wie ein Sakrileg, wenn ein fremder Mensch über sie redete.

Anxa musste ihm das angesehen haben. »Ich will mich nicht in Ihre Gefühle einmischen«, fuhr sie fort. »Ich will Ihnen nur sagen, dass ich versucht habe, mir vorzustellen, wie das wohl ist, wenn man sechs Jahre dem Mörder seiner Frau hinterherjagt.« Sie machte eine Pause. »Ich verstehe, dass Sie alles dafür tun würden, den Mann zu finden, der Ihnen das angetan hat.«

Sein Unwille verschwand langsam.

»Ich habe Ihnen schon einmal zugesagt, dass ich Ihnen helfen werde. Irgendwie scheint ja mein Auftrag an Ihre Firma – an Ihre ehemalige Firma – ein Teil Ihrer Suche geworden zu sein. Also hören Sie auf, mich wie einen Feind zu behandeln.«

Berry war versucht zu wiederholen, dass er sie nicht hatte hintergehen wollen, dass alles nur ein Missverständnis war. Aber das wäre ihm jetzt kleinlich vorgekommen.

»Ich will Ihnen nicht im Wege stehen, und trotzdem hat mein Auftrag absolute Priorität. Kann ich Ihnen in dieser Beziehung vertrauen?«

»Das können Sie. Ich verspreche es«, entgegnete er.

»Gut«, sagte Anxa.

Einen Moment schwiegen beide.

»Wir sollten zurück ins Hotel«, schlug Berry vor, »Sie wissen ja, was der Arzt gesagt hat«.

Anxa schüttelte müde den Kopf. »Wir fliegen nach Kuala Lumpur. Da werde ich genug Zeit haben, mich auszuruhen.«

Berry sah sie prüfend an, und dann verstand er den Subtext ihrer Worte: Sie würde sich ab jetzt aus der Operation heraushalten und ihn und seine Männer den Repo-Job alleine erledigen lassen.

Er nickte langsam. »Bridges, du kannst starten.«

»Dann schnallt euch an, Leute.«

Berry zögerte. Das Einfachste wäre jetzt gewesen, sich neben Anxa zu setzen. Stattdessen verzog er sich auf den Sitz ganz vorne links, wo er all die Jahre seit seinem ersten Einsatz für Lost Ship Management immer gesessen hatte.

45

Anxa schreckte hoch. Schweißgebadet und in merkwürdig verkrampfter Haltung lag sie auf dem Rücken und hatte beide Arme weit von sich gestreckt, so als müsste sie in schwerer See auf einer Luftmatratze um Halt ringen. Leichter Schwindel packte sie, wahrscheinlich weil ihre Augen in dem stockdunklen Raum keinen Orientierungspunkt fanden. Sie tastete nach dem Schalter der Nachttischlampe, und tatsächlich verschwand der Schwindel mit dem Aufflammen des Lichtes.

Stöhnend ließ sie sich wieder ins Kopfkissen fallen. Wie lange hatte sie geschlafen? 5:35 Uhr sagte ihre Armbanduhr. Dreieinhalb Stunden, mehr nicht.

Erst jetzt bemerkte sie, dass ihre Füße wie eigenständige Lebewesen fortwährend in Bewegung waren. Sie schraubten und drehten und krampften in einem fort, und wie sehr sie sich auch konzentrierte, sie ließen sich nicht ruhigstellen. Nicht nur die Füße, ihr gesamter Körper war voller Unruhe und unter Druck.

Sie sprang aus dem Bett, ging zum Fenster und zog den lichtundurchlässigen, schweren Vorhang zurück. Zentral in ihrem Blickfeld reckten sich die Petrona Towers in den Himmel, mit wechselnden Bonbonfarben angestrahlt. War das kitschig oder schön? Als das Grün-rot zu Lila-gelb wechselte, war sie sich sicher: Es war unendlich kitschig und geschmacklos, aber eben auch spektakulär, wie zwei 452 Meter hohe Zuckerstangen.

Gedankenverloren befühlte Anxa ihren Kopf und ertastete eine große Beule hinter ihrer rechten Schläfe. Zum Glück hatte sie keine Kopfschmerzen mehr dank der 500 Milligramm Ibuprofen, die sie vor dem Einschlafen eingenommen hatte.

Inzwischen waren ihre Erinnerungen an die Ereignisse in Dawangan zurückgekehrt. Sie empfand eine merkwürdige Distanz zu dem, was sie erlebt hatte, nicht nur weil zuerst alles sehr schnell gegangen und dann durch ihre Gehirnerschütterung in dumpfe Ferne gerückt war, sondern auch, weil sie sich letztlich nicht mit Berry Feilers Problemen beschäftigen wollte. Ihr Thema war zuallererst die SEA MOOD, und selbst der Grund, der sie überhaupt erst hierhin gebracht hatte – Massimos auf Video dokumentierte Brutalität gegen Piraten –, erschien ihr nach den letzten Stunden absurd. Sie hatte in der Welt der Piraten nichts verloren, definitiv nicht; Berry, Massimo und die anderen hingegen waren ein Teil dieser Welt und ihrer Spielregeln.

Eigentlich, sagte sie sich, müsste mich diese Erkenntnis doch beruhigen. Warum tat sie es nicht?

Müde stapfte Anxa zurück zu ihrem Bett. Siebzig Dollar kostete hier die Nacht, unglaublich wenig für so ein luxuriöses Zimmer. Sie warf sich auf die Matratze, und noch während sie nachschwang, sie war viel zu weich, begangen ihre Füße wieder, ihr Eigenleben zu führen.

Es hatte einfach keinen Sinn, ihre Nacht war vorüber, ob sie wollte oder nicht. Um sich abzulenken, duschte sie ausgiebig, dann kleidete sie sich langsam an. Als sie nach ihrer Hose griff, fiel ihr Handy heraus.

Es hatte schon, kurz nachdem sie gestern Banda Aceh verlassen hatten, keinen Empfang mehr angezeigt. Deshalb hatte sie es ausgeschaltet. Jetzt tippte sie ihren Geheimcode ein und wartete, bis es sich in das örtliche Netz einloggte. Erstaunlich schnell signalisierte das Display drei auf ihrer Mailbox hinterlegte Nachrichten. Sie überprüfte die Nummern der Anrufer: Immer war es Aurich gewesen, der versucht hatte, sie zu erreichen.

Jetzt war es kurz nach 6 Uhr morgens, in Athen also kurz nach Mitternacht. Sie überlegte, ob sie sofort versuchen sollte, anzurufen, entschied jedoch, erst einmal die Mailbox abzuhören, vielleicht hatte er ihr nur Informationen geben wollen, die nicht wichtig genug waren, ihn möglicherweise aus dem Schlaf zu reißen.

Die ersten beiden Male bat Aurich sie mit deutlicher Ungeduld in der Stimme um Rückruf. Beim dritten Mal legte er gleich los:

»Anxa, was ist denn los bei dir, schiet nochmol! Hier läuft eine Riesenschweinerei! Ich lese dir was vor, pass auf, ist aus der ›Vradini‹, einer Athener Boulevardzeitung, kennst du bestimmt, Rebecca hat's mir übersetzt. Überschrift: ›Supertanker angeblich entführt – Versicherungsbetrug? Will Anxa Perikos sich eines alten Tankers auf lukrative Weise entledigen?‹ Und dann geht es weiter, Anxa, dass einem schlecht wird! Ruf unbedingt zurück, egal zu welcher Zeit!«

* * *

Aurich hob gleich nach dem ersten Klingeln ab.

»Endlich! Wo hast du verdammt noch mal gesteckt?«

»Erzähl ich dir ein andermal. Was ist das mit dem Artikel?«

»Eine Springflut, Anxa, ganz stürmische See. Kurz gesagt: Die Zeitung unterstellt dir zum einen, dass du die Modernisierung deiner Reederei mit unlauteren Methoden betreibst.«

»Hm, und zum anderen?«

Aurich atmete schwer, und Anxa konnte selbst durch das Telefon spüren, wie unangenehm es ihm war, auf ihre Frage zu antworten.

»Andererseits geht es hier um Rufmord. Irgendjemand will dich in den Dreck treten.«

»Was schreiben die genau?«

»Zum Beispiel: ›Anxa Perikos ist Meeresbiologin und hat vom Reederei-Geschäft so viel Ahnung wie ein Tintenfisch vom Autofahren.‹ Und: ›Schuster bleib bei deinen Leisten: Frauen haben in diesem harten Männergeschäft nichts verloren.‹

»Was regst du dich auf, Aurich. Das nimmt doch kein Mensch ernst.«

»Es geht noch weiter: ›Anxa Perikos riskiert nicht nur das Lebenswerk ihres Vaters, des großen, hoch angesehenen Alessandro Perikos, einer der griechischen Unternehmer, auf die unsere Nation stolz sein kann, nein, sie riskiert auch hunderte, wenn nicht tausende von Arbeitsplätzen: Wenn sie mit ihren Machenschaften scheitert, werden viele Familien ohne Einkommen dastehen.‹«

»Was für ein Schwachsinn«, flüsterte Anxa betroffen.

Aurich räusperte sich. »Wir hatten heute hier den Staatsanwalt zu Gast, Anxa. Außerdem hat Rebecca ein paar Erkundigungen eingezogen. Dieses Schmierenblatt plant, das Thema in den nächsten Tagen zu vertiefen. Die wollen dein ganzes Leben durchleuchten, und es sieht nicht so aus, als würden sie auch nur ein gutes Haar an dir lassen.«

Anxa brauchte ein paar Sekunden. »Ich verstehe nur nicht, warum.«

»Was mich mehr beunruhigt, ist, wie viele nur uns bekannte Details die Zeitung kennt.«

Aurich brauchte nicht zu erklären, was er damit sagen wollte.

»Ich glaube nicht, dass Rebecca denen was erzählt hat.«

»Wer sonst, Anxa? Ich etwa?«

Anxa schüttelte den Kopf, das glaubte sie nicht. Natürlich kannte sie Rebecca nicht gut und hatte ihr spontan und ohne eine Sekunde zu zweifeln den höchst sensiblen Job als ihre und Aurichs rechte Hand gegeben. Aber ihr Gefühl war so sicher gewesen wie selten bei einem Menschen.

»Du, Rebecca und ich. Mehr Menschen können die Details nicht kennen«, beharrte Aurich.

»Rebecca ist vertrauenswürdig. Die Informationen müssen woanders herkommen.«

»Überleg mal, in welcher Lage du damals warst, als du sie eingestellt hast. Du warst heilfroh, irgendjemanden gefunden zu haben, der nicht aus dem Umfeld deines Vaters kam. Vielleicht *willst* du nur, dass sie vertrauenswürdig ist.«

Anxa spürte, wie ihr der Schweiß ausbrach, zuerst auf der Kopfhaut, dann auf dem Rücken. War sie zu leichtgläubig gewesen, zu sehr das kleine Mädchen, das nicht die Kraft hatte, eine Last auf den eigenen Schultern zu tragen? Wieder kam ihr dieses deutsche Sprichwort in den Sinn: Vertrauen ist gut, Kontrolle ist besser.

»Rebecca war es nicht.«

»Ich verstehe ja, dass du …«

»Nein«, unterbrach Anxa den alten Reeder, »ich bin sicher. Ich vertraue ihr, und frag mich jetzt nicht, wieso.«

»Doch, das frage ich dich: wieso?«

»Was ist, wenn unser Büro abgehört wird? Das wäre doch möglich?«

»Wie bei James Bond? Ich weiß nicht, Anxa.«

»Besorg einen, der das überprüfen kann. Irgendeinen Elektronikspezialisten.«

»Also gut«, erwiderte Aurich nach einigem Zögern. »Ich werde sehen, was ich tun kann.«

»Und was war jetzt mit dem Staatsanwalt?«

»Damit kommen wir zum eigentlichen Kern der ganzen Schiet-Angelegenheit. Rate mal, wer sich gestern hier bei mir gemeldet hat?«

»Sag's mir einfach«, stöhnte Anxa.

»Oscar Valentis, euer früherer Anwalt. Ganz freundlich war er und wollte dir nur mitteilen, dass du noch einen Rückzieher machen kannst. Er meinte, all deine Schwierigkeiten würden schlagartig enden, wenn du deine Erbschaft wieder an deinen Halbbruder abtrittst. Tust du es nicht, dann wäre all das allerdings erst der Anfang.«

Plötzlich verstand Anxa: Das war also die eigentliche Botschaft! Kämpfe und du verlierst; gib auf und du darfst weiter in Ruhe dein kleines Leben leben.

Es war die gleiche Botschaft, die ihr ihr Vater damals mitteilen ließ, als sie sich entschlossen hatte, Meeresbiologie zu studieren, als sie es nicht mehr zulassen wollte, sich weiter zur perfekten Ehefrau irgendeines Nachfolgers für seine verdammte Reederei ausbilden zu lassen.

Damals hatte sie den Kampf aufgenommen – und gewonnen. Doch kaum wagte sie sich zurück in ihre alte Welt, in der sie immer nur das kleine, schwache Mädchen statt des großen, kraftvollen Sohnes gewesen war, verpuffte ihre Stärke wie eine Schweißflamme, der man den Sauerstoff abdrehte.

›Schuster bleib bei deinen Leisten: Frauen haben in diesem harten Männergeschäft mit Tankern und Containerschiffen nichts verloren.‹ Selbst wenn Berry und seine Leute die SEA MOOD zurückholten, blieb der Makel, dass sie zu schwach war, sich zu behaupten.

Ein stechender Schmerz traf sie irgendwo tief in ihren Eingeweiden: Immer noch war sie nur die Tochter und nicht der Sohn, nichts, gar nichts hatte sich verändert.

Die Demo in Spanien kam ihr wieder in den Sinn, die schreiende Ungerechtigkeit der faschistoiden Polizisten, das dramatische Umweltverbrechen ihres Vaters – und sie hatte es noch nicht einmal geschafft, die Fotos von dem brutalen Polizeieinsatz in Sicherheit zu bringen.

Nein, wenn sie ehrlich mit sich selbst war: Die entscheidenden Kämpfe in ihrem Leben hatte sie nicht gewonnen, sie war ihnen ausgewichen und hatte sich mit einigem Glück durchlaviert.

Ohne ein weiteres Wort deaktivierte Anxa ihr Handy und ließ sich auf das Bett fallen. Trotz des angenehm klimatisierten Raumes fror sie erbärmlich.

* * *

Als sie am Morgen den Frühstücksraum betrat, verzog sie sich in den hintersten Winkel, weit entfernt von Berry und seinen Leuten. Vergeblich, Berry kam sofort zu ihr herüber.

»Wir haben die Sea Mood gefunden!«, strahlte er sie an, bevor sie ihn wegschicken konnte.

Ein deutsches Containerschiff hatte einen Tanker, auf den die Beschreibung der Sea Mood passte, östlich von Vietnam, 14° Nord/110° Ost, gesichtet. Ihrem Kurs nach zu urteilen war ihr Ziel die südchinesische Küste, irgendwo zwischen Hongkong und der Halbinsel Leizhou. Bridges hatte errechnet, dass sie nicht vor abends 17:00 Uhr Ortszeit Hongkong, das entsprach 16:00 Uhr Ortszeit Kuala Lumpur, also frühestens in fünf Stunden, Südchina erreichte.

»Wir fliegen in einer Stunde los«, sagte Berry. »Aus der Luft werden wir den Tanker lokalisieren und sein tatsächliches Ziel ermitteln. Dann können wir von Hongkong aus alle weiteren Schritte planen.« Er lächelte sie an. »Und, was sagen Sie?«

Anxa sah ihm ernst in die Augen.

»Kommen Sie«, sagte Berry, »das ist eine gute Nachricht! Sagen Sie was Nettes.«

Anxa legte ihre gefalteten Hände auf den Tisch und sagte mit leiser, aber fester Stimme: »Ich werde Sie bei der weiteren Aktion begleiten, Mr. Feiler, und ich werde bei jedem Schritt dabei sein. Ich werde alles mit der Kamera dokumentieren. Wenn die Sache vorbei ist, werde ich alle Hintergründe der Entführung der Sea Mood in die Öffentlichkeit bringen: wer sie gestohlen hat, an wen das Öl verkauft werden soll, wer bei diesem Raubzug sein Leben lassen musste und wer wessen Leben genommen hat.«

Entgegen ihrer Erwartung reagierte Berry nicht verärgert, sondern lehnte sich ruhig in seinen Stuhl zurück und sah sie prüfend an.

»Ich werde persönlich um dieses verdammte Schiff kämpfen, Mr. Feiler. Ich werde dafür sorgen, dass es ein für alle Mal von den Weltmeeren verschwindet.« Anxa richtete sich auf, sie spürte die Kraft, die von ihren eigenen Worten ausging.

Berry nickte leicht. Sein prüfender Blick wandelte sich in ein kaum merkliches Lächeln.

»Erzählen Sie mir, wie Sie zu dieser Entscheidung gekommen sind?«

Sie lächelte ebenso kaum merklich zurück. »Vielleicht später einmal.«

Für einige Sekunden schien die Zeit still zu stehen. Beide sahen sich schweigend an.

Dann streckte Berry ihr seine rechte Hand entgegen. »Willkommen an Bord, Anxa.«

Sie nahm seine Hand. »Danke.«

Ihr Vater hatte immer einen Sohn gewollt, jetzt würde sie ihm zeigen, wozu eine Tochter fähig war.

46

Alice Hörnli zog ihr rechtes Bein nach, seit ein Pitbull sie vor vier Jahren attackiert und dabei einige Sehnen durchtrennt hatte. Die Schweizer Bank, bei der sie Chefsekretärin gewesen war, hatte sie daraufhin entlassen, weil sie ihren Geschäftspartnern nicht den Anblick einer Behinderten zumuten wollten. Nach einem Jahr tief frustrierender und erniedrigender Arbeitssuche hatte Thomas Becker sie bei seiner Shipomex in Zürich angestellt. Er bezahlte sie fürstlich, und ihre Dankbarkeit über seine Großzügigkeit war grenzenlos, deshalb war sie in jeder Beziehung loyal: Sie würde niemals irgendjemandem verraten, dass Shipomex eine Scheinfirma mit Sitz auf den Cayman Islands und Dependance in Zürich war.

Alice Hörnlis Arbeitsleben war dementsprechend ereignislos. Jeden Tag saß sie ihre Zeit im Büro ab, durfte sich jedoch draußen aufhalten, so viel sie wollte, so lange sie nur telefonisch erreichbar war. Da sie eine kleine Tochter hatte, war sie für diese Freiheit unendlich dankbar, und sie hätte kaum glücklicher sein können.

Als Thomas Becker ihr ankündigte, dass ein gewisser Jack Fano sie aufsuchen würde, wurde sie etwas nervös. Nicht, weil sie sich der Aufgabe, die damit verbunden war, nicht gewachsen fühlte, sondern eher, weil sie das Gefühl hatte, ein wenig eingerostet zu sein.

Sie hatte sich dezent-elegant angezogen, ebenso dezent geschminkt, und nachdem sie am Morgen vor Aufregung zu viel Kaffee getrunken hatte, hatte sie sich jetzt eine Kanne Kamillentee gemacht und versuchte, sich mit einer ›Schmandzeitung‹ abzulenken, so nannte sie die High-Society-Hochglanzmagazine, die alles über Prince Charles, Camilla und Prinzessin Maxima zu wissen vorgaben.

Bevor Jack Fano sich auf den Weg nach Zürich machte, war er nach Karatschi geflogen und hatte dort von Anwar Reshwan die STORMY MONDAY für seine Portland Shipping für offiziell 15 Millionen Dollar gekauft. Der Kaufvertrag wurde rückdatiert, sodass Fano in dem Moment offiziell schon seit drei Monaten Besitzer der STORMY MONDAY war, eines 200 000-Tonnen-Tankers, der zuvor SEA MOOD geheißen hatte, der gerade gestohlen worden und inzwischen auf dem Weg nach Südchina war. Die 15 Millionen waren nur eine Zahl auf dem Papier, bezahlt wurden sie nie. Stattdessen hatte Fano 115 000 Dollar Bargeld im Gepäck, die Anwar Reshwan für seine Arbeit bekam – kein schlechtes Geld für insgesamt höchstens eine Woche Arbeit.

In den Büroräumen der Shipomex legte Alice Hörnli Jack Fano alle Papiere für die nächste Transaktion vor, die sie als zeichnungsberechtigte Assistentin des Geschäftsführers alleine durchführen durfte. Der Name Thomas Becker tauchte nirgends auf, aber da Fano ohnehin keinen Schimmer hatte, dass Thomas Becker und George Harrison ein und dieselbe Person waren, spielte das keine Rolle.

Fano verkaufte die STORMY MONDAY für 25 Millionen Dollar an Shipomex. Im Gegenzug schloss er mit Shipomex einen Pachtvertrag ab: Für ein Jahr wurde er quasi der Mieter der STORMY MONDAY, die er gerade verkauft hatte, und der Käufer Shipomex wurde sein Vermieter. Fano hatte keine Ahnung, was das zu bedeuten hatte, aber für ihn spielte das auch keine Rolle. Denn als endlich alle Papiere unterschrieben waren, schob Alice Hörnli ihm einen dicken Umschlag über den Tisch, der für Jack Fano Erklärung und Bedeutung genug war. Darin fand er die weitere Rate seiner Bezahlung, 100 000 Dollar in kleinen Scheinen. Er zählte den Packen zweimal, bevor er ihn in verschiedenen Taschen seines Anzugs und seines Mantels verteilte. Damit hatte er inzwischen 175 000 Dollar verdient, und das Tollste war, dass die nächste und letzte Rate weitere 200 000 betragen würde, insgesamt also 375 000 Dollar. Zufrieden und von seiner geschäftlichen Potenz begeistert, verabschiedete Fano sich, um nach New York zurückzukehren, wo er auf weitere Instruktionen von George Harrison warten sollte.

Kaum hatte Fano die Geschäftsräume von Shipomex verlassen, trat Thomas aus dem Nebenzimmer, er war auffallend gut gekleidet.

»Sehr gut gemacht, Frau Hörnli«, sagte er mit höflicher Distanz.

»Oh, danke«, erwiderte Alice, und ein Anflug von Schamesröte zog über ihr Gesicht. Sie war eine attraktive Frau, die inzwischen niemand mehr attraktiv finden wollte. In den Kreisen, in denen sie sich früher bewegt hatte, war Perfektion in jeder Beziehung wichtig. Eine Behinderung zerstörte die Perfektion, damit war das fein gesponnene soziale Netz, in dem sie beheimatet gewesen war, gerissen und hatte sie dem Sturz in die Tiefe preisgegeben. Thomas Becker war der einzige Mensch, der sie aufgefangen hatte und ihrer Attraktivität Respekt zollte. Und er hatte sie vor dem wirtschaftlichen Niedergang bewahrt, denn ihr Arbeitslosengeld reichte nicht, ihren gewohnten Lebensstandard zu sichern, und diesen aufgeben zu müssen, nachdem ihr die Behinderung schon das meiste, was ihr wichtig gewesen war, genommen hatte, hätte sie vollends zerbrochen.

Thomas legte ihr einen weiteren Stoß Papiere auf den Schreibtisch.

»Dies sind die Versicherungspapiere für Lloyds in London«, sagte er. »Es ist alles vorbereitet, tragen Sie bitte nur noch die Daten der STORMY MONDAY ein. Außerdem«, er zog ein einzelnes Blatt hervor, »hier der Registrierungsantrag, den sie bitte direkt an das Department for Registration der Schiffffahrtsbehörde in Honduras schicken.«

»Mach ich sofort, Herr Becker«, antwortete Alice.

»Sehr gut, herzlichen Dank.«

»Gerne«, antwortete sie und machte sich gleich an die Arbeit.

Thomas wandte sich zum Fenster und sah hinaus auf die Limmat, ein verglichen mit der schweren Gediegenheit dieser Stadt des Geldes und des Business viel zu schmales und lebendiges Flüsschen.

In den letzten Tagen war Thomas ruhiger geworden. Jetzt konnte immer weniger schiefgehen. Er war jetzt offiziell Besitzer der STORMY MONDAY, hatte jedoch, da er sie verpachtet hatte, mit deren Betrieb nichts zu tun.

Beides war wichtig: Als legaler Besitzer der STORMY MONDAY konnte er nach deren Versenkung, die er als krönenden Abschluss seines Planes vornehmen würde, in Ruhe auf den Cayman Islands abwarten, bis die Versicherung bezahlte – gleichgültig, wie lange das dauerte.

Und die Verpachtung der STORMY MONDAY an Jack Fanos Portland Shipping bildete den entscheidenden Baustein, um Berry Feiler im richtigen Moment ins Geschehen hineinzuziehen, ohne dass der Verdacht schöpfen konnte. Denn wenn es so weit war, sein Lost Ship Management zur Hilfe zu rufen, würde nicht er, Thomas, sondern Jack Fano als Pächter der STORMY MONDAY der offizielle Auftraggeber für Berry und LSM sein.

47

»Ich glaube, wir haben sie!«, tönte Bridges' Stimme aus den Bordlautsprechern.

Berry erhob sich aus seinem Sitz und ging ins Cockpit. Er sah, wie Anxa ebenfalls aus ihrem Sitz hochschnellte und ihm folgte. Er hatte sie während des gesamten Fluges unauffällig beobachtet. Sie hatte sich erstaunlich gut unter Kontrolle, und vor allem hatte sie sich allen Crew-Mitgliedern gegenüber sehr zurückhaltend verhalten. Kühl hatte sie alle Annäherungsversuche von Claude und Vern von sich abtropfen lassen.

Bridges deutete zur Backbordseite hinaus. Er hatte die Flughöhe auf 2000 Meter verringert, als sie sich dem Bereich näherten, in dem die SEA MOOD nach den Berechnungen in etwa sein musste. Das war vor zwei Stunden gewesen, seitdem hatten sie sich wie ein Segelboot, das gegen den Wind kreuzte, in sehr weitem Zickzackkurs weiter auf Hongkong zubewegt. Zum Glück war die SEA MOOD mit ihren 342 Metern Länge auch aus größerer Entfernung leicht auszumachen.

Mit dem Fernglas nahm er das Schiff in Augenschein. Bridges könnte Recht haben.

»Flieg eine große Kurve und passier sie seitlich«, bat Berry und reichte das Fernglas an Anxa weiter. »Sie haben mehr Bilder von dem Schiff gesehen als ich. Ist das die SEA MOOD?«

Aufgeregt starrte sie hinaus und stellte das Glas scharf. Sie ließ sich Zeit, bis das Schiff aus ihrem Blickfeld verschwand. »Ich würde sagen, ja.« Sie gab Berry das Fernglas zurück.

»Beim nächsten Vorbeiflug werden wir näher dran sein. Vielleicht kann man den alten Namenszug noch erkennen. Dann wären wir absolut sicher.«

»Warten Sie«, sagte Anxa und verschwand für einen Moment.

Berry und Bridges sahen sich fragend an.

Anxa kehrte mit ihrer professionellen Digital-Spiegelreflexkamera zurück.

»Ich werde eine Ausschnittsvergrößerung machen. Da erkennen wir bestimmt mehr.«

»Wie wollen Sie denn hier an Bord eine Vergrößerung machen?«

Anxa deutete auf den Navigationscomputer. »Ist das ein normaler PC?«

Berry zuckte mit den Schultern und deutete auf Bridges.

»Mehr oder weniger, ja«, erwiderte dieser.

»Mit USB-Anschluss?«

»Yes, Lady«, antwortete der Pilot gut gelaunt. Er genoss es, dass Berry in diesen Dingen völlig ahnungslos war.

»Und CD-Laufwerk?«

»Auch, ja.«

»Dann ist es kein Problem.« Der Triumph in ihrer Stimme war nicht zu überhören. »Ich habe Software und ein Kabel bei mir. Den Rest kann ich mit der Kamera machen.«

Berry räusperte sich. »Kann mir mal jemand erklären ...«

»Lassen Sie sich überraschen«, erwiderte Anxa.

Zehn Minuten später hatte Anxa den Tanker mit dem Namen STORMY MONDAY mehrfach fotografiert und die Software installiert. Auf dem Computermonitor zappte sie durch die Bilder, bis sie das schärfste gefunden hatte. Mit der Picture-Zoomfunktion vergrößerte sie den Bug, veränderte die Farbsättigung und den Kontrast und tatsächlich, unter der offensichtlich eilig aufgetragenen schwarzen Grundierung konnte man erstaunlich gut den ursprünglichen Namen erkennen. SEA MOOD.

»Und, was sagen Sie jetzt?«, grinste Anxa stolz.

»Wahnsinn«, erwiderte Berry anerkennend ohne auch nur den Anflug eines ironischen Untertons. Er musste an das Foto von den fünf Piraten denken. In diesem Moment kam er sich wie ein Fossil aus einer anderen Zeit vor, unwissend, verschroben, alt, abgeschnitten von allem, was außerhalb der Jagd nach Piraten auf der Welt passiert. Irgendwie ohne Leben.

»Dem Kurs nach zu urteilen kommen als Zielhäfen nur Haikou auf der Insel Hainan oder der südchinesische Festlandhafen Zhanjiang in Frage«, sagte Bridges.

Berry nickte nur und ging wortlos zurück zu seinem Platz.

Der Rest des Fluges verlief unspektakulär, die Landung auf dem Chek Lap Kok Airport in Hongkong gelang Bridges so sanft wie schon lange keine mehr, und selbst die Formalitäten am GAT waren unproblematisch. Sie checkten in eines der Airport-Hotels ein, wie unverdächtige Touristen auf einem Betriebsausflug, die am nächsten oder übernächsten Tag nach Tokio oder Bangkok weiterfliegen wollten. Alle Waffen und das Equipment blieben in der Gulfstream zurück.

Jetzt hieß es warten, bis Kapitän Pangkalan vom International Maritime Bureau sich bei ihnen meldete. Sie konnten nicht ständig über dem Tanker kreisen, das würde die Piraten warnen, sondern mussten warten, bis er in einer der chinesischen Hafenstädte einfuhr. Da das IMB in praktisch jedem Hafen Informanten hatte, würden sie davon erfahren, wenn die STORMY MONDAY auftauchte.

48

Es war das erste Mal, dass Taniki tatsächlich für eine längere Zeit den Mund hielt. Konzentriert und, wie Yanto fand, quälend langsam manövrierte er die STORMY MONDAY an die Bucht von Zhanjiang heran. Zu Yantos Freude war das Wetter während der gesamten Fahrt stabil geblieben, und jetzt war es, trotz der hohen Luftfeuchtigkeit, angenehm und sogar erstaunlich kühl.

Die Schlepper, die sie die letzte Strecke bis zum Ölterminal ziehen würden, hatten sich schon vor den Bug des Tankers gesetzt und warteten, dass die dünnen Einholseile von dem Tanker aus zu ihnen herübergeschossen würden, an deren Enden dann die schweren Stahltrossen angebracht würden.

Yanto hatte unauffällig alle Arbeitsschritte und die Worte, die Taniki mit dem Hafenmeister gewechselt hatte, notiert. Er hatte registriert, wie der Ton des Hafenmeisters um vieles freundlicher wurde, als er den Schiffsnamen verstanden hatte. Offensichtlich wurde die STORMY MONDAY nicht nur erwartet, sondern war wichtig und stellte ein besonderes Schiff für die Chinesen dar. Natürlich waren sie scharf auf die Ladung und wussten, dass die STORMY MONDAY ein gestohlenes Schiff war. Anders war es gar nicht möglich, denn Yanto hatte noch keine neuen Schiffspapiere vorliegen, und diese Dokumente waren normalerweise das Erste, was die Behörden sehen wollten. Harrison hatte ihm gesagt, dass jemand die neuen, die gefälschten Schiffspapiere erst vorbeibringen würde, bevor sie wieder von China aus in See stachen.

Wie hatte Harrison es geschafft, mit den Chinesen ins Geschäft zu kommen? Wen hatte er angesprochen? Man konnte doch nicht einfach zum Hafenmeister spazieren und ihm 200 000 Tonnen gestohlenes Rohöl anbieten! Hatte Harrison eine Ölraffinerie direkt kontaktiert?

Yanto nahm sich vor, sich ein wenig in den Hafenkneipen umzuhören. In den letzten Jahren hatte er ein gewisses Gespür dafür entwickelt, wie man das Vertrauen von lichtscheuen Figuren gewann, die nichts mehr hassten als Menschen, die herumliefen und Fragen stellten.

Im grellen Scheinwerferlicht vorne auf dem Bugdeck sah Yanto zwei seiner Leute, wie sie die mit neongelben Bojen versehenen Einholseile über Bord katapultierten.

Furcht beflügelt, dachte Yanto zufrieden. Um die eigentlichen, fünfzehn

Zentimeter dicken Schleppseile hochzuhieven, hatte er seiner jungen Crew zeigen müssen, wie man eine Motorseilwinde betätigte. Dazu hatte er sie vor zwei Stunden alle vorne versammelt. Jeder von ihnen musste den Vorgang einmal durchspielen. Bis auf zwei erwiesen sie sich als geschickt genug. Yanto pickte eben diese beiden Ungeschicktesten heraus, um den Job zu erledigen und drohte ihnen, sie in China zurückzulassen, falls sie versagten. Vielleicht hätten sie noch vor einer Woche diese Drohung als übertrieben oder nur so dahergesagt verstanden. Aber seit der Zeit in Candi und vor allem seit der Eroberung der SEA MOOD war allen klar geworden, dass Yanto zwar sparsam mit seinen Worten umging, sie jedoch um so ernster meinte.

Als die Schlepper endlich die STORMY MONDAY am Haken hatten, entspannte sich Taniki etwas. Bevor er wieder in seine endlosen Monologe verfallen konnte, begann Yanto, ihn über Chinesen und chinesische Mentalität auszufragen. Wie schon bei allen seinen Wortblasen zuvor, trumpfte der Grieche mächtig auf. Trotzdem konnte Yanto einige für sich wertvolle Informationen aus dem Wortschwall herausfiltrieren. Vor allem über den chinesischen Ehrenkodex, sein Gesicht wahren zu müssen.

Das macht Sinn, dachte Yanto, das macht ungleich mehr Sinn als ein Verhalten, das den Stolz nicht als das Wichtigste nimmt, weil …

Eine Begründung fiel ihm nicht ein, und dann merkte er, dass der Gedanke, eine Begründung suchen zu wollen, schon Schwäche beinhaltete. In seinem Leben hatte es viele Situationen gegeben, in denen sein Stolz verletzt worden war und es furchtbar schmerzte, in denen er sich zu allem fähig fühlte, um dieses Brennen loszuwerden – und in denen er sich dann doch beherrscht hatte, um einen klügeren Weg zu gehen. Weil ihm letztlich sein Vorteil wichtiger gewesen war als sein Stolz.

Das war falsch! Du musst handeln wie die chinesischen Triaden, wie diese empfindlichen, kompromisslosen Verbrecher, die keinerlei Skrupel kennen, die selbst für eine harmlose Beleidigung einen Mord begehen.

Ein Syndikat, dachte Yanto, *mein* Syndikat soll ausschließlich dem Ziel und dem Zweck verpflichtet sein. Aber wie passte das zu dem Gedanken des Stolzes? Wenn er nur seinem Stolz gefolgt wäre, hätte er George Harrison damals in der Kneipe in Medan töten müssen. Dann jedoch hätte er weder 425 000 Dollar verdient, noch die Chance bekommen, so viel zu lernen. Er würde eine stolzer Mann ohne Gewinn sein.

Nein, so ging es eben auch nicht! Yanto sprang auf und begann, auf und ab zu gehen.

Taniki unterbrach seinen Wortschwall und verfolgte ihn erstaunt mit seinen Blicken.

Yanto sah über das endlos lange Vorderschiff hinweg. Die Tanks und die weit ins Wasser hinausreichenden Anleger des Erdölhafens waren schon gut zu erkennen, dahinter die unspektakuläre Silhouette von Zhanjiang. Er legte seine Stirn gegen die kühle Fensterscheibe. Diese vielen Gedanken, die er mit niemandem besprechen konnte, die so quälend endlos in ihm kreisten, taten ihm nicht gut, sie schwächten ihn. Doch gleichzeitig waren sie nötig. Wer nicht denkt und plant, wird zum Spielball des Schicksals. Das wollte er auf keinen Fall. Das Schicksal hatte ihm schon genug angetan.

»Ich habe es in der Hand«, flüsterte Yanto, »ich habe es in der Hand.«

Entschieden stieß er sich von dem Fenster ab und verließ die Brücke, um sich in der Kapitänskajüte einen Plan zurechtzulegen, wie er bei seinen Recherchen in Zhanjiang am besten vorging.

* * *

Vier Stunden später, kurz nach Mitternacht, wurden die Pumpen der STORMY MONDAY mit der Pipeline des Erdölterminals verbunden. Dafür waren zehn chinesische Hafenarbeiter an Bord gekommen, die die nötigen Handgriffe beherrschten und schweigend arbeiteten. Widerwillig musste Yanto sich erneut eingestehen, dass Harrison wirklich gute Arbeit geleistet und nichts dem Zufall überlassen hatte.

Taniki hatte ein kurzes Gespräch mit einem Chinesen, der mit einem einfachen Anzug bekleidet war und ihm einen dicken Umschlag und zwei Tüten übergab, in denen, wie Yanto kurz darauf erfuhr, das neue Schiffsbuch zusammen mit der jetzt gültigen Schiffsregistrierung auf Honduras und einige Schiffsflaggen enthalten waren.

Als die Pumpen liefen und das Öl aus den Tanks in die Pipelines rauschte, machte sich Yanto auf den Weg. Im Hafen von Zhanjiang wurde rund um die Uhr gearbeitet, also würden auch irgendwelche Hafenkneipen geöffnet sein. Er hatte sich etwas zu schreiben und eine Handvoll kleiner Dollarscheine eingesteckt.

Vorsichtig tastete er sich die dunkle Gangway hinunter und erreichte festen Boden. Plötzlich bohrte sich etwas Hartes in seine Seite, und vor ihm tauchte ein Schatten auf, der deutlich sichtbar eine AK-47-Maschinenpistole in der Hand hielt. Zwei Soldaten. Die beiden bellten gleichzeitig unfreundliche Worte, die Yanto nicht verstand.

Yanto hob vorsichtig beide Hände. »Ich verstehe euch nicht«, sagte er auf Englisch.

»Dein Pass«, sagte der eine.

Vorsichtig griff Yanto in seine hintere Hosentasche und reichte dem Soldaten seinen Pass.

»Nicht bewegen«, sagte er und betrachtete das Dokument beim Licht seiner Taschenlampe.

»Kein Visum«, beschied er, gab Yanto die Papiere zurück und schubste ihn gleichzeitig rückwärts.

»Ich will mir doch nur mal die Beine an Land vertreten«, erwiderte Yanto und versuchte, sich zu beherrschen. Was fiel diesem chinesischen Affen ein, ihn so zu behandeln?

»Zurück«, herrschte ihn jetzt auch der andere an, holte aus und rammte ihm den Lauf seiner Maschinenpistole in die Rippen.

»Auf Schiff! Los!«

»Wartet«, sagte Yanto, hielt die Linke weiterhin hoch und holte mit der Rechten seine Dollarscheine hervor.

Die beiden Posten sahen sich kurz an, dann riss ihm der eine das Geld aus der Hand, und der andere stieß ihm ein weiteres Mal in die Rippen.

»Zurück! Auf Schiff! Auf Schiff!«

Yanto biss die Zähne zusammen. Warum wurde er nicht wie der Mann begrüßt, der Teil eines großen Geschäfts war, der den Teil der Arbeit verrichtete, auf den er spezialisiert war? So wie er es in der Schule gelernt hatte: Je höher die wirtschaftliche Entwicklung eines Landes war, desto mehr brauchte es Spezialisten. Sein Vater war zuerst Fischer gewesen, dann hatte er alte Schiffe auseinandergeschweißt. Da gab es nicht viel zu lernen. Deswegen wurden Arbeiter wie sein Vater nicht respektiert. Das war etwas anderes.

Aber er, Yanto, er war kein Hilfsarbeiter, er hatte sich spezialisiert, er hatte gelernt, wie man …

Der Posten vor ihm verlor die Geduld, drehte seine Maschinenpistole um und stieß ihm mit dem Schaft in den Magen.

»Zurück!«, brüllte er.

Yanto japste nach Luft. »Ich will deinen Chef sprechen«, stieß er hervor. »Sofort …« Es sollte herrisch und selbstbewusst klingen, aber das tat es nicht, ganz und gar nicht.

Die beiden Posten lachten, sagten etwas in ihrer Sprache und lachten noch mehr. Ehe Yanto reagieren konnte, schlug ihm der andere Soldat den Lauf seiner Waffe auf den Kopf und schubste ihn ein weiteres Mal zurück. Die beiden lachten, als Yanto stolperte und zu Boden stürzte. Sie begannen, nach ihm zu treten, und Yanto blieb nichts anderes übrig, als sich zurückzuziehen. Er durfte jetzt nichts Unüberlegtes tun, nichts, was seine Planung für die Zukunft gefährdete, nicht zweier unbedeutender Soldaten wegen.

Angeschlagen hangelte er sich rückwärts die Gangway hoch, bis ihm bewusst wurde, wie erbärmlich das aussehen musste. Er blieb stehen und reckte sich. Die Posten hörten auf zu lachen und beobachteten ihn alarmiert. Yanto steckte seinen Pass ein, drehte ihnen den Rücken zu und ging gemessenen Schrittes langsam die Gangway hoch, innerlich bebend vor

Scham und verletztem Stolz. Das Lachen der beiden Posten verfolgte ihn, und ab und zu hörte er das Wort ›Dollars‹ aus ihren chinesischen Worten heraus.

In all seiner Wut fühlte Yanto sich mit einem Mal so machtlos wie schon lange nicht mehr, und plötzlich hatte er das Gefühl, dass dies nicht die einzige Schmach war, die für ihn vorgesehen war. Plötzlich war er sich absolut sicher, dass Harrison ihn niemals die vereinbarten 375 000 Dollar geben würde. Während andere das große Geschäft machten, sollte er mit 50 000 Dollar abgespeist werden, die zu allem Übel auch noch von diesen englischen Söldnern auf der LIBERTY eingesteckt worden waren.

Wütend stürmte er auf das Deck und zum nächsten Pumpanschluss. Ein großer Hebel steuerte schiffsseitig das Ventil, er hatte gesehen, wie die Chinesen es geöffnet hatten, nachdem alle Anschlüsse fixiert worden waren, also konnte er es genauso wieder schließen und den Pumpvorgang unterbrechen. Er griff nach dem Hebel, wenn das Öl nicht mehr floss, dann mussten sie mit ihm reden!

Er zögerte. Würden sie denn mit ihm reden? Nein, er befand sich mit einem gekaperten Schiff in einem chinesischen Hafen, und sie brauchten ihn nicht mehr. Sie hatten das Öl – was sollte sie daran hindern, einfach eine eigene Besatzung an Bord zu bringen und ihn und seine Leute in den Kerker zu werfen?

Er packte die Reling, als könnte er nur so seine Hände daran hindern, etwas Unkluges zu tun.

49

»Ich sehe das so«, sagte Anxa, »die SEA MOOD ist mein Schiff, egal ob irgendwer ihr einen neuen Namen auf den Bug gepinselt hat.«

»Das stimmt, trotzdem …«

»Ich habe die Besitzurkunden bei mir«, fuhr Anxa unbeirrt fort. »Ich möchte, dass wir die Hafenbehörden verständigen …«

Weiter kam sie nicht. Die Männer grinsten sich an und lachten, Berry ließ seine flache Hand auf den Tisch knallen.

»Ms. Perikos, vergessen Sie es! Das funktioniert nicht, glauben Sie es mir einfach.«

»Einfach so, na klar!«

»Ja, verdammt! Wir haben jetzt keine Zeit für überflüssige Diskussionen.«

»Was heißt hier überflüssig!«, brauste Anxa auf.

»Die Entführer Ihres Tankers haben absolut zielstrebig Kurs auf China genommen. Was meinen Sie, warum?«

»Sagen Sie es mir«, entgegnete Anxa trotzig.

»Weil die ganze Sache eine organisierte, abgekartete Angelegenheit ist. Verstehen Sie?«

Anxa schwieg beleidigt.

»Wenn Sie bei den Chinesen mit Ihren Besitzurkunden auftauchen – was Sie überhaupt erst mal schaffen müssen, für China brauchen Sie nämlich ein Visum und das kriegen Sie nicht wie in Hongkong bei der Einreise – dann werden die Sie verhaften.«

»Einfach so«, warf Anxa mit süffisanter Ironie ein.

»Ja«, erwiderte Berry ernst. »Einfach so. Und um ihr Gesicht nicht zu verlieren, werden sie den Spieß umdrehen und Sie vor Gericht stellen. Wegen Urkundenfälschung, wegen Spionage, wegen Schmuggels, irgendwas fällt denen da schon ein.«

Anxas Gesichtsausdruck spiegelte erste Zweifel an ihrer Sicht der Dinge.

»Wenn Sie Glück haben, sind Sie nach ein paar Wochen wieder draußen. Wenn Sie Pech haben, werden Sie verurteilt. Und wenn Sie ganz großes Pech haben, passiert lange, lange Zeit einfach nur – gar nichts. Die lassen Sie schmoren, in einem chinesischen Gefängnis. Können Sie sich vorstellen, was das bedeutet?«

Anxa atmete schwer. Berrys unprätentiöser Ernst schien sie zu beeindrucken.

»Und was schlagen Sie vor?«, fragte sie mit belegter Stimme.

Berry bedachte sie mit einem langen Blick, der sehr deutlich sagte, dass sie ab jetzt besser nur noch Ja und Amen sagte, bevor er begann, ihr die bevorstehende Aktion zu erklären.

Am nächsten Tag starteten sie früh vom Hongkonger Flughafen. Bridges zog die Gulfstream auf viertausend Meter hoch. Der Himmel war mit feuchtem Dunst prall gefüllt, sodass die Konturen der chinesischen Küste sehr schnell nicht mehr zu erkennen waren. Heftige Turbulenzen schüttelten das Flugzeug, und zusätzlich geriet es immer wieder in Luftlöcher, in denen es plötzlich viele Meter im freien Fall nach unten sackte. Nach einer halben Stunde aktivierte Bridges die Bordlautsprecher.

»So, Leute, ich hoffe, ihr seid angeschnallt. Wir sind jetzt knapp hundert Meilen von Zhanjiang entfernt. Ich unterbreche jetzt die Ölschmierung.«

Anxa krallte sich an die Sitzlehnen, Schweiß perlte von ihrer Stirn. Mit vorgebeugtem Oberkörper versuchte sie, die Stöße auszubalancieren. Zuerst änderte sich nichts. Dann hob eine leichte Vibration an, die schnell stärker wurde. Anxa konnte sehen, wie aus dem rechten Triebwerk ein dünne, bläuliche Rauchfahne heraustrieb, als die Treibstoffpumpe heiß lief und ihren Geist aufgab. Plötzlich veränderten sich die bis dahin gleichmäßigen Triebwerksgeräusche, wurden unregelmäßig, und dann sank rechts das hochfrequente Geräusch der Turbine ab und verlor sich im allgemeinen Lärm.

Immer brutaler beutelten die Turbulenzen die Gulfstream. Ihr Neigungswinkel veränderte sich dramatisch, und die Luftlöcher, die vorher unangenehm waren, fühlten sich jetzt wie lebensbedrohliche Abstürze an, die niemals gut ausgehen konnten. Nicht ausreichend gesicherte Taschen und Gegenstände flogen durch die Kabine, und dann beugte sich die Nase des Flugzeugs nach unten, immer steiler.

Das war's, dachte Anxa fast unbeteiligt, viel zu sehr damit beschäftigt, den Inhalt ihres Magens bei sich zu halten, als sich den drohenden Absturz vorzustellen.

Plötzlich endeten die Turbulenzen. Anxa sah, dass sie eine dünne Wolkendecke durchstoßen hatten. Bridges zog die Nase der Gulfstream wieder hoch, und Anxa begriff, dass er im Steilflug die aufgewühlten Luftschichten auf dem denkbar schnellsten Weg durchquert hatte.

Als der Jet sich wieder stabilisiert hatte, nahm Günther, der Kopilot, Verbindung zum Tower von Zhanjiang auf.

»Pan, pan, pan! I declare emergency! Hier ist Alpha Zulu 1040 auf dem Flug von Hongkong nach Bangkok. Wir haben einen Triebwerkschaden und müssen außerplanmäßig landen. Hören Sie mich?«

Die Antwort der Chinesen kam prompt und erstaunlich unkompliziert.

»Alpha Zulu 1040, wir haben Sie auf dem Radar. Was sind Ihre Probleme?«

»Ausfall des rechten Triebwerks.«

»Verlieren Sie Treibstoff?«

»Nein.«

Für einen Moment herrschte Stille. »Wir holen Sie rein. Fliegen Sie 80 Meilen 306 Grad Nord-Nord-West. Werden Sie eine normale Landung schaffen?«

»Landung dürfte kein Problem sein. Das linke Triebwerk funktioniert einwandfrei.«

Günther drehte sich zu Berry um und hob lachend den Daumen. »Sie haben es geschluckt.«

Berry nickte und warf Anxa einen prüfenden Blick zu. Starr fixierte sie einen Punkt irgendwo vorne an der Innenverkleidung und atmete flach und kurz.

»Machen Sie sich keine Sorgen«, sagte er, um sie aus ihrer Konzentration zu holen, die leicht zu einer Spirale aus Befürchtungen und ansteigender Angst werden konnte. »Die Gulfstream ist auch mit nur einem Triebwerk funktionsfähig.«

Anxa sah ihn mit einer Mischung aus Angst und Wut an.

»In ein paar Minuten ist alles vorbei.« Berry fiel auf, dass Anxa diesen Satz so oder so auslegen konnte und fügte deshalb hinzu: »Wir werden sicher landen.«

Während der nächsten Minuten ging Berry mit ihr die bevorstehende Aktion noch einmal durch. Anfänglich sperrte Anxa sich dagegen, dann jedoch schien auch sie zu merken, wie gut es ihr tat, nicht ständig an die Landung mit nur einem Triebwerk zu denken.

Die Bordlautsprecher knackten, und Günthers Stimme ertönte.

»Wir beginnen jetzt mit dem Landeanflug. Klappt die Tische hoch, bringt eure Sitzlehnen in eine aufrechte Position und schaltet euer elektronisches Equipment aus.«

Er lachte, und einige der Männer grinsten. »Berry, der Erdölhafen liegt links von uns.«

Berry griff nach dem Fernglas und schaltete den Bildstabilisator ein, der das Linsensystem nach dem Prinzip eines Kreiselkompasses ausbalancierte, sodass er auch aus dem wackeligen Flugzeug einen ruhigen Blick nach draußen hatte.

Vier Tanker unterschiedlicher Größe lagen in dem Hafenbecken, nur zwei davon waren groß genug, um in Frage zu kommen, nur einer hatte ein rot gestrichenes Deck. Das war sie, die SEA MOOD alias STORMY MONDAY – ihr Schiff.

»In einer Minute muss ich nach links schwenken, Berry!«, warnte ihn Bridges über die Bordanlage.

Schnell versuchte Berry, sich ein Bild von der Hafenanlage zu machen, suchte die Einfahrt von der Landseite und zeichnete in aller Eile einen groben Plan, bis die Gulfstream sich auf die Seite legte und auf die Landebahn einschwenkte. Ihre Bewegungen fielen deutlich ruppiger aus als gewohnt, und je tiefer sie sank, desto unangenehmer pendelte sie um ihre Längsachse.

Erst jetzt bemerkte Berry, dass Anxa wieder verkrampft die Sitzlehnen gepackt hatte. Ihr Atem ging stoßweise, und die Augen waren geweitet. Sanft legte er seine Hand auf ihre und drückte sie, ohne sie anzusehen.

Ihre Hand zuckte in seiner, und er griff fester zu.

»Auf geht's, Männer«, ertönte Bridges' Stimme aus dem Lautsprecher, ruhig und beiläufig.

Die linke Turbine verringerte ihre Drehzahl. Durch das Seitenfenster sah Berry die Landebahn näherkommen, schneller, als es gut war. Dann heulte die Turbine wieder auf, der Rumpf drehte sich heftig nach rechts, wurde wieder abgefangen, torkelte zurück, stabilisierte sich alarmierend schräg zur Landebahn. Dann jedoch, kurz bevor sie den Asphalt berührten, nahm Bridges das Gas weg und ging in einen Segelflug über. Das Flugzeug richtete sich perfekt parallel zu den Orientierungsstreifen der Piste aus, wackelte ein wenig mit den Flügeln – und setzte auf, weder hart noch weich, sondern einfach nur so, unspektakulär.

Anxa riss ihre Hand weg und jubelte auf. Berry grinste sie an, und in einem Anflug von Erleichterung berührte sie ihn flüchtig am Unterarm.

Sowohl Claude als auch Vern registrierten ihren Gefühlsausbruch. Sie reagierten unterschiedlich. Der Franzose lächelte gefühlsleer, der Texaner hingegen fixierte Berry mit seinem dümmlichen, kalten Blick.

Es geht immer um Beute, dachte Berry angewidert, jederzeit. Sieg oder Niederlage.

Er reckte sich und rückte von Anxa ab. Jetzt, da die Turbine nur noch mit geringer Leistung lief, bekam er aus dem Cockpit den Funkverkehr mit dem Tower mit. Bridges verhielt sich perfekt wie jemand, der heilfroh war, eine schwierige Landung gemeistert zu haben. Arglose Normalität war in dieser Situation das Wichtigste, denn spätestens ab jetzt war mit Sicherheit die Geheimpolizei involviert. Kein Land der Welt, außer vielleicht Nordkorea, reagierte so empfindlich auf unangemeldete Eindringlinge wie China.

Die Maschine rollte auf einen entlegenen Winkel der Piste, wo sie von einer Gruppe bewaffneter Soldaten erwartet wurde. Der Tanz konnte beginnen.

50

Die Soldaten und ihre beiden Drogenhunde verließen die Gulfstream, nur ihr Kommandant, der sich als Wan Tok vorgestellt hatte, blieb. Er war merklich freundlicher geworden, nachdem seine Leute nichts Verdächtiges gefunden und alle Papiere überprüft hatten.

»Sie verstehen, dass wir Ihre Maschine durchsuchen mussten?«, fragte Wan Tok und nickte unablässig.

»Natürlich«, antwortete Berry, ebenfalls nickend.

Alle Waffen und der Teil des Equipments, mit dem sie bei keiner Einreisekontrolle durchgewunken werden würden, waren hinter der Innenverkleidung der Kabine versteckt. Öffnen ließen sich diese Hohlräume nur durch einen Code, der in den Navigationscomputer eingegeben werden musste und der dann die elektrischen Magnetschalter entriegelte, die die Kunststoffverschalung festhielten. Diese Verstecke hatte Berry gleich, nachdem er die Gulfstream gekauft hatte, einrichten lassen, und bisher waren sie noch nie entdeckt worden.

»Seit die Amerikaner den Irak angegriffen haben«, fuhr Wan Tok fort, »ist der internationale Terrorismus eine Pest geworden. Wir müssen uns schützen. Außerdem hat der westliche Imperialismus den Drogenschmuggel zu einer gewaltigen Industrie gemacht. Auch davor müssen wir uns schützen.« Wan Tok nickte und lächelte.

Berry zog es vor, diese wie aus einem Handbuch zitierten Sätze unbeantwortet zu lassen, auch wenn ihm der Hinweis auf der Zunge lag, dass die Chinesen seit vielen Jahrzehnten an der Herstellung und illegalen Verbreitung von Drogen nicht ganz unbeteiligt waren.

»Wir werden Sie in den Hangar schleppen und den Fehler suchen«, sagte Wan Tok.

»Meine Leute und ich würden gerne so lange in ein Hotel ziehen«, sagte Berry.

»Sie haben ein Visum?«

»Nein«, entgegnete Berry, »wir hatten ja nicht vor, in China zu landen.«

»Dann tut es mir leid«, strahlte der Chinese.

»Ich verstehe.« Berry gab sich zerknirscht. Er deutete auf Anxa, die mit geschlossenen Augen in einem Sitz lag. »Meiner Frau geht es nicht besonders. Sie ist schwanger, verstehen Sie?«

Wan Tok betrachtete Anxa wie ein Insekt. »Keine Ausnahme möglich.«

»Und wenn Sie uns bewachen lassen? Es geht mir nur darum, dass sie in einem richtigen Bett liegen kann.«

»Chinesische Frauen arbeiten bis kurz vor der Geburt«, erwiderte der Kommandant.

»Unsere Frauen können das nicht«, sagte Berry und versuchte, enttäuscht und bewundernd zugleich zu klingen.

Wan Tok sah ihn an und lächelte wieder. »Ich müsste Sie durchgehend bewachen lassen.«

Berry nickte und tat sehr ernst, obwohl er innerlich seinen Spaß hatte. Als Nächstes würde Wan Tok sagen, dass eine Bewachung für sein Land teuer war, weil er die Leute extra abstellen musste.

»Extrabewachung kostet die Chinesische Befreiungsarmee viel Geld.«

Berry verbeugte sich. »Für die Extrakosten werde ich selbstverständlich aufkommen.« Er sah den Kommandanten an. »Wissen Sie, es ist unser erstes Kind.«

»Erstes Kind, oh!«

»Ja. Wir hoffen, es ist ein Junge.«

»Junge ist besser.«

»Ein Mädchen wäre schlecht. Aber wir sind zuversichtlich.«

Wan Tok fuhr nach einer Pause fort. »Ich werde versuchen, Ihnen zu helfen. Inoffiziell. Ich darf es eigentlich nicht.«

Berry verbeugte sich wieder, dieses Mal noch tiefer.

»Ich werde Sie informieren«, sagte der Kommandant. Er salutierte zum Abschied. Bevor er das Flugzeug verließ, drehte er sich noch einmal um.

»Warum reisen so viele Männer mit Ihnen?«, fragte er beiläufig.

»Wir sind alte Freunde. Wir haben uns vor Jahren in einem Urlaubsclub kennengelernt«, antwortete Berry.

»Urlaubsclub?«

»Eine Hotelanlage. Zum Ferienmachen.«

Wan Tok nickte langsam. »Chinesen machen sehr selten Ferien«, sagte er. »Sie wollen in Bangkok Urlaub machen? Alle zusammen?«

»Ja, das hatten wir vor.«

»Ich verstehe«, sagte der Kommandant.

Berry konnte seinen Blick nicht deuten. Missbilligung? Oder Neid? Sein Preis würde auch davon abhängen, was von beiden es war. Neid war sehr viel teurer.

Wan Tok salutierte noch einmal und verließ das Flugzeug.

Anxa öffnete die Augen und richtete sich auf. »Das mit dem Jungen haben Sie ernst gemeint.«

»Wer will schon ein Mädchen«, grinste Berry.

»Sie Arschloch.«

Erstaunt registrierte Berry ihre Betroffenheit. »Das war doch nur ein Scherz«, erwiderte er in freundlichem Ton.

»Wenn man sein Kind liebt«, sagte Anxa, »muss man es nehmen, wie es ist. Junge oder Mädchen.«

Die Männer grinsten sich an, und Berry geriet ins Schwimmen.

»Hören Sie, ich habe noch nie darüber nachgedacht. Wahrscheinlich ist ein Mädchen auch in Ordnung.«

»In Ordnung.« Sie lachte grimmig auf.

»Hier geht es doch nicht darum, was ich denke oder nicht«, sagte Berry genervt. »Für einen Asiaten ist ein Junge mehr wert, das ist eben so.«

»Nicht nur für einen Asiaten«, sagte Anxa und starrte finster zum Fenster hinaus.

Berry sah sie hilflos an.

»Dumm gelaufen, was, Berry?«, ertönte Massimos kalte Stimme.

»Halt's Maul, Massimo. Kümmer dich um deinen Scheiß.«

Massimo hob theatralisch die Arme und zuckte mit den Schultern. »Ich hab zur Zeit keinen Scheiß, um den ich mich kümmern kann.«

»Wie wär's, wenn du das ShipLoc holst. Kriegst du das hin, ohne einen umzulegen?«

Plötzlich herrschte gespannte Stille.

Mit einem triumphierenden Grinsen erhob Massimo sich.

»Mach ich, Chef.«

Berry brauchte nicht in die Gesichter der anderen zu sehen. Hier ging es nicht um Treue oder gar Freundschaft. Weil er die Mannschaft verlassen wollte, hatten sie begonnen, sich gen Massimo zu orientieren. Dabei spielte dessen moralische Integrität keine Rolle, nicht für sie. Sie brauchten Hierarchie, wie ein Wolfsrudel. Sie brauchten jemanden, der ihnen sagte, wo es langging, der die Verantwortung übernahm. Hierarchie hatte den Vorteil, die Frage nach Verantwortlichkeit nicht immer wieder neu stellen zu müssen.

Berry spürte, wie schwer es für ihn werden würde, den Respekt zurückzuerobern, den sie ihm früher gezollt hatten.

Falsch, ermahnte er sich, du wirst bald auf einem Segelboot in der Karibik dümpeln, du musst nichts zurückerobern, vergiss diesen ganzen Scheiß!

Das stimmte. Trotzdem fühlte er sich nicht besser, sondern wie jemand, der eine Niederlage eingefahren hatte.

Unwillig schüttelte er diese Gedanken ab und konzentrierte sich auf die bevorstehende Aufgabe. Er wollte die SEA MOOD mit einem Ship-Locator, kurz ShipLoc, versehen, einem satellitengestützten Peilsender. Solange die STORMY MONDAY in chinesischen Hoheitsgewässern lag, konnten sie nichts gegen die Piraten unternehmen. Also mussten sie den Kontakt zu dem Schiff halten, wenn es Zhanjiang verließ, so lange, bis es in die Nähe eines zugänglicheren Staates kam, von wo aus sie problemlos operieren konnten.

Zwei Schwachpunkte hatte sein Plan: Wenn in Zhanjiang schnell eine Ersatzeinspritzpumpe aufgetrieben werden konnte, durften sie eventuell nicht über Nacht bleiben. Und wenn der Kommandant ihn und Anxa nicht aus dem Flughafengelände herausließ, würde er kaum eine Chance haben, den Tanker zu erreichen.

* * *

Die chinesischen Mechaniker hatten den Fehler zwar schnell gefunden, die Manipulation, die Bridges an der Ölzufuhr für die Treibstoffpumpe vorgenommen hatte, blieb ihnen allerdings verborgen. Zum Glück verfügte der Flughafen über keine Ersatzteile für eine Gulfstream C 20 H.

Kaum dass die Mechaniker mit ihrer Arbeit fertig waren, tauchte Wan Tok auf. Er gab Berry die Anweisung, sofort eine Pumpe zu ordern.

»Und Ihre Frau«, fügte er noch hinzu, »kann ins Crowne Plaza Hotel zum Schlafen. Wir müssen jedoch fünfhundert Dollar für die Bewachung verlangen.«

»Das ist sehr freundlich von Ihnen, danke.« Berry verbeugte sich. »Ich kann allerdings meine Frau unmöglich alleine lassen.«

Wan Tok antwortete eine Weile nicht.

»Sie beide kosten die Befreiungsarmee tausend Dollar. Tut mir leid.«

Berry bezahlte sofort.

Wan Tok steckte das Geld ein. »Ein Jeep wird Sie in einer halben Stunde abholen und ins Crowne Plaza Hotel bringen.«

»Danke«, sagte Berry und verbeugte sich erneut.

Der Kommandant nickte gnädig und verließ das Flugzeug.

»Bridges?«

»Hm?« Der Pilot sah Berry fragend an.

»Besorg mir alles, was du im Internet über dieses Hotel finden kannst. Facilities, Grundrisse, das ganze Zeug.«

»Mach ich.« Bridges setzte sich vor den Computer und loggte sich ins Netz ein.

Berry wandte sich Anxa zu. »Ab jetzt müssen wir ein wenig persönlicher miteinander reden.« Er schob das ShipLoc in seine Reisetasche zwischen ein paar Kleidungsstücke. »In China sind Hotelzimmer für ausländische Gäste immer verwanzt.«

Anxa nickte.

»Es tut mir wirklich sehr leid, dass ich Sie so sehr involvieren muss. Aber eine schwangere Frau zieht überall auf der Welt besser.« Er lächelte sie an.

»Sie erinnern sich, dass es meine Entscheidung war, mitzukommen?«, fragte sie zurück.

»Wenn wir den Flugplatz nicht verlassen können, haben wir keine Chance, an Ihren Tanker ranzukommen.«

»Das haben wir doch schon besprochen, und ich habe Ja gesagt.«

»Ich weiß. Trotzdem.« Er hatte Mitleid mit ihr, und hinter ihrer Ruppigkeit meinte er ihre Befürchtung um das Leben der Besatzung der SEA MOOD zu erspüren.

»Warum müssen Sie so viel reden? Können wir die Sache nicht einfach durchziehen?«

»Können wir, natürlich«, antwortete Berry.

Der Jeep holte sie pünktlich an der Gangway ab. Durch eine Nebenausfahrt verließen sie das Flughafengelände und fuhren in Richtung Innenstadt. Mittlerweile war es dunkel geworden. Die Straßen von Zhanjiang waren kaum beleuchtet, und soweit Berry das vom Rücksitz erkennen konnte, herrschte sehr wenig Verkehr. Der hintere Teil des Jeeps war mit einer Canvas ohne Fenster abgedeckt und die Sicht nach vorne durch den dicken Fahrer und seinen noch beleibteren Beifahrer sehr eingeschränkt.

Nach kurzer Fahrt erreichten sie das Hotel, einen protzigen, 28-stöckigen Sichtbeton-Bau, der inmitten seiner eher bescheidenen, kaum bebauten Nachbarschaft wie ein böswillig dorthin gepflanzter Fremdkörper wirkte.

Die beiden Soldaten parkten ihren Jeep und geleiteten sie ins Hotel. In der Lobby herrschte viel Betrieb und eine erstaunlich lockere, offene Atmosphäre. Chinesen, die sich bemühten, wie weltgewandte Geschäftsleute aufzutreten, standen small talkend in kleinen Gruppen zusammen, dazwischen kamen und gingen viele Ausländer. Zhanjiang war eine Sonderwirtschaftszone, und um ein gutes, weltoffenes Geschäftsklima zu schaffen, wurde hier auf allzu offenkundige kommunistische Strenge und diktatorisch anmutende Überwachung verzichtet. In Zhanjiang gab es eine bedeutende Textil-, chemische, Nahrungsmittel- und Metall verarbeitende Industrie neben dem für die Provinz Guangdong wichtigen Übersee- und Erdölhafen. Vieles, was in die USA oder nach Europa verschifft wurde, verließ hier das chinesische Festland.

Ihre beiden Aufpasser genossen die Hotelatmosphäre, die sie offenbar schon von früheren Aufträgen kannten, und machten auf Berry nicht den Eindruck, als würden sie ihre Bewachung sehr ernst nehmen. Aber das konnte täuschen, er musste trotzdem vorsichtig sein. Auch wenn Wan Tok Schmiergeld angenommen hatte, bedeutete das nicht zwangsläufig, dass er wirklich bestechlich war. Er konnte genauso gut ein Agent des chinesischen

Sicherheitsdienstes sein, der lediglich ein geschicktes Schauspiel aufführte, um herauszubekommen, was Berry wirklich plante.

Der Fahrer deutete grinsend auf das Restaurant und machte eine Geste für Essen.

Berry signalisierte Nein.

»Ah«, antwortete der Fahrer enttäuscht.

Im siebten Stock betraten Berry und Anxa ihr Zimmer, einen großzügigen und unerwartet geschmackvoll eingerichteten Raum mit einem Panoramafenster, das den Blick auf die hässliche Stadt eröffnete.

»Willst du dich gleich hinlegen, Schatz?«, fragte Berry.

Anxa verstand, dass das keine Frage war. »Ja, das werde ich. Bestellst du uns etwas zum Essen?«

Berry nickte und griff zu der ausgelegten Restaurantkarte. Sein Plan, wie er das Hotel verlassen konnte, stand fest. Jetzt musste er nur noch gelingen.

51

Berry räumte das benutzte Geschirr auf das Tablett und stellte es auf den Tisch.

»Du brauchst jetzt Ruhe«, sagte er, beugte sich über Anxa, die schon unter der Bettdecke lag, und küsste sie auf die Stirn.

»Ich geh noch eine Runde schwimmen, in Ordnung?«

»Bestimmt schlafe ich schon, wenn du zurückkommst«, sagte sie, irritiert, denn wenn das Zimmer nur abgehört wurde, war dieser Kuss nicht nötig gewesen, um ein glückliches Ehepaar vorzutäuschen.

»Ich werde leise sein«, antwortete er, ohne auf ihre Irritation einzugehen.

Er holte aus seiner Reisetasche eine Badehose, zog sich im Badezimmer um, streifte den Hotelbademantel über, den er sich gegen eine erstaunlich hohe Gebühr hatte bringen lassen, steckte ein dickes Bündel Dollarnoten ein und schlüpfte in seine abgewetzten Asics-Laufschuhe.

Als er die Zimmertür öffnete, zuckte der Wachposten, der Beifahrer, erschrocken zusammen. Er war alleine, offenbar wechselte er sich mit seinem Kollegen während der Nacht ab.

»Ich gehe mal eine Runde schwimmen«, sagte Berry, deutete auf seinen Bademantel und machte eine Schwimmbewegung.

Nein, gestikulierte der Posten, nein.

Berry öffnete den Bademantel, damit der Mann sehen konnte, dass er wirklich nichts anderes wollte, als schwimmen zu gehen.

»Okay?«, fragte Berry.

Der Chinese sah in starr an, als müsste er nachdenken. Berry verstand diese Geste genau und hielt ihm unauffällig eine Zwanzig-Dollarnote hin. Flink steckte der Mann sie ein, veränderte jedoch seinen Gesichtsausdruck nicht. Berry gab ihm noch einmal zwanzig, die genauso schnell verschwanden und endlich eine Art von Zustimmung auf sein Gesicht zauberten.

Der Posten sagte etwas auf Chinesisch, was wie eine Frage klang, und deutete auf die Uhr an seinem Handgelenk: Wie lange?

Zwei Stunden, ungefähr, signalisierte Berry.

Der Mann nickte, deutete auf die Zimmertür und signalisierte: nein.

Aha, er durfte gehen, Anxa aber nicht mit ihm.

»Okay«, sagte Berry und ging in Richtung Aufzug.

Der schwierigste Teil stand ihm noch bevor, nämlich das Hotel unauffällig zu verlassen und genauso unauffällig wieder zurückzukehren. Bis zum Hafen waren es etwa zehn Kilometer. Wenn alles glatt ging, konnte er seinen Job innerhalb von einer guten Stunde erledigen.

Unterwegs nach unten hielt der Aufzug einmal. Für die Bar herausgeputzte Hotelgäste drängten sich in die Kabine und musterten Berry wegen seines Badeoutfits zuerst befremdet und bemühten sich dann, ihn gar nicht mehr anzusehen. Er nutzte die Gelegenheit, zog das ShipLoc und das kleine Bündel mit Spezialwerkzeugen und Tarncreme plus Revlon-Abschminkpads, nach seinen Erfahrungen war das die beste Methode, um die zähe Nato-Creme wieder vom Gesicht herunterzubekommen, hinten aus seiner Badehose hervor und verstaute beides unauffällig in den Taschen des Bademantels.

Am Pool und im Fitnessbereich setzte sich die Atmosphäre fort, wie Berry sie in der Lobby vorgefunden hatte: Fröhlich schnatternde Chinesen mit um die Hüften gebundenen Handtüchern standen und saßen in Gruppen zusammen, zu denen sich auch einige Amerikaner, Engländer und auch Franzosen gesellt hatten. Die Stimmung war typisch für einen Ort, an dem nur Geschäftsleute zusammenkamen: Witze wurden gebrüllt, das Gelächter war laut, weil jeder versuchte, lauter als sein Nachbar zu lachen, von Gesprächskultur keine Spur, jeder wollte reden, keiner wollte zuhören.

Unauffällig sah Berry sich um. Es gab nur den einen Eingang, den er eben benutzt hatte und an dem ein Portier die Hotelschlüssel der Gäste entgegennahm. In den Toiletten- und Duschräumen gab es weder Fenster noch Türen, nicht einmal einen Belüftungsschacht, durch den er sich hätte zwängen können. Das Gleiche galt für die Sauna und das Dampfbad. Seine Anspannung wuchs, irgendwie musste er das Hotel verlassen.

Nachdem er alle Räume im Hauptbereich untersucht hatte, sah er die zweisprachigen Schilder, englisch und chinesisch, die auf die Möglichkeit hinwiesen, sich in einer der »Relax-Kabinen« auf traditionell chinesische Art massieren zu lassen. Er trat in eine der vier Kabinen ein. An der gegenüberliegenden Seite befand sich eine weitere Tür, durch die die Masseurinnen Zugang von einem anderen Bereich des Hotels hatten, damit sie nicht durch den Gästebereich gehen mussten. Die Tür hatte keine Klinke, sondern nur ein Schloss.

Eine Überwachungskamera konnte Berry nicht entdecken. Er fand eine Klingel und musste nicht lange warten, bis die Tür sich öffnete und eine freundlich lächelnde Chinesin hereinkam.

»Guten Abend, Sir! Mein Name ist Mei Ling.«

»Hallo, ich weiß«, log Berry betont gut gelaunt. »Einer meiner Kollegen hat Sie mir wärmstens empfohlen.«

»Oh, das freut mich sehr, Sir! Sie wünschen eine Massage?«

»Ich würde gerne in, sagen wir, einer guten Stunde Ihre Dienste in Anspruch nehmen. Werden Sie dann Zeit haben?«

»Natürlich, Sir!« Mei Ling zögerte. »Allerdings nur, wenn sich in der Zwischenzeit kein anderer Gast meldet.«

»Tun Sie mir das nicht an!«

»Wir sind angehalten, unsere Zimmer nicht leer stehen zu lassen«, entschuldigte sich die Chinesin und verbeugte sich. »Es tut mir leid.«

»Was ist, wenn ich Ihnen zwei Stunden bezahle? Ab jetzt.«

»Oh.«

»Dann haben Sie keinen Ausfall, und ich kann sicher sein, in einer Stunde von Ihren Künsten verwöhnt zu werden.«

Sie strahlte ihn an. »Sehr gerne. Danke!«

Vierzig Dollar kostete eine Massage, Berry gab ihr hundert.

Mei Ling verbeugte sich einige Male. »Oh, danke, ja!«

»Gut, dann werde ich nach Ihnen klingeln, wenn ich so weit bin.«

Mei Ling verbeugte sich ein letztes Mal und verließ die Kabine, nicht ohne vorher den Kassettenrecorder mit traditioneller chinesischer Musik gestartet zu haben, wahrscheinlich nahm sie an, dass er sich hier in der Zwischenzeit mit irgendjemandem eine schöne Stunde machen wollte.

Kaum war sie zur Tür hinaus, holte Berry sein Werkzeug hervor und machte sich an das Schloss heran, ein einfaches Zylinderschloss, aber Schlösser zu knacken gehörte nicht zu den Dingen, die er besonders gut beherrschte. Fluchend werkelte er mit dem Handpick und versuchte zu erspüren, wann die einzelnen Stifte im Schloss freischalteten. Er brauchte fast zehn Minuten. Wertvolle Zeit.

22 Uhr 20. Vorsichtig schob er die Tür auf und spähte hinaus. Ein kalter, gekachelter Gang tat sich vor ihm auf, er hörte Stimmen aus einem Raum heraustönen, wahrscheinlich ein Aufenthaltsraum für die Hotelangestellten. Auf der anderen Seite führte der Gang zu einer doppelten Kunststoff-Schwingtür, wie sie in Kühlhäusern als Kältesperre verwendet wird.

Er schob einen Flügel zur Seite und ging den Gang weiter. Stechender Chlorgeruch und der süßliche Duft von verschimmelten Essensabfällen empfing ihn. Er eilte weiter. An jeder Tür hielt er an und öffnete sie vorsichtig.

Er fand eine Gerätekammer, die von Rohren durchzogen war, die durch voluminöse, geschlossene Behälter hindurchführten. Große, zugeschweißte Plastiksäcke stapelten sich zu Haufen, wahrscheinlich enthielten sie Chemikalien für den Swimmingpool und die Trinkwasseranlage. Offenbar betrieb das Hotel seine eigene Aufbereitungsanlage, weil das Leitungswasser in Zhanjiang nicht gut genug war, ein weit verbreitetes Problem in chinesischen Städten.

Am Ende des Ganges befand sich wieder eine Schwingtür. Als er diese aufstieß, schwallte ihm für eine Wäscherei typische feuchtwarme Luft entgegen. Vorsichtig schlüpfte er hinein. Vielleicht gab es hier eine Reinigung, in der er an einen Anzug von einem der Hotelgäste gelangen konnte. Aber außer Bettwäsche und Tischdecken entdeckte er nichts. Er ging wieder zurück und probierte eine andere Tür. Dieser Raum war randvoll mit Gärtnerutensilien, Schaufeln, Hacken, Drahtrollen, Gießkannen, ein grüner Schutzanzug hing an einem Regal, darüber ein zu einem Bienenschutz umfunktionierter Basthut. Berry überlegte nicht lange, er hatte ohnehin schon zu viel Zeit verloren. Er zwängte sich in den Anzug, riss das Bienennetz von dem Hut herunter und setzte ihn auf. Zumindest auf den ersten Blick sah er damit wie ein chinesischer Reisbauer aus. Was möglicherweise bei Nacht in einer Millionenstadt einen merkwürdigen Eindruck machen dürfte. Andererseits würde er ohne den Hut sofort als Nicht-Asiate erkannt werden, und das würde ihn noch eher in Schwierigkeiten bringen.

Erneut passierte er die Schwingtür zur Wäscherei. Mit kurzen Schritten eilte er an den offenen Türen vorbei, ohne auf die Stimmen zu reagieren, von denen er sowieso nicht wusste, ob sie ihn meinten oder miteinander redeten.

Am Ende dieses Ganges öffnete sich eine weitere Schwingtür zu einer Lkw-Rampe hin. Endlich war er draußen. Schnell orientierte er sich am Stand des Mondes. Er befand sich an der Rückseite des Hotels, rechts war eine Hauptstraße, die, so hatte er zuvor mit dem Navigationscomputer an Bord der Gulfstream herausgefunden, nach Süden mehr oder weniger schnurgerade zum Hafen führte. Es gab praktisch keinen Verkehr, allerdings war von den zwei Autos, die er passieren sah, eines ein Streifenwagen.

Vor dem Hotel warteten Taxis, das hatte er bei ihrer Ankunft gesehen. Hätte er einen Anzug und nicht diese Gärtnermontur an, hätte er es riskiert, eines zu nehmen.

Er tastete sich auf der dunklen, ansteigenden Lkw-Zufahrt vorwärts bis zu einem Wachposten, der in einem winzigen, beleuchteten Verschlag saß und für die Zufahrtsschranke zuständig war. Jetzt, da weit und breit kein Laster in Sicht war, döste er gelangweilt vor sich hin. Berry nahm seinen Hut zwischen die Zähne, kroch unterhalb des geöffneten Fensters hindurch und erreichte die Straße. Es war 22:34 Uhr. Noch knapp eineinhalb Stunden hatte er Zeit.

Die Gegend wirkte wie ausgestorben. Er sah einige parkende Autos, indische Fabrikate, einen VW Santana und sehr viele Fahrräder und Mopeds, die in Pulks zusammenstanden und wahrscheinlich Hotelbediensteten gehörten. Wieder sah er ein Auto in die Hauptstraße einbiegen. Intuitiv zog er sich hinter eine Platane zurück, der Wagen fuhr für seinen Geschmack zu langsam für einen Privatwagen. An der Silhouette erkannte er den Streifenwagen von vorhin, dessen Aufgabe offenbar war, das Hotel zu umkreisen und Präsenz zu zeigen.

Als der Polizeiwagen um die Ecke gebogen war, untersuchte er die Mopeds. Die Schlösser, mit denen sie gesichert waren, zeugten wohl weniger von großem Vertrauen in die Ehrlichkeit ihrer Landsleute, als vielmehr von dem geringen Wert eines solchen Fortbewegungsmittels. Nur zwei fast neu aussehende Motorroller hatten bessere Schlösser.

Berry suchte sich ein altes, unauffälliges Moped heraus und knackte das Schloss in weniger als dreißig Sekunden. Der Motor startete erstaunlich leicht. Berry warf sich auf den Sattel und gab Gas. Auf der doppelspurigen Straße wandte er sich nach Süden und wurde bald von der Dunkelheit verschluckt, die schon wenige Meter vom Hotel entfernt begann.

Etwa zwei Kilometer weiter wurde es wieder etwas heller, die Innenstadt warf ihre gelblichen Lichtstrahlen herüber. Es wurde Zeit, ein Fortbewegungsmittel aufzutreiben, das ihn unauffälliger zum Hafen brachte, immerhin musste er zumindest den Randbereich der Innenstadt durchqueren.

Er wartete im Schatten einer Platane, bis endlich aus einer Seitenstraße ein Auto undefinierbarer Bauart auf die Hauptstraße einbog und an der roten Ampel stoppte. Berry ließ das Moped im Leerlauf herangleiten und hielt links neben dem Wagen. Vorsichtig warf er unter seinem tief heruntergezogenen Hut einen Blick hinein.

Ein uraltes Männchen mit von tiefen Falten durchfurchtem Gesicht saß am Steuer. Vor ihm auf dem Armaturenbrett klebte ein beleuchteter buddhistischer Miniaturschrein, der wie eine dieser Salzkristalllampen schummriges Licht verbreitete und die gelbe Gesichtsfarbe des alten Mannes noch verstärkte. Neben und hinter ihm, auf dem Beifahrer- und dem Rücksitz stapelten sich mit großen Tüchern abgedeckte Kisten, aus denen merkwürdige Geräusche drangen.

Der Alte blickte starr geradeaus auf die Ampel. Berry zögerte. Einen so alten, tatterigen Greis in seine Gewalt zu bringen, erschien ihm unmoralisch. Aber er hatte keine Wahl, wer wusste schon, wann das nächste Auto auftauchte. Er ließ das Moped zur Seite fallen, riss die Fahrertür auf, packte den Mann am Hemd und zog ihn mit einem Schwung aus dem Auto heraus. Der Alte erstarrte vor Schreck.

»Los, komm mit, auf die andere Seite!«

Er konnte sich nicht vorstellen, dass der Chinese englisch verstand, deshalb unterstrich er alles, was er sagte, mit eindeutigen Gesten.

»Ein Ton, und du bist tot.«

Offenbar verstand der Alte ihn und wehrte sich nicht.

Auf der anderen Seite öffnete Berry die Beifahrertür und zerrte die Plane von den Kisten. Zum Vorschein kamen drei übereinander gestapelte Holzkäfige voller eng zusammengepferchter Tiere, die vor Schreck wie Derwische in ihren Gefängnissen herumsprangen.

Die Angst des Chinesen explodierte, er riss beide Hände vor sein Gesicht und stieß hochfrequente Jammerlaute aus.

Zuerst verstand Berry seine Reaktion nicht, bis er sich die Tiere genauer ansah. Es waren Schleichkatzen, marderartige, possierliche Tiere, die gerade hier in der Provinz Guangdong als kulinarische Delikatesse galten und die schon seit Jahren weder gehandelt noch verspeist werden durften, weil sie als Überträger der Lungenkrankheit SARS galten.

Mit schnellen Griffen riss er die Käfige von dem Vordersitz und ließ sie auf die Straße fallen. Das Wehklagen des Alten nahm zu und wurde schriller. Berry packte ihn an der Gurgel.

»Sei still«, drohte er und starrte dem Männchen ins Gesicht.

Er verstummte. Mit einigen Tritten brach Berry einige Stäbe aus den Käfigen heraus, worauf sich die Schleichkatzen durch die schmale Öffnung ins Freie ergossen und mit merkwürdig hoppelnden Sprüngen davonjagten. Wieder begann der Chinese angesichts seiner dahinschwindenden Einnahmen – dass er die Tiere illegalerweise zum Verkauf gefangen hatte, war offensichtlich – zu wimmern.

»Sei still«, drohte Berry erneut, griff in die Tasche seines Gärtneroveralls, holte sein Dollarnotenbündel hervor und hielt es dem Mann unter die Nase.

»Du kriegst so viele Dollar, wie du noch nie besessen hast.«

Der Alte sah ihn erstaunt an, zumindest deutete Berry den Gesichtsausdruck so, und wurde sehr aufmerksam. Für einen Moment ließ Berry ihn los und zog einige Scheine aus dem Bündel heraus, vielleicht fünfzig Dollar. Das Männchen nutzte die Gelegenheit und versuchte zu fliehen, aber schon mit drei Schritten war Berry hinter ihm und trat ihm in die Fersen, sodass der Mann stürzte. Er hob ihn wie ein Stück Papier hoch, tatsächlich wog der Chinese höchstens fünfundvierzig Kilo, und stopfte ihm die Geldscheine in die Hemdtasche. Der Männchen riss ungläubig die Augen auf.

Berry stieß ihn zum Auto zurück, drückte ihn auf der Beifahrerseite hinein, stieg selbst hinterher und schob den Chinesen dann erst hinüber auf die Fahrerseite. Der Geruch in dem Wagen war unglaublich: muffig, zugleich beißend und adrenalinhaltig. Auf der Rückbank verbargen sich unter der Plane weitere Käfige, Berry konnte die Tiere darin rumoren hören.

»Fahr zum Hafen. Ma tau. Schiffsanleger. Wan!« Er deutete die Hauptstraße hinunter. »Nach Süden. Naam!«

Er holte noch einige Dollarscheine hervor.

»Fai! Schnell!«

Der Alte, dessen Angst plötzlich völlig verflogen war, nickte heftig und legte den Gang ein.

Für die acht Kilometer brauchten sie nicht mehr als zehn Minuten. Kurz bevor sie den Hafen erreichten, bog der Mann von der Hauptstraße ab. Berry warf ihm einen warnenden Blick zu, aber der Alte hob beschwichtigend beide Hände, als könnte man ein Auto problemlos freihändig lenken.

»Gut«, sagte er.

»Gut?«, wiederholte Berry. »Kannst du doch englisch?«

Der Alte grinste verschmitzt und präsentierte die Worte, die er kannte. »Versteck. Boot. Zeug. Mach schnell! Ich habe keine Ahnung!« Bei den letzten Worten lachte er und wiederholte sie einige Male. »Ich habe keine Ahnung!«

Zhanjiang, das hatte Berry auf dem Flug im Internet recherchiert, gehörte zu den rückständigsten und korruptesten Hafenstädten Chinas, weil dort immer noch die betagten Chefs von uralten Schmugglerbanden den Ton angaben. Erst seit mehr ausländisches Kapital in die Stadt floss, wurden sie nach und nach entmachtet. Wahrscheinlich hatte dieses knitterige Männchen jahrelange Erfahrungen mit Schmuggel.

Der Alte war wie verwandelt, da war keine Spur von Angst mehr, sondern stattdessen fast so etwas wie Abenteuerlust. Seine tief von faltiger Haut umrahmten Augen blitzten listig. Er löschte das Scheinwerferlicht, lenkte den Wagen geschickt durch das Gelände abseits der Straße und hielt vielleicht zweihundert Meter von der Einfahrt zum Hafengelände entfernt an dem Zaun, der den gesamten Hafenbereich umgab. Anders als die durch und durch graue, langweilige Stadt erstrahlte der Hafen hell im Licht gelblicher Natriumlampen. Zwei bewaffnete Wachmänner patrouillierten längs des Zaunes, und sie machten nicht den Eindruck, als nähmen sie ihren Job auf die leichte Schulter.

Berry warf einen Blick auf seine Armbanduhr: 22:50. Was immer er tat, er musste es schnell tun. Er sah sich in dem Wagen nach einer Schnur um.

Der Alte beobachtete ihn dabei interessiert und wiederholte einige Male: »Was? Was suchen?«

Da Berry nichts fand, zog er die Plane von den Käfigen, in denen die Schleichkatzen sofort zu toben begannen, schnitt einen langen Streifen Stoff ab und bedeutete dem Chinesen, seine Hände vorzustrecken. Als der begriff, dass er gefesselt werden sollte, begann er zu zetern und sich heftig zu wehren, aber Berry ließ ihm keine Chance, verknotete seine Hände und fixierte sie am Lenkrad. Weil er nicht aufhörte zu brüllen, knebelte er ihn mit dem Rest des Stoffstreifens.

»Es wird dir nichts passieren«, sagte er langsam und nachdrücklich, holte einen weiteren Zwanzig-Dollarschein aus seiner Tasche und hielt ihn vor die mittlerweile angstgeweiteten Augen des Chinesen. Der wusste nicht so recht, was er davon zu halten hatte. Berry stopfte ihm die Scheine zu den anderen ins Hemd, worauf sich das Männchen etwas beruhigte, sich in den Sitz zurücklehnte und sich seinem Schicksal ergab.

Die Wachen waren inzwischen einige hundert Meter weitergegangen. Eilig deckte Berry mit seiner Nato-Tarncreme alle exponierten Hautflächen ab. Dann warf er den hellen Strohhut, an den er sich so gewöhnt hatte, dass er ihn gar nicht mehr auf dem Kopf gespürt hatte, hinter sich und machte sich auf den Weg. Es hatte keinen Sinn zu warten oder nach einem idealen Zeitpunkt Ausschau zu halten, er würde ihn sowieso nicht erkennen, und vor allem hatte er nicht die Zeit, darauf zu warten.

Entschlossen packte er den sehr straff gespannten Zaun. Er gab kaum nach, es war, als würde er eine gerade Wand hochklettern. Die Maschen waren zu eng, um darin mit den Schuhspitzen Halt zu finden. Also musste er sich wie ein Freeclimber alleine mit der Kraft seiner Finger hochziehen, bei seinem Gewicht ein schmerzhaftes Unterfangen. Einmal mehr kam ihm die Leichtigkeit in den Sinn, mit der Kinohelden locker einen vier Meter hohen Zaun wie Mensch gewordene Affen erklimmen konnten – er selbst fühlte sich in diesem Moment eher wie ein gestrandeter Walfisch.

Auf der anderen Seite angekommen, bewegte er sich zuerst einmal im gehörigen Abstand zu den hell erleuchteten Pipelines auf deren rechter Seite in Richtung Wasser. Das gesamte Gelände links der dicken Rohre konnte er vergessen. Die vielleicht fünfzig überirdischen Lagertanks, die wie riesige Lichtzylinder im grellen Scheinwerferlicht strahlten, wurden mit Sicherheit bestens per Video überwacht, auch im gleichgeschalteten China gab es Sabotage.

Er hastete vorwärts. Von hier aus betrachtet lag die Sea Mood, der größte der vier angedockten Tanker, unerreichbar weit draußen, etwa einen halben Kilometer entfernt am Ende einer langen Mole, in deren Mitte die beiden Pipelines hinaus bis zu den Anlegeplätzen führten. Aus der Luft hatte es noch so ausgesehen, als böten die Rohre genügend Sichtschutz, um sich zu dem Tanker hinauszuschleichen, aus der Nähe jedoch erwies sich das als aussichtslos. Es gab nur eine Möglichkeit, und die führte quer durch das Hafenbecken.

»Verdammte Scheiße«, fluchte er leise. Er hasste es, im unbekannten Wasser über dunklem Grund zu schwimmen, gleichgültig, wie tief es war, auch wenn die Logik ihm sagte, dass es hier in diesem Hafenbecken keine gefährlichen Viecher gab.

Rechts der Pipeline reihten sich containergroße Baracken und einige größere Lagerhallen aneinander, in manchen brannte Licht, aber insgesamt schien um diese Zeit im Erdölhafen von Zhanjiang kaum jemand zu arbeiten. Nach ein paar Minuten erreichte er das Ufer, das hier aus Geröll bestand und mit Ölresten und Abfall überzogen war. Langsam, um sich an die Wassertemperatur zu gewöhnen, watete er hinein. Da er nicht genügend Tarncreme für seinen ganzen Körper hatte, musste er den dunklen Gärtneranzug anbehalten. Langsam ließ er sich in die stinkende Brühe hineingleiten. Der Anzug saugte sich voll, wurde unangenehm schwer, und weil er an seiner Haut klebte, erschwerte er jede Bewegung.

Bis das Wasser nach etwa fünfzig Metern sauberer wurde, bewegte er sich brustschwimmend vorwärts. Dann begann er zu kraulen, zuerst im Viererrhythmus, und als ihm die Luft knapp wurde, wechselte er in einen Zweierrhythmus.

Nach einer guten Viertelstunde hatte er die 500 Meter geschafft. Schwer atmend und mit brennender Lunge ließ er sich neben der SEA MOOD, die jetzt STORMY MONDAY hieß, im Wasser treiben. Rostig, dunkel und unglaublich lang ragte ihr gewaltiger Rumpf über ihm in den nächtlichen Himmel. Er konnte die mächtigen Pumprohre erkennen, die das Rohöl aus den Tanks in die Pipeline drückten, und er spürte unangenehm stark deren tiefes Brummen.

Berry erklomm eine in die Kaimauer eingelassene Eisenleiter und versteckte sich hinter einem riesigen Eisenpoller. An Deck der STORMY MONDAY war niemand zu erkennen. Überhaupt wirkte sie wie ausgestorben, die Bullaugen der Mannschaftsräume waren dunkel, lediglich auf der Brücke brannte helles Licht.

Auf der gesamten Mole war in beiden Richtungen keine Menschenseele zu sehen. Gerade wollte Berry seine Deckung verlassen, als er in letzter Sekunde die beiden Wachposten entdeckte, die von ihm aus gesehen hinter der Gangway auf einer Holzkiste hockten.

Eine Weile beobachtete er sie. Es sah so aus, als dösten sie vor sich hin, vielleicht schliefen sie sogar. Aber dann hörte er Wortfetzen und leises Lachen.

Vorsichtig verließ er seine Deckung. Die beiden im Auge behaltend schlich er rückwärts bis zu dem Poller, an dem das Heck des Tankers mit einer Stahltrosse am Kai fixiert war, packte die Trosse und hangelte sich zur SEA MOOD hinauf.

Oben zog er sich über die Reling an Bord, ging in die Hocke und wartete einige Sekunden ab.

Mit dem ShipLoc machte er sich nicht viel Arbeit. Das kleine Gerät war mit einem starken Magneten versehen und absolut wasserdicht, wo immer es einmal haftete, würde es kleben bleiben und funktionieren. Er drückte es hinter ein Belüftungsrohr gegen die eiserne Wand der Aufbauten. Solange das Schiff nicht von Grund auf neu gestrichen wurde, würde es dort niemand entdecken.

Obwohl die Zeit drängte, musste er für einen Moment verschnaufen. Er lehnte sich gegen die kühlende Eisenwandung und spürte in seinem Rücken das dumpfe Brummen der Pumpen und sogar das hohle Rauschen, das von dem abfließenden Öl verursacht wurde. Ein beruhigendes Gefühl, wie früher, als er ein Kind war, wenn seine Eltern mit ihrem uralten VW-Bus loszogen und er hinten lag und jedes Mal schon auf dem ersten Kilometer von dem sonoren Ton des luftgekühlten Motors in den Schlaf gewiegt wurde. Motorengeräusche hatten für ihn seitdem immer etwas wunderbar Entspannendes, und der Reflex funktionierte offenbar auch in einer Situation wie dieser.

Plötzlich hörte er Schritte, leichte, fast wie von einer Frau. Da er nicht lokalisieren konnte, wo sie herkamen, verharrte er in seiner Position.

Ein menschlicher Schatten kam hinter dem Aufbau hervor und bewegte sich langsam auf die Reling zu. Solange der Mann nicht unmittelbar in seine Nähe kam, würde er ihn nicht sehen.

Der Schatten kam näher, sehr langsam. Berry hielt den Atem an.

Das Licht vom Kai her erfasste die Gestalt und beleuchtete sie von der Seite. Der Mann war ein Asiat, nicht besonders groß, ein zäher Typ.

Wahrscheinlich einer der Piraten, dachte Berry und rührte sich nicht.

Der Mann lehnte sich gegen die Reling und sah hinunter.

Verpiss dich endlich, Arschloch, fluchte Berry. Seine Beine begannen einzuschlafen, lange konnte er nicht mehr in der Hocke verharren.

Der Mann sprach halblaut vor sich hin. Wütend schlug er mehrere Male mit den Händen auf die Reling, bis er sich mit einem Ruck umdrehte und sich mit dem Rücken dagegenlehnte. Das von den Aufbauten reflektierte Licht erleuchtete sein Gesicht, und da erkannte Berry ihn: Es war das Gesicht des Mannes, das er viele Jahre vergessen hatte und das er erst vor zwei Wochen auf seinem bearbeiteten Foto wiedererkannt hatte.

Ein unbeschreibliches Triumphgefühl überschwemmte ihn. Vor ihm stand Yanto. Was für ein Geschenk des Schicksals!

52

Erneut drehte Yanto sich um und blickte mit vor der Brust verschränkten Armen hinunter auf den Kai. Sein Zorn über die Wachposten, die ihn nicht an Land ließen, hatte sich wie eine Muräne in seinen Körper verbissen.

Alle seine Pläne waren durcheinandergeraten, alles, was ihm unterwegs auf der Fahrt so sinnvoll und Erfolg versprechend vorgekommen war, ließ sich jetzt nicht einmal mehr ansatzweise durchführen. Wie sollte er die Informationen einholen, die er so dringend brauchte, wenn er nicht einmal das Schiff verlassen konnte?

Es war nicht seine Schuld, da musste er sich nichts vorwerfen, er hatte nicht versagt. Es war die Welt da draußen, die ihn zurückstieß. Irgendetwas gab es da draußen, was nicht wollte, dass er seinen Kopf in den Himmel reckte. Wieso war es nur so stark? War es stärker als er? Oder strengte er sich einfach nur nicht genügend an?

Es brannte, dieses Gefühl, stärker, als jedes andere, was er jemals empfunden hatte. Wie um seine Stärke zu überprüfen, tauchten die anklagenden, hilflosen Augen seiner Schwester vor ihm auf. Nein, auch dieser Schmerz war nicht so groß gewesen wie das Brennen, das seit einigen Stunden in ihm ätzte und von dem er sich nicht vorstellen konnte, dass es ihn je wieder losließ.

Da war noch ein weiteres Gefühl, das ihn beschlich, irgendetwas störte ihn. Die warme, feuchte Luft konnte es nicht sein, die war er gewohnt. Prüfend sah er sich um. Seinen Leuten hatte er verboten, die Mannschaftsräume zu verlassen, nicht einmal die Brücke durften sie betreten. Einen von ihnen hatte er wegen irgendeiner Lappalie, er wusste schon gar nicht mehr, was es gewesen war, brutal bestraft. Sinn hatte es nicht gemacht, außer dass seine unerfahrene, junge Bande lernte zu gehorchen, zu verstehen, dass ihre Belange belanglos waren. Etwas anderes durften sie nicht denken. Noch einmal würde er nicht den Fehler machen, sich nicht hundertprozentig durchzusetzen. Seine neue kleine Armee musste schlagkräftig und, er hatte das Wort in einem der zahllosen Bücher gelesen, die er seit seiner Schulzeit verschlang, effektiv sein. Effektiv schien ihm eines der Zauberworte der Harrisons dieser Welt zu sein, ein Wort, das sich gar nicht in seine Muttersprache übersetzen ließ.

Vielleicht schlich Taniki hier herum? Der Grieche hatte eine Reihe merkwürdiger Angewohnheiten. Neben seinen nie versiegenden Wortschwällen, die er unablässig absonderte, geisterte er jeden Tag zwischen Steuern und Schlafen durch das Schiff, fast als hoffte er, auf jemanden ihm Unbekanntes zu treffen, um all die Worte, die er schon bei anderen verbraucht hatte, erneut wiederzukäuen. Taniki war ein grässlicher Mensch, den Yanto sofort über Bord werfen würde, wenn er ihn nicht noch brauchen würde.

Er reckte sich und hielt nach den beiden Wachposten Ausschau, konnte sie jedoch in dem schummrigen Licht nicht entdecken. Sollte er noch einmal versuchen, an Land zu gehen?

Nein, jetzt, da er wusste, wie ihn die beiden behandelten und er nichts dagegen tun konnte, war die Gefahr viel zu groß, dass er ihnen gegenüber, im Angesicht ihrer Selbstherrlichkeit und ihrer Arroganz, einen Fehler machte. Sie waren keine kampferprobten Männer, das hatte er gleich gespürt. Auch wenn sie in einer Soldatenuniform steckten, waren sie nichts anderes als einfache Wachmänner, so wie der Pförtner auf dem Schiffsfriedhof in Balan Modi, kleine missmutige Wichtigtuer, denen man ein wenig Macht gegeben hatte, an der sie sich berauschten. Auch wenn er sich dreimal das Gegenteil vornahm, so wusste Yanto genau, dass er sie in einem nächsten Aufeinandertreffen ihre wahre Nichtigkeit spüren lassen würde. Der Tod wäre für sie noch zu wertvoll.

Nur, gewinnen würde er dadurch nichts, im Gegenteil. Deshalb musste er an Bord bleiben und in dieser Nacht noch, gleich wenn die Tanks leer gepumpt waren und er sie mit Meerwasser zur Hälfte wieder gefüllt hatte, damit der Tanker auf See nicht instabil war, weil er zu hoch aus dem Wasser ragte – in dieser Nacht noch musste er Zhanjiang verlassen und wieder Kurs auf die Straße von Malakka nehmen, auf Bintan. Seine Ziele musste er anders erreichen.

Die Lösung für sein Problem kam wie eine Eingebung. Sie war so einfach und naheliegend, wie hatte er sie übersehen können? Harrison war der Mann, der alles wusste, was er herausfinden wollte! Harrison würde bei Bintan mit der neuen Besatzung für die Stormy Monday an Bord kommen. Er musste nicht anderes tun, als sich Harrison zu schnappen und alles aus ihm herauspressen, was er wissen wollte.

Von einer Sekunde auf die nächste verschwanden alle seine Verkrampfungen. Lachend sog er die Luft ein, die hier ganz anders roch als bei ihm zu Hause. So einfach war es, so einfach!

Plötzlich tauchte ein Schatten neben ihm auf, aus dem Nichts und ungehört, und bevor er reagieren konnte, raste etwas Dunkles gegen seinen Kopf und ließ Kaskaden von hellen Lichtblitzen vor seinen Augen tanzen. Er spürte noch, wie er zu Boden sank, nicht jedoch, wie er hart auf dem Deck aufschlug.

53

Berry erreichte den Wagen gegen 23:28 Uhr, riss die Beifahrertür auf und warf sich auf den Sitz. Das ans Lenkrad gefesselte Männchen erschrak heftig. Röchelnd gierte es nach Luft.

Wütend schlug Berry auf das Armaturenbrett ein.

»Verdammte Scheiße!«

Sofort begann das Männchen, in sehr hohen Tönen zu wimmern und wild am Lenkrad zu zerren.

Berry blieb eine Weile in seiner Wut versunken, bis er endlich zu ihm hinüber und in zwei Augen voller Todesangst blickte.

»Scheiße«, sagte er noch mal, dieses Mal jedoch leiser. Schnell zog er dem Mann den Knebel herunter.

Mit jaulenden Atemzügen japste der Alte nach Luft, und mit jedem Atmen beugte er sich vor und zurück. Berry löste seine Handfesseln.

»Tut mir leid, sehr leid!«, sagte er und wollte ihm eine Hand auf den Arm legen.

Der Mann zuckte zurück, als wäre er der Teufel persönlich. Berry hob beide Hände und wartete ab, bis er sich einigermaßen beruhigt hatte.

23:30...

Mit einer langsamen Bewegung holte er sein Geldbündel hervor, das wirksame Allheilmittel, zählte hundert Dollar ab und hielt sie hoch.

»Hundert. Jadh baak.«

Der Alte sah ihn misstrauisch an. Berry schob das Geld zu den anderen Scheinen in dessen Hemdtasche und imitierte mit den Händen eine Lenkbewegung.

»Zurück. Norden. Ak bak.«

Der Chinese brauchte eine Weile, bis er sich entschieden hatte, darauf zu vertrauen, dass er jetzt mehr Geld hatte, als er in Monaten mit seinen Schleichkatzen verdiente.

»Wo?«, fragte er.

»Norden. Ak bak. Auf der Hauptstraße. Le Shan Da Dao«, antwortete Berry, das war die Adresse des Crowne Plaza. Der Gedanke, dass der Chinese damit wusste, wo er zu finden war, behagte ihm nicht.

»Hotel Clown Plaza«, sagte das Männchen und lachte triumphierend.

»Ja, Crowne Plaza«, erwiderte Berry. »Und jetzt fahr endlich los, du verdammte Vogelscheuche!« Berry deutete auf seine Uhr.

Trickreich mit dem Gaspedal und dem Anlasser spielend, startete der Alte den Motor, legte den Gang ein und rollte los.

Die Rückfahrt kam Berry endlos vor, mindestens doppelt so lang wie die Hinfahrt. Was nur zum Teil daran lag, dass der knitterige Chinese aus irgendeinem Grund die kürzeste Strecke, also die Hauptstraße, vermied und sich nun ausschließlich durch enge Nebenstraßen hindurchschlängelte. Es gab kaum Verkehr, nur wenige Autos kamen ihnen entgegen oder kreuzten ihren Weg. Jedes Auto, das sich näherte, sah für Berry zuerst aus wie ein Streifenwagen, dann, beim Näherkommen, wie ein ziviles Fahrzeug des Geheimdienstes und erst, wenn es vorbeifuhr, ohne sie zu beachten, reduzierte es sich auf ein privates Fahrzeug, das einfach nur zu später Stunde durch Zhanjiang kurvte.

Erstaunlicherweise wurde das Männchen nie nervös, obwohl es mit seinen Schleichkatzen mindestens ebenso viele Schwierigkeiten zu erwarten hatte wie Berry.

»Du kennst dich gut aus«, sagte Berry, »du weißt, wo die Polizei fährt, habe ich Recht?«

»Ich habe keine Ahnung!«, brüllte das Männchen über den Lärm des Motors hinweg.

»Bist du sicher, dass du keine Ahnung hast?« Einmal mehr hatte Berry den Eindruck, dass der Alte weit mehr Englisch verstand, als er zugab. Berry sah ihn prüfend von der Seite an, es sah aus, als lächelte er, sicher war sich Berry allerdings nicht, bei all den Falten, die sich ein langes Leben lang kreuz und quer in das Gesicht des Männchens eingegraben hatten.

Der Alte brabbelte chinesische Worte vor sich hin, die nicht sehr freundlich klangen. Mittlerweile fuhr er sehr schnell, schneller jedenfalls, als es dem alten Auto guttat. Einige besonders heftige Löcher in der Straße katapultierten Berry einige Male mit dem Kopf gegen das Dach, und die Schleichkatzen hinter ihm legten mit einem hysterischen Tanz los und sonderten weitere Schübe von dem stechenden Geruch ab, gegen den auch das geöffnete Fenster nichts ausrichten konnte.

In unmittelbarer Nähe des Hotels, aber noch außerhalb des hell erleuchteten Bereiches, ließ Berry den Chinesen anhalten und hielt ihm noch einmal fünfzig Dollar hin.

»Sei still, sage nichts, zu niemandem, hast du verstanden?« Er unterstützte seine Worte mit eindeutigen Gesten und verließ den Wagen.

Die Tür war noch nicht ins Schloss gefallen, da gab der Alte schon Gas, und das Letzte, was Berry von ihm hörte, war ein spitzes Lachen.

* * *

Kurz nach Mitternacht trat Berry wieder in seinen Bademantel gehüllt im siebten Stock aus dem Aufzug heraus. Er hatte seine Haare kurz unter den Wasserhahn gehalten, und da er ohnehin von seinem Ausflug und der anstrengenden Kletterei verschwitzt war, wirkte er wie jemand, der mindestens fünf Saunagänge hinter sich hat. Er hatte den Fitnessbereich durch eine andere Kabine betreten und war dann erst in den Raum gegangen, in dem Mei Ling auf ihn wartete. Sie hatte enttäuscht gewirkt, und ihre Miene hatte sich erst dann wieder aufgehellt, als Berry sich sehr höflich bei ihr entschuldigte.

Der Posten war inzwischen wohl nervös geworden und stieß einige halblaute Worte hervor, die für Berry wie Flüche, zugleich aber auch nach großer Erleichterung klangen. Ein letztes Mal holte er ein paar Dollarscheine hervor, die den Mann schnell wieder friedlich stimmten. Leise öffnete er die Zimmertür, falls Anxa schlief, wollte er sie nicht wecken.

»Berry? Bist du es?«, hörte er Anxas Stimme, die zugleich ängstlich als auch ungehalten klang.

Erleichtert atmete er auf. Sein Adrenalinpegel war viel zu hoch, um zu schlafen. Er fühlte sich so erleichtert, ja euphorisch, wie schon lange nicht mehr. Als er Yanto auf der STORMY MONDAY so nah vor sich gesehen hatte, hatte er sein Glück überhaupt nicht fassen können. Der Abstecher nach Dawangan, sein Ärger, wegen Anxa nicht sofort in Yantos Candi fahren und ihn dort aufstöbern zu können, war verflogen. Da stand er vor ihm, der Kerl, dessentwegen er zu LSM zurückgekehrt war, einfach so! Wenn er nur mehr Zeit gehabt hätte, um ihn sich gründlich vorzuknöpfen.

Anxa saß im Bett. Sie hatte sich das zweite Kopfkissen genommen und hinter ihren Rücken gestopft. »Und, wie war's?«, fragte sie atemlos.

»Wunderbar!«

Sie sah ihm prüfend in die Augen, was er damit sagen wollte. Berry lächelte ihr zu und setzte sich auf die Bettkante. Normalerweise würde er jetzt ein Radio oder einen Fernseher auf laut stellen, um ihr Gespräch mit deren Geräuschen zu übertönen und eine Überwachung mit Raummikrofonen unmöglich zu machen. Aber auch in dieser Hinsicht hatten die Chinesen vorgesorgt, in diesem Zimmer gab es weder das eine noch das andere.

»Ich muss unbedingt duschen«, sagte er und signalisierte ihr mitzukommen.

Sie sah ihn verwundert an, woraufhin er noch eindringlicher signalisierte. Zögernd schlug sie die Bettdecke zurück. Erstaunt registrierte er, dass sie ein langes, weites T-Shirt anhatte. Was hatte er erwartet? Dass sie in ihrer Straßenkleidung im Bett lag?

Im Bad drehte er die Dusche voll auf. Das Wasser prasselte auf den gekachelten Boden und gegen den Plastikvorhang. Er winkte Anxa zu, nah heranzukommen. Sie schien immer noch nicht richtig zu verstehen. Berry fasste sie am Arm, zog sie zu sich heran, ihr Körper verhärtete sich.

»Die Geräusche überdecken unser Gespräch«, flüsterte er ihr ins Ohr.

Sie nickte zögernd, und ihre Körperspannung ließ nach.

»Die SEA MOOD ist präpariert«, fuhr er leise fort. »Wir werden sie also nicht mehr verlieren.«

Einen Moment schwiegen beide.

»War es sehr schwierig?«

»Nein, war es nicht. Morgen früh können wir wieder verschwinden.«

»Was ist, wenn die SEA MOOD den Hafen gar nicht verlässt?«

Berry schüttelte leicht den Kopf. Einige ihrer Haarspitzen streiften sanft sein Gesicht.

»Das glaube ich nicht.« Er hätte noch sagen können, dass die Tanks irgendwann morgen früh leergepumpt sein würden, dass es für die Chinesen keinen Sinn machte, das Schiff hierzubehalten. Wenn sie den Tanker konfiszieren wollten, hätten sie die Piraten längst von Bord geholt. Aber er schwieg, ohne seine Position zu verändern.

Langsam wandte sie sich ihm zu und strahlte ihn an. Eine Sekunde lang verirrten sich ihre Blicke ineinander.

»Ich dachte schon, du würdest nicht mehr zurückkommen.«

Das ›Du‹ kitzelte Berry im Bauch.

»So schön finde ich es hier nicht«, sagte er und sog sanft ihren puderigen und gleichzeitig erdigen und ein wenig rauen Geruch ein. »Du vielleicht?«

Anxa musste seine sanft bebenden Nasenflügel bemerkt haben. Ihr Blick wurde einerseits weicher und zugleich herausfordernder. Sie rückte keinen Millimeter von ihm ab.

Berrys Puls erhöhte sich, sein Herz schien jetzt in seinen Ohren und nicht in seiner Brust zu schlagen.

»Ich finde es sehr schön hier«, flüsterte sie in sein Ohr und berührte sein Ohrläppchen so leicht mit ihrem Mund, dass er sich dieser Berührung nicht einmal sicher war. Wellen durchfluteten ihn und machten ihn unsicher. Er rückte etwas von ihr ab.

Anxa lächelte, sehr rätselhaft, wie er fand. Belächelte sie ihn, oder war auch sie verunsichert?

»Wolltest du nicht duschen?«, fragte sie leicht spöttisch und lauter.

»Doch, schon«, antwortete er und rückte noch weiter von ihr ab.

»Lass dich nicht aufhalten«, sagte sie und verließ mit langsamen Schritten das Bad, ohne die Tür hinter sich zu schließen.

Berry atmete tief durch, als wäre er einer gefährlichen Situation entronnen. Er ließ den Bademantel zu Boden fallen, zog die Badehose aus, ihm war gleichgültig, ob Anxa ihn dabei beobachtete, und stellte sich unter den Wasserstrahl.

Ein irres, ein elektrisierendes Gefühl war das, Yanto auf der SEA MOOD zu wissen und das Schiff jetzt nicht mehr verlieren zu können. In wenigen Tagen würde er diesen schmierigen kleinen Piraten zur Rede stellen und endlich das Dunkle um Hannas Tod lichten. Er reckte sich wohlig und begann sich auszumalen, wie er vorgehen würde, wenn er Yanto tatsächlich in seinen Händen hatte.

Plötzlich spürte er eine Bewegung hinter sich. Alarmiert fuhr er herum – und sah Anxa, die gerade den Duschvorhang hinter sich zufallen ließ. Ihr Blick packte ihn irgendwo tief in seinem Körper, und es verging eine halbe Ewigkeit, bis er sich von ihren dunklen Augen losreißen konnte. Sie war nackt, und ihr braun gebrannter Körper erschien ihm schöner als alles, was er bisher in seinem Leben gesehen hatte.

Langsam hob sie ihre Hand und strich mit dem Handrücken über seine Brust. Etwas explodierte in ihm und warf ihn mitten hinein in einen Zyklon, dorthin, wo es ruhig ist und von wo aus jede Bewegung zu einem rasenden Strudeln führt. Es dauerte eine Weile, bis er sich bewegen konnte, und Anxa schien es genauso zu gehen.

Dann stürzten ihre Körper aufeinander und ließen sich nicht mehr los, und für die nächsten Stunden war in ihm kein Gedanke mehr.

54

Auf keinen Fall wollte Yanto offenlegen, dass er niedergeschlagen worden war, auch wenn sein geschwollenes Kinn und die Beule an seinem Hinterkopf unübersehbar waren. Er hatte seine Männer antreten lassen, und ohne ein einziges Wort zu sagen, ging er nun schon das dritte Mal vor ihnen entlang. Dieses Mal blieb er vor jedem Einzelnen stehen und sah ihm sehr intensiv in die Augen. War es einer dieser Jungen gewesen, dann würde derjenige Angst haben, entlarvt zu werden, er würde sich durch irgendeine Reaktion verraten, keiner von ihnen war cool genug, ihn zu täuschen, da war Yanto sich sicher.

Aber er fand keinen Hinweis. Ihre Blicke waren zwar ängstlich und nervös, mehr jedoch nicht, da war weder Trotz noch Panik, noch unterdrückte Wut, sondern vor allem Unterwürfigkeit: Keiner von ihnen wollte etwas falsch machen, sie sehnten sich nach Anerkennung durch ihren Anführer, sonst nichts.

Mit einer kurzen Geste schickte Yanto sie wieder weg. Danach ging er zu Taniki und fragte ihn, ob er irgendetwas Merkwürdiges beobachtet habe. Auch bei ihm fand er keine Anzeichen von Unsicherheit, wobei Yanto sich bei Taniki nicht so sicher war wie bei seinen Leuten. Taniki hatte das Pokerface, das vielen Griechen schon in die Wiege gelegt war, seine wahren Gedanken waren dahinter nicht zu erkennen.

Yanto zog sich in die Kapitänskajüte zurück, brühte sich einen Becher grünen Tee, rieb etwas Ingwerwurzel hinein und setzte sich in den gut gepolsterten Fernsehsessel von Kapitän Stavros Acromos. Waren die beiden Posten womöglich aufs Schiff gekommen, um sich einen Spaß mit ihm zu machen? Denkbar war es. Nur nicht wahrscheinlich, denn dann hätten sie mehr daraus gemacht. Ihn einfach nur niederzuschlagen und schnell zu verschwinden, war nichts, womit man vor seinen Kollegen prahlen konnte. Nein, dieser Unbekannte hatte ihn niedergeschlagen, weil er nicht entdeckt werden wollte. Weil er etwas gemacht hatte, was Yanto nicht wissen durfte. Was konnte das sein?

Yanto nahm sich vor, bei Tageslicht das Deck gründlich zu untersuchen, vielleicht fand er ja einen Hinweis, der ihm weiterhalf.

* * *

Der Morgen graute. Berry saß mit dem Rücken an die Wand gelehnt im Bett. Das Chaos in seinem Kopf hatte ihn nicht schlafen lassen, keine einzige Sekunde.

Er hatte einen Fehler gemacht, da war er sich sicher, auch wenn der Sex mit Anxa fantastisch gewesen war. Oder vielleicht gerade deshalb: zu intensiv, mehr als nur Sex, mehr von etwas, was ganz nah an ihn heranwollte.

Anxa lag neben ihm und schlief tief und wohlig. Er fürchtete sich schon vor dem Moment, wenn sie wach wurde. Was sollte er sagen? Wie sollte er mit ihr umgehen? Der wirklich gefährliche Teil ihrer Operation stand noch bevor, und wenn er sich bislang auf den Standpunkt gestellt hatte, dass es ihre Entscheidung gewesen war, dabei zu sein und sie demzufolge zusehen musste, wie sie mit allem klarkam – jetzt hatte sich bei ihm das Gefühl festgesetzt, sie beschützen zu müssen

Wütend schlug er die Bettdecke zurück, ging zum Fenster und sah hinaus auf diese unglaublich hässliche chinesische Stadt, die im Morgengrauen noch trostloser und deprimierender aussah als gestern Nacht. Auf keinen Fall durfte er hier im Hotel länger als unbedingt nötig bleiben. Im Flugzeug würde es leichter sein, sich von Anxa fernzuhalten und mit anderen Dingen abzulenken.

5:30 Uhr. Wann konnte er frühestens, ohne dass es verdächtig erschien, das Hotel verlassen. 6:00 Uhr? Warum eigentlich nicht. Er ging ins Badezimmer und duschte so lange eiskalt, bis seine Haut gefühllos war. Dann wechselte er auf heiß und genoss das Prickeln, als die Durchblutung wieder in Gang kam.

Plötzlich stand Anxa hinter ihm, dieselbe Situation wie gestern Abend.

»Ich weiß auch nicht, das Geräusch einer Dusche macht mich irgendwie an«, lachte sie, drängte sich von hinten an ihn heran, spürte dann jedoch, wie sich sein Körper ablehnend verhärtete.

»Was ist los?«, fragte sie.

»Ich würde gerne alleine duschen«, antwortete er, ohne sich umzudrehen.

Für einen Moment herrschte Stille.

»Kein Problem«, sagte sie. Ihre Stimme vibrierte vor Enttäuschung. Er hörte ihre Schritte auf den Badezimmerfliesen und das Rascheln ihrer Bettdecke.

Nach zehn Minuten war seine Haut krebsrot und aufgeweicht. Schweren Herzens stellte er das Wasser ab, er konnte ja nicht ewig weiterduschen. Er rasierte sich gründlich, putzte sich die Zähne und tat alles, um Zeit zu schinden. Irgendwann kam es ihm selbst lächerlich vor. In den Bademantel gehüllt, ging er ins Zimmer zurück.

Anxa saß im Bett, die Bettdecke hatte sie wie eine Wurstpelle um sich herumgewickelt und sah ihn böse an.

Bevor sie etwas sagen konnte, signalisierte Berry ihr zu schweigen, wegen der Abhörmikrofone. Ihre Augen verengten sich, und Berry konnte es förmlich spüren, dass ihr das in dieser Sekunde scheißegal war.

»Ich denke, wir können zum Flugzeug zurückkehren«, sagte er. »Bestimmt wird es heute noch repariert.«

Anxa beherrschte sich, das Funkeln ihrer dunklen Augen machte jedoch mehr als deutlich, dass sie Berry am liebsten irgendetwas sehr Hartes an den Kopf geworfen hätte. Ohne zu antworten, warf sie die Bettdecke von sich, und ohne sich darum zu scheren, dass sie splitternackt war, sprang sie aus dem Bett. Auf dem Weg zum Badezimmer ging sie für einen Moment mit ihm auf Tuchfühlung und flüsterte ihm: »Arschloch!« ins Ohr.

Ihre kurze Berührung löste bei ihm sofort einen Reflex aus, ob er wollte oder nicht. Sie registrierte das, quittierte es mit einem stolzen Lächeln und verschwand im Badezimmer.

Berry atmete tief durch und verfluchte sich für seinen Leichtsinn. Er hatte doch wahrlich genug am Hals, warum musste er sich da noch dieses Problem aufladen?

Wütend schleuderte er seinen Bademantel in die Ecke und zog sich hastig an. Als Nächstes musste er Anxa unbedingt loswerden, gleichgültig, was er ihr versprochen oder wozu sie sich entschieden hatte. Er musste jetzt seinen Kopf frei haben, er musste sich konzentrieren, und in ihrer Nähe würde ihm das nicht mehr gelingen. Allerdings kam noch ein anderes Gefühl hinzu, er hatte Mühe es sich einzugestehen: Er hatte Angst um sie, er wollte nicht, dass ihr etwas passierte. Diese Erkenntnis machte ihn noch wütender.

Anxa war in sein Leben eingebrochen, ohne dass er das gewollt hatte. Jetzt galt es, sie wieder aus seinem Leben zu entfernen, gründlich und ohne Wenn und Aber.

56

Während die Tanks der STORMY MONDAY zur Hälfte mit Wasser gefüllt wurden, ließ Yanto seine Leute vorne am Bug an der Ankerwinde üben, eine überflüssige Angelegenheit, die lediglich sicherstellen sollte, dass er von niemandem gestört wurde; Taniki hatte alle Hände voll zu tun, um das bevorstehende Auslaufen des Tankers vorzubereiten.

Yanto stellte sich dorthin, wo er am Abend zuvor niedergeschlagen worden war. Der Unbekannte hatte ihn von hinten angesprungen, von den Aufbauten aus. Dorthin wandte er seine Aufmerksamkeit und begann, jeden Zentimeter des Bodens zu untersuchen. Danach nahm er die Wände und Rohre in Augenschein. Eine Stunde später hatte er das ShipLoc gefunden.

Er brauchte nicht lange, um die Funktion dieses Gerätes zu erkennen, auch wenn er ein derart kleines ShipLoc noch nie gesehen hatte; er kannte nur die schuhkartongroßen Standardgeräte, die von vorsichtigen Reedern immer häufiger verwendet wurden, meist an Stellen in ihren Schiffen verborgen, die man unmöglich ausfindig machen konnte. Dieses kleine Gerät jedoch war von jemandem angebracht worden, der nicht viel Zeit gehabt hatte, ein besseres Versteck zu finden. Und das musste derjenige gewesen sein, der ihn niedergeschlagen hatte.

So weit passte alles zusammen. Nur, wer war so sehr daran interessiert, den Kurs der STORMY MONDAY ab jetzt zu verfolgen, dass er das Risiko auf sich nahm, sich hier an Bord zu schleichen? Vor allem, wer hatte überhaupt die Chance, auf das Hafengelände und an den Wachen vorbeizukommen? Und, das war die viel wichtigere Frage, wer wusste überhaupt, dass die STORMY MONDAY in Zhanjiang angelandet war?

Harrison. Harrison wollte sicherstellen, dass Yanto sich an die Vereinbarung hielt, den Tanker nach Bintan zurückzubringen.

Yanto fragte sich, was das für ihn selbst bedeutete. Im Grunde konnten ihm Harrisons Motive gleichgültig sein, solange sie für ihn nicht bedrohlich waren. Aber die Motive des arroganten Engländers waren ihm eben nicht gleichgültig. Alles, was Harrison tat, soviel war ihm inzwischen klar geworden, folgte einem ausgefuchsten Plan, dessen Weitsicht beispielhaft war und ihm widerwillige Bewunderung abtrotzte. Er wollte *verstehen*, was dahintersteckte.

Für die nächsten Stunden zog er sich wieder in Acromos Kajüte zurück, um durch Nachdenken den Hintergründen auf die Spur zu kommen.

Einige Stunden später hatten die Schlepper die STORMY MONDAY wieder aufs offene Meer hinausgezogen und gaben die Leinen frei. Taniki richtete den Kurs nach Nord-Nord-Ost aus, um die Insel Hainan östlich zu passieren und beschleunigte den Tanker, bis dieser seine Höchstgeschwindigkeit von 16 Knoten erreicht hatte. Dann legte er die Füße auf das Steuerpult und wartete, bis Yanto auf der Brücke auftauchte.

Yanto war mit seinen Gedankenspielen nicht weitergekommen und zwang sich dazu, erst einmal einen Schlussstrich zu ziehen: Zu viele Unbekannte machten es unmöglich, eine einigermaßen verlässliche Einschätzung der Hintergründe vorzunehmen. Als er missmutig die Brücke betrat, war er müde und ahnte nicht, dass er in wenigen Minuten eine umfassende Antwort bekommen würde. Taniki legte ihm einen versiegelten Umschlag auf den Tisch, mit schönen Grüßen von George Harrison, wie er sagte. Als er den Namen aussprach, lächelte er merkwürdig, was Yanto sehr wohl sah, sich jedoch nicht erklären konnte.

Als Yanto den Umschlag aufriss, kam ihm als Erstes ein Bündel Dollarnoten entgegen. Als Nächstes zog er einen in Englisch geschriebenen Zettel hervor. Harrison informierte ihn, dass vor Bintan aller Voraussicht nach ein Repo-Team versuchen würde, die STORMY MONDAY zurückzuerobern und er die Zeit bis dahin nutzen sollte, Vorbereitungen für deren Abwehr zu treffen.

Yanto brodelte vor Wut: Dieser Harrison behandelte ihn wie einen Leibeigenen! Er schubste ihn herum, bewegte ihn wie eine Schachfigur! Seit wann wusste Harrison wohl schon von dem Repo-Team?

Unbeherrscht packte Yanto Taniki am Hemd und riss ihn von seinem Sessel.

»Wann hat er dir diesen Umschlag gegeben?«, brüllte er ihn an. »Wann und wo?«

Taniki streckte beide Arme von sich und tat lässig.

»Was regst du dich auf, Yanto?« Er deutete auf die Dollarscheine. »Wenn du willst, nehme ich das Geld.«

Yantos Griff verstärkte sich, er zog den Griechen näher an sich heran. »Wann und wo?«

Taniki merkte, dass Yanto kurz vor einer wirklich gefährlichen Explosion stand.

»Ein Bote hat ihn mir ins Hotel gebracht. In Bintan. Bevor ich hier an Bord gekommen bin. Ich sollte ihn dir geben, sobald wir den Tanker entladen haben und wieder auf offener See sind.« Er forschte in Yantos Augen, wie gefährlich die Situation für ihn war. »Das ist alles, was ich weiß.«

Yanto starrte ihn einige Sekunden grimmig an, dann stieß er ihn von sich, weniger weil er ihm glaubte, sondern weil sein Ekel vor dem Griechen einfach zu groß war. Er nahm wieder den Zettel. Harrison wollte, dass er die Repo-Leute liquidierte – Yanto verstand den Sinn des Wortes nicht, hatte es etwas mit liquid, flüssig, zu tun? –, liquidierte, bis auf einen Mann, den er unbeschadet und unverletzt gefangen nehmen sollte. Jetzt verstand er das Wort: Liquidieren bedeutete das Gegenteil von unverletzt gefangen nehmen, also töten. Wieder flammte in ihm Wut über Harrisons Überlegenheit auf. Warum benutzte er ein Wort, das einfach nur kompliziert war, statt eines einfachen, verständlichen? Welchen anderen Sinn konnte das haben, als ihn zu beschämen?

Er las die Mitteilung zu Ende. Einen bestimmten Mann von der Repo-Crew sollte er am Leben lassen, dafür versprach Harrison ihm noch einmal 50 000 Dollar.

Yanto schleuderte den Zettel zusammen mit dem Umschlag auf den Boden. Woher wusste Harrison, dass diese Repo-Crew die STORMY MONDAY vor Bintan stürmen würde? Und warum informierte er ihn jetzt erst? Natürlich, weil er wollte, dass Yanto nicht genug Zeit hatte, vielleicht die gesamte Aktion abzublasen, und weil er auf der anderen Seite wollte, dass Yanto trotzdem genug Zeit hatte, sich und seine Leute auf den bevorstehenden Angriff vorzubereiten.

Dieser Scheißkerl, dachte Yanto wütend, wütend über seine eigene Ohnmacht. Welche Wahl hatte er denn schon? Auf der einen Seite lockten 375 000 Dollar für die STORMY MONDAY plus die 50 000, die er in der Hand hielt und weitere 50 000 für diesen Mann, den er nicht töten sollte. Zusammen 475 000 Dollar. Und auf der anderen? Er konnte den Tanker aufgeben und sich mit mageren 50 000 verabschieden … Das war definitiv keine Alternative.

Widerwillig bückte Yanto sich nach dem Umschlag und zog die ebenfalls in dem Zettel angekündigten Fotos von dem Mann hervor, den er leben lassen sollte. Im ersten Moment dachte er gar nichts, als er dessen Gesicht sah, und spürte nur, wie sein Puls sich beschleunigte. Dann erkannte er ihn wieder: Es war dieser Engländer, der ihn auf der LIBERTY zusammengeschlagen hatte, der Mann, dem er Rache geschworen hatte, der Mann, der ihn und seine Leute wie eine Horde harmloser Kinder überwältigt hatte …

»Berry«, hatten seine Leute ihn genannt. Yanto blätterte durch die Fotos, die Thomas in London von Berry geschossen hatte. Jedes einzelne Bild spornte ihn einmal mehr an, Harrisons Auftrag anzunehmen, allerdings mit einer kleinen Einschränkung: Er würde Berry lebend übergeben, nicht jedoch unbeschadet und unverletzt.

57

Der Aufbruch aus dem Crowne Plaza vollzog sich in eisigem Schweigen. Während Berry mit den beiden Wachposten verhandelte und dann unten an der Rezeption das Zimmer bezahlte, hielt sich Anxa im Hintergrund, ihren Körper kerzengerade aufgerichtet, und ihre Augen betrachteten alles um sie herum mit stolzer Ruhe. Sie ließ keine Sekunde irgendeinen Zweifel, dass sie Berry nicht zubilligte, über ihr Wohlbefinden zu entscheiden. Sie hatte eine Nacht mit aufregendem Sex gehabt, und sie war entschlossen, dass es ihr völlig gleichgültig war, was Berry für sich daraus machte.

Auch während der Fahrt in dem Jeep wechselten sie weder ein einziges Wort, noch sahen sie sich an. Jeder starrte aus seinem Fenster hinaus und beschäftigte sich mit seinen eigenen Gedanken.

Reibungslos wurden sie auf dem Flugplatz zu der Gulfstream durchgewunken. Das Flugzeug stand vor dem Hangar und war inzwischen gegen eine saftige Gebühr an eine externe Stromversorgung angeschlossen worden, damit die bordeigene Klimaanlage betrieben werden konnte, denn die schwüle Luft und die direkte Sonne hatten die Kabine mittlerweile auf weit über 30 Grad aufgeheizt. Bridges, Günther und ein chinesischer Monteur werkelten an dem rechten Triebwerk an der defekten Treibstoffpumpe.

Der Jeep hielt vor der Gangway. Berry drängte sich erleichtert nach draußen.

»Hey, Bridges, wie sieht's aus?«

Bridges hob seine ölverschmierte Hand. »Haben die alte Pumpe gleich raus.« Er deutete auf einen Karton. »Die neue ist schon da. Und bei dir?«

Berry hob den Daumen und grinste. »Hat dieser Wan Tok sich blicken lassen?«

»Nein, hat er nicht.«

Berry wandte sich an die beiden Soldaten. »Ich würde gerne so schnell wie möglich mit eurem Boss sprechen, mit Wan Tok.«

Die beiden nickten. »Hauptmann Wan Tok, ja.«

»Ja«, sagte Berry, nickte ebenfalls und tippte auf seine Uhr. »Sofort. Alles klar?«

Die beiden sahen ihn unfreundlich an. Berry kramte seufzend einige letzte Scheine aus seiner Hosentasche und gab sie den beiden.

»Sofort«, wiederholte er.

Die beiden nickten, stiegen in ihren Jeep und fuhren gemächlich davon.

Berry betrat die Kabine und winkte seinen Leuten zu. Anxa hatte sich inzwischen alleine ins hintere Ende der Gulfstream zurückgezogen.

»Wie ist es gelaufen?«, fragte Claude und zwinkerte in Richtung von Anxa. Vern grinste sein dämliches Texanergrinsen, Danny zog neugierig und gleichzeitig ironisch eine Augenbraue hoch, selbst Horst lächelte sanft. Nur Massimo brütete demonstrativ desinteressiert vor sich hin.

»Habt ihr das Shiploc schon überprüft?«, fragte Berry, ohne auf die Anzüglichkeit einzugehen.

»Läuft wie geschmiert, Berry. Und wie war deine Nacht? Auch wie gut geschmiert?«

Berry bemühte sich, keine verräterische Reaktion zu zeigen. Diese Kerle kannten ihn sehr gut. Wenn man seit Jahren so viel Zeit miteinander verbrachte, war das nicht zu verhindern.

»Ich hatte keine«, erwiderte er, zog sich ins Cockpit zurück und schloss die Tür hinter sich.

»Mhm«, sagte Danny gedehnt und wandte sich zu Anxa um. »Das scheint ja harte Arbeit gewesen zu sein.«

»Kümmern Sie sich um Ihren Mist!«, fuhr Anxa ihn an.

Danny und Claude grinsten sich vielsagend an.

»Der Kuchen ist verteilt, was meinst du?«, fragte Danny Claude gerade laut genug, dass Anxa es hören konnte.

»Sieht so aus«, antwortete Claude, wobei sein bislang entspanntes Lächeln maskenhaft wurde. Er hatte sich fest vorgenommen, Anxa irgendwann bis zum Ende der Operation flachzulegen. So wie es jetzt aussah, konnte er das vergessen.

Danny deutete Claudes frustrierten Gesichtsausdruck richtig und grinste ihn schadenfroh an.

»Was soll dein Scheißgrinsen, he?«

Danny hob beide Hände. »Der Herr gibt, der Herr nimmt«, entgegnete er, »und unser Herr heißt Berry.«

»Noch«, sagte Vern und warf Massimo einen Blick zu. Massimo reagierte nicht.

»Geh doch zu Herrchen und leck ihm den Arsch«, sagte Claude unvermittelt mit Schärfe.

Vern zuckte zusammen. »Pass auf, was du sagst, Froschfresser«, erwiderte er mit ebenso schneidendem Ton.

Das zu Untätigkeit verdammende Warten im Flugzeug zeigte Wirkung, nicht einmal sich draußen die Füße vertreten durften sie. Als Horst gestern Abend auf der Piste um die Gulfstream herumjoggen wollte, waren innerhalb von zwei Minuten drei Militärpolizisten aufgetaucht und hatten ihn wieder ins Flugzeug zurückgescheucht.

Claude lachte kalt auf. »Uuh, du machst mir echt Angst.« Er schüttelte sich, als liefe ihm ein Schauer den Rücken herunter.

»Hört mit dem Scheiß auf«, schnitt unerwartet Massimos Stimme dazwischen. »Selbst wenn der Boss«, er sagte das Wort Boss mit deutlich zynischem Unterton, »sie geknallt hat, geht uns das nichts an.«

»Was war das gerade?«, fuhr Anxa auf und beugte sich in ihrem Sitz vor. Sie war sich tatsächlich nicht hundertprozentig sicher, ob sie richtig gehört hatte.

Massimo beugte sich aus seinem Sitz heraus und drehte seinen Kopf.

»Entschuldigen Sie, Frau Perikos, wir fragen uns nur, wie Berry es geschafft hat, das Shiploc anzubringen, und ob er dafür einen abknallen musste.«

Claude unterdrückte sein Lachen, selbst Danny konnte sich ein Grinsen nicht verkneifen.

Anxa antwortete nicht und ließ sich mit geschlossenen Augen wieder in ihren Sitz sinken.

Massimo lächelte, ein merkwürdiges Lächeln, kalt, bösartig und auf eine Art zufrieden, so als freute er sich, eine Schwachstelle in Berrys Welt gefunden zu haben.

58

In seinem Büro in Zürich saßen sich Alice Hörnli und Thomas Becker gegenüber. Thomas hatte sie zur Sitzecke gebeten, das hatte dem Gespräch von vornherein einen persönlicheren Anstrich gegeben.

»Frau Hörnli«, sagte Thomas und bemühte sich, so einfühlsam wie möglich zu klingen, »ich habe Ihnen ja schon vor einiger Zeit angekündigt, dass ich irgendwann diese Filiale von Shipomex schließen werde.« Er hatte am frühen Morgen die heiß ersehnte E-Mail erhalten, in der Taniki ihm die Übergabe des Briefumschlages an Yanto bestätigte.

Alice erschrak, bemühte sich jedoch tapfer, ihren Schrecken zu verbergen. »Ja, ich weiß, ich weiß«, stammelte sie. All die Erinnerungen an ihre Schwierigkeiten, eine Arbeit zu finden, bevor Thomas sie angestellt hatte, tauchten sofort bedrohlich vor ihr auf.

Thomas nahm ihre Rechte in seinen Hände. »In wenigen Tagen ist es so weit. Leider.«

Alice nickte, nicht in der Lage, etwas zu sagen, wenn sie nicht riskieren wollte, in Tränen auszubrechen.

»Nun möchte ich Ihnen folgenden Vorschlag unterbreiten«, beeilte sich Thomas fortzufahren. »Sie haben mir sehr geholfen, und dafür möchte ich mich erkenntlich zeigen. Ich biete Ihnen Folgendes an: Für die nächsten zehn Jahre bekommen Sie 50 000 Dollar pro Jahr.«

Alice atmete auf. »Das heißt also, ich arbeite weiter für Sie.«

Thomas schüttelte den Kopf. »Nicht direkt. Ich möchte nur, dass Sie niemals irgendjemandem etwas über die Geschäfte der Shipomex erzählen.«

Alice zog ihre Stirn in Falten. »Das würde ich ohnehin niemals, Herr Becker.«

»Selbstverständlich, das weiß ich! Es ist nur so, ich werde mich aus dem Berufsleben zurückziehen, und ich möchte nicht gestört werden. Wenn dieses Büro aufgelöst ist und alle Unterlagen vernichtet sind, wird es keine Verbindung mehr zu mir geben. Außer Ihnen.«

Sie nickte langsam.

»Ich bitte Sie ganz einfach, die Namen Thomas Becker und Shipomex aus Ihrem Gedächtnis zu streichen.«

»Sie sind sehr großzügig, und ich danke Ihnen sehr herzlich«, erwiderte sie mit einem scheuen Lächeln, als befürchtete sie, Thomas könnte es sich in letzter Sekunde noch anders überlegen.

»Gut«, freute dieser sich. »Ich habe schon einen Vertrag aufgesetzt, der Sie und mich absichert.«

Er legte Alice Hörnli eine eng bedruckte Seite hin und erhob sich. »Lassen Sie sich mit dem Lesen Zeit. Ich habe noch genug zu tun.« Er deutete eine Verbeugung an und ging hinüber in sein Büro.

Thomas fühlte sich gut. Obwohl 50 000 Dollar zehn Jahre lang durchaus kein Pappenstiel waren, tat es ihm darum nicht leid. Zum einen, weil der Betrag im Verhältnis zu den etwa 65 Millionen, die er einstecken würde, nicht der Rede wert war. Zum anderen, und das war viel wichtiger, weil die halbe Million an Alice Hörnli ihm das Gefühl gab, im Kern, trotz allem, ein guter Mensch zu sein.

Nachdem er zwei Stunden später alle Spuren beseitigt hatte und die Büroräume wieder genauso aussahen, wie bevor Shipomex dort eingezogen war, begab er sich noch einmal zu Alice Hörnli. Sie hatte den Vertrag längst unterschrieben und wartete geduldig.

»Danke, Frau Hörnli.« Er klebte ein Post-it auf ihre Kopie des Vertrags. »Das hier ist ein Nummernkonto bei der SCB Bank, hier sehen Sie Ihr Code-Wort, mit dem Sie Geld abheben können. Ich werde dafür sorgen, dass jeweils am 1. Januar der vereinbarte Betrag auf Ihrem Konto gutgeschrieben ist.«

Hörnli nickte und steckte den Zettel ein.

Thomas hielt ihr seine Rechte hin. »Wir werden uns nicht mehr wiedersehen. Deswegen: Leben Sie wohl.«

Hörnli wollte etwas antworten, aber ihre Stimme versagte. Hastig schüttelte sie Thomas' Hand und verließ das Büro mit gesenktem Kopf, um ihre Tränen zu verbergen.

Thomas blieb noch lange unbewegt stehen und sah auf die Tür. Auch er empfand Trauer, obwohl er mit Alice Hörnli nie auch nur ein einziges privates Wort gewechselt hatte. Alles, was er über ihr schweres Schicksal wusste, hatte er durch einen Privatdetektiv herausfinden lassen, und Alice Hörnli hatte mit Sicherheit keine Ahnung, wie viel er über sie wusste. Vor allem hatte sie keine Ahnung, dass es nur kühles, logisches Kalkül war, was ihn dazu bewogen hatte, ihr den Job bei Shipomex zu geben: Bei ihrem Leidenshintergrund konnte er sich sicher sein, dass sie immer loyal und ihm zutiefst dankbar sein würde. Umso mehr wunderte er sich in diesem Moment selbst, wie sehr ihr Weggang ihn berührte.

Kurz darauf fuhr er zu seinem Apartment in der Bergstraße, das dem Hotel Olympic angegliedert war, einem gemütlichen Jahrhundertwendealtbau, von dem jedoch nur noch die Fassade alt war. Alles innerhalb der Mauern war nach modernsten Bauprinzipien hochgezogen worden, um den luxuriösen Komfort zu bieten, den man bei Übernachtungspreisen von 280 Franken aufwärts verlangen konnte. Das möblierte Apartment in einem uncharismatischen Anbau war im Vergleich dazu mit 1500 Franken pro Monat äußerst preiswert, bot jedoch nur eine spartanische Einrichtung und außer einmal die Woche Putzen keinerlei Service.

Thomas ging die paar Schritte hinüber zur Hotelrezeption.

»Ah, guten Tag, Frau Zellweger! Wir haben uns ja lange nicht mehr gesehen!«, begrüßte er die Geschäftsführerin und ärgerte sich, dass sie ausgerechnet heute Dienst tat. Sie gehörte zu der Sorte Frau, die er überhaupt nicht ausstehen konnte.

»Guten Tag, Mr. Harrison«, grüßte sie höflich-kühl zurück. Ihr resolutes Selbstbewusstsein passte nicht so recht zu ihrem jungen Alter von 36 Jahren.

»Ich wollte Ihnen nur mitteilen, dass ich in ein paar Tagen ausziehen werde.

»Oh«, erwiderte sie, und ein winziges Blitzen der Freude zuckte über ihr Gesicht.

Verdammte Hexe, dachte Thomas, ich kann dich noch viel weniger leiden!

»Sie erinnern sich natürlich, dass die Kündigungsfrist eine Woche beträgt.«

»Natürlich«, antwortete Thomas und zog seine Geldklammer hervor, in der mindestens dreißig Hundertfrankenscheine steckten.

Zellweger seufzte auf. »Sie sind der einzige Gast, der immer bar bezahlt, Mr. Harrison.« Der Tadel in ihrer Stimme war unüberhörbar.

Blöde Kuh, dachte Berry und zwang sich zu noch größerer Freundlichkeit.

»Sie wissen doch, jeder Engländer hat irgendeinen *spleen*. Ich zum Beispiel misstraue allem, was einen Magnetstreifen hat. Vor allem, wenn es sich um eine Kreditkarte handelt.«

Zellwegers Nasenflügel bebten vor unterdrückter Missbilligung.

Du würdest mich am liebsten in die Hölle beamen, dachte Thomas, stimmt's?

»Ich mache Ihre Rechnung sofort fertig. Wann immer Sie dann fahren wollen, lassen Sie einfach nur den Schlüssel im Apartment.«

Thomas lachte sie äußerst freundlich an und genoss es, wie seine Liebenswürdigkeit sie noch viel mehr ärgerte.

»Sehr freundlich, Frau Zellweger. Ich werde Sie gerne weiterempfehlen.«

Als er zehn Minuten später die Tür aufschloss und gedankenverloren hineinging, stolperte er über eine Kiste.

»Verdammt!«, fluchte er. Dass er vergessen hatte, sie gestern dorthin gestellt zu haben, zeigte ihm, wie angespannt, ja nervös er inzwischen war. Es wurde höchste Zeit, seinen genialen Plan zu Ende zu bringen.

Er hob den Karton auf die Arbeitsplatte in seiner Miniküche. Die Kiste war ein Symbol für das endgültige Ende seines Aufenthalts in Zürich: Darin befanden sich 150 einzeln abgepackte, feuchte Hygienetücher, mit denen er als letzten Akt jeden Quadratzentimeter seines Apartments abzuwischen gedachte, um keinen einzigen Fingerabdruck und so wenig gentechnisch verwertbares Material wie möglich zurückzulassen.

Aus dem kleinen Wandsafe holte er eine schwere Präzisionspistole hervor, die er sich über Eric van Halen besorgt hatte. In Gedanken versunken zerlegte er sie in ihre Einzelteile und setzte sie, ohne ein einziges Mal hinzusehen, wieder zusammen. Alle Teile fügten sich absolut perfekt ineinander, ein sanfter Druck genügte jeweils, und danach war nicht einmal ein Hauch von Spiel spürbar. Er wiederholte das Ganze einige Male, dann verstaute er die Einzelteile der Pistole in anderen Geräten und Gegenständen, die er sich schon zurechtgelegt hatte: Den Lauf der Pistole schob er in einen Hohlraum in seinem Laptop, das geleerte Magazin in den Griff seines Regenschirms und den Pistolengriff in den Korpus seiner Spiegelreflexkamera.

Bevor er sich in zwei Tagen endgültig nach Bintan aufmachte, würde er, das wusste er, diesen Vorgang noch einige Male wiederholen. Er fand es immer schon schwierig, Dinge abzuschließen, jedes Mal blieb dieses winzige bauchkitzelnde Gefühl, irgendetwas vergessen oder falsch gemacht zu haben, und es gab nur eine Möglichkeit, dem zu begegnen: Er musste den gesamten Vorgang noch einmal von vorne durchführen.

59

Wan Tok ließ sie schmoren. Zuerst hatte es geheißen, der für ihre Starterlaubnis zuständige, höherrangige Offizielle wäre unauffindbar. Dann tauchte Wan Tok persönlich am Flugzeug auf und gab sich untröstlich, in welche Schwierigkeiten Berry, seine Leute und vor allem die schwangere Anxa durch die Borniertheit mancher Politfunktionäre gebracht wurden. Er versprach Berry unkonventionelle Hilfe, die allerdings für ihn persönlich als weisungsgebundenen Soldaten riskant wäre und für die er unkonventionelle Wege gehen müsste.

Berry kannte das Spiel in- und auswendig, und in diesem Fall war er machtlos: Wan Tok hatte sie am Haken, und nur er entschied, wann er sie losließ. Beenden ließ sich die Situation nur mit harten Dollars, und je ungeduldiger Berry wurde, desto teurer würde es werden. Allerdings machte es ohnehin keinen Sinn, sofort zu starten, nicht solange das Ziel der STORMY MONDAY nicht deutlicher geworden war.

Auf dem Monitor des Navigationscomputers verfolgte Berry den blinkenden Punkt des Shiploc, der sich quälend langsam bewegte. Nachdem der Tanker Hainan passiert hatte, war er auf einen geraden Kurs nach Süden eingeschwenkt. Viel über das Endziel ließ sich daraus nicht ableiten, zwischen Borneo und Thailand war alles möglich. Warten war angesagt, ob in Zhanjiang oder sonstwo.

Die Nerven der Crew lagen blank. Anxa schwieg vor sich hin. Berry vermied es, in ihre Nähe zu kommen, was in einem kleinen Flugzeug wie der Gulfstream, auch wenn sie Platz für zwölf Passagiere hatte, schwierig war, und Massimo versuchte, sich immer offener als der kommende Anführer zu profilieren.

Am nächsten Tag zeigte das Shiploc, dass die STORMY MONDAY am südlichen Zipfel von Vietnam um 30 Grad westwärts schwenkte. Nach weiteren drei Stunden war klar, dass sie diesen Kurs beibehielt, sie also weder nach Kambodscha, Thailand oder Myanmar, das frühere Birma, strebte, sondern geradewegs auf die Einfahrt in die Straße von Malakka zwischen Bintan und Singapur zuhielt, wo sie bei der jetzigen Geschwindigkeit in knapp zwei Tagen eintreffen würde.

Erleichtert wies Berry Bridges an, den Tower um Starterlaubnis zu bitten mit dem Hinweis, dass Anxas Zustand sich verschlechtert hätte und sie medizinische Hilfe bräuchte. Wie erwartet, tauchte daraufhin Kommandant

Wan Tok alleine in einem Jeep auf, um seinen gewohnten Schwall von Entschuldigungen und Mitleidsbekundungen loszulassen. Ohne lange zu diskutieren, hielt Berry ihm 7000 Dollar hin und bat ihn, mit dem Geld die entscheidenden Personen davon zu überzeugen, dass sie dringend starten mussten.

Wan Tok nahm das Geld, verbeugte sich, versicherte noch einmal, wie unangenehm ihm dies alles sei, und fuhr davon. Keine Viertelstunde später kam das Go vom Tower, und kurz darauf war die Gulfstream endlich in der Luft.

Ihr Ziel war Singapur. Dort würden sie warten, bis die STORMY MONDAY nah genug war, um sie mit einem gecharterten Boot zu erreichen und sie für ihre rechtmäßige Besitzerin zurückzuerobern.

60

Yanto betrachtete seine junge Crew, die vor ihm in Reih und Glied Aufstellung genommen hatte. Sie wirkten nicht mehr ganz so unbeholfen wie in den ersten Tagen, nachdem er sie rekrutiert hatte. Sie hatten getötet, und keiner von ihnen war deswegen zusammengebrochen. Er wusste von sich selber, wie man sich schlagartig veränderte, wenn man diese Grenze überschritt. Wer akzeptierte, dass Töten fortan zu seinem Handwerk gehörte, wurde unabhängig.

Seine Jungs hatte Yanto mit fast allem ausgestattet, was er von dem Waffenhändler vor zwei Wochen eingekauft hatte: Maschinenpistolen, automatische Pistolen, Messer, Handschellen und starke kleine Taschenlampen, nur die Handgranaten hatte er ihnen verweigert aus der Befürchtung heraus, dass sie sie unüberlegt einsetzten und zu großen Schaden damit anrichteten. Zwei trugen zusätzlich noch Granatgewehre, die wie Pumpguns aussahen und mit denen man in kurzer Folge sehr wirkungsvolle Minigranaten verschießen konnte. Alle sechs trugen auf den Kopf geschnallte Nachtsichtgeräte, die Wunderwaffe, die Yanto bisher gefehlt hatte und die jetzt für das Gelingen seines Planes von großer Bedeutung war.

Der Plan, den er entworfen hatte, um Berry und seine Leute zu überwältigen, war einfach. In Anbetracht des hochkarätigen Gegners musste er einfach sein. Ein einfacher Plan konnte leicht auswendig gelernt werden, genau das war Yantos Ziel, wenn er seine Crew nun schon zum dreißigsten Mal dessen Ablauf trainieren ließ.

Beim achten Mal hatte einer seinen Unmut gezeigt. Yanto hatte ihn dafür vor den Augen der anderen empfindlich bestraft. Dieses Mal hatte er allerdings nicht nur mit Gewalt absoluten Gehorsam eingefordert, sondern außerdem sehr genau erklärt, mit welchen Gegnern sie es zu tun haben würden und wie wichtig es war, ihre eigene Aktion wie im Schlaf zu beherrschen. Diese Eindringlichkeit gepaart mit Brutalität hatte alle genügend eingeschüchtert, dass sie selbst jetzt, beim dreißigsten Durchlauf, mit ihrer Konzentration nicht nachließen.

Yanto selbst hatte sich ebenfalls volle Konzentration verordnet. Für die Überlegungen, die ihn beschäftigten, seit er Harrisons Briefumschlag geöffnet hatte, war später noch genug Zeit. Vor allem für die Frage, woher Harrison so sicher wusste, dass ein Repo-Team die STORMY MONDAY entern würde. Und warum er ausgerechnet Berry am Leben lassen sollte.

61

Quong, der Besitzer von Quong's Ships and Sails, dem größten Schiffeverleiher in Singapur, lächelte Berry nachsichtig an, als dessen Handy klingelte. Sie waren gerade im Begriff gewesen, das Büro zu verlassen, damit Berry sich draußen am Anleger das für ihn passende Schiff heraussuchen konnte.

»Eine Minute, Mr. Quong«, entschuldigte sich Berry und nahm das Gespräch entgegen.

Berry hatte sich mit einer leichten, hellen Khakihose und einem bunten Hawaiihemd wie ein Tourist herausgeputzt, offenbar so überzeugend, dass Quong ihn nicht besonders ernst nahm. Im äußerst streng regierten Singapur war es ratsam, sich keinen zu professionellen, zu offiziellen Anschein zu geben. Wie in der früheren DDR waren die Behörden hier sehr neugierig und hatten überall aufmerksame Menschen, die es liebten, verdächtige Aktivitäten zu meldeten.

»Elias hier«, knarrte Holbrooks Stimme in Berrys Ohr. »Sitzt du gut, Berry?«

»Was gibt's?«

»Ich habe gerade einen Auftrag von einem gewissen Jack Fano bekommen, Portland Shipping aus New York. Schon mal gehört?«

»Interessiert mich nicht. Wie du weißt, gibt es hier gerade was anderes zu erledigen.«

Holbrook lachte auf. »Da liegst du falsch, Berry.«

»Pass auf, Elias, ich habe jetzt keine Zeit dafür. Ruf morgen noch mal an.«

»Morgen, Berry, morgen ist es zu spät. Es muss schon heute sein.«

Holbrooks gute Laune kam Berry merkwürdig vor. Er kannte den grimmigen Ex-Hongkonger Hafenpolizisten zu genau, um nicht zu wissen, dass der sich gerade tierisch freute, in wenigen Sekunden eine kleine Bombe platzen zu lassen.

»Red schon, Mann!« Er winkte Quong freundlich zu.

»Jack Fano behauptet, seit eineinhalb Jahren Besitzer der STORMY MONDAY zu sein.«

»Die STORMY MONDAY, die bis vor kurzem noch SEA MOOD hieß?«

»Genau die.«

»Sicher?«

»Ich habe mir von Jack Fano eine genaue Beschreibung des Schiffes faxen lassen. Passt hundertprozentig.«

»Hast du seine Reederei gecheckt, die, wie hieß sie?«

»Portland Shipping aus New York, registriert in Nigeria«, wiederholte Holbrook genüsslich. »Ich habe alles auf die Schnelle gecheckt, was geht. Also, kurz auf den Punkt gebracht: Entweder hat das entführte Schiff schon einen neuen Besitzer, oder der Tanker hat nie Anxa Perikos gehört.«

»Komm, jetzt lass den Scheiß!«

»Okay«, lenkte Holbrook ein und wurde wieder ernst. »Dieser Jack Fano ist ein absolut unbeschriebenes Blatt. Den kennt keiner und das, obwohl es seine Reederei schon seit drei Jahren gibt.«

»Was soll's, Elias. Wir haben es doch schon oft genug erlebt, dass ein entführtes Schiff gleich am nächsten Tag mit gefälschten Papieren wieder auftaucht. Was wollte Mr. Fano von dir?«

»Endlich stellst du die einzig wichtige Frage. Ich dachte schon, du hast das Denken verlernt.«

Berry verdrehte die Augen. »Du gehst mir verdammt auf den Senkel, Elias!«

»Halt dich fest. Er behauptet, seine STORMY MONDAY wäre entführt worden, und er will, dass wir sie zurückholen.«

»Moment mal, meint er die Entführung vor einer Woche, als das Schiff noch Anxa Perikos gehörte und SEA MOOD hieß?«

»Nein, er meinte, heute, vor ein paar Stunden.«

Berry brauchte einige Sekunden, um sich einen Reim darauf zu machen. Nachdenklich fuhr er fort: »Das heißt also, die SEA MOOD wurde entführt, jemand benennt sie in STORMY MONDAY um, besorgt gefälschte Papiere, verkauft die STORMY MONDAY an Jack Fanos Portland Shipping und klaut das Schiff postwendend wieder, wahrscheinlich, um es noch ein weiteres Mal zu verkaufen. Sehe ich das richtig?«

»Das siehst du falsch, Berry. Laut Papiere hat Fano die STORMY MONDAY nur gechartert.«

»Aha. Und wer gibt sich als der Besitzer von dem Scheißtanker aus?«

»Eine Firma namens Shipomex. Sitzt auf den Cayman-Inseln.«

Berrys Stimme sank in die Tiefe vor Wut. »Elias, würdest du dir bitte nicht jeden Wurm einzeln aus der Nase ziehen lassen? Wer steckt hinter dieser Shipomex?«

»Ein gewisser George Harrison.«

»Der tote Gitarrist von den Beatles? Komm schon, Elias!«

»Wir müssen nicht darüber reden, dass Shipomex eine Scheinfirma ist. Trotzdem haben die astreine Papiere und einen lückenlosen Stammbaum der STORMY MONDAY, der bis in die 1970er-Jahre zurückreicht.«

»Okay, jetzt reicht's! Für mich ist Anxa Perikos die einzige rechtmäßige Besitzerin der SEA MOOD. Das ist alles, was ich wissen muss. Informier den Geschäftsführer von der Perikos-Reederei, wie heißt der noch?«

»Aurich.«

»Soll der sich diesen Fano und den Beatles-Gitarristen mit seiner Shipomex vorknöpfen.«

Holbrook schwieg, und Berry brauchte einige Sekunden, bis er wusste, warum.

»Jetzt sag mir nicht, dass du Fanos Auftrag angenommen hast?«

»Wieso nicht? Der hat eine saftige Anzahlung hingelegt. Und du holst die STORMY MONDAY doch sowieso zurück. Ein Auftrag, zweimal kassieren. Warum nicht die Verbrecher mit ihren eigenen Waffen schlagen?«

Berry hatte Mühe, seine Beherrschung zu wahren. Sein einziges Ziel war es, Yanto zu erwischen, alles andere störte, und es verdarb ihm die Laune.

»Kapierst du nicht, Berry? Jack Fano weiß nicht, dass du schon längst an der STORMY MONDAY dran bist. Das ist ein verdammter Zufall, wie ein Sechser im Lotto.«

Berry nickte gedankenverloren, das passte, das war die einzig sinnvolle Erklärung.

»Ich sehe das so: George Harrison hat die SEA MOOD klauen lassen. Er hat das Öl an die Chinesen verscherbelt, hat sich die gefälschten Schiffspapiere besorgt, und jetzt will er noch die Versicherung kassieren. Mit dem Auftrag an LSM kann er nachweisen, alles versucht zu haben, sein Schiff wieder zurückzubekommen.«

Keiner der beiden ahnte, wie nah sie gerade an Thomas Beckers Plan waren.

»Das stinkt, Elias. Wozu braucht die Shipomex dann diesen Jack Fano?«

»Komm schon, was ist los mit dir? Die Shipomex ist höchstwahrscheinlich ein Büro ohne Möbel mit einem Faxanschluss. Da sitzt nicht mal ein menschliches Wesen, das uns beauftragen könnte. Also macht das der harmlose, unverdächtige Charterer Jack Fano. Vielleicht sind Jack Fano und George Harrison sogar identisch.«

»Hat er gesagt, wo die STORMY MONDAY sich zur Zeit befindet?«

»Er behauptet, sie wäre östlich der Anamba-Inseln entführt worden und befände sich jetzt mit Motorschaden kurz vor der Insel Bintan.«

»Im Moment ist der Tanker noch sehr weit von Bintan entfernt.«

»Das bringt mich wieder zu meiner eigentlichen Theorie.«

»Und die war noch gleich?« Wieder winkte Berry Mr. Quong zu, dessen Gesichtsausdruck für asiatische Verhältnisse ungewöhnlich deutlichen Missmut zeigte.

Holbrook holte tief Luft. »Ich hab's ja schon gesagt: Der Shipomex-Geist

George Harrison und Jack Fano, die wollen nicht, dass du das Schiff zurückholst. Die wollen die Versicherung kassieren. Also werden sie das Schiff irgendwo versenken, während du in Bintan herumsuchst.«

»Tolle Theorie. Die hat nur einen Haken: Wir verfolgen die STORMY MONDAY auf unserem GPS, und demzufolge bewegt sie sich geradewegs auf Bintan zu, genau dorthin, wo wir suchen sollen. Und ich glaube nicht, dass sie zum U-Boot geworden ist.«

Holbrook ließ hörbar Luft aus seiner Lunge. »Okay, dann weiß ich es auch nicht, verdammt.«

»Eben. Vergiss es. Ist mir auch verdammt egal. Wir holen uns heute nacht das Schiff zurück. Ende der Geschichte.«

»Sagst du. Aber ich hab ein komisches Gefühl.«

»Scheiß drauf, Elias.«

Holbrook nuschelte irgendetwas vor sich hin, was Berry nicht verstehen konnte.

»Was war?«

»Nichts, Berry. Na dann, viel Glück.«

»Wird schon schiefgehen.«

Berry steckte das Handy ein und wandte sich wieder Quong zu.

»Meine Frau«, sagte Berry und deutete eine leichte Verbeugung an, »sie macht sich ständig Sorgen«.

Quong verbeugte sich ebenfalls. »Das scheint mir ein Problem der westlichen Welt zu sein.«

Eins zu null für dich, du Gelbnase, dachte Berry.

»Mag sein, Mr. Quong. Dann zeigen Sie mir mal, was Sie haben. Aber machen Sie schnell, Sie wissen ja …«, er deutete auf sein Handy.

»Nicht alles geht schnell, Mr. Feiler.«

»Das, Mr. Quong, scheint mir ein asiatisches Problem zu sein. Aber ich helfe Ihnen da gerne auf die Sprünge.«

62

Der Einzige, der Licht ins Dunkle hätte bringen können, saß zur selben Zeit in der Ersten Klasse des Lufthansaflugs LH 3729 von Zürich über Frankfurt nach Singapur. Thomas hatte gerade sein nur angegessenes Curry Chicken zurückgehen lassen. Was das Essen betraf, wäre er lieber mit der Malaysian Airways geflogen, aber er fühlte sich mit den Deutschen sicherer, auch wenn die Lufthansa längst nicht mehr die Vorzeige-Airline von früher war und mittlerweile an Unverschämtheit, was die Preise betraf, kaum noch zu überbieten war.

Nach Zürcher Zeit war es jetzt 3 Uhr morgens. Schlafen konnte er nicht, zu viele Gedanken befeuerten ständig seine Adrenalinproduktion, jedes Mal, wenn er schläfrig wurde, schlich sich eine andere aufregende Überlegung in seinen Kopf. Die Vorstellung, bald seinem ärgsten Feind gegenüberzustehen, war eben aus jedem Blickwinkel elektrisierend.

Zum Beispiel, wie reibungslos sein genialer Plan der Vollendung entgegenstrebte und wie fehlerlos selbst schwierigste Komponenten sich ineinander verzahnten. Oder die Tatsache, dass er Berry Feiler bald auf einem Schiff weit draußen in internationalen Gewässern gefesselt und geknebelt präsentiert bekäme. Oder dass er sich alle Zeit der Welt nehmen konnte, um Berry dafür bezahlen zu lassen, dass er ihm die Frau weggenommen hatte, die in seiner Lebensplanung von entscheidender Bedeutung gewesen war.

Es galt nur noch wenige Schritte zu tun, um sich endlich mit einem äußerst satten finanziellen Polster zurückzulehnen und den lieben Gott einen guten Mann sein zu lassen, auf den Cayman-Inseln, in der ewigen Sonne und Wärme.

Bei diesem Aspekt seiner Überlegungen hatte sich in der letzten Zeit häufiger ein unangenehmes Ziehen in der Bauchgegend eingestellt. War er tatsächlich für ein solches Dauer-Urlaubs-Leben gemacht? Vielleicht langweilte er sich ja zwischen Palmen, Strand und Meer zu Tode …

Thomas rief die Stewardess und ließ sich einen doppelten Malt bringen. Nach dem ersten Nippen an dem öligen Whiskey war er versucht, ihn genauso wie das Chicken zurückgehen zu lassen, aber dann kippte er ihn doch mit einem Schwung hinunter, und wenig später bedeckte der Alkohol seine Unruhe endlich mit einem angenehm schweren Mantel der Gleichgültigkeit. Mit offenem Mund fiel Thomas in einen tiefen Schlaf voller hektischer Träume.

63

Die Nacht kündigte sich mit einer beeindruckenden rot-gelben untergehenden Sonne an, deren Licht auf der STORMY MONDAY orangefarben reflektierte. Yanto kannte diese Art von Sonnenuntergang gut. Die abendliche Farbenpracht bedeutete, dass sich die hohe Luftfeuchtigkeit in der Nacht zu schweren Wolken verdichtete und es sich erst morgen früh entschied, ob die Kraft der Sonne ausreichen würde, die Wolken wieder aufzulösen oder stattdessen ein monotoner Dauerregen einsetzen würde. In jedem Fall bedeutete es jedoch: keine sternklare Nacht, kein heller Mond. Das war gut. Für heute Nacht erwartete er Berry und die englischen Söldner, und die würden sich bei lichtloser Witterung sicherer fühlen.

Mit den letzten Sonnenstrahlen hatte Yanto seine Leute an Deck versammelt und war mit ihnen noch einmal den Ablauf durchgegangen.

»Gut«, lobte er sie, als alles perfekt und wie automatisch abgelaufen war. »Gut.«

Seine Leute atmeten sichtbar auf.

»Unser Feind ist klug und beherrscht sein Handwerk. Er ist stärker, als ihr es seid.«

Unsichere Blicke flitzten hin und her.

»Unsere Vorteile sind gering. Aber es sind Vorteile, und sie werden entscheidend sein. Ich wiederhole sie noch einmal. Unser Feind weiß nicht, dass wir wissen, dass er kommt.«

Yanto ließ die Worte wirken, bevor er fortfuhr.

»Wir nutzen die erste Sekunde der Überraschung und schlagen sofort mit aller Macht zu. Wenn das gelingt, haben wir gewonnen. Wenn nicht …«, er trat den Deckel der Holzkiste weg, die er vor sich stehen hatte, in der säuberlich aufgereiht Handgranaten lagen, »dann werdet ihr auf mein Kommando niemanden am Leben lassen.«

Er deutete auf die Granaten.

»Jeder nimmt sich zwei. Wer eine davon ohne mein Kommando zündet, wird von mir sofort erschossen.«

Die jungen Männer nickten ernst. Mit Genugtuung sah Yanto, dass sie von sich aus einzeln vortraten und sich ihre Handgranaten holten. Vor drei Wochen noch hätten sie sich wie eine Horde Kinder alle gleichzeitig auf die Kiste geworfen. Vielleicht konnte er sie ja doch behalten und musste nicht nach erfahreneren Männern suchen.

»Wir wissen nicht, mit welchen Booten sie kommen, und auf dem Radar werden wir sie nicht sehen. Deswegen werdet ihr an Deck sein. Drei werden steuerbord patrouillieren, drei backbord. Ihr werdet euch dabei gut versteckt halten und nicht offen herumlaufen. Sie werden wahrscheinlich wie wir selbst vorgehen und sich dem Schiff von hinten nähern. Aber sicher sein können wir nicht. Alles ist möglich. Unser Gegner ist ein starker Gegner. Aber wenn ihr gehorcht, werden wir stärker sein.«

64

Acht Stunden vorher saßen Berry, seine Crew und Anxa in der Gulfstream, die auf dem Singapurer Flughafen in Parkposition gegangen war.

»Wo fährt die SEA MOOD jetzt?«, fragte Berry.

Bridges, der an der Kabinentür zum Cockpit lehnte, beugte sich nach hinten und warf einen Blick auf den Navigationscomputer.

»Östlich der Anamba-Inseln. Knapp 200 Meilen von Singapur entfernt.«

»Gut. Also, wir legen gegen 14 Uhr hier vom Hafen mit unserem Boot ab. Wir werden einen geraden Kurs fahren, sodass ihr«, er deutete auf Bridges und Günther, »uns leicht aus der Luft ausmachen könnt.«

Berry sah Danny und Claude an. »Ihr habt unsere Ausrüstung vorbereitet?«

»Alles *signed and sealed*«, antwortete Danny, »die beiden müssen nur noch liefern.«

Die Kontrollen in Singapur waren überaus streng, und es war völlig unmöglich, die Waffen und die Ausrüstung durch den Zoll zu bekommen. Deshalb mussten Bridges und Günther sie weit außerhalb der Zwölf-Meilenzone vom Flugzeug aus per Fallschirm abwerfen.

»Gut. Bridges, ihr startet eine Stunde nach uns.«

»Alles klar«, erwiderte der Pilot und streckte sich gegen die Kabinendecke. »Was ist dann? Sollen wir während der Aktion im Flugzeug stand-by bleiben?«

Berry schüttelte den Kopf. »Auf keinen Fall. Ihr geht ins Hotel. Wir werden die SEA MOOD in die Nähe von Bintan bringen und dort ankern.«

Er wandte sich Anxa zu und sah sie durchdringend an. »Noch können Sie es sich anders überlegen. Ich wäre Ihnen dankbar, wenn Sie dort zusammen mit Bridges und Günther alles Weitere abwarten würden.«

Plötzlich war es sehr ruhig. Keiner war in der Stimmung für Scherze oder sinnlose Auseinandersetzungen.

»Ich habe meine Meinung nicht geändert, Mr. Feiler. Ich werde Sie bei der Operation begleiten.«

»Komm Berry, lass sie in Ruhe«, sagte Claude. »Die sagt doch von Anfang an nichts anderes als: Ich will dabei sein, ich will dabei sein. Bon, soll sie doch.«

Wütend blitzte Berry ihn an. »Seit wann bist du hier der Chef?«

»Vergiss es, das führt doch zu nichts.«

Berry nickte, und sein Blick wurde kalt.

Massimo lächelte still vor sich hin. Ihm war völlig gleichgültig, wer sonst noch mitkam, Hauptsache Berry war dabei.

Berry erhob sich abrupt aus seinem Sessel. »Wir treffen uns am Hafen. Das Boot heißt QUONG IV, ein weißes Speedboat.«

Er verließ die Gulfstream, ohne irgendjemanden eines weiteren Blickes zu würdigen.

Anxa atmete tief durch. Sie hatte Angst, sehr große Angst.

* * *

»Das wird hart«, sagte Horst. Er hatte sich neben Berry an die Kaimauer gestellt und betrachtete die QUONG IV.

Berry wusste nicht genau, was er damit meinte. »Ich werde Massimo keine Sekunde alleine lassen.«

Der Deutsche nickte. »Ich kümmere mich um Anxa Perikos.«

»Ich auch, Horst, das kannst du mir glauben.«

Horst deutete ein Lächeln an. »Die hat Eier. Für eine Frau.«

Berry starrte ins Leere. Horst sah ihn forschend an, für seine Verhältnisse ein sehr emotionaler Blick. »Warum will sie unbedingt mit?«

Berry war versucht, mit einem Scherz zu antworten, aber etwas an Horsts Art veranlasste ihn, die Frage ernst zu nehmen.

»Sind bei eurem letzten Einsatz, der, bei dem ich nicht dabei war, als ich meine Auszeit genommen hab«, er grinste Horst schief an, als fände er das mittlerweile selber lächerlich und kindisch, »sind bei dem Einsatz zwei Piraten in einer Kajüte erschossen worden? Einer ins Herz, der andere mit Kopfschuss?«

Horst nickte. »Massimo hat sie getötet. War Notwehr, hat er gesagt.«

Berry schüttelte langsam den Kopf. »War es nicht. Er hat es gefilmt, und Ms. Perikos hat das Video zufällig gesehen.«

Horst sah ihn erstaunt an.

»Es war eine Exekution. Deshalb will sie dabei sein.«

Horst überlegte einen Moment. »Die hat noch einen anderen Grund.«

Berry nickte. »Es gibt wohl Menschen in ihrem Leben, denen sie etwas beweisen will.«

Eine Weile schwiegen die beiden, bis Horst das Gespräch wieder aufnahm. »Massimo wird unser Anführer, wenn du gehst.«

Berry erwiderte nichts.

»Ich werde mir was anderes suchen«, sagte Horst mit unbestimmtem Blick in die Ferne.

Berry sah ihn verwundert an. Einen so gut bezahlten Job wie den bei LSM würde er nicht so leicht wieder finden.

»Zur Polizei kannst du nicht zurück?«

»Nein«, antwortete Horst, und Berry merkte, wie sehr ihm dieses Thema zu schaffen machte, auch wenn er immer noch keinen Schimmer hatte, warum Horst seinen Dienst vor Jahren quittiert hatte. Oder quittieren musste.

Berry reckte sich. »Dann packen wir es an.« Er schlug dem Deutschen herzhaft auf die Schulter und sprang an Bord der QUONG IV. Horst folgte ihm.

Berry checkte die Instrumente und startete den Motor, der mit einem tiefen Brummen seine Arbeit aufnahm, zuerst gespickt mit einzelnen Aussetzern, dann runder und leiser.

Ein wehmütiges Gefühl überfiel ihn plötzlich: Heute war es das letzte Mal, dass er zu einer Repo-Operation aufbrach. Ein Gefühl wie ein schwerer Abschied. Ein Abschied von einem bestimmten Leben und von Männern, mit denen er in den letzten Jahren die meiste Zeit verbracht hatte. Mochten sie sein, wie sie wollten, egozentrisch oder besessen, hart oder grausam – trotzdem waren sie für ihn wie eine Familie geworden.

* * *

In der Nähe von Singapur war der Seegang noch nicht sehr kräftig. Berry hatte bald die richtige Geschwindigkeit herausgefunden, damit das Boot einerseits nicht jede Welle mitmachte und andererseits nicht zu heftig hochkatapultiert wurde, um dann hart auf die nächste aufzuschlagen. Trotzdem war die Fahrt jetzt schon nichts für schwache Mägen, sehr viel anders konnte es im Sattel eines noch nicht zugerittenen Pferdes auch nicht sein. Kurze, kräftige Stöße aus unberechenbarer Richtung zwangen die Crew und Anxa, sich ständig mit beiden Händen an einem der zahlreichen Haltegriffe festzuhalten.

Nach einer halben Stunde hatten sie die Hoheitsgewässer Singapurs hinter sich gelassen. Nach einer weiteren halben Stunde tauchte die Gulfstream von achtern auf, überflog sie und kehrte in einer weiten Schleife zurück. Von unten war jetzt die geöffnete Kabinentür zu sehen, eine Modifikation, die Berry hatte durchführen lassen, um Fallschirmabsprünge möglich zu machen, was die Grundkonstruktion der Gulfstream nicht erlaubte. Als der Jet sie das zweite Mal überflog, wurden zwei zu einem großen Paket zusammengeschnürte Flightcases aus der Öffnung herausgeworfen, und wenige Sekunden später öffnete sich der Fallschirm. Bridges wackelte einige Male mit den Flügeln und verschwand in Richtung Singapur.

Die Flightcases schlugen einige hundert Meter entfernt aufs Wasser. Eine neongelbe Boje machte es leicht, sie im Auge zu behalten, die Cases waren zwar absolut wasserdicht, aber so schwer, dass sie kaum über die Wasseroberfläche hinausragten.

Berry manövrierte das Boot an sie heran, und Danny fischte sie aus dem Wasser. Zehn Minuten später war jeder im Besitz seiner Ausrüstung. Damit sie ohne Probleme ihre Straßenkleidung gegen die schwarzen Kampfanzüge tauschen konnten, hielt Berry das Speedboat mit schwachem Gas rechtwinklig zu den Wellen. Es stampfte zwar gewaltig, aber wenigstens war diese Bewegung einigermaßen rund und kalkulierbar. Keiner kümmerte sich um Anxas Anwesenheit. Anxa selbst begab sich hinunter in die Kajüte und zog sich dort um. Sie war froh, für einen Moment alleine zu sein. Ihre Hände zitterten so sehr, dass sie Mühe hatte, die Reißverschlüsse des Kampfanzugs zuzuziehen. Einige Male musste sie innehalten und tief durchatmen. Dann begab sie sich wieder an Deck.

Als alle ihre Gürtel, Taschen und Holster festgezurrt hatten, übergab Berry das Steuer an Danny, der die meiste seemännische Erfahrung hatte, und signalisierte Massimo, ihm hinunter in die Kajüte zu folgen. Wie jedes Mal, wenn er ihn in den letzten Tagen angesprochen hatte, reagierte Massimo provozierend langsam. Er wollte, dass die anderen sahen, wie wenig er von Berrys noch aktueller Befehlsgewalt hielt.

Berry wartete, bis der Italiener die Tür hinter sich zugezogen hatte.

»Ich mache es kurz, Massimo, also hör genau zu«, sagte er ruhig und betont. »Solltest du wieder einen der Piraten ohne zwingende Not töten, wird das heute dein letzter Auftrag für Lost Ship Management gewesen sein. Hai capito?«

Massimo ließ sich Zeit. Er setzte sich und stützte ein Bein auf den flachen, am Boden festgeschraubten Tisch vor ihm. »Du bist der Boss.« Er grinste Berry lässig an.

»Du glaubst, weil ich die Firma verlasse, hast du Holbrook im Sack, hm?«

Massimos zuckte weiterhin grinsend die Schultern.

»Pokere nicht zu hoch, Massimo, dann verlierst du.«

»Ich komm schon klar, danke, Berry«, erwiderte Massimo.

»Wir werden sehen. Heute jedenfalls werde ich immer in deiner Nähe sein.« Er lächelte den Italiener kalt an. »Heute, das wird so etwas wie ein Eignungstest für dich.«

»Ich freue mich, Berry«, erwiderte Massimo mit gespielter Freundlichkeit. »Ich werde dich nicht enttäuschen.«

Berry nickte bedächtig. Das erste Mal ärgerte er sich, dass er seinen Ausstieg nicht besser vorbereitet hatte, schließlich wusste er schon sehr lange, dass Massimo ausgemustert gehörte. Aber er hatte in der Vergangenheit die Augen vor dessen Gewalttätigkeit verschlossen, und jetzt war es zu spät.

»Das war's, Massimo.«

Massimo stemmte auch das zweite Bein gegen den Tisch. »Ich glaub, ich bleib noch ein bisschen hier unten. Wenn du nichts dagegen hast.«

Berry verließ die Kajüte ohne ein weiteres Wort. Im Rücken spürte er sehr genau Massimos Blick, der nichts anderes sagte als: Von dir lass ich mir nichts sagen, deine Zeit ist vorbei.

Oben an Deck übernahm Berry wieder das Ruder. Anxa hatte sich auf dem zweiten Sitz neben ihm niedergelassen. Erstaunt hatte er beobachten können, wie ihre Nervosität von dem Moment an weniger wurde, als er den Motor gestartet hatte und losgefahren war. Das Meer schien eine besondere Wirkung auf sie zu haben, die titanische Wucht, mit der das Speedboat durch das Meer pflügte, und die vom Bug hochgeschleuderten Wasserfontänen befeuerten ihr Temperament. Ihre Augen leuchteten wie bei einem Kind, das nicht genug kriegen konnte vom Karussellfahren.

Berry war fasziniert. Eine glühende Energie ging von ihr aus, ein Strahlen, wie es intensiver nicht sein konnte. Er starrte sie für einen langen Moment an, ein warmes Gefühl spülte durch seinen Körper. Bilder ihrer gemeinsamen Liebesnacht tauchten vor ihm auf, und plötzlich hatte er große Sehnsucht nach ihr, nach ihrem Körper, nach ihrem Geruch, nach ihrer Stimme.

* * *

Alles lief nach dem üblichen Muster ab. Berry hatte die Positionslichter des Speedboates gelöscht, sobald die STORMY MONDAY auf dem Radarschirm auftauchte. Gleichzeitig erhöhte er die Geschwindigkeit bis an die Schmerzgrenze seiner Leute, um die Zeit, in der das Rennboot möglicherweise auf dem Radar des Tankers zu sehen war, so kurz wie möglich zu halten. Die STORMY MONDAY war in den letzten Stunden immer langsamer geworden, jetzt stand sie still. Offenbar hatten die Piraten ihr Ziel erreicht. Berry hoffte, dass sie nicht schon die Flutventile geöffnet und mit der Versenkung des Tankers begonnen hatten.

Als sie nur noch eine halbe Seemeile entfernt waren, drosselte Berry die Geschwindigkeit auf wenige Knoten und näherte sich von achtern. Der Himmel war unerwartet aufgeklart, zum Glück jedoch war die Luftfeuchtigkeit immer noch sehr hoch und schwächte das Licht der Sterne ab. Die STORMY MONDAY wirkte unverdächtig, ihre Positionslichter brannten, nur das Deck war unbeleuchtet, und aus den Kabinenfenstern drang ebenfalls kein Licht: ein gewaltiger, über dreihundert Meter langer schlafender Riese lag bewegungslos vor ihnen.

Berry schaltete den Motor aus und griff nach einem Paddel, Massimo und Claude ebenfalls. Quälend langsam bewegten sie das Boot um das Heck herum zur windabgewandten Seite. Da sie niemanden an Bord des Speedboats zurücklassen konnten, der es in Position hielt, mussten sie es leewärtig an zwei sehr langen Seilen befestigt treiben lassen, damit es nicht gegen die Bordwand des Tankers schlug.

Danny, Horst und Vern standen mit ihren dreizackigen Enterhaken, die in einer harpunenartigen Abschussvorrichtung steckten, bereit. Da die Tanks der STORMY MONDAY nur zur Hälfte mit Ballastwasser gefüllt waren, ragte das Schiff weit aus dem Wasser empor, zwölf, vielleicht sogar fünfzehn Meter, zu hoch, um einen Enterhaken hinaufzuwerfen.

Berry hob die Hand und wartete, bis jeder Einzelne seiner Männer signalisierte, bereit zu sein. Dann gab er ein Zeichen.

Fast gleichzeitig schossen die drei Männer ihre Enterhaken in die Höhe. Mit einem singenden Geräusch entrollten sich die Seile. Mit dumpfen Schlägen fielen die Haken oben an Deck. Mit ruckartigen Bewegungen zogen sie ihre Seile zurück, bis sie sich irgendwo oben an Deck festgehakt hatten.

In dem Moment, als Claude, Danny und Horst mit dem Aufstieg beginnen wollten, beugten sich oben zwei Schatten über die Reling. Die beiden ploppenden Geräusche, die beim Abschuss einer Gewehrgranate entstehen, waren kaum zu trennen von den sofort darauf folgenden Explosionen. Grelles Licht zuckte auf, zwei gewaltige Schläge trafen am Bug des Speedboats und drückten es für einige bange Sekunden in eine bedrohliche Schräglage, bevor es sich wieder aufrichtete.

Jemand schrie auf. Vern. Berry sah, wie er zu Boden fiel. Nur noch ein Röcheln war zu hören, dann Stille. Berry sprang zum Cockpit, während alle anderen das Feuer nach oben erwiderten. Der Motor startete. Berry gab Vollgas. Der Motor heulte auf, aber anstatt das Schiff nach vorne zu katapultieren, tauchte die Nase des Bootes unter Wasser, während das Heck sich in die Luft hob und die Schraube mit einem ekligen Geräusch in eine aberwitzige Drehzahl hochjubelte. Als der Anfangsschwung verpufft war, senkte sich das Heck wieder, allerdings nicht bis in die horizontale Ausgangslage. Berry wusste genau, was das bedeutete: Das Boot war am Bug in Höhe der Wasserlinie leck geschlagen und war dabei zu sinken.

Auch von oben wurde jetzt geschossen, allerdings eindeutig mit dem Ziel, niemanden zu treffen, die Kugeln schlugen rings um das Boot ein.

Wütend schlug Berry auf das Armaturenbrett, ohne ein funktionierendes Boot hatten sie keine Chance.

»An die Seile! Das Boot sinkt!«, brüllte er und bückte sich zu Vern hinunter. Er war tot, ein Granatsplitter hatte seine Brust durchbohrt.

Claude, Danny und Horst hangelten sich eilig einige Meter hoch, damit die anderen nachrücken konnten.

Plötzlich tauchte ein Halogenscheinwerfer Berry und seine Männer in grelles Licht. Ein Megafon wurde angeschaltet, es kratzte und knisterte, bis eine Stimme sagte: »Versucht ihr zu entkommen, schießen wir euch ab wie fette Fische!«

Fette Fische, dachte Berry, was für ein merkwürdiger Ausdruck.

»Werft eure Waffen weg und klettert hoch. Das ist die einzige Wahl, die ihr habt.«

Berry blinzelte in das Scheinwerferlicht, so grell, dass er dahinter nichts erkennen konnte. Während Claude, Danny und Horst schon über der Wasseroberfläche in der Luft baumelten, schwammen die anderen noch in voller Montur im Wasser.

Von dem Speedboat ragte nur noch ein kleiner Teil aus dem Wasser hinaus, offenbar hatte sich unter dem Kajütendach eine Luftblase eingeschlossen und ließ das Boot jetzt langsamer versinken.

Berry streckte seinen Arm mit der Maschinenpistole hoch und ließ sie ins Wasser fallen. Es hatte keinen Sinn, sie mussten aufgeben, vielleicht ergab sich ja oben an Deck eine Chance.

»Okay, Leute, schmeißt die Knarren weg.«

Die Männer gehorchten, sie wussten, dass er Recht hatte.

»Ihr dort auf der halben Strecke!«, tönte die Megafonstimme von oben. »Werft auch die Pistolen weg, die ihr am Körper tragt.« Zur Bekräftigung fetzte eine Maschinenpistolensalve herunter und ließ das Wasser aufschäumen.

Fluchend warfen Danny, Horst und Claude ihre Pistolen ins Wasser.

»Jetzt klettert ihr hoch!«

Berry ließ sich ins Wasser gleiten, packte eines der Seile, hangelte sich jedoch nur bis knapp über die Wasseroberfläche und zählte seine Leute durch. Danny, Claude, Horst, Massimo, Vern war tot, Anxa … Sein Herz krampfte sich zusammen.

»Anxa!«, brüllte er. »Wo bist du? Anxa!«

Keine Antwort. Sie hing weder an einem der Seile, noch konnte er sie im Wasser entdecken.

»Sei still und komm hoch«, herrschte ihn die Megafonstimme an.

Berry zögerte nicht und ließ das Seil los. Die schwere Ausrüstung zog ihn unter Wasser, und er musste sich mächtig abmühen, wieder an die Wasseroberfläche zu gelangen. Kaum mit dem Kopf oben, schlugen wilde Salven um ihn herum ein, diesmal bedrohlich nah. Das Scheinwerferlicht brach sich in den hochspritzenden Wasserkaskaden in bunten Spektralfarben. Von Anxa keine Spur.

»Ich sage eine letzte Warnung. Dann treffen die Schüsse«, knarzte die Megafonstimme.

Yanto, dachte Berry, auch wenn er die Stimme des Piraten unmöglich wiedererkennen konnte. Es musste Yanto sein, dieser miese, kleine, zähe Pirat.

Berry drehte sich mit Händen und Füßen paddelnd im Kreis. Eine weitere Salve zerfetzte die Wasseroberfläche um ihn herum, die nächste würde ihn töten, daran zweifelte er keine Sekunde.

»Dieser Mann hier heißt Horst«, tönte die Megafonstimme erneut von oben. »Ich werde ihn als Ersten erschießen, wenn du nicht hochkommst.«

Horst, Claude, Danny – wenn er jetzt starb, würde er nichts mehr für sie tun können. Massimo war ihm gleichgültig, nicht aber die anderen drei. Er war ihr Anführer, ihr Leitwolf, er durfte sie nicht einfach ohne Gegenwehr den Piraten überlassen, auch wenn ihre Chance noch so gering war.

Langsam, von dem elenden Gefühl gepeinigt, dass Anxa tot war, dass er sie nicht davor bewahrt hatte, griff er nach einem der Seile und begann emporzuklettern.

* * *

Berry erreichte das Deck als Letzter und schwang sich über die Reling. Vor ihm standen in einem Halbkreis sieben Piraten und zielten mit ihren Maschinenpistolen auf ihn und seine Männer. Der Halogenstrahler stand auf dem Boden, gegen die weiße Wand der Aufbauten gerichtet, und flutete die Szenerie mit indirektem Licht. Von den Piraten war keiner älter als fünfundzwanzig Jahre.

Yanto trat aus dem Dunkeln, schob sich zwischen seinen Leuten hindurch und trat bis auf einen Schritt an Berry heran, in der Hand eine automatische Pistole.

»Ich habe dir versprochen, dich zu töten«, sagte er.

»Ich hätte dich besser damals töten sollen«, erwiderte Berry mit bebender Stimme. Zum ersten Mal bereute er es, nicht nach Massimos Prinzip vorgegangen zu sein: Wen ich nicht töte, der steht irgendwann wieder vor mir und versucht, mich zu töten. Massimo hatte Recht, moralische Prinzipien waren hier fehl am Platz. Aber diese Erkenntnis kam zu spät, zu spät für Vern und Anxa, und mit großer Sicherheit bald auch für seine restlichen Männer und ihn.

Yantos Gesichtsausdruck blieb unverändert ernst. Er hob seine Stimme und ließ seinen Blick nicht von Berry, während er sprach: »Ihr werdet einzeln heraustreten. Mit den Händen auf dem Rücken. Zuerst du.« Er deutete auf Berry.

Nach und nach wurden die Männer mit Einmalhandfesseln aus Plastik gefesselt. Dabei gingen die jungen Piraten nach einem genauen Plan vor:

Sobald einer der Gefangenen hervortrat, richteten zwei ihre Waffen auf ihn, die anderen fünf hielten weiterhin die anderen Männer in Schach. Alles lief perfekt einstudiert ab und ließ Berry und seinen Leuten keinen Spielraum, sich aus ihrer Lage zu befreien.

Yanto teilte die Gefangenen mit einem imaginären Strich in zwei Gruppen und deutete auf Claude, Danny und Horst. »Ihr werdet in einem Raum untergebracht.« Dann zeigte er auf Berry und Massimo. »Ihr in einem anderen.«

Auf sein Zeichen hin führten seine Leute die Gefangenen ab.

Berry und Massimo waren noch keine zehn Minuten in dem Raum, als sich ihre Kabinentür wieder öffnete. Yanto stand alleine vor ihnen. Er deutete mit seiner Pistole auf Berry. »Du kommst mit.«

Berry erhob sich langsam. Das war's dann wohl, dachte er. Merkwürdig, wie ruhig er war. Nach Hannas Tod hatte er sein Leben nicht wieder liebgewonnen, auch wenn er in den letzten Wochen wieder Hoffnung geschöpft hatte, dass sich das ändern würde, wenn er erstmal London hinter sich gelassen und auf den Bahamas neu angefangen hatte.

Nein, dachte er, es waren nicht die Bahamas, die ihm Hoffnung gemacht hatten. Anxa war es gewesen, spätestens der Moment vorhin, als sie ihm in der aufspritzenden Gischt des Meeres so glücklich, so kraftvoll, so zuversichtlich erschienen war.

Anxas Tod brannte höllisch in ihm und tötete etwas ab, dass noch winzig war und mit unbändiger Kraft wachsen wollte. Jetzt war an dessen Stelle eine trostlose Wüste getreten, eine widerliche, glatt rasierte Fläche. Er hatte Anxa nicht beschützen können, so wie er damals Hanna nicht hatte beschützen können.

»Da hinein«, sagte Yanto, berührte Berry leicht mit seiner Pistole und deutete auf die offene Tür zu Kapitänskajüte.

Berry betrat den Raum und versuchte, seine Gedanken und Gefühle zu verdrängen, sich darauf zu konzentrieren, ob es nicht doch eine Möglichkeit gab, dieser Situation zu entkommen. Vielleicht schwamm Anxa da draußen im Meer und wartete auf Rettung.

Dieser Gedanke nahm Berry jede Vernunft und Logik. Mit einem wilden Schrei warf er sich auf Yanto, den Kopf voran, seine Hände waren ja auf dem Rücken verschnürt. Yanto trat nur einen Schritt zur Seite und schlug mit der Pistole nach ihm, während er zu Boden stürzte.

Das hast du alles schon einmal erlebt, schrie eine Stimme in Berry, und am Ende war Hanna tot gewesen. Machtlos und verzweifelt lag er am Boden, vor Yantos Füßen, unfähig, aus eigener Kraft auf die Beine zu kommen.

65

»Setz dich dorthin«, befahl Yanto, als Berry wieder zu Kräften gekommen war, und deutete mit seiner Pistole auf das Bett, das einmal Stavros Acromos gehört hatte.

Berry setzte sich. Yanto ließ sich ihm gegenüber in dem gemütlichen Fernsehsessel nieder und sah ihn an, weder wütend noch rachsüchtig noch freundlich.

»Ich will alles wissen über deine Leute und dich. Welche Arbeit ihr macht. Für wen.«

Berry konnte vor Hass nicht sprechen.

Reiß dich zusammen, ermahnte er sich, such nach einer Chance zu entkommen!

»Unsere Arbeit dürfte dir bekannt sein«, antwortete Berry.

»Ihr bekommt einen Auftrag, wenn ein Schiff entführt wurde.«

»Wir bekommen einen Auftrag und holen das Schiff zurück. Das ist alles.«

»Welche Mittel und Möglichkeiten habt ihr?«

»Wer hat dir verraten, dass und wann wir kommen?«, fragte Berry zurück. »Wer ist dein Auftraggeber?« Er erwartete keine Antwort und war um so erstaunter, als Yanto sie ihm ohne zu zögern gab.

»Mein Auftraggeber heißt George Harrison.«

»George Harrison? Der vor Jahren verstorbene Gitarrist der Beatles?«

Sein zynischer Ton verursachte bei Yanto eine radikale Veränderung. Er sprang auf und trat Berry brutal gegen die Brust.

»Du wirst mit mir reden«, stieß Yanto hervor. Er wusste nicht, was das war, die Beatles, aber er wusste, dass Berry sich über ihn lustig gemacht hatte.

»Okay, okay«, erwiderte Berry beschwichtigend und schloss für einen Moment die Augen. Reiß dich zusammen, Berry, verdammt noch mal, wiege ihn in Sicherheit!

Yanto setzte sich wieder, sah ihn an und wartete, bis Berry sich wieder aufgerichtet hatte.

»George Harrison ist der Inhaber einer Reederei namens Shipomex. Was weißt du darüber?«, fragte Berry.

Yanto kniff für einen kurzen Moment die Augen zusammen. »Woher weißt du etwas über Harrison?«

»Er hat uns über einen Strohmann beauftragt, die STORMY MONDAY zurückzuerobern.« Berry ließ alles andere weg, vor allem, dass sie der STORMY MONDAY alias SEA MOOD schon viel länger auf den Fersen gewesen waren.

»Harrison wird morgen hier an Bord kommen. Bevor er an Bord kommt, werde ich alle deine Leute töten. Dich will er persönlich haben. Er will, dass ich dir nichts antue. Warum?«

»Keine Ahnung, ich kenne den Mann nicht«, erwiderte Berry, und Yanto schien ihm zu glauben.

»Wie geht ihr vor, wenn ihr einen Auftrag bekommt?«, fragte der Pirat.

Berry schwieg.

»Ich bin der Anführer meiner Leute, du bist der Anführer deiner Leute«, fuhr Yanto fort. »Ich möchte fair sein.«

Was sollte das bedeuten, ›ich will fair sein‹?

»Als du mich gefangen hattest«, fuhr Yanto fort, »hast du mich getreten und geschlagen. Ich hingegen bin anständig zu dir.«

Berry lachte trocken auf. »Du wirst meine Männer umbringen. Was ist daran anständig?«

»Ich habe dich nicht eingeladen, mich bei meinen Geschäften zu stören.«

»Du kannst nicht ständig unschuldige Seeleute umbringen und glauben, dass dich niemand zur Rechenschaft zieht.«

Yanto sah Berry schweigend an, ohne dass sein Gesicht irgendeine Regung zeigte.

»Bevor ich Schiffe überfallen habe, war meine Familie arm. War deine Familie arm, bevor du angefangen hast, Leute wie mich zu jagen?«

Berry kniff die Augen zusammen und kämpfte gegen seine wild aufflammende Wut an. »Gibt dir das das Recht zu töten?«

»Wenn es nicht anders geht, ja.«

»Du hast die Besatzung der LIBERTY getötet. Warum? Du hättest sie auch in ein Boot setzen können. Viele Piraten tun das. Dann hätten die Seeleute wenigstens eine Chance gehabt zu überleben.«

Yanto schwieg.

Berry konnte nichts in seinem Gesicht lesen: ob er verunsichert war, wütend, nachdenklich, gelangweilt – gar nichts.

»Du hast elf Männer umgebracht, die Familien hatten, die …«

»Halt den Mund!« Jetzt blitzte Hass in Yantos Augen auf. Er richtete seine Pistole auf Berry. »Du verstehst gar nichts!«

»Wie geht es deiner Familie heute?«, fuhr Berry fort. »Ist sie immer noch arm?«

Der junge Indonesier bemühte sich, seine aufgeflammten Gefühle unter Kontrolle zu bekommen. Offenbar war es ihm wichtig, ihrem Gespräch einen sachlichen, einen erwachsenen Anstrich zu geben, wie ein Gespräch unter Männern. Nach einer endlos erscheinenden Zeit ließ er seine Pistole wieder sinken.

»Als ich ein kleiner Junge war, waren die Schiffe hundert Meter lang. Jetzt sind sie vierhundert Meter lang. Warum ist das so?«

Berry schwieg.

»Weil ihr nie genug bekommt«, fuhr Yanto fort. »Weil ihr immer mehr wollt.«

»Das ist bei dir natürlich ganz anders. Die Ladung der LIBERTY war ja nur zehn Millionen Dollar wert. Damit kommt man nicht lange aus.«

»Du verstehst gar nichts!«, stieß Yanto hervor.

»Und die fünfzig Millionen für das Öl der SEA MOOD, die reichen auch nur für die Vorspeise, hab ich Recht?«

»Andere verdienen die Millionen! Nicht wir! Andere können nie genug kriegen und behalten das große Geld! Wir kriegen«, Yanto schnippte mit den Fingern, »einen Fliegendreck!«

»Ich verstehe.«

»Andere machen das große Geld. Wir werden immer betrogen.«

»Eine normale Arbeit kommt für dich nicht in Frage, hab ich Recht?«

Yanto lachte verbittert auf. »Was denkst du? Wäre Rechtsanwalt eine normale Arbeit?«

»Warum nicht? Zum Beispiel.«

»Meine ganze Familie hat von morgens bis abends geschuftet, damit ich zur Schule gehen kann, Mr. Berry, und trotzdem hat es nicht gereicht. Und warum hat es nicht gereicht? Weil ihr für anständige Arbeit nicht anständig bezahlt. Deshalb. Weil es so viele von meiner Sorte gibt, die für jedes lächerliche Geld für euch arbeiten. Nur damit sie überleben, verstehst du? Essen und Trinken. Deshalb. Ob normale Arbeit für mich nicht in Frage kommt? Nein, sie kommt nicht in Frage, weil ihr mich nicht lasst.«

Das erste Mal spürte Berry, wie ernst es Yanto mit seinen Worten war und wie viel Mühe es ihm bereitete, sie auszusprechen. Die Gesichtsmuskeln des jungen Mannes zuckten und bebten.

»Die normalste Arbeit, die ich haben kann, Mr. Berry, ist die Arbeit, die ich mache. Ich entführe Schiffe von Leuten, die mir niemals die Chance geben würden, auch nur einen Dollar anständig zu verdienen.«

Berry fixierte Yanto mit festem Blick und griff mit beiden Händen langsam in seine Außentasche auf dem rechten Hosenbein.

Yanto hob warnend seine Pistole.

»Ich will dir etwas zeigen«, sagte Berry.

»Hol es langsam heraus. Ist es eine Waffe, schieße ich in dein Bein.«

»Es ist ein Foto.«

Berry holte die wasserdichte Klarsichthülle hervor. Auf einer Seite war ein Bild von Hanna zu sehen, wie sie auf der Segelyacht in der Sonne saß; auf der anderen die fünf Piraten, von denen einer Yanto war. Er warf die Hülle Yanto zu.

Yanto fing sie, ohne die Pistole von Berry abzuwenden. Zuerst sah er sich Hannas Foto an, dann wendete er die Hülle. Seine Augen weiteten sich, und nach einigen Sekunden schlich sich ein Lächeln auf sein Gesicht. Er sah Berry an und nickte.

»Also kenne ich dich doch.«

»Erinnerst du dich? Wir waren auf einer Segelyacht an der Küste bei Cape Senebui.«

Yantos Blick wurde lauernd.

»Wie heißt euer Anführer?«, fuhr Berry fort. »Wo finde ich ihn?« Berry konnte das leichte Zittern in seiner Stimme nicht verbergen.

»Den findest du nicht.«

»Ich weiß, ich bin in deiner Gewalt.« Berry machte eine Geste wie: geschenkt, nicht wichtig. »Wo würde ich ihn finden?«

Yanto ließ sich Zeit. Er dreht die Hülle wieder um und betrachtete Hannas Bild.

Berry hatte das Gefühl, gleich zu explodieren. Er wollte nicht, dass dieser dreckige Pirat Hanna anstarrte, nicht so, nicht so … – er wusste nicht, wie er es nennen sollte – so sezierend, als wäre Hanna ein Insekt.

»Er heißt Agus Maukar.«

Agus Maukar, Agus Maukar, Berry wiederholte den Namen einige Male im Geiste, damit er ihn sich merkte, Agus Maukar.

»Er ist tot«, sagte Yanto und warf die Hülle achtlos auf den Tisch neben sich.

»Tot?« Berry atmete mit einem heftigen Stoß aus. »Seit wann?«

Yanto deutete auf die Fotos: »Kurz danach.« Unwillig hob er seine Pistole. »Wie geht ihr vor, wenn ihr einen Auftrag bekommt? Antworte!«

Tot … Berrys Brust hob und senkte sich in schnellem Tempo, seine Gedanken taumelten durcheinander. Einfach nur tot …

Sei doch froh, dachte er, jetzt könntest du ihn doch sowieso nicht mehr zur Rechenschaft ziehen. Wenigstens ist er tot! So wie Hanna. So wie Anxa.

»Antworte!«

»Wir kommen und machen Leute wie dich fertig, du Arschloch«, brüllte er und sprang auf.

Yanto sprang zur gleichen Zeit auf und trat nach ihm. Berry bekam Yantos Fuß mit seinen gefesselten Händen zu fassen, riss ihn mit einem Ruck zu Boden und warf sich auf ihn. Sein Schwung war zu groß, und er rutschte seitlich ab, trotzdem versuchte er, mit seinen gefesselten Händen Yantos Kehle zu packen. Dieser reagierte flink und rollte sich hin und her. Berry ballte beide Hände zur Faust und rammte sie in Yantos Gesicht. Der Schwung seines Hiebes hatte Berrys Oberkörper aus der Balance gebracht und nach vorne fallen lassen, und bevor er sich mit beiden Händen abstützen und wieder hochdrücken konnte, drehte Yanto sich zur Seite weg. Er warf sich seinerseits auf Berry, und bevor der wieder auf die Beine kommen konnte, spürte er Yantos Knie in seinem Rücken und die Mündung der Pistole an seiner Schläfe.

»Anworte!«, brüllte Yanto, seine Stimme drohte sich zu überschlagen.

»Du kannst mich mal!«

Yanto sprang auf und riss Berrys Kopf an den Haaren hoch.

»Antworte!«

»Bring mich doch um, du Schwein. Von mir erfährst du nichts.«

Berry spürte das Zittern der Pistole an seiner Schläfe und wusste, dass er dem Tod noch nie so nahe gewesen war wie in dieser Sekunde, selbst damals nicht auf der Segelyacht vor den Pistolen von Agus Maukar und seinen Leuten. Er schloss die Augen und entspannte seine Muskeln. Bilder von Hanna und Anxa schwebten in Zeitlupe durch sein Hirn, Hanna, wie sie starb und Anxa, wie sie sich dem hochspritzenden Wasser entgegenstellte. Zuerst merkte er gar nicht, wie Tränen aus seinen Augen liefen. Beide Bilder taten unendlich weh, und plötzlich sehnte er sich nach dem Knall des Schusses, nach dem schnellen Ende, das er bedeutete.

Yanto zog ihn nach hinten, bis Berry mit dem Rücken an dem Bett lehnte, ließ ihn los und nahm wieder seinen Platz ihm gegenüber ein.

Sein Gesicht war jetzt hart, und in ihm glomm eine Brutalität, die Berry bisher noch nicht gesehen hatte.

»Warum hast du nach dem Anführer gefragt, nach Agus Maukar?«

»Warum wohl, Arschloch. Du warst doch dabei.«

Yanto kniff die Lippen zusammen. »Warum?«

Für einen Moment zögerte Berry. »Er hat meine Frau getötet.«

Yanto griff nach der Klarsichthülle und hielt sie hoch. »Das da ist deine Frau?«

Berry antwortete nicht und schloss die Augen.

»Agus Maukar hat sie nicht getötet«, sagte Yanto mit Stolz in der Stimme. »Das war ich. Ich habe sie erschossen.«

Zuerst drang die Bedeutung dieser Worte nicht bis in Berrys Verstand vor.

Langsam öffnete er seinen Augen wieder. »Was hast du gesagt?«

Yanto sah ihn schweigend an.

»Was hast du gesagt!«, brüllte Berry.

Yantos Gesicht spiegelte Triumph und Stolz.

»Ich habe die da erschossen!«, schrie er zurück und warf die Fotos mit einem Ruck gegen Berrys Brust. »Es war einfach.«

Jetzt war der Sinn dieser Worte in Berrys Verstand angekommen: Yanto war Hannas Mörder. Hannas und Anxas Mörder … Ein Vibrieren begann in seinem Nacken, zog sich das Rückgrat hinunter, verharrte im Bauch und flitzte dann wie ein Stromschlag hoch, unter die Schädeldecke, wanderte nach außen und wurde zu einem externen Auge.

Wie in Zeitlupe sah Berry sich erneut aufspringen, die gefesselten Hände hochreißen, sah, wie er versuchte, auf die Beine zu kommen, sah Yantos Rechte, die die Pistole hielt, sah, wie sie sich auf ihn zubewegte – und dann explodierte der Schlag mit dem Lauf der Waffe auf seinem Ohr, und als er nicht zu Boden ging und wieder versuchte, gegen den Piraten anzurennen, traf ihn ein zweiter Schlag auf der Schläfe, und als er immer noch die Augen geöffnet hatte und Yanto hasserfüllt vom Boden aus anstarrte, traf ihn Yantos Stiefel auf dem Solarplexus und nahm ihm jedes weitere Bild und legte klebrige Dunkelheit über ihn.

66

Hinter der nur noch zehn Zentimeter aus dem Wasser ragenden Kajüte des Speedboats atmete Anxa auf.

»Endlich! Gott sei Dank.«

Als die beiden Granaten am Bug des Speedboats explodiert waren und Vern von einem Granatsplitter getötet worden war, hatte das sich aufbäumende Boot sie über Bord geschleudert. Sie war erstaunlich ruhig geblieben, Wasser hatte ihr noch nie Angst eingejagt, und sie hatte versucht, mit einigen Schwimmstößen zu dem Boot zurückzuschwimmen, als Berry den Motor anließ und Vollgas gab.

Ihr Adrenalinspiegel jagte hoch. Wenn Berry und seine Männer abhauten, war sie verloren.

Dann sah sie, wie sich der Bug ins Wasser bohrte und das Boot zu sinken begann. Auch wenn das ihr Schicksal nicht zum Besseren wendete, war sie erleichtert.

Schüsse peitschten durch das Wasser, sie wusste nicht, was zu tun das Beste war. Also versteckte sie sich, nur Mund und Nase über dem Wasser, in dem schmalen Schatten, den der über die Wasseroberfläche hinausragende Rest des Kajütendaches warf.

Mit jedem Zentimeter, den das Speedboat weiter sank, wurde ihre Situation aussichtsloser, denn sobald das Boot komplett unter Wasser war, würde sie unweigerlich entdeckt werden.

Vorsichtig warf sie einen Blick um die Ecke des Kajütendachs. Im Licht des Halogenscheinwerfers sah sie Claude, Danny, Horst und Massimo die Seile hochklettern, sie hatten die Reling der SEA MOOD schon fast erreicht, und sie sah Berry, der nur knapp über der Wasserfläche hing und sich suchend umsah.

War es besser, ihre Deckung zu verlassen und mit den Männern nach oben zu klettern, wo die Piraten auf sie warteten? Ihr schauderte bei dem Gedanken, was sie dort wohl erwartete. Nein, lieber blieb sie im Wasser und versuchte, sich alleine durchzuschlagen.

Als Berry sich wieder ins Wasser fallen ließ, hüpfte ihr Herz vor Freude, wenigstens würde sie nicht alleine sein. Aber dann ratterten die MP-Salven, und die Megafonstimme brüllte, und wenig später kletterte Berry wieder an dem Seil in die Höhe. Enttäuscht blieb sie in ihrer schwindenden Deckung.

Das Scheinwerferlicht wurde schwächer.
Hoffentlich zogen die Piraten nicht die Leinen ein.
Haie, war ihr nächster Gedanke, gab es hier Haie?
Ihre Lungenflügel krampften sich zusammen.
Atme! Atme!, befahl sie sich, wenn du nicht atmest, stirbst du auch ohne Haie!
Wasser spritzte in ihren Mund und drang in ihre Lunge ein. Japsend und hustend zog sie sich an dem zerschossenen Wrack etwas höher. Träge sank das Boot unter ihrem Gewicht tiefer, und mit einem quietschenden Geräusch, wie wenn jemand versucht, durch seine zusammengepressten Lippen Luft zu blasen, leerte sich die letzte Luftblase, die das Boot noch an der Oberfläche hielt. Mehr als eine Minute, schätzte sie, würde es nicht dauern, bis es endgültig sank.
Denk nach, denk verdammt nochmal nach, beschwor sie sich, es muss doch irgendeine Lösung geben! Hatten die Männer nicht kurz darüber diskutiert, ob sie drei oder vier Enterhaken hochschießen sollten? Sie hatten drei hochgeschossen, also musste es noch einen vierten geben.
Kurzentschlossen holte sie tief Luft und tauchte in das zerschossene Boot hinein. Ihre Finger ertasteten einen der Sitze, der, vor dem kein Steuerrad war. Also musste die Tür, die in die Kabine führte, links davon sein. Dort unten hatte der Flightcase gestanden, in dem die Ausrüstungsgegenstände verpackt gewesen waren.
Etwas Weiches versperrte ihr den Weg. Sie musste nah heran, um herauszufinden, was es war. Plötzlich sah sie Verns schmerzverzerrte, tote Augen nur wenige Zentimeter vor sich. Ohne etwas dagegen tun zu können, puffte alle Luft aus ihren Lungen. Wild stieß sie den Körper von sich und versuchte, die Wasseroberfläche zu erreichen, bevor sie Wasser in ihre leeren Lungen saugte. Röchelnd, hustend und spuckend schoss ihr Oberkörper aus dem Wasser, und eine paralysierende Welle von Schwäche und Kraftlosigkeit drohte, sie sofort wieder hinunterzuziehen.
Atmen! Atmen!
Wieviel Zeit blieb ihr noch, bis das Boot endgültig in die Tiefe des Ozeans versank?
Sie zwang sich zu drei tiefen Atemzügen und tauchte erneut. Diesmal war sie vorbereitet. Als wäre es ein Seesack, packte sie Vern, schob ihn zur Seite und drang in die Kabine vor. Dort pendelte sie so lange zwischen den Wänden hin und her, bis sie die beiden Flightcases fand, aber ihre Luft reichte nicht mehr. Sie hatte viel zu hektisch eingeatmet und viel zu wenig Sauerstoff in die Lunge bekommen. Heftig strampelnd jagte sie zur Wasseroberfläche zurück. Schwindel packte sie, und sie versuchte, sich japsend an der Dachreling festzuhalten.

Oh, Gott, bitte sink nicht, flehte sie, nicht jetzt!

Sie atmete so tief ein, wie sie konnte. Einmal, zweimal, dreimal, viermal – und tauchte.

Dieses Mal ging es schneller. Sie fand die Kisten sofort. Die erste war leer – aber die zweite enthielt, was sie suchte: ein Seil mit einem Enterhaken in einer Abschussvorrichtung. Sie schob sich mit einen Arm und ihrem Kopf durch die Öffnung in der Mitte der Seilrolle und fasste dann erst den Schaft der Harpune. Beides zusammen war sehr schwer, und endlich, nach quälenden Sekunden, in denen der Reflex zu atmen kaum noch zu beherrschen war, durchstieß sie die Wasseroberfläche.

Heftig im Wasser tretend, sah sie sich um. Dunkelgrün schimmernde Dunkelheit, nur die vor ihr aufragende Bordwand der STORMY MONDAY wirkte noch dunkler als das Wasser. Von oben, vom Deck des Tankers, reflektierte Licht in die feuchte Luft. Hören konnte sie nichts, aber wenigstens fielen keine Schüsse.

Das Speedboat war nur noch ein schemenhafter Schatten unter der Wasseroberfläche. Wie tief war hier wohl das Meer? Fünfhundert Meter? Tausend? Merkwürdigerweise war es ihr gleichgültig. Sie hatte keine Angst vor dem Meer. So lange sie schwamm, kümmerte es sie nicht, was unter ihr war. Selbst der Gedanke an Haie schreckte sie jetzt nicht mehr, warum sollten ausgerechnet hier Haie sein?

Erneut blickte sie hinauf zur STORMY MONDAY. Die drei Seile waren inzwischen hochgezogen worden. Wenn sie nur wüsste, ob dort oben noch jemand war. Sie würde nur einen einzigen Schuss haben mit der Harpune, nur einen Versuch, an Bord zu gelangen. Wenn der misslang, war alles umsonst.

Plötzlich sah sie, wie sich oben jemand über die Reling beugte, sie sah Mündungsfeuer, hörte Schüsse, sah die Einschläge der Projektile im Wasser. Offenbar wollte dieser Jemand mit seinen Schüssen das Boot endgültig versenken. Das Scheinwerferlicht an Deck zitterte und begann, sich zu bewegen. Sie wusste genau, was das bedeutete: Um sein Ziel besser zu erkennen, brauchte der Schütze Licht. Und sobald der Scheinwerfer herunterleuchtete, würde er sie entdecken.

Anxa schloss die Augen und konzentrierte sich auf ihren Atem. Der Tanker hatte in seinem halbleeren Zustand einen Tiefgang von etwa sieben Metern und war 42 Meter breit. Ihr persönlicher Rekord im Tauchen lag bei exakt 50 Metern, einmal die volle Länge des Beckens im Bremerhavener Freibad – allerdings ohne Kampfanzug und sonstigen Ballast.

Nicht denken, atmen, befahl sie sich, atmen. Sie zog ihre Schultern zurück, um ihrer Lunge noch mehr Platz zu geben, atmete so tief ein, wie sie konnte – und tauchte.

Keine Sekunde zu früh. Plötzlich wurde das Meer um sie herum von dem Halogenlicht milchiggrün, und wenig später hörte sie das trockene Zischen von ins Wasser einschlagenden Kugeln.

* * *

Sie tauchte senkrecht nach unten. Sieben Meter war sehr viel. Bei etwa vier Metern begannen ihre Ohren zu schmerzen. Sie machte einen Druckausgleich, indem sie sich die Nase zuhielt und Luft in ihre Nase presste. Der Schmerz wurde weniger, gerade so wenig, dass sie ihn ignorieren konnte. Tiefer. War es tief genug? Sie ging in die Horizontale und hielt eine Hand vor sich gestreckt. Die Bordwand! Also noch tiefer …

Mit schnellen Stößen, zum Glück half ihr das Gewicht der Harpune, quälte sie sich weiter hinab. Dann versuchte sie es erneut. Dieses Mal war sie unter dem Schiff.

Mit ruhigen, langen Bewegungen tauchte sie vorwärts in die Dunkelheit. Nichts denken, nicht fragen, wie viel Luft sie noch hatte, wie viel der Strecke sie schon geschafft hatte, wie lange sie noch durchhielt, ob die Richtung stimmte. Weiter, lang und ruhig. Der Druck in ihren Ohren lenkte sie ab. Ihre Schwimmzüge wurden hektischer. Um den Atemreflex auszutricksen, begann sie rhythmisch trocken zu schlucken. Immer weiter geradeaus – bis das Gefühl zu zerplatzen übermächtig wurde und die Gewissheit da war, nur noch wenige Sekunden von ihrem Ende entfernt zu sein.

Sie richtete sich auf und arbeitete sich der Wasseroberfläche entgegen, schon halb besinnungslos von dem Drang, tief einzuatmen, gleichgültig, ob Luft oder Wasser in ihre Lungen dringen würde.

Und dann, endlich, endlich, durchstieß sie die Wasseroberfläche, schoss darüber hinaus, in die Luft, füllte ihre Lungen mit einem unglaublich quälenden Atemzug, der Hals war zu eng, um die Menge Sauerstoff hereinzulassen, die sie brauchte. Wieder und wieder japste sie gegen die Ohnmacht an. Alle Kräfte wichen in einem Schauder von ihr, die Harpune wollte sie wieder nach unten ziehen, und erst, als es schon fast zu spät war, merkte sie, wie ihr Überlebensinstinkt sie zwingen wollte, sich der Last zu entledigen.

Sie brachte sich in Rückenlage, schloss die Augen und konzentrierte sich nur auf ihren Atem und den Sauerstoff, der sich langsam in ihrem Körper verteilte und die Schwäche verdrängte.

Nach einigen Minuten war sie so weit, die Augen wieder zu öffnen. Über ihr türmte sich die gewaltige Flanke des Tankers auf und der diffus glimmende Sternenhimmel.

Ein taumelndes Glücksgefühl erfasste sie, eine Leichtigkeit, wie die ersten Sekunden nach einem tiefen Zug aus einer Haschischpfeife.

Nur langsam schwebten klare Gedanken herbei und verdrängten die Leichtigkeit. Eine zweite Welle von Schwäche zog von ihren Füßen hoch durch ihren Körper, und zugleich packte sie die Gewissheit, dass unter ihr die Haie schon kreisten. In dieser Dunkelheit würde nichts sie warnen, wenn ein Hai zum Angriff überging. Er würde da sein und zubeißen. Anpirschen, anrempeln, zubeißen. Anpirschen, anrempeln, zubeißen, bis ihr Leben ausgehaucht war. Ihre Phantasien setzten Adrenalin frei. Sie konnte verfolgen, wie es durch ihren Körper perlte und ihre Schwäche verdrängte.

Vorsichtig zog sie die Seilrolle über ihren Kopf und ließ sie neben sich im Wasser treiben. In ihrer Rechten hielt sie die Harpune, während sie mit ihrer Linken weiterhin ihre Rückenlage stabilisierte. Nur ein Schuss ... Sie hatte gesehen, wie Berrys Männer ihre Harpunen abgeschossen hatten, den Ellenbogen auf den Bauchmuskeln abgestützt. Sie holte tief Luft, tat das Gleiche, zielte und drückte ab. Der Rückstoß war weniger schlimm, als sie befürchtet hatte. Sie beobachtete, wie der Enterhaken das Seil hinter sich herriss, wie auch das Seilende aus dem Wasser flitschte, in die Luft, nach oben. Sie hatte versäumt, es an der Harpune zu fixieren. Aber zum Glück verpuffte die Energie des Schusses und das Seil begann wieder ins Wasser zurückzufallen. Mit schreckgeweiteten Augen verfolgte sie dessen schlängelnde Bewegung.

Mit einem Ruck wurde die Bewegung gestoppt, und das Seil hing taumelnd an der Bordwand herunter, ein Ende im Wasser, das andere verlor sich oben irgendwo im Dunklen. Erleichtert schwamm sie heran, packte das Seil und zog vorsichtig daran. Es gab nach, einen Meter, noch einen. Sie schloss die Augen, gleichgültig gegenüber der Gefahr, dass der dreizackige Enterhaken womöglich auf sie herunterfiel.

Noch ein Meter und – Widerstand! Behutsam zupfte sie einige Male leicht, dann kräftiger – das Seil gab keinen Millimeter mehr nach. Schnell schlang sie es um ihre Hüfte und zog es so straff, dass es sie an der Wasseroberfläche hielt. Sie musste sich wenigstens einige Minuten entspannen, um genügend Kraft für das Hochklettern zu sammeln.

Als sie zu frieren begann, war der Zeitpunkt gekommen. Sie ergriff das Seil, stemmte ihre Füße gegen die Bordwand und versuchte, sich hinaufzuziehen, aber das nasse Seil glitt ihr durch die Finger. Also entrollte sie die Ärmel des Kampfanzuges, die sie mehrfach umgeschlagen hatte, weil sie ihr viel zu lang waren, zog das Messer aus der Seitentasche und schnitt je ein Loch für ihre Daumen in den Stoff. Erneute packte sie wie mit Fausthandschuhen das Seil, und jetzt gelang es ihr, Meter für Meter der Reling entgegenzuklettern.

Sie hatte es sich schwerer vorgestellt. Selbst erstaunt über die Kraft, über die sie noch verfügte, zog sie sich Meter um Meter nach oben, erreichte die

Bordkante und warf vorsichtig einen Blick auf das Deck. Der starke Scheinwerfer brannte nicht mehr, stattdessen funzelten einige schwache Birnen, eine Art Notbeleuchtung.

Anxa schwang sich über die Reling und schlich sich an der Außenwand des Aufbaus entlang, bis sie an der Eisentür angelangt war, die nach innen führte. Sie hatte, genauso wie Berry und seine Männer, die Baupläne der Sea Mood in- und auswendig gelernt und wusste genau, welche Wege und Räume sie im Inneren des Schiffes vorfinden würde. Schnell warf sie einen Blick durch das Bullauge und öffnete dann die Tür.

Es gab eine Menge Räume, in die die Piraten ihre Gefangenen gebracht haben konnten. Kurzerhand entschied sie, sich von unten nach oben vorzuarbeiten. Sie schlich die steile, eiserne Treppe hinunter und begann mit den Kühl- und Vorratsräumen. Am Ende der Treppe fand sie eine Notfall-Taschenlampe in einer Gummihalterung an der Wand, eine Mag-Lite-Stablampe. Mit der schweren Leuchte in der Hand fühlte sie sich schon erheblich sicherer.

Die Räume waren gut gefüllt, Proviant für viele Wochen war hier gelagert. Vor dem letzten Vorratsraum am Ende des Ganges zögerte sie. Durch das kleine, hölzerne Lüftungsgitter mit festen, schräg gestellten Lamellen drang ein bestialischer Gestank nach draußen. Sie holte tief Luft, entriegelte die Tür und öffnete sie mit einem Ruck. Am Ende des Raumes zusammengekauert hockten fünf Männer und starrten ängstlich in das Licht.

»Wer seid ihr?«, fragte sie halblaut. Die Blicke der Männer zeigten Erstaunen, eine Frauenstimme hatten sie nicht erwartet.

»Wir sind Seeleute. Von der Sea Mood«, antwortete einer.

»Ihr seid von der Besatzung?«, fragte Anxa atemlos, jetzt auf Griechisch.

»Ja, sind wir. Ja!«, schallte es aufgeregt zurück.

Anxa hielt den Finger vor die Lippen. »Leise!«

Die Männer verstummten und drängten sich an sie heran. Der Gestank wurde dadurch noch unerträglicher. Unwillkürlich trat sie einen Schritt zurück.

»Passt auf! Hört mir zu! Ich bin Anxa Perikos. Ich habe die Reederei von meinem Vater übernommen. Er ist vor ...«, sie musste nachdenken, zu viel war in der letzten Zeit passiert, »vor ungefähr drei Wochen gestorben.«

Die Männer sahen sie für einen Moment sprachlos an, offenbar konnten sie mit dieser Information nichts anfangen.

»Die Piraten sind noch an Bord. Sie haben die Männer, mit denen ich gekommen bin und die euch befreien sollten, gefangen genommen. Ich muss sie finden.«

Die Männer antworteten durcheinander. Anxa hob eine Hand. »Ich muss alleine nach ihnen suchen. Zusammen fallen wir zu sehr auf. Bleibt hier unten und wartet. Wenn die nächsten … zwei Stunden nichts passiert, kämpft euch irgendwie frei. Hab ihr verstanden?«

Die Männer nickten.

»Ich kann mir denken, dass ihr euch die Piraten lieber jetzt als später vornehmen wollt – trotzdem, es ist besser, ihr wartet noch.«

Einer, wahrscheinlich der ranghöchste, warf einen Blick auf die anderen, dann wandte er sich Anxa zu. »Wir wollen nur lebend hier raus, sonst nichts.«

»Wo sind die anderen?«

»Tot.«

»Von den Piraten …?« Anxa wollte es nicht aussprechen.

»Ja, gleich am Anfang.«

Anxa atmete schwer ein und spürte, wie Hass hochkam, ein Gefühl, das sie bisher nur in Zusammenhang mit ihrem Vater kannte.

»Ich gehe jetzt«, sie zog ihre Armbanduhr ab und reichte sie dem Anführer. »Also in zwei Stunden.«

Sie verließ ihre Leute. Meine Leute, dachte sie und musste es noch einmal flüsternd aussprechen und nicht nur denken: »Meine Leute …«

Hatten es nicht alle von LSM, allen voran Elias Holbrook, für absolut sicher erklärt, es gäbe keine Chance mehr für ihre Männer? Und jetzt hatten doch wenigstens fünf überlebt. Dafür alleine hatte sich alles gelohnt, was sie bisher unternommen hatte.

Auf der nächsthöheren Etage, in den Mannschaftsräumen, hielt sich keine Menschenseele auf. Erst in der Etage darüber, in der die höheren Mannschaftsgrade ihre Kabinen hatten, hörte sie Stimmen von jungen Männern, aufgeregte Stimmen, die indonesisch miteinander sprachen. Sie peilte in den Gang hinein und zählte zehn Türen, zwei davon standen offen.

Schweiß brach ihr aus. Sobald sie ihre Deckung verließ und in den Gang hineintrat, war sie ungeschützt.

Langsam, ganz langsam drehte sie den Knauf der ersten Tür, und als sie merkte, dass die Tür sich öffnen ließ, drehte sie ihn wieder zurück: Berry und seine Männer wurden mit Sicherheit nicht in unverschlossenen Räumen gefangen gehalten.

Die nächste Tür. Das Gleiche. Wie auch bei der nächsten. Und dann war sie bei den beiden offenen Türen. Die Stimmen war jetzt deutlich zu hören. Offenbar sprachen die Piraten ihren erfolgreichen Schlag gegen die Männer von Lost Ship Management durch. Sie trumpften laut auf, fielen sich gegenseitig ins Wort und prahlten, zumindest klang es in Anxas Ohren so.

Sie ging tief in die Hocke und warf einen schnellen Blick in die erste Kabine. Vier junge Asiaten saßen und standen dort im Kreis, lärmten und gestikulierten wild. Es gab zwei Betten.

Anxa wartete, bis das Stimmengewirr sich anhörte, als würden alle gleichzeitig reden – dann huschte sie schnell auf die andere Seite der Tür. Ihr Herzschlag pochte heftig in ihren Ohren, sie hielt den Atem an. Hatte sich etwas verändert? Sprachen die Männer anders miteinander? Lautes Lachen ließ sie zusammenzucken, bis sie realisierte, dass das ja ein gutes Zeichen war. Erleichtert schlich sie weiter.

Die nächste offenstehende Türe zeigte einen identischen Raum, ebenfalls mit zwei Betten, niemand hielt sich dort auf. Die nächste Tür war unverschlossen, erst die letzte am Ende des Ganges war versperrt, der Schlüssel steckte, und als zusätzliche Sicherung war ein Holzkeil unter die Türe geschoben worden. Da sie nach außen in den Gang hineinschwang, konnte von innen niemand diese Tür öffnen, selbst wenn sie nicht abgeschlossen gewesen wäre.

Anxas Puls beschleunigte sich. Vorsichtig hebelte sie den Keil heraus, dreht den Schlüssel, dann den Knauf und schlüpfte hinein. Drinnen schaltete sie ihre Lampe an – und blendete damit in Horsts Gesicht. Horst, Danny und Claude. Sie saßen nebeneinander auf dem Boden, waren geknebelt, gefesselt und zusätzlich an die Betten angebunden. Anxa riss ihr Messer aus dem Kampfanzug und durchtrennte ihre Fesseln.

Die drei reagierten, als wären sie programmiert. Horst nahm Anxa das Messer und die Taschenlampe aus der Hand, schirmte deren Licht weitgehend ab und zog Anxa von der Tür weg. Anxa sah noch, wie Danny und Claude nach auf dem Tisch liegenden Illustrierten griffen und sie zu einer engen Röhre zusammenrollten, warum, konnte sie sich nicht erklären. Dann löschte Horst das Licht. Sie spürte seinen Mund an ihrem Ohr.

»Die Piraten sind in der Überzahl«, flüsterte er. »Wir dürfen nichts riskieren. Deswegen können wir keine Gefangenen machen. Wenn nur einer entkommt, werden sie Berry und Massimo als Geiseln benutzen. Antworten Sie nicht. Nicken Sie, wenn Sie verstanden haben.«

Anxa konnte nicht reagieren. Die kühle beherrschte Reaktion der Männer, die vor wenigen Sekunden noch in einer aussichtslosen Situation gewesen waren, erschreckte sie und war ihr unheimlich. Was waren das für Menschen?

»Nicken Sie, wenn Sie verstanden haben«, wiederholte Horst eindringlich.

Mechanisch nickte Anxa – und erschrak über sich selbst. Horst hatte ihr gerade gesagt, dass sie die vier jungen Männer nebenan töten würden. Noch gestern hätte sie ganz anders reagiert; heute bedeutete ihr das Leben eines Piraten gar nichts mehr. Sie verstand das Problem, wofür es keine andere Lösung gab: Schafften sie es nicht, die Piraten in einem Schlag zu besiegen und unschädlich zu machen, würden diese mit weiteren Morden antworten. Und für jeden Unschuldigen, der dann ums Leben kam, trugen sie, wenn sie nicht zuerst töteten, die Verantwortung. Ein Teufelskreis, aus dem es nur ein Entrinnen gab, nämlich indem man sich die Frage beantwortete: Welche Verantwortung kann ich leichter tragen? Welcher Tod wiegt schwerer?

»Kommen Sie mit hinaus auf den Gang«, sagte Horst, »aber nicht mit in die Kabine der Piraten. Haben Sie verstanden?«

Anxa nickte.

»Und: danke.«

Anxa nickte mechanisch.

Horst schob die Tür langsam auf und schlich hinaus in den Gang. Danny folgte dicht hinter ihm. Claude sprang zur gegenüberliegenden Wand, lehnte sich mit dem Rücken dagegen und schob sich langsam vorwärts. Er hielt sein zusammengerolltes Magazin, als wäre es ein Messer. Als er Einblick in die Kabine hatte, gab er ein Zeichen. Horst und Danny signalisierten, dass sie verstanden hatten.

Dann begann ein Alptraum, den Anxa nie in ihrem Leben vergessen würde. Horst stürzte als Erster in die Kabine, die anderen dicht hinterher. Anxa hörte einen furchtbaren, schnell ins Gurgeln übergehenden Schrei. Horsts Warnung zum Trotz warf sie einen Blick in den Raum und sah einen der Jungen mit durchschnittener Kehle zu Boden sinken. Sein Blut pulsierte so lebendig, als gäbe es für ihn noch eine Hoffnung. Danny hatte einem weiteren das zusammengerollte Magazin in den Magen gerammt und tötete ihn mit einem Schlag gegen den Kehlkopf. Horst durchtrennte die Kehle des dritten, bevor der aus seiner Schreckensstarre erwachte. Der letzte hob ängstlich beide Hände. Claude nahm seinen Hals in seine Armbeuge und brach ihm das Genick.

Anxa zuckte bei dem Geräusch zusammen und brach in Tränen aus, als sie die sterbenden Augen des Jungen sah. Noch bevor der zu Boden gesunken war, rebellierte ihr Magen, und sie übergab sich. Jemand zerrte sie in die Kabine hinein und drängte sie in eine Ecke. Es war Danny.

»Kotzen Sie, so viel sie wollen. Aber leise«, knurrte er sie an.

Horst ging dazwischen und schubste Danny zur Seite. Er griff Anxas Haare und hielt sie an ihrem Hinterkopf zusammen, damit sie sich nicht selbst vollspuckte.

Danny und Claude sammelten alle Waffen ein, die herumlagen.

Horst half Anxa auf die Beine, als sie sich etwas erholt hatte.

»Bleiben Sie nah bei mir. Egal, was passiert, bleiben Sie hinter mir.« Er reichte ihr eine Pistole. »Wenn Sie das Gefühl haben, Sie müssten sie einsetzen: Tun Sie es. Denken Sie nicht darüber nach. Es geht um Ihr Leben oder das Leben eines Piraten. Dazwischen gibt es nichts.«

Sie nickte hektisch und nahm die Waffe mit zitternden Händen entgegen. Horst lächelte sie aufmunternd an.

»Drei fehlen noch. Es waren insgesamt sieben. Acht mit ihrem Anführer«, sagte Danny.

»Wer geht auf die Brücke? Einer wird mindestens dort oben sein.«

»Keiner«, sagte Horst. »Wir bleiben zusammen. Auf die Brücke können wir später noch. Wer immer dort Wache hält, wird da auch bleiben.«

Der Engländer und der Franzose nickten. Offenbar war es für sie kein Problem, Horst als Anführer zu akzeptieren.

Sie verließen die Kabine und gingen zur Treppe, zwei nach vorne, einer nach hinten sichernd. Alleine diese eingespielten Verhaltensmuster verringerten Anxas Nervosität beträchtlich.

Auf der nächsten Etage war schnell klar, wo Berry und Massimo festgehalten wurden. Ein Posten bewachte den letzten Raum am Ende des Ganges, er hatte sich mit dem Rücken an die Wand gelehnt, die Maschinenpistole schussbereit in der Rechten. Mit der Linken entzündete er eine Zigarette, genau in dem Moment, als Horst am Boden liegend um die Ecke in den Gang hineinpeilte.

Horst zuckte zurück und machte einige Zeichen, die Anxa nicht verstand, den anderen beiden Männern aber offensichtlich die Situation erklärten. Horst ging wieder nah an Anxas Ohr.

»Sie bleiben hier, bis ich Sie hole. Sie sichern die Treppe. Sobald jemand kommt, schießen Sie. Es kann niemand von uns sein. Denken Sie daran. Sie müssen schießen. Verstanden?« Er hielt seinen Zeigefinger an die Lippen und sah sie fragend an.

Anxa nickte.

Horst fasste sie für einen Moment aufmunternd am Arm und wandte sich den beiden anderen zu. Die signalisierten mit erhobenem Daumen: okay. Horst ging in die Hocke, die Pistole hielt er in beiden Händen. Danny und Claude nahmen eine Stellung wie zwei für den Marathon startende Läufer ein, auch sie hatten ihre Maschinenpistolen über den Rücken gehängt. Horst zählte, indem er den Pistolenlauf auf und ab bewegte. Eins, zwei, drei. Bei vier ließ er sich in den Gang hinein auf die Seite fallen, und noch im Fallen schoss er.

Danny und Claude sprinteten gleichzeitig los. Als der Schuss noch verhallte und der Posten mit einem glatten Treffer in die Stirn zu Boden fiel, hatten sie die ersten Kabinentüren passiert. Horst sprang hoch und beobachtete die Türen. Aus jeder, die die beiden passiert hatten, konnte ein Pirat herausstürzen und die beiden von hinten beschießen.

Claude sprang an der letzten Tür, die offenstand, vorbei, Danny blieb kurz davor stehen. Lautlos zählte er, auf vier sahen sie gleichzeitig mit einer schnellen Kopfbewegung in den Raum hinein, einer in den rechten Bereich, einer in den linken. Beide hoben die Daumen. Danny betrat die Kabine, während Claude ebenfalls den Gang sicherte. Claude und Horst gaben sich ein Zeichen. Dann sprang Horst zu der ersten der verschlossenen Türen, öffnete sie, trat zurück, wartete, sah hinein und zog weiter zur nächsten. Claude tat das Gleiche.

Dann, plötzlich, flog eine der nächsten Türen auf, und zwei Männer stürzten mit ihren MPs schießend heraus. Horst erwischte den ersten, bevor der seine Waffe herumschwenken konnte. Claude verfehlte den zweiten und wurde mit dessen Salve eingedeckt. Getroffen sank er zu Boden, während Horst den zweiten Piraten niederschoss.

Während Danny die Kabine sicherte, aus der die beiden Piraten herausgestürzt waren, lief Horst zu der anderen am Ende des Ganges, vor der der Posten Wache gehalten hatte, und warf einen Blick hinein.

Berry und Massimo lagen nebeneinander in dem einzigen Bett, beide mit metallenen Handschellen aneinander und zusätzlich an den Bettpfosten gekettet.

Horst signalisierte: Ist hier noch einer versteckt?

»Es waren zwei und ein Posten«, antwortete Berry halblaut.

»Okay, die haben wir. Ich suche den Schlüssel.« Horst deutete auf die Handschellen.

Danny hockte bei Claude und suchte nach seinem Puls. Mindestens fünf Projektile hatten den Franzosen getroffen.

Horst durchsuchte die Taschen des toten Postens und fand die Handschellenschlüssel. Bevor er zu Berry und Massimo zurückkehrte, warf er Danny einen fragenden Blick zu.

»Shit.« Der Engländer schüttelte den Kopf und wischte sich den Schweiß von der Stirn. »Shit.«

Horst starrte den toten Franzosen für einen Moment an, um seine Fassung bemüht. Dann berührte er Danny am Arm.

»Die Treppe«, sagte er und deutete in die Richtung, wo Anxa den Treppenzugang bewachte.

Danny nickte und erhob sich schwer.

»Verdammter, elender Shit«, sagte er, mehr zu sich selbst als zu Horst.

* * *

»Wie ist die Lage?«, fragte Berry, während Horst die Handschellen öffnete.

»Claude ist tot. Vern offensichtlich auch, er war nicht an Deck.«

Berry nickte. »Ein Granatsplitter. Gleich mit der ersten Salve.«

»Aber ein Teil der Besatzung von der Sea Mood lebt.«

Berry rieb sich die Handgelenke und nahm von Horst eine Pistole entgegen, die er einem der Piraten abgenommen hatte.

»Wie viele Piraten sind es noch?«

»Sieben waren es, als wir an Deck kamen. Die sind alle tot. Den Anführer, diesen Yanto, haben wir noch nicht gefunden.«

Berry atmete erleichtert auf, was Horst mit einem fragenden Blick quittierte.

Berry ging darüber hinweg. »Habt ihr die Brücke?«

»Bisher noch nicht. Wir waren gerade auf dem Weg.«

Berry nickte. Plötzlich sah er einen Schatten vor der Tür. Er riss seine Pistole hoch, Horst ging reflexartig in die Hocke, drehte sich gleichzeitig um und brachte seine Waffe in Anschlag.

»Nicht …«, ertönte eine weibliche Stimme, die Berry so heftig zusammenzucken ließ, dass er fast aus Versehen den Abzug durchgezogen hätte.

Der Schatten machte einen Schritt ins Licht, und vor ihm stand Anxa im Türrahmen, blass und kraftlos. Sie zitterte am ganzen Körper, beide Hände erhoben, unfähig, etwas zu sagen.

»Anxa«, flüsterte Berry, ihr ängstlicher Blick schnitt ihm ins Herz. Sie sackte in sich zusammen.

Berry packte sie an den Schultern. Ihr Atem ging schnell und flach, ihre Augenlider flatterten, sie zitterte, und kalter Schweiß perlte auf ihrer Stirn.

»Anxa, sag was!«, beschwor er sie und schüttelte sie sanft. Sie reagierte nicht.

Langsam, als könnte eine schnelle Bewegung sie zu sehr erschrecken, steckte er seine Pistole hinten in den Gürtel und nahm sie vorsichtig in die Arme. Ihr Körper war kalt und verhärtet und verströmte den typischen acetonisch-süßlichen Geruch von Adrenalin.

»Es ist bald vorbei«, sagte er, »keine Sorge«.

Er hielt sie fest und ließ ihr etwas Zeit.

»Ganz ruhig«, flüsterte er beruhigend und legte eine Hand über ihr rechtes Ohr, drückte ihren Kopf an seine Brust, sodass auch ihr linkes Ohr bedeckt war. Leicht wiegte er sie hin und her.

Die akustische Abschottung tat ihr gut. Zögernd entspannte sie sich ein wenig. Horst verließ die Kabine, Massimo folgte ihm und rempelte Berry dabei an. Anxa schreckte hoch.

»Scusa«, sagte Massimo mit einem schmierigen Grinsen. Berrys Puls jagte hoch, es war völlig klar, dass das kein Versehen gewesen war.

»Anxa?« Er schob sie ein Stück von sich, um ihr in die Augen sehen zu können. »Wir müssen weiter. Es tut mir leid.«

Sie nickte. Ihr Blick zeigte, wie sehr sie sich bemühte zu funktionieren.

»Du bleibst ab jetzt ganz nah bei mir. Okay?«

Sie versuchte zu lächeln. »Okay.«

Berry drückte ihr aufmunternd die Hände. »Du musst auch eine Waffe haben. Ist das in Ordnung für dich?«

Statt einer Antwort griff sie unsicher in die Seitentasche ihres Kampfanzuges und holte die Pistole heraus, die Horst ihr gegeben hatte.

»Ich halte durch«, sagte sie mit zittriger Stimme. »Ganz bestimmt.«

Berry küsste sie vorsichtig auf den Mund. Für einen Moment schloss sie ihre Augen, und als er sie ein zweites Mal küsste, erwiderte sie zaghaft seinen Kuss.

* * *

Nachdem sie alle Waffen eingesammelt hatten, teilten sie sich in zwei Gruppen. Danny und Horst sollten zuerst die noch lebenden Besatzungsmitglieder der Sea Mood holen und dann mit ihnen jede Kabine, jeden Geräte- und jeden Technikraum auf dem Weg zu Brücke nach Yanto durchsuchen. Berry, Massimo und Anxa machten sich auf den direkten Weg zur Brücke.

Berrys Überlegung war folgende: Jetzt, da Yanto alle seine Leute verloren hatte, blieben ihm nur noch zwei Möglichkeiten. Entweder versteckte er sich auf dem Schiff, bis dieser ominöse George Harrison auftauchte, in der Hoffnung, dass der ihm half. Oder er versuchte, so schnell wie möglich mit einem der Rettungsboote zu entkommen. Dass er keinen der Schüsse gehört hatte, hielt er für unmöglich.

Massimo ging vorneweg, Berry am Schluss und Anxa zwischen ihnen. Wie gefährlich es war, die steilen Treppen hochzusteigen, auf denen man keinerlei Deckung hatte, bekam Anxa nicht mit. Ihre Wahrnehmung bezog sich nur noch auf das Nächstliegende.

Die nächsten beiden Etagen kamen sie gut voran. Dann jedoch versagten Anxas Kräfte.

»Noch eine Etage, Anxa, dann bist du in Sicherheit.«

Massimo sah Berry verächtlich an. Wenn es nach ihm ginge, würde er Anxa in den Arsch treten.

»Komm wieder hoch«, sagte Berry bestimmt und fasste sie unter der Achsel.

Sie lehnte mit geschlossenen Augen schlaff an der Wand.

»Lass mich in Ruhe«, murmelte sie.

Massimo warf den beiden grimmige Blicke zu, während er in alle Richtungen sicherte. »Können wir jetzt endlich? Hier kann uns doch jeder abknallen.«

Massimos beißende Stimme schien in Anxa letzte Reserven zu mobilisieren. Sie streckte Berry ihre Hand hin und ließ sich hochziehen.

»Ich schaff das schon«, sagte sie.

»Weiter«, sagte Berry an Massimo gewandt, worauf dieser unwillig grunzte und seinen Weg fortsetzte.

Endlich erreichten sie die Brücke. Zu ihrem Erstaunen fanden sie Taniki, der in dem bequemen Sessel vor dem Steuerpult saß und sorglos vor sich hin döste. Er hatte die Schüsse zwar gehört, hatte aber gar nicht erst in Erwägung gezogen, dass jemand anderer als Yanto und seine Leute sie abgegeben hatten.

Berry drückte ihm seine Pistole in den Bauch. »Wo ist Yanto?«

»Ich weiß es nicht. Ehrlich.«

Berry sah ihn prüfend an. Dieser Mann, das sah er sofort, war ein rückgratloser Opportunist und ganz sicher kein Held.

»Verschnür ihn zu einem Paket, Massimo. Vorerst brauchen wir ihn nicht.«

Berry wandte sich Anxa zu und deutete auf den Steuermannssessel. »Ruh dich aus, Anxa. Momentan scheint die Gefahr vorüber.«

Anxa gehorchte wie ein hypnotisierter Mensch, emotionslos und mit langsamen, steifen Bewegungen. Als sie saß, schloss sie die Augen. Berry wusste, wie gefährlich das war. All die Bilder dessen, was sie in den letzten Stunden erlebt hatte, würden über sie herfallen.

»Anxa?« Er streichelte sie sanft, bis sie ihre Augen wieder öffnete. Ihr ängstlicher Blick zeigte ihm, dass sich die ersten Erinnerungen schon in ihr Bewusstsein gedrängt hatten.

»Beobachte das Radar und sag mir Bescheid, wenn sich ein Schiff nähert.« Er lächelte sie aufmunternd an. »Nicht die Augen schließen. Nicht schlafen, okay? Es ist wichtig.«

Sie wollte zurücklächeln, doch plötzlich drehten sich ihre Augäpfel nach oben und sie sackte bewusstlos in sich zusammen. Berry wollte sie halten, aber sie entglitt ihm, rutschte vom Sessel und fiel unsanft zu Boden.

Er beugte sich über sie, und es war diese schnelle Bewegung, die ihm das Leben rettete. Ein Schuss krachte, eine Kugel jaulte so nah an ihm vorbei, dass er ihren Luftzug spürte. Instinktiv warf er sich hinter das Steuerpult. Ein zweiter Schuss verfehlte ihn ebenso knapp.

»Massimo!«, brüllte er, »siehst du den Schützen?«

Stille. Keine Antwort. War es Yanto gelungen, den Italiener auszuschalten? Berry versuchte, einen schnellen Blick in den Raum zu werfen. Anxa lag immer noch ohnmächtig auf dem Boden. Mehrere Schüsse trieben ihn wieder zurück in seine Deckung. Er musste Anxa unbedingt aus der Schusslinie bringen. Aber wie, wenn er seinen Gegner nicht einmal lokalisieren konnte?

»Was hast du nur für ein Glück, Berry.«

Massimo. Berry atmete auf. »Wo steckt der Kerl?«

Massimo lachte auf. Das Lachen gefiel Berry nicht, so meckernd und näselnd und – entspannt.

»Hier sind nur wir beide. Und deine süße, ohnmächtige Griechin.«

Seine Worte und wie er sie aussprach, gingen Berry durch Mark und Bein.

»Was soll das, Massimo?«

Berry hörte Geräusche. Er wollte um die Ecke peilen und wurde wieder von Schüssen in seine Deckung zurückgetrieben. Er ging in die Hocke und lehnte sich mit dem Rücken an das Pult. Er saß in der Klemme. Massimo wusste, wo er war, aber er hatte keine Ahnung, wo Massimo war.

Er hatte nur eine einzige Chance: Er musste aus seiner Deckung herausspringen, er musste sofort schießen – und er musste treffen. Schwierig dabei war lediglich, dass Massimo die Situation hundertprozentig genauso einschätzte und demzufolge darauf vorbereitet war.

Berry konzentrierte sich auf seinen Sprung. Vielleicht gelang es ihm doch, genauer zu lokalisieren, wo Massimo sich befand.

»Was willst du, Massimo? Drehst du wieder ein Video?«

Statt einer Antwort hörte er wieder dieses Geräusch, ein Schleifen und Rascheln, und plötzlich wurde ihm flau im Magen.

»Ich gebe dir 30 Sekunden, mit erhobenen Händen herauszukommen. Ohne Waffen.« Der Triumph in Massimos Stimme war unverkennbar. »Wenn nicht, werde ich deine kleine Freundin …«, er lachte, »na ja, dabei habe ich gar nichts gegen sie.«

»Du wirst sie sowieso nicht am Leben lassen«, erwiderte Berry.

»Natürlich, warum denn nicht? Noch ist sie bewusstlos. Aber wenn sie erst mal wieder bei Bewusstsein ist, Berry, dann natürlich nicht. Dann ist sie eine Zeugin. Verstehst du? Also beeil dich.«

Berry drückte den Lauf seiner Pistole gegen seine Stirn. Die Kühle des Metalls ließ seine Haut sich zusammenziehen. Ein angenehmes Gefühl, normalerweise hätte es ihm geholfen, sich zu konzentrieren. Dieses Mal nicht, er fand keinerlei Ablenkung. Hanna, er hätte sie damals beschützen müssen. Er hätte sich den Piraten entgegenwerfen müssen, auch wenn es aussichtslos gewesen war. Diese Situation hier war ebenfalls aussichtslos. Es gab keinen sicheren Weg, es gab nur einen Weg, und der war sehr kurz, und in wenigen Sekunden würde er das Ende dieses Weges schon erreicht haben. Aber das war nicht wichtig, wenn es ihm nur gelang, Anxas Leben zu retten.

»Ich denke, ich gebe dir noch fünf Sekunden, Berry.«

Fast feierlich legte Berry die Pistole vor sich auf den Boden und schob sie mit einem Ruck in den Raum hinein.

»Sehr gut. Und jetzt du. Mit erhobenen Händen.«

Er erhob sich und trat aus seiner Deckung heraus.

Massimo hatte die bewusstlose Anxa mit einem Arm unter den Achseln gefasst und hielt sie wie einen Schutzschild vor sich. Mit der anderen Hand drückte er seine Pistole gegen Anxas Schläfe.

»Sehr klug, Berry.«

»Du wirst damit nicht durchkommen, Massimo.«

Der Italiener schüttelte kalt lächelnd den Kopf. »Keine herzlichen Abschiedsworte, Berry. Im Grunde haben wir uns doch nichts zu sagen, findest du nicht auch?«

Er schwenkte die Pistole gegen Berry. Sein Lächeln verschwand. Statt dessen trat dieser gierige Ausdruck purer Mordlust in seine Augen, den Berry bei ihm zuletzt auf der LIBERTY gesehen hatte.

Berry schätzte die Entfernung ab. Er würde drei Sprünge machen müssen, um Massimo zu erreichen, Zeit genug, dass der mindestens vier Schüsse auf ihn abgeben konnte – sein sicherer Tod und die wenn auch lächerliche Chance, dass Massimo sich mit seinem Tod zufriedengeben und Anxa am Leben lassen würde.

Wenigstens ist es bald vorbei, dachte er. Plötzlich hatte er eine Vision von seiner Yacht, die er auf den Bahamas haben würde: ein teakfarbenes Holzboot, dessen Steven von einer Skulptur aus Bronze geziert wurde und an der so viel Messingteile verbaut waren, dass er extra jemanden beschäftigen musste, um ihren Glanz zu erhalten. Er sah, wie die Yacht durch das türkise Wasser pflügte, ziellos, zwecklos, einfach nur so, weil es schön war und weil es Spaß machte. Und er sah Anxa neben sich, die die Sonne aufsog wie eine Eidechse und von der dieser pfirsichartige Duft ausging, der ihn in dem Hotelzimmer in Zhanjiang so berauscht hatte und der noch Stunden danach neben und um ihn herum geschwebt war.

»Hör auf zu lächeln, Berry«, schnitt Massimos Stimme in seinen Traum, »das verdirbt mir irgendwie den Spaß«.

Berry betrachtete Anxa, die leblos in Massimos Armen hing. Ihre Haare waren vom Salzwasser verklebt, und ihr Gesicht war eingefallen.

»So ist es gut«, sagte Massimo.

Berry reagierte nicht und nahm seinen Blick nicht von ihr. Die letzten Sekunden sollten nur Anxa und ihm gehören.

Plötzlich sah er, wie sie ihre Augen öffnete. Bleib bewusstlos!, flehte er, tu wenigstens so, als wärst du bewusstlos!

Ihr wacher Blick traf ihn, klar und entschieden und nicht wie der eines Menschen, der gerade erst aus einer Ohnmacht erwachte. Ihre Hände schnellten vor, packten Massimos Rechte und rissen sie in dem Moment zur Seite, als er abdrückte. Der Schuss explodierte, und das Projektil durchschlug eines der Fenster.

Massimo reagierte schnell und versuchte, sie zur Seite zu schleudern. Anxa hing wie angeklebt an seiner Hand. Trotzdem schoss er in schneller Folge in Berrys Richtung. Während der alte, dekorative Kreiselkompass zersplitterte und dann der Monitor des Radargerätes implodierte, sprintete Berry los. Als er zu einem Hechtsprung ansetzte, streckte Massimo Anxa mit einem brutalen Schlag ins Gesicht nieder. Und dann war Berry auf ihm.

* * *

Horst und Danny hatten Massimos Schüsse gehört und sofort ihre Suche nach Yanto unterbrochen. Gefolgt von den Besatzungsmitgliedern der SEA MOOD stürmten sie die Treppen hoch auf die Brücke.

Zuerst sahen sie Taniki, der gefesselt in einer Ecke lag. Dann sahen sie Berry, der sich um die bewusstlose Anxa bemühte. Und dann Massimo. Er lag mit ausgestreckten Gliedern am Boden und war tot, ohne dass er erkennbare Wunden aufwies.

»Was ist passiert?«, fragte Danny.

»Sichert die Brücke«, erwiderte Berry, ohne auf die Frage einzugehen. »Zwei Mann von denen«, er deutete auf die Seemänner, »werden als Wachposten eingeteilt. Mit den anderen kämmt ihr weiter das Schiff durch. Findet diesen verdammten Yanto!«

Ohne eine Antwort abzuwarten, wandte er sich wieder Anxa zu. Ihr Atem ging inzwischen ruhig und kräftig.

»Wer hat Massimo getötet?«, fragte Danny. »Dieses Bürschlein da?« Er deutete auf Taniki.

»Oh, nein, ich nicht, nein«, erwiderte dieser hektisch.

Horst stieß Danny an. »Komm, lass uns gehen.«

Für einen Moment zögerte Danny, dann zuckte er mit den Schultern und folgte Horst.

Wenige Sekunden später schlug Anxa die Augen auf, für einen Moment orientierungslos.

Berry küsste sie auf die Stirn.

»Was ist …« Sie sprach nicht zu Ende.

Er strich ihr die Haare aus dem Gesicht. »Denk nicht darüber nach.«

Sie lächelte zaghaft. Auch wenn sie nichts verstand, so fühlte sie sich in dieser Sekunde geborgen und sicher, ein Gefühl, das sie schon eine ganze Weile nicht mehr gehabt hatte.

67

In Singapur hatte Thomas gleich ein Taxi zum Hafen genommen, um dort seine, ironischerweise ebenfalls bei Mr. Quong gebuchte Yacht in Empfang zu nehmen. Die QUONG VI hatte ein ganz anderes Kaliber als Berrys Speedboat: Sie war ein futuristisch anmutendes, schnittiges, weißes Schiff mit getönten Scheiben, 22 Meter lang, drei Decks hoch und mit allem Komfort versehen, den durchreisende Millionäre als Standard ansahen. Angefangen bei fünf prall gefüllten Minibars und vier im Schiff verteilten unabhängigen Bose-Musikanlagen bis hin zu einer hochmodernen Steueranlage, die es theoretisch möglich machte, in Singapur als Zielhafen San Francisco einzuprogrammieren und von da an das Ruder nicht einmal in die Hand nehmen zu müssen.

Thomas wusste, dass es vernünftiger wäre, die allerletzte Etappe seines Planes unauffällig zu Ende zu bringen, konnte aber seinem Bedürfnis nach einem demonstrativ gediegenen Finale nicht widerstehen. Man konnte es auch anders betrachten: Die protzige Yacht bedeutete den Einstieg in sein neues Leben, das auf 65 Millionen Dollar fußte.

Er verließ den Hafen und stieß hinaus in die tiefe Dunkelheit der Straße von Malakka. Nach 25 Seemeilen in ostsüdöstlicher Richtung erreichte er die Insel Bintan. In der Bucht von Teluk Sebong ging er nicht allzu weit von den belebten Urlaubsressorts, die jetzt in der Nacht wie Minigalaxien mit vielen bunten Lichtern leuchteten, entfernt vor Anker.

Als ihn endlich gegen zwei Uhr morgens Tanikis erlösender Funkspruch erreichte, führte Thomas einen Freudentanz auf. Wie hatte er diesen Moment herbeigesehnt, ihn sich ausgemalt, aus allen erdenklichen Blickwinkeln betrachtet! Und jetzt war er da, ein unbeschreibliches Gefühl …

Sofort ließ er den Motor an, programmierte das GPS auf die Position der STORMY MONDAY und ging auf volle Kraft voraus. Bis er den Tanker erreichte, würde er nichts anderes tun, als sich zu freuen, über die letzten drei Jahre, über die Gegenwart und auf das, was noch kam.

Genau eine Stunde und siebenundvierzig Minuten später tauchte die STORMY MONDAY auf seinem Radarschirm auf und mit diesem kleinen Leuchtpunkt auf dem Monitor wich sein Glückstaumel wachsender Nervosität, nicht weil er irgendwelche Befürchtungen hatte, sondern weil das, was ihn dort erwartete, einfach nicht sein Metier war. In unmittelbarer Nähe von Gewalt fühlte er sich nicht wohl, Gewalt tendierte dazu zu eskalieren und damit unkontrollierbar zu werden. Yanto und seine Bande bereiteten ihm Unbehagen, und er wäre heilfroh gewesen, wenn sich die direkte Begegnung mit ihnen vermeiden ließe. In einer Hafenkneipe in Belawan hatte er die besseren Karten, aber auf einem gekaperten Schiff waren die Piraten in ihrem Element und er der Schwache.

Sein eigenes Vorhaben mit Berry war etwas ganz anderes. Das fühlte sich eher wie eine dringend nötige Operation an, und so etwas ließ sich nun einmal nicht ohne blutigen Eingriff bewerkstelligen. Lächelnd berührte er seine Präzisionspistole, das Bild gefiel ihm, ein begrenzter, hocheffektiver, ein heilender Eingriff.

Er schaltete den Autopiloten aus und drosselte die Geschwindigkeit, während er Taniki anfunkte.

»Hier STORMY MONDAY, Taniki«, meldete sich der Grieche. »Ich höre.«

»Schalten Sie jetzt die Außenscheinwerfer ein.«

»Roger, habe verstanden.«

Einigen Sekunden später flammten die starken Deckscheinwerfer der STORMY MONDAY auf und tauchten den Tanker und die Umgebung in grelles Licht.

»Lassen Sie sich mit einem Rettungsboot ins Wasser, und kommen Sie rüber auf meine Yacht. Nehmen Sie Ihre persönlichen Dinge mit, Sie werden nicht mehr zur STORMY MONDAY zurückkehren.«

»Sehr gut. Ich verstehe. Alles klar. Ja«, kam Tanikis Antwort aus dem Funkgerät.

Was faselt dieser Mensch da, dachte Thomas und versuchte sich vorzustellen, wie Taniki wohl aussah. Bestimmt war er einer von diesen blassen, teigigen, unterwürfigen Speichelleckern, zumindest klang er so.

Er griff nach seiner Pistole, steckt sie in einen Holster, den er unter seiner langen Windjacke um die Hüfte geschnallt hatte, und zog den Reißverschluss zu.

Kurze Zeit später sah Thomas, wie sich oben vielleicht 25 Meter über der Wasseroberfläche der Rettungsbootausleger über die Bordkante neigte und ein Boot abseilte. Taniki, in ein orangefarbenes Ölzeug eingehüllt und mit einem runden Regenhut in derselben Farbe, saß auf der Rückbank an einem langen Holzruder. Noch während die beiden Stahlseile eingeklinkt waren, startete er den Motor und manövrierte das Boot von der Bordwand des Tankers weg, um nicht von den Wellen dagegengeworfen zu werden. Dann erst löste er die Haken und warf die Seilenden über Bord.

Als Taniki nah genug war, warf er eine Leine zu ihm herüber. Thomas fing sie auf und zog das Rettungsboot langsam heran, bis dessen Bug die Yacht berührte. Nachdem er es vertäut hatte, warf Taniki ihm eine zweite

Leine herüber, mit der Thomas das Heck des Rettungsbootes heranzog, sodass die beiden Boote jetzt Seite an Seite lagen. Taniki ergriff die Reling der Yacht und schwang sich mit einer kraftvollen Flanke an Bord. Er richtete sich auf – und prallte zurück, als wäre er gegen eine Wand gesprungen.

»Los, Taniki, machen Sie voran«, mahnte Thomas ungeduldig. »Halten Sie die Yacht in dieser Position, bis ich mit den anderen zurückkomme.«

Taniki starrte ihn unter seinem Regenhut an, ohne zu reagieren.

»Haben Sie mich verstanden?«

»Ja.« Seine Stimme klang rau und heiser.

»Und nehmen Sie diesen albernen Hut ab, Mann!«

»Kein Problem, Thomas.«

Thomas zuckte zusammen, als hätte ihn ein Stromschlag getroffen. Es war weniger, weil der Mann seinen wahren Namen kannte, es war der Klang der Stimme, der ihm durch Mark und Bein ging.

Bevor er einen weiteren Gedanken denken konnte, hatte der Mann, den er für Taniki gehalten hatte, eine Pistole in der Hand.

* * *

»Zeig mir, was du unter deiner Jacke trägst«, sagte Berry.

Steif öffnete Thomas seine Windjacke.

»Nimm die Pistole heraus und wirf sie über Bord.«

Thomas' Bewegungen waren langsam wie die einer Schildkröte. Berry seinerseits hatte Mühe, seinen Schreck zu verdauen, seine Glieder, sein ganzer Körper waren plötzlich so unglaublich schwer. Mit allem hatte er gerechnet, selbst wenn der echte George Harrison höchstpersönlich vor ihm gestanden hätte, von den Toten auferstanden – er hätte es für wahrscheinlicher gehalten, als auf Thomas Becker zu treffen.

»Jetzt beide Hände hinter dem Kopf verschränken.«

Thomas' Gesicht war bleich und wirkte in diesem kalten Licht wie eine Maske, bei der der Mund weit aufgerissen und unnatürlich weit nach unten gezogen war.

»Thomas Becker. Oder soll ich besser George Harrison sagen?«

Thomas war nicht in der Lage, etwas zu erwidern.

»Was willst du hier?« Eine dämliche Frage, trotzdem fiel Berry in dieser Sekunde keine andere ein.

Thomas zögerte zu antworten, und als merkte er erst jetzt, wie weit sein Mund offenstand, schloss er ihn mit einem verkrampften, lauten Geräusch.

»Zufall«, sagte er mit hoher Stimme, »ein grotesker Zufall.«

Berry erinnerte sich an die beiden Male, als sie in London aufeinandergetroffen waren. Und an Yantos Worte: ›Harrison will dich persönlich haben. Er will, dass ich dir nichts tu‹.

»Was willst du von mir, Thomas?«

»Nichts!« Thomas räusperte sich, um seine schrille Stimme in den Griff zu bekommen. »Ich hab doch gesagt, Zufall.«

»Warum bist du in London vor mir weggelaufen?«

Thomas lachte gekünstelt auf. »Ich hatte aus wohl verständlichen Gründen keine Lust, mich von dir zum Essen einladen zu lassen.«

Unscharfe Gedanken zogen durch Berrys Gehirn. Auf eine Art passten sie zusammen, das spürte er, und doch scheiterte jeder Versuch, sie zu bündeln oder ihnen einen übergeordneten Sinn zu geben, an einer alles dämpfenden Taubheit.

Die Yacht rollte und stampfte führerlos. Die Bordwand des Tankers kam bedrohlich näher.

»Geh ans Ruder und bring uns auf die Backbordseite«, befahl Berry.

Während Thomas zum Joystick griff und ein wenig Gas gab, lehnte Berry sich mit dem Rücken gegen die Reling. Die Anstrengungen der letzten Tage waren selbst mit eisernem Willen kaum noch zu kompensieren. Schleichend langsam, aber umso gewaltiger verspürte er die Bedeutung von Yantos Offenbarung, dass er und nicht der Anführer der Piratenbande Hanna getötet hatte.

Dass er nun auch noch Thomas Becker gegenüberstand, saugte ihm zusätzliche Energie aus seinen Batterien, und bei allem Drang, die Wahrheit hinter dieser aberwitzigen Begegnung mit Thomas auf der Stelle zu erfahren, konnte Berry die Alarmsignale nicht mehr ignorieren, bald am Ende seiner Kräfte angekommen zu sein.

Bevor er sich dem Entwirren der vielen Fäden widmen konnte, musste diese Operation schnellstens zu Ende gebracht werden, und das bedeutete: Die Yacht musste sicher auf der windabgewandten Seite vertäut, Thomas an Bord der Sea Mood gebracht und Yanto gefunden werden.

Die Yacht umfuhr das Heck der Sea Mood. Dort wurde es dunkler, achtern verfügte der Tanker über keinen Heckscheinwerfer, und das diffus von der Wasseroberfläche reflektierte Licht der Seitenscheinwerfer brachte nicht viel Helligkeit.

Sein über viele Jahre erworbener Instinkt warnte Berry, forderte ihn auf, sich zu konzentrieren, gerade jetzt, so kurz vor dem Ziel. Müde und bleischwer stieß er sich von der Reling ab, um Thomas etwas näher zu kommen, der jetzt im Halbdunkel stand.

Plötzlich – eine schnelle, schemenhafte Bewegung. Dann ein dumpfer Knall. Kein Gedanke passte zwischen den fahlen Lichtblitz, die Explosion und den gewaltigen Schlag, der Berry rechts auf der Brust traf. Eine grellrote Flamme schien aus seiner Brust herauszufauchen. Als hätte sie sich dort verbissen, saß die Feuerlanze an seinem Ölzeug fest, erzeugte eine überwältigende Hitze und wollte einfach nicht von ihm abfallen. Berry schlug mit der Pistole nach dem Flammenherd, verbrannte sich die Hand, und endlich, endlich, nach zahlreichen Versuchen, konnte er die Feuerkugel herunterschlagen. Trotzdem endete damit die wahnsinnige Hitze auf seiner Brust nicht. Er ließ die Pistole fallen, zerrte sich die Jacke herunter, wollte sich ebenfalls sein Gore-Tex-T-Shirt herunterreißen und schrie auf, als er merkte, dass es mit seiner Haut oder mit dem, was noch davon übrig war, verschmolzen war.

Er biss die Zähne zusammen und ballte beide Fäuste, um Kraft zu sammeln.

Nicht ohnmächtig werden, nicht ohnmächtig werden, dachte er, da traf ihn ein trockener, kurzer Fausthieb in den Magen, und sein Oberkörper klappte nach vorne. Als er sich wieder aufrichtete, stand Thomas vor ihm und zielte mit einer Notsignalpistole auf ihn.

»Wenn du willst, brenn ich dir noch ein Loch in deinen verfickten Körper!«

Schwer atmend hielt sich Berry an der Reling fest.

»Beweg dich keinen Millimeter. Sonst drück ich ab.«

Thomas bückte sich und tastete nach Berrys Pistole, konnte sie jedoch nicht finden. Ohne Berry aus den Augen zu lassen, ging er rückwärts bis zur Steuerkonsole der Yacht, stieß den Gashebel vor und steuerte die Yacht hinaus in die Dunkelheit, weg von der STORMY MONDAY, so weit, bis der Tanker nur noch wie eine riesige beleuchtete Zigarre aussah.

* * *

»Wie hast du die Piraten ausgeschaltet?«

Nur mit Mühe bekam Berry genügend Sauerstoff in seine Lunge. Die Luft war feucht und schwer, ihm war, als würde er Wasser atmen. Und doch arbeitete sein Gehirn fieberhaft und logisch zugleich, so, als wollte es den Schmerz dadurch bändigen.

Thomas war George Harrison, Yantos Auftraggeber, so viel war klar. Thomas hatte Yanto befohlen, ihn, Berry, am Leben zu lassen. Das bedeutete also, Thomas hatte gewusst, dass Yanto auf ihn treffen würde. Nein, mehr noch, er hatte es so eingefädelt. Dieser Jack Fano, der Holbrook beauftragt hatte, die STORMY MONDAY zurückzuholen, war nur ein Strohmann gewesen, weil Thomas nicht selbst als Auftraggeber in Erscheinung treten konnte. Es gab nur einen einzigen Zufall in der gesamten Geschichte, etwas, womit

Thomas nicht hatte rechnen können, nämlich dass Berry schon unmittelbar nach der Entführung der SEA MOOD involviert war, *bevor* Thomas durch seinen Strohmann Jack Fano LSM den Auftrag erteilt hatte, die STORMY MONDAY alias SEA MOOD zurückzuholen. Der entscheidende Faktor, der Thomas' Plan das Genick gebrochen hatte, war, dass der Eigner oder besser die Eignerin der SEA MOOD sich nicht hatte mit der Entführung abfinden wollen.

»... antworte, los!«

Thomas' wütende Stimme drängte sich in Berrys Gedanken.

»Du sollst das Rettungsboot losmachen!«

Schlagartig kehrte der Schmerz wieder zurück. Berry keuchte, das Brennen seiner geschmolzenen Haut narrte seine Nerven und löste kalte Schauer aus, die über seinen Körper hin und her zogen, als führten sie ein Eigenleben.

»Verdammter Schwächling!«, brüllte Thomas und reckte die Signalpistole weit gegen Berry vor. »Los, die Leinen ab!«

Berry versuchte, seinen rechten Arm zu heben. Das Polyestergewebe des T-Shirts war inzwischen ausgekühlt und hart geworden, und mit jeder Bewegung rissen weitere Teile seiner verschmorten Haut ab.

»Mach dir keine Hoffnungen, ich töte dich nicht«, drohte Thomas. »Der nächste Schuss geht auf dein Bein!«

Berry biss die Zähne zusammen und drehte sich zur Reling hin. Er versuchte, den Knoten mit der Linken zu lösen. Das Seil rührte sich nicht.

»Ich zähle bis drei. Eins ...«

Kurz entschlossen riss er den rechten Arm hoch und schrie auf.

»Zwei ...«

Tränen trieben in seine Augen und nahmen ihm die Sicht. Tastend machte er sich nun mit beiden Händen an dem Knoten zu schaffen, bis dieser sich endlich löste und das Seil ins Wasser fiel. Das Heck des Rettungsbootes driftete langsam von der Yacht weg.

»Sehr gut, Arschloch. Jetzt das zweite Seil. Los, los, los! Mach voran!«

Berry ging die Reling entlang. Hinter sich vernahm er aus Thomas' Richtung ein ploppendes Geräusch und ein Zischen, konnte jedoch nicht einordnen, was es bedeutete.

»Und noch mal. Eins ...«

Thomas' Stimme war jetzt sehr nah bei ihm.

»Zwei ...«

Plötzlich floss eine kalte Flüssigkeit über seine Schulter die Brust hinunter in seine offene Wunde. Er schrie auf und schlug um sich, aber Thomas war schon wieder auf Abstand gegangen.

»Warum bringst du es nicht hinter dich, du Ratte!«, brüllte Berry.

»Das könnte dir so passen«, lachte Thomas und winkte mit einer Coladose. »Schmerzhaft, so eine Dusche mit einem kohlensäurehaltigen Erfrischungsgetränk, oder?«

Sein Gesicht wurde wieder hart. »Wo waren wir stehen geblieben? Ach, ja: zwei …«

Um den Schmerz zu verdrängen, zwang Berry sich, die Situation so sachlich wie möglich zu betrachten. Thomas würde ihn letztendlich töten, da war er sich sicher. Jeder Versuch zu entkommen, und wenn er noch so aussichtslos war, war also besser, als gar nichts zu versuchen. Vielleicht hatte er ja im Wasser eine Chance. Vielleicht schaffte er es zurück zum Tanker, vielleicht hingen dort noch die Seile des Rettungsbootkrans.

Angespornt durch diese wenn auch winzige Hoffnung wandte Berry sich dem anderen Seil zu und tat so, als wollte er den Knoten lösen, zog ihn jedoch in Wahrheit fester. Mit dem Boot an der Seite würde die Yacht zumindest behindert sein. Er konzentrierte sich auf seinen Sprung, auf keinen Fall durfte er auf dem Rettungsboot aufschlagen.

Plötzlich vernahm er vorne auf dem Rettungsboot eine Bewegung, eine dunkle Gestalt erhob sich, das Weiße in den Augen in einem dunkelhäutigen Gesicht trat unnatürlich deutlich hervor. Dann erkannte er das Gesicht – es war Yanto.

»Was ist, Berry?«, tönte Thomas' Stimme von hinten. »Meinst du, ich kann nur bis zwei zählen? Mach schon!«

Yanto richtete eine Pistole auf Berry.

»Und drei!«, sagte Thomas.

Noch bevor Berry sich fallenlassen konnte, krachten drei Schüsse in stakkato-kurzen Abständen.

Das war's dann, dachte er und erwartete den Schmerz.

Hinter sich hörte er einen kurzen Laut, ein Grunzen, dann einen dumpfen Schlag.

Erstaunt registrierte Berry, dass der Schmerz ausblieb. Er sah, wie Yanto die Pistole wieder sinken ließ. Er drehte sich um. Thomas lag am Boden, auf dem Rücken. Angestrengt versuchte er, die Signalpistole zu heben und sie auf Berry zu richten. Berry konnte erkennen, wie er versuchte, den Abzug durchzuziehen. Dann erschlaffte sein Körper, die Pistole entglitt seiner Hand, und Berry hörte zwar nicht, aber er sah, wie er einen letzten Atemzug tat.

Behende schwang Yanto sich über die Reling und ging zu Thomas, ohne Berry zu beachten.

Berry zitterte, als wäre die Lufttemperatur schlagartig weit unter null Grad gesunken. Er schätzte die Entfernung zur SEA MOOD ab. 800 Meter, 1000 Meter? Selbst wenn es nur 500 Meter waren, in dieser Sekunde spürte er mit glasklarer Deutlichkeit, dass er es niemals schaffen würde, dorthin zu schwimmen.

»Er ist tot«, stellte Yanto fest, nahm die Signalpistole und warf sie über Bord.

Für lange Sekunden sagte keiner der beiden etwas. Sie sahen sich an, Berry nach Luft ringend, Yanto ruhig und regungslos. Bis Berry das Schweigen brach.

»Du hast den Falschen erwischt, Yanto.«

»Ich habe den getroffen, den ich treffen wollte«, erwiderte Yanto und reckte sich stolz.

Berry überlegte, wo wohl seine Pistole hingerutscht war.

»Bleib da, wo du bist«, fuhr Yanto fort und schaltete am Steuerpult die Deckbeleuchtung an.

Im Licht sah Berry sie sofort. Yanto hob sie auf, bevor Berry einen Schritt machen konnte, und warf sie ebenfalls über Bord.

»Er hat sich George Harrison genannt. Wie ist sein richtiger Name?«

»Thomas Becker.«

»Ist er Engländer?«

Berry schüttelte den Kopf. »Deutscher.«

Yanto nickte. Berry fragte sich, was in dem jungen Indonesier wohl vor sich ging. Welche Rolle spielte für ihn Harrisons tatsächlicher Name und Thomas' Nationalität?

»Bleib, wo du bist«, wiederholte Yanto, steckte seine Pistole in seinen Hosenbund und verschwand unter Deck.

Berry griff nach dem Seil, um das Rettungsboot zu sich heranzuziehen, aber seine Kräfte waren erschöpft.

Yanto kehrte mit einem Erste-Hilfe-Kasten zurück.

»Lass mich deine Verletzung sehen«, sagte er und legte seine Pistole auf das Steuerpult.

Zehn Minuten später war Berry zumindest provisorisch mit Zinkpuder und Mullbinden versorgt. Yanto hatte kein Wort gesprochen, während er ihn behandelte.

»Danke«, presste Berry hervor.

Yanto nickte nur. Berrys Gefühle kämpften heftig miteinander, und keines konnte die Oberhand gewinnen: Yanto war der Mann, der Hanna getötet hatte, und gleichzeitig war er der Mann, der ihm das Leben gerettet hatte. Um diesem Teufelskreis zu entkommen, versuchte er erneut, sich auf logische Gedanken zu konzentrieren, Gedanken, die nicht an Gefühlen anknüpften.

Angenommen, er schaffte es, den jungen Piraten zu überwältigen – er würde für ihn ein unlösbares Problem bleiben: Er konnte Yanto nicht vor Gericht bringen, weil es für ihn keine Gerichtsbarkeit gab. Er konnte ihn nicht laufen lassen, weil er Hanna ermordet hatte. Und, das war das Verwirrendste, er würde ihn nicht töten können, obwohl er in all den Jahren seiner Suche an nichts anderes gedacht hatte, als den Mörder von Hanna ins Jenseits zu befördern.

Und plötzlich spürte er mit einer unerwarteten Klarheit, dass dieses Problem für ihn auch vorher schon unlösbar gewesen wäre. Denn da war etwas, was er sich in den letzten Jahren nicht eingestanden hatte und was er sich auch nicht hatte eingestehen müssen, weil er nie vor der Wahl gestanden hatte: Er taugte nicht zum Henker. Nur in den ersten sechs Monaten nach Hannas Tod, als er traumatisiert die Ufer der Straße von Malakka abgesucht hatte, wäre das anders gewesen, in jener Zeit hätte er Yanto ohne Bedenken getötet. Aber mit der Gründung von Lost Ship Management, mit der Instrumentalisierung seiner Rache waren seine Rachegefühle schon nicht mehr stark genug gewesen.

»Deine Männer sind alle tot, Yanto«, sagte Berry. »Was wirst du jetzt tun?«

»Hier auf dem Schiff muss das Geld sein, was dieser falsche Harrison mir für den Tanker schuldet«, sagte Yanto.

»Wie viel ist es?«

Yanto beantwortete diese Frage, als wäre es das Selbstverständlichste der Welt. »Insgesamt 425 000 Dollar für den Tanker. 50 000 hast du mir auf der LIBERTY abgenommen.«

»375 000 also. Damit kann man lange gut leben.«

»Wo lebst du?«, fragte Yanto.

»In London.«

»Wie lange kannst du in London gut leben mit 375 000?«

Berry verstand, was er meinte. Wenn Yanto in sein indonesisches Dorf, in die Slums oder wo immer er herkam in diesem armen Land, zurückkehrte, dann konnte er von dem Geld gut leben. Wenn er jedoch etwas Besseres wollte, wenn er einfach nur seine Lebensumstände auf einen für westliche Verhältnisse annehmbaren Standard heben wollte, reichte das Geld nicht sehr lange.

»Ich bin zur Schule gegangen, um zu studieren. Stattdessen musste ich zusehen, wie meine Familie in Armut verreckte.«

Berry versuchte aus dem Klang von Yantos Worten herauszuhören, worum es ging, was er eigentlich sagen wollte.

»Ich habe meine Schwester verkaufen müssen, damit der Rest der Familie überlebt.«

»Verkaufen?«

»Ein Mädchenhändler. Ich habe sie nie wiedergesehen.«

Berry schwieg. Zumindest bei diesen Worten brauchte er nicht nach der Bedeutung dahinter zu forschen. Yantos Schmerz war größer als Berrys Zweifel, ob er echt war.

»Wenn ich dich frei lasse«, fuhr Yanto nach einer Weile fort, bemüht, seiner Stimme wieder einen festen Klang zu geben, »stehen wir uns bald wieder mit Pistolen gegenüber.«

»Wenn du mich töten wolltest«, entgegnete Berry, »hättest du mir nicht das Leben retten brauchen.«

Yanto machte eine wegwerfende Handbewegung. »Na und? Ich kann meine Meinung ändern, wann immer ich will.«

Berry warf Yanto einen langen Blick zu. Es gab etwas an diesem verbitterten, grausamen jungen Mann, das ganz anders war, als sein schmutziges Handwerk vermuten ließ.

»Ich mache dir einen Vorschlag«, sagte er. »Bist du bereit, ihn dir anzuhören?«

Yanto sah ihn prüfend an.

»Ich werde versuchen, fair zu sein«, sagte Berry.

Offenbar erinnerte Yanto sich an seine eigenen Worte vor einigen Stunden. Er nickte. »Ich höre dir zu.«

Epilog

Am Morgen hatte der Rest der Besatzung die SEA MOOD wieder übernommen und sie bis knapp zwölf Meilen vor die Küste in die nationalen Gewässer von Singapur gebracht. Dort warfen sie den Anker aus.

Nachdem Rettungsboote und aufblasbare Rettungsinseln untauglich gemacht und die Funkanlage zerstört worden war, warfen sie schweren Herzens alle an Bord befindlichen Leichen, Vern, Claude, Massimo und die sieben jungen Piraten, über Bord. Kein Gericht der Welt würde je den wahren Ereignissen auf der SEA MOOD gerecht werden können.

Berry, Anxa, Horst, Danny, Yanto und die Seeleute der SEA MOOD setzten auf die Yacht über und machten sich auf den Weg nach Kuala Lumpur. Costa Taniki wurde an Bord zurückgelassen. Sobald sie das Singapurer Hoheitsgebiet hinter sich gelassen hatten, ließ Berry das International Maritime Bureau die Küstenwache von Singapur informieren, dass ein entführter Öltanker etwa zwölf Meilen vor ihrer Küste ankerte. Daraufhin wurde die SEA MOOD aufgebracht und der einzige Mensch an Bord, der Grieche Taniki, festgenommen. Seiner abenteuerlichen Geschichte schenkte niemand Glauben, sein gefälschtes Kapitänspatent nahm man dagegen wesentlich ernster und inhaftierte ihn.

Anxa schickte die Seeleute der SEA MOOD mit Erster-Klasse-Flugtickets nach Athen und wies Aurich an, die Männer fürstlich zu bezahlen.

Es war klar, dass die SEA MOOD so bald nicht weiterfahren konnte. Es war allerdings ebenso klar, dass die Behörden das Schiff in absehbarer Zeit an Anxa wieder zurückgeben würden. Singapur galt als das Preußen Asiens, dort gab es keine Schmiergeld-Kultur, sondern stattdessen klare und oft genug äußerst hart durchgesetzte Gesetze.

Berry nahm mit Elias Holbrook Kontakt auf und sorgte dafür, dass Horst der neue Anführer bei Lost Ship Management wurde. Berry war sicher, dass der Deutsche sich mit großer Sorgfalt eine gute Crew zusammenstellen würde. Zwei Männer hatte er schon: Danny, den ehemaligen britische Elitesoldaten der Boat Squadron – und Yanto, den ehemaligen indonesischen Piraten.

Berry und Anxa zogen sich mit einem Journalisten der Times für drei Tage in ein entlegenes Landhaus in Cornwall zurück und gaben ihm die Geschichte der SEA MOOD, der Piraten, der Perikos-Reederei und Anxas ehrgeizige Pläne, die Tankerflotte sicherer zu machen, zu Protokoll. Eine Woche später veröffentlichte die Times ihren Exklusivbericht über die »Banditen auf den globalen Schifffahrtswegen«, der zeitgleich der griechischen Boulevardpresse zur Verfügung gestellt wurde.

Aurich war es mithilfe eines Detektivs gelungen, die Abhörmikrofone und Telefonabhörvorrichtungen in den Büroräumen der Perikos-Reederei zu finden. Angebracht worden waren sie von einem Kleinkriminellen, mit dessen Aussagen es gelang, Oscar Valentis vor Gericht zu bringen und seine Anwaltslizenz entziehen zu lassen.

* * *

Berry ließ die Beine über die Bordkante baumeln. Das Wasser war gerade noch kühl genug, um sich angenehm von der Lufttemperatur zu unterscheiden. Nicht allzu tief unter dem Rumpf der Challenger 3000 flitzten bunte Fische zwischen den Korallen und Seeanemonen hin und her. Vorne konnte er den Anker sehen, den er in den Sand vor dem Riff geworfen hatte.

Vor ihm tauchte Anxa auf und blies eine Wasserfontäne aus ihrem Schnorchel. Seit einer halben Stunde war sie immer wieder zu den Fischen hinuntergetaucht, und es hatte so ausgesehen, als würde sie niemals genug von deren Anblick bekommen. Jetzt endlich zog sie sich die Taucherbrille vom Kopf und warf sie neben Berry auf das Deck. Sie drehte sich auf den Rücken und hielt sich mit kleinen Schwimmbewegungen in der Schwebe.

»Hast du keine Lust?«, fragte sie.

Berry lächelte. Ihre dunklen Augen hielten seinen Blick fest. Es war weniger ihre liebevolle Wärme, die ihn fesselte, sondern ihre Entschiedenheit. Sie wirkte entspannt und zufrieden, wie nach einer wundervollen Massage, glücklich und träumerisch, er fand das wirklich passende Wort nicht, aber vor allem eben entschieden. Seine Gedanken verschwanden und machten einer Wärme Platz, die seinen Körper sanft durchflutete.

Langsam ließ er sich ins Wasser hineingleiten und schwamm zu Anxa hinüber.

Sie ließ ihn ganz nah herankommen.

»Wir werden einen weiten Weg gehen müssen, Berry«, sagte sie.

Für einen Moment erschrak er, Unwille keimte auf. Dann jedoch sah er wieder die Entschiedenheit in ihren Augen und verstand, was sie meinte.

»Ich weiß«, erwiderte er. Auch wenn er gerade nicht an Hanna gedacht hatte, so wusste er, dass es noch lange dauern würde, bis sie sich ganz aus seinen Erinnerungen zurückziehen würde. Hanna war für ihn eine große Liebe gewesen und zugleich eine tiefe Wunde, die erst jetzt vernarbte.

Anxa berührte ihn leicht. Er verstand, dass es ihr auf eine Art ähnlich ging. Auch sie hatte Wunden davongetragen, die meisten sehr frisch. Jede

Nacht wurde er wach, wenn sie in ihren Träumen wieder kämpfte und furchtbare Angst aushalten musste.

Aber jeden Morgen verschwanden diese Erinnerungen wieder. Jeden Morgen liebten sie sich, fast als müssten sie sich beweisen, stärker als die Alpträume zu sein. Nicht wild und hungrig, sondern vorsichtig, tastend und behutsam. Als gelte es, die dunklen Kräfte der Nacht mit etwas auszubalancieren, was ihnen beiden vollkommen neu und unbekannt war, was nicht einfach da war, sondern entdeckt werden wollte. Ein weiter Weg eben.

An Deck legte sich Berry auf die Planken und ließ sich von der karibischen Sonne trocknen. Anxa trocknete sich mit einem Badetuch ab, ohne ihren Blick von ihm zu wenden.

»Warum lächelst du?«, fragte sie.

Berry hatte nicht gemerkt, dass er lächelte.

»Ich weiß es nicht«, antwortete er.

Sie nickte, als wüsste sie, was das bedeutete.

Es war ihre sanfte Entschiedenheit, die ihn lächeln ließ. Er spürte ganz genau, dass Anxa und er bald nicht mehr alleine sein würden mit ihren Erinnerungen und Verletzungen. Er spürte, dass er endlich das Kommando abgeben konnte und vor allem, dass etwas viel Schöneres und Lebendigeres in ihr Leben kommen würde.

Plötzlich war eine tiefe Ruhe in ihm, wie er sie nur einmal in seinem Leben empfunden hatte. Er streckte seine Hand aus, und er wusste, wenn Anxa sie ergriff, würde er sie nie wieder loslassen.

Anxa ließ ihr Handtuch fallen und legte sich neben ihn. Eine Hand stützte ihren Kopf. Ihre andere umschloss Berrys fest und entschieden.

Spannung pur

Es beginnt ganz harmlos, doch dann kommt es knüppeldick: Drogen, Korruption, Verrat und Tod vor einer Traumkulisse mit weißen Stränden und blauem Meer.

Claus Reissig
Tod im Kielwasser
ISBN 978-3-7688-1854-4

Spannender Thriller um den Ex-Politiker Thiel, der es mit seinem Rennatamaran mit dem Drogen-kartell aufnimmt. Der Jäger wird zum Gejagten.

Alexandra Kaufmann
Die Abrechnung
ISBN 978-3-7688-1911-4

Erhältlich im Buch- und Fachhandel oder unter www.delius-klasing.de

DELIUS KLASING